Última frontera

JUAN LUIS PULIDO

Última frontera

ALMUZARA

Editorial Almuzara • Colección Novela Histórica
Director editorial: Antonio Cuesta
Editora: Rosa García Perea
Maquetación: Miguel Andréu

www.editorialalmuzara.com
pedidos@almuzaralibros.com - info@almuzaralibros.com

Editorial Almuzara
Parque Logístico de Córdoba. Ctra. Palma del Río, km 4
C/8, Nave L2, nº 3. 14005 - Córdoba

Imprime: Liberdúplex
ISBN: 978-84-11318-12-9
Depósito: CO-1067-2023
Hecho e impreso en España - *Made and printed in Spain*

«La gente de Andalucía hallo yo que es la mas belicosa y fuerte,
y de mas ánimo que otra ninguna de España; porque esta
provincia fué la que más tiempo sostuvo la guerra contra los
moros del reino de Granada, por ser tan junta y vecina con él; y
esta es la que agora tiene guerra contra los moros de Africa, que
continua con sus navíos andan por la mar, los cuales si saltan en
tierra para hacer daño en ella, son de los cristianos andaluces
tan perseguidos, que acontece mucha veces á los caballeros y
peones salir á rebato, y sabido á que parte los moros están, de
dia ó de noche correr dos ó tres leguas por llegar á los moros;
y si los alcanzan en tierra, aunque haya diez moros para un
cristiano, hieren en ellos y los desbaratan, matan y captivan,
por manera que si los cristianos llegan á tiempo que los moros
están en tierra, nunca se embarcan, sino es con pérdidas y
muerte de muchos de ellos. Tengo visto muchas veces salir los
cristianos á estos rebatos con tanto contento y voluntad y tan
apriesa, como si fuesen á cosa de gran regocijo y placer».

Crónica de los Duques de Medina Sidonia
Por el Maestro Pedro de Medina
1561

Índice

A mi abuelo, Emilio Begines.
Sin él saberlo, en su compañía empezaron
a gestarse estas páginas

RÍO GUADALQUIVIR

SANLÚCAR

JEREZ

SANTAMARÍA
DEL
PUERTO

ROTA

CÁDIZ

CHICLANA

CONIL

VE

LA FRONTERA DE PONIENTE
1450.

PRIMERA PARTE
AZNALMARA

1. CÓRDOBA 1438

Una mañana de la primavera del año de 1438. El bullicio habitual de la Plaza de la Alcaicería de Córdoba cedió a la entrada de un caballero completamente armado, de porte orgulloso, montando un alazán negro de enorme alzada. Le seguían un tambor y varios peones con los estandartes de Castilla y del conde don Pedro Ponce de León, quinto señor de Marchena y nuevo amo de Arcos, uno de los héroes de Antequera cuyas hazañas en la raya contaban los romanceros. Parado en el medio de la plaza, donde habían formado corrillo dueñas, trileros, vendedores de amuletos, curiosos, ladronzuelos y chiquillos, el caballero empezó a desgranar uno a uno, en un romance extraño pero con voz fuerte y clara, los beneficios que esperaban a quienes quisieran acompañarle:

—Cordobeses, escuchadme. Estad atentos porque nunca recibiréis oferta como esta. Soy don Enrique Yáñez, hidalgo por la gracia de Dios. Dispongo de apoderamiento de mi señor, el conde de Arcos, para reclutar gentes sanas y sin miedo, dispuestas a morar en los despoblados de la Banda Morisca que su majestad don Juan II de Castilla acaba de otorgar en señorío a mi señor don Pedro—. A su señal, el tambor atacó de nuevo su melodía hasta que le mandó parar y continuó hablando:

—Los caballeros que acepten venir conmigo a la frontera recibirán seis yugadas de tierra cultivable, con el compromiso de mantener caballo y armas en estado de guerrear. Los peones recibirán dos yugadas. Todos disfrutarán de libertad de pastos y de caza en los dominios comunales, pues las tierras sin repartir se dejarán para aprovechamiento de todos, como baldíos o dehesas. Habrá también libertad para nombrar a los alcaldes, alguaciles y jurados de las villas. Por añadidura, los colonos quedarán perdonados de cualquier delito o exceso, excepto de los de traición. No pagarán diezmos, ni portazgos, ni veintena, ni cuarentena, ni alcabala, ni otros pechos. No habrá de pagarse al rey el quinto, ni ningún otro impuesto, por lo que los almogávares y corsarios obtengan de la guerra guerreada y de las cabalgadas realizadas contra moros o cristianos enemigos. Vivirán asimismo francos de alcabala por los productos que vendan de su labranza o crianza. A cambio de estas mercedes, los nuevos pobladores deberán permanecer en sus donadíos al menos tres años y un día, con obligación de defenderlos para su señor, su rey y la verdadera fe.

Como los demás, Pedro escuchaba atento al hidalgo, entre seducido y desconfiado, con la fácil expectación propia de quien sólo ha visto catorce inviernos. Pedro era a la sazón villano, mozo de convento que nunca conoció a sus padres y que esa mañana se buscaba la vida en la calle, como tantos otros pícaros.

Ya en ocasiones anteriores había oído Pedro en Córdoba ofertas semejantes. Como siempre ocurría en la frontera, reyes y grandes nobles se veían acuciados por la necesidad de atraer nuevas gentes, sobre todo caballeros que garantizaran la defensa del territorio conquistado a los granadinos. Por la falta crónica de pobladores, las ciudades fronterizas obtenían fueros privilegiados, exención de impuestos y otras libertades que compensaran la dureza de la vida en la raya, una zona expuesta al constante peligro, existiera o no guerra declarada, donde niños y ancianos morían antes de tiempo y los jóvenes envejecían prematuramente, y en la que, como en una maldición bíblica, resultaba casi imposible que convivieran tres generaciones, pues nunca los abuelos llegaban a conocer a los nietos. La misma Córdoba gozó una vez de privilegios como esos que ahora ofrecía el representante del conde de Arcos, aunque conforme se alejaba del Guadalquivir la frontera con los moros, disminuía parejamente la importancia militar de la villa y las antiguas franquicias iban olvidándose. Los hombres se necesitaban entonces más al sur y allí habrían de acudir los que quisieran disfrutar de privilegios y de la oportunidad de prosperar, labrando nuevas tierras, o guerreando, o ejercitando oficio, o todo a la vez.

Fueron muy pocos los que acudieron a la llamada de don Enrique. Poco a poco, satisfecha ya la curiosidad de los ociosos, se fue disolviendo el corro y cada cual volvía a su ocupación. Don Enrique, viendo el poco éxito de su llamamiento inicial, cambió de táctica y trató de tocar ahora la honra de los dudosos: «¿Es que no quedan hombres en Córdoba? ¿Dónde están los descendientes de quienes arrebataron esta tierra a los moros, en tiempos del rey don Fernando?». Con los brazos en jarras, en pose altanera, desplazaba su mirada por el menguante grupo de escuchantes, hasta que dándose teatralmente por vencido, gritó: «¡Idos, cobardes, volved a vuestras serviles ocupaciones, que yo me iré con estos pocos valientes a ganar tierras para vuestros hijos!».

Ni lisonjas ni insultos eran suficientes para estimular a los cordobeses. Las generosas mercedes concedidas no bastaban para compensar el riesgo. En Córdoba todos sabían que la vida en la Banda Morisca significaba seguras penalidades, muy probable muerte y solo incierto beneficio. Allí, si no te mataba el hambre lo hacían los gandules con sus constantes aceifas, en las que los cristianos perdían los bienes, la libertad y con frecuencia la vida. La posibilidad de disponer de tierras propias resultaba atractiva, pero el cordobés menesteroso prefería penurias conocidas y el peso de los pechos reales, al resguardo de las fuertes murallas de la villa, que inseguros medros en las vecindades de los moros. ¿Quién cambiaría la dulzura del pasar de las estaciones en el bien guarnecido valle del Guadalquivir por las agrestes soledades de la frontera serrana?

La pregunta encontraba en la pujante hombría de Pedro una resonancia viva que sentía como nueva pero a la vez propia. Con la natural disposición que halla la tentación en los corazones jóvenes, el muchacho se sintió desde el principio atraído a las promesas del viaje. Sumido en sus dudas, permanecía todavía cerca de los pendones. No le apremiaban como a otros motivos para escapar de Córdoba. Su vida allí discurría sin mayores sobresaltos: disponía de comida y techo, y de vez en cuando se las apañaba para sustraer unas monedas del cofre de los monjes para gastarlas en vino, naipes y mujeres en las mancebías del barrio del Potro. Pero no le gustaba el convento donde vivía, ni los frailes que tan pronto perseguían el ascetismo como los placeres de la carne, de forma igualmente compulsiva. Desde su infancia padeció trabajos extenuantes, disciplinas y presión de los monjes para profesar. Él daba largas una y otra vez, no viéndose como clérigo, aunque sabía que no era poco disponer de comida suficiente y de jergón seco, e incluso del privilegio de aprender lo básico de las cuatro reglas. En esas condiciones podía aspirar a una vida modesta pero larga, mientras que la frontera no le ocultaba un seguro riesgo de dificultades y muerte.

No. No era la necesidad lo que causaba dudas a Pedro, sino una vaga ansiedad, un sentimiento —más bien pecado— de insatisfacción y vacío. Y ambición. Solo en la Banda Morisca podía esperar un mancebo de su condición lograr mudanza beneficiosa. Desde hacía años había visto pasar por Córdoba cientos de caballeros y peones camino de la raya, unos en busca de enriquecimiento, otros —los más— huyendo de la justicia, y también algún loco inflamado de espíritu de cruzada, persiguiendo un casi seguro martirio, deseoso de servir a Dios en la guerra contra los moros. El muchacho no perdía ocasión de escuchar los romances fronterizos que se cantaban en las plazas, con sus relatos de aventuras y hazañas de cristianos enriquecidos e incluso ennoblecidos por sus logros en la raya, como las del Mío Cid, que prometía a sus seguidores: «Quien quiera dejar cuidados, y enriquecer su caudal, que se venga con el Cid, si gusta de cabalgar». Otras veces eran hechos heroicos de los adalides de la Banda Morisca, como aquella de Pero Niño, que salió ileso de una lucha con decenas de islamitas. Historias de gentes que vinieron del norte sin nada para obtener tierras y botines y acabaron comprando incluso su propio caballo, logro tan difícil en la frontera, donde los buenos rocines eran distintivos de fortuna tan apreciados como caros.

A la memoria de Pedro venían ahora las historias de Gutierre, un aragonés llegado a este reino de zagal y que entonces se dedicaba al oficio de guarnicionero. Casi siempre se encontraba de mal humor y con frecuencia algo más que pasado de vino, pero a Pedro le gustaba quedarse en su tienda a observarle un rato, mientras preparaba los cueros, untándolos con grasa, porque sabía que al poco, tras unas poco convincentes protestas por su inoportuna presencia, empezaría a relatar sus correrías de juventud, sin necesidad de pedírselo. Seguramente solo parte de lo que contaba el aragonés resultaba cierto, pero la viva imaginación de Pedro se lo hacía ver todo con gran realismo: no dudaba que Gutierre había descabezado él solo a siete moros de a pie y que una vez trajo de Antequera tanto botín que hicieron falta tres mulas para transportarlo. No parecía sorprenderle su estado de solo mediana prosperidad, ni se detenía mucho a pensar dónde se invirtieron los productos de tan exitosas cabalgadas, en qué haciendas, en qué ganados... Porque si el guarnicionero no conservaba bienes, poseía a cambio algo mucho más importante, que es honra y respeto de los demás. Todo el mundo en Córdoba daba por seguro que Gutierre participó en la toma de Antequera. Aún se recuerda la entrada triunfal del infante don Fernando, a la cabeza de una larguísima caravana de cautivos y despojos, el *Te Deum* en la catedral, los pendones de los granadinos colgados en los antorcheros de los muros de la mezquita. Sí, para toda la ciudad Gutierre era *el de Antequera* y, como todos los que participaron en ese hecho insigne, gozaba de fama, honor y buen nombre.

Mas ¿de qué sirve la honra en el Reino de la Verdad, donde todas las deudas se pagan por su verdadero peso? Los pobres no quieren halagos, sino pan. Todos en Córdoba conocían bien las historias de muerte y cautiverio, las batallas perdidas. Los poemas también las cantaban, aunque en sordina, como aquella del río Verde, donde los moros aniquilaron a las tropas castellanas, quedando muertos o cautivos incontable número de cristianos, entre ellos el mismo Juan de Saavedra. Pues la muerte en la raya no hacía distingos entre señor o vasallo. ¿Acaso no la encontró en un virote que le entró por la boca el mismo adelantado de Andalucía, don Diego Gómez de Ribera, cuando intentaba tomar Álora? Si hasta el mismo infante de Castilla, don Pedro, cuando cayó en manos de los muslimes, tras el desastre de la Vega, acabó destripado, embutido de paja y colgado como un monigote de los adarves de la Alhambra... Así que, en medio de la excitación, mucho dudaba Pedro sobre la conveniencia de abandonar la seguridad del convento. Pese a los golpes y los agotadores trabajos que le encomendaban los monjes, en él conseguía pan y cobijo. Pujando con esta certeza, lo que había, bien mirado, era solo las inseguras promesas de un noble reputado por su carácter colérico y ambicioso, del que se contaban hechos terribles de crueldad. Pero ¿y poseer tierras? ¿Y granjearse honores sirviendo a los señores de la raya? ¿No era oferta bastante para seducir su alma joven y ambiciosa y su cuerpo fuerte y atrevido?

Ya estaban recogidos los pendones y dispuesta para la marcha la caravana, cuando don Enrique reparó en que el muchacho seguía mirándole fijamente.

—Ven aquí, zagal. ¿Cómo te llamas?

—Pedro, señor, para servirle.

—¿De verdad quieres servirme? ¿A mí, a tu rey y a tu religión? Pues entonces no lo dudes y vente conmigo a la frontera. Eres mozo recio y bien plantado —don Enrique hablaba mientras palpaba los hombros del muchacho—. ¿A qué te dedicas en Córdoba? No me lo digas, da igual. Sea a lo que sea, nunca podrá compararse a lo que te ofrezco. Ven con nosotros a la raya y podrás acabar como acaudalado caballero villano. Muchos lo han logrado, ¿por qué no puedes ser tú uno de ellos? ¿Quién dice que no? ¿Tú mismo apuestas en tu contra acaso, muchacho? Mira a ese que está allí, el de la gran cicatriz. Apacentaba cerdos en Osuna, mis cerdos. Y un día le dije: Martín, ¿por qué no te vienes conmigo a cabalgar? Ahora otros crían sus cerdos y sus cabras y él me acompaña a mandar moros al infierno. Antes comía de cuando en cuando y nunca carne. Hoy no le falta el pan y es hombre curtido de respeto.

Como viera don Enrique que Pedro seguía dudando, se despidió de él diciéndole:

—Veo que te falta valor. Es una pena. Lo siento por ti. Pero si cambias de opinión, todavía estarás a tiempo hasta el próximo amanecer. La recua acampa extramuros, en la Puerta de Almodóvar. En cuanto apunte el sol saldremos en dirección a Sevilla. Si de verdad eres hombre, te veré mañana. De lo contrario, que Dios te ayude.

Deslumbrado por historias reales y fingidas, empachado de romances, deseoso de fortuna, Pedro pasó la noche en vela. Al final, instigado por su propia voz interior, ansioso de otra vida, que soñaba posible, tomó la determinación de unirse a las filas del conde.

Sin despedirse siquiera de los monjes, se escapó del convento mucho antes del amanecer, en dirección a la Puerta de Almodóvar.

Aún hubo de esperar, esclavo de una desconocida inquietud, a que abrieran los portones. Temía que le echaran en falta y mandaran a buscarle. Temía equivocarse. Sentía el peso de su soledad huérfana aplastando su conciencia. Cuando alumbró el nuevo día y pudo salir extramuros, la recua que había ido recorriendo diversas poblaciones del valle del Guadalquivir en busca de colonos estaba ya aparejada y había iniciado la marcha. Pero don Enrique, como si estuviera esperándole, como si hubiera leído en él, se encontraba montado en su caballo con la mirada fija en la puerta por donde, sin pena ni remordimiento ya, como el que es llevado sin saberlo a su ruina, apareció el muchacho a la carrera.

2. AZNALMARA 1430-1446

Componía la tropa un grueso de penados en busca de redención, a los que acompañaban otros despistados que no sabían bien dónde iban. Solo unos pocos parecían estar allí por propia voluntad, la mayoría de ellos escapando de los cuantiosos impuestos que se veían obligados a pagar en sus villas de realengo, gentes que tomando sus mujeres e hijos huían a lugares de señorío donde al menos por unos años estarían francos de pechos y tributos. Algunos llevaban carretas con sus pocas posesiones, de las que tiraba una mula o ellos mismos; pero casi todos podían llevar sus pertenencias en sus propias manos. También iban unos cuantos infanzones de linaje, vástagos segundones de caballeros y de otros hacendados a los que nada retenía en su tierra natal por carecer de patrimonio propio y de expectativas de lograrlo. A ellos se unieron los habituales parásitos, putas, traficantes, mercenarios y toda una caterva de jugadores y aventureros atraídos por la posibilidad de ganancia. Sin saberlo, juntos constituían una ola más de la antigua marea que impulsaba desde hacía siglos a masas de población del norte al sur de la península, pasando primero de las Asturias y Galicia a Castilla y a León, después a las Extremaduras, de estas a las Andalucías y ahora del

Guadalquivir a la Banda Morisca. Como sus antepasados, iban a constituir una muralla de hombres con los que proteger la frontera, pues eran los hombres y no las piedras los que defendían a los reinos cristianos españoles del acoso africano.

Tras un largo viaje por las vegas del Guadalquivir llegaron una noche a Arcos, arrogantemente alzada en un risco que el Guadalete abrazaba hasta casi convertirlo en isla. Como las puertas de la ciudad se cerraban a la puesta del sol, los viajeros debieron acampar a la espera de que con la nueva luz les franquearan el paso.

Pero al día siguiente tampoco entraron en la ciudad, cuyos portones seguían cerrados, sino que se quedaron abajo, en las vegas del río. Mucho se extrañaron del recibimiento, pero pronto se supo en la caravana que los vecinos de Arcos no querían bien al conde. Hasta hacía poco, la villa pertenecía al realengo y solo ante el rey respondían los vecinos y su concejo. Su reciente entrega en señorío pleno al dueño de Marchena no la aceptaban de buen grado unos hombres que llevaban varias generaciones en la frontera, que la habían regado con su sangre, que habían ido arrancando cada terruño a los moros, que habían visto arrasadas sus cosechas y los ganados menguados una y otra vez, y que frente a todo habían perseverado.

La espera en las afueras de Arcos se prolongó varias semanas. Según se decía, el propio rey había prohibido al conde emplear la fuerza para tomar posesión de la villa, mandándole disolver la partida de gente de que se acompañó para ejecutar su derecho, lo que condujo a tediosas negociaciones que parecían no acabar nunca. Precisamente por aquellas fechas, en Arcos se esperaba la llegada desde Sevilla del lugarteniente del alguacil mayor sevillano, con mandato del concejo hispalense, para dar posesión de la villa a su nuevo amo, pues los vecinos de Arcos seguían impidiendo la entrada en la villa al personero del conde.

Estando acampado allí Pedro junto con el resto de la caravana reclutada por don Enrique, debió alcanzarse algún acuerdo y hubo movimiento en la recua. Algunos de los colonos, los más experimentados en faenas agrícolas, quedaron en Arcos y recibieron lotes de tierras calmas de cereal en las riberas del Guadalete, el caudaloso río que iba a morir al gran océano que Pedro nunca había visto. También rindieron viaje los que tenían oficios más útiles, y pasaron a morar en la villa los talabarteros, tundidores, zurradores, esparteros, espadadores y albarderos. Otros afortunados se comprometieron en casamiento con algunas de las muchas viudas que la guerra permanente con los moros dejaba, necesitadas de brazos para sacar adelante su hacienda. Los más viejos corrieron suertes diversas. Algunos fueron a parar a otros dominios del conde, en la costa del océano, en las villas de Rota y Chipiona, donde muchos penados iban a saldar sus cuentas trabajando en las almadrabas. Por último, quedaron a las afueras de Arcos solo unos cuantos, la mayoría mancebos soldaderos y solteros, pendientes de saber su destino último, noticia que les llegó de la mano del propio don Enrique.

—Venid aquí, zagales, acercaos y escuchadme todos. ¡Alegraos, pues hoy la ventura ha venido a visitaros! El conde ha ordenado que recibáis grandes lotes de tierra que ni siquiera habréis de trabajar, pues dispondréis de criados y esclavos que labrarán por vosotros... —gran contento causaron estas palabras entre el mocerío de la caravana, que con sus vítores interrumpió a don Enrique. Sin embargo, Pedro ya se maliciaba algo raro, pues mucha merced le parecía esa para tan poco merecimiento. En su inconsciencia, se atrevió a preguntar a don Enrique por la razón de tanta generosidad, siendo ellos los más bisoños y menos corridos. Tras unos instantes, en los que el caballero parecía no saber si golpear a Pedro o responder a su pregunta, don Enrique extendió su mano hacia el este, hacia tierra de moros, donde unas montañas envueltas en un manto intensamente verde se alzaban al alcance de la vista a modo de muralla, y con rudeza contenida explicó el motivo de la merced:

—Sabed, insensatos, que se os concede una gracia que no merecéis. Por suerte, vuestros lotes de tierra se encuentran en el extremo oriental de los dominios del conde, en la misma raya, zona de mucho riesgo. Por eso, al principio, no habréis de plantar panes, que el conde se encargará de vuestro abastecimiento y manutención. Recibiréis también pagas mensuales por vuestra permanencia en la raya, pues formaréis parte de la guarnición de Aznalmara, con el ejercicio de las armas, la defensa, la vigilancia de los caminos fronteros y el mantenimiento de ahumadas y atalayas como únicos cometidos. Los caballeros recibirán a cambio noventa maravedíes, treinta los ballesteros y peones, a los que habrán de sumarse las demasías entregadas a las personas que cumplan quehaceres como las velas, las rondas y otros trabajos. Mientras Aznalmara sea la guarda oriental de los dominios del conde, seguiréis gozando de estos beneficios, y si un día, Dios lo quiera, el conde extiende sus dominios hacia el este, en terreno arrebatado a los nazaríes, podréis permanecer en la villa, disfrutando de vuestras bien ganadas fincas y de los frutos de las cabalgadas que haremos en tierras de moros. Y otros irán entonces a guarnicionar la nueva raya, que vosotros habréis cumplido vuestro deber y solo tendréis que acudir al combate cuando el conde convoque a la hueste, según el fuero y la costumbre.

No quedó Pedro muy satisfecho con la explicación del adalid. Prefería permanecer en Arcos, como le fue prometido, y recibir fincas de labor. No poca inquietud le causaba el hecho de que todos los penados de la recua se afincaran en Aznalmara. No hacía falta mucho seso para deducir que en esa coyuntura el puesto que les habían asignado tenía más de castigo que de merced. Pero no se atrevió a protestar; a lo largo de las últimas semanas, durante el largo viaje desde Córdoba, había visto cómo se las gastaba don Enrique y estaba más que seguro de que nada lograría con sus reclamaciones. Todo lo más, la pérdida de algunos dientes o algún otro descalabro. Resultaba más prudente conformarse y ver qué le deparaba la fortuna, aunque el aire empezaba a faltarle en el pecho y sus piernas se aflojaban cuando volvía la vista a las montañas tan cercanas y pensaba que esas espesuras rebosaban de moros dispuestos a degollarle al primer descuido.

Por fin, llegó el día de partir hacia el este, rumbo al despoblado de Aznalmara, a poco más de ocho leguas de Arcos, y allí se encaminó la gente que el señor de Marchena mandó para poblarlo, cincuenta peones y diez de a caballo. A la cabeza los caballeros con sus monturas, después las acémilas con las albardas cargadas de las provisiones, los aperos y las armas. Los gañanes a pie, cargados de fardos, pues no cabe pensar en usar carretas por estos carriles serranos. Les seguían unos cuantos mercaderes y traficantes, que yendo encaminados a Ronda, preferían atravesar los desiertos en compañía de gente armada, pues pocos se arriesgan a transportar mercancías sin escolta por esas comarcas yermas casi siempre aplastadas por un sol enfurecido, tierras donde no regían las leyes de los hombres ni las de Dios.

Saliendo de Arcos, se extendían durante unas pocas leguas las llanuras suavemente onduladas próximas a los ríos Guadalete y Majaceite, ancestrales vías de entrada para las huestes cristianas en tierras de moros desde los tiempos del rey Fernando III. En los campos de trigo, les saludaban los confiados labriegos que recogían la cosecha, como sumergidos en un mar de oro mecido ligeramente.

Pero pronto el terreno empezaba a empinarse. Acabaron los campos paniegos y cruzaron por pastos y arboledas interminables. Cuando atravesaban un calvero quedaba a la vista, cada vez más cerca, la compacta mole de la serranía donde pululaban los gandules a sus anchas. Desde la época del gran rey Fernando, la frontera en esta zona no se había movido: los cristianos en el llano, los moros en la sierra. Aunque buena parte de las vegas las talaron repetidamente nazaríes y castellanos, quedaban todavía algunas manchas de viñas donde los sarmientos poco cuidados se retorcían caprichosamente como sierpes alrededor de sus estacas. Tierra de lluvias abundantes, de pastos inagotables arduamente arrebatados a la espesura, bien aguados además por cientos de regatos que desde los cerros cercanos buscaban el gran río.

Su camino, sin embargo, seguía. Conforme se ganaba altura el paisaje empezaba a cambiar. Las alquerías se espaciaban más y más hasta llegar a un completo despoblado de campos baldíos, salpicado tan solo por algunas aldeas en ruinas, cuyos restos calcinados, como desnudas sepulturas, ofrecían mudo testimonio de la proximidad de la raya. Estos solares estuvieron antaño habitados, pero las guerras acabaron lo que la falta de pan y las pestes empezaron, muriendo muchos de sus habitantes y huyendo los demás a las haciendas del valle del Guadalquivir y aún más al norte, a los reinos de donde vinieron sus antepasados en tiempos antiguos. Después de varios años de cosechas que no daban ni las simientes, dejaron de sembrarse panes por estos terrenos, ya solo útiles para pastos.

Y en las mismas faldas de la sierra, hasta los pastos desaparecían para ceder terreno a la selva más espesa, una maraña de encinas, pinsapos, algarrobos, quejigos y pinos, eternamente verde, donde el sol nunca penetraba. Al final del trayecto recorrido por la recua, donde nacían los ríos que regaban la llanada, rodeada de montes que se alzaban sobre los estrechos valles como olas de un mar encrespado, se encontraba la tierra de los moros serranos. Caminando por los lechos secos de los arroyos, la expedición se adentró en la espesura hasta vencer un puerto, y quedó entonces a la vista un valle de denso bosque, perforado en su centro por un cerro, rematado por un castillo, al que rodeaba casi completamente el naciente río Tavizna.

Desde los sotos brotaban, mil ruidos inquietantes y desconocidos que llenaron de aprensión a los recién llegados. Aznalmara no resultó tan grande como Pedro esperaba; apenas una aldehuela con unas docenas de casas, muchas de ellas de simple barro y paja, aunque bien defendida por muralla de pura piedra, levantada mirando al suroeste sobre la falda de una empinada colina, en medio de un valle rodeado de altas montañas que parecían querer tragarse a la villa. Dentro de la cerca, los numerosos solares vacíos mostraban que la población conoció tiempos mejores, mientras permaneció en manos de los moros, que la perdieron en 1410, durante las campañas del infante don Fernando. Don Enrique les contó durante el camino los pormenores de aquellas jornadas: los soldados de la cruz asediaron la villa durante meses, pero los mahometanos no aceptaron capitulación alguna, por lo que debieron ganar la muralla al asalto y acabar con la mayor parte de los habitantes, que opusieron feroz resistencia. Los supervivientes acabaron vendidos como esclavos. La villa quedó al final despoblada, en tierra de nadie, en la misma linde con el enemigo, hasta que el rey encomendó al conde de Arcos, don Pedro Ponce de León, su poblamiento y defensa.

El nuevo señor pronto dejó sentir su mano en la raya. Pocos años después de la adquisición de la villa, el conde infligió una severa derrota a los moros de ibn Ozmín entre el Cerro Mulera y

Los Bujeos. Fruto de sus victorias, la villa de Aznalmara era su sello en la raya, la vida renovada tras la devastación. Se mandó reparar las murallas, consagrar la antigua mezquita y abastecer el alcázar de gentes, vituallas y armas. A ello vino Pedro, con don Enrique y su hueste.

Pero ni las victorias recientes ni la reputada ferocidad del nuevo amo volvían fácil la defensa de la plaza, dada la proximidad de las villas moras. La potente Cardela estaba tan solo a tres leguas, la misma distancia que separaba Aznalmara de la fortaleza cristiana más cercana, el castillo de Matrera, perteneciente al concejo de Sevilla. A cinco leguas se encontraban Benaocaz y las aldeas de la Manga, y poco más lejos Zagrazalema: el centro de la almogavaría musulmana. Aznalmara era una cuña expuesta, aislada y rodeada en sus tres cuartas partes por tierra de enemigos: nada se veía desde los muros de Aznalmara que no formara parte de la serranía nazarí. Las sospechas que Pedro venía incubando desde la partida de Arcos se vieron ahora confirmadas: nadie en sano juicio acudía a poblar esta ratonera por voluntad propia. Gran error trajo a Pedro aquí, formando parte de una cuadrilla de penados que solo a cambio de redención aceptaban afincarse en estas selvas, buenas para casi nada, junto a otros pocos insensatos como él, que por su mocedad y mala cabeza cayeron en aquella trampa mortal.

En el mismo momento de la llegada hubiera querido Pedro dar marcha a atrás y volver al lugar de partida. Le pareció entonces deliciosa la vida en el convento. Córdoba se le antojaba el jardín del edén en comparación con la lúgubre fronda que ahora le rodeaba. Pero cualquier intento de huida quedaba descartado de antemano, bien lo dejó claro el alcaide en la arenga que dirigió a los colonos nada más llegar:

—Ahora somos la guarnición de Aznalmara, el valor y el cumplimiento del deber se recompensarán con haciendas, ganados y cautivos, la huida será penada con la muerte. No se tolerarán las pendencias ni los robos. Las insubordinaciones se castigarán con la horca. Por tres años y un día os habéis comprometido a permanecer aquí, guardando esta villa, y ni uno menos cumpliréis, que ya me guardaré yo de ello. Después seréis libres de partir. Mientras tanto, gozaréis del privilegio de que el conde os alimente. Desde Arcos nos enviarán periódicamente una recua con trigo, centeno y cebada, y recibiréis la soldada pactada, con total franquicia de impuestos; a cambio, habréis de velar armas constantemente y cuidar de las labores de atalayaje y aviso y refugio para prevenir y rechazar ataques de los moros contra Arcos y su alfoz. De ahora en adelante, y mientras dure vuestra permanencia en esta plaza o el conde ordene que cambien las circunstancias, considerad la guerra como vuestro único oficio. Habréis de cumplir las órdenes que yo imparta relativas a guardas y ejercicios. Y, sobre todo, deberéis velar para que las armas permanezcan siempre en el mejor estado. Se os proporcionará a cada uno casquete, escudo y puñal. Además, después de unos días y para probar vuestras habilidades, se os entregará espada, lanza, azagaya o ballesta. A los más fieros y a los que demuestren mayor pericia y valía militar, se les entregará incluso una loriga de malla y una cofia de cuero. Recordad que esas armas no os pertenecen. Responderéis de ellas con la vida. ¡Ay de quien las pierda o estropee; tendrá tiempo de arrepentirse y, cuando acabe con él, deseará hallarse en Ronda acarreando aguas! Nunca olvidéis que, ahí mismo, detrás de ese monte, se encuentra el enemigo y el botín. Allí deberemos buscar la riqueza o el honor de una muerte cristiana, batallando contra los enemigos de Cristo.

La aspiración a una vida serena y gozosa de Pedro quedó encerrada en una cárcel de piedra y brezales, celosamente guardada por moros serranos siempre acechantes, una jaula donde los jamelgos de poco servían en medio de tantas cuestas y pendientes empinadas. El bosque, al menos, rebosaba de caza, castañas, bellotas y setas. Con frecuencia disponían de carne de venado, conejo o jabalí, así que el hambre no habría de preocuparles mientras llegaran periódicamente de Arcos los panes y vinos prometidos para el sustento de la guarnición.

Pese a lo pugnaz que resultó la ofensiva para arrebatar Aznalmara a los islamitas, dentro de la cerca aún quedaban casas en buen estado, incluso con techos tejados, más que suficientes para que se instalaran todos los caballeros y algunos de los peones. En el alcázar de la fortaleza permanecían en uso asimismo algunas habitaciones señoriales, bellamente decoradas con yesos y estucos, con figuras vegetales y frases escritas en la sinuosa escritura de los moros que nadie sabía leer y que don Enrique, que fue quien ocupó las estancias, mandó eliminar. Los demás tuvieron que conformarse con las construcciones de extramuros, derruidas en su mayor parte y muy deterioradas por la humedad y las malas hierbas. Pedro tampoco tuvo en esto suerte: le adjudicaron una de las chozas casi completamente demolidas del exterior. Como los demás desafortunados, hubo de usar de la abundancia de piedras y maderos para habilitarse allí una tosca vivienda de una sola estancia, con escasa ventilación, pues solo contaba con una abertura exterior que hacía las veces de puerta.

Una vez asignadas las viviendas, se repartieron hazas de huerta en las riberas del río próximas a la fortaleza, que era poca tierra cultivable porque a menos de un cuarto de legua del muro el bosque ya se espesaba hasta ocultar casi completamente la luz del sol. La rica tierra de panes quedaba muy atrás, hacia Arcos, al menos a cuatro leguas, donde el terreno dejaba de ser roca pura.

En el sosiego relativo que se disfrutó al principio, fueron pocos los disturbios. Los ganados prosperaban y la caza y la leña abundaban. Pese a la aspereza del entorno, al aislamiento y a los peligros, la vida en Aznalmara permitió algunos acontecimientos felices. Desde el valle llegaron nuevos pobladores, entre ellos algunas mujeres solteras y viudas para emparejarse con los solteros de la primera hora.

Pedro casó con Ana Díaz, una viuda de Arcos, mujer mucho mayor que él, arisca pero fuerte, todavía de buena figura, aunque ya hacía tiempo que había pasado la época de su sazón. Pedro hubiera preferido una moza de su edad. Sin embargo, las muchachas cristianas en flor escaseaban y se reservaban para hombres de más alta condición: caballeros, escuderos o, al menos, hombres más ricos y corridos. En las villas más próximas a la raya abundaban tanto las viudas que señores y alcaides presionaban para que todos se casaran cuanto antes, sin importar las diferencias de edad entre los cónyuges. La vida en esas regiones era tan dura que no resultaba raro que algunas mujeres pasaran por terceras, cuartas y hasta quintas nupcias, al ir muriendo de hambre, peste, guerra o cautiverio sus sucesivos maridos. Mientras la hembra conservaba su fertilidad, era valiosa. Sin embargo, pasada la sazón, ya a nadie importa lo que ocurriera con ellas y las más de las veces las ajadas viudas, salvo que tuvieran hijos honradores de sus mayores, como mandaba la ley de Dios y la de los hombres, malvivían de la caridad durante sus últimos años sobre la tierra.

Tan mancebo todavía que apenas le apuntaban las barbas, Pedro trataba a Ana Díaz más como a una hermana o a una madre que como a una esposa, aunque no por ello dejó de engendrarle un hijo, pues parir era la principal obligación de las hembras de la raya. Casi de repente, el muchacho se encontró marido y padre de un hijo varón, bien afincado, dueño de unas hazas de huerta y unas pocas bestias. Pero Ana Díaz, hembra obtusa, muy preocupada por su aspecto, que consumía infructuosamente buena parte de su caudal en ungüentos y pócimas para mantenerse joven, era la verdadera ama de la hacienda y Pedro más su lacayo que su marido. Siempre quejosa, reclamaba con insistencia que se trasladaran intramuros, a una casa de piedra, pues consideraba la choza que con tanto cuidado había habilitado su marido poco más que una pocilga, impropia de seres humanos.

A pesar de los miedos iniciales, de la desdeñosa frialdad de su esposa y de la ferocidad de don Enrique, pronto empezó a gustarle a Pedro su vida en Aznalmara y, sobre todo, su nuevo oficio, pues toda su tarea durante el día, aparte de cuidar de su lote de huerta y de sus cabras y gallinas, consistía en ejercitarse en la ballesta, con la que pronto alcanzó destreza notable. Tuvo en ese cometido un excelente maestro, quizás el mejor, Martín Espartero, que llevaba toda la vida en la raya. Él le enseñó la regla de oro del oficio: «Sé de ballesta porque continuamente la llevo conmigo y tiro con ella». Martín entrenó a varios de los recién llegados, los de mejor seso, hasta convertirlos en buenos hombres de pelea, conocedores de la ballesta y de otras armas ligeras, pero de entre todos Pedro demostró la mayor pericia, hasta el punto de que, al morir Martín de calenturas, en lo más recio de su segundo invierno en Aznalmara, el alcaide don Enrique dispuso que él siguiera entrenando a los demás neófitos, con nombramiento de sargento de ballesteros y aumento de su soldada.

La semilla de su ambición natural alimentaba su talento y su disposición interior. Aprendió también el muchacho a montar ballestas y a repararlas, lo que le valió las correspondientes demasías de sueldo; en la frontera se precisaba mantener siempre a punto la ballestería y los sucesivos maestros ballesteros que enviaban desde Arcos desertaron uno tras otro, con lo cual Aznalmara padecía siempre necesidad de esta pericia, porque las ballestas, con su mucho uso en la caza y los entrenamientos, se quebraban y descuajaringaban con frecuencia, debiendo adobarse de nuevo. Al cabo, en lugar de mandar maestros ballesteros, la recua enviada desde Arcos solo incorporaba las cureñas, los brazos y los rollos de las ballestas, que Pedro se encargaba de montar y afinar en Aznalmara, poniendo sus cuerdas y avancuerdas. A sus dieciséis años, Pedro quedó al cargo de los diez ballesteros de la guarnición, a los que se encargó de formar y perfeccionar enseñándoles lo básico del oficio: no tener la cuerda de la ballesta tensa más tiempo del imprescindible, llevarla en bandolera cuando se corre por el campo, apuntar y a apretar el gatillo, reparar ballestas y empendolar virotes y cuadrillos. Por su fina puntería, a Pedro se le encomendó también como trabajo salir de caza, haciendo de ballestero de montería, por lo que pasaba la mayor parte de los días solo, o con el alcaide, gran aficionado a este arte y muy perito en él. Rara vez regresaba sin un corzo o un jabalí, además de gran número de aves comestibles, que también proliferaban.

Pese al miedo constante, la mala vida que le daba Ana Díaz y los malos comienzos, al poco tiempo Pedro, un alma inquieta para bien y para mal, se acostumbró a su suerte y Aznalmara acabó por parecerle un buen lugar para vivir. Al menos durante unos años: el tiempo que duró la tregua con Granada, cuando los reyes y señores moros y cristianos de ambos lados de la raya pusieron algún empeño en evitar los saqueos y hostilidades, aunque sin demasiado énfasis, porque en la raya no siempre resulta fácil saber cuándo operan paces y cuándo contienda declarada. En la Banda morisca casi todos hacen la guerra por su cuenta, sin parar mientes en nada ni nadie, y los más ni siquiera se enteran de los acuerdos establecidos entre los grandes. Para los señores fronteros, la paz y la guerra no son asuntos de Estado, sino negocios particulares que se resuelven conforme a sus intereses privados y a su libre determinación, sin reparar en acuerdos de príncipes. Cuando conviene a ambas partes, los caudillos se reúnen para pactar treguas, o bien hostilidades solo limitadas. Y en verdad hubo un tiempo en que en la raya se disfrutó de bastante tranquilidad y los vecinos de Aznalmara pudieron andar con relativa seguridad por los alrededores de la fortaleza y traficar con los moros de Zagrazalema y Archite, pese a que el comercio de muchos bienes estuviera prohibido. Y también los rondeños se conformaron con esta situación y se esforzaron por prolongarla; incluso ahorcaron a un moro de Benaocaz que no guardaba las paces y robaba a los de Aznalmara.

Puntualmente llegaba la recua de Arcos y proveía de lo necesario para el mantenimiento de la fortaleza: trigo, avena y cebada, tocinos, tinajas de vino, aceite, miel y vinagre, algún queso, sal, garbanzos, habas e incluso alguna carga de pescado en salazón. En esos días se festejaba en el comedor común que don Enrique había mandado habilitar en el alcázar, donde reunía a su camarilla para dar cuenta de un puchero de olla podrida que regaban con gran profusión de vino, a la luz de la fogata que se armaba en el hogar ennegrecido.

Y cuando el siempre frágil tiempo de paz comenzaba a prometer cierta prosperidad, el recio aire de la raya arreció con su atavismo inexorable. Desde que hubo certeza en la frontera de que habían vencido las treguas se hizo continua la guerra y no hubo un año sin correrías de moros, que en esos tiempos anduvieron muy envalentonados y hasta se atrevieron a saquear en las cercanías de Sevilla y Écija, llegando a entrar en los arrabales de Utrera. Las razias de los islamitas se producían siempre de la misma manera: solían llegar al amanecer, desde Ronda. Amparados por la oscuridad, dejaban los caballos bien lejos del pueblo y, a pie, tomaban posiciones en las calles principales. Una por una, iban tomando las casas en el mayor silencio, matando o amordazando a los habitantes, hasta que se daba la voz de alarma y los cristianos hacían frente a los atacantes. Si estos eran pocos, salían huyendo de inmediato, llevándose lo que podían de bienes muebles y cautivos, que con frecuencia morían despeñados o matados por los propios moros, que preferían degollarlos antes que perderlos. En cambio, cuando la partida disponía de fuerzas considerables, los castellanos debían acogerse al amparo de la fortaleza y esperar a que los moros quemaran, arrasaran y se llevaran todo lo que pudieran. Así fue como perdió Pedro a su primera mujer y a su hijo sin destetar, al poco de cumplir el año de casado. Nada pudo hacerse por evitarlo. El día de su captura, Pedro se encontraba con don Enrique siguiendo la pista de un oso en lo más espeso del bosque, en el curso alto del Majaceite y para cuando volvieron a Aznalmara ya el fugaz asalto había concluido. Por esos días una poderosa hueste mora, de al menos cien jinetes y trescientos peones, se adentró en el alto valle del Guadalete, sorprendiendo y cautivando a sus habitantes y talando los panes y las viñas; a la vuelta, parte de la hueste pasó por las cercanías de Aznalmara y cuando los saqueadores repararon en lo menguado de la guarnición de la villa, atacaron sin dudarlo. La mayoría de los habitantes pudo acogerse al amparo de la fortaleza, salvando así la vida, pero otros fueron sorprendidos en sus faenas lejos de los muros: se llevaron a quince vecinos y numerosos ganados y quemaron todas las casas de extramuros. Pese a que de inmediato se entabló persecución, no hubo manera de localizarlos, que bien peritos son los rondeños en los peñascosos senderos de las sierras que bordean el Guadiaro; una vez que ganan la altura, resulta imposible seguir su rastro, y si se les encuentra, plantan cara con mucho peligro. Dios da y Dios quita según Su Voluntad; sin pedírselo le dio mujer e hijo y de la misma manera se los llevó en tan brevísimo plazo que apenas pudo Pedro aficionarse a ellos, rostros borrados ya casi en su memoria, en la que solo queda el vestigio del dolor y del vacío extraño que le quedó, mezclado con la impotencia por no haber podido protegerlos ni rescatarlos.

Pero en la convulsa vida de la raya no caben duelos prolongados. Durante el periodo infausto que siguió al fin de las paces, la vecindad de los moros y su creciente hostilidad impedía la atención a los ganados, que inevitablemente se fueron perdiendo. No se salía un paso desde la fortaleza donde no se encontrasen enemigos en las heredades y en las veredas. Mostraban tal atrevimiento y crueldad, que a veces jugaban a tirar con la ballesta contra los cristianos, si no se los podían llevar o estimaban en poco su valor. Las actividades cotidianas tenían que realizarse en estado de alerta permanente ante el temor de un ataque. Todo el mundo debía salir de la villa armado y acompañado de mucha gente y no se podía llevar las bestias a herbajar sin grave riesgo de perderse y perderlas, aun defendiéndolas a punta de lanza, por lo que solo lograron conservar las que comían de lo producido en las cercanías de la fortaleza: unas pocas cabras y algún cochino. Tampoco conseguían atender a otras actividades que no fueran las continuas guardas y atalayas, las velas y rondas, por lo que las huertas quedaron abandonadas y hubo que depender todavía más de los abastecimientos que llegaban desde Arcos con la recua. La caza resultaba cada día más arriesgada: no pocas veces salió de la fortaleza algún mozo para tender lazos y trampas y no se le volvió a ver, por lo que el alcaide prohibió las cuadrillas de caza menores de cinco hombres convenientemente armados. En medio de tanta amenaza, la villa perdió casi completamente su arrabal y el común de los vecinos que quedaron con vida se acogieron al reparo de la fortaleza, construyendo casas y chozas incluso en la plaza de armas.

Pero la fortuna en la raya es tornadiza y escapa a cualquier previsión. Bien poco tiempo tuvo que esperar Pedro para resarcirse y verter contra los moros la rabia acumulada por la pérdida de sus bienes y de su familia, pues en la siguiente primavera fueron los hombres de la hueste del conde los que entraron en son de cabalgada por el valle del Guadiaro, llegando hasta el Mediterráneo, en las cercanías de Gibraltar. Veinte hombres a caballo y cien peones, bien equipados, que arrasaron no menos de treinta aldeas y alquerías. Volvieron al pueblo con vacas y cabras, algo de oro granadino, mujeres parideras y niños capaces de andar que se vendieron en Arcos a buen precio. Todas las hembras menos una, que correspondió a Pedro por méritos de guerra y que tomó como esclava, sirvienta y manceba.

Nunca supo su verdadero nombre, porque poco hablaba, tan solo los mensajes imprescindibles para la vida en común. Pedro la llamó

Juana, aunque ella nunca contestaba a ese nombre, ni decía ni una palabra en romance, pues ni una vez consintió en pronunciar los sonidos de la lengua de su amo, pese a entenderla correctamente: lo que tenía que decir, lo expresaba en árabe, con lo que Pedro a la fuerza acabó adquiriendo algunas nociones básicas de esta lengua. Por lo demás, desempeñaba bien sus obligaciones. Nunca permanecía ociosa: particularmente cumplida y mañosa en la huerta, sabía hacer fructificar todo tipo de semillas, consiguiendo para el sustento común grandes cantidades de garbanzos, berenjenas y habas. Secaba frutas a la manera granadina, rociándolas con miel aguada tras haberles practicado una hendidura y después curándolas al sol; ya adobadas, las guardaba en escondrijos secos y oscuros, a los que recurría en épocas de escasez, por lo que Pedro no pasó hambre en los malos tiempos, cuando hasta el alcaide ayunaba a la fuerza. También plantó lino, con el que se fabricaba sus propias túnicas. Para moler el trigo siempre recurría al tosco molino de mano que tenían en la casa y, pese a ello, la harina le salía muy fina y el pan excelente, pues lo amasaba con cuidado y reverencia, mientras canturreaba repetitiva y quejumbrosamente en su jerga, en voz baja, como para sí misma. Y no amanecía una mañana sin que estuviera el fuego ya encendido cuando Pedro abría los ojos. Tanta afición le tomó Pedro, que acabó por casarse con ella, redimiéndola de su cautividad. Y ella, pese a su carácter triste y arisco y a su nula palabrería, parecía también medianamente contenta con su suerte, aunque nunca renegó formalmente de su herejía, para escándalo del cura de la villa, que de mala gana autorizó el matrimonio, dando por supuesta la conversión de la mujer. Pese a las peticiones, los golpes y las órdenes de Pedro, Juana no dejaba de decir sus oraciones en árabe, sus *Bizmila*, *Fatiha* y el *Andulila*; pero al menos consiguió que rezara a escondidas, tratando de evitar las iras del cura o de los vecinos de la villa, que no veían con buenos ojos la presencia de una mora recalcitrante en una plaza en el mismo borde de la raya, donde todo moro podía acabar espiando para el enemigo. Por eso decidió afincarse con ella de nuevo extramuros, donde estaba renaciendo el arrabal, lejos de miradas indiscretas. Allí logró rehacer su vida y, en este extraño equilibrio de interés y supervivencia, Pedro volvió a tener hijos, dos, un varón y una hembra, en poco más de dos años. Su antigua choza, reconstruida y ampliada, podía ya considerarse un hogar, y el niño expósito, el muchacho que salió un día sin nada de Córdoba, logró disfrutar, por primera vez, de algo parecido a una familia.

3. EL SITIO DE AZNALMARA 1446

A Pedro aún le quedaban unas horas más de gélida espera hasta que llegara alguien a relevarle, al amanecer. Lo sabía por el brillo arrogante de las constelaciones que se dibujaban en el cielo nocturno y por el silencio impenetrable que reinaba en la espesura. Sus muchas vigilias le habían enseñado a medir el tiempo con habilidad animal. El viento que soplaba del norte traía las fragancias familiares y apacibles de una noche invernal: a hoguera, tierra mojada y estiércol. Pero nada indicaba que las tropas del conde de Arcos se dirigieran a levantar el sitio de Aznalmara. De lo contrario, algunos destellos se hubieran visto hacia poniente, por el curso bajo del Tavizna. Dentro de la fortaleza reinaba la quietud propia de la desesperación, el sueño aturdido del hambre antigua. Nadie confiaba ya en la llegada de un socorro después de tantos días de vana espera y los sitiados se encomendaban a Dios, sabedores de lo que les esperaba.

Quedaban solo diez personas con vida en el alcázar, reducidas al estado de esqueletos. Agotado el grano en los primeros días del cerco, pese a los severos racionamientos impuestos, hubo entonces que comer las carnes de los escasos jamelgos y asnos disponibles en la fortaleza y, cuando estas se acabaron, se recurrió al consumo de cualquier objeto masticable y también de carnes impropias del género humano, como ratas y murciélagos. Pero no bastó, y los sitiados fueron sucumbiendo ante las penalidades. Primero murieron los niños y los ancianos, presas fáciles del frío y del hambre. Cinco mozos trataron de escapar por un surtidero en una noche sin luna, pero los capturaron los sitiadores y uno de ellos acabó torturado a la vista de los baluartes, para escarmiento. Un día entero tardó en morir; sus gritos se fueron apagando hasta acabar en un lamento sordo, casi un hipido. Don Enrique, el alcaide trató de alcanzarle con su mejor ballesta, pero los moros calcularon bien la distancia y los virotes morían a los pies del moribundo, entre las risas y los abucheos de los sitiadores. Después las fiebres, alferecías y el flujo de vientre se llevaron a muchos otros, más que las flechas o las azconas. Los últimos murieron esa misma mañana entre delirios y estertores. Ya no quedaba agua en los aljibes, ni comida alguna para los supervivientes, que empeoraban su suerte con el consumo de aguas impuras. Pedro sabía que en tan lamentable estado seguramente casi todos ellos acabarían muriendo en las horas siguientes, pasara lo que pasara.

Siete semanas llevaban los islamitas a los pies de la fortaleza, donde todos los habitantes de Aznalmara que pudieron se refugiaron el día del asalto al oír el toque a rebato de la campana, que se dio tarde, cuando ya resonaba por doquier la algazara de los atacantes. Vinieron de amanecida, como siempre. No se esperaba un ataque tan avanzado en invierno y mucho menos en noche de luna llena. Las alertas y atalayas andaban descuidadas y casi vacíos los silos y aljibes del castillo: nadie vigilaba el puerto alto del Boyar, por el que puede llegarse a Zagrazalema en pocas horas de fuerte subida. Los guardas vigilaban el paso habitual, el que permite alcanzar el valle del Guadalete desde Benaocaz, o directamente desde Ronda siguiendo una antigua calzada romana que discurre a los pies de la fortaleza de Cardela, primer bastión de los rondeños en la frontera. Pero los moros vinieron a pie por el puerto alto, con apenas unos pocos mulos de carga portando la impedimenta mínima y escasa munición de boca: solo las armas y el aparejo propio de las razias. Confiaban en saciarse con lo robado. Y bien que lo hicieron, aunque no tanto como esperaban y su rabia delataba. Rabia por el esfuerzo desplegado y las muchas penalidades, poco menores que las de los sitiados. Por eso nadie en la fortaleza podía esperar compasión, quizás ya ni siquiera un acuerdo que permitiera al menos conservar la vida como esclavos. Sitiadores y sitiados compartían hambre y calamidades, pues las fiebres habían barrido ambos lados de los muros. Los días pasados se oyeron cantos, rezos y lamentos en su guirigay, que los sabedores de la lengua árabe identificaron como versículos de su libro sagrado. El rumor subía desde los apostaderos de los moros, que habían habilitado una tosca mezquita entre las paredes en ruinas de la iglesia Mayor, el único templo que medio quedaba en pie, porque los moros habían echado completamente abajo la otra iglesia de la villa, la nueva, poco más que una ermita, recién construida en el camino que va a Arcos, el camino por donde debería aparecer la salvación y que seguía desierto.

Cuando se hacía el silencio, Pedro llenaba el tiempo de sus vigilias volviendo sobre los detalles del combate. Todo fue tan rápido que no hubo tiempo ni de mandar troteros a Arcos o a Matrera para avisar del ataque. Con sigilo, los atacantes tomaron una a una las casas y granjas del arrabal, sin causar alarma. Después escalaron la muralla de la villa y se derramaron por las calles de intramuros, sin encontrar oposición hasta que un alarido de espanto tocó a rebato: solo entonces hubo una breve y desordenada lucha, en la que cayeron muchos cristianos. Pedro apenas tuvo tiempo de echarse encima una camisola cuando los golpes comenzaron a retumbar en su puerta. Sin pensarlo, empujó a su mujer y a sus dos hijos hacia la parte de atrás de la vivienda y con rapidez los fue sacando por un estrecho tragaluz al patinillo de los cerdos. Ya no los volvió a ver. Apenas acababa de sacar al pequeño por la abertura cuando el portón se vino abajo y dejó el paso franco a dos moros que le acometieron con lanzas enristradas. El primero de ellos frenó en seco, con el pecho atravesado por un virote hábilmente lanzado por Pedro; soltó su lanza casi a sus pies y antes de que el otro pudiera darse cuenta de lo que ocurría, se encontró con esa misma pica clavada en la barriga.

Cargada de nuevo la ballesta, Pedro salió con cuidado a la calle y se fue de inmediato al patinillo trasero en busca de los suyos, pero estaba desierto. Los llamó en susurros al principio y después a limpio grito, pero solo consiguió atraer la atención de varios moros que corrieron hacia él. Con la ballesta en bandolera, corrió a perderse en la oscuridad en dirección a la alcazaba, donde logró acogerse junto a unos pocos cristianos más.

Todo el que no pudo ampararse a tiempo tras los muros del castillo, fue cautivado o muerto. Desde allí pudieron ver a los asaltantes afanarse en su tarea, buscando riquezas y cautivos en cada rincón de la villa y prendiendo fuego por doquier, unos matando a los cerdos, otros vaciando los graneros, mientras los demás sacaban de las chozas en llamas los modestos ajuares y mujeres medio desnudas. Todo un día tuvieron que ver cómo saqueaban la villa y sus alrededores, hasta que la noche mudó el deseo de los atacantes y su frenética actividad, pasando de la codicia del botín a la pasión por su disfrute. Los alaridos de las cautivas y las risas de los mahometanos llegaban nítidos a los baluartes donde los sitiados lloraban su pérdida y maldecían su vergüenza y falta de previsión. Como al resto, a Pedro le comía la inquietud por no saber el destino de los suyos. Tal vez Juana simplemente aprovechó para volver con su gente. Mejor eso que no cautivos. Se afanaba aguzando la vista por si los reconocía en el montón de vecinos apresados, pero no los encontraba. La luz titubeante de las hogueras, encendidas sacrílegamente con las santas imágenes halladas en la iglesia, dejaban ver desde la alcazaba los ojos brillantes de estupor en las cabezas empaladas. Luego el cansancio pasó factura y donde antes se oían voces y risotadas, aullidos, golpes y bullicio, llegó la quietud.

En la primera aurora después del ataque sus siluetas se dibujaron desplegadas al pie de la fortaleza, en un calvero granítico en medio de la foresta. No muchas, menos de cincuenta: si no se hubiesen ayudado de la sorpresa y el engaño, podrían los cristianos haberles hecho frente. Pronto se hizo evidente que carecían de los medios de expugnación y de logística suficiente para montar un cerco prolongado. Sus únicas posibilidades parecían ser un intento de escalo, o simplemente marcharse con el botín ya obtenido, como habían hecho tantas otras veces. Pero no fue así.

Apenas palidecían las tinieblas cuando de entre las ruinas de una choza de extramuros sacaron a un hombre atado y lo encaminaron a patadas y empujones frente a la puerta de la fortaleza. El hombre, un anciano, vestía ropajes sarracenos. De un golpe lo arrojaron al suelo, unas varas delante de ellos, casi a tiro. El viejo se incorporó torpemente y empezó a hablar en romance, con el acento cantarín y las vocales abiertas de la Alta Andalucía, mostrando bien a las claras que, pese a su indumentaria, el hablante nació cristiano o se había criado entre cristianos, en algún lugar entre el Guadalquivir y la Banda Morisca:

—Escuchadme, hombres de Aznalmara. Os hablo por orden del arráez Muley ibn Muhammad, vasallo del jeque de Ronda, ¡Dios esté satisfecho de él! Me manda que os diga que esta villa y esta fortaleza pertenecen a su señor desde tiempo inmemorial. Y que por designio divino ha llegado la hora de que vuelva al poder de su legítimo propietario. Su amo le ha encomendado recuperarla en su nombre para la verdadera fe, arrancándosela a los perros politeístas que la ocupan. Y también manda que os diga que él, mero instrumento del decreto de Dios, así lo hará o morirá en el intento. Nada ni nadie podrá impedir que se cumpla la voluntad del Altísimo. Manda que os diga que salvaréis las vidas si capituláis de inmediato entregando la fortaleza. De lo contrario, os matarán a todos de maneras que no podéis ni imaginar: ningún sufrimiento que hubierais podido padecer en esta vida podrá compararse con los que os esperan en manos de sus muyahidines. Por cada día que pase sin rendición, más lento y doloroso será el tormento. De ello podéis estar tan seguros como de que por la noche se pondrá el sol.

El silencio que se hizo después del discurso del anciano pareció durar horas y quedó roto cuando la grave voz de don Enrique Yáñez se alzó para contestar:

—La alcazaba y la villa de Aznalmara pertenecen a mi señor, conde de Arcos, que la ganó por la gracia de Dios y del rey de Castilla, legítimo soberano de estas tierras. Ellos me han encomendado la defensa de esta plaza, empeñando la vida si es preciso. Y eso haré, con la ayuda del Dios verdadero y la fuerza de mi brazo mientras me quede aliento en el pecho. Diles a tus amos, sucio renegado, que tomen lo que puedan y huyan mientras dispongan de tiempo, pues no habrá de tardar el socorro que envía mi señor desde Arcos.

A modo de respuesta, los sitiadores trajeron desnudo y atado a Juan, hijo de Juan, habitante de una alquería próxima, y lo ataron por las cuatro extremidades a una cruz en forma de aspa. Después tiraron la cruz al suelo, quedando Juan boca arriba y tan asustado que no podía ni suplicar. Allí se quedó un buen rato, mientras que un grupo de moros realizaban maniobras extrañas que nadie en la fortaleza sabía a qué iban dirigidas: prepararon un palo muy largo y afilado, estrecho por la punta y mucho más ancho en la base. A continuación, colocaron en el extremo puntiagudo un refuerzo de metal y untaron con grasa toda su longitud. Finalmente, comenzaron a introducirle, lentamente y con prolijos parlamentos entre ellos, el palo por las entrañas. Nadie en el castillo pudo dejar de oír los chillidos atroces del muchacho, que llenaban el aire con un tronar tan fuerte que ocultaba todo lo demás. Paralizado por el espanto, Pedro no podía apartar su mirada de la sanguinaria escena que se desarrollaba a escasa distancia de los muros de la fortaleza: con mucho cuidado, los verdugos iban introduciendo poco a poco el palo en el interior de Juan, que no moría aún, ayudándose con una maza con la que daban cuidadosos golpes en la base de la estaca; a veces la sacaban un poco y la giraban o la desplazaban a un lado. Mientras tanto, el cuerpo del cristiano se convulsionaba extrañamente. Tras más de una hora de maniobras, la punta metálica del palo brotó cubierta de sangre muy cerca de su hombro derecho. Entonces desataron a Juan de la cruz y siguieron empujando la estaca hasta que su extremo sobrepasó la altura de la cabeza, para a continuación colocarle entre las piernas un palo cruzado que ataron fuertemente al poste. Una vez terminada la faena, levantaron con mucho cuidado la estaca y la plantaron en un agujero en la tierra por su base, asegurándola con una montaña de piedras. El cuerpo de Juan quedó desmadejado a varios pies de altura sobre el suelo, espetado como un pollo en la hoguera.

Se hizo un corro alrededor del poste y, entre carcajadas y griterío, se cruzaron apuestas sobre cuánto tardaría el pobre muchacho en morir. Cuando lo creían a punto de exhalar, los moros le echaban agua en la cara y lo trataban de reanimar con suaves golpes en la mejilla; entonces tornaban los gemidos, cada vez más flojos. Casi exánime, los miembros de Juan colgaban inertes y su cabeza se inclinaba hacia el lado y hacia delante de manera extraña. Cuando murió, después de una larga agonía, algunos de los sarracenos prorrumpieron en risotadas, mientras que otros se lamentaron. Varias bolsas de monedas cambiaron de manos y todo fueron aplausos y felicitaciones para los empaladores. Don Enrique perdió la voz lanzando maldiciones desde la muralla, de donde mandó bajar a todos menos a unos pocos, que contemplaban la escena con asombro petrificado y una pasividad atónita que les impedía apartar la mirada del cuerpo de Juan. Nadie se atrevía a romper el pesado silencio que se hizo cuando el alcaide dejó de gritar, hasta que Pedro se atrevió a preguntar:

—Señor... ¿Habéis visto alguna vez esa esa forma de dar tormento?

Don Enrique apartó su mirada del cadáver empalado y miró con fijeza a Pedro, pero nada contestó. Al rato, sin mediar pregunta, empezó como a divagar en voz alta:

—No son moros de aquende: ni rondeños, ni de ninguna de las comarcas que conozco del reino nazarí. Hablan una lengua distinta a la algarabía de los granadinos. Y esos rostros tan oscuros... ¡Algunos casi negros! Los ropajes que visten son extraños y muchos llevan la cabeza cubierta con paños como me contaba mi padre que hacían todos los moros en tiempos antiguos... y aquellos de allí —dijo señalando a un grupo de los sitiadores que estaba apartado de los demás—, ¿qué son esos capuchones de fieltro encarnado y esas cabezas afeitadas por todas sus partes, salvo por ese mechón largo que dejan en lo más alto del cráneo? –. De nuevo se hizo el silencio cuando don Enrique dejó de dar a voz sus pensamientos. En la explanada, los moros seguían su francachela con las todavía abundantes provisiones. La bebida corría entre un bullicio de gritos, amagos de pelea y juegos diversos. Unos pocos trataban de hacer puntería con sus flechas sobre el cadáver de Juan, hasta que un proyectil perdido hirió en el muslo a un negro que dormitaba debajo de una encina. Sus alaridos de dolor y el látigo de unos de los jefes pusieron fin al torneo.

Pedro seguía desde la muralla todas las evoluciones de los sitiadores, con una mezcla de sorpresa y pavor. Todo causaba extrañeza en la manera de actuar de los moros. No parecían peritos en el asedio de fortalezas, pues no empleaban las máquinas lanzadoras de piedras ni los artefactos incendiarios que con tanta eficacia esgrimían los rondeños; tan solo construyeron una tosca bastida, con la que lograban acercarse a la muralla para disparar con grandes arcos unas temibles flechas, capaces de atravesar la más gruesa cota de malla. Como había apuntado don Enrique, seguramente venían del otro lado del mar, de los desiertos de África. Poco se parecían a los granadinos, que venían, robaban lo que podían y escapaban rápido, pero sin dañar innecesariamente cautivos que siempre valdrían más vivos y enteros. Desde ese día, las esperanzas de salir con vida de Aznalmara se fueron reduciendo.

En la duermevela de la amanecida, cuando parecía que el sueño iba a ganar la partida tras la noche insomne, Pedro oyó el crujido de la escala de madera. De entre las sombras aparecieron las formas rotundas de don Enrique, que se asomó a la noche desde la almena y parecía meditar, arrebujado en su capa. Viéndole, Pedro recordó el día, ocho años antes, en que apareció en la alcaicería de Córdoba, y de nuevo, como tantas otras veces, acudía a su mente la eterna voz: ¿por qué cambio su plácida existencia cordobesa por este infierno? Esta duda escocía ahora su juicio, excitado por el miedo, el fracaso y la sed de vida. Pero no menos poderosa fue la inquietud que le llevó a enrolarse al mando de don Enrique, tentado por el veneno de conquista. A la postre, aquí encontró un lugar en el mundo y tuvo hijos…

Sus hijos. Cuando Pedro pensaba en ellos sufría una aguda punzada en el pecho, que le privaba de aire. Con dificultad giró la cabeza para escudriñar la oscuridad. ¿Qué habría sido de ellos? ¿Vivirían todavía? Eran tan pequeños. El menor apenas destetado. Todos los días que duró el sitio, Pedro se dejaba los ojos tratando de adivinar las formas familiares de los suyos, buscándolos entre los cadáveres y las cabezas cortadas que podían avistarse desde los baluartes, aunque nada conseguía, lo que lejos de aliviarle aumentaba su desasosiego. Quería consolarse con el pensamiento de que siendo Juana una de ellos, habrían recibido todos buen trato. Pero nada le aliviaba el sentimiento de culpa, por no haber sido capaz de ponerlos a salvo en el alcázar en los primeros momentos del asalto, cuando en medio de la oscuridad y la confusión los perdió de vista para no verlos más. Tampoco le apaciguaba la dolorosa sombra de la sospecha de que hubiera sido la propia Juana, por libre voluntad, la que decidiera perderse entre las sombras con sus hijos para escapar de él y volver a tierra de moros.

El ladrido de los corzos que saludaban al amanecer sacó a Pedro de su divagación y volvió a fijarse en don Enrique, que continuaba mirando al vacío, sumido en sus propios pensamientos. Sabía Pedro que su amo seguía negándose a capitular y entregar la plaza. Ni siquiera permitía que se hablara de ello en la fortaleza, como quedó claramente acreditado el día en que descalabró a uno de sus más fieles por atreverse a pedir en público la rendición. Pero de eso hacía ya muchos días. Puede que ahora don Enrique estuviera cambiando de opinión, aunque no se fiara de la palabra de los moros. Sin duda temía también la ira de su señor, el conde, que estimaba en mucho la posesión de la villa: un oscuro lugar de la raya, que no producía panes, ni vinos, apartado de los principales senderos, que tantas veces había cambiado de manos, que nadie parecía capaz de conservar por mucho tiempo y que representaba en el conjunto de los inmensos dominios del conde una mera gota en el mar, pero que sin embargo constituía un poderoso y preciado símbolo de osadía y valor.

Amparados en tan enriscada fortaleza, unos pocos hombres podrían defenderse largo tiempo si dispusieran de suficiente abasto. Las esperanzas de que su señor el conde acudiera en su auxilio eran remotas, Pedro lo sabía. Posiblemente la noticia del asedio ni siquiera hubiera llegado todavía a Marchena, acaso ni siquiera se sabía en Arcos, aunque en esta última villa deberían haberse ya apercibido de la falta de noticias. Los moros mantenían apostados, sin duda, guardas en los puertos de acceso al valle, y desde los oteros podían advertir claramente si la hueste se acercaba, para escapar a tiempo. O quizás el conde lo sabía y no le importaba conservar la vida de sus vasallos: ya vendrían otros a poblar cuando fuera posible, que mientras tanto él seguiría siendo ante Dios y ante los cristianos el señor de la villa.

Maldecía don Enrique su suerte y la encomienda que le dieron, que más parecía un castigo que un ascenso. Pero siempre había sido fiel al conde, que le dio fortuna y le facilitó buen casamiento a pesar de ser un simple segundón de hidalguía dudosa. Quizás había llegado su hora, pero su linaje permanecería libre de probanzas; sus hijos, cada uno de los cuales valía más de cien jinetes por su arrojo e inteligencia, prosperaban en Marchena, al amparo de sus amplias heredades en la ribera del río Corbones. ¡Qué distinta la infancia de su prole a la suya propia! Él nació sin hacienda, como a veces, pasado de vino, le gustaba contar. Participó en las grandes cabalgadas por tierras de Málaga, en tiempos del Capitán Mayor don Pedro de Stúñiga, que le proporcionaron en poco tiempo bienes y prestigio, gracias a sus buenas habilidades guerreras y a su enorme estatura y corpulencia. Varias veces acudió a la fuente de Gilena, entre Osuna y Estepa, donde se congregaban las huestes del Reino de Sevilla, a veces por millares. Participó en el asalto a Setenil, cuando se pretendió rescatar a los cautivos cristianos que se habían sublevado, tomando la torre del homenaje de la villa. Había llegado a caballo hasta las mismas puertas de la Alhambra, corriendo una y otra vez la fértil vega de Granada, talando, saqueando y mandando a incontables moros al infierno. Cuando el adalid evocaba estos hechos, solía arrancarse con canciones de guerra, obligando a todos los presentes a acompañarle. Así que, pensaba al cabo don Enrique, en los momentos en los que lograba vencer a la desesperación, su vida no había sido tan mala y de ello sacaba pujanza.

—Lo que tenga que ser será. Si llegó la hora de morir, lo haré como buen creyente y en temor del Señor Todopoderoso, a quien siempre he servido —dijo en voz baja, como para sí, el alcaide.

Ocho años hacía que conocía Pedro a don Enrique y lo admiraba tanto como le temía. Hombre egoísta y brutal, que casi nunca cumplía su palabra ni respetaba los usos y costumbres; pero también esforzado caballero, de altas miras y temperamento duro, la roca que había hecho posible que Aznalmara siguiera todavía en manos cristianas. Durante el sitio, el alcaide poco había dormido, siempre atento a que no se descuidara la defensa, a los mil pormenores que requería el correcto ejercicio de la ciencia de las armas. Solo don Enrique parecía seguro de que el socorro del conde fuera inminente, de que pronto vislumbrarían por el camino de Arcos los pendones anunciadores del ansiado rescate. Pero, por primera vez, Pedro sentía que su amo dudaba, aunque le repugnaba manchar su honor con la capitulación. Al advertir su zozobra, renacieron en el muchacho las esperanzas de salvarse. Si se rendían, quizás los moros les conservaran la vida. Para él no cabía duda alguna: mejor acabar de cautivo que convertido en una espuerta de huesos descarnados. Quería hablarle, decirle algo, pedirle que rindiera la plaza en buena hora, pero no se atrevía. Ya sabía lo que podía pasarle. Sin embargo, le angustiaba el espantoso silencio, que de repente quedó roto por el sonido de su propia voz:

—Señor…, en el nombre de Dios os lo pido, por vuestra vida, dejemos que los moros tomen la villa…

No pudo acabar la frase porque don Enrique, como propulsado por un oculto resorte, saltó y, asiéndolo de la camisola con su garra de hierro, lo elevó como si no pesara, tratando de arrojarlo al vacío de la noche por entre dos almenas, mientras le gritaba:

—Hijo de una puta mora, hereje, mal parido, cobarde, traidor… —Pedro se resistía, agarrado a las almenas, con más de medio cuerpo fuera del muro, pidiendo una clemencia que sabía que no iba a llegar. Ya se veía perdido, a punto de soltarse para ir a dar con sus huesos en el roquedal, cuando se escuchó un silbido muy agudo seguido de un chasquido.

En la quietud de la noche, esa querella debió retumbar como una tormenta y había alertado a los moros, que no perdían ocasión de cobrarse almas cristianas. Presa de su furia, don Enrique se descuidó poniéndose a tiro y recibió un virote de ballesta en plena garganta que le hizo recular y caer hacia atrás con un rugido de impotencia, sin soltar todavía al muchacho, que se vía de nuevo intramuros tendido, cuerpo contra cuerpo, sobre su señor.

En vano trató Pedro, con sus mermadas fuerzas, de taponar la brecha por donde se le escapaba la vida a su amo, que tras soltar su presa ahora agitaba las manos en busca de un enemigo invisible, ahogándose en su propia sangre que manaba por la herida como un surtidor. Llevaba el muchacho tiempo suficiente en la raya como para saber que la llaga infligida a la gran vena del cuello resultaba mortal y que nada podía salvarle. Sin tratar siquiera de arrancarle el virote, se recostó de nuevo sobre el adarve, agotado, empapado en sangre. Rompió su alma acosada en un sollozo callado, sin lágrimas, en un alarido sin voz por don Enrique, por sus hijos, por él mismo, que se veía perdido sin remedio. Sus miembros parecían pesar cien arrobas, le faltaba el aire y también él se desvaneció.

Palpitaba aún el cuerpo de don Enrique, camino de una muerte misericordiosa, mientras la sangre huía de su cuerpo como un torrente, entre gorgoteos y resuellos, cuando recobró Pedro la conciencia. Lo primero que pensó fue que pronto seguirían todos los mismos derroteros hacia el sueño eterno. Se apoderó de él un inmenso cansancio, mientras sus pensamientos se encadenaban, incontrolables y caprichosos: su recuerdo más antiguo, el tañido de una campana que se confundía con los gritos y las llamadas a las armas de las mujeres, en un poblado asentado en las verdes faldas de una montaña. Le venía a la mente una sensación de frío y humedad y la vaga imagen de la gruta donde le escondieron, seguramente sus padres, aunque nada de esto lo sabía de cierto. Sobre el resto de lo que pudo suceder aquel día no tenía conciencia propia, pues escasamente contaría con dos o tres años de edad. Le contaron que lo encontraron vagando por los montes, en las cercanías de Estepa, hambriento y exhausto, unos monjes mercedarios que se dirigían a Granada a rescatar cautivos cristianos, el año de las grandes razias que llevó a cabo por esa zona Sulayman de Archidona, cuyo nombre aún causaba pavor en los Reinos de Sevilla, Córdoba y Jaén. Los monjes lo llevaron con ellos a Córdoba, donde lo dejaron al cuidado de los religiosos de su congregación, en el convento de la Merced. Medio criado, medio pupilo, moró con ellos durante más de doce años, hasta que se topó con don Enrique en la plaza del mercado y se lanzó al mundo. Dura había sido su vida, como la de tantos, pero también había tenido alegrías y le pesaba morir joven. Pedro conservaba aún más esperanza que dolor y más hambre que miedo. Ahora que don Enrique había muerto cabía la capitulación, pero dudaba si los moros mantendrían su palabra, sobre todo cuando vieran que no quedaba nada de valor en el castillo. Probablemente los sitiadores lo matarían de la manera más inhumana. Temía sobre todo el empalamiento: la imagen de la agonía de

Juan no se le borraba de la mente. ¿Así habría de acabar Pedro sus días en esta tierra, entre atroces padecimientos, ensartado como un pez? Para eso mejor matarse él mismo, aunque perdiera con ello su alma, pues bien sabía que no alcanzaban la salvación quienes se quitaban la vida. La daga, resplandeciente a la luz de la luna, parecía llamarle, pero su filo le aterraba.

Desesperado, yacía consumido con la espalda apoyada en una almena, escuchando las últimas exhalaciones de don Enrique mientras se iba mentalmente otra vez a Córdoba, donde tenía asegurados pan, techo y jergón, austeros, pero seguros. Se acordaba ahora de sus trapicheos por la alcaicería, sus persecuciones de las mozas, que le valieron más de un capón y una vez unos verdugazos, cuando apuntó a una presa demasiado alta. Los frailes, a los que siempre detestó, le parecían ahora unos benditos: al final, los únicos que habían hecho algo por él. Le habían dado cobijo y comida, le enseñaron de la vida, las oraciones que deben saberse para salvar el alma y los mandamiento de la ley de Dios, y aunque nunca llegaron a enseñarle del todo las letras y el cálculo, esfuerzo reservado para quienes profesaban y pedían entrar en la orden, en alguna ocasión se mostraron amables con él y se rieron con su humor y la chispa de su juventud. En el convento, entre salmodias y cirios humeantes, aprendió a sobrevivir en este mundo como el pecador mejor puede, a evitar en lo posible los malos golpes, a temer a Dios, a observar y conocer a la gente. ¿Por qué no pudo contentarse con su suerte? ¿Por qué desafió a Dios buscando, por pura soberbia y ambición, mudar su estado? Si hubiese sido humilde, como buen cristiano, ahora habitaría en Córdoba, rodeado de hijos, y posiblemente ejercería de sacristán o jornalero del convento, pero pudo más su satánico orgullo. Sufriendo la amargura de las dudas y de los remordimientos, evocando los buenos y malos pasos, pensando en los hijos perdidos y en los que pudo tener, pasó Pedro la noche, su última noche en la fortaleza de Aznalmara, en la frontera nazarí que dividía como un abismo dos mundos, dos creencias enfrentadas a muerte por su supervivencia desde hacía siglos sobre el suelo castigado de la península ibérica, separadas por el recuerdo de la sangre vertida y del miedo.

En la calma helada del amanecer se oyeron los cascos de las mulas que ascendían desde la explanada de la iglesia Mayor. Aún no se les veía, pero Pedro sabía que los moros subían por la empinada rampa del alcázar. Pronto se pondrían a tiro de piedra y cogió un cascote con la esperanza de descalabrar a alguno en cuanto su forma se dibujara con las luces de la aurora. Pero con tan disminuidas fuerzas no podría alcanzar muy lejos y, con la vista borrosa por el hambre, a duras penas lograría afinar la puntería. Por ello se limitó a dejar preparadas unas cuantas piedras grandes al borde de la almena, a fin de que rodaran por si llegaban a alcanzar a algún moro y con suerte lo invalidaban de un mal golpe.

Los jadeos de los sitiadores ya se percibían, pues requería esfuerzo notable subir esas cuestas armados para el asalto. Casi podía oler el cuero de sus corazas, la grasa con la que afilaban sus picas y espadas ¿o sería todo producto de su imaginación? La niebla blanquecina que subía de la tierra empapada se deshacía lentamente dejando poco a poco al descubierto a los sitiadores, que aparecieron desplegados ante él, a prudente distancia. Nuevamente se adelantó el anciano del primer día y reiteró la petición de que la plaza se rindiera, añadiendo que solo salvarían su vida aquellos que se sometieran voluntariamente; los que siguieran luchando sufrirían la peor de las muertes. Uno de los moros se adelantó también y gritó en mal castellano.

—Fuera, perros, que hoy será Aznalmara de los musulmanes.

En su aturdimiento, Pedro no sabía qué hacer; miró a su alrededor en busca de consejo, pero los demás supervivientes parecían cadáveres andantes, desprovistos de voluntad. En vida de don Enrique sus opciones habían sido bien una muerte rápida por mano propia, o una lenta agonía en medio del regocijo de los moros. Pero ahora se le había abierto una nueva vía y ya no dudó más; no quería morir, no todavía. Descendió lentamente de la torre y, casi arrastrándose, se llegó al portón de la fortaleza. Ante la mirada indiferente de los demás sitiados, empezó a descorrer los cerrojos, a alzar las aldabas y a recoger las gruesas cadenas que aseguraban la entrada de la fortificación. Con sus últimas energías, tiró de la enorme puerta que se abrió lentamente entre crujidos de madera y chirridos de hierro, se retiró unos pasos y se postró de rodillas. Inclinándose hacia delante, tocó el suelo con la frente y empezó a gritar, en postura de servil sumisión.

—Me rindo, me rindo, la villa es vuestra.

En el silencio de la mañana, solo sus palabras resonaban, rebotando en los desnudos muros del patio de armas.

Los moros se acercaron cautelosamente, sin ruido, como temiendo una celada, sorprendidos por la quietud; uno a uno se fueron metiendo en la explanada y rodearon a Pedro, que ya con solo un hilo de voz repetía las mismas palabras, una y otra vez. Inspeccionaron el castillo sin prestarle atención y pronto empezaron a sonar los golpes, los gritos y el retumbar de las carreras. Los asaltantes disputaban entre ellos por conseguir el mejor botín, y revolvieron todo, rebuscando hasta en los últimos rincones, entre conatos de querella. Hasta que poco a poco repararon en que nada quedaba dentro de valor y empezaron los golpes. Primero una patada, después muchas más. Lo levantaron, lo zarandearon y lo arrojaron de nuevo al suelo, mientras le gritaban en una lengua que no comprendía. Los moros le azotaron con cuerdas y le dieron palos, le tiraban del pelo y amagaban con degollarle. De un cantazo estuvo a pique de morir, pero lo único que perdió fue el conocimiento, escarnecido y agotado, mientras creía encontrase viviendo sus últimos momentos sobre la tierra.

4. LAS SELVAS DEL GUADIARO

Se hundía ya el sol en su refugio occidental cuando Pedro recobró poco a poco el conocimiento, alertado por el parloteo incesante de los pájaros. Yacía tendido boca arriba, con la cabeza recostada sobre una superficie de hojarasca que le había acomodado con dificultad el viejo que se encontraba a su lado, limpiando sus heridas abiertas con un lienzo sucio empapado en vino, tratando a la vez de apartar a las moscas que zumbaban alrededor, enloquecidas por el olor a sangre seca. Una misma cadena de hierro herrumbroso ligaba los tobillos de ambos. Pedro lo miró con perplejidad, sin comprender dónde se hallaba ni quién era la persona que le acompañaba. Intentó incorporarse, pero las mil punzadas de dolor que recorrieron su cuerpo le obligaron a dejarse caer de nuevo sobre la tierra mojada, tan débil que no podía ni levantar la cabeza. Intentó hablar, pero su garganta solo consiguió, con mucho padecimiento, emitir unos gemidos roncos y ahogados. Notó que le faltaban varios dientes y fue dolorosamente consciente de los cortes y mataduras que atormentaban su boca. El viejo habló para recomendarle quietud y sosiego, que no se moviera mucho, y entonces Pedro lo reconoció: se trataba del anciano que les transmitió las órdenes de los moros.

En cuanto el viejo percibió que Pedro recobraba la conciencia, empezó a charlar nerviosamente, como queriendo conjurar con ello el miedo. Por él supo el muchacho de su estado:

—Me parece, joven, que tienes algunas costillas quebradas, nada grave. No creo que tu vida corra peligro, a menos que algún hueso suelto se haya clavado en una mala parte de las entrañas. Si es así, me temo que te espera la muerte. Al menos, ninguno de los grandes huesos del cuerpo se rompió. ¡Da gracias a Dios por ello, pues no quedarás tullido! Has perdido también unos cuantos dientes, pero conservas los suficientes para comer–. Y al decir esto, le dio un poco de pan remojado en vino.

Gracias a la facundia del viejo, Pedro empezó a reconstruir los últimos acontecimientos, con sus todavía torpes mientes. Como él esperaba que hicieran, los moros le dejaron con la vida, confiando obtener algún beneficio. Sin duda pretendían venderle en alguna almoneda de esclavos. Faltó poco para que le mataran a patadas y bastonazos, tantos que hubieran acabado con él de no ser porque el látigo del adalid puso orden en el tumulto. Era el único de los defensores de la fortaleza que todavía respiraba. Los demás alimentaban ya a las alimañas, aunque con poco recreo para los moros, porque murieron en el mismo comienzo del tormento, de tan poca vida como les quedaba.

El viejo siguió hablando durante mucho tiempo, ya más pausadamente. Le dio su nombre, Antón, y le contó su oficio y procedencia.

—Sé que me tomasteis por moro, pero soy cristiano, aunque muy pecador, de Alcalá la Real. Allí llevo más de treinta años, dedicado como alfaqueque al tráfico entre ambos lados de la raya, que casi siempre resulta franqueable. Iba hacia Ronda, a negociar el rescate de unos hidalgos de Aguilar, cuando me topé en mala hora con esta hueste. Los moros me quitaron todo cuanto llevaba y ya estaban a punto de matarme cuando se me ocurrió hablarles en árabe, en bereber y en turquesco, recitando suras del Alcorán y pidiendo clemencia en nombre del Altísimo y Misericordioso. Al escuchar mi verborrea voceada en varias lenguas distintas, algunos de ellos me tomaron por loco y propusieron dejarme con vida, alegando que los locos son los preferidos de Dios. Pero otros tantos se lo tomaron a chanza y consideraron más pertinente cortarme la lengua. Menos mal que su adalid, un africano de una inteligencia algo más despierta, se dio cuenta de que podría serles de utilidad en sus correrías y mandó que nadie me causara daño. Y así salvé la vida, como otras tantas veces en el curso de mi azacaneada existencia, mostrando a mis enemigos habilidades, experiencia y conocimientos de su propia región, pues aunque cristiano de corazón, puedo comportarme como musulmán entre moros y como judío entre hebreos. ¡Hasta con negros paganos he compartido comida y techo en alguna ocasión! De manera que me encuentro hoy aquí, rogando a Dios porque se prolonguen mis días y dándole gracias por haberme dado la oportunidad de aprender muchas lenguas y costumbres distintas. Porque antes de alfaqueque fui esclavo de alfaqueque, por lo que desde que tengo uso de razón hablo con naturalidad el romance y el alárabe, y he aprendido después el latín y el turco, y también nociones de otras lenguas, lo que me ha permitido entenderme con nuestros captores, que al parecer pretenden emplearme en adelante como trujimán si no logran venderme en lugar seguro a buen precio.

Conforme avanzaba el crepúsculo e iba cayendo la humedad el frío aumentaba. El viejo se arrebujó en sus harapos para sobrellevar sus escalofríos. Quería dormir un poco, pero sabía que le resultaría imposible. Siguió hablando:

—¡Qué extraños giros da la fortuna! Parece que acabaré mis días como esclavo, de la misma condición como nací. Aunque de esto no estoy muy seguro, porque no sé dónde vine al mundo, ni cuándo, pero desde que tengo uso de razón me recuerdo como esclavo. Según me contaron, me apresaron en una cabalgada en tierras granadinas, lindando con Murcia, hacia 1392. Me compró un alfaqueque de Alcalá la Real siendo un niño. Probablemente nací musulmán, aunque eso admite duda, porque aunque no conservo el prepucio, podría también haber nacido judío. Precisamente por esos años hubo grandes tumultos y mucha violencia contra los hebreos, de modo que bien pudieron ser mis padres víctimas de la saña de los tiempos. Me criaron como cristiano en casa de mi dueño, y cristiano me siento. Desde chiquillo me dediqué a las labores de la casa, pero como tenía un seso despierto y facilidad para entender y hacerme entender en otras hablas, mi amo me empleó pronto como ayudante. Con él recorrí durante años la Banda Morisca en procura de negocios y trapicheos, y me convertí en perito en asuntos de moros, pues el trato con ellos requiere de mucha paciencia y solemnidades, regateos y protocolos que solo con años de práctica llegan a dominarse. Las más de las veces nos contrataban para redimir o trocar cautivos o para enterarse discretamente de los dineros disponibles por la familia de algún cautivo, otras para ayudar en la perfección de negocios o tráficos, lícitos e ilícitos. Incluso en ocasiones participamos como trujimanes en la concertación de paces y treguas y como guías de redentoristas mercedarios camino de Granada. Con ello hizo mi amo fortuna, sobre todo durante las guerras del infante don Fernando y en las treguas posteriores, pues entonces solo los alfaqueques obtenían permiso para pasar a Granada: entonces sí que se lograron buenas ganancias. Pero desde que el rey don Juan II permitió el paso a cualquiera, abundan los que se dedican al comercio con los moros y ya no queda tanto a repartir, aunque el de alfaqueque siga siendo un buen negocio. Al menos en Alcalá, la puerta de la frontera, la faena abunda para todos, pues no pasa año sin que se crucen cabalgadas en uno u otro sentido, con lo cual siempre existen cautivos por redimir, ganados que vender y pleitos por ventilar. Mi amo me tomó cariño y, tras numerosos años de buenos servicios, me vendió la libertad por poco dinero, con lo que pude poner casa propia, aunque seguimos trabajando juntos como socios hasta que murió sin descendencia hace más de veinte años y ahora el negocio me pertenece; en él me ayudan mis propios hijos.

Cuando trajo a sus hijos a la memoria, el viejo quedó en un silencio meditabundo. Aún subsistían vestigios de luz diurna en el cielo, pese al tímido resplandor de la luna, y Pedro pudo contemplar su rostro alargado y astuto. Tras un rato, retomó su discurso, como reanimado:

—Rezo para que los moros no nos lleven lejos, pues espero que mis hijos anden ya buscándome. Sin duda, en cuanto me localicen tratarán de pagar mi rescate. Mi familia recibió noticias de mi último paradero en Aguilar, de donde salí rumbo a Ronda hace ya más de diez semanas. ¡Poco me faltaba para llegar a mi meta cuando tuve el mal encuentro que me puso en este aprieto!

El viejo quería engañarse formulando de viva voz posibilidades que sabía muy remotas; cierto que su familia podría rescatarle, pero los moros le habían apresado incumpliendo las cartas de seguro que portaba, firmadas por el mismo emir de Granada, y eso hacía casi imposible que pidieran rescate por él en ninguna parte del reino nazarí. Resultaba más probable que intentaran venderle en un lugar muy lejano o, simplemente, que le conservaran la vida mientras les reportara alguna utilidad, para matarle después en cualquier rincón apartado.

Oyendo hablar de hijos, se encendió una leve luz de esperanza para Pedro; preguntó al viejo si sabía de los suyos, si iban con ellos otros cautivos, unos niños muy pequeños y una mujer morisca, pero Antón fulminó pronto sus anhelos: ellos dos eran los únicos cautivos de esa cuerda, y siguió hablando, aunque Pedro ya no escuchaba nada, roto en su interior al saberse de nuevo completamente solo en el mundo.

La voz de Antón seguía hilando parrafadas hasta que tomó un descanso y quedaron ambos bruscamente en silencio, sumidos en sus propios temores. En algún momento Pedro se durmió, con un sueño inquieto, mientras el anciano lo miraba con curiosidad: veía un mozo gallardo, recio de hombros, más alto y fuerte que la media, con un semblante agradable a pesar de los palos y las cicatrices nuevas y antiguas que hablaban de su recia vida. Su cabello espeso y rizado y su piel, más bien oscura, conformaban una imagen no del todo compatible con la propia de un cristiano viejo: no poca sangre oriental debía correr por sus venas, pensó Antón.

Cuando el joven despertó de nuevo lo que vio fue la oscura bóveda empedrada de estrellas parpadeantes; ahora el mutismo lo rompió Pedro, que preguntó al viejo si sabía a dónde se dirigían. Este, que seguía mirándolo con intensidad y la mirada perdida, no le escuchaba, sumido en sus pensamientos. A la pálida luz de la hoguera, Pedro se fijó en la oscuridad de sus ojos, que parecían solo una gran pupila. Después de un rato, Pedro repitió la pregunta, sacando al viejo de su ensoñación.

—No lo sé, hijo, estos moros no muestran ideas muy claras. Han estado buena parte del día y de la noche porfiando entre ellos y, aunque no he entendido todo lo que dicen, me da la impresión de que no logran ponerse de acuerdo sobre qué rumbo tomar. Hasta ahora han dirigido sus pasos al sur, pero nada más sé.

Pedro, perito en esas sierras y participante en muchas cabalgadas por ellas, miró alrededor y trató de ubicarse. Ese olor salvaje y húmedo, ese suelo ignorado por el sol, esos riscos, esas estrellas… Pronto reparó en que se encontraban en algún lugar de la sierra de Ronda, más al sur de Zahara. Posiblemente les llevaran a Ronda o a Málaga, pero… ¿Por qué tomar un camino tan áspero y tortuoso en pleno invierno? No parecía esa la senda más apropiada para ampararse con prontitud tras los muros de Ronda, o en la inexpugnable Málaga, donde los moros lograrían reparo y podrían venderlos. Y esas choperas y ese río tan caudaloso: se encontraban en plena selva. Posiblemente en la ribera del Guadiaro… ¿Acaso iban hacia el Estrecho, a Gibraltar?, pensó, más que preguntó, en voz alta, a lo que el viejo contestó:

—Sí, es posible que caminemos hacia el Mediterráneo por el curso del Guadiaro. Tengo por seguro que estos moros no proceden de ningún lugar cercano; parece que se ocultan tanto de musulmanes como de cristianos, pues tratan de apartarse de las veredas, sin duda para evitar encuentros con los nazaríes, vengan de Ronda o de Málaga. No sé el motivo de tan extraña conducta, pues solo he podido escuchar retazos de conversaciones y algunas órdenes. Pero a lo que parece, el grueso de la hueste que sitió Aznalmara con su adalid Muley ibn Muhammad ha regresado a Ronda por el norte, portando su parte del botín y los pocos cautivos supervivientes de su expedición. Solo nosotros dos hemos quedado en manos de este grupo más pequeño, que se ha separado de la hueste rumbo al sur, al mando de un bereber que responde al nombre de Mansur. Nuestros nuevos amos forman un grupo promiscuo procedente de naciones diversas. Posiblemente sean gentes de la mar, que en algún puerto de Granada debieron escuchar noticias acerca de una aceifa contra tierras de Arcos y se unieron a ella para granjearse botín y esclavos. Pero visto que la aventura no ha rentado como esperaban, ahora regresan muy corridos y andan evitando a los señores moros de esas comarcas que les demandarían su parte del botín y puede que hasta cuentas por haber cautivado a un alfaque- que con albalá del emir. Eso explicaría que anden escondiéndose para ganar su nave sin pasar por tierra habitada. ¡Pero todo esto son conjeturas de viejo, no me hagas mucho caso! No sé cómo lle- garon aquí estos berberiscos, turcos, o lo que sean, pues no hablan una sola lengua. Eso sí, seguro estoy de que ni uno solo de ellos creció en Granada. Quizás estos sarracenos del otro lado del mar anden en corso indiscriminado y tomen los bienes y las vidas tanto de moros como de cristianos. Quizás estamos en manos de almo- gávares poco expertos en estas lides, que no saben bien qué hacer y cómo comportarse. En manos de granadinos nuestra suerte no ofrecería duda alguna: almoneda de esclavos y nuevo dueño… pero con estos… ¿quién lo sabe? Ahora todos duermen, algunos tremen- damente borrachos, pues aunque escasea la comida no les falta el vino, y ni siquiera han dejado guardia.

Al saberse todavía en tierras conocidas Pedro pensó inmediata- mente en la huida; sus miradas inquietas en derredor y sus toque- teos nerviosos a la cadena le decían al viejo más de lo que precisaba para concluir las intenciones del joven. En voz muy baja, casi en susurros, le mostró su miedo y su desacuerdo:

—Ni se te ocurra muchacho, eso sería un suicidio. Date cuenta de que no estás en condiciones de huir. En estos bosques y sin caballo, ni armas, en pleno invierno, morirías antes de alcanzar lugar habitado. Estás muy débil, ¿cómo afrontarías a las alimañas, en tu estado? Por estas sierras pululan lobos, osos y otras fieras hambrientas que gustan de la carne del hombre cuando pueden catarla.

Pero Pedro no se resignaba a verse encadenado de por vida. Sabía de gentes que huyeron de los moros; sus casos se contaban por toda la raya. No hacía mucho tiempo, en 1442, se supo y se celebró en la frontera un caso sonado: Martín de Morillo y otros que penaban en el corral del rey en Granada aprovecharon que su vigilante estaba borracho y se fugaron, con mucho sigilo para que los mastines no levantaran en aviso. Llegaron a Jaén en pocos días y caminando siempre de noche, al acecho de enemigos. También Antón sabía de ellos, y por eso se atrevió a aconsejarle:

—Sé de lo que hablas, no en vano soy viejo. Claro que a todo prisionero le cabe esa posibilidad. De hecho en mi pueblo, Alcalá, todavía se cuelga todas las noches desde tiempos del rey don Juan I un farol de aceite en la torre del alcázar de la Mota para orientar en la oscuridad a los cautivos cristianos que huyen de los moros. Es cierto que se han dado casos de huida, que mucho se han comentado, pero no siempre debe darse crédito a lo que se cuenta en los mentideros, donde cunde la exageración y el engaño. Además, para escapar en plena noche se precisan fuerzas que a ti te faltan. No cabe duda alguna de que los moros te alcanzarían si te persiguieran, ¿para qué arriesgarse entonces?

De poco le sirvieron las palabras del viejo. Como animal acorralado, Pedro solo cavilaba en una posible escapatoria. Sus pensamientos se atropellaban. Pensaba también en un rescate. Según se decía en Córdoba, los granadinos demandaban rescates altísimos por los cautivos. Como perito en la materia, sin duda Antón sabría qué posibilidades existían de que un mancebo pobre y sin familia como él quedara liberado mediante precio. El viejo le pidió detalles sobre su procedencia y patrimonio y meditó durante un rato. Después siguió hablando.

—Bien te han informado, los rescates suelen ser muy altos, aunque ahora, con tanta abundancia de cautivos, seguramente los precios habrán bajado. Los moros andan a la ofensiva y parecen dueños de la situación. Se dice que han llegado hasta los arrabales de Utrera y que incluso planean tomar Córdoba. Dios parece enojado con los cristianos… Pero vamos a lo que te interesa: la cantidad a pagar depende del cautivador, del cautivo y de las circunstancias. También de quien medie en el asunto. Si median los genoveses… Esos putos no reparan en nada y solo buscan sacar la máxima ganancia, engañando a unos y a otros, prolongando indebidamente las negociaciones para agrandar su comisión, o cometiendo alguna de las mil tropelías que parecen aprender desde niños los nacidos en esa República que ha debido fundar el mismo diablo. Por un hidalgo de linaje se pueden pedir sumas desorbitadas, que ponen en peligro el patrimonio de su casa, lo sé por propia experiencia en estos tratos, pues en muchos he mediado. El rescate más alto en el que he participado fue el del alcaide de Arcos, don Diego Fernández de Zurita, al que apresaron los gandules precisamente en las cercanías de Aznalmara. Su precio se fijó en dos mil doscientas doblas y como su familia no disponía de patrimonio para reunir tan fabulosa suma de oro, debió dejar como rehenes de los moros cautivadores a su hija Inés de Zurita, a uno de sus sobrinos y a una criada, en tanto se lograba reunir el dinero, que finalmente solo se obtuvo mediante un préstamo del propio rey don Juan II.

Pedro miraba al viejo con tanta concentración que parecía que se le iban a salir los ojos. Por unos momentos, en su confusa mente las cifras y las posibilidades bailaron. Con su escaso vigor agarró las vestiduras del viejo y le preguntó, con dificultad:

—Y por mí, ¿cuánto?

El viejo se soltó con delicadeza de la garra del joven y le pidió calma. Le ofreció un poco más de agua, para darse tiempo a pensar la manera de plantearle la dura conclusión a la que había llegado, sin necesidad de formular complicados cálculos.

—Muchacho, no quiero engañarte, ni darte falsas esperanzas. Por tu pobre persona, ni aun un alfaqueque experimentado podría negociar un buen rescate. Es preciso que afrontes cuanto antes la realidad: lo más probable es que acabes en el mercado de esclavos.

Las palabras del alfaqueque se hundieron como un puñal en el pecho de Pedro. Por unos momentos trató de engañarse, barajando la posibilidad de rescates. Pero en su fuero interno siempre supo que él nada valía, para nadie. ¿Quién habría de rescatarle, si no conservaba familia, ni amigos? ¡Qué maliciosa era la esperanza, siempre alentando imposibles en el corazón de los hombres! El rostro del muchacho formó por un momento el vivo retrato del desamparo y la soledad, hasta que se descompuso del todo, arrugado por los sollozos que siguieron al fogonazo de comprensión que le brindó su inteligencia natural y la cruda lógica del alfaqueque. El viejo buscaba la manera de consolarle, pero sin ofrecer vanas esperanzas, dañosas a la larga. Solo brindándole su ciencia de la vida podría ayudar al mozo a conservar la suya el mayor tiempo posible. Con esa idea en la mente, siguió hablando.

—Lo malo es que durante el sitio has sufrido mucho maltrato y ahora andas maltrecho y vales poco, al menos hasta que demuestres que conservas la salud y tus cinco sentidos cabales. Mala cosa esa, porque cuanto menos vale el cautivo peor trato recibe. Al que poco monta, le hacen trabajar como una bestia para amortizar lo que se gastan en su sustento. Por el contrario, a los de cuna, por los que cabe esperar un cuantioso rescate, los tratan bien, como si fueran huéspedes en lugar de cautivos… En realidad, nadie puede saber lo que piensan los moros hacer contigo; bien podría ocurrir que tu ventura dependa de la utilidad que puedas reportarles.

Entonces Pedro le contó torpemente, porque su lastimada boca le impedía hablar con claridad, que sabía montar, reparar y disparar ballestas, pericia que, según Antón, sin duda resultaría de mucha utilidad para esa hueste. Seguramente gracias a ella Pedro pudiera esperar una mejora en su condición, por lo que, cuanto antes, habían de saber de ello los moros.

—En cuanto tenga oportunidad le hablaré al arráez de tus habilidades, por si considera oportuno darte faena. Pero pase lo que pase, te aconsejo que te conformes con el amo que te toque en suerte y le muestres humildad, deferencia e incluso contento, al menos en apariencia; pues nada resulta para un musulmán más intolerable que lo que ellos llaman *la arrogancia de los adoradores de la cruz*. Si te ven con porte altivo, con mirada retadora, o simplemente si no les gusta tu gesto, solo podrás esperar golpes y más golpes, e incluso algo peor. Asuntos como la honra o la fama deben dejar ya de preocuparte, si es que alguna vez lo hicieron: desde este momento tu máxima ocupación ha de ser conservar la salud de tu cuerpo y de tu alma, recibiendo el menor número de bastonazos posibles. Para ello debes intentar siempre que te empleen en las actividades menos penosas, aquellas que te permitan prolongar la vida e incluso encontrar todavía algunos momentos de paz y reposo sobre la tierra. ¡No lo olvides, hazme caso, pues he recorrido el mundo y he visto de todo! Me he pasado la vida acarreando cautivos de un lado al otro de la raya y negociando rescates. El mejor consejo que puedo darte es que seas prudente y confíes en la benevolencia de Dios, pues aunque el esclavo de un amo malvado puede considerarse el más infeliz de los hombres, si quiere la fortuna que encuentres un buen señor tu condición puede mejorar.

El viejo observó que sus palabras aportaban algo de consuelo al muchacho, y siguió hablando sentenciosamente:

—Lo cierto es que somos ahora esclavos y solo nos cabe esperar y rezar con fe al guiador de todos los pasos humanos para que nos proteja y, sobre todo, para que te cure con rapidez, o al menos para que en poco tiempo parezcas sano y medianamente fuerte. Los moros han de encontrarte algún provecho. De lo contrario, pronto colgarás de un árbol, por el cuello, si a Dios le place que tengas una muerte rápida, porque hay formas más dolorosas. Mucha afición y pericia muestran estos turcos por matar despaciosamente—. Antón se calló de repente, al darse cuenta de que esas reflexiones no eran las más oportunas en ese momento, pero pronto recordó que Pedro mismo había visto muestras suficientes de lo que hablaba, de manera que siguió con sus cavilaciones:

—He escuchado varias conversaciones entre ellos, en las que alardean de quién y cómo alargó más la muerte de este o aquel… Parece que aprendieron estas habilidades en Argel. En cualquier caso, hijo, no curemos de lo que no podemos evitar. He vivido lo suficiente como para saber que no debe uno formular planes a largo plazo, ni confiar en la palabra de hombre alguno, sea fiel o infiel. Seguro que nos esperan trabajos y penurias, como a todo hijo de mujer. Pues aunque el Corán manda que los musulmanes traten bien a los esclavos, ¿quién lo cumple? En la frontera todos se hacen lenguas de la perfidia y deslealtad de los moros y de su poca afición a guardar la palabra dada. Y no seré yo quien contradiga la sabiduría popular; aunque en mi experiencia tampoco los cristianos se esfuerzan mucho por cumplir lo prometido.

Pedro sabía que el viejo no se equivocaba; pocas esperanzas podía abrigar de rescate y, en su estado, tampoco cabía escapar, pues aunque lograra deshacerse de las cadenas, no llegaría muy lejos. Presa de la aflicción y la desesperanza, se tendió de nuevo en el suelo, boca arriba, y se tapó el rostro con las manos. Antón trató de confortarle:

—Calma, muchacho; te recomiendo sosiego. Yo he vivido y he visto mucho ya y sé que el destino promueve a veces raras mudanzas. En estas circunstancias, solo nos cabe esperar sumisamente lo que nos depare la suerte. Estos señores son ahora nuestros amos y no nos queda más que asumirlo. Seguimos vivos, lo que ya parece indicio de buena estrella. Aquellos que han perdido toda esperanza en ocasiones se salvan milagrosamente; sin embargo, otros que se creen protegidos, a buen recaudo de muros y huestes, acaban sufriendo las más variadas e imprevistas desgracias. Pues no existe muro que proteja de la enfermedad, de la peste o de la fatalidad. Quienes vivimos en la frontera conocemos bien los caprichos del azar. ¿Quién sabe lo que nos deparará la suerte?

Alentado con las efusivas palabras del viejo, Pedro se encomendó a Dios y pidió su amparo donde quiera que guiara sus pasos, sabedor de que eran impenetrables sus designios. Rebuscó en su memoria para encontrar ejemplos de piedad, de milagros, entre los aprendidos con los monjes en Córdoba. Y en esa misma fuente buscó consuelo, añorando tener la fe incombustible de alguno de aquellos piadosos varones, y repitió las primeras oraciones aprendidas de niño, las que mayor consuelo dan cuando arrecia la inquietud ante la realidad desnuda.

5. GIBRALTAR

Ya anochecía cuando la partida llegó a la desembocadura del Guadiaro. Acorde con la estación, el río iba muy crecido y anegaba sus márgenes hasta cubrir los árboles y enramadas de las riberas a una buena altura. El arráez Mansur ordenó el alto y dispuso que los cautivos, el botín y las caballerías quedaran al cuidado de varios bereberes en un altozano casi despejado de vegetación, no lejos de la orilla, mientras que él mismo y la mayor parte de sus hombres se perdieron de nuevo entre el boscaje, abriéndose paso con dificultad entre el ensortijado matorral del cauce.

Varios días pasaron a la espera, ocultos en la foresta, y ya empezaban a inquietarse los guardianes bereberes cuando un atardecer se oyó el rumor de paletadas de remos y el chapoteo de un áncora hundiéndose. El grueso de la partida regresó a bordo de una galera enorme y destartalada, de más de veintidós bancos de remeros y de inmediato se organizó el embarque. Con ayuda de unas tablas, subieron dificultosamente los caballos y las mulas, cargaron el magro botín y salieron al Mediterráneo rumbo al este.

Un suave viento de poniente propulsó la nave en empopada sin necesidad de boga, permitiendo que casi todos los moros se echaran a dormir bajo el puente, cubiertos de cuantas pieles y lienzos pudieron encontrar. Pedro y Antón padecían la intemperie invernal en cubierta, entre pertrechos y mercancías, sin apenas vigilancia; el frío les mantenía aturdidos, con los miembros acalambrados por la mucha humedad, el frío y las salpicaduras. El viejo deliraba presa de unas fiebres que había contraído durante la espera en el estuario del Guadiaro y, de cuando en cuando, se arrancaba a cantar, una y otra vez, como una salmodia, un romance fronterizo.

En el castillete de popa, Mansur manejaba el timón rodeado de unos cuantos de sus hombres más leales, bereberes de nación como él mismo, aunque de tribus diversas: unos eran masmudas, otros zenetes, algunos menos sanhayas. A todos trataba con justa firmeza, pero sin humillarlos, para que no se engendraran entre ellos resentimientos. Durante los últimos días, turcos y bereberes habían venido discutiendo sobre el rumbo a seguir sin llegar a buen acuerdo. La expedición a tierras fronterizas de Granada había sido un fracaso: a ambos lados de la raya, plazas y villas bien guardadas, rodeadas de murallas inexpugnables. Por todas partes gañanes recelosos que escondían todos sus bienes y que ni sometidos a los peores tormentos confesaban su paradero. Tras desembarcar y dejar la galera oculta en los pantanos de las bocas del Guadiaro, habían saqueado algunas alquerías entre Casares y Jimena, en tierra musulmana, sin dejar testigos y sí indicios falsos que llevaran a los rondeños a pensar en la actuación de huestes cristianas. Mucho esfuerzo y poco provecho. Uno de los labriegos les habló, antes de morir torturado, de que en Ronda se estaba organizando una cabalgada contra una plaza fuerte más al oeste, bien guardada pero llena de riquezas, propiedad de un conde cristiano: Aznalmara. Allí se dirigieron Mansur y los suyos siguiendo sus indicaciones, y se unieron a los nazaríes justo antes del comienzo de la expedición, cuando todavía acampaban en las afueras de Ronda. Pero resultó que la villa de Aznalmara, tras las largas semanas que costó expugnarla, no guardaba riquezas y ni siquiera produjo cautivos de mérito. El señor de Ronda logró su propósito de arrebatar la plaza a los castellanos, acrecentando la honra que le había hecho famoso entre sus enemigos, pero a los turcos y a los bereberes esas querellas les resultaban indiferentes, pues solo buscaban ganancias y botines que no lograron.

Camino de vuelta a la galera, varios de los turcos y de los negros empezaron a cuestionar la autoridad de Mansur. Exigían poner rumbo a levante, donde de seguro podrían lograr fortuna, a pesar de que ya proliferaban los piratas en esa zona y de las cuantiosas tasas que debían pagarse a los jeques de Argel, la mayoría de ellos renegados de origen cristiano que despreciaban como escoria a los bereberes. Mansur y el grupo de los bereberes querían, por el contrario, quedarse en el Estrecho y buscar sus presas en las peligrosas pero más familiares aguas donde confluían la Mar Océana y el Mediterráneo, bajo la autoridad y con el respaldo del jeque de alguna de las ciudades costeras musulmanas del Atlántico, que en general solían ser menos ladrones que los argelinos. Mansur propuso que se dirigieran a Gibraltar, donde abundaban los piratas de su raza, para afincarse allí, o a Salé, más al sur, pero los turcos mostraban gran pavor a las vastas extensiones de aguas oscuras pobladas por demonios, donde olas como montañas eran capaces de engullir de un solo golpe la más poderosa de las galeras. Durante generaciones, los mareantes del Mediterráneo habían crecido escuchando relatos sobre los monstruos que habitaban más allá de las columnas de Hércules y sobre los barcos que se atrevieron a cruzarlas y nunca regresaron. No querían los turcos aventurarse a navegar en esa infinita extensión de agua salada. Durante los tensos días de espera en la boca del Guadiaro varias veces ambos bandos habían estado a punto de enzarzarse en una grave disputa. Allí permanecieron fondeados al abrigo de una cala sin poder remontar el río para recoger el botín y los cautivos, esperando a que amainara un tremendo temporal de levante que hubiera arrastrado la nave a las profundidades del océano desconocido, pues la fuerza de los brazos nada puede contra los vientos que soplaban en esa zona.

Ante el riesgo de que empezara a correr la sangre, Mansur accedió a las pretensiones de los díscolos, poniendo rumbo a Argel donde venderían a los cautivos y el botín y enrolarían nuevos corsarios para saquear las costas de Sicilia, Cerdeña, Mallorca y Nápoles.

Finalmente, con ese derrotero navegaba calmosamente la nave. Ya llevaban nueve horas de navegación y se aproximaba el amanecer, cuando el silencio nocturno se quebró con el sonido inconfundible de los chasquidos de ballesta, seguidos de ahogados gemidos que fueron subiendo de tono hasta que el barullo se extendió por toda la nave. Los bereberes, guiados por Mansur, en una maniobra repentina y bien estudiada, fueron degollando y tirando por la borda con rapidez a todos los turcos, zanjando así definitivamente las diferencias de criterio sobre la manera de gestionar la expedición. Tan descuidadamente descansaban los levantinos que no pudieron defenderse entablando verdadera pelea y pronto no quedó a bordo ni un disidente: el mar se tragó a los desafectos y todos los demás aclamaron a Mansur, cambiando inmediatamente el rumbo a poniente, por lo que hubieron de ponerse a los remos. Los aterrorizados cautivos trataban de pasar inadvertidos, no sabiendo muy bien qué sucedía a bordo. Cuando comprendieron que se trataba de una querella interna y no iban a acabar en el agua con los turcos, se tranquilizaron, aunque sin conseguir dormirse de nuevo, pese al agotamiento que padecían y a la calma y el silencio recuperados en la nave, en la que solo se oía ya el siseo de la quilla al abrirse paso entre las olas, el crujido de los remos y el patear nervioso de los caballos en la bodega.

Cuando los extenuados piratas embocaron la rada del puerto gibraltareño, tras una jornada entera de boga intensa e ininterrumpida, la bahía de Algeciras lucía su hermoso ropaje turquesa y gris, al pie de la inexpugnable Roca que guarda el Estrecho desde que el mundo fue creado. En la torre del alcázar, las banderas del islam, adormecidas en el tranquilo aire de la tarde, mostraban a los cuatro vientos que la plaza seguía en manos de los creyentes, que desde allí custodiaban las puertas de al-Ándalus, el apeadero desde el cual se vertían sobre la península las gentes de Berbería y del Levante. Mientras esos pendones ondearan, los días del islam en la península estaban asegurados.

La ensenada se encontraba repleta de naves en invernada, amarradas a los muelles por fuertes cabos. Otras muchas fondeaban en aguas de la bahía, desprovistas de aparejo, esperando a que se abriera espacio en los arenales, donde calafates y carpinteros de ribera reparaban las embarcaciones destripadas que mostraban sus entrañas como restos de grandes cetáceos muertos. Por todas partes rugía el rumor de maderas aserradas y una espesa nube de alquitrán llevaba de un lado a otro su fétido olor según los caprichos de los vientos. En los atracaderos, llenos de actividad y griterío, los esclavos se afanaban en sus mil tareas.

Tal profusión de galeras, galeotas y otras naves resultaba habitual en Gibraltar, importante base de piratas berberiscos y granadinos que hacían gran negocio devastando villas y lugares de la ribera atlántica castellano-portuguesa y asaltando las naves que surcaban el Estrecho. Singularmente provechoso resultaba el pillaje de las almadrabas de los guzmanes, de donde se obtenían con regularidad pescados y cautivos, aparejos, vino y sal, revendidos luego con muy buena ganancia en la Roca. El conde de Niebla, don Enrique de Guzmán, trató de erradicar definitivamente esta lacra por todos los medios a su alcance, lanzándose a la conquista de la plaza. No solo no lo logró, sino que perdió la vida en el intento, en el fatídico año de 1436. Como aviso, su cadáver permanecía desde entonces expuesto en una jaula que colgaba de las murallas del alcázar gibraltareño, a muchos pies de altura, a la vista de todos, caminantes o navegantes, para escarnio de cristianos y del orgulloso linaje de los guzmanes.

Al otro lado de la bahía, la villa cristiana de Algeciras lucía todavía con infundada arrogancia los restos de sus murallas, de las que antaño salían con regularidad los caballeros de la cruz para hostigar a los gibraltareños, pero que ahora encerraban solo recuerdos de glorias pasadas. Y entre ambas villas un laberinto de caños, pantanos y selvas, en las bocas de los ríos Palmones y Guadarranque, nacidos en los impenetrables bosques montañosos que guardaban el Estrecho por el norte.

Esa tarde todo se mostraba tan en calma que nada parecía indicar lo baratas que se vendían las vidas en esas regiones, sometidas a guerra sin fin desde hacía más de doscientos años. Los cristianos llevaban décadas batallando por controlar el Estrecho; en tiempos del rey Sancho conquistaron Tarifa y, estando al alcance Gibraltar, puerta de las Españas, llave de la península, antesala de África, todo parecía indicar que los tiempos de la Media Luna en tierras españolas tocaban a su fin. Pero, como tantas otras veces antes, llegó entonces la ayuda de las tribus africanas. Así lograron los musulmanes andaluces, que ya se veían perdidos, contener a los castellanos a todo lo largo de la frontera de poniente durante generaciones. Hacía poco más de cincuenta años que el rey don Alfonso conquistó Algeciras y una vez más quedaron abiertas las puertas del Estrecho, hasta que la peste, enviada por nuestro Señor para castigar los pecados de los hombres y las muchas disensiones cristianas, consiguió lo que la sangre de miles de fervorosos sarracenos no había logrado: mantener Gibraltar bajo el poder de los musulmanes. Una vez más Dios parecía airado con el pueblo cristiano y posponía el objetivo largamente ansiado, justo cuando parecía a punto de alcanzarse.

El capitán del puerto de Gibraltar subió a bordo de la galera recién amarrada y pidió hablar con el patrón de la nave. Después de un breve interrogatorio, quedó conforme y dio a Mansur la libre plática para atracar. Siempre eran bienvenidas a tierras de islam, dijo el gibraltareño, nuevas espadas dispuestas a luchar por la verdadera fe y a rebanar pescuezos cristianos. Mansur se registró con su verdadero nombre y tribu, los Banu Ziries, pero falseando su inmediata procedencia; nada dijo de botines ni de ganancias, alegando provenir del sur del río Senegal, donde su tribu explotaba una factoría dedicada a la caza de negros, al tráfico de oro y al ejercicio del corso contra los enemigos del islam que empezaban a adentrase por aquellas alejadas aguas, coto exclusivo de los musulmanes desde tiempo inmemorial. La galera, contó Mansur, se la quitaron a unos negreros portugueses que descuidadamente pernoctaron cerca de la costa. El arráez y varios de sus amigos y clientes se la arrebataron a los cristianos en buena ley y decidieron venir al norte, tras haber vendido a sus cautivos en Anfa, para dedicarse al corso en aguas del Estrecho, donde esperaban lograr fortuna y servir al islam.

La llegada de Mansur pronto se conoció y fue bienvenida en toda la ciudad, poblada por muchos de esa raza. El arráez dispuso las faenas de reparación y preparó la invernada de la nave, haciendo plan de pasar en Gibraltar el resto de la estación, tras la cual pensaba hacerse a la mar, una vez armada y avituallada la galera y obtenido el permiso y el seguro del jeque de la villa, a quien entregarían a cambio un quinto de las ganancias.

Pedro llegó a Gibraltar en muy mal estado. La travesía por montes y mares no había contribuido a curar sus heridas infectadas. El frío, la humedad y la mala alimentación pasaban factura. Varios días permaneció febril e inconsciente, prostrado en un montón de cabos a modo de tosco jergón sobre la cubierta de la nave, sin más abrigo que sus propios harapos. En algún momento pareció que iba a llevárselo la muerte, pero al cabo su mocedad venció y poco a poco fue recuperando la vitalidad y la conciencia. El patrón de la nave se había desentendido de su cautivo, pues nunca acudía a verlo ni parecía haber encomendado su guarda a persona alguna;

nadie en la galera casi vacía le prestaba la menor atención. Pedro pasaba las horas en soledad, con la única compañía de las ratas que escarbaban en las sentinas. A Antón no lo había vuelto a ver desde que llegaron a Gibraltar y su ausencia le privó del único bálsamo del cautiverio. Pensaba en él cada día, aunque no se atrevía a preguntar por su ventura o paradero: nunca más sabría del viejo, que desapareció de su vida tan inopinadamente como llegó. Un enorme y grueso negro, su único contacto con el exterior de la nave, acudía puntualmente a llevarle unas gachas aguadas y algo de vino. Con sus pocas fuerzas, el muchacho empezó a dar algunos pasos vacilantes por el puente y progresivamente fue encontrando el antiguo equilibrio de quien no acostumbra a navegar.

Cuando pudo por fin andar con cierta soltura y parecía que su cuerpo había vencido del todo la batalla contra la muerte, dos moros fueron a buscarlo a la galera. Con cadenas y grilletes en tobillos y muñecas, lo trasladaron a una profunda cueva excavada en la base de la enorme roca que coronaba la villa, no lejos de los muelles. Al traspasar el umbral, una bocanada de aire fétido le golpeó el rostro y le hizo volver la cara; de un empujón, los moros le tiraron al interior del recinto y cerraron la puerta. Inmóvil, Pedro al principio nada podía ver, aunque sí oír gemidos y lamentos. Poco a poco sus ojos se acostumbraron a la penumbra, aunque el olor seguía produciéndole arcadas. Un altísimo muro de piedra que permitía el paso de muy poca luz invernal cercaba la boca de la gruta, por lo que desde dentro solo podía distinguirse un pedazo de cielo a modo de claraboya.

Allí se guardaban, hacinados, los cautivos cristianos. Las nubes de polvo filtraban la escasa luz, suficiente para que Pedro pudiera contemplar el lugar hediondo, oscuro, húmedo e insalubre donde penaban unas decenas de miserables con olor propio ya de cadáver, consumidos, magullados y rotos. Algunos, moribundos, infectados de úlceras y sarna, difícilmente lograban respirar el fétido aire de la caverna. Sus lamentos se confundían con el zumbido incesante de las moscas. Asombrosamente delgados, la mayoría ofrecían a la vista una coraza de costillas y rostros semejantes a desnudas calaveras, con los brazos y piernas en los puros huesos. A empujones,

Pedro consiguió un lugar al sol del mediodía, que en esa encerrada mazmorra duraba muy poco, disputándoselo a los que presentaban peores condiciones que él, hasta que logró sentarse contra la pared con las piernas cruzadas sobre el suelo.

En la gruta no resultaba fácil distinguir un día de otro, pero al menos siete jornadas contó Pedro sin probar alimento, comido él por los piojos y la tiña en aquel agujero donde las penurias se sucedían una tras otra sin interrupción. La peor de todas, la sed; apenas les daban agua suficiente para la estricta conservación de la vida. Y después de la sed el hambre, el padecimiento causado por las heridas infectadas y el acoso incesante de los insectos. No menor tortura causaba el hedor, aunque con el paso de los días el ahogo parecía ceder. Para cumplir las necesidades los presos no podían salir: se apañaban con un agujero excavado en un rincón del patio, tapado por una piedra que no lograba frenar la pestilencia. Además, siempre rebosaba, por lo que resultaba imposible hacer allí ninguna necesidad sin pisar los excrementos de otros. Los moros nunca limpiaban la gruta, ni proporcionaban a los cristianos manera alguna de hacerlo, de modo que eran estos mismos, cuando reunían energías suficientes, los que a veces lograban organizarse para sacar baldes de mierda y podredumbre, y arrojarlos en algunas de las grietas abiertas en la parte más profunda de la cueva.

Los cautivos allí encerrados hablaban poco, como si los parlamentos conllevaran un gasto excesivo de la preciosa energía necesaria para mantenerse con vida un día más. Poco a poco, mediante la observación y las pocas conversaciones, Pedro empezó a saber de unos y otros. Todos penaban como galeotes y lucían unas espaldas casi desprovistas de piel. Los vergajazos, el sol y la sal marina les habían dejado la carne viva y en algunos casos podía verse hasta el hueso. Una buena parte de ellos regresaría a las galeras una vez llegara la estación; mientras tanto pagaban sus culpas en ese infierno en la tierra. A otros su decaimiento no les permitiría seguir bogando, por lo que acabarían allí sus días si sus dueños no encontraban para ellos un comprador o alguna ocupación adecuada a sus menguadas potencias.

Habitaban también la gruta varios monjes, ocupados del cuidado de las almas de los cautivos. Unos llegaron por voluntad propia, dispuestos a dar su vida por los penados y ganar de esa forma un sitio al lado del Altísimo; otros fueron ellos mismos cautivados. La mayoría, según contaban los más expertos, solo conservaban la vida unas pocas semanas, pues no estando acostumbrados a tales penalidades alcanzaban pronto el martirio y corrían a reunirse con el Creador. Sin embargo, los que voluntariamente acudían a Gibraltar a compartir la suerte de los cristianos, mostraban por lo general tal fortaleza de cuerpo y espíritu que no existía contrariedad ni malaventuranza que pudiera con ellos y se erigían así en soporte principal de los presos y líderes de aquella desterrada comunidad. Ellos zanjaban las disputas, deshacían entuertos y distribuían la comida cuando disponían de algo que repartir. Encomendaban las tareas comunes de forma equitativa, según las fuerzas que quedaran a cada uno, y eran interlocutores ante los moros, que muchas veces se mostraban admirados ante tanta fortaleza de voluntad. Esta molesta admiración estimulaba el odio y acababa regularmente en tormento de los frailes, como medio de lograr por la fuerza su apostasía. Por la época que Pedro pasó en la cueva, el papel de caudillo lo desempeñaba un fraile de extrema delgadez, energía inagotable y brillo mesiánico en la mirada, conocido de todos como fray Fernando. Nadie sabía de dónde sacaba la fuerza ese cuerpo sin músculo; quizás de la firmeza de su carácter y de su fe incombustible. En cualquier caso, hasta los moros lo respetaban y aunque de vez en cuando los carceleros, como para justificarse, también cruzaban su espalda con el látigo, lo hacían con evidente desgana, temerosos de la fuerza espiritual que desprendía el esmirriado fraile.

Un día, cuando ya Pedro pensaba que se habían vuelto a olvidar de él, dos hombres lo sacaron de la covacha y lo llevaron medio en volandas a una construcción cercana, que parecía ser un molino. Después de traspasar una tosca puerta construida con maderos irregulares, entraron en un amplio granero, lo arrojaron al suelo, le pusieron una pesada cadena de hierro alrededor de la cintura y lo aherrojaron a la pared con unos grilletes.

En su nuevo encierro Pedro sintió el alivio de la luz del sol y del aire libre, pero también renovadas penurias. Nadie le dirigía una palabra sin acompañarla de un golpe o un pescozón. Lo empleaban en trabajos diversos que debía cumplir con prontitud, arengado por palos y azotes que le dejaban roto el cuerpo y un rastro indeleble en su espalda. Durante el día solía majar esparto y por la noche el molinero lo ponía a moler cibera, con un freno en la boca para que no comiera de ella. Solo unas pocas horas, antes del amanecer, lo dejaban reposar en un mísero jergón infectado de chinches, con una gran bola de hierro atada a un pie que impedía toda huida. Pero poco podía dormir, de tanta quemazón que le daban las heridas abiertas en las carnes de su espalda por el vergajo del molinero. La dureza de las condiciones que soportaba le impedía recobrar su quebrantada salud, y con ella, el vigor preciso para desempeñar sus trabajos sin miedo a recibir constantes latigazos. Su extrema debilidad se agudizaba por la falta de alimentos: solo recibía un chusco duro de pan de cibera, disputado a las ratas que poblaban el molino. Comer se convirtió en su obsesión; se echaba a la boca cualquier materia que pillaba y parecía comestible, aunque no pocas veces el riesgo acabó en diarrea sanguinolenta. De esa manera se sucedían las jornadas en aquella mísera monotonía.

Con el ánimo y el cuerpo ya casi resignados a morir por extenuación en aquel molino gibraltareño, una mañana oyó un bullicio muy cercano. Varios hombres discutían acaloradamente y de improviso la puerta doble del molino se abrió con un golpe tan fuerte que descabalgó una de sus hojas y la tiró al suelo con estrépito de madera y mucho burbujear de polvo. A contraluz se dibujó en el vano la silueta de un hombre armado, con su almófar envuelto en un turbante. Viéndolo adelantarse hacia él con pasos firmes, Pedro sintió llegada su hora y se encomendó al Señor, temeroso de los pecados que habrían de serle imputados en el Juicio Final. Pero en lugar de recibir el esperado golpe fatal, el guerrero la emprendió a patadas contra alguien que se encontraba detrás de él, entre alaridos y exclamaciones que Pedro no comprendía. Cuando ya el otro parecía medio muerto, reconoció en el guerrero el gesto y el porte de Mansur, su captor. Este agarró sus grilletes con ambas manos, apoyó un pie en la pared y de un solo tirón los arrancó de cuajo. Con un fuerte empellón levantó a Pedro y empezó a tirar de él hacia fuera, saliendo del molino no sin antes dar una última patada en la cara al molinero.

Según pudo Pedro colegir más tarde, el molinero se había comprometido con su amo a sacarle de la cárcel y tenerlo bien guardado y alimentado a cambio de una cantidad de dinero hasta que fuera de nuevo a buscarlo. Pero su avaricia pudo más que su prudencia, y quiso escatimar en gastos y sacar provecho excesivo del cautivo, aunque poco tardó en lamentarlo, pues Mansur volvió antes de lo previsto y el molinero no pudo cumplir su plan de mejorar la condición y el estado de Pedro al acercarse la hora de retornarlo a su amo.

La luz poderosa que de repente le estalló en los ojos hizo que Pedro caminara casi a ciegas, torpemente, tambaleándose en pos de Mansur, que marchaba con mucha prisa. Sus mermadas capacidades y el poco uso que había dado a sus piernas en los últimos meses provocó que el cautivo tropezara varias veces, causando la ira del arráez que se volvía airado y dispuesto a patearlo, aunque se contenía y se limitaba a elevarlo de nuevo con una sacudida de las cadenas, hasta que finalmente acabó por arrastrarle tirando de los grilletes. A remolque, avanzó durante un trayecto que a Pedro se le hizo eterno, hasta llegar al puerto y a la galera ya conocida, donde lo arrojaron en un jergón bajo cubierta. Le quitaron los grilletes, aplicaron pomadas a sus muchas úlceras y heridas y le dieron la primera comida digna de tal nombre que Pedro se llevaba a la boca desde su llegada a Gibraltar, con lo que le pareció resucitar y salir de la mortaja.

En la galera permaneció varios días, esta vez bien alimentado y atendido por un maestro de llagas. Con el reposo y los alimentos regresó su robustez y pronto caminaba sin ayuda por el puente de la galera, desde donde podía admirar la enorme roca omnipresente y la belleza de las aguas de la bahía. Al atardecer, con un calmoso viento de levante que mecía incansablemente la galera, la bahía de Algeciras parecía el paraíso. A la sombra de la montaña que guardaba como un centinela el paso del Estrecho, se apreciaba un caserío pequeño y abigarrado, de un blanco uniforme y refulgente con los últimos rayos del sol poniente. Pese a que nadie parecía prestarle atención, Pedro no se aventuraba a saltar a tierra. Se pasaba las horas reposando, al calor del sol o al abrigo de la humedad, según las condiciones del tiempo, observando a sus captores, escuchando sus parloteos y tratando de comprender sus intenciones. Cada día llegaban a la nave nuevas gentes reclutadas por Mansur y la galera empezaba a poblarse de marinos de muy diversas procedencias y hablas. Además de bereberes, cuya jerga Pedro empezaba a comprender, acudieron también otros que parecían árabes o turcos. Todos lucían pieles muy oscuras, como quemadas y arrugadas, y presentaban cicatrices por todas las partes del cuerpo, que muchas veces llevaban medio desnudo. Gran asombro causó a Pedro darse cuenta de que algunos de los recién llegados hablaban entre sí un romance extraño, pero comprensible. Se trataba de un grupo de renegados mallorquines y por ellos supo que Mansur invernaba en Gibraltar mientras organizaba la próxima temporada de saqueos, asunto complejo que requería de muchas diligencias; reparar y aparejar la nave, completar la tripulación, comprar o alquilar remeros y galeotes y, sobre todo, buscar inversores que quisieran poner dinero en un negocio tan arriesgado como el corso. Tan pronto como el tiempo y los preparativos lo hicieran posible, saldrían de nuevo al mar en busca de botines y cautivos con los que enriquecerse.

Aprendió de ese modo Pedro que su ventura dependía de si recuperaba o no la potencia suficiente para remar como galeote. Alguien le contó que Mansur pretendió negociar por él un rescate, pero nadie parecía conocerlo o interesarse por su vida, ni siquiera los frailes redentoristas y trinitarios que visitaban la plaza, pues una larga lista de cautivos originarios de Castilla y otras partes de España esperaban su turno, de manera que tampoco por esta vía iba su amo a obtener buena suma. Sus intentos de venderlo habían resultado inútiles, ante su patente falta de vigor, pero, sobre todo, porque era tanta la abundancia de cautivos, debido a las muchas guerras, que el precio de la carne humana había bajado hasta niveles desconocidos en esa época, de manera que Mansur prefería emplearlo como remero en su propia galera antes que desprenderse de él con tan poco beneficio. Su estrella quedaba claramente perfilada: más pronto que tarde, acabaría atado a uno de esos bancos de la galera, para bogar día y noche mientras le quedaran fuerzas, hasta acabar consumido y desollado como aquellos desgraciados a los que conoció en la cueva.

Conforme Pedro recuperaba su vigor, comenzó a ayudar en las labores de a bordo, lo que le permitió platicar con frecuencia con los renegados. Todos los mallorquines habían sido, como él mismo, cautivados, algunos de niños, en diversas ocasiones y lugares; y todos se habían convertido al islam. Unos pocos por la fuerza, siendo tan jóvenes que apenas recordaban su vida anterior y eran iguales en todo a los moros. Otros, ya de adultos. Por ellos conoció Pedro que existía una sola salida a la vida de penuria que se le presentaba: tornarse moro. De esta forma, como hicieron ellos, podría librarse del remo, aunque seguramente seguiría como esclavo hasta que pudiera pagar su rescate. Mucho le recomendaron a Pedro los mallorquines que lo intentara, aunque no todos parecían muy seguros de que su amo consintiera ese paso, pues los cautivos que se volvían moros valían menos. En esas ocasiones, como también ocurría con cualquier otra excusa, los renegados empezaban a porfiar entre ellos con furia, cruzándose terribles amenazas que espantaban a Pedro, poco acostumbrado a las maneras toscas de la gente de mar. Pero no llegaba a correr la sangre, pues uno que parecía el líder ponía paz entre ellos y emitía su dictamen ceremoniosamente:

—Escucha noi, si de verdad sabes de ballestas tanto como dices, quizás tu amo acceda a la conversión, pues esa pericia puede sernos muy útil. Pero ¡cuidado! Habrás de pensarlo bien, mira que no caben arrepentimientos en estos negocios. Entre los moros la apostasía se paga con la muerte. Los musulmanes no muestran piedad con los apóstatas y se toman muy en serio las cosas de su religión. De modo que si abrazas el islam, te cerrarás las puertas de vuelta a tierras cristianas, porque si regresaras como moro te considerarían espía y acabarías en la horca o en la hoguera, después de sufrir tormento.

El tiempo pasaba y dejaba sentir a Pedro cómo poco a poco recuperaba su vigor, aunque no lo bastante para remar. A la misma conclusión debió llegar su amo, que ordenó su vuelta a la gruta de los cautivos. De nuevo ese lugar de pesadilla, donde la muerte y la enfermedad campaban a sus anchas, cobrándose diario tributo. Otra vez obligado a lograrse su propio espacio, pulgada a pulgada, entre cuerpos de cristianos moribundos que se removían a oscuras sobre el duro y gélido suelo, pisando miembros, apartando cabezas dormidas, entre leves quejidos y suspiros apagados. Los cadáveres de los muertos permanecían durante días en el rincón donde los arrojaban los presos con pocas contemplaciones, y continuaban allí, hinchándose, desmadejados e informes, acosados por los pajarracos que revoloteaban alrededor, hasta que los carceleros se los llevaban para arrojarlos al mar. Pedro los miraba y contemplaba su propia e inevitable ventura.

Pese al hambre, al frío y al hedor, la mente de Pedro no podía pensar más que en la posibilidad de tornarse moro para escapar del tremendo final que el hado parecía depararle. No hablaba con los otros cautivos sino para preguntarles por las circunstancias de la vida en las galeras; ellos confirmaron a Pedro que no existía fatalidad más abominable que el banco del galeote. Allí morían muchos, derrengados, después de consumir sus últimas fuerzas propulsando una nave que solo portaba desgracias para los cristianos, sin otra esperanza que verse rescatados por una embarcación amiga, en cuyo caso su papel se trocaría con el de sus cautivadores: los cristianos galeotes podían así quedar libres, mientras que los piratas sobrevivientes pasarían a ocupar los bancos de la galera. Pero eso ocurría pocas veces, pues los moros, muy peritos en las ciencias marineras, sobre todo en lo que a galeras, galeotas y fustas se refería, eran enemigos temibles. Por lo demás, era bien sabido que durante las batallas navales todos corrían graves riesgos y con frecuencia la nave atacada se iba a pique con todos sus tripulantes, tanto piratas como galeotes, condenándolos a la terrible muerte por ahogamiento, salvo que el fuego se cobrara antes las vidas, lo que resultaba aún peor que la asfixia.

Rara vez un galeote sobrevivía más de dos años, pues tal condición no podía soportarse mucho tiempo. Como máximo, a los tres ya no conservaban facultades para remar, y entonces los tiraban por la borda, o los vendían a precio de saldo para desempeñar trabajos también penosos, pero que requerían menor fuerza. Esa era la suerte de la mayoría de los cristianos que acompañaban a Pedro en el penal de Gibraltar; cumplidos sus días como galeotes y conservando poco valor en almoneda, ahora esperaban a la muerte, muy mal alimentados, en ese antro de donde solo salían para acarrear toneles de agua, llevar leña a las casas o arrastrar ruedas de molino. Hubiera querido Pedro compartir con ellos sus dudas, preguntarles sobre la verdad de cuanto le habían contado los renegados, para así confirmar que cabía volverse moro para escapar a esa suerte terrible, pero no se atrevía a formularlo directamente. De manera que, con rodeos e indirectas, sacaba de vez en cuando el tema de los renegados que había conocido en la galera de Mansur. Con ello corroboró la certeza de cuanto habían afirmado los mallorquines, pero también que para los cristianos nada existía más despreciable y peligroso que un *helche*. Cada vez que hablaba de los renegados, el silencio del encierro se veía alterado por un coro de voces que proferían insultos y maldiciones relativas a la pérdida segura del alma de los herejes tornadizos. Todos aseguraban para ellos un final de horca y desprecio por engañar y hacer simulación en los negocios del alma, conducta grave e impropia de los creyentes de la Fe Verdadera. Y Pedro se sumergía de nuevo en dudas y meditaciones y su ánimo quedaba en vilo permanente hasta perder el sueño pese a su mucho cansancio. Veía cómo se avecinaba la hora de remar en el banco y con ello iban creciendo sus temores, pues si renegaba y por un azar del destino se veía obligado a regresar a Andalucía, muchas explicaciones le costaría librarse de la soga o la hoguera. E incluso en el caso de que alegara con éxito que se convirtió por la fuerza, seguramente ya nadie se fiaría de él, sobre todo si llegaba a saberse que por propia voluntad entregó la fortaleza de Aznalmara. Le venía entonces a la memoria la historia que se contaba en la raya sobre un tal Bovalías el Pagano, de quien dice el romance que «siete veces fuera moro, y otras tantas mal cristiano». ¿No sería preferible conformarse con los designios de la Providencia y aceptar su nueva condición? Comparado con lo que podría esperarle después de expirar, al rendir cuentas al Altísimo, quizás la condición del galeote resultara preferible.

Al principio no se atrevía ni a pensarlo mucho tiempo. Pero poco a poco se abrió paso el veneno de la traición, la tentación de renegar de su fe y de esquivar su penosa ventura. Sentía como pese a todas las dudas, dificultades y temores, podía más en su interior el deseo de seguir viviendo y el miedo al dolor de un infierno inminente que el riesgo futuro de perder el alma. Cuando pensaba en los sufrimientos de los galeotes, sentía un estremecimiento, un espanto que le hacía vaciar el vientre. Y no porque en esta vida no hubiera padecido ya muchas aflicciones, sino precisamente por ello. No temía tanto a la muerte como al sufrimiento físico y este temor poderoso se adueñaba de su cuerpo y le afligía el espíritu como una enfermedad. Si al menos alguien le hiciera la gracia de atravesarle con una lanza para darle un final rápido. Pero ni eso cabía esperar. Un esclavo estaba por siempre condenado a vivir, a producir para su amo. Solo la amenaza del dolor, de un padecimiento inmenso e intolerable, infinitamente peor a la muerte, hacía que el esclavo fuera productivo, en lugar de dejarse morir para escapar del sufrimiento.

Y el miedo llevó al valor. Decidió Pedro volverse moro a la primera oportunidad, convencido de que Dios, llegada su hora, sabría comprender y perdonar sus motivos y vería si estaban justificados. Solo el Todopoderoso conoce los secretos del alma y dispone los acontecimientos de este mundo. Su fortuna presente y futura quedaba en Sus manos; si Él quería, escucharía sus plegarias y le mostraría el rumbo, porque ¿cómo hacerlo? Y, sobre todo, ¿cuándo?

Sus vecinos de encierro no podían conocer la determinación que había tomado, pues seguro que, de saberlo, emplearían sus últimas fuerzas en matarle allí mismo. Tampoco cabía confiar en los guardianes de la prisión, gente malvada y poco dada a sutilezas teológicas. Sumido en estas amargas reflexiones se encontraba el día que vinieron los guardas a sacarlo del encierro. Al franquear la puerta, sintió como un signo la luz límpida y el aire puro del Estrecho, las gaviotas disputándose los restos de pescado, los niños afinando su puntería, jugando a descalabrarlas, las mujeres embozadas llenando sus cántaros en las fuentes, diciendo y escuchando mentiras, entre risas y chácharas, el mercado próximo voceando productos de todo tipo, la actividad en los muelles de carpinteros, calafates y pañeros... Por todas partes la vida y la belleza se abrían paso con el impulso de la naciente primavera y Pedro arreció en su voluntad de seguir vivo, de resistir con osadía su suerte y rezaba con toda la fuerza de su dolor y de su esperanza pidiendo que el Señor le mandara las luces precisas para encontrar el camino hacia la vida.

6. EL TORNADIZO

Apenas caminados unos cientos de pasos desde la puerta del penal, Pedro vio aparecer entre una montaña de fardos un moro muy anciano vestido de blanco, con zaragüelles y una túnica de lana basta, charlando en compañía de varias personas que mostraban gran respeto y escuchaban con veneración sus palabras. Como el lugar se encontraba en las proximidades de una mezquita, pensó el cautivo que quizás ese hombre fuera un cura de los de su religión, y sin dudarlo, en cuanto pasó a su lado se arrodilló, tomó su mano y, besándosela, empezó a gritar en su rudimentario árabe las palabras que los mallorquines le explicaron que habría de pronunciar «no hay más Dios que Alá y Mahoma es su enviado; no hay más Dios que Alá y Mahoma es su enviado».

El asombro de los desprevenidos guardianes duró poco. Con rápido instinto castigaron la osadía del preso con patadas que lo levantaban del suelo y lo alejaban del sorprendido moro de blanco, hasta que este ordenó que se detuvieran. Se acercó a Pedro y se quedó un rato mirándole, como evaluando la situación, que por las trazas y las cadenas que portaba el interpelante comprendió de inmediato. Después le habló para preguntarle, en buen romance, sobre la sinceridad de sus intenciones y las circunstancias de su cautiverio, diciéndole que podía confiar en él, que era un siervo de Dios. Pedro se arrastró de nuevo hacia el hombre y le relató atropelladamente y a grandes rasgos su historia. De rodillas, con grandes muestras de humildad, contó que desde su llegada a Gibraltar había venido observado la piedad y concierto que reinaban entre los musulmanes, y cómo esa observación hizo nacer en él la curiosidad, que había sido alimentada por todos cuantos se mostraron dispuestos a satisfacerla, principalmente los renegados de Mansur y otros miembros de su tripulación. Por ello le rogaba ahora a quien sin duda era un hombre santo, que intercediera por él ante su amo para que le permitiera convertirse y servir a Dios en la verdadera religión.

En estas pláticas los encontró Mansur, advertido por alguien de que su esclavo había provocado un altercado en la vía pública. Con el enfado y la arrogancia que ya Pedro bien conocía, empezó su amo a preguntar por lo ocurrido y a conversar con el viejo. Como hablaban en árabe y muy rápido, Pedro no pudo entender todo lo que decían, pero sí hacerse con el sentido de la disputa: su amo no quería que se tornara moro, pues su propiedad perdería valor con ello; el viejo por su parte alegaba que frente a la voluntad de Dios no cabían cuentas ni cábalas, que Él todo lo disponía según su voluntad, y que Él había querido que esa mañana se tropezara con el cristiano, sin duda con la finalidad de atraerlo hacia la verdadera fe. Le explicaba al arráez que, aunque ello pudiera parecerle una merma de su patrimonio, en realidad constituía ganancia en la contabilidad del alma. No pareció quedar muy contento Mansur con las explicaciones del viejo y, fuera de sí, le gritó en otra lengua distinta del árabe, seguramente en alguno de los dialectos bereberes o turquescos que se hablaban entre las gentes del mar, por lo que Pedro difícilmente pudo comprender lo que decía. El muchacho se quedó mirándole desde el suelo sin saber qué hacer ni qué decir, lo que aún impacientó más a Mansur, que de nuevo se dirigió al viejo en un tono hosco y con gran gesticulación. Viendo que la situación podía tornarse peligrosa, Pedro se acercó con cuidado al adalid, tomó su mano y la besó, lo que pareció apaciguarle un poco. Al final, Mansur ordenó a los guardias que dejaran en paz al cautivo y se alejó hacia el puerto con amplias zancadas, dejando a Pedro perplejo y asustado, todavía arrodillado a los pies de su salvador.

El viejo y sus acólitos rodearon al cautivo en silencio, como queriendo adivinar sus pensamientos. Al cabo de un rato, el persuasivo moro de blanco le habló de nuevo para pedirle que se levantara.

—Álzate, muchacho; uno no debe arrodillarse sino ante Dios ¡Alabado sea! Me llamo Yahya ibn Mallul y estos buenos musulmanes que me acompañan estudian conmigo en la madraza de esa mezquita que ves allí, próxima al puerto, junto a los almacenes de depósito. Quiera el Todopoderoso que pronto tú mismo puedas contarte entre mis mejores alumnos. Si Él quiere, dentro de poco te veré ocupando un lugar entre los fieles, frente a mí, cuando dirija la oración del viernes.

En su castellano cadencioso, Yahya le explicó que después de algunas diferencias de criterio y a regañadientes, como Pedro había podido ver, Mansur había permitido que el cautivo quedara a su cargo para que lo ilustrara en los fundamentos del islam y en las enseñanzas del Profeta, y dejara de vivir en el error de sus impías creencias. Hablaba con muchas gesticulaciones y aspavientos, con frecuentes referencias a Dios y a Mahoma y a los Sagrados Textos, y de esa forma, entre metáforas, alegorías y parábolas que solo en parte comprendía, pudo enterarse Pedro de su nueva condición:

—No por eso dejarás de pertenecerle. Como propiedad de Mansur ibn Tasufin tu suerte depende de su voluntad, porque Dios así lo ha querido. Pero tu amo, un buen musulmán que sigue las palabras de sabiduría del nuncio de la Verdad, ¡alabado sea!, quiere asegurarse de la sinceridad de tu abandono del politeísmo. Y más te vale que acabe convencido de que en verdad renuncias a las sucias aguas del bautismo, porque de lo contrario sufrirás una muerte atroz y, lo que es peor, Dios te pedirá cuentas por falsario.

Pedro hincó de nuevo una rodilla en tierra y declaró con toda la solemnidad posible, dadas sus circunstancias, que en verdad deseaba conocer la verdad. Yahya de nuevo le pidió que se levantara, pero el muchacho siguió arrodillado mirándole con extrema sumisión, lo que, a pesar de sus palabras, parecía complacer al viejo, que siguió hablándole:

—Mansur ha dispuesto que te alojes en mi casa durante algún tiempo, bajo mi custodia y a mi costa, pues aunque piadoso el arráez actúa con cuidado en todo lo relativo a su patrimonio. Si transcurrido un periodo razonable ambos quedamos convencidos de la limpieza de tu conversión, pasarás a formar parte de la comunidad de los creyentes; de lo contrario… mejor ni pensarlo, pues no puedes imaginarte la severidad del castigo que te espera. Aquí, en Gibraltar, villa de gentes temerosas de Dios, no ocurre como entre los impíos argelinos, Dios los confunda, donde para cambiar de fe basta pronunciar unas palabras, para escándalo de verdaderos creyentes. Aquí no mandan los renegados, sino quienes nacieron musulmanes.

Pedro seguía arrodillado, contemplando fijamente y con veneración al viejo. Yahya empezaba a preguntarse si de verdad le entendía, si comprendía la situación, porque detectaba indicios de alguna debilidad mental en el muchacho. De modo que con suaves palabras, muy despacio, pronunciando cuidadosamente todos los sonidos de las palabras le preguntó:

—¿De verdad quieres convertirte, voluntariamente y sin coacción, al islam? Piénsate bien lo que dices antes de hablar, pues no caben en este asunto dudas ni titubeos, sino una firme determinación de seguir los caminos de Dios, ¡alabado sea! Pero piensa rápido, pues las ocasiones pasan deprisa como las nubes por el cielo.

Pedro tomó de nuevo la mano del viejo y después de besarla afirmó con voz baja, aunque clara, que sí, que así lo quería, de lo que mucho se holgaron Yahya y sus acompañantes, que dieron gracias a Dios, alabaron su infinita sabiduría y se maravillaron de sus inescrutables designios. El imán mandó que Pedro se levantara de nuevo y comenzó a caminar con él, lentamente, en dirección a la mezquita, ayudándole, pues sus pasos eran todavía torpes y penosos a causa de los grilletes que le atenazaban con su amargo peso los tobillos.

La mezquita, escoltada por una torre de mediana altura en cuyo extremo se abría un mirador a los cuatro puntos cardinales, presentaba una construcción muy humilde, de un blanco casi ofensivo para los ojos. Tras pasar una tosca abertura practicada en la pared de poniente, solo separada de la calle por un tapiz que hacía las veces de puerta, se entraba en un pequeño patio enmarcado con armoniosos soportales y lleno de la fragancia del jazmín y otras flores. En el centro, una fuente con varios caños vertía incesantemente su milagro manso y transparente, con un agradable rumor que las cercanas paredes amplificaban. Allí se sentaron al sol sobre unos cojines bordados que los esclavos del imán les acomodaron. Yahya ordenó que acudiera un herrero a quitarle los grilletes y que les sirvieran agua fresca y unas frutas. Pronto apareció un sirviente con una jarra ricamente labrada, una mesa baja y una bandeja con higos chumbos, castañas y almendras peladas, que atrajeron miradas ansiosas de Pedro. El alfaquí no paraba de hablar y Pedro desfallecía de hambre, pero no se atrevía a echar mano a las frutas todavía, como su estómago le demandaba. Yahya reparó en las ansias de Pedro y le acercó la bandeja con una amplia sonrisa, explicándole que no debía guardar rencor a los musulmanes por las mortificaciones y el hambre padecidos en el penal, pues, como le dijo:

—Es voluntad de Dios (no hay Señor sino Él, ni Dios de verdad más que Él) que los politeístas seáis privados de comodidades en esta tierra, a fin de que conozcáis algo de lo que os espera tras la muerte. Quizás de esa forma vuestras almas comprendan la magnitud de vuestro error y las penalidades os lleven hacia la verdadera fe. Pero ya nada has de temer: líbrate pues de tu desconfianza y come.

Pedro empezó a ingerir refrenando en lo posible sus ansias y, cuando apaciguó un tanto su hambre, agradeció efusivamente la intervención del alfaquí y expresó su deseo sincero de no defraudarle y de ponerse a su servicio para obedecerle en todo. Yahya asintió con su mirada y su sonrisa, evidentemente complacido por las palabras de Pedro; sin embargo, negaba con la cabeza y con sus palabras, afirmando que no era a él a quien Pedro debía obedecer, sino al Todopoderoso.

—Él sabe que en tu corazón almacenas bondad, por eso te dará un bien mejor que la libertad y te perdonará, pues Él es indulgente y misericordioso. El Altísimo quiere que seas un buen musulmán y con esa finalidad me ha cruzado en tu camino para anunciarte el premio y prevenirte contra el castigo, para que rechaces toda duda: Él, que te ha concedido la razón, que te ha creado como ha querido, puede preservarte del mal. El Todopoderoso no te deja abandonado ni te ha creado por juego. Ni una brizna de hierba se mueve en este mundo sin el concurso de su Santa Voluntad. Has de saber que tu señor, ¡prolongue Dios su vida!, es un luchador de la fe, orgulloso de combatir a los idólatras y de mantener los preceptos de Dios. A su lado, disfrutarás de suficientes oportunidades de actuar de forma grata a Dios, pues tu amo recluta ahora mismo voluntarios para seguir la guerra santa y a su llamado acudirán muchos buenos creyentes de las montañas y de las llanuras, bereberes y velados del desierto, árabes orgullosos y musulmanes conversos. Así que debes seguir sin vacilaciones estos pasos: primero, recobrar del todo la fortaleza de tu joven cuerpo y, después, ponerte a disposición de tu amo para la yihad. Así complacerás a Dios; y también a mí, aunque esto no importa. Yo me daré por compensado por el tiempo y el dinero que emplearé contigo si consigo llevarte al camino de la verdad. Una verdad tan resplandeciente y accesible para todos los hombres de buena voluntad que si al final no te convences deberé concluir que eres un obstinado que no da su brazo a torcer, o bien un calumniador que habrá de dar cuenta de su conducta. ¿Estás de acuerdo o quieres volver a la galera como cristiano?.

Pedro se mostró conforme y agradecido. Yahya quiso entonces saber su nombre cristiano, pero antes de que pudiera contestarle cambió de idea y dijo que prefería no conocer ese lastre de su antigua vida. Quedaron un rato en silencio, Pedro sin saber qué decir y el viejo pensando en algo. Después, el alfaquí siguió hablando en voz baja, como farfullando:

—Necesitas un nuevo nombre. Porque según al-Mawardi (¡Dios refresque su rostro!) dice en su libro *Nasihat al-Muluk*, cuando nace un niño, una de las primeras formas de honrarlo y de tratarlo con benevolencia consiste en darle un buen nombre, pues un nombre correcto produce efectos positivos sobre su alma cuando lo oye. Al-Mawardi recomienda no tomar este asunto a la ligera: se trata de elegir las palabras que van a identificarlo entre los suyos por el resto de su vida, por lo que la denominación debe adecuarse a la situación del chiquillo y a los nombres de la gente de su territorio, religión y estatus.

Dado que Pedro iba a vivir entre bereberes y que pasaría a formar parte de la tribu de Mansur, precisaba un primer nombre acorde, pues por patronímico recibirá el de su amo y el de su tribu. Luego dijo que *Idir*, que significa «vivo», le parecía un nombre apropiado, ya que de milagro se contaba aún entre los que respiran. Pedro, ahora Idir ibn Mansur de los banu Ziri, agradeció a Yahya su sugerencia, aceptó el nombre de buen grado y se mostró dispuesto y ansioso por recibir sus enseñanzas, gracias a las cuales pondría algo de remedio a su mucha ignorancia.

El imán quedó complacido con la actitud y las palabras de Idir; pese a lo que pensó al principio sobre su escaso seso, le pareció ahora un joven honesto y de buen natural, dócil como place a Dios, y honrador de los mayores. Se mostraba seguro de que pronto ganaría fluidez en el uso de la lengua sagrada, en el árabe que se hablaba en Andalucía, e incluso en la lengua que se empleaba en las ciudades portuarias y en las naves. Aprendió Pedro, ahora Idir, que en Gibraltar, como en otros puertos próximos a las columnas de Hércules, el común de las gentes se entendía en algunos de los dialectos bereberes, mucho más difíciles de aprender, o mediante una jerga impía a la que llamaban el turquesco, mezcla de mil hablas. Pero insistió Yahya en la importancia de poder expresarse con fluidez en árabe, para rezar y dar muchas gracias al Dios que le había mantenido con vida; seguramente, pensaba el imán, por alguna buena e inescrutable razón.

—Él quiere algo de ti, pero nosotros, pobres criaturas, solo podemos tratar de adivinar su Voluntad y aceptarla, pues no existe mayor sabiduría que la conformidad con ella. Nunca olvides que la religión es la base de toda ciencia y que el buen musulmán debe dejar a un lado los conocimientos que no le conciernen. Porque la ciencia no consiste en el mucho leer, sino en una especie de luz que Dios enciende en los corazones. La religión es la única salvación del mundo y no cabe justicia más que con ella. El Todopoderoso manda y nosotros obedecemos. Él siempre vence. De modo que escúchame bien, abre tu alma a mis consejos y aprende rápido todo lo que puedas para salir de la oscuridad, ¡Dios te asista! Considérame un amigo que quiere tu bien y te habla como le hablaría a su propio hijo: pues solo las palabras que salen del corazón van derechas al corazón ajeno.

Así comenzó la formación de Pedro como musulmán. El muchacho se esforzaba por aprender, alentado por la piedad de Yahya, quien a cada momento le requería para que preguntara con toda libertad, diciéndole:

—La curiosidad es buena, Dios no quiere que le sirvan ignorantes y su Verdad puede alcanzarse por la pura razón, rectamente aplicada; porque la razón necesita instrucción y esta nada vale sin la experiencia y la misma experiencia no se logra sino tras mucho esfuerzo y afán. Pero ¡ay de ti si te sirves de ella para negar los prodigios de tu Creador! Porque el día del juicio la razón de nada te servirá, conforme a las palabras divinas: «Ni sus orejas, ni sus ojos ni sus corazones les sirvieron de nada, puesto que usaron de ellos para negar los signos de Dios».

Pero Idir no padecía dudas sobre una teología de la que nada entendía y que nunca le había preocupado: hasta entonces había sido cristiano fiel como cabía esperar de un buen castellano, sin dudas ni malsanas curiosidades que quizás pudieran inquietar a los filósofos o a los hombres de Iglesia, pero jamás a un villano de su condición. Lo primero que preguntó el muchacho se refería a su actual condición de esclavo, pues albergaba algunas esperanzas de que al renegar quedaría libre, pese a los relatos de los renegados. Yahya comprendió sus dudas y quiso aclarárselas:

—La *Sharia* impide esclavizar a quien se convierte por propia voluntad. Pero la ley debe interpretarse rectamente y conforme a las circunstancias. Tu amo Mansur ha corrido con muchos gastos y penalidades para mantenerte con vida y ahora espera recuperar lo invertido. Yo mismo fijaré una suma por tu rescate, cuando conozca las cuentas de la expedición en la que te capturaron. Satisfecha esa cantidad, podrás partir libremente a donde quieras dirigir tus pasos. Pero hasta entonces, considérate un criado o sirviente de Mansur, que sin duda te empleará en faenas acordes con tus capacidades y conocimientos.

Idir pidió al imán que agradeciera en su nombre a Mansur su generosidad al mantenerle con vida y que le transmitiera su firme propósito de compensarle por sus gastos cuanto antes. Desde ese momento, siguió diciendo Idir, pasaba a considerarse, por propia voluntad, fiel servidor de Mansur, y ponía a disposición de tan excelente señor sus fuerzas y su pericia como ballestero, pues desde hacía años practicaba con esa arma cada día y sabía montar y reparar ballestas; con mucho gusto seguiría desempeñando a su servicio el mismo oficio, si le placía a su amo. De lo contrario, Mansur podría hacer de él lo que deseara, que ya sabría contentarle con las facultades que Dios le diera.

Yahya se mostró convencido de que Mansur valoraría su pericia con las armas y sus conocimientos sobre la vida y costumbres del enemigo.

—Bien sabe Dios cuánta falta nos hacen a los creyentes tales saberes. Sin duda han proliferado nuestros yerros y Dios nos castiga con su mano firme y sabia. Desde hace generaciones Él permite que los adoradores de los tres dioses se vanaglorien y nos empujen hacia el sur, mientras asolan una y otra vez las tierras cultivadas por los creyentes. Pero Él solo nos pone a prueba, pues sabe que esta tierra nos pertenece. Debemos luchar sin tregua para recuperar pronto lo perdido y hasta más allá; los creyentes no descansarán hasta que, si Dios quiere, caigan Roma y Constantinopla y todo el mundo sea *Dar al-Islam*. No lo dudes, Idir: la Verdad se impondrá un día y todos los hombres se someterán a Ella, tal y como la ha plasmado en el Santo Corán el Profeta, sea por siempre alabado. Porque Él ha querido enviarnos a Muhammad (¡Dios le bendiga y salve!) para poner sello a las misiones proféticas poniendo de manifiesto su Verdad para colocarla por encima de cualquier otra religión y para que sus palabras reveladas sean medicina de los pechos, guía y muestra de misericordia. El Altísimo sabe más y aunque sus caminos parezcan a veces incomprensibles para la pobre razón humana y su objetivo permanezca oculto durante años, décadas o siglos, al final se hará su Voluntad. Porque el tiempo de los hombres no puede compararse al tiempo de Dios: lo que para nosotros son milenios para Él, que es Eterno, semeja un suspiro. Por eso debes considerarte afortunado. Has sido elegido por Dios como instrumento para castigar a los infieles y expandir el islam a las órdenes de Mansur.

Idir escuchaba con atención al anciano y aunque al principio se mostraba tímido, pronto empezó a formularle las dudas que, debido a su natural buen seso, le iban surgiendo. Le preguntó cómo cabía pensar que Dios quería que los musulmanes permanecieran en al-Ándalus, cuando más bien parecía lo contrario. Porque la pujanza de los cristianos invitaba a creer que la fe de los nazarenos pronto se extendería por toda la tierra, o, al menos, por las Españas y, de manera inminente, por la zona de Ronda. Él mismo había recorrido esas serranías y había visto con sus propios ojos los estragos que los cristianos causaban sin cesar a los musulmanes, quemando sus panes, robando sus ganados y llevándoselos cautivos para venderlos en Arcos o en Osuna. Yahya comprendía esas dudas y las veía razonables, por la debilidad de la fe de los hombres, pero infundadas a los ojos de Dios y de una recta razón humana.

—Bien conozco la fuerza de los politeístas de al-Ándalus y que los puercos ocupan ahora muchas tierras del islam. De hecho, algunos entre nosotros creen próximo el fin de nuestros días en este lado del Estrecho. Ibn al-Jatib, el famoso poeta de Loja, ha dicho que Ronda, Dios la guarde, tiene cogido el fleco de su túnica. Y bien me duelen esas palabras, porque yo mismo nací en Ronda y allí habita mi familia y yacen los huesos de mis antepasados. Pero eso lo dice al-Jatib porque no cree en Dios ni muestra rectitud de juicio y porque no nos conoce bien ni a los rondeños ni a nuestras tierras, las más ásperas y embreñadas del mundo, fértiles de muchas aguas y frutas, cuevas, capas y riscos donde ocultarse y mantenerse al acecho de los enemigos, que suelen pagar con su vida el intento de perseguirnos en las alturas. También parecíamos perdidos cuando hace cincuenta años los cristianos tomaron la orgullosa Antequera, por decisión de Dios, que tenía decretada su pérdida. Entonces las tropas del infame caudillo Fernán llegaron hasta las puertas de Ronda e incluso llegaron a tomar el arrabal del Mercadillo, pero los echamos para que no volvieran y dejaron la tierra regada con la sangre de sus muertos. E incluso mucho antes de al-Jatib, otros poetas impíos y afeminados como él, nos insultaban a los verdaderos creyentes con sus bellas metáforas de derrotismo. ¿Cómo olvidar los sucios versos que al-Assal compuso después de la caída de Toledo en mano del perro Alfuns?: «Andaluces, arread vuestras monturas; el quedarse aquí es un error. Los vestidos suelen comenzar a deshilacharse por las puntas, y veo que el vestido de la Península se ha roto desde un principio por el centro». ¡Extraños resultan, en verdad, los designios de Dios! Él nos trajo a estas tierras y nos las dio para siempre. Quizás los creyentes hemos pecado de vanagloria y soberbia y nos hemos atribuido el mérito de la victoria en la guerra a nosotros mismos y no a Dios, el verdadero Vencedor. Y si Él quiere, para castigarnos, que salgamos de aquí, será para volver, cuando Él decrete… dentro de diez años o de diez mil, y entonces los comedores de cerdo, los idólatras, los blasfemos y los paganos morderán el polvo, pues nada duradero existe en el mundo. Siempre volveremos, siempre lucharemos porque no tememos a la muerte, porque sabemos cuán pasajera es la vida terrenal. Dios nos ha enseñado que la expiración no significa el fin y pensamos continuamente en ella como algo natural y consustancial a la vida, como un premio: el descanso del guerrero.

El viejo acompañó a sus palabras con mucha gesticulación y tanto entusiasmo que se puso rojo. Debía reposar unos instantes para tomar aliento. Pedro no se atrevía a articular palabra, pues en la mirada de Yahya encontraba ahora un tremendo furor. De repente, el viejo lanzó un puñetazo a la bandeja, dispersando los vasos y los restos de comida. Y siguió hablando, casi gritando:

—¡Nuestro deber sagrado es promover el triunfo del islam! Dios mismo, por medio del Profeta, alabado sea, y del sagrado Libro, nos ha mandado: «¡Matadlos donde los encontréis, expulsadlos de donde os expulsaron». Por eso Dios Altísimo, que no ha dejado a su grey abandonada, acabará derramando su ira sobre los herejes, humillando su arrogancia y su alocado orgullo. Ellos, los infieles que se arrodillan ante las imágenes de tres dioses negando la evidencia de la unicidad divina, sobran aquí, en al-Ándalus. Porque ¿acaso somos los andalusíes unos extraños en esta tierra? Por supuesto que no, nuestros padres se convirtieron al islam hace siglos, esta es nuestra casa. Sé que abundan en al-Ándalus quienes se jactan de sus antepasados árabes y hablan de sus tribus y de sus cabilas, pero la mayoría de ellos se engañan: su sangre no es árabe, o lo es en una ínfima proporción. En Ronda bien lo sabemos. Allí pocos linajes árabes pueden encontrarse: casi todos los rondeños provenimos de muladíes o de bereberes, pero incluso los descendientes de estos son diferentes ya de sus primos de Berbería. Los musulmanes de al-Ándalus hace tiempo que hemos olvidado a qué tribu pertenecemos, a diferencia de los africanos. Y compartimos con los adoradores de la cruz sangre y costumbres, y muchas veces nos parecen más ajenos los africanos o los turcos, aunque sean musulmanes, que los cristianos hispanos. A los andalusíes nos gusta el vino, Dios nos perdone, y lo producimos y consumimos con normalidad pecaminosa, y por lo general solo nos casamos con una mujer, aunque nuestra religión nos permita tomar a otras. Yo así lo recomiendo, pues no existe peor veneno que la palabra de una mujer, así que conviene tener el menor trato posible con ellas. Somos del mismo barro que los del norte, y pese a compartir una misma sangre y algunas costumbres, nunca podremos convivir con ellos. Uno de los dos pueblos sobra en esta tierra, pues no puede encontrarse nada firme ni paz donde se profesan diferentes religiones. Dios, que ve y a quien no se ve, decretó que los mozárabes de esta zona perecieran exterminados hace ya siglos, en tiempos de los almohades, y los únicos descreídos que hoy pueden encontrarse en Ronda son los esclavos que acarrean el agua a la ciudad. Y por eso, si Dios (¡ensalzado sea!) quiere, todos los herejes de las Españas también quedarán exterminados, tarde o temprano, o convertidos al islam. Porque el Altísimo ha ordenado creer en Él y quien no lo haga obtendrá su castigo: «La única retribución de los que combaten contra Dios y contra su Profeta, y se dedican a hacer el mal en la tierra es la muerte o la crucifixión, o la amputación de las manos y los pies».

El viejo seguía excitado mientras pronunciaba estas solemnes palabras y pidió agua. Cuando recuperó el sosiego perdido, continuó diciendo, con palabras ahora más suaves:

—No cabe duda, pese a que el peligro parece inminente, de que Ronda resistirá por siempre a los ataques de los incrédulos, sobre todo ahora que la guarda el jeque más poderoso y piadoso de la frontera, Ibrahim Ibn Muhammad (¡prolongue Dios su vida!), el campeón de la yihad, el nuevo Almanzor que consigue contra el enemigo todo cuanto Dios quiere, pues sabe que sus éxitos no son suyos, sino del Todopoderoso. El señor de Ronda, cuya mente nunca descansa, siempre en busca de causar daño a los nazarenos, sabe cómo dirigir a los hombres y sacar de ellos lo mejor; y bajo su firme mano los musulmanes atacan sin descanso a los infieles y rompen sus cruces. En su lanza parecen crecer las cabezas de sus enemigos y su espada nunca se guarda antes de que quede saciada su sed de sangre de infieles. Ha matado a tantos idólatras que solo Allah, que carece de asociado, puede contarlos. Ibrahim ibn Muhammad cuenta, además, con una temible guardia personal de esclavos negros, grandes como gigantes, que portan espadones tan pesados que ni dos cristianos a la vez podrían blandirlos. Y con cientos de gandules de las sierras rondeñas, temidos en toda la raya, que a buen seguro habrán cortado las cabezas de muchos conocidos tuyos. Él ha reunido además en sus huestes a musulmanes de todos los puntos cardinales que acuden a Ronda para enriquecerse con el botín, lo que es grato a Dios; para ellos Ibrahim Ibn Muhammad derrocha oro como agua y no existe límite a las telas y caballos que obtienen los creyentes de los infieles. Y aunque el señor de Ronda regala a los grandes con grandeza, no deja de lado a los humildes, así que todos se benefician de la yihad con cautivos y ganados.

Por propia experiencia sabía el muchacho cuánta verdad se encerraba en las palabras del viejo; al recordar las veces en que escapó de milagro de las lanzas de los rondeños no pudo reprimir un escalofrío de temor. Al advertirlo, Yahya confundió el escalofrío con la emoción y, alentado, siguió narrando sus gestas de orgullo patrio.

—Yo soy rondeño, mis padres y mis abuelos, hasta donde la memoria se pierde, son rondeños, aunque llevo en Gibraltar tantos años como la mitad de la vida de un hombre. Por tanto, yo defiendo mi casa, el solar de mis padres, la tierra de mis antepasados. Y, como yo, una incontable cantidad de andalusíes, que no sabrían dónde ir si los cristianos ganaran estas tierras porque, ¿acaso es Ifriqiya nuestro hogar? Estamos decididos a hacer de Ronda, guárdela Dios de la sumisión, un bastión del islam, un foco de la Guerra Santa. Una guerra en la que muchas veces hemos combatido solos, pues los emires de Granada rara vez se ocupan de nosotros; antes al contrario, con frecuencia nos hostigan ellos mismos. Eso nos ha curtido, nos ha hecho fuertes. Por eso, nunca entrarán pacíficamente los politeístas en esta tierra: habrán de ganarla por la espada, después de dejarla regada con la sangre de miles de creyentes de irritados corazones, anhelantes de sacrificio. Porque incontable número de musulmanes acuden a Ronda, sobre todo de los desiertos y las montañas de África, no como menesterosos o mendigos, sino en busca de los diez mil goces del paraíso, solo movidos por el afán de la guerra santa, llenas las almas de audacia y decididos a morir. Nunca olvides las dos recompensas que según la Sunna puede alcanzar el que lucha en la senda de Allah: el martirio y el cielo, si muere, o el botín y el mérito, si vence. El propio Profeta, loado sea, lo dejó dicho, como ha recogido la tradición: en al-Ándalus «Sus habitantes harán el ribat en sus propias casas y serán mártires en sus lechos; un solo día de yihad en sus fronteras será mejor que setenta años de culto; serán mártires y santos. Solo podrá darles la muerte el Señor de los Mundos y Dios los congregará el Día de la Resurrección desde los vientres de los peces, los abismos de los mares y los buches de los pájaros». Por eso, si Él quiere, con su infinita benevolencia y con su deseo de que reine la justicia en el mundo, llegará un día en que no volverán a sonar las campanas en esta tierra, ni en ninguna otra.

A Pedro le costaba con frecuencia seguir la argumentación del viejo, pues en su mente se mezclaban los viejos recuerdos y las enseñanzas nuevas, en una promiscua amalgama. Cuando le escuchó hablar de campanas, evocó, como un fogonazo de nostalgia familiar, su memoria primera y los relatos de don Enrique. De él aprendió la extraña e irracional aversión que los musulmanes sentían hacia las campanas, porque en cada villa cristiana que asolaban no olvidaban descuajaringar los campanarios. Contaba con frecuencia don Enrique el relato del temible Almanzor, que cuando conquistó Santiago de Compostela mandó que cuadrillas de cautivos cristianos cargaran sobre sus espaldas por todas las Españas las enormes campanas de la catedral para llevarlas a Córdoba, empeño en el que rindieron su vida miles de infortunados. Y como, en justa reciprocidad, cuando el rey Fernando III reconquistó Córdoba, mandó devolver las campanas a su sitio, siendo esta vez transportadas por cautivos moros.

Al advertir su despiste, el viejo le dio un cachete, suave, sin mala intención de causar herida, pero con el claro mensaje de que los sucesivos no resultarían tan benévolos, y le pidió que atendiera.

—Ten por cierto, Idir, que no verás el día en que el islam salga de al-Ándalus, ni tú mismo, ni tus descendientes. ¿Cuánto tiempo hace que resiste Granada? Los puercos se odian más entre ellos que a nosotros y carecen de un único jefe; las órdenes militares no obedecen a nadie y los señores solo buscan su propio beneficio; el rey de Castilla parece un cordero entre lobos dispuestos a degollarle y a apropiarse de su reino a la primera oportunidad. Nosotros, los musulmanes, menos numerosos y más pobres, luchamos por un único ideal y por la Fe Verdadera. Los adoradores de la cruz, en cambio, las más de las veces parecen no creer en nada, o no creer con suficiente fuerza… y, sobre todo, temen demasiado a la muerte. ¡Pobres infelices!, no saben que nadie muere sin el permiso de Dios y que la expiración no es el final, sino el principio. Pero nosotros sí creemos. Nuestra principal arma es la fe: una fe inquebrantable en que Allah está de nuestra parte. Y si no fueran suficientes los musulmanes de al-Ándalus para combatir a los herejes y paganos, llamaremos, una y otra vez, como en el pasado, a nuestros hermanos del otro lado del Estrecho, extraviados e ignorantes sí, pero entregados por completo al islam y a la yihad, y que armados de una fe ciega en su estrella cruzarán el mar, cabila tras cabila, como hicieron sus abuelos y los abuelos de sus abuelos antes de ellos, elegidos por Dios para recibir la corona del martirio. Nadie mejor que los bereberes para embestir a los cristianos, por eso nuestro señor el Emir les ha llamado para que vengan en socorro de la religión con ardor colérico, para que al igual que hicieron sus antepasados en los primeros tiempos del islam, vengan y expulsen a los puercos de al-Ándalus. Y acudirán voluntarios de los pueblos de las montañas y de las llanuras, ávidos y obedientes: abisinios sedentarios y velados del desierto, rubios y negros, arqueros kurdos y feroces caballeros turcos. Y todas las tierras de al-Ándalus serán recuperadas, hasta Toledo, y más allá, hasta Compostela, Zaragoza y Barcelona. Y otra vez los nazarenos, como sus abuelos, habrán de arrepentirse mil veces de provocar la ira de los andalusíes, pues nosotros, los musulmanes de esta tierra, somos una bendición para los politeístas, en comparación con esos hijos del desierto, que ni comen, ni beben, ni duermen, y solo piensan en degollar herejes y descreídos, robar sus posesiones y preñar a sus mujeres. Porque los musulmanes no permanecemos aquí por voluntad propia: desde el cielo un Dios nos manda obedecerle a Él y no a los hombres, sean cristianos o musulmanes. Un Dios que le dijo al Profeta (¡Allah lo salve!), «Te hemos enviado para todas las gentes como nuncio y apóstol». Pero ¿qué pueden saber unos idólatras que adoran estatuas de madera de la Voluntad del Uno, del Todopoderoso e Indivisible?

En estas y otras pláticas pasó Idir su primera tarde y casi toda su noche en la casa del alfaquí, donde habría de disfrutar de algunas de las semanas más tranquilas de su vida, aprendiendo la religión, la liturgia y las costumbres de quienes hasta ese momento había considerado sus enemigos. La vivienda no podía considerarse lujosa, comparada con otras casas que conocería después durante su estancia en tierra de moros, pero en aquel momento le pareció un palacio cómodo y caliente, aunque extraño, donde reinaban la paz y el silencio: el suelo lo cubrían gruesas alfombras y en las paredes colgaban tapices e inscripciones con versículos del Corán en letras cúficas bellamente caligrafiadas. A solo unas leguas de Aznalmara, Idir se encontraba como al otro lado del mundo, a una distancia imposible de tasar con las humanas medidas. Se sentía levantado de nuevo por la vida y entregado con gratitud al misterio de su poder.

7. LA MADRAZA

Desde ese día, Idir pasaba la mañana con Yahya, instruyéndose en los fundamentos del islam y de la lengua árabe y en los ritos de los moros, como en las oraciones que se hacían cinco veces al día, en la postración que las debía acompañar y en el lavado previo a entrar en la mezquita: tres veces las manos y los brazos hasta los codos, tres veces los pies y las piernas hasta las rodillas, la cabeza, el rostro y la boca, la nariz y las orejas, la nuca y el cuello. Para posibilitar esas abluciones, en todas las mezquitas se construían patios con fuentes y piletas, acequias y chapoteantes surtidores. La mezquita de Gibraltar siempre aparecía muy concurrida; acudían a ella musulmanes de todos los rincones del reino de Granada y Berbería para escuchar las palabras Yahya, a quien muchos creyentes consideraban un morabito, un hombre santo y venerable. La protección del alfaquí supuso para Idir un seguro de vida, consabido ya por todos en la villa que ningún daño podía causarse al renegado sin incurrir en la ira del viejo santón.

Después de pasar la mañana oyendo y comentando suras del Corán, cuyo sentido le costaba mucho discernir, y tratando de memorizar los noventa y nueve nombres de Alá, Idir almorzaba en la mezquita, junto con otros peregrinos y discípulos de Yahya, una frugal pero suficiente comida; por la tarde trabajaba en la galera de Mansur, todavía en proceso de aparejamiento. El arráez puso un día a prueba su pericia como ballestero y pareció quedar tan complacido que le entregó en ese mismo momento nuevas ropas con las que por fin pudo sustituir la vieja túnica que le dio el imán al acogerlo. Él mismo se sorprendía del efecto que este gesto simple y práctico tuvo en su ánimo. Su nuevo hábito: una camisola larga y un albornoz morisco, cerrado y con capuchón, de amplias mangas, no solo testimoniaba su deserción ante los demás, sino que parecía también hablarle, o advertirle, de una nueva vida abriéndose ante él. Por primera vez, sin disimulo alguno, se sentía un poco más Idir que Pedro.

Pronto recuperó Idir la salud, bien alimentado con frutas, aceitunas, verduras, leche, queso y miel. Casi nada faltaba en Gibraltar excepto por la escasez de carne. Nada de cerdo, que los moros detestaban. Las cabras y las vacas las utilizaban principalmente por la leche, y únicamente cuando alguna moría disponían de algo de carne. Solo de cordero existía alguna abundancia a veces, aunque esos bichos cargaban tan poca carne que más bien se usaban para sazonar los guisos de mijo o trigo.

Mucho aprendió Idir del alfaquí y no solo sobre el islam. Yahya, docto en toda clase de saberes antiguos y nuevos, acumulaba amplios conocimientos y le enseñó también historias, poemas, canciones y leyendas a los que pronto se aficionó, ayudado por su buena memoria, que los retenía con facilidad natural. Idir solo había recibido una rudimentaria educación de los monjes cordobeses que le ampararon siendo niño, porque encontraban superfluo en un villano todo saber no dirigido al pastoreo de almas. Los versos, las imágenes y los relatos que le llegaban ahora regaban su entendimiento con un frescor seductor. Sentía gran regocijo en aprender nombres y fechas, sucesos acaecidos hacía mucho tiempo, como las andanzas del Profeta y las leyes de la Sunna. De esa forma conoció cómo y cuándo llegaron los musulmanes a España, por designio divino, y la manera en que la conquistaron por entero en apenas unos meses. Y de la querella entre Tarik y su amo Musa, de los tesoros que ambos llevaron a Damasco después de la conquista, el principal de todos la Mesa de Salomón, hecha de una sola pieza de oro macizo empedrado de rubíes y esmeraldas. Y de los esplendores del califato andalusí, de la ferocidad de Almanzor, que vio la luz en esa misma bahía, rebanó incontables cuellos de idólatras y luego hizo con sus cabezas montañas de una altura nunca antes superada, solo para llevar a los cristianos al colmo de la humillación. En esa época, los reyezuelos cristianos acudían en peregrinación a postrarse en Córdoba a los pies del califa, rogando por su vida, y entregaban tributo a los musulmanes en forma de bienes y doncellas. El solo hecho de pronunciar el nombre de esa ciudad causaba una honda emoción en el anciano, que nunca lo hacía sin añadir:

—¡Que Allah, ensalzado sea, la haga volver al recinto del islam y castigue a los infieles!

También aprendió que, por los pecados de los musulmanes, los castellanos se hicieron cada vez más fuertes y, en lugar de someterse, como Dios manda, venían ensoberbeciéndose desde hacía cientos de años arrebatándoles a los creyentes sus tierras, hasta arrinconarlos en el extremo sureste de la península. Pues pese a las sucesivas acometidas de muyahidines norteafricanos, los cristianos se mostraban más y más arrogantes y ponían su pie en el cuello de los musulmanes, subvirtiendo el orden natural de las cosas.

Poco a poco, en un vívido contraste de emociones y saberes, moviéndose entre la admiración y el recelo, Idir aprendió a ver el mundo desde la perspectiva de los moros, comprendiendo sencilla y profundamente a la vez cómo contemplaban a los cristianos y a lo que consideraban el destino inexorable de España. Como un tesoro hecho de verdad y predestinación, el imán le confió que desde los primeros tiempos del islam, los musulmanes, siguiendo las enseñanzas del propio Profeta, consideraban a al-Ándalus como un lugar de confrontación, una frontera física y espiritual con el infiel, una puerta abierta al paraíso para cualquier creyente decidido a emprender la yihad. En uno de los hadices más repetidos, el apóstol y nuncio de la Verdad pronosticaba el futuro de al-Ándalus como vía de salvación a través de la guerra: «A mi muerte se conquistará una isla situada en el Magrib llamada al-Ándalus; el que viva allí vivirá feliz y el que muera morirá mártir. Es tierra muy buena y abundada de todas las buenas tierras y fuentes y menguada de todas las bestias ponzoñosas que habitan en otras regiones. Sus habitantes mantendrán con el enemigo continuas batallas y escaramuzas; habitarán el país con oposición de los enemigos, sin que les afecte su escaso número ni su aislamiento: ante ellos, un mar proceloso y a sus espaldas, un enemigo acechante, numeroso y bien comunicado con sus aliados. De esta forma en al-Ándalus solo se podrá ver gente que se pase las noches en vela por amor a Dios, que combata por Él o que tenga al enemigo cerca y se someta a la voluntad divina». Y comprendió Idir que los verdaderos musulmanes nunca dejarían de luchar por la tierra de España, con la fuerza que otorga creer que así cumplen los preceptos del santo Corán: «Combatid en el camino de Allah a quienes os combaten, pero no seáis los agresores. ¡Matadlos donde los encontréis, expulsadlos de donde os expulsaron!». ¡Qué diferentes historias escuchó Pedro desde zagal, en baladas y romanzas, sobre los grandes acontecimientos del pasado! Creían los cristianos que recuperaban lo que les pertenecía por derecho, lo que siempre fue suyo y les arrebataron por los pecados de sus padres y la perfidia de los moros, mediante engaños y traiciones. Venía entonces a su memoria la historia del traidor conde don Julián, de la casta doncella Cava, del lujurioso don Rodrigo y su terrible penitencia, que siempre impresionó a Pedro y le pareció el más terrible de los castigos: «Ya me comen, ya me comen, por do más pecado había». Desde muchacho, nunca dudó que esas historias encerraban verdad, que los hechos que narraban ocurrieron así y no de otra manera. Pero ahora, escuchando al imán, sus certezas se tambaleaban: ¿quién sabía dónde habitaba la verdad, sino Dios?

También conoció lo que, según el imán, constituía la misión providencial de los musulmanes: llevar la paz y la sumisión a Dios a todo el mundo, extender el islam sobre todas las tierras y pueblos, en una lucha contra los infieles que duraría hasta el fin de los días. El territorio ocupado por los infieles era tierra de conquista, con cuyos dirigentes y habitantes no cabía otra relación que la guerra, latente o abierta, según el momento y la oportunidad. La Sunna establecía que los musulmanes y sus dirigentes debían invitar a la conversión a los príncipes de los estados vecinos no musulmanes, bajo la amenaza de invasión. Porque el mundo se dividía en dos territorios distintos por naturaleza y enfrentados también naturalmente: el Dar al-Islam, donde regía el islam, la sumisión a Dios y un estado de paz interior, y el Dar al-Harb, el territorio de la guerra, fuera del islam, donde no se cumplía la voluntad divina ni el Derecho, en conflicto constante consigo mismo y con la religión. Como parte de su obediencia al Todopoderoso, los musulmanes contraían el deber de extender el islam a toda la tierra, avanzándose solo así hacia la terminación de ese estado perpetuo de guerra, pues el conflicto entre los creyentes y los no musulmanes solo acabaría cuando el Dar al-Harb quedara erradicado y todo el mundo se convirtiera en Dar al-Islam. Con lógica sencilla e irrebatible el imán invocaba que, puesto que los musulmanes conocían la Verdad, su deber sagrado era extenderla por el mundo, por las buenas o por las malas: cualquier otro comportamiento resultaría gravemente pecaminoso. Y solo la muerte merecían aquellos que voluntariamente elegían la ignorancia cerrando sus oídos a la Palabra de Dios.

El alfaquí animaba a su discípulo a considerarse ya para siempre un buen musulmán y a poner sus habilidades, su fuerza y su experiencia en la guerra, al servicio de Dios y de su señor Mansur, pues el que moría defendiendo la Verdad alcanzaba el martirio por la fe. Con todo su talento persuasivo, el imán le exhortaba a seguir la enseñanzas del santo Corán, según las cuales el Altísimo guardaba grandes botines para los creyentes, y a embarcarse en las naves del islam para guerrear con los infieles, perseverando en el camino de Dios y, a la vez, ganándose el botín o el cielo, sin reparar en que antes los cristianos hubieran sido sus hermanos, pues como decía el santo Corán «Las peores acémilas ante Allah son los infieles, pues ellos no creen». Porque Dios no valoraba por igual, entre los creyentes, a los combatientes y a los no combatientes: el Todopoderoso prometió a todos la hermosa recompensa, pero Él distinguiría a los combatientes por encima del resto dándoles en tributo una jerarquía respecto de Él, un especial perdón y una infinita misericordia, pues como enseñaba el *Libro del Yihad y de la Expedición,* «El paraíso está a la sombra de las espadas».

Y mucho le aleccionó también el imán contra el abuso del vino, lo que le sorprendió bastante, pues en Gibraltar parecía correr con tanta profusión como en tierra cristiana. Cuando Idir comentó este hecho, Yahya alzó los ojos al cielo y pidió perdón a Dios por los pecados de sus vecinos que, como la mayoría de los musulmanes de al-Ándalus, no obedecían en este punto la palabra del Creador y se apartaban del recto camino del islam.

—Como fiel creyente, me escandaliza ese vicio, porque detrás del vino se esconde Satanás presto a robar las almas, pero todos mis esfuerzos por acabar con esa lacra han sido inútiles. Porque hasta los mejores poetas de esta tierra han cantado al vino, pese a reconocer que «el vino bebe la razón del que lo bebe». Por eso, hijo, mejor ni probarlo, como hacen los musulmanes piadosos. Además, te invito a destruir las viñas allí donde se encuentren, comportamiento grato a los ojos del Altísimo para evitar toda tentación.

Yahya advirtió la gran desilusión que esos consejos ocasionaban en su discípulo, que preguntó con impertinencia si, en definitiva, la Ley de Dios permitía o no el consumo de vino. Y con pesar el imán se vio obligado a reconocer que el Corán consideraba a la borrachera un gran pecado, pero no prohibía terminantemente beber vino, solo la embriaguez:

—Así que, de todo corazón, te aconsejo no beber vino en modo alguno, aunque no se trate en rigor de un precepto, sino más bien de una cuestión de piedad: los verdaderos creyentes no beben vino, conducta propia de cristianos y paganos que proporciona un placer efímero, engañoso y perjudicial para la salud del cuerpo y del alma. Es más, te sugiero que contribuyas con tu ejemplo a combatir ese vicio, cumpliendo la obligación que pesa sobre todo buen musulmán de reformar las costumbres perniciosas. Porque el hombre, en su ignorancia, ama lo falso y lo innecesario y se pasa la vida persiguiendo placeres ilusorios y fugaces, las mejores viandas y los vinos selectos que acaban convertidos en mierda. ¿Para qué, si no existe mejor olor que el aroma del pan recién cocido, ni mejor sabor que el del agua fresca? Los placeres que los hombres persiguen en su locura no existen más que en su imaginación y por ello los pecadores acaban traicionando a Dios por goces que ni siquiera son auténticos. Un buen creyente sabe discernir lo verdadero de lo ilusorio, comprende que no existe otra fuente de dicha que cumplir la voluntad del Todopoderoso y evita la apestosa y corrupta cercanía del pecado.

Mucho empeño puso el imán en demostrar que la Fe de Mahoma era, en todos sus puntos, lógica y compatible con la razón humana y para ello recurría con frecuencia a recalcar las inconsistencias del cristianismo, como la Trinidad, según él mero politeísmo, o la adoración de los santos y de las imágenes. Este asunto de la adoración de las imágenes, fueran cruces de madera o pétreas estatuas, causaba gran aversión al viejo, por considerarlo manifestación de pura idolatría contraria a la Ley de Dios y al entendimiento humano:

—¿Cómo puede entenderse que los hombres, hechos a la imagen y semejanza del Todopoderoso, se arrodillen para adorar objetos de piedra o madera que ellos mismos han fabricado? ¡No cabe mayor necedad! No solo adorar imágenes de falsos ídolos, sino el mismo hecho de construirlas, representa una conducta gravemente corrupta. Según enseña el Profeta, el día del Juicio Final el

Todopoderoso retará a aquellos que han construido imágenes de seres vivientes a insuflarles la vida y, de no poder hacerlo, los arrojará para siempre a los fuegos del infierno. Todas esas falacias que creen los cristianos no provienen de la Santa Palabra del Profeta Jesús, sino de la locura y el egoísmo de los que se declaran únicos intérpretes de la voluntad de Dios: clérigos, frailes, monjes y obispos, gentes por lo general nada ejemplares en los mandatos y virtudes que predican, e incluso libertinos, fornicadores y sodomitas algunos de ellos, que convierten la credulidad de los sencillos en su forma de vida, aprovechándose de ella para medrar y pecar sin oposición. ¿Acaso precisa Dios, omnipotente, de mediadores entre Él y los hombres? Si Él quiere nos habla directamente a cada uno, si no habla callando. No se precisan intermediarios entre el Altísimo y un creyente. Por este motivo, los musulmanes que tratamos a Dios cara a cara sin barreras, debemos considerarnos hombres libres, más libres que los cristianos.

El combate del imán presentaba muchos frentes. También la lujuria ocupaba sus lecciones. La lujuria que enfermaba el corazón de los hombres y nublaba su razón, y el adulterio, el peor de los pecados:

—Nunca olvides, Idir, que la honra y el recato de las mujeres casadas constituyen el principal tesoro de una piadosa familia musulmana. Un buen creyente evita insultar a Dios profanando el honor de los otros y respeta a sus mujeres tanto como a las propias. Quien ensucia la honra de una musulmana escupe en su propia madre. Así que a las mujeres de los otros no puedes ni tocarlas; mejor si evitas siquiera hablar con ellas e incluso mirarlas. Ahora bien, el sexo con cautivas debe considerarse verdadero regalo de Dios y premio al buen musulmán: de ellas sí puedes disfrutar a discreción, cómo y cuándo quieras, siempre que respetes las reglas de la Ley sobre el trato a las cautivas, que habrás de memorizar para mañana. Tenlo siempre presente: tu norma de vida ha de ser obrar sin tacha con vistas al otro mundo.

Le ordenó el viejo que se guardara de los burdeles, lugares de pecado donde campaban la inmoralidad y enfermedades asquerosas, causadoras de grandes dolores y muchas veces de muerte. Mucho ensalzó Yahya el deber sagrado del matrimonio y la conveniencia de guardar en lo posible la castidad hasta ese momento; entonces podría Idir dar curso a sus naturales deseos, en todo compatibles con el verdadero temor de Dios, con el cuerpo de su esposa, o de sus esposas y de sus concubinas. Según el imán, Dios veía con buenos ojos el placer sexual y quería que se disfrutara de la hembra, por eso dijo por medio de su Santo Enviado: «Vuestras mujeres son como vuestros campos; trabajad vuestros campos como queráis», y también «No os privéis de los placeres que Allah os ha declarado lícitos». El Profeta de Dios, contaba el viejo, enseñaba la necesidad de disfrutar con moderación de todos los placeres, también de los de la carne:

—En cumplimiento de sus preceptos, para nosotros los musulmanes el amor carnal representa un acontecimiento de los sentidos, un deleite legítimo y grato a los ojos del Altísimo. Pero conviene conocer la verdadera importancia que en la vida del hombre debe darse a tales disfrutes, ni mucha ni poca: ir persiguiendo siempre y ante todo los placeres venéreos, como perro en celo, contribuye a rebajar la dignidad del hombre, hecho a imagen y semejanza del Todopoderoso. Tan mala resulta la concupiscencia excesiva como la continencia antinatural, que entre los nazarenos no practican ni los propios clérigos que dicen respetarla y quieren imponérsela a los demás. Por eso los sabios antiguos de al-Ándalus prohibían a las mujeres musulmanas entrar en las iglesias, e incluso a las cristianas solo se les permitía permanecer allí en días de función o de fiesta, porque en esos templos se sabía que comían, bebían y fornicaban con los sacerdotes.

Estos preceptos reconfortaron a Idir, que siempre había recibido de los curas el mensaje contrario a los placeres de la carne. Bien recordaba Idir los sofocos y sudores, los deseos ardientes que desde su temprana mocedad en Córdoba le causaba cualquier bulto con forma de hembra, y los problemas de conciencia que ello le causaba al principio, aunque pronto sucumbió a la tentación, dando cumplida cuenta de este pecado cada vez que tenía ocasión y dinero en las mancebías del Potro. Pedro entonces no alcanzaba a comprender el sentido de prohibiciones tan contrarias a la inclinación natural de los hombres y desde que conoció mujer por vez primera poca intención albergó en su corazón de poner freno a uno de los pocos deleites verdaderos que la vida ofrece. Y ahora escuchaba con agrado que en su nueva religión no solo no debía poner freno a esos instintos, sino que se le alentaba a satisfacerlos, porque eran necesarias todas las manos que pudieran empuñar espadas y lanzas para extender la verdadera fe hasta los últimos confines del mundo. Eran reglas y preceptos como este, que le causaban tanta perplejidad como regocijo, los que suscitaban en él la duda real de si, al menos en algunos puntos, no resultaba la Ley de Mahoma más razonable para los hombres que las exigentes enseñanzas de Cristo.

Tampoco dudó en aceptar el regalo que alguien le hizo un día, cuando llevaba ya seis semanas viviendo en casa del imán. Una noche, sin dar mayores explicaciones, un desconocido introdujo en su cámara a una moza de muchas carnes, bien tapada con sedas y pañuelos. Sin mediar palabra, la joven empezó a despojarse de todos sus ropajes y quedó desnuda, frente a un Idir mudo y receloso. Lucía complejos tatuajes en brazos y piernas y un cabello negrísimo, pringoso de ungüentos. Todo su cuerpo, completamente desprovisto de vello hasta en las partes donde más solía crecer, desprendía un olor extraño. Pero después de tanto tiempo sin catar hembra, a Idir le pareció hermosa y gozó con ella hasta que se le acabaron las fuerzas. El muchacho se mostró tan agradecido a su amo, a quien creyó responsable del regalo, que en cuanto lo vio a la mañana siguiente, hincando la rodilla en tierra, le besó la mano derecha. Al levantarse, recibió un fenomenal bofetón en la cara, que casi lo dejó sordo. Después el adalid se alejó sonriendo y mascullando unas palabras que Idir no logró entender.

El muchacho no comprendía qué había pasado y empezó a pensar que quizás se tratara de una trampa tendida por el alfaquí para probar la firmeza de su fe y su resistencia en la castidad. Así que le confesó el hecho con grandes muestras de arrepentimiento. Cuando Yahya lo escuchó, estalló en risas que dejaron al muchacho aún más perplejo: el alfaquí nada sabía de la moza. Cuando dejó de reírse, se explicó:

—No sé quién ni por qué ha querido que goces de la hembra, pero no me extrañaría que haya sido idea de tu señor. Puede que con ello quiera mostrarse complacido por tus servicios. Aunque probablemente por ese tosco procedimiento tu amo ha querido comprobar tus inclinaciones en el terreno de la carne; pues Mansur, como buen musulmán temeroso de Dios, abomina del pecado de sodomía, tan frecuente entre hombres de la mar. Seguramente el tortazo encierra un mensaje: nunca olvides que si empleas para el placer los agujeros equivocados, colgarás de las jarcias a la primera oportunidad, o te arrojará por la borda, como ya ha ocurrido con varios tripulantes.

En casa de Yahya, Idir recibió un buen trato. Entre el viejo y el muchacho nació una relación de confianza. El imán, muy satisfecho por la certeza de que el pupilo salvaría su alma, se esmeraba como maestro y pronto Idir asimiló las esencias del islam y consiguió entender y chapurrear el árabe básico. El viejo transmitía un entusiasmo sincero y contagioso: con toda la fuerza de su alma quería que el islam se convirtiera en la única religión del mundo, convencido de que representaba la verdad más conveniente para los hombres, pues todos los creyentes ganaban el paraíso por graves que fueran sus pecados. Bastaba con que en su corazón residiera el peso de bondad equivalente al de un grano de cebada. Y de esta forma iba aleccionando a Idir que, poco a poco, empezaba a sentirse musulmán, aunque muchas de las materias, la mayoría de las que le explicaba Yahya, aún no las entendiera. Y aquellas otras cuyo sentido conseguía desentrañar, le causaban más que nada perplejidad, como le ocurría con la prohibición divina de pintar imágenes de hombres o animales. Pero en definitiva se contentaba con la promesa segura del edén que le había hecho el imán y con la certeza de conservar la vida sin necesidad de remar como galeote. Esto era suficiente para tranquilizar su conciencia y para creer que el paso dado al renegar de su fe había sido el mejor.

Al mediar la primavera Idir, completamente restablecida ya su salud, había adquirido los fundamentos básicos de su nueva fe. Yahya consideró llegado el momento solemne de su conversión. En presencia de Mansur y de unos pocos miembros de la tripulación de la galera, siguiendo las instrucciones del alfaquí, Idir clavó las rodillas y levantó la mano derecha, con el dedo índice mirando al cielo, mientras sus labios repitían en árabe la Sagrada Fórmula de la Fe: «*La ilaha illa Allah Muhammad razul Allah*» («No hay más Dios que Alá y Muhammad es su enviado»).

Inmediatamente después, Idir quedó circuncidado. Pese a que el muchacho trató de evitarlo, el alfaquí insistió en que todo verdadero musulmán debía pasar por ese trámite y llamó a un físico para practicar la operación con seguridad, mientras él se encargaba de ejecutar los ritos convenientes a la ocasión. Aunque el cirujano advirtió de antemano que el corte en tan mala parte podía costarle la vida a un adulto, Mansur permitió que se le practicara, bajo promesa de que si el cautivo moría recibiría la correspondiente indemnización, a cargo del alfaquí. Desde su llegada a Gibraltar, Idir había visto varias veces circuncidar a los niños, e incluso a alguno ya no tan mozo, pero no podía imaginar el tremendo dolor que iba a causarle la operación, que le dejó medio inconsciente pese a la rapidez con la que se llevó a cabo, porque el físico empleó pocos segundos para estirar la piel del prepucio y cortarla de un solo tajo, limpiamente, con un cuchillo muy afilado. A fin de hacerle más llevadero el proceso, los presentes prorrumpieron en alabanzas a Dios, dando gracias por haber abierto los ojos de Idir con su esplendor, en medio de cánticos con gran griterío y confusión. A regañadientes de Yahya ofrecieron al neófito unos tragos de vino y, como un creyente más de su comunidad, le felicitaron porque vería al Creador y gozaría de la vida eterna en el paraíso.

8. FRAY FERNANDO

Todavía pasó Idir en Gibraltar algunas semanas antes de la llegada del tiempo propicio para zarpar, entre comodidades de las que apenas había podido disfrutar en su vida anterior: casi siempre seco, caliente y con frecuencia bien alimentado y aposentado, contento con su nueva vida, salvo por las molestias de la herida de la circuncisión, que tardó en sanar más de lo esperado.

Poco antes de partir en la galera, el alfaquí encomendó al muchacho una tarea que parecía dirigida a comprobar la solidez de su nueva fe, o incluso a tenderle una trampa. Deseaba Yahya que dialogara con un grupo de cautivos cristianos a los que nadie había querido comprar, para que intentara atraer a todos o alguno de ellos a la comunidad de los creyentes. Se trataba de esclavos públicos que trabajaban en los muelles, para la mezquita o en tareas de mantenimiento de la plaza. Valían menos que lo que costaba alimentarlos, por lo que recibían tan mal trato que poco tiempo más conservarían la vida. El alfaquí creía que la sumisión a la voluntad del Único y Todopoderoso y de su Profeta representaba una buena alternativa para ellos y que el ejemplo de Idir podía enseñarles el verdadero camino.

Fuera una trampa o una prueba, el imán había elegido bien su petición y demostraba gran conocimiento de la naturaleza del alma que ha renegado de su primera fe. Si no resultaba grata para Idir la simple idea de conversar con sus antiguos correligionarios, mucho menos la de tratar de convertirlos, pues sabía del desprecio que los cristianos sentían por los tornadizos, pero la insistencia del alfaquí no le dejaba más remedio que aceptar. A la caída de la tarde, después de la oración, se dirigió al lugar del encierro, un corral largo y estrecho a la vera del atracadero, una cárcel aún peor que la que él mismo había conocido. La custodiaban tres bereberes vestidos con albornoces, sentados alrededor de una hoguera donde se cocía un guiso de alcuzcuz con garbanzos. Sin levantarse siquiera, le preguntaron qué quería, y el renegado les informó de su cometido. Los moros se miraron entre ellos y empezaron a reírse a carcajadas. Uno de ellos se levantó y empujó a Idir hasta una covacha recostada sobre los muros del corral y lo hizo agacharse para mirar dentro, mientras le decía:

—Empieza por este.

Idir se levantó de un respingo: dentro de aquel antro, acurrucado en el suelo, asomaba algo con figura de hombre y rostro completamente desfigurado. En las cuencas vacías de sus ojos los moros habían puesto puñados de sal y donde antes había labios y dientes, se dejaba ver un muñón de lengua, terriblemente inflamado. El moro tiró de la cadena que abrazaba el cuello del cautivo, lo sacó a trompicones y le hizo levantarse.

—Anda renegado, inténtalo. Quiero ver cómo convences a este perro comedor de cerdo para que deje de adorar la cruz.

Idir retrocedió unos pasos, descompuesto. El cautivo parecía haber perdido la razón de tanto dolor como debían causarle sus heridas y los tormentos que seguramente llevaba días padeciendo.

Sin saber qué hacer, Idir se quedó mirando al moribundo, que prorrumpió en gemidos y estertores, como queriendo decirle algo que resultaba ininteligible. El encuentro acabó con una patada en el pecho que propinó el moro para introducir de nuevo al cautivo en la covacha. Clavando en Idir dura mirada desde lo profundo de sus ojos negrísimos, el guardián le dijo mientras los otros moros continuaban con sus chanzas:

—Inténtalo con los otros, que quizás haya más suerte.

Le abrieron la puerta del corral y pudo ver que allí penaban unos veinte cristianos muy mal cuidados, flacos, amarillos de semblante, trabajados y enfermos. Portaban hierros y adobes en los pies, lacerados con grandes llagas; unos pocos aherrojados con cepos y potros en el cuello, otros con esposas o ligaduras trabadas en pesados maderos. Reparó en los aros de algunas narices, empleados para jalar a los prisioneros de un lado a otro mediante cuerdas y así humillarlos más, sobre todo a los que mostraban mayor arrogancia, esa arrogancia castellana que tanto irritaba a los mahometanos. Bien sabía Idir por experiencia propia que para sobrevivir entre los agarenos un cristiano cautivo debía enterrar su orgullo y mostrar servil sumisión, recorrer infinitos senderos de humillación y servidumbre. Acatamiento a ellos, a su poder, a su credo y su voluntad. Sumisión que debía doler, debía escocer, debía sangrar. Idir recibía así la última lección de Yahya, por boca de su propio corazón, sin palabras, sin testigos, sin guía, en completa soledad.

Algunos de sus antiguos correligionarios ni figura de hombre presentaban ya, pues no lucían más que el cuero y el hueso; el esqueleto se les dibujaba por debajo de la piel. Los mantenían trabajando continuamente, sin descanso alguno. No paraban ni por las pascuas de los moros ni por la de cristianos, todo el día y buena parte de la noche cargando pesos, moliendo grano, aserrando madera. Pasaban mucha hambre: para todo el día les daban a cada uno dos panecillos de panizo, negros como el carbón, del tamaño de la mitad de una mano, y por ello muchos morían de hambre, y los que no, quedaban desmayados, sin fuerza. Se acostaban en el suelo, sin jergón ni cubiertas, y no vestían ropas, sino harapos. Varios incluso iban desnudos. Pasaban mucho frío y mucho calor, pero sobre todo frío, en esa húmeda chabola tan cerca del mar. El hedor resultaba tremendo y le devolvía a su propia experiencia. Idir, que tantos días había pasado en un lugar como ese, tardó un rato en habituarse de nuevo a la fetidez. Contemplando imágenes que permanecían grabadas a fuego en su memoria, el muchacho reforzó su convicción sobre lo adecuado del paso que él mismo había dado, pues sin duda era la cautividad una de las peores situaciones en las que podía caer una persona. Los que contemplaba eran hombres destruidos, sometidos a tales servicios, que los más querrían antes la muerte que la vida. Separados de familia y amigos, sin calor humano, sometidos a constante humillación. Si alguno no cumplía como se esperaba de él, o incluso a veces por simple diversión, los moros le mesaban las barbas, le daban golpes, azotes y gran cantidad de palos.

Entró Idir en el corral, después de apartar con sus pies un cuerpo dormido que obstaculizaba el paso. Se instauró un silencio tenso y todos los cautivos que conservaban la consciencia le lanzaron miradas interrogativas y temerosas. Acostumbrados ya a que todos los cambios acarrearan renovadas penurias, los presos sabían que una nueva carota de moro solo podía suponer mayores desgracias.

Después de un rato de mutua contemplación, Idir se dirigió a ellos en romance. Decidió no revelarles su verdadera identidad, descubriéndose a sí mismo un sentimiento de vergüenza por su conversión. Pero no ocultó ser castellano de nación y antiguo servidor de un señor cristiano como hombre de armas, que fue capturado y traído a esta plaza, donde padeció cautiverio como ellos, y aún más terrible. Por haber compartido su pena quería contarles cómo escapó de tan espantosa suerte, decirles que por renegar de su fe terminaron sus miserias y que desde entonces había recibido mejor trato, vestido y alimentos. Pretendía animar a todos a dar el mismo paso, con la promesa de inmediato socorro, porque de seguir allí morirían sin remedio, lo que equivaldría a un suicidio, castigado por Dios. Les aseguró que él no se arrepentía del paso dado. El Todopoderoso le infundió ímpetu para seguir viviendo, y él cumplía la voluntad divina.

Tras su alegato, vertido con poca convicción, se hizo de nuevo el silencio. Solo el zumbido de las moscas que bailaban entre el polvo se dejaba oír. Tampoco los moros de fuera se sentían. Algunos cristianos fingían no verle, otros lo miraban furibundamente con restos de un orgullo mamado desde la cuna, con ojos enrojecidos por el garrotillo y llenos de asco. Pasaba el tiempo y nadie decía nada. Hasta que se levantó uno de ellos, particularmente delgado, que dijo ser hermano franciscano, libremente entregado en cautiverio a los moros para cuidar del alma de los desamparados que perdían la libertad y la vida a manos de los islamitas. Afirmó con esquivez:

—¿Cómo te atreves, hereje, a venir aquí a perturbar nuestra paz, los escasos momentos de descanso de que disponemos, para restregarnos tu traición, tu terrible pecado y la vileza de tu casta? ¿Te crees más listo que nosotros? ¡Pobre ignorante! Por escapar del cautiverio y mejorar tus condiciones de vida durante unos pocos años, has renunciado a la verdadera libertad, perdiendo el alma para la vida eterna. Vienes aquí lleno de fatuidad, alardeando de la torpeza de tu paso, pretendiendo conocer la voluntad de un Dios al que claramente has despreciado. ¡Más te valiera esconderte que regodearte en tu vergüenza! Estos caballeros cristianos que aquí penan valen mil veces más tú y aceptan resignadamente su ventura. No piensan apostatar por más que los escarnezcan y azoten. Saben que el Salvador nos purifica en el sufrimiento, por su mucho amor, y que no existe mejor santidad durante la existencia terrena del hombre que compartir con Jesucristo la madurez de la cruz. Los buenos cristianos, en lugar de rogar por el fin de los males, piden al Espíritu que fortalezca su fidelidad a Dios, para saber sufrir como nuestro Señor, por amor a Él, y por su gracia no se cansan de padecer y agradecen a Dios siempre todo, y solo esperan ser acogidos en sus brazos cuando Él así lo decida, sin pretender ni alargar ni acortar sus días sobre la tierra, porque saben bien que al final de un camino de penalidades se encuentra el gozo del espíritu. El Señor es siempre tierno y amante con sus criaturas incluso cuando consiente su daño aparente, por eso el hombre piadoso no se rebela contra sus torturadores, sino que comprende sus tormentos y los troca en instrumento de libre aceptación de la voluntad divina, en testimonio privilegiado de fe y de perdón. De manera que más vale que te marches en buena hora, no vaya a ser que alguno de estos buenos creyentes reúna sus pocas fuerzas y te descalabre con santa ira de un mal golpe. De una persona como tú, si se escucha el consejo, es para hacer justo lo contrario.

Cuando calló el monje, Idir lo reconoció. Se trataba de fray Fernando, el franciscano que compartió con él encierro cuando llegó a Gibraltar. Cómo había llegado a este nuevo penal Idir no lo sabía, pero ni el tiempo ni las malas condiciones de vida parecían causarle deterioro: la misma edad indefinible, ese terrible fuego en la mirada huraña y ese halo de santidad, la misma fragilidad y delgadez, compatible con una estampa orgullosa. Parecía evidente que sus delicadas manos nunca habían empuñado ni espada ni arado, pero su actividad inagotable y las muchas arrugas de su rostro hablaban de una vida llena de pruebas y penitencias. También allí cumplía su misión de líder y portaba el consuelo de su fe indestructible a los desamparados cristianos. ¿De dónde sacaría las energías?, volvió a preguntarse Idir, sintiendo hondamente su pequeñez humana ante este fraile de débil constitución que nunca desfallecía, ¿sería, en verdad, un hombre de Dios? La duda sembró el desasosiego en su espíritu y reabrió la herida del miedo a las consecuencias postreras de sus últimos pasos y al destino de su alma inmortal.

Idir no quería marcharse: sabía que al salir de esa celda los últimos puentes con su pasado habrían quedado rotos. Sentía vivamente la enorme hostilidad que despertaba en sus hermanos cristianos y cómo a duras penas los más enteros de ellos indagaban la forma de atizarle con algo contundente. Pero no podía irse de allí sin decir algo. Con tono humilde, pidió al monje que tratara de comprender, que no se había hecho moro por elección propia ni por capricho, sino tratando de salvar la vida. Pero el fraile entendía la vida como penitencia y valioso don divino. Con mirada severa y con voz firme y herrumbrosa le conminó:

—¡Sal de aquí, pagano! Vete a revolcarte en el error y la herejía que has abrazado para salvar el pellejo. Deja de contaminar el aire que respiramos con el infame perfume del pecado. Llévate la semilla de la tentación y respeta la voluntad de los que no queremos vender el alma. ¡Vete! Pero te advierto que por mucho que te escondas, por larga que resulte tu vida, llegará el momento en que pagarás cara, muy cara, tu traición a ti mismo, a tus hermanos y al Dios que murió por ti en la cruz.

Ya se daba Idir la vuelta para irse, cuando el fraile le mandó detenerse. Se quedó mirándole con una especie de pena malhumorada y le dijo:

—Espera. No puedo dejarte ir sin al menos ofrecerte la posibilidad de salvar tu alma. Porque si aquí mismo, en este preciso instante, te arrepientes de tu conversión a la infame secta y pides perdón por los muchos pecados que cargas, te daré la absolución. Y aunque los moros, sin duda, te matarán por ello, al menos salvarás la honra y algo aún más importante, el alma.

Y el alma de Idir quería hablar, quería llorar, quería implorar, pero no arrancaba. El renegado miró en derredor con compasión y dijo:

—Quedad con Dios, padre, y tratad de comprenderme y perdonarme: no todos nacimos valientes.

9. SALÉ 1448

A veinte leguas de Mequinez, bien amurallada, a orillas del río Bou Regreg, elevada sobre un promontorio calcáreo, se alzaba Salé, la ciudad que Mansur había tomado como puerto base.

Desde las riberas del río, las casas escalaban la pendiente y rodeaban una gran mezquita levantada en el punto más alto de la villa, con sus muros de un blanco brillante que hacen de faro y vigía. Desde muy lejos, por el Atlántico, ya se viniera de poniente, del norte o por el sur, su silueta resplandeciente se avistaba antes que nada, a veces suspendida, como flotando sobre la niebla.

Sus calles, muy estrechas y polvorientas, se empinaban tortuosamente desde el mar trazando complicados arabescos. La gente vivía buena parte del tiempo en los tejados planos de sus casas. A la hora del fresco, hombres y mujeres se sentaban en las terrazas, orientadas todas hacia el mar, del que recibían una suave brisa, y platicaban entre ellos comiendo higos y aceitunas. Las casas mostraban por fuera muy modesta apariencia: simples fachadas de ladrillos, encaladas, con una sola abertura como puerta y ninguna ventana; pero con frecuencia escondían en su interior una gran opulencia. No pocas contaban con patios enjalbegados, pavimentados de mármol, con columnas a modo de claustro de convento, sobre los que se abrían diversas salas con paredes de estuco ricamente trabajado y suelo alfombrado con tapices y esteras de bella factura. En el centro de estos patios solía haber una fuente, alrededor de la cual sus habitantes se sentaban en cojines para recrearse con el canto regular de sus caños.

Porque Salé, villa desde antaño muy rica, se había enriquecido recientemente todavía más con el comercio del oro y de los esclavos. Por sus retorcidas calles pululaban las recuas y las caravanas, y a su alrededor cundía el bullicio y la confusión de olores. El espacio se lo disputaban los asnos, los camellos y los hombres de orígenes diversos que regateaban en varias lenguas. Vendedores ambulantes ofrecían bandejas con pestiños y rosquillas de alfajor, cubiertos de moscas. Los aguadores gritaban su mercancía, haciendo equilibrios para no tropezar con los carros y carretas, o con la multitud de mendigos de rostros curtidos por el sol, barbudos y desdentados, que extendían sus sarmentosas manos a los transeúntes, con la espalda apoyada contra las paredes. Semblantes negros, blancos y tostados se crispaban, renegaban, escupían, reían, maldecían; la tensión parecía siempre a punto de estallar, aunque el volcán nunca entraba en erupción. Porque allí todos acudían a negociar y a disfrutar de las ganancias, de modo que los entuertos, cuando sucedían, se sustanciaban calladamente a las afueras, entre los pedregales del desierto, donde los buitres y chacales borraban en pocas horas toda huella de pendencia. Dentro de los muros de la ciudad reinaba la concordia, el orden y la limpieza en medio del caos aparente. Solo de vez en cuando el jeque crucificaba a algún díscolo a las puertas de la ciudad, como castigo y advertencia.

Los portugueses eran los principales clientes de Salé y, a la vez, sus peores enemigos. En esta plaza habitaban muchos musulmanes andalusíes que abandonaron su nación, unos por haberles arrebatado los cristianos sus tierras, otros por escapar a la rapacidad del emir de Granada. También abundaban los judíos españoles, por eso se oía frecuentemente hablar en romance, de lo que mucho se alegraba Idir. A estos emigrantes pertenecían la mayoría de las tabernas y las mancebías de Salé, de manera que Idir frecuentaba esos lugares no solo para darles uso acorde con su naturaleza, sino también por hablar en su lengua materna y recordar un mundo que le parecía ahora muy lejano. Y aunque los andalusíes repudiaban y temían a los castellanos, acogieron bien a Idir, como a un compatriota, y con él evocaban hechos y memorias de Córdoba, de Sevilla, de Jerez y de las regiones de la baja Andalucía que él tan bien conocía por haberlas recorrido a menudo —aunque eso no lo decía— robando los bienes a los parientes de sus interlocutores, y a veces también la libertad y la vida. No poco influyó en la cálida acogida el hecho de que Idir fuera buen bebedor, pues la principal clientela de las tabernas del puerto la constituían corsarios y renegados; los aborígenes no bebían o bebían muy poco vino, a diferencia de los granadinos, famosos por sus borracheras. Pero no era esa la única diferencia entre los musulmanes a ambos lados del Estrecho, porque los de Salé se tapaban la cabeza y casi todo el cuerpo. Y hablaban una lengua muy extraña que no era el árabe, sino un dialecto bereber que Idir apenas comprendía.

Los andalusíes, fueran moros o judíos, formaban en Salé una minoría poderosa e influyente que se mezclaba en sus calles con gentes de todas las razas, venidas al reclamo del oro africano y del tráfico de esclavos, monopolio exclusivo de los hebreos españoles. Los moros andaluces trataban a los bereberes con altanería y hasta con desprecio; salvo la religión, poco más compartían aquellos inquietos y curiosos hombres de negocio andalusíes con los rudos y piadosos habitantes de Berbería. Contaban con el amparo del emir, que obtenía de ellos buenos beneficios y hacía la vista gorda ante las herejías que cometían, para escándalo de los ulemas y alfaquíes. Con frecuencia surgían disputas y los bereberes, alentados por algunos de los morabitos y lectores alcoránicos locales, cometían excesos contra la vida y los bienes de los andaluces. Pero estos disturbios casi nunca llegaban a nada grave y quedaban saldados con algunas decapitaciones.

Solo en Salé dejaba Mansur descansar a gusto a la tripulación, pues solo aquí se sentía verdaderamente a resguardo. Llegando a este puerto, todos aprovechaban para festejar, gastar las ganancias y proporcionar descanso y placeres al cuerpo. Al poco de arribar, se vendía buena parte del botín, o se entregaba a traficantes de confianza para que lo negociaran a cambio de un sustancioso anticipo que pronto acababa en las arcas de los taberneros y de las mancebías. Si se juntaban en el puerto de Salé varias naves de corsarios, la ciudad zumbaba como una colmena y en medio del bullicio se vendían los botines, corría el vino y la carne, y muchas monedas cambiaban repetidamente de manos en pocas horas. Con el mucho vino y los efluvios de las putas, pronto surgían las pendencias y la mañana recogía numerosos cadáveres. Pero estos desórdenes periódicos no solían inquietar a las autoridades locales, que los consideraban hechos tan naturales como las tormentas del Atlántico. Pasado el temporal, se subsanaban los desperfectos y se pagaban las indemnizaciones; todo lo más rodaba alguna cabeza, o se propinaban algunos bastonazos en la picota para que a todos quedara constancia de quién mandaba en la ciudad.

Idir trabó pronto amistad con un renegado castellano que regentaba una taberna en Salé: Mufarra Sancho. Sus historias se parecían: Mufarra nació en Tomelloso y quiso probar fortuna en la raya. Estuvo primero de peón en las huestes del Señor de Aguilar, participando en muchos lances contra moros y otras tantas veces contra cristianos. Porque como Sancho repetía con frecuencia: «Peores odios alientan entre sí esos cristianísimos señores, que el que les tienen a los moros. Unos días son aliados y al siguiente enemigos ¡El diablo los entienda!». Después de unas malas trifulcas, con muertes y honras de mujer de por medio, huyó de Aguilar para acogerse al privilegio de homicianos en Antequera. De las resultas de una cabalgada infortunada, acabó cautivo en el corral de la Alhambra, donde mucho padeció y creyó ver llegado el final de sus días. Pero antes del fin, a él y a otros cautivos jóvenes los llevaron a una mezquita, donde los alfaquíes les ofrecieron la libertad a cambio de su conversión. El de Tomelloso dudó poco, según contaba:

—En mi vida anterior no vi más que malos cristianos, que se llenaban la boca de Cristo pero actuaban como Satanás, robando lo que podían y causando desdichas a sus semejantes, a veces por mero placer. ¿En qué había de pesarme dejar de llamarme cristiano? Como tal solo conocí trabajos y penalidades, señores morosos y altaneros, comida poca, exigencias para todo. Fornicio tuve, pero del malo y pagando, o con mucho riesgo de la vida, porque como bien sabes a los curas les obsesionan los pecados de la carne, aunque ellos pecan como los demás en cuanto pueden. Por ello me convertí en buena hora y desde entonces he tratado de ser buen musulmán, lo que no me cuesta ni poco ni mucho: a mí me parece que es como ser cristiano, pero con otras costumbres y más libertad.

Al convertirse, lo vendieron como esclavo a un traficante de sedas de una aldea próxima a Iznájar, villa donde vivió los mejores años de su vida, como esclavo, pero bien tratado, contento con su amo, dedicado a un comercio que requería pocos trabajos y que rendía mucho. Allí prosperó y quiso haber acabado sus días, pero Dios sabe más y dispuso otra cosa. Los castellanos llevaban la muerte una y otra vez a la comarca y su amo se dio cuenta de que no iban a parar hasta conquistar la villa y su castillo. Así que tomó sus mujeres, sus esclavos y sus pertenencias y cruzó el Estrecho, para acogerse a la protección del emir de Salé, siempre dispuesto a amparar a los prósperos andalusíes. Más de veinte años llevaba el de Tomelloso en este puerto, como musulmán, bajo el nombre de Mufarra y ahora libre y dueño de su propio negocio. ¿Acaso hubiera sido mejor su suerte de haber seguido cristiano? ¿No es justo que busque un hombre su mejor interés?

La taberna del renegado Mufarra la frecuentaban andalusíes, moros y judíos, que allí se mezclaban con renegados castellanos, aragoneses y portugueses de los miles que pululaban por los puertos de Berbería desempeñando mil oficios, pero sobre todo el de corsario. Juntos trataban de conjurar los zarpazos de la nostalgia. Buen lugar para contar chanzas, historias y romances, cantar serranillas y gustar platos de la península cuando encontraban la materia prima adecuada, pues en Salé, previo pago, podía encontrarse casi de todo, aunque nunca cochino, que quien traficara con esa carne arriesgaba su vida. La esclava judía de Mufarra y estrella de la casa, Miriam Vidal, cautivados dejaba a todos los andalusíes cuando lograba reunir los ingredientes necesarios para preparar una adafina a la manera de la Alcarria, con receta transmitida por las mujeres de su familia de generación en generación.

Por la taberna acudía también alguna vez un ciego judío. Decía ser de Toledo, aunque era raro el hebreo que no afirmaba tener tal procedencia, y se ganaba la vida cantando romanzas picantes que gustaban mucho a la concurrencia. Las preferidas eran las del poeta Jehuda Halevi, hábil en la panegírica del arte amatorio de la mujer musulmana, aunque esas romanzas solían cantarse en la más estricta intimidad, pues se corría con ellas el riesgo de desatar la peligrosa ira de los alfaquíes bereberes, poco comprensivos con las coplas que hirieran el pudor de las creyentes, aunque su métrica fuera impecable.

Sí, uno debería amar a una mujer árabe
Incluso si no es hermosa ni pura

Pero mantente a distancia de una mujer española
Incluso si es radiante como el sol.

Una mujer española carece de elegancia, incluso
Si se pone ropas de seda o lleva los más finos brocados.

Sus ropas están cubiertas de mugre y suciedad,
Sus mangas llenas de suciedad.

No lleva su prostitución hasta el corazón; es tan
Ignorante sobre sexo que no sabe nada.

Pero una mujer árabe tiene elegancia y belleza
Que roba el corazón y alivia la frustración.

Se muestra tan bella como si estuviera vestida con bordados de oro
Aunque se encuentre desnuda.

Y sabe dar satisfacción en el momento preciso;
sabe todo lo que hay que saber de fornicación
y es adicta al desenfreno.

Bien podía Idir dar fe de la verdad encerrada en esos versos, pero se limitaba a callar, escuchar y recordar. Le confortaba el trato con gentes como esas, a caballo entre dos mundos, extrañas ya en ambos. En su compañía, las dudas de conciencia se atenuaban hasta casi desaparecer. Entre andalusíes, sobre todo entre los conversos, sentía Idir que se encontraba con su verdadera gente, hombres capaces de comprender todo lo que le había pasado, hombres con los que compartir guisos y poemas, porque más fácil es cambiar de creencia que de forma de vivir. Pronto el árabe fluía en su boca como si fuera su lengua de siempre, aunque no olvidaba el romance y ambas usaba, porque no pocas veces en las tabernas de renegados se pasaba naturalmente de una a otra.

Pero los verdaderos amos de Salé no eran los taberneros andalusíes, ni siquiera los piratas de la yihad. El poder mayor lo acaparaban los propietarios de las caravanas que traficaban en el interior de África. A veces confluían tantas al mismo tiempo en la ciudad que no todos encontraban sitio dentro de los muros de la villa y los viajeros debían acampar a las afueras, levantando sus tiendas en la ribera del río, alrededor de fuegos donde cantaban y asaban sus carnes.

Porque la prosperidad de Salé también se fundaba en el comercio interior, como punto de llegada de algunas de las rutas caravaneras saharianas que, por Tuat o Tombuctú, traían el oro del Sudán, previamente cambiado por sal y *orchilla* granadina. En este mundo apenas entraban renegados o andalusíes: los arcanos de las rutas desérticas y el conocimiento de las lenguas y de los oasis constituían patrimonio de las implacables tribus del desierto, musulmanes intransigentes y piadosos, hombres velados que vigilaban su honra y celaban de sus costumbres como el mayor tesoro, sin apartarse nunca del camino recto. Estrictos, lacónicos y austeros bereberes que se pasaban la vida engordando camellos en las praderas del Magreb para después usarlos en enormes caravanas, de hasta diez mil de esas bestias, como naves del desierto.

La primera parada en el trayecto hacia el sur se hacía en el oasis de Tafilalet, adonde se llegaba después de un duro viaje de doce días, durante el cual se cruzaban las peligrosas alturas del Atlas. Ya en esta primera etapa los bandidos, las fieras y los elementos solían cobrarse sus víctimas. Llegados a Tafilalet, puerta del desierto, la caravana debía reequiparse y avituallarse, sobre todo de ricos dátiles con fama de ser los mejores del mundo. Ya repuestos y después de haberse encomendado al Altísimo, sin cuyo concurso ninguna empresa humana podía prosperar, los bereberes emprendían el largo camino al sur, entrando en el Sahara por las ruinas de la antaño poderosa cuidad de Sijilmasa. A partir de allí solo quedaban incontables leguas de desierto bajo un sol rabioso. Tierras yermas en las que nunca caía la lluvia, ni cabía encontrar ríos o pozos; solo la pericia de los bereberes y la resistencia de sus camellos permitía que, después de unos cuarenta días de lento caminar, la caravana llegara a las minas de sal de Taudeni, donde de nuevo podían encontrarse reposo y provisiones. Aquí empezaban las actividades comerciales; después de complicados regateos, los bereberes adquirían la valiosa sal que cambiarían por oro de Ghana. Cargados de sal, los camellos se adentraban de nuevo en el desierto, aunque lo peor había pasado ya. En menos de quince días podía llegarse a la santa ciudad de Tombuctú, patria de gentes piadosas y sabias, famosa por sus escuelas y madrazas. Entre dos mundos, sus paredes de barro acogen negros del sur y pardos del norte, musulmanes y paganos, comerciantes y ascetas. Con intenciones y orígenes tan diversos como sus razas, Tombuctú congregaba gentes de los cuatro puntos cardinales.

Cuando una caravana camellera regresaba a Salé, también se producía regocijo y empezaban las celebraciones, pero muy diferentes a las que ocasionaba la llegada de una galera de muyahidines. Lo primero que hacían los piratas al llegar a puerto era vender el botín o conseguir un adelanto para gastárselo inmediatamente en vino y en putas alborotando en las tabernas. La duración de la juerga dependía de lo exitoso de la campaña, pero raro resultaba que los piratas volvieran a ver la luz del sol antes de pasar siete días encerrados en los antros del muelle. Después, regresaban a la galera algo más que corridos, sin dineros y con la salud mermada. En agudo contraste, los bereberes que vivían del tráfico de las caravanas, al arribar a Salé, acudían a la mezquita para agradecer a Dios su regreso, tras minuciosas abluciones que desprendían la arena del desierto. En estas ocasiones una ola de piedad asaltaba la ciudad; impíos y tibios formulaban entonces propósito de enmienda y se sumaban a las preces de los nómadas. Eran momentos de peligro para los renegados, que hacían bien escondiéndose. Más de una vez los ulemas habían logrado hacer pagar a algún tornadizo, por anticipado, pecados que hubiera debido afrontar a las puertas del paraíso. Una lección que pronto aprendió Idir, de la manera más cruda.

Fue a la salida de una taberna, al amanecer. Idir dirigía sus pasos titubeantes por el mucho alcohol ingerido hacia la galera cuando se cruzó con una multitud de velados hombres del desierto que acababa de rezar en la mezquita. No fue necesario cruzar palabras: tan pronto como uno y otros se miraron, supieron lo que iba a ocurrir. En vano trató Idir de ganar la nave escapando por callejones escondidos. Los bereberes, alentados por los ulemas, lo atraparon y lo llevaron a la explanada de la mezquita. Sin mediar explicación alguna, lo desnudaron y cruzaron su espalda a bastonazos. Allí hubiera rendido Idir su vida de no haber llegado a tiempo Mansur con su tripulación; a punta de espada lograron rescatarle y llevarlo a la galera, entre piedras, palos, excrementos y todo tipo de objetos que les arrojaba la multitud.

Afortunadamente, el asunto se olvidó sin mayores consecuencias ese mismo día. Los bereberes estaban recién llegados, muy cansados, y deseosos de acudir ya cada uno con los suyos, a festejar con ellos el éxito de la empresa. Pese a las arengas y amenazas de los ulemas, el entusiasmo de los camelleros se fue enfriando, y después de cumplidos sus ritos y ofrecidas sustanciosas limosnas a los pobres y a las mezquitas, volvieron a sus tiendas a celebrar, a su manera austera y contenida, sin nada de vino, ni siquiera de dátil, solo con leche de cabra, zumos de frutas, cordero y mijo. Saciadas las hambres y satisfechos los débitos conyugales con las esposas, los bereberes se tendieron en su estera y durmieron días enteros. Al despertar, como si nada hubiera pasado, tomaron un buen desayuno, se ocuparon de los camellos y se dispusieron a preparar la próxima expedición, pues eran gentes inquietas, nómadas por naturaleza y tradición, que se sentían más a gusto en las amplitudes desérticas que en la sociedad de los hombres y en las angosturas de las ciudades.

Oro, sal, esclavos, tales eran las fuentes de la riqueza de Salé, y nunca parecían secarse. Cambiaban los emires, caían los imperios, pero los nómadas del mar y de la tierra seguían su eterno quehacer y, a su estela, la ciudad continuaba poblándose de más y más gentes diversas.

Idir sanó pronto de sus heridas. Y pese a este y otros tropiezos menores, fruto de su descuido e inexperiencia, comenzaba a sentirse a gusto en Salé. Veía cómo en su presencia cambiaba de manos rápidamente todo tipo de bienes y riquezas, y aventuraba de nuevo su espíritu con la ambición de afincarse allí para dedicarse a algunos de tan lucrativos tráficos. Fuerzas e ingenio no le faltaban, aunque aún debía comprar su libertad y granjearse la confianza de los musulmanes viejos, pues a las familias acomodadas y a los principales de la villa les repugnaba tratar con renegados como él.

10. LA FUSTA DE MANSUR

Otra nave armaba Mansur, además de la enorme, vieja y lenta galera portuguesa: una fusta recién construida en las mejores atarazanas de Gibraltar, una embarcación estrecha, ligera y rápida, la niña de sus ojos. Disponía de diez bancos de remeros a cada lado y un solo mástil con una vela latina. En la popa lucía un pequeño castillo entoldado, donde se ubicaban el arráez y el timonel. Por su velocidad, su capacidad de navegar casi sin viento y su escaso calado, servía a la perfección para la guerra y la piratería. Con ella podían esconderse en aguas poco profundas, muy cercanas al litoral español, no lejos del Estrecho, para acechar a los barcos que costeaban con rumbo norte o sur. La vela se utilizaba para travesías y ahorro de energías de los galeotes, mientras que los remos propulsaban la nave dentro y fuera de puerto, y durante los combates.

En esa nave quedó enrolado Idir y en ella pasó buena parte de los años que ejerció la piratería con sus amos bereberes. Al principio su papel se limitaba al de un mero criado, pero pronto se ganó por sus habilidades como ballestero un sitio propio en la hueste, aunque sin derecho a botín por ser esclavo. Pero el arráez Mansur se mostraba generoso con él y calculaba su parte en cada presa, a fin de ajustar cuándo habría comprado por fin su libertad. Así era Mansur, despiadado y generoso a la vez, cruel y sentimental. Un hombre justo por el que Idir empezaba a experimentar emociones semejantes a las que un día sintiera por don Enrique: miedo y respeto. Sobre todo a partir del día en que, sin venir a cuento, el arráez lo llamó al castillete de la fusta.

—Ven, renegado, siéntate aquí conmigo un rato —el aterrado muchacho, que ya se veía arrojado por la borda por alguna falta que no recordaba haber cometido, hizo lo posible por disimular su pavor y se sentó lo más lejos posible de Mansur, esperando su destino. Después de un buen rato en el que el arráez se dedicó a escrutar el horizonte marino con sus ojos de águila, volvió a hablar.

—En unos cinco años, calculo, si seguimos con el mismo ritmo de capturas, quedarás libre y podrás participar en las presas con derecho propio.

Idir se quedó callado, sin saber qué decir. Dudaba si debía quedarse o marcharse ya a seguir con sus ocupaciones. El arráez nada añadió. Su mirada, fría e inexpresiva, permanecía clavada en lontananza, siempre al acecho de presas o peligros. Al cabo, Idir solo pudo murmurar, en voz baja y humilde: «gracias, señor», se levantó y, sin darle la espalda, empezó a alejarse para bajar al puente. Antes de que pusiera un pie en la escala, Mansur lo miró por primera vez directamente a los ojos.

—Lo estás haciendo bien, renegado, lo estás haciendo bien.

Para hacerse a la mar, tanto la fusta como la galera precisaban de detallados arreglos y composturas: los bancos debían ajustarse y los remeros compenetrarse en la boga. Por cada banco un remo, largo y pesado, y en cada remo dos galeotes: el bogavante, el primer remero, que marcaba el ritmo y otro que le acompañaba, siempre atados al banco: allí comían, dormían y hacían todas sus necesidades. Por eso cundía tanto la pestilencia en la bodega de las naves. La tablazón rezumaba heces y orines que debían baldearse con agua de mar cada dos días, para evitar las fiebres y el mal de vientre.

No le costó mucho a Idir adaptarse a su nueva vida. En buena medida, seguía ocupado en lo mismo que antes de ser capturado, aunque ahora del otro lado y por otros medios, lo que no era poca diferencia, sobre todo cuando llegara la hora de formular balance de sus méritos y pecados. Si antaño participaba en la guerra guerreada del conde en busca de botín rondeño, ahora cabalga sobre las aguas en el buque de Mansur, un señor ni mejor ni peor que el conde, capturando presas cristianas. Por raras paradojas del destino, había cambiado de estatus, de religión y de geografía, pero no de oficio. Y aunque su corazón albergaba remordimientos, las costumbres de los musulmanes permitían que su vida no resultara demasiado penosa, pese a ser esclavo.

Entre sus presas principales se encontraban las naves castellanas. Al principio, Idir se avergonzaba de atacar a los suyos y participaba en el pillaje con poco entusiasmo, tratando de causar a sus víctimas el menor daño personal. En una ocasión Mansur advirtió ese reparo instintivo y premió al tornadizo con una semana entera atado al remo como galeote, añadiendo además su correspondiente ración de palos. Después de aquel incidente, durante un tiempo el arráez vigilaba celosamente el comportamiento de Idir en los combates, para asegurarse de que había abandonado sus reticencias, pero el castigo zanjó los titubeos de Idir y pronto pudo apreciar el amo que sus virotes iban bien encaminados y mandaban al infierno a quien fuera menester, siguiendo escrupulosamente las órdenes. Por ventura también atacaban con frecuencia a naves aragonesas, portuguesas, inglesas y de otras naciones, algunas de ellas enemigas de Castilla, lo que le liberaba de escrúpulo alguno y le animaba a embestir con furor y pericia, cobrando con su ballesta muchas vidas.

Por lo demás, aunque abrazó la fe de Mahoma arrastrado por las circunstancias, no le costó acostumbrarse a la idea de que siempre había sido musulmán y practicaba el rito moro como antes había profesado de cristiano: con poca convicción y ningún entusiasmo, como trámite que debía cumplirse para vivir en sociedad con otros hombres. Nunca inquietaron a Idir las sutilezas teológicas ni de ningún otro jaez; como individuo sencillo, se limitaba sencillamente a cumplir lo que le mandaban, o a seguir con docilidad los secretos designios de la Providencia, pero sin enredarse en preguntas que escapaban a su entendimiento. Si antes cumplía los deberes de cristiano, ahora seguía los preceptos del creyente musulmán cuando podía, sin demasiado sacrificio. Lo que más le costaba cumplir era la Cuaresma de los moros, el ramadán, con su ayuno durante toda una luna, sin poder comer desde el alba hasta el ocaso, ni beber, ni tocar mujer. Preceptos aparte, como moro o cristiano, Idir trataba siempre de estar en paz consigo mismo. No se veía capaz de discernir si la fe de Mahoma resultaba mejor que la de Cristo. No le inquietaba si los moros alcanzaban la salvación mediante su fe. Tan solo se dedicaba a su nuevo oficio con aplicación y lealtad a su nuevo señor, en pos de su libertad y enriquecimiento. Como esclavo, no podía tomar esposa, pero no le faltaban cautivas con las que satisfacer su apetito antes de que las vendieran como vírgenes. Le parecía una buena vida, pese a los riesgos constantes y a las penalidades propias del mar, que eran para él lo peor, pues después de dos temporales bien aprendió que hasta la peor de las cabalgadas por las ásperas serranías rondeñas semejaba un recreo comparado con el daño que el mar causaba a los hombres. Según oyó relatar a un santón bereber que a cambio de limosna contaba historias y dichos piadosos en el zoco de Salé, los sabios antiguos decían que Dios no hizo el mar para ser navegado, y por ello el Altísimo condenaba la avaricia de los mareantes y piratas que arriesgaban vida y patrimonio por afán desmedido de lucro.

No poco contribuyó a facilitar la nueva vida de Idir el hecho de que muchos de los piratas fueran renegados o hijos de antiguos cristianos. En los puertos de Berbería abundaban los tornadizos que de buen grado o por la fuerza se dejaron circuncidar, abrazando la fe del Profeta. Especial afición le tomó a un renegado mallorquín, al que apodaban el Tuerto sin motivo aparente, pues conservaba buena visión en ambos ojos. Al parecer, se ganó el apodo porque una vez apostó, con éxito, a que conseguía introducir un virote por el ojo a un cautivo moribundo a treinta pasos de distancia. Pero eso era lo que se contaba en Salé, que Idir de cierto no lo sabía y no se atrevía a preguntar por los detalles del suceso que causó el mote. Ambos renegados y buenos tiradores de ballesta, Idir y el Tuerto pasaban mucho tiempo juntos, aunque nunca llegó Idir a saber el verdadero nombre de su amigo, y tampoco tuvo ocasión de preguntarlo, pues pronto quedó sin él, en una noche en la que el Tuerto, muy cargado de vino, cayó por la borda al ir a vaciar el vientre.

También abundaban los renegados portugueses de nación, como Yusuf, cómitre y contramaestre de la fusta de Mansur, y hombre de su confianza, un tornadizo de muy corta estatura pero de fuerza descomunal, casi tan ancho como alto, pero no por obeso, sino por la tremenda amplitud de sus músculos; su pecho asemejaba al de un toro y, pese a lo menguado de su talla, pesaba el doble que cualquiera. Duro y cruel con los remeros, empleaba con ellos las peores sevicias para que remasen deprisa, de lo que daban buena cuenta la gran cantidad de narices y orejas cortadas que estos lucían, pues tal era el castigo predilecto que el portugués aplicaba a los que dejaban de bogar a su gusto, o trataban de escapar. Hasta tales extremos llegaba su ferocidad, que a veces arrancaba las orejas de los galeotes reticentes a mordiscos, técnica eficacísima para alcanzar un inmediato aumento en la velocidad de la nave. Tanto temía la chusma al cómitre y a su inseparable látigo, que algunos caían muertos sobre el remo antes que parar. Y cuando esto ocurría, Mansur se llenaba de cólera y reprendía severamente a Yusuf, amenazándole con tomar de su parte del botín el coste de reponer a los remeros muertos. Nunca lo hizo, porque el arráez sabía bien que solo mediante el espanto cabía sacar de los galeotes la potencia propulsora necesaria para acometer a sus presas impidiéndoles la huida, o para navegar contra el viento cuando ellos mismos habían de escapar de una nave cristiana. La fusta parecía volar sobre las aguas cuando iba a su máxima velocidad, impulsada a la vez por los remos y por el viento favorable; la sola presencia de la nave de Mansur infundía el temor entre los pescadores y los mercaderes cristianos que frecuentaban su territorito de caza, entre el cabo San Vicente y el río Sebú, el caladero donde ya toda la gente de mar conocía al arráez y le temía por su fama de buen navegante.

El natural inteligente e inquieto de Idir le permitió en poco tiempo alcanzar alguna pericia en las cosas del mar y gustar de los amplios horizontes, de la variedad de colores y la riqueza del aire, del resplandor de los atardeceres y del fulgor del sol naciente. Acabó por conocer algo más que medianamente las costas atlánticas de España y Berbería, identificando los cabos, las penínsulas, las calas y los aguaderos. Y también las costumbres marineras de los moros, como la de hacerse siempre a la mar en viernes para contar con el favor de Dios, aunque pocos a bordo fueran gente piadosa, con excepción del arráez y de sus devotos bereberes. La mayoría, en cambio, era gente soez y basta, de fe escasa o inexistente, que cumplía los preceptos por la fuerza y no por convicción. Por miedo a Mansur, a bordo se practicaban puntualmente las obligaciones de los creyentes siempre que se podía; las tareas paraban a las horas de las oraciones y más le valía a la marinería poner cuidado en lavarse bien antes de postrarse hacia el este para adorar al Único. Pero muchas otras reglas se olvidaban, o resultaba imposible, incluso para Mansur, lograr su puntual cumplimiento. Por eso, el vino corría a bordo con profusión y el botín se repartía justo después de haber hecho la presa, pese a que la Ley obligaba a esperar a la vuelta de la expedición, en territorio del islam. Como también mandaba no gozar del cuerpo de las cautivas hasta después de su primera menstruación. Pero si se obtenían cristianas, pocas llegaban a puerto con la honra intacta. Tampoco cumplían la regla que impedía separar a los hijos de las madres cautivas antes de perder la primera dentición, por el alto precio que alcanzaban los niños recién destetados en los zocos de Berbería.

Idir vio cómo muchos de los cautivos pedían sobre la marcha tornarse moros, tratando, como él mismo logró en su día, de eludir las penalidades del cautiverio y del remo. Todos sabían que no podía esclavizarse al cristiano que se convertía al islam; pero los piratas no parecían reparar mucho en fueros y formalidades y también incumplían esta norma y fueran moros o cristianos. Por lo general los cautivos acababan vendidos en almoneda o remando en los bancos. Y si alguien ponía mucho empeño en tornarse moro, solía Mansur darle una buena cantidad de bastonazos, con la promesa de una nueva ración para el caso de que el asunto volviera a plantearse siquiera.

—Las conversiones —gritaba entonces Mansur— para después del mercado de esclavos, que yo arriesgo la vida en el mar para obtener ganancia, no para salvar almas —y no pocas veces, después de decir esto, miraba a Idir con sus ojos penetrantes, en los que el muchacho creía ver una mezcla de arrepentimiento y advertencia.

Aunque los botines se repartían con equidad, a bordo regía una estricta jerarquía. Mansur y sus bereberes constituían la élite: fieros, duros, silenciosos, varios de ellos llevaban navegando con su arráez desde chiquillos y le guardaban una fidelidad absoluta. Además, casi todos compartían lazos de sangre y eran primos más o menos lejanos. Mansur los cuidaba y los honraba como a su más fiel posesión, pues con frecuencia Idir le escuchó afirmar que ellos: —Son para mí como los dientes de mi boca, porque si me quedo sin uno ya no podré recuperarlo–. En esa lealtad residía la fuerza y el predominio de Mansur sobre sus enemigos. No llevaba, sin embargo, el arráez en sus naves a ningún árabe, pues a este pueblo lo odiaba con gran saña. No sabía Idir el motivo, pero pudo percibir que muchos bereberes despreciaban y admiraban a la vez a los árabes: los repudiaban como pueblo débil, impío y poco amigo de respetar la palabra dada, pero los admiraban como portadores de su civilización y pueblo del Profeta. Sí embarcaba a turcos, respetados por su fortaleza y combatividad, así como por sus habilidades a la hora de dar tormento y arrancar confesiones, aunque también eran contumaces, poco disciplinados y dados a la rebeldía. Pero Mansur, como Idir mismo pudo comprobar por primera vez al poco de ser cautivado, solía poner fin a los tumultos, e incluso a cualquier conato de motín, por el expeditivo medio de degollar y arrojar por la borda a los revoltosos. Porque no siempre un arráez podía escoger a la marinería, y con frecuencia recurría a gente de la peor estofa a la que solo con puño de hierro podía enseñarse la estricta obediencia, sin la cual un buque no puede gobernarse. Con todo, aun siendo muchas veces una infame canalla, los turcos ocupaban el segundo lugar en el escalafón del buque. Y en el más bajo se encontraban los renegados como Idir: aceptados y despreciados a la vez, sobre todo por los bereberes. A ellos les tocaban las peores faenas y no pocas veces habían de remar con los galeotes si las circunstancias lo requerían y quedaban plazas vacantes en los bancos, aunque al menos en tales ocasiones se libraban, por lo general, de los latigazos, porque el contramaestre ponía mucho cuidado en no lastimar los brazos que al poco habrían de empuñar hachas o ballestas, en beneficio de todos.

Cuando a Idir le tocaba bogar, buena parte de las horas se las pasaba dando gracias a Dios por haber guiado sus pasos hacia la conversión. Y lo hacía con verdadera gratitud, alabándole indistintamente con oraciones que le enseñaron los frailes de Córdoba y el imán. Pues aunque en la caverna de Gibraltar logró formarse en su imaginación una pintura bastante realista sobre el martirio de los galeotes, su experiencia en los bancos de la galera le sirvió para completar vívidamente ese cuadro terrible. La existencia de los galeotes semejaba verdaderamente a un infierno en vida: respirando continuamente aire pútrido que apenas aportaba aliento, una masa de hombres cubiertos por harapos, barbudos, pasaban las horas y los días bogando sin descanso, con la cabeza inclinada y la espalda doblada. La mano sobre los remos y los pies pisando una bamboleante masa embarrada, donde se mezclaban las heces, la orina, la sangre y los vómitos, en movimiento rítmico con el compás del buque. Los ojos, permanentemente entornados por el esfuerzo, casi no podían ver, del polvo, las legañas y la escasa luz. Todo lo que se oía eran gemidos y lamentos, el chascar del látigo, el estampido de las espaldas y el tintineo de las cadenas y los grillos que mantenían aherrojados al banco a todos los desgraciados que componían aquel averno. Cada día morían varios remeros, pero aún sin vida, solían pasar todavía muchas horas en el banco los cadáveres antes de que los echaran por la borda, con sus miradas vacías y el rictus del dolor grabado en los rostros.

Con frecuencia entre renegados y moros se producían situaciones de tensión. Por mucho que hubieran cambiado de fe, los tornadizos venían de otro mundo y exhibían costumbres que desagradaban a los musulmanes. Sin embargo, en los puertos de Berbería el poder de los renegados aumentaba cada día y había naves piratas capitaneadas y tripuladas exclusivamente por tornadizos, para escándalo de patrones tradicionalistas como Mansur, que aunque respetaban la vida y el patrimonio de los conversos, pensaban que en modo alguno podían equipararse en dignidad y preeminencia a los bereberes o a los turcos.

Precisamente por ello prefería Mansur navegar por el océano, que los moros llamaban el mar Tenebroso, en lugar del más pacífico Mediterráneo, al que se referían como mar de los Rumis, aunque en este pudieran conseguirse mejores botines. En los puertos mediterráneos, sobre todo en los que se hallaban más hacia levante, el predominio de los turcos e incluso de los renegados se había consolidado tanto, en detrimento de los bereberes, que estos a duras penas lograban ocupar plazas de sirvientes en las naves de la yihad. Por eso, Mansur se encontraba más seguro en las aguas del Atlántico, tanto las que bañaban su patria, Salé, como las de más al norte, desde Tarifa al Algarbe.

Como renegado, Idir sentía el recelo y el desdén de los bereberes, que no perdían oportunidad de atormentarlo. Su instinto de supervivencia le hacía muy consciente de esta hostilidad y de la necesidad de rebajarla. En cuanto podía, buscaba la manera de contentar a su amo, para librarse del remo y de los trabajos más penosos. Perito en ballestería, con el consentimiento de Mansur diseñó una enorme ballesta de estribera, de dos pies, capaz de lanzar enormes cuadrillos de punta triangular que atravesaban la más gruesa cota de malla. Siempre atento a las mejoras que causaran daño a los cristianos, mucho contentó al arráez este nuevo ingenio y mandó a Idir que, en cuanto tuviera ocasión, construyera y mantuviera adobados varios de esos artefactos.

Con argucias como esa y con hábil despliegue de destrezas varias, la suerte de Idir a bordo de la nave iba mejorando, aunque siguiera siendo un esclavo y un paria entre los bereberes. Pero aprendió bien que solo complaciendo en todo a Mansur consolidaría su ventura.

11. EL ASALTO A CONIL

Las estratagemas de caza de Mansur, de eficacia más que acreditada, solían repetirse. Con frecuencia el arráez se amparaba en la oscuridad nocturna para acercarse a una costa despoblada. Esta vez se trataba del litoral Atlántico del reino de Sevilla, entre la isla de Cádiz y Barbate, por donde transitaban embarcaciones de diverso porte y cargamento.

Cuando el cielo empezó a azulear, con las primeras luces del alba el arráez ordenó al hombre con mejor vista de la tripulación que se colocara en la cofa para vigilar los escollos y bajíos. Con mucho cuidado y boga silenciosa, la nave acabó fondeada en una cala escondida, al abrigo de un cabo rocoso al que los africanos llamaban cabo Torque. En el escondrijo elegido, los piratas esperaron la llegada de una nave propicia, como un cernícalo acecha a los ratones. Tediosa tarea, porque a veces no pasaba ninguna embarcación por las proximidades, o las que lo hacían eran demasiado poderosas para la tripulación de Mansur, o iban escoltadas. Y también empresa arriesgada, porque de vez en cuando el cazador se tornaba en presa, y la llegada de una flotilla de galeotas, o una galera de buen porte, les obligaba a ponerse a la fuga. Más de una vez escaparon de milagro, porque Mansur parecía gozar de protección divina, y a pesar de los muchos riesgos que asumía, siempre escapaba con bien.

A veces avistaban desde su lugar de fondeo una pequeña barca de pescadores o mercaderes, con cuatro o cinco tripulantes y poca carga, presas sin riesgo y con poco provecho, pero Mansur prefería consumar gran cantidad de escuálidos negocios que pocos de los más arriesgados, considerando que tanto beneficio se obtenía del número como del porte de las presas. En tales casos, poco daño cabía esperar de unas víctimas que en cuanto veían acercarse la fusta trataban de huir, algo que rara vez conseguían, por ser naves diseñadas para cargar mucho, no para ir deprisa por los mares, y cuando el patrón comprendía que nada podía evitar la captura, generalmente se rendía sin lucha, confiado en que de esa forma se ahorrarían vidas y penalidades, así que raras veces debía ganarse la nave al abordaje. Pero si este se hacía necesario y los cristianos inferían heridas o se cobraban la vida de algún creyente, los muyahidines arreciaban en su odio y en su deseo de venganza y dejaban a muchos de los cristianos muertos o malheridos, lo que reducía las ganancias. En estas ocasiones, si se entablaba riña enconada con numerosas bajas por ambas partes, los moros después se ensañaban con los contumaces que habían resistido contra toda lógica, dándoles tormento de mil maneras y sin importarles ya las pérdidas, tal como ocurrió en Aznalmara, en jornadas aquellas que Pedro nunca olvidaría.

Cuatro días pasaron escondidos en la cala y la paciencia de Mansur se iba agotando. Mandó varar la nave en la arena, muy poco, apenas la proa, para poder hacerse a la mar con rapidez en el caso de que se avistara una presa conveniente y llamó a Idir.

Cuando Idir se arrodilló ante su amo, con más pavor que contento pues rara vez el arráez tenía parlamentos con él, Mansur le preguntó si conocía la costa donde se hallaban. Idir llevaba el suficiente tiempo entre los piratas como para saber el sentido de la pregunta, porque una táctica que usaba mucho el arráez era buscar un renegado, buen conocedor de la costa, que hiciera de guía por veredas y calas escondidas para alcanzar un lugar de provecho antes de ser localizados. La tarea resultaba cada día más complicada, porque los cristianos construían en sus playas torres de vigía y otros remedios para prevenir los ataques. Pero con la valiosa información de que disponían los tornadizos, muchas veces lograban los moros llegar hasta un pueblo o aldea en plena noche sin que se diera la alarma. Entonces, sigilosamente, una por una, iban tomando las casas de los vecinos principales, robaban sus bienes y sus personas, y regresaban antes del amanecer a la nave. Tan hábilmente lo hacían, que a veces nadie del pueblo reparaba en lo ocurrido y pasaban horas y hasta días sin saberse del paradero de los cautivados, hasta que llegaban las primeras peticiones de rescate. Otras veces la táctica dispuesta por Mansur era la contraria: rodeada la villa, entraban en ella los piratas produciendo mucho ruido, entre grandes alaridos, golpes y amenazas, sabedores de que el tumulto bastaba para paralizar de terror a los pacíficos campesinos.

Cuando escuchó la pregunta del arráez, Idir tardó poco en contestar:

—Señor, como sabéis yo soy hombre de interior. Me crié en Córdoba y después me afinqué en Aznalmara, donde por voluntad del Clemente fui cautivado por muyahidines, en cuya compañía encontré el verdadero camino y la segura salvación de mi alma. Solo una vez vi el mar siendo cristiano, ya bien cumplidos los veinte, en la villa de Rota, propiedad del conde de Arcos. De esta villa, que creo que se encuentra más al norte de la isla de Cádiz, sí puedo daros alguna información: allí se pescan los atunes del conde y por eso dispone de fuerte guarnición, pero estas costas nunca las he recorrido y sobre sus pueblas y habitantes nada puedo deciros.

El arráez se quedó mirándolo, contrariado. Sus ojos parecían verle por dentro. Idir, impulsado por el pavor, siguió diciendo:

—Señor, creedme. Quisiera contentaros y seros útil, pero no sé nada de estas costas. Nunca antes de ser cautivado pisé una nave. Recordad los grandes mareos que padecí en mis primeras navegaciones y cómo se reían todos de mí cuando vomitaba una y otra vez, aún sin tener nada en el buche.

Las razones y la actitud de Idir parecieron contentar al arráez. En lugar de irritarse violentamente, como él temía, Mansur se quedó tranquilo, sentado con las piernas cruzadas debajo del cuerpo, a la manera de los moros, en actitud pensativa que terminó pronto, con un brinco que lo puso en pie de un solo movimiento mientras rápidamente gritaba órdenes.

Siguiendo las resoluciones de Mansur, Idir, otros renegados y varios de los bereberes más corpulentos se internaron en tierra firme, ocultos en la espesura casi impenetrable de un río que desembocaba no lejos de la cala donde se ocultaba la galera. Cuando la selva ribereña se fue haciendo menos densa, en una llanada donde el río se remansaba y se curvaba, el bereber que iba al frente de la expedición mandó que todos se ocultaran entre unos enormes helechos que allí crecían y guardaran absoluto silencio. Así pasaron varias horas, hasta que, como esperaban, un pastor con un hato de escuálidas ovejas se acercó a los pastos, se sentó a la sombra de una encina y sacó del zurrón un pedazo de pan. No dispuso de tiempo ni para dar el primer bocado: antes de que pudiera darse cuenta de lo que ocurría ya se encontraba maniatado, con una mordaza en la boca y una capucha cubriendo su cabeza. A empujones lo llevaron a la cala, a veces arrastrándolo por el suelo cuando el aterrorizado pastor tropezaba con alguna raíz.

Cuando le quitaron la capucha de la cabeza y se vio rodeado de moros al borde de una galera, al cristiano se le descompuso el vientre y por el borde inferior de sus harapientas calzas empezó a verterse un líquido negruzco y maloliente. Los moros que lo rodeaban empezaron a darle golpes y coscorrones, entre protestas y rechiflas, hasta que el arráez ordenó parar con una orden tajante y con un gesto de cabeza indicó a Idir que le retirara la mordaza de la boca.

Libres sus sentidos principales de los embozos, el pastor comenzó a sollozar y a pedir clemencia con voz entrecortada, hasta que Mansur puso fin a su perorata de un bofetón. Entonces, Idir tradujo al castellano las palabras que muy despacio y con voz seca iba diciendo el arráez en árabe.

—Dos opciones muy claras se presentan ante ti, cristiano: morir de la manera más lenta entre atroces dolores, o bien sernos útil.

Antes casi de que Idir terminara de traducir, el cristiano se arrojó a los pies de Mansur, besándolos y diciendo:

—Por Dios os ruego que no me deis tormento. Haré todo lo que me pidáis. Cumpliré todas vuestras órdenes, pero no me deis tormento, que yo seré vuestro esclavo. ¿Qué puedo hacer?

Mansur alzó del suelo con una sola mano al pastor, agarrándolo por sus harapos y lo mantuvo un rato suspendido en el aire, mientras le acerca mucho la cara a su oreja y, en mal romance, le dijo:

—Entonces, perro cristiano, esta misma noche nos llevarás por el camino más corto y escondido al pueblo que esté más cerca de aquí–. Y con una risotada, arrojó a un lado al pastor, que cayó al suelo rodando. Desmadejado, cubierto de mierda, componía la viva imagen del desamparo y la desolación, causando mucho contento entre los piratas, que volvieron a darle muchas patadas y pescozones, pero ninguno muy fuerte, pues bien sabían que si alguien estropeaba seriamente al cautivo, no sería menor la ira de Mansur.

Guiados por el pastor, al atardecer de ese mismo día los piratas comenzaron a ascender por un escarpado sendero, que desde la cala los subió hasta una llanada completamente cubierta por un espeso pinar. Discurriendo por trochas medio ocultas por la maleza, la expedición atravesó el pinar sin sobresaltos, evitando las escasas alquerías, pozos y lagunas donde cabía tener un encuentro inconveniente. Finalmente, el bosque dejó paso a un roquedal elevado sobre la costa, desde el que se pudo contemplar a la luz de la luna un caserío blanco que rodeaba una torre. El pastor, apuntado en dirección a la aldea con su dedo tembloroso dijo:

—Conil.

Por las informaciones que el cautivo había proporcionado, Mansur sabía que la aldea carecía de muralla de mampostería; rodeaba el caserío una simple empalizada de madera, que servía más como medio de mantener reunido al ganado que para defensa. Tampoco contaba con guarnición digna de tal nombre, pues la torre que se alzaba en el centro del pueblo, conocida como Torre de Guzmán por ser estas tierras de la casa de Medina Sidonia, se usaba más como vigía que como alcázar y estaba habitada solo por el alcaide, único noble de la villa, y por sus dos escuderos. Así que el arráez decidió esta vez emplear la táctica del sigilo y tomar cautivos casa por casa, hasta que llegara el momento de entablar combate, cuando se diera la voz de alarma.

Para evitar repentinos arrebatos de heroísmo, poco probables pero siempre posibles, ataron al pastor a una encina y lo amordazaron de nuevo. Después se dirigieron a la empalizada, donde con poco esfuerzo desencajaron tres troncos de pino, los suficientes para que la hueste penetrara en la aldea. Una vez dentro, Mansur mandó que se dispersaran en grupos, cada uno de ellos encaminado a las casas que parecían más prósperas.

Idir permanecía permanentemente al lado del arráez, cumpliendo de inmediato cada una de sus órdenes, que eran cortas y precisas. Le mandó degollar a dos perros demasiado ladradores y después descuajaringar cuidadosamente el portillo trasero de una de las pocas casas de mampostería de la villa. Cuando Idir hubo franqueado el paso, los bereberes que acompañaban a Mansur, con breves y concertados movimientos, inmovilizaron en sus mismos lechos a los durmientes, con cuerdas y mordazas. Después hicieron lo mismo en la casa de al lado.

Así lograron los grupos de asaltantes capturar a los habitantes de seis de las mejores moradas de Conil y a punto estaban de hacer lo mismo con la séptima, cuando alguien gritó:

—«Moros, moros, moros en el pueblo, alarma, alarma, moros...».

En poco tiempo todo fueron carreras y griterío en la oscuridad, golpes y lanzadas. De las chozas salieron unos pocos cristianos casi desnudos que trataron de enfrentarse a los piratas con garrochas y hoces. Un enorme pelirrojo acometió a Idir con un hacha y a punto estuvo de partirlo por la mitad: el filo de la hoja pasó rozando su frente, la barbilla, el pecho y la barriga, dejándole un surco rojo pero poco profundo. Antes de que el cristiano pudiera volver a levantar el arma, Idir le asestó varias cuchilladas en plena garganta y se volvió como una fiera acorralada en busca de otros atacantes, pero ya nadie más presentaba resistencia. Los pocos que lo hicieron cayeron de inmediato.

La mayoría de los habitantes de Conil habían sufrido ya asaltos semejantes y prefirieron salir corriendo para perderse en los pinares. En vano trató Mansur de enviar partidas en su busca: buenos conocedores de los alrededores y avispados por su lucha constante con los moros, no hubo manera de atrapar a ningún adulto más, aunque sí lograron hacerse con varios niños, algunos ancianos y dos mozas en avanzada preñez.

Antes de tornar a la nave el arráez todavía ordenó a unos pocos que registraran concienzudamente para que nada de valor quedara en la aldea. Algunos fuegos habían prendido y las sombras titubeantes de los piratas se movían caprichosamente en las paredes encaladas del pequeño caserío mientras recorrían las desiertas calles del villorrio en busca de riquezas. Mientras tanto, Mansur trataba de averiguar si se podía entrar en la torre, cuyos muros, además de altos, parecían espesos y bien labrados, imposibles de escalar. Con poco convencimiento, intentaron echar abajo la puerta de la torre. Sin embargo, era fuerte y remachada con hierros cruzados y muchos clavos. El arráez bramó y amenazó, conminando a los ocupantes de la atalaya a que la entregaran por las buenas, pero nadie desde las almenas se dejaba ver. Aun así, la cosecha había sido buena y ante la posibilidad de que los huidos regresaran con refuerzos armados, Mansur se contentó con la caza y ordenó la retirada.

Aún no había amanecido cuando llegaron a la cala. Mansur interrogó a los cautivos para tasarlos; poco tiempo le hizo falta para comprobar su baja condición. No cabía posibilidad alguna de obtener por ellos rescate desde África, de modo que decidió quedarse en las cercanías de Conil para ofrecer a sus familiares la posibilidad de una redención inmediata, a bajo precio. De esta forma, se ahorraban los costes del viaje, la manutención y la subasta. Y también se escamoteaba el quinto del emir. Una decisión práctica y poco arriesgada en esta costa al sur de la isla de Cádiz, particularmente desolada, donde pocas posibilidades existían de que una nave de mayor porte los sorprendiera en plena operación de venta de cautivos.

Después de reponer fuerzas durante unas pocas horas, antes del mediodía se hicieron de nuevo a la mar y pusieron proa al sur hasta enfilar la Torre de Guzmán, a la vista de la cual fondearon a recaudo suficiente e izaron el pabellón de rescate.

Al poco vieron acercarse un bote a bordo del cual iban el alcaide y los alguaciles de Conil, que ya habían oído hablar de Mansur y conocían su fama de hombre de palabra, por ello acudieron a la cita sin temor de ser apresados. Después de las consabidas loas a las familias respectivas, se iniciaron allí mismo las negociaciones que, como siempre, fueron largas, con muchos juramentos, gesticulaciones, protestas e inútil charlatanería, pues los moros mostraban gran afición por el regateo, tanta que incluso se ofendían si no concurrían tratos previos al cierre del negocio, considerando que habían sido engañados. Muchas veces amenazaron los cristianos con marcharse en buena hora y dejar que los moros se llevaran al África a los cautivos, pero Mansur, hombre corrido, sabía que se trataba de una simple maniobra para ampliar el margen de beneficio que iba a llevarse el alcaide por cada cristiano rescatado. Así que, aunque dejó que los conileños llegaran a embarcarse de retirada, y hasta a alejarse unas cuantas brazas del casco de la galera, finalmente transigió con casi todos los rescates, bajando sus exorbitantes exigencias iniciales y, comedia aparte, aquel acuerdo satisfizo a todos, porque los piratas consiguieron sus dineros, y también los alguaciles y el alcaide, mientras que los cristianos rescatados perdieron su patrimonio pero evitaron las penas del cautiverio.

Quedaron libres todos los hombres y los niños, y dos de las mujeres, una por vieja y otra por contrahecha, pues las demás alcanzarían sin duda en África mucho mejor precio que los rescates ofrecidos. Porque rara vez la gente de baja casta, pobres pescadores, campesinos o mercaderes de la costa, puede sufragar sus cuantiosos rescates. Las hembras en Ifriqiya, sobre todo las cristianas, blancas de piel y de buenas carnes, alcanzaban precios formidables. Como los musulmanes podían casar con más de una hembra, hasta con cuatro, y por añadidura formar un harén con cuantas concubinas pudieran mantener, los ricos y poderosos, sobre todo en las ciudades portuarias, acaparaban a las cautivas más bellas y a las mujeres locales de mejor condición, de manera que los pobres difícilmente lograban casarse con una, a la que muchas veces debían comprar, a no ser que tuviera alguna tara.

Entre exclamaciones de contento y alabanzas a Dios, pusieron proa al sur los piratas, tan pronto como los cautivos rescatados quedaron en franquía. De tan buen talante se encontraba Mansur, que habiendo apresado a la altura de Tarifa una nave de pescadores, y siendo esta de poco valor, se la vendió por casi nada a sus propios dueños. No es que resultara excepcional ese proceder, pues como solía afirmar el arráez sentenciosamente «*no conviene dejar la mar sin peces*», y esa misma nave podría en el futuro producir mejores beneficios.

Como tantas otras veces, las presas de Conil y las que se habían logrado antes en esa misma expedición, unos pocos niños y mozos jóvenes y cinco mujeres, se llevaron a Salé, donde gracias a sus buenos contactos Mansur obtenía los mejores precios. Cada vez que Mansur y su tripulación regresaban al puerto de Salé, la ciudad bullía de fiesta. Ya desde antes de atracar, mientras la nave hábilmente manejada por Mansur se deslizaba hacia los muelles esquivando con gracia los barcos fondeados y los esquifes de pescadores, el adalid recibía los saludos y reverencias de los demás capitanes y de la marinería que gritaba desde los mástiles. El aire se poblaba de loores a Dios y a sus guerreros, y de maldiciones a los comedores de cerdo que bogaban encadenados en los bancos.

En medio de un ambiente festivo quedaban expuestos ante los lugareños botines y cautivos, los pendones blasonados de las naves asaltadas y las cabezas de los cristianos vencidos. Las mujeres prorrumpían en un escándalo de chillidos y chasquidos de lengua, de alaridos y sonidos ensordecedores que exaltaban el ánimo de los musulmanes. Todo el puerto se poblaba de putas, que venían a vender sus encantos a plena luz del día y sin recato alguno, porque en esas tierras las busconas no estaban sometidas a la severa reglamentación de Castilla y podían ejercer su negocio con menos trabas y más beneficios.

En cuanto la nave atracó, Mansur se dirigió a visitar al jeque de la villa y le dio cuenta de las riquezas obtenidas, entregándole su parte, pues, como en Castilla, al soberano correspondía un quinto del botín. Después fue a la mezquita, a dejar limosna para los pobres musulmanes.

Cumplidas esas diligencias, Mansur contrató a un pregonero de buena voz para que recorriera el zoco de la ciudad anunciado los cautivos que ofrecía a la venta en su nave y las características de las mercancías, con mucho lujo de detalles y grandes exageraciones sobre su edad, fuerza, belleza o habilidades. El día fijado para la almoneda, se acercaron al zoco los clientes en busca de un buen negocio y examinaron a los cautivos en venta de mil maneras: palparon los huevos de los niños para deducir su edad y asegurarse de que no estaban capados, y los muslos y las pantorrillas de los jóvenes para comprobar la firmeza de las carnes. Los hacían saltar y caminar para descartar una cojera. A todos les abrían la boca para comprobar el estado de las encías y los dientes. Ni siquiera el pudor de las doncellas quedaba a salvo de esos escrutinios, aunque Mansur solo dejaba mostrar sus encantos a los clientes fiables y solventes.

El arráez parecía muy satisfecho de los resultados de la expedición y mandó llamar a un físico para que cosiera las heridas de Idir. El rastro del hacha del pelirrojo, aunque superficial, corría peligro de infectarse y producir daños mayores. Después de examinar con cuidado la obra del maestro de llagas, Mansur le pagó, bramando que esos dineros se los cargaría al renegado. Pero Idir ya llevaba suficiente tiempo a su lado como para saber que, pese a sus rugidos y maldiciones, el arráez estaba contento con él.

12. TEMPESTAD EN LOS ALGARBES

Mansur trataba de apresar naves de todas las naciones cristianas. Debía sin embargo respetar las embarcaciones genovesas, bajo amenaza de fuertes represalias por parte del sultán de Granada, que mantenía pactos con la nación ligur. Pero cuando el negocio no iba bien, el arráez no dudaba en acometer navíos de Génova, aunque en estos casos la cabalgada requería abundante derramamiento de sangre y por ello rendía poco, pues no debían quedar testigos ni podía negociarse con sus cautivos en puertos de influencia nazarí.

Eso fue lo que ocurrió cuando capturaron, en las proximidades de las bocas del Guadalquivir, la nave de Battista Calvi, que había salido de Málaga en dirección a Flandes cargada con seda, especias, azúcar, paños y pasas gorronas, además de veinte quintales de la mejor pimienta. Las precauciones habituales hubieron de extremarse: ningún rastro podía quedar de los sellos del emir en las sedas; esas divisas las colocaban en presencia de los alguaciles y del alfaquí en los severos controles de las alcaicerías, únicos lugares donde se podía comerciar legalmente con sedas. Como no resultaba fácil negociar con sedas ilícitamente conseguidas, el arráez pensó en venderlas en La Mamura, muy al sur, lejos de la autoridad del sultán, donde entre el reverberante calor perpetuo difícilmente podía distinguirse una estación de otra.

Pero encontrándose tan al norte, quiso Mansur, antes de cerrar la temporada, lograr todavía algunas presas en las costas meridionales de Portugal, pese a lo avanzado de la estación. Cuando en la nave se supo la noticia, cundió el descontento y se produjeron protestas que quedaron, como siempre, zanjadas expeditivamente.

Por tener fe ciega en su estrella, enorme osadía y gran pericia marinera, Mansur asumía con frecuencia riesgos que otros patrones considerarían temerarios. La temporada del corso se extendía normalmente de mayo a octubre, pero el arráez muchas veces la apuraba hasta noviembre e incluso diciembre para saquear en tierras andaluzas o portuguesas en pleno otoño, cuando los campesinos ocupados en las muchas faenas de la época no vigilaban ya las costas con tanto cuidado. Asaltaban muchas naves que navegaban descuidadas, logrando grandes botines en mercancías y cristianos. También realizaban algunas expediciones apenas apuntaba la estación, justo cuando las grandes bandadas de pájaros empezaban a cruzar el Estrecho, a comienzos de abril.

Normalmente Mansur culminaba con éxito en sus empresas otoñales, pero esta vez, justo después del asalto a la nave de Calvi, habría de pagar muy caro el atrevimiento, porque en las cercanías del cabo de San Vicente corrieron un terrible temporal que casi les manda al fondo del océano.

En sus pesadillas, Idir recordaría durante muchos años los terribles momentos de su primer temporal marítimo. Los marinos aburridos contaban en las tabernas hechos de prodigio sobre la fuerza del océano y sus criaturas que causaban espanto en los oyentes y aumentaban su sed. Idir, buen narrador de historias él mismo, se holgaba mucho escuchando gestas marineras, pero después de aquel temporal aprendió que la verdadera cólera del mar poco tenía que ver con relatos de marineros borrachos.

Nada hacía presagiar esa tarde calmosa que al anochecer iba a levantarse una gran tormenta: tan pronto como el sol se puso, mientras los marineros cobraban sedales o sesteaban en el puente, una fuerte ráfaga de viento bamboleó la nave como si se tratara de una cuna. Mansur, que en ese momento se encontraba en el castillete de proa ajustando cuentas, salió inmediatamente del entoldado y miró al cielo con semblante preocupado, mientras las jarcias empezaban a chascar. Desde el noroeste, una neblina se acercaba rápidamente y pronto la superficie del mar hervía como un puchero. Afortunadamente las velas estaban cobradas, si no de seguro hubieran ido a pique en ese mismo momento, arrastrados por la enorme fuerza del viento. El arráez mandó ocupar todas las plazas en los remos y poniendo proa contra la tormenta se dirigieron al norte a una velocidad lentísima, pues más bien parecía que retrocedían en vez de avanzar. La fuerza de las olas que rompían sobre el puente dejó la nave medio sumergida más de una vez. Otras veces el caprichoso curso de la tormenta provocó que la galera quedara suspendida en el aire y regresara al agua con un tremendo pantocazo. La nave avanzaba como enloquecida, dando grandes guiñadas y haciendo casi imposible la permanencia sobre dos pies en el puente. Los terribles rugidos del viento y el crujido de las cuadernas llevaban el pavor a los corazones de los galeotes que, encadenados al remo, ya se veían ahogados y trataban de soltarse los grilletes. El mismo Mansur se vio obligado a empuñar el látigo y hasta matar a golpes a un galeote, con lo que los otros se apaciguaron un poco y siguieron bogando, mientras la marinería se afanaba en achicar en lo posible los sucesivos torrentes de agua salada que barrían la nave. En esas horas, el arráez se multiplicaba, parecía estar en todas partes: a la caña del timón o entre los bancos de remos, cortando sogas, ajustando aparejos. Mil veces cayó sobre el resbaladizo puente y otras tantas pareció que se lo había tragado el mar, pero siempre reaparecía, arrogante, sin miedo, infundiendo valor en los suyos que, espoleados por su ejemplo, sacaban fuerzas de donde parecía no haberlas.

Después de muchas horas capeando el temporal y con las energías a punto de agotarse, finalmente consiguieron recalar al resguardo de un cabo, en los Algarbes portugueses. Con la nave firmemente anclada, marineros y galeotes se derrumbaron sobre los remos, desfallecidos, pero Mansur no se permitió todavía el reposo y se ocupó de organizar una guardia de ballestas en el puente; pese al temporal no cabía descartar un ataque desde la costa, pues sabía bien que los barcos del reino de Portugal llevaban años saliendo a la mar a saquear y atacar los barcos del islam por orden del Papa.

Se encontraba Idir desfallecido, hambriento, de guardia en el punto más alto del castillete de popa, con la ballesta preparada y empeñando no poco trabajo en permanecer despierto, con todo su cuerpo mojado y aterido, los miembros rígidos por el sobreesfuerzo y el frío. En algún momento le venció el sueño, del que le sacó bruscamente un pescozón del arráez que hizo rebotar su cabeza contra la borda. Enloquecido por la ira, Mansur seguía recorriendo de un extremo al otro la galera, con la mente atenta a mil detalles y peligros. Después de todos los esfuerzos y de los riesgos corridos, la seda del genovés se había perdido o había quedado inservible. Y el resto de la carga, de menor valor, hubo que arrojarla por la borda durante el temporal para aligerar la nave. Lo que se prometía como un incomparable fin de temporada, acabó convertido en grave descalabro. Y aún seguían en riesgo de perderlo todo, hasta la vida, con la nave desarbolada, haciendo aguas por muchos puntos del casco, imposibilitados para regresar a costas seguras sin llevar a cabo las reparaciones adecuadas.

A la mañana siguiente, en el cielo sin nubes se dibujaban las bandadas de pájaros camino del sur. Idir, que había acabado por derrumbarse, exhausto, dormía sobre unos cabos empapados. En la nave reinaba el sosiego, pues galeotes y marineros, hasta el propio Mansur, pese a todo también humano, calentaban ahora sus cuerpos al sol, dormidos o despiertos. Incluso las guardias andaban descuidadas, pues una vez que el arráez se rindió al sueño cundió en la nave el relajo y sus órdenes quedaron olvidadas incluso por sus más fieros bereberes.

El sueño y el calor del sol devolvieron el vigor al cuerpo de Idir, que tras despertarse padecía sobre todo hambre y sed. Recorrió con cuidado el puente de la nave, tratando de localizar algo de agua dulce, pero los pocos barriles que no se habían quebrado aparecían vacíos o llenos casi completamente de agua de mar. Las reservas de bizcocho, también empapadas de agua salobre, se habían perdido; aun así, mordisqueó una de esas tortas de trigo sobrecocido, tratando de olvidar la sed, aunque sus labios agrietados y la sequedad de su garganta se la recordaban con persistencia.

Con su pedazo de bizcocho en la mano, recostado sobre la cabuyería, contempló la costa cercana, mezclando su imagen con un sentimiento inevitable de esperanza y aprensión. Como otras veces en que la nave fondeaba cerca de una costa cristiana, se preguntaba si debía tratar de escapar para volver a su antigua vida, entre cristianos. En ese momento, con todos durmiendo o desmayados, podría fácilmente ganar la costa agarrado a un madero. No era la primera vez que se le presentaba una situación propicia, pero igual que en esas otras ocasiones, de nuevo el temor se apoderó de él y paralizó su voluntad. Miedo a que el mar se lo tragara, a que lo devorara alguna criatura de las oscuras aguas del océano, a que lo quemaran en la hoguera por hereje, a pagar con tormento su traición... No conocía estas costas, ni siquiera podía ubicar claramente las coordenadas de Portugal. Vagamente recordaba que esa nación se encontraba al norte y al oeste del Reino de Sevilla, pero no sabía bien a cuánta distancia, ni si existían caminos o paso franco entre ambos reinos. Las querellas entre Castilla y Portugal menudeaban, por lo que quizás en esa tierra firme que ahora contemplaba, casi al alcance de la mano, lo apresaran y atormentaran antes por castellano que por hereje.

En estas deliberaciones consigo mismo andaba cuando apareció Mansur de nuevo en el puente de la galera, con los ojos enrojecidos por la sal y la falta de sueño, pero erguido como siempre. Feroz, cuando apreció el relajamiento que cundía en la nave, maldijo y pateó a diestro y siniestro. Idir escapó a la patada que le tenía reservada, arrojándose al piso de madera y rodando sobre sí mismo. Con ruegos y reverencias, sus secuaces bereberes consiguieron que se calmara, aunque también ellos recibieron sumisamente su ración de palos cuando al pedir agua el arráez le informaron de que no quedaba a bordo ni una gota.

Una vez que Mansur puso por fin rienda a su ira, apoyó los puños cerrados en la borda y contempló la costa. Sabía que contemplaba algún punto de los Algarbes, no lejos del pronunciado cabo que rompe aquí la ribera portuguesa, haciendo que se gire noventa grados y torciendo su perfil del oeste al norte. Sin dejar de mirar a la playa, el arráez empezó a pronunciar nombres: «Kabbab, Ismail, Muhammad, Idris, Muhammad, Idir…», y a su llamada todos corrían a arrojarse a sus pies. A ocho hombres convocó y, después de mirarles fijamente por largo rato, empezó a darles instrucciones.

De los ocho, solo uno sabía nadar, por lo que aparejaron una balsa para llegar a la costa, de la que les separaban unas cincuenta brazas, pues todos los botes se habían perdido. La sonda indicaba una profundidad de ocho brazas, más que suficientes para ahogarse. Lista ya la embarcación, colocaron sobre ella, bien trincados, los escasos barriles aún servibles y algunas armas, y se lanzaron al mar. Lentamente, consiguieron remolcar con torpes brazadas y golpes de piernas el artefacto semiflotante, que por poco zozobra y se hunde del todo en cuanto se alejaron del costado de la galera. Afortunadamente, mucho antes de lo previsto la profundidad disminuía bruscamente y permitía hacer pie más cerca de la nave que de la orilla.

En cuanto se vieron en tierra firme, los piratas se arrojaron en la arena, dando gracias a Dios por haberlos librado de tan grave trance. Pero pronto otras preocupaciones se impusieron, pues se encontraban en tierra extraña y hostil, casi desarmados, mermados de fuerzas y extremadamente sedientos. Para buscar alguna fuente, regato o pozo de agua potable, se dispersaron de dos en dos en todas las direcciones, concertados en regresar al punto de partida en cuanto el sol empezara a declinar.

Poco hubieron de buscar, pues en pleno otoño corrían regatos por todas las gargantas y quebradas, así que no tardaron en saciarse y en llenar los barriles. Mientras que Idir y dos bereberes permanecían en la costa, con órdenes de explorar los alrededores en busca de poblados y senderos, el resto de los enviados regresaron a la nave con el agua mientras el sol comenzaba a hundirse en el horizonte.

Al anochecer los exploradores detuvieron sus pasos, aprovechando para descabezar un sueño. Cuando el resplandor de la luna lo permitió, se encaminaron a un cerro muy alto para otear los alrededores. Al menos tres horas tardaron en abrirse camino por la espesura de sotos y bosques, muy similares a los de las Andalucías. Ya amanecía cuando llegaron a la cima. Oteando a los cuatro puntos cardinales, buscaron sin éxito indicios de vida: nada de fuegos, ahumadas, caseríos o molinos. Al norte, a levante y a poniente se extiendía una alfombra de un verde muy cerrado, un mar de encinas y alcornoques, y de pinos en la raya de la costa. Y al sur, el océano que a esa hora resplandecía pacífico, olvidado ya de su furia asesina.

Con esas noticias regresaron en pocas horas a la galera, y al saberlas, Mansur ordenó varar la nave en la arena, para acometer cuanto antes las reparaciones que les permitieran hacerse de nuevo a la mar.

La nave que descansaba ahora, abatida sobre un costado en el lecho arenoso, presentaba un espectáculo desolador. Parecía increíble que con las profundas heridas que cruzaban su casco, la galera se mantuviera tanto tiempo a flote, sin duda por el favor del Altísimo, que quiso premiar el aguante de sus servidores. Sabedor de lo cerca que habían estado de la muerte, Mansur ordenó, como primera providencia, dar gracias a Dios por su amparo. Inclinados hacia levante, los piratas rezaron como nunca antes, con un recogimiento impropio en aquellos hombres de acción. Después se alejó de los demás, como solía hacer en estos casos, para rezar él solo la *salat al-istikhara*, la oración de consulta, y pedir al Supremo Hacedor que le iluminara sobre los pasos que habría de dar para salir de ese aprieto: —*Allâhumma* en Ti busco consejo a través de tu ciencia, Tu poder solicito, Tu Gracia te pido, pues en Ti reside todo el Poder, Tú eres el conocedor de todo lo visible e invisible. *Allâhumma* si Tú conoces qué debo hacer…—. En cuanto terminó de rezar, el arráez comenzó a dar órdenes con la vitalidad que le caracterizaba, dejando a Dios el cuidado de solucionar el asunto que le preocupaba.

A Idir le encomendó salir de caza con otros dos ballesteros. Necesitaban carne y a buen seguro en esos alcornocales hallarían conejos y perdices, algún corzo o incluso ciervos, que en esta estación andarían todavía soliviantados por su celo. Con su buen ojo, entrenado en las muchas monterías que hizo con don Enrique, Idir rastreó las aguadas de las bestias y sus comederos y puso cepos antes de apostarse en el lugar de paso más previsible. Pronto empezaron a caer las presas, que mandaba a la costa con alguno de sus ayudantes.

Dos días enteros con sus noches pasó Idir cazando, durante los cuales se cobró piezas suficientes para saciar el hambre de toda la tripulación y hasta para empezar a ahumar algunas reservas con vistas al viaje de regreso. Localizó también un espeso castañar, donde se proveyeron con varias arrobas de los preciados y nutritivos frutos, y también de grandes cantidades de nueces, bayas y bellotas con las que hicieron harina y cocieron tortas, que cuando no se dispone de trigo bueno resulta el pan de bellota. Y todo eso sin dar con un alma, ni con nadie que les estorbara, lo que empezaba a causar inquietud en Mansur, que nunca antes había hollado costa tan desolada de habitantes, siendo tantas sus riquezas. Por eso, en cuanto las reservas de alimentos lo permitieron, ordenó que parte de los cazadores permanecieran en los alrededores de la nave, haciendo guardia en previsión de algún ataque.

El instinto del arráez de nuevo se demostró atinado. Justo al cumplirse una semana de la varada, los atalayeros de levante acudieron corriendo, dando nuevas de que por un escarpada trocha costera se dirigía hacia ellos una hueste de caballeros y peones, que portaban una insignia que no sabían reconocer. Cuando le describieron los dibujos que lucen sus estandartes, tampoco Idir supo concretar su procedencia. En cualquier caso, la poderosa hueste superaba en mucho a la mermada tripulación de la galera, por ello Mansur ordenó hacerse a la mar de inmediato, pese a que no se habían terminado los trabajos del casco, y gracias a la actividad frenética que el arráez sabía imponer a sus hombres, se encontraban ya en el agua, propulsándose con los remos, cuando los primeros caballeros pisaron la arena de la playa, entre gritos y amenazas.

Viéndose a salvo, la tripulación prorrumpió en vítores a Mansur y alabanzas al Todopoderoso, pero el arráez mandó callar y aplicarse a los remos, poniendo rumbo a la profundidad del océano, directo al sur. Y en cuanto la costa se perdió de vista, ordenó virar al este, hasta que empezó a avistarse de nuevo el litoral de la península, pues no presentaba la nave condiciones propicias para enfrentarse al caprichoso tiempo otoñal mar adentro.

Propulsada de través por un suave viento del noroeste, la nave enfiló rumbo a levante, manteniendo siempre la costa a la vista. Liberados de la carga de los remos, los galeotes se vieron obligados a achicar la mucha agua que todavía se filtraba por el casco mal calafateado, mientras los marineros seguían con las reparaciones en los aparejos y la cabuyería. Pese a todos los esfuerzos desplegados, los desperfectos más graves seguían sin enmienda y las sentinas acumulaban cada vez mayor cantidad de agua, con lo que bajaba la línea de flotación y la marcha se hacía aún más lenta.

Así, navegando pesadamente, costearon la ribera del Reino de Portugal hasta que al cabo de cinco días uno de los marineros dijo reconocer la desembocadura del gran río que separaba las coronas de Castilla y Portugal, el Wadi Ana, que traía sus aguas desde la orgullosa Mérida, en otros tiempos luz del islam en el poniente de al-Ándalus. Quería saber más de estas regiones el arráez y, entre unos y otros, lograron recabar las informaciones necesarias para tomar una determinación que pudiera salvarlos a todos, pues en esas condiciones, navegar hasta un puerto del islam parecía empresa imposible.

Al saber que unas pocas leguas más al este de las bocas del Guadiana se extendían enormes marismas donde confluían varios ríos caudalosos, llenas de canales y pantanos laberínticos, Mansur concluyó que la única vía de salvación a su alcance consistía en adentrarse en ese espacio salvaje y despoblado para invernar y reparar la nave. Medida arriesgada, casi desesperada, porque se lanzaban a lo desconocido sin alimentos ni pertrechos suficientes. Pero Mansur sabía que no disponían de otra opción, salvo hundirse en el océano o acabar capturados por alguna nave cristiana, pues en esas condiciones la galera no podía presentar combate.

Sin alternativas posibles, el arráez ordenó virar todo al norte en cuanto avistaron las anchas bocas del río que parecía ser el Wadi Ur y la nave comenzó a remontar la fuerte corriente con mucha dificultad. Mansur dispuso que se ocuparan todos los bancos, dejando en el achique solo unas pocas manos, con lo que la galera se hundía más y más en las turbias aguas donde el río se juntaba con el mar. Apenas habían penetrado media legua en su curso, cuando se vieron obligados a varar en el lecho arenoso de la orilla de poniente para achicar el agua.

En dos jornadas que parecieron eternas lograron adentrarse en lo más salvaje de la marisma. Por las noches, los atalayeros se encaramaban en las alturas disponibles para atisbar los fuegos y determinar el rumbo del día siguiente. Cuando consideró Mansur que ya se encontraban lo suficientemente lejos de cualquier lugar habitado, mandó varar la nave y retomar las reparaciones del casco, mientras enviaba partidas de caza y exploración en todas direcciones.

Idir se encargó de dirigir la partida encaminada hacia el norte, siguiendo el curso del que parece uno de los ríos principales. La marcha resultaba penosísima, pues discurría sin senderos ni apenas tierra firme y seca que pisar. La mayoría del espacio lo cubrían lechos de barro, cañaverales o aguas poco profundas, donde caminar resultaba imposible porque a cada paso se hundían en el limo hasta la rodilla. Idir se había visto en circunstancias semejantes en las marismas del Guadalete y comprendió en seguida que sin un guía de la zona no podrían abrirse camino, pero temeroso de contrariar al arráez siguió adentrándose en los pantanos. Por las noches acampaban en un lugar seco, si lo encontraban, o de lo contrario se tendían empapados y ateridos en lo más espeso del cañaveral, mientras les hostigan nubes de mosquitos. Al menos la comida no faltaba, pues en esas aguas proliferaban los peces, cangrejos y moluscos, y encontraron también aves buenas para comer y muchos huevos en los juncales, aunque debieron ingerir todas esas delicias crudas, porque por orden de Mansur no podían encender fuego hasta que los peligros quedaran conjurados.

Después de caminar cinco jornadas, siempre hacia el norte, la partida de Idir no encontró más que marismas interminables, así que regresaron por el mismo camino, cargados de aves y huevos.

A pocas horas ya de alcanzar la galera, Idir mandó que la partida reposara en una escuálida masa de pinos que se alzaba en una isleta. Allí pasaron varias horas al sol, secándose y comiendo cangrejos crudos, cuando de repente el cañaveral se abrió dejando ver un bote muy largo, hecho con una sola pieza de madera, manejado por un muchacho imberbe que lo impulsaba de pie, empuñando una larga pértiga. Antes de que el mozo se percatara, ocho pares de manos lo agarraron y lo tiraron al suelo en la isleta.

Mientras lo inmovilizaba, Idir le dio las escuetas instrucciones con las que el mancebo lograría salvar la vida: un grito, una protesta, cualquier intento de huida y un cuchillo le cortaría la garganta hasta llegar al hueso. El aterrorizado joven, casi un niño, de tez muy roja, sin asomo de bozo y miembros escuálidos, pareció entender las reglas, pues asintió con la cabeza, entre sollozos mudos y entrecortados. Idir lo alzó sin esfuerzo del suelo, con una sola mano, y le ordenó que les guiara a todos por el mejor camino, dirección sur. El imberbe conocía bien la zona, pues sin esfuerzo aparente, escogió siempre el terreno más firme, de modo que aunque dieron muchos giros extraños, que a veces parecían devolverles al lugar de partida, consiguieron llegar a la galera en mucho menos tiempo del que habían empleado en el trayecto de ida.

Cuando llegaron, la playa bullía en plena actividad. Por todas partes se veían marineros y galeotes afanándose en muy diversos trabajos: cortando tablones, calafateando, salando carnes, pescando... En medio de la vorágine, Mansur como siempre parecía multiplicarse dando órdenes, evaluando todas las faenas, repartiendo gruñidos de conformidad o pescozones de castigo. Cuando vio acercarse a Idir, abandonó la labor que en ese momento le ocupaba y se dirigió a su encuentro.

Antes de pronunciar una palabra, el arráez se arrodilló para examinar la extraña embarcación que Idir había remolcado por la arena sin esfuerzo aparente. La tocó, la olió, la midió, la pesó y después de cada operación gruñó complacido.

—Justo esto es lo que necesitamos para desplazarnos por este infierno de lodo. Aziz, Aziz. Fíjate bien en esto y constrúyeme al menos cinco iguales.

Mansur se mostraba contento y apoyó su mano en el hombro de Idir pidiéndole los detalles de la exploración. Idir se los dio, sorprendido ante lo que parecían muestras de afecto del arráez. Cuando escuchó atentamente los pormenores y los evaluó, su amo pareció tranquilizarse.

—Gracias a Dios que por el norte no cabe esperar ninguna amenaza, porque a poniente son varias las poblaciones de cristianos, algunas fuertemente amuralladas. La expedición que mandé a levante no ha regresado aún, así que por esa parte nada sabemos, pero este cautivo que has hecho, Idir, servirá para completar nuestra información. Dale de comer y de beber, deja que se confíe, descansad un rato, y después de la próxima oración me lo traes al entoldado para interrogarlo.

Idir se llevó al cautivo con él y lo ató a un árbol por la cintura, dejando sus manos libres para que pudiera comer y beber sin embarazo. El chaval aceptó desconfiado los alimentos que se le daban y comió lentamente sin apartar la vista de su captor. Cuando terminó con el pedazo de pan de bellota, Idir lo puso al tanto de su situación y de sus posibilidades de supervivencia en las próximas horas. El renegado sentía lastima por el zagal, que representaba la viva imagen del desamparo. Lo miraba y se veía a sí mismo no hace tanto tiempo, rodeado de enemigos, aterrorizado, sin saber qué deparaba el futuro, ni si habría de llegar vivo al día siguiente. En su interior tomó la determinación de ayudarle en lo que pudiera para salir del mal trance. Con buenas palabras le preguntó sobre él, su familia, su oficio y los alrededores. El cristiano, algo confortado con el tono amigable de Idir, respondió a todas sus preguntas, en un romance extraño que a veces a Idir le costaba entender.

—Me llamo José y nací hace catorce años, según me contaron, cuando mis padres venían de camino a estas tierras desde Galicia, con el séquito de don Juan de Lemos, que acudía a servir a los guzmanes, los dueños de todo lo que tenemos alrededor. Soy pescador y mariscador, y vivo en el arrabal de la villa de Huelva, que queda como a tres leguas de aquí hacia levante, donde se juntan los dos grandes ríos.

Llegada la hora de la oración, Idir se postró humildemente hacia levante y pronunció los ritos acostumbrados bajo la mirada atenta de José. Después se alzó, desató al muchacho y lo llevó a presencia de Mansur para continuar el interrogatorio.

Las preguntas del arráez fueron precisas y también las respuestas del mozo, que pese a su pavor, mostraba buen seso y, sobre todo, muchas ganas de conservar el pellejo.

—La villa de Huelva no está muy poblada. Yo vivo en el arrabal de los pescadores, extramuros, con mi padre. Mi madre y mis hermanos murieron hace años, cuando recorríamos la ruta de la Plata camino de esta tierra. Mi padre trabaja en las atarazanas pero yo no soy mañoso y me gusta más pescar y recorrer la marisma con mi bote... Sí, conozco bien las marismas. Hacia el norte se extienden muchas leguas, creo que yo nunca he llegado al final. Hacia poniente también, pero no tanto, aunque basta con franquear unas colinas muy bajas para llegar a otra marisma, no tan grande como esta, la del río Wadi Ana. Hacia levante también se extienden marismas, pero con menos pesca, pues el río de aguas rojas está endemoniado. Donde confluyen ese río y el Wadi Ur está Huelva... No sé si las murallas son fuertes o débiles, pues nunca he visto otras. Su altura será como de dos veces la de un hombre y su grosor... no me he fijado. Hay un alcázar, y soldados, pero no sé cuántos... Unos pocos... más o menos como vosotros, quiero decir, como vuestras mercedes. Usan lanzas y escudos, y ballestas como esas de ahí... En invierno los grandes botes de pesca se quedan varados, y solo los esquifes como el mío salen a pescar, muy cerca de la villa. Solo yo y otros pocos nos atrevemos a alejarnos, para recoger huevos de pájaros, pues en Huelva los nobles los pagan muy bien... Sí, mi padre me estará echando de menos. Pero no hará nada para buscarme. La mayor parte del tiempo está borracho. En cuanto gana algo de dinero en las atarazanas se lo gasta en vino. Está enfermo y casi no come. No ha de vivir mucho. Nunca se adaptó a estas tierras, y siempre habla de las vacas y los pastos y las lluvias de su tierra, como si aquí no lloviera nunca, y de volverse a Galicia, pero sé que nunca lo hará.

Y de esta forma siguió Mansur interrogando al mozo, hasta que reunió una información muy valiosa. Quedó un rato callado y después se alzó, cogió unas tenazas y de un rápido tirón arrancó la uña del dedo meñique izquierdo del desprevenido zagal, que prorrumpió en alaridos atroces y quedó medio desmayado de dolor en el suelo. Después agarrándolo de los cabellos lo levantó y puso su cara a la altura de la del mancebo, como ya Idir había visto que hacía en otras ocasiones: la táctica predilecta del arráez para aterrorizar. Lo miró fijamente y le dijo, mientras le mostraba las tenazas con las que aún aferraba la ensangrentada uña.

—Eres mío, perro. Vivirás si yo quiero que vivas. En cuanto la nave esté reparada, nos guiarás al lugar más apartado de esta marisma por el camino más seguro, lejos de lugares habitados. Si nos descubren, morirás entre dolores que no puedes ni imaginarte.

Dicho esto, mandó llamar a voces al herrero y ordenó que le colocaran a José unos grilletes al cuello, unidos a una larga cadena. Después mandó que al extremo de la cadena pusieran un grillete más pequeño, que ajustaron a la muñeca izquierda de Idir.

El renegado y el cristiano quedaron ligados por un abrazo de hierro. A punto de protestar, Idir recapacitó: llevaba el suficiente tiempo con Mansur como para saber que eso solo conduciría a un descalabro y quizás a una matadura grave, así que guardó silencio y esperó las instrucciones, que no tardaron en llegar.

—A partir de ahora no te separarás de este sietemesino. Si grita, si hace un fuego, si trata de huir, le cortas el cuello de inmediato. Si me fallas, serás tú el que muera.

13. INVERNADA EN LAS BOCAS DEL WADI UR

Pasaban los días mientras los hombres de Mansur, guiados por José, se abrían camino en la espesura. Conforme avanzaban, la selva, las enramadas y los cañaverales se iban apretando, hasta el punto de que en diversas ocasiones no cabía progresar ni un codo más con la galera. Pero como el cautivo había asegurado, pronto las lluvias hicieron subir el nivel de las aguas y el progreso se hizo de nuevo posible, aunque lento y penoso.

Con los aguaceros y la terrible humedad, enseguida los hombres empezaron a enfermar y a morir, y faltaron brazos, por lo que Mansur decidió que había llegado el momento de varar la nave. Guiado por José, durante dos días recorrió el arráez los alrededores, hasta dar con una isla medio seca donde crecía un paupérrimo bosquecillo que podía proporcionar leña y algo de cobijo.

Con sus últimas fuerzas, empujaron la galera hasta la isla, aprovechando un tremendo temporal que elevó muchísimo el nivel de las aguas, y allí la dejaron varada. Después descansaron durante dos días enteros, a la espera de que cesaran las lluvias.

Ya repuestos de su último esfuerzo, los hombres se dividieron en dos grupos: mientras unos se dedicaban a desarbolar la nave y prepararla para afrontar el invierno, otros construyeron con las velas, los aparejos y la poca madera disponible unas toscas chozas. En poco tiempo, se formó en la isla una pequeñísima aldehuela, donde los piratas habrían de pasar la estación más dura.

Siguieron semanas de lenta y monótona agonía. La lluvia incesante del otoño dio paso a un invierno gélido. Las fiebres y el mal de vientre seguían cobrándose su tributo en vidas. La comida cada vez escaseaba más. Ya no les quedaba nada de harina de bellota y había pasado el tiempo de las frutas y verduras silvestres. Solo la pesca abundaba, por lo que su dieta consistía principalmente en pescado, marisco y crustáceos, y de vez en cuando alguna ave salvaje, de las pocas que no habían emigrado al sur.

En la desolación del invierno en la marisma, pasaban muchas horas inactivos los tripulantes, dejando correr el tiempo, pese a que Mansur siempre trataba de idear nuevas formas de tenerlos ocupados: partidas de caza, cuadrillas de reparación de aparejos, o de cabuyería. También ponía empeño en que se cumplieran escrupulosamente los ritos del islam, las oraciones, el lavado ritual. Este año el cumplimiento del ramadán no exigió tanta penosidad, pues no disponían de mucho qué comer y la tentación resultaba fácil de vencer.

Para Idir, permanentemente atado a José, no existía otra ocupación que vigilar al cautivo. Al principio, esa presencia constante causaba al renegado un grave enojo, que pagaba con el muchacho pese a los buenos propósitos que se hizo al principio sobre darle buen trato. ¿Quién es el humano que está exento de contradicciones? Con frecuencia, malhumorado por volver a sentir en su carne los grilletes y la evidencia de su condición de esclavo, cuando se trababan, Idir le lanzaba una patada, o le daba un fuerte tirón de la cadena. Con ello la salud del cautivo se fue deteriorando; las llagas que le causaba la cadena se infectaron y empezaron a heder, sumando otra molestia más a las que ya padecía Idir. Sin embargo, no había desahogo de ira contra el chaval que no se volviera contra él mismo enseguida, con un pesar incómodo. Poco a poco, el buen natural de Idir y su sentido práctico fueron atenuando el enfado y el trato a José acabó mejorando. Era un pobre desgraciado y le costaba maltratarle. Además, si habría de tenerle siempre pegado a él, más le valía que el muchacho pudiera desplazarse por su propio pie. Alegando que el cautivo podría morir de la infección de sus llagas, Idir consiguió que Mansur aceptara sustituir el grillete del cuello por otro en la muñeca derecha.

José encajaba los golpes y los insultos sin queja ni protesta, apenas soltando algún gemido ahogado. Ni siquiera su mirada bovina dejaba entrever enojo o resentimiento, sino una especie de resignación animal. Una tarde en que se refugiaban de la lluvia torrencial bajo una de las balsas que habían aparejado los náufragos para navegar por la marisma, alrededor de un fuego que calentaba poco y que llenaba el breve espacio disponible de una humareda irrespirable, Idir se sobresaltó al oír la voz del muchacho.

—¿Vos, señor, no le tenéis miedo al infierno?

Al principio, no supo Idir si se trataba de una pregunta o una reflexión en voz alta que se hacía José. Después de un rato de silencio, el cautivo repitió la misma frase y quedó claro que pretendía iniciar una conversación.

Idir no contestó. Siguió mirando al fuego, mientras con un palo meneaba las brasas.

—Sois un renegado. Se ve. Me he dado cuenta por vuestro acento y por cómo os tratan los otros. ¿No teméis a los fuegos del infierno? Yo no puedo parar de pensar en eso. Sé que no me dejaréis vivo aquí, y que si me lleváis, habré de remar hasta morir en una galera. En toda esta costa se cuentan muchas historias de cautivos, de galeotes, de piratas. De los que se llevaron, la mayoría no ha vuelto. Pero algunos sí. Y esos hablan y hablan. De cómo sufrieron, de la maldad de los moros y de la cobardía de los renegados, que sin miedo a perder su alma negaron a Cristo. Y de cómo varios de esos tornadizos se hicieron ricos en las ciudades del África hasta tener sus propias naves y tripulaciones, convirtiéndose en los peores enemigos de los cristianos, pues conocen bien las tierras que asaltan. Esta costa fue saqueada durante años por un renegado de Niebla a quien todos, moros y cristianos, conocían por El Pupas, hasta que fue finalmente apresado por las tropas del conde y ahorcado en Lepe. Así que no dejo de pensar en la manera de salir de este aprieto, en si debo renegar yo también y vivir más, aunque sea arriesgado. Pero temo al infierno. Si tengo que morir, prefiero que sea rápido. El dolor me espanta, pero no sé cuál es más malo, si el del tormento o el que me esperaría después del Juicio, si muero en pecado mortal.

Idir escuchaba al muchacho y aunque ya era un hombre, parecía que por boca del chaval hablaba su propio corazón. Idénticas dudas le asaltaban continuamente. ¿Perdería su alma? ¿Penaría en el infierno por toda la eternidad? ¿No sería este desgraciado una nueva oportunidad que le daba Dios para salvarse? A veces se despertaba en plena noche, acosado por las pesadillas. En sus sueños, se reproducían nítidamente las imágenes que había visto de niño, pintadas en las paredes de las iglesias de Córdoba, con tormentos infligidos a los pecadores. Demonios alados desgarraban sus carnes con las uñas y mordían sus pechos con dientes afilados. Otros se entretenían destripando herejes y volviéndolos a componer para iniciar de nuevo el tormento, una y otra vez. Las miradas de los penados reflejaban el terror, el arrepentimiento y un terrible dolor. Recordaba entonces, desvelado en plena noche, las admoniciones de los frailes que alertaban sobre los ficticios goces terrenales y sus consecuencias: «*Pensad en aquello que os cause más placer, lo que sea, pues cien veces eso, mil veces, pero transformado en dolor, será lo que en la otra vida recibiréis como justa retribución por todos los placeres ilícitos de los que en esta vida gocéis*». Y recordaba asimismo la prueba de la vela que los monjes hacían a todos los críos a los que enseñaban las primeras letras. Les cogían la mano y, durante un periodo muy breve, acercaban la palma a la llama «*¿Ves lo que duele, ves lo que quema?, mira tu piel, enrojecida, y ha sido solo un momento. Pues imagina este dolor, pero multiplicado como mil veces mil, durante toda la eternidad*».

Y ahora escuchaba a José debatirse presa de las mismas dudas que un día le asaltaron a él y que todavía le acosaban, casi cada noche, cuando antes de dormirse sentía sobre él la mirada de Dios, acusadora, iracunda, decepcionada, amenazante.

Fuera del perímetro de la barcaza, la lluvia tendía un manto impenetrable. Los bastos muretes de contención que habían tendido para evitar las escorrentías empezaban a vencerse y los remolinos de viento salpicaban continuamente a los hombres cobijados bajo el casco de madera. Idir seguía sin decir palabra, pero el verbo de José, después de semanas sin hablar, parecía haber roto un dique interior y ahora se vertía incontenible, pasando de una cosa a otra y contando mil historias deslavazadas.

—Mi padre cuenta que se vino de Galicia porque allí había mucha hambre y los hijos se le morían uno tras otro, y también las mujeres de malos partos. Por eso un día hizo lo que muchos y se enganchó en la recua de un noble que se venía al sur en busca de mejores tierras. Tenía entonces mujer y tres hijos todavía sanos, a los que no quería ver morir. Yo no había nacido, pero me contó ese viaje tantas veces que me parece haberlo recorrido yo mismo: los puertos atravesados en medio de la nieve, los ataques de los lobos, de los bandidos, los muertos. El más pequeño de los hijos se le murió al poco de salir de Galicia, mientras bajaban de los puertos rumbo a León. Se lo llevó un jabalí, u otra alimaña, nunca se supo, pues aprovechó un descuido de mi madre, que apenas pudo entreverla. En León estuvieron largo tiempo recuperándose, pero pasaron mucha hambre, porque era pleno invierno y todo estaba nevado. Allí murieron mis otros hermanos, cuyos nombres nunca supe. Mi madre se volvió medio loca y andaba muy debilitada por las penurias del viaje y los disgustos, y ya preñada de mí. Eso debió darle algún vigor, pues todavía aguantó hasta que la recua bajaba el puerto de Béjar. Allí, en medio de las nieves, nací yo y murió mi madre. Mi padre se desentendió de mí, y de seguro hubiera muerto si un alma buena, otra mujer de la recua, no se hubiera apiadado. Me alimentó con su leche, me cuidó, me calentó con su cuerpo y sus harapos, y de milagro pude sobrevivir. Cuando llegamos a Huelva, pasé mi infancia con esa buena mujer y su familia, hasta que todos enfermaron y murieron de pestes, cuando yo tenía seis años. Entonces el alcaide mandó que volviera con mi padre, que se había afincado en el arrabal de los pescadores y ganaba sus jornales en las atarazanas, pocos, porque estaba enfermo de pena negra y todos los dineros que caían en sus manos los gastaba en vino. Desde entonces yo cuido más de él que él de mí, que aunque estoy mermado de fuerzas, soy avispado y desde zagal me busco yo mismo el sustento y el de mi padre, con mil quehaceres de ganapán. Y si falta la faena, siempre encuentro algo que llevarme a la boca, pescando, mariscando o tendiendo lazos por la marisma, lo justo para no morirme de hambre.

Idir contemplaba al niño, tan menesteroso y corrido que parecía un pequeño anciano, y recordaba una noche invernal como esa, tiempo atrás, solo unos años, pero que parecían ciento, en que, recién capturado, le abrió su alma a Antón y le habló de sus orígenes, de sus miedos... Antón, el alfaqueque. Reparaba ahora en el bien que le hizo su sola presencia y recordó sus torpes cuidados, que evitaron su muerte, muy cerca entonces de él por las muchas y malas heridas que le infligieron los moros de Mansur en Aznalmara. La voz de José, que seguía hablando sin parar, le atrapó de nuevo.

—Me gusta ser pescador y me gusta esta tierra. No he conocido otra. Pero mi padre me cuenta que más al norte, muy al norte, las cosas son diferentes. Que no hay moros enemigos, ni hace tanta calor, aunque la gente se muere de hambre, porque la tierra es mala, no como aquí. Por eso será que a pesar de los moros y los peligros, cada año son miles los que abandonan aquella tierra verde y pobre y se vienen aquí… ¿Voy a morir, verdad? ¿Qué vais a hacer conmigo? Sé que voy a morir. Tengo miedo. Hablo con Dios, le llamo. No sé si me escucha, yo le hablo, y solo hablarle me hace bien.

Idir hubiera querido decirle algo, pero no encontraba palabras. Se limitó a ponerle la mano en el hombro y a permitirse dar al chaval una mirada de ternura que también le calentó a él mismo. Ese simple gesto de amistad bastó para conmover al muchacho hasta las lágrimas, y empezó a derramar un torrente de ellas, llenándose la cara con surcos de churretes. El renegado lo atrajo hacía sí y lo abrazó, igualmente ablandado, porque se daba cuenta de las pocas ocasiones en su vida que había tenido oportunidad de mostrar afecto, y se acordó ahora de sus hijos, arrebatados casi sin llegar a sentirlos, y a punto estuvo de romper a llorar él mismo, cuando de nuevo la voz del muchacho distrajo su atención.

—El señor de estas tierras nunca aparece por aquí. Anda en la frontera descabezando moros, pues dicen que es muy bravo y batallador. Aquí manda el alcaide, que recoge los pechos y aplica la ley. Su mano es dura y varias veces ha estado cerca de cortarme las orejas por pecadillos sin importancia. Pero al final siempre he logrado escaparme, seguramente porque piensa que no merece la pena molestar y pagar al verdugo para corregir a un zagal de poca valía como yo, aunque una vez que pasaba por el arrabal en su caballo, como me viera, lanzó una patada sin bajarse de la montura que me descabalgó dos dientes.

José hablaba y hablaba y la lluvia no paraba de caer. Idir hacía tiempo que había dejado de escucharle y seguía sumido en sus propios miedos y dudas. Veía al mozo y se contemplaba a sí mismo, hacía no tanto tiempo. Luchando por subsistir, ignorante, sin familia en la que ampararse, en medio de lobos. Solo el temor a la muerte conseguía que zagales como ellos siguieran adelante esquivando las trampas de la parca, las plagas, los moros, el hambre, las alimañas… Cuando lo pensaba y recordaba a los que murieron a su lado, se maravillaba de seguir vivo, cuando tanto le había rondado la muerte. Ahora se encontraba en ese lugar perdido e inhóspito, junto a un zagal que seguramente no vería la primavera, ligado a él por una doble cadena, una de hierro y otra de compasión. Y en su pecho se afincaba cada vez con más fuerza el anhelo de que José viviera, de que como él mismo hizo un día no tan lejano, saliera adelante, moro o cristiano, pero vivo.

La vida, siempre penosa en la marisma, en invierno resultaba un suplicio. Nada se secaba, pues el agua y la humedad rezumaban por todas partes. Los pulmones enfermaban y todos andaban con toses y esputos. Las heridas no sanaban y hasta el más leve arañazo de unos juncos podía convertirse en una herida mortal. Cuando los días se acortaban y llegaban los fríos y la lluvia constante, la marisma quedaba medio despoblada de animales comestibles y la pesca se volvía más difícil. No cabe describir con detalle las mil penurias que enfrentaron los hombres de Mansur, que seguramente hubieran dejado allí sus huesos de no haber contado con la energía inagotable del arráez. Mansur no enfermaba nunca, ni se agotaba, casi no dormía, comía muy poco ¿De dónde sacaba esa energía inagotable? Nadie lo sabía, por eso su figura se agrandaba a ojos de sus hombres y se revestía con una autoridad sobrenatural, pues resultaba notorio que sobrevivían gracias a él y que solo él era capaz de sacarlos de allí para regresar a Salé.

Por fin un día se vieron bandadas de pájaros volando hacia el norte. Las jornadas se fueron alargando y las aguas bajaron poco a poco de nivel. Con el aire primaveral, que se iba haciendo más respirable, llegaron mejores alimentos, los hombres recobraron fuerzas y ánimo, y empezaron a aparejar la galera que habría de sacarlos de las marismas. Durante todo el invierno la principal preocupación de Mansur había sido reparar la nave y sus esfuerzos dieron fruto: aunque la galera distaba mucho de presentar condiciones óptimas, las vías de aguas estaban cerradas y los peores desperfectos reparados. Habían conseguido reponer casi todos los aparejos y velas, aunque estas lucieran multitud de costurones y parches. Pero los principales temores de Mansur ahora no recaían sobre la nave, sino sobre sus tripulantes. Pocos hombres le quedaban, los imprescindibles para navegar. Si aumentaban las bajas, no habría manera de escapar. Para evitarlo, quería hacerse a la mar lo antes posible, en cuanto apuntara la primavera, cuando el nivel de la inundación permitiera todavía una salida rápida de ese laberinto de canales e islas. Los pájaros le indicaban que había llegado el momento de partir.

Con renovadas esperanzas, los hombres pusieron a flote la galera y empuñaron los remos. Galeotes no quedaba ninguno; todos fueron muriendo a lo largo del invierno, por lo que nadie se libró de los remos: solo Mansur, que empuñaba el timón, y a su lado José, que le indicaba la ruta, como siempre ligado a Idir por la cadena de hierro que se había convertido en una parte más de la anatomía de ambos.

Siguiendo las indicaciones del muchacho y gracias a la fuerte corriente y al elevado nivel de la aguas, Mansur consiguió propulsar la galera a buena velocidad. De vez en cuando encallaban en un banco de arenas, o en un marjal, y entonces debían echarse al agua y tender sirgas para desembarazar la nave. Otras veces ni siquiera el ojo experto del zagal pudo impedir que se equivocaran de canal, y poco a poco iban perdiendo calado hasta quedar embarrancados de nuevo, y vuelta a empezar. Así era la marisma, cambiante, traicionera: no podían preverse sus caprichos, pues donde ayer corría un caño caudaloso hoy solo quedaba un fangal.

Después de una semana de viaje, José por fin divisó el mar desde lo alto del palo de la mayor. Aún se encontraban lejos y había de hallarse un camino franco, pero lo tenían al alcance, lo podían oler. Aquí los vientos soplaban ya más fuertes y las aguas eran muy salobres, aunque todavía potables. En medio del entusiasmo general, Mansur consideró llegado el momento de dar un descanso a sus hombres y ordenó varar en una isla cubierta de pinos, donde hallaron madera y algo de caza.

La noche clarísima, despejada de nubes, aparecía iluminada por una luna casi llena. Los hombres de Mansur, después de dar cuenta de un festín de patos y de huevos, dormían profundamente, dispersos alrededor de la galera. Idir se despertó al sentir que alguien le sacudía el hombro suavemente primero, y después con más fuerza.

—Idir, Idir, despertad. No hagáis ruido y escuchadme. Mañana podemos llegar al mar; conozco bien el camino. Muy cerca de aquí hay una torre, donde suele haber guarnición de hombres del conde para evitar que los piratas remonten la ría. Os he traído lo más cerca posible de ella, porque quiero fugarme y que vengáis conmigo. Ya no tenéis escapatoria, no podréis volver atrás sin que os vean; posiblemente nos hayan localizado ya. ¡Huid conmigo! ¡Volved con los vuestros! Os hicisteis moro por obligación, yo se lo diré a todos, venid conmigo a Huelva. Si nos vamos ahora nadie nos podrá encontrar en los pantanos y antes de que se haga de día alcanzaremos la torre. Y mañana por la tarde todos estos moros colgarán en horcas…

Idir silenció a José poniéndole bruscamente la mano en la boca. El tintineo de las cadenas hizo que uno de los moros que dormían cerca se sobresaltara, pero sin llegar a despertarse. Con cuidado, Idir levantaó a José, indicándole que permaneciera en silencio, y juntos se alejaron de los moros durmientes y de los dos que hacían guardia al lado de la nave, que miraban hacia el canal y andaban descuidados, sumidos en sus ensoñaciones. Se internaron en la espesura de la isla y cuando se hallaron lo bastante lejos, Idir arrojó al suelo a José y empezó a golpearle con la misma cadena que los unía, insultándole en voz baja, llamándole insensato y temerario.

—No me matéis, señor, no me matéis. Solo quiero volver con los míos, vivir siendo cristiano y vos podéis venir conmigo. ¿Es que no lo veis? Vais a arder en el infierno si seguís con los moros, vais a perder vuestra alma. Estáis en pecado mortal. Si venís conmigo yo diré a todo el mundo que me salvasteis. O, mejor aún, contaremos que los dos estábamos prisioneros de los moros y que nunca dejasteis de ser cristiano. Con esta cadena no será difícil de creer…

Con un fuerte tirón de la cadena, Idir hizo que José callara de nuevo. Su mente era un torbellino. Una parte de él quería escapar con el muchacho, volver a tierra cristiana… Pero tenía miedo, miedo de su circuncisión, de ser reconocido como pirata, de ser sometido a tormento para confesar… Pero sobre todo temía a Mansur, que parecía saberlo todo, adivinarlo todo. Seguro que ahora mismo se escondía por allí, escuchando, pendiente de la respuesta que le daba al cristiano traidor.

Durante más de una hora dudó Idir, presa de un hiriente desasosiego, hasta que finalmente su temor a Mansur y al tormento pesó más que sus deseos de volver a tierra cristiana. Con su mano libre agarrotó el cuello del muchacho y con voz muy baja, despaciosamente, le dijo:

—No vamos a ninguna parte; regresaremos silenciosamente a la galera, para despertar a Mansur y alertarle de la presencia de los cristianos. Si quieres seguir con vida, más te vale que la galera se encuentre franca en aguas marinas antes de que se haga de día, porque de lo contrario yo mismo te cortaré el cuello.

El sol apuntaba ya en el horizonte por detrás de la torre cuando la galera pasó por el lado opuesto de la ría, lo más alejada posible de los proyectiles que empezaron inmediatamente a lanzarle desde las almenas. Mansur ordenó entonces toda marcha y la galera enfiló el mar después del último recodo del río. Ya se veían todos libres y se regocijaban, cuando apareció por la proa una galera cristiana. Mansur empleó unos segundos en decidir: con viento y corriente favorable y frente a una nave cristiana de escaso porte podía arriesgarse, por ello le puso la proa y ordenó bogar más fuerte. Cuando los cristianos comprendieron la intención del pirata ya era demasiado tarde para evitar la colisión. El patrón de la nave cristiana debía ser novato, pues en lugar de procurar un impacto de proa, ordenó virar, exponiendo todo el casco al espolón de los piratas. Un estallido de maderas y de gritos siguió al choque. La inercia hizo que durante varios codos las naves navegaran abrazadas, pero mientras que el casco de la mora se elevaba, el de la cristiana se hundía y se escoraba, y hubiera zozobrado allí mismo de no estar sustentada por el puño de hierro de la otra. Mansur ordenó entonces marcha atrás y en pocas remadas, el espolón quedó franco y su galera puso de nuevo rumbo al mar.

Desde la nave cristiana no les venía ya amenaza alguna, porque en ella todos buscaban la manera de salvar la vida. Sin embargo desde la torre seguían hostigándoles con virotes y flechas, aunque pocos de ellos llegaban a tocar la nave. Ya se veía Idir libre de la amenaza, cuando de repente sintió un fuerte tirón de la cadena. José, desesperado por el curso de los acontecimientos, viéndose ya esclavo en África, saltó por la borda y a punto estuvo de arrastrar con él a Idir, que pudo en el último momento agarrarse a un cabo, aunque quedó con medio cuerpo fuera de la nave, como un crucificado, con un brazo mirando al agua, desde donde tiraba de él el peso de José, colgado en el aire y sin parar de gritar, pateando en el vacío, y el otro brazo agarrado al cabo de nave. Si se soltaba, caerían los dos al agua y se ahogarían sin remedio. Ese parecía ser su destino, porque nadie acudía en su auxilio y las fuerzas se le acababan. Fue Mansur el que agarró un sable de abordaje y empezó a tirar de Idir, lo alzó a distancia suficiente y cercenó de un solo tajo, limpiamente, el brazo de José, que se hundió en las aguas de la ría con un chillido de pánico. Al perder el contrapeso, Idir y Mansur cayeron en las tablas del puente, uno sobre otro, en una extraña madeja. De repente Mansur estalló en carcajadas. En su confusión, tardó un tiempo Idir en reparar en lo que hacía reír al arráez: el otro lado de la cadena aferraba todavía el brazo derecho de José.

—Tu amigo no se quiere separar de ti—, dijo Mansur entre carcajadas.

Chanza para el arráez, espanto para Idir. Con José se hundía en el mar una parte de sí mismo, un atisbo de esperanza sepultada para siempre, ahogada por una fuerza que constantemente le superaba. Tanto esfuerzo para nada: no había podido salvar al tozudo zagal, que había tenido más valor que él. Desde entonces, su recuerdo era una llama y un reproche. Durante muchas noches seguidas, seguiría preguntándose si no debía haber aprovechado la oportunidad de escapar con el muchacho, de volver a su antigua vida, al calor de la cristiandad. Antón, José, Juana, sus hijos… la vida no le dejaba madurar lazos humanos, todos morían o se perdían a su alrededor mientras él, sin saber por qué, seguía vivo y sintiéndose culpable por renegado y por cobarde.

14. EL GALEOTE

Después de los malos pasos en los Algarbes y de la terrible invernada en las bocas del Wadi Ur, cuando la tripulación de Mansur avistó de nuevo el perfil inequívoco de la roca de Gibraltar estalló en vítores al arráez. Tal como llegaron al puerto, todos se echaron a tierra dando gracias a Dios.

Nada sacaron de esa correría. Por añadidura, Mansur había perdido a todos los galeotes y a buena parte de la tripulación, pero pronto las peripecias del arráez se comentaron por la Roca y desde todas partes les llegaban a sus hombres invitaciones para comer, a cambio de que relataran en primera persona tan señalados hechos de guerra. Con ello creció la fama de Mansur, sobre todo porque los relatos, tal como se divulgaban, se aderezaban con nuevas anécdotas e hipérboles muy sabrosas que solo existían en la imaginación de los narradores.

Lo que había sido un mal negocio y una fuente de penurias, acabó convirtiéndose en un gran impulso para las actividades comerciales y piráticas de Mansur. Su crédito, antes muy limitado, su mostraba ahora casi inagotable y acudían a él de todas partes inversores que querían poner capital en su empresa, y tripulantes para equipar de nuevo sus naves. Sin necesidad de ir a Salé, Mansur pudo en pocas semanas armar dos galeras para empezar la temporada en aguas del estrecho.

Y esa temporada fue la mejor; la ventura, antes esquiva, parecía sonreír ahora de continuo al arráez. Hicieron grandes presas y los dineros alcanzaron a todos. Además, Mansur confiaba cada vez más en Idir, aunque no por ello se libraba el mozo de bogar ocasionalmente, o del mal carácter del arráez, que cuando estallaba no hacía distingos entre unos u otros y acababa perjudicando a quien pillara más próximo.

Después de tantos éxitos, regresaron a invernar a Salé, esta vez en condiciones completamente diferentes a las del año anterior. Por fin un invierno tranquilo que el renegado empleó, sobre todo, en visitar las tabernas y las mancebías del puerto en compañía de sus amigos andalusíes, hasta que llegara la hora de hacerse de nuevo a la mar.

En estos negocios pasó Idir sus años entre los piratas berberiscos, haciendo buena cosecha de presas por muchas aguas, costas e islas, con poco riesgo y gran arrogancia, por el predominio absoluto del que disfrutaban entonces las flotas del islam. Su suerte en estos años resultó dispar, aunque generalmente bajo el signo de la buena fortuna, porque no recibió cortes o lanzadas graves, aunque sí muchas mataduras menores y rozaduras de todo tipo. Solo una vez se vio al borde de la muerte, cuando durante un abordaje un marsellés por poco le revienta la cabeza de un mazazo. Su cuerpo se fortaleció por el continuo ejercicio; en los barcos, ya se encuentren en la mar o en puerto, nunca falta la faena: incontables maniobras, reparaciones y adobamientos se precisan para que la nave cumpla su cometido con seguridad. Por añadidura, en no pocas ocasiones se vio obligado a remar con los galeotes, y esta actividad del remo, cuando no se lleva la vida por exceso y viene acompañada de buena alimentación, deja los músculos duros como la piedra. De tanto permanecer bajo el sol su piel se volvió casi negra y extremadamente dura, sobre todo en la parte de los pies, que siempre llevaba descalzos, y de las manos, de tanta boga y jalar de sogas. Todavía lozano y en plena posesión de su vigor, esta tregua que le concedía la vida le hacía sentirse contento. Ya rara vez echaba de menos Castilla y sus maneras. Tantos peligros y penurias pasadas le disponían para conformarse con su ventura, viéndose ya moro de por vida. De tanto andar entre moros y renegados, iba transformándose su condición y quedaban más y más enterradas las alarmas de su conciencia. Poco a poco su interior le acercaba a convertirse de verdad en un moro más, en pensamientos y costumbres, en su manera de estar sobre esta tierra. No sabía que el hado, contra el que no hay refugio, le preparaba todavía más mudanzas.

Nuevamente llegó el tiempo de hacerse a la mar. Nuevamente siguió a Mansur. Cada vez más cerca de pagar su liberación, llevaban varios días navegando al largo entre Tarifa y Tánger, a la busca de presas, cuando avistaron una nave negra y voluminosa. Su aspecto lento y pesado, y su forma como de arrastrarse sobre el azul intenso y aterciopelado de las aguas del Atlántico, les confundió. En su casco, muy ancho, no se apreciaban orificios para los remos. Se propulsaba con una sola y enorme vela blanca de paño, en la que aparecía dibujada una cruz de malta, lo que suponía, a la vez, provocación y señuelo. Ninguno había visto antes una nave de esa clase, por lo que se acercaron prudentes al principio, a remo y a distancia suficiente para observarla con detenimiento. Como iba de ceñida, su navegar progresaba parsimonioso y oscilante. Se veían pocas almas en la cubierta central. La nave ostentaba dos castillos, uno a proa y otro a popa, otra rareza y seguramente indicio de una bodega repleta. Del castillete de popa colgaba la odiada enseña del duque de Medina Sidonia, señor de casi toda la costa atlántica andaluza, amo de los atunes y gran enemigo de los musulmanes. Parecía presa fácil, pero aun así el arráez desconfiaba: le parecía anómalo que tan experto guerrero de la frontera osara navegar por aquellas aguas con una nave cargada de riquezas y sin defensa aparente. Consultó con sus tripulantes más curtidos, pero ninguno había visto antes nada parecido ni sabía cómo actuar.

La nave cristiana viró en dirección norte. Parecía que trataba de huir. Con el viento de poniente ahora de través, ganaría el puerto de Tarifa en pocas horas. Si no querían perderla, había que decidirse. Al cabo Mansur dio la orden y, entre vítores y juramentos, la tripulación se puso en zafarrancho de combate y se largó la mayor para que cogiera cuanto viento pudiera. Como otras veces, el contramaestre ordenó a Idir y a otros renegados que se pusieran al remo en los huecos que habían dejado libres los galeotes muertos. Como uno acababa de morir extenuado, el contramaestre entregó a Idir las ganzúas para liberarlo y le dio orden de arrojar su cuerpo al mar y ocupar su puesto en el banco.

Propulsada a toda velocidad, la galera de Mansur persiguió durante millas la extraña presa sin conseguir acercársele. El viento ayudaba a la nave cristiana que, de través, no resultaba tan lenta. En la boca del estrecho los cristianos dieron un bordo para entrar en el puerto de Tarifa por el norte. Esta maniobra le pareció al arráez una torpeza de marino poco avezado, pero no despertó sus sospechas. La nave cristiana se encontraba ahora a merced de la galera, que después de cobrar la mayor se dirigía directamente a su presa con toda la fuerza de sus remos. Desde la cubierta de popa, el arráez arengaba a los suyos con versículos del Corán para llevar el valor y la confianza a sus corazones. Pronto la tuvieron a tiro de ballesta. Mansur ordenó el abordaje por estribor. Ya se disponían los gancheros a lanzar los garfios cuando un resplandor rojizo seguido de gran estruendo hizo temblar hasta las entrañas de la nave pirata, escorada por el movimiento hasta casi zozobrar.

Los alaridos de dolor no dejaban oír las órdenes del arráez. El humo no permitía ver nada. Al primer estallido siguieron otros tres más que sembraron de fuego y muerte el puente de la galera. Por todas partes se veían miembros despedazados y por el maderamen resbalaba la sangre. Mansur colgaba muerto del aparejo del timón: un cuadrillo emplumado le atravesaba el cráneo de parte a parte. Los galeotes cristianos gritaban de alegría y clamaban «Cristo», «Cristo», hasta que una nueva ola de fuego penetró por los imbornales acabando con todos ellos.

Pocos debían de quedar vivos a bordo de la galera. No obstante, la nave cristiana no se acercaba todavía. Siguió dando bordos y mandando, ahora más espaciados, sus fulgores de muerte. Cuando cesó todo ruido, el silencio que se hizo resultaba extraño, solo vencido por el rumor del mar y los quejidos de los moribundos. Idir se encontraba medio enterrado por cuerdas y lienzos, todavía sentado en el banco de los galeotes. Mientras se disipaba el humo iba recuperando conciencia de sí y de la situación, buscando alrededor señales de vida, pero todos parecían muertos. Se giró para salir de la enredadera de esparto donde quedó enclaustrado y casi se desmaya por el dolor. Tenía una gran astilla clavada en su costado, poco arriba de la cadera. Entre sueños, le pareció entrever la sombra negra de la galera que se acercaba. Comprendió entonces la tesitura y de nuevo se vio perdido, condenado al sufrimiento del remo, esta vez en una galera cristiana. De ser capturado con vida, en una fusta de piratas y con ropajes moros, esa sería sin duda su suerte, si no otra peor. Sin mucho tiempo para pensarlo, como por instinto, con sus escasas fuerzas se quitó las ropas quedándose tan solo con el taparrabos. Arrancó los harapos del cadáver de un galeote, se los puso con dificultad, se sentó en el banco y se dejó caer sobre el remo. Con una astilla se hizo como pudo unos grandes arañazos en los brazos, en los muslos, en los costados y en la espalda, simulando latigazos frescos que se añadían a los muchos que ya lucía cicatrizados, y con la ayuda de la ganzúa que le había proporcionado el contramaestre, ajustó su pie a una de las anillas de hierro con la que se sujetaba a los remeros. Oyó un choque y el retumbar de pisadas en cubierta. Alguien se acercaba mientras Idir gimía «Cristo», «Cristo», con un hilo de voz, hasta que con poco esfuerzo fingió hallarse medio inconsciente y delirante.

SEGUNDA PARTE

VEJER

1. PROCESO EN VEJER 1449

PRIMER INTERROGATORIO

En el nombre de Dios, el Padre, su Hijo, Cristo, y el Espíritu Santo, que son un solo Dios. Siendo el 9 de junio de 1449, en la villa de Vejer, de la que es señor don Juan Alonso Pérez de Guzmán, Duque de Medina Sidonia, cuya gloria sea exaltada y su justicia aumentada, caballero devoto y esforzado, terror de los enemigos de la verdadera fe católica.

Yo, Alvar Díaz Fajardo, escribano de la villa, actuando en nombre del alcaide y siguiendo sus instrucciones, recibí juramento en forma de Derecho de quien dice llamarse Pedro de Córdoba, quien dice ignorar el lugar y el momento de su nacimiento, aunque cree que fue hace XXIV o XXV años, que fue hallado medio muerto encadenado a un remo en una galera mora que asolaba las aguas del duque, y que fue tomada en justa lid, gracias a la intercesión de Nuestra Señora, la Virgen de la Oliva, cuyo nombre ostenta la nave que la capturó.

El susodicho Pedro de Córdoba fue desembarcado en la rada del río Barbate, donde fue atendido por los monjes trinitarios que allí moran en procura de la salvación de los cuerpos y de las almas de los cautivos rescatados de manos de los moros y otros africanos.

Que tan pronto como el rescatado pudo sostenerse en pie, fue traído a esta villa, al objeto de evacuar las correspondientes diligencias de comprobación, tendentes a acreditar su identidad e intenciones, en prevención de que pudiera tratarse de un espía o un tornadizo con culpas que reparar ante Dios y los cristianos. Diligencias que, una vez practicadas, arrojan como resultado lo siguiente:

Preguntado sobre las razones por las que se hallaba a bordo de una nave de moros desleales de Cristo y con gente enemiga de su Ley, el interrogado responde que penaba allí contra su voluntad en calidad de cautivo. Que llevaba muchos meses, cuyo número no puede precisar por haber perdido a bordo la noción del tiempo, remando como galeote en esa nave, en el curso de los cuales fue objeto de muchas maldades por parte de los enemigos de Dios, la menor de las cuales fue la de bogar sin descanso, recibiendo a cambio poca comida y numerosos palos, en prueba de lo cual muestra su espalda que aparece, en efecto, surcada de múltiples cicatrices y magulladuras, nuevas y antiguas.

Que preguntado por las circunstancias de tiempo y de lugar donde cayó en cautividad, afirma que era ballestero en la hueste que el conde de Arcos, don Pedro Ponce de León, tenía acantonada en la villa de Aznalmara, bajo el mando del alcaide don Enrique Yáñez, a quien sirvió en buena ley como Dios le dio a entender desde el año de nuestro Señor de 1438 hasta el momento de su captura en el invierno de 1446. Que con él hizo mucha guerra guerreada en tierra de moros, sobre todo en la zona de Ronda, aunque en ocasiones llegó a correr también la Vega de Málaga, la comarca de Priego en ayuda de la milicia concejil de Morón, e incluso los pasos de Sierra Mágina, en busca de botines o de que Dios le concediera durante la batalla una muerte cristiana.

Que moraba en la villa de Aznalmara, donde acudió como repoblador a cambio de ciertas mercedes y privilegios, de los que son habituales en tales casos y que no resulta necesario reproducir aquí. Que en el año de nuestro Señor de 1446, por el mes de enero, llegó una hueste de moros no granadinos, de una clase que no había visto jamás, y que después supo que eran unos turcos y otros bereberes de muy al sur, de por una zona de un gran río al que llaman Sus. Que casi ninguno de ellos hablaba romance, ni alárabe, ni ninguna de las lenguas al uso en estos Reinos. Que llegaron los enemigos de Cristo por sorpresa y muy de mañana al caserío de Aznalmara, cuyos habitantes no estaban prevenidos, y causaron grande daño, poniendo fuego a las moradas y talando las huertas. Muchos moradores murieron en la refriega o fueron cautivados, pero unos pocos se ampararon en el castillo de la villa, que quedó sitiado durante varias semanas.

Que su señor don Enrique se negó a rendir la plaza, pese a los insistentes requerimientos de los moros, que usaban con los cautivos crueldades nunca vistas para amedrentar a los sitiados. Que con el transcurso de los días, ante la falta de víveres y de leña, y de agua, los sitiados, muy debilitados, fueron muriendo de fiebres y de flujo de vientre. Que cuando ya no cabía esperanza de socorro, algunos se quitaron la vida, Dios les perdone. Que él quedó de los últimos vivos en la fortaleza, pero que no quiso seguir el ejemplo de los suicidas por ser grande pecado contra la Ley de Dios el arrancarse uno mismo el alma del cuerpo. Cuando asaltaron los herejes el alcázar ya nadie tuvo fuerzas para oponerse. Entrados los moros en la villa, le dieron numerosos golpes que lo dejaron malherido e inconsciente.

Que cuando despertó estaba atado a lomos de una mula, parte de una recua con la que los sarracenos andaban por veredas de monte. Que la caravana llegó dos días después a la desembocadura del Río Guadiaro, donde esperaba la galera de autos. Que la galera le llevó a Gibraltar, donde estuvo a punto de ser vendido como esclavo, pero como eran tantos los cristianos cautivados, y tan bajo el precio de los esclavos en esa plaza, el mismo arráez que lo capturó lo guardó para sí, destinándole a bogar en su galera mientras tuviera vigor. Que lo encadenaron desde entonces al remo y allí, navegando cuando era temporada por aguas del Estrecho y sus alrededores, comprendió lo que era verdaderamente sufrir, pues nunca creyó posible que existiera un dolor y un escarnio tan extremos: torturado por la sed, con las manos y las espaldas llagadas, sin poder dormir o siquiera descansar. Dice haber de esta forma navegado hacia el Este hasta las proximidades del cabo de las Tres Forcas. Por el oeste afirma haber descendido hasta Anfa, e incluso más al sur, aunque alega no poder precisar hasta dónde, por desconocer esos mares. Que en el curso de su cautiverio, asistió a muchas refriegas entre la nave de los moros donde padecía encadenado y las de cristianos que se encontraban por el mar. Que siempre deseó que la victoria fuera para los cristianos, por ser de justicia y para encontrar así ocasión de liberarse, pues es consabido que cuando una nave cristiana captura una embarcación enemiga, los cristianos de esta quedan libres, mientras que los moros y los renegados se convierten en galeotes. Que una tras otra se sucedían las batallas, pero que nunca nave cristiana alguna, por poderosa que fuese, logró imponerse a la del arráez Mansur, donde él bogaba, pues era reputado entre los suyos como muy feroz y perito en las cosas de la mar y del corso. Que padeció largos meses, hasta que por gracia de nuestro Señor fue rescatado, cuando ya no conservaba ninguna esperanza y llegaba al límite de sus fuerzas, por las tropas del duque de Medina Sidonia, embarcadas en una nave que les asaltó en fecha que no puede precisar.

Preguntado sobre si se mantuvo cristiano todo el tiempo o si por el contrario abrazó la falsa secta de Mahoma, el susodicho afirma creer en Dios, en la Trinidad y ser miembro fiel de la Iglesia romana. Que en todo el tiempo que duró su cautiverio se encomendó a Dios, sin perder la esperanza de que le rescataran, como ha ocurrido, de las garras de los paganos enemigos de la Cruz. Que pese a que le ofrecieron en repetidas ocasiones la mejora de su condición a cambio de renegar de su fe, nunca lo hizo, por miedo a la pérdida segura de su alma, y sabedor de que el martirio resulta grato a los ojos del Altísimo.

Que preguntando entonces sobre la circunstancia de que la inspección realizada en sus carnes demuestra que presenta signos de circuncisión, el interrogado alega que fue circuncidado contra su voluntad y con grave riesgo de su vida, pues estuvo a pique de morir como consecuencia de la mala curación de la herida que para ello le causaron. Ante la indicación de que ahondara en las circunstancias en que se produjo su circuncisión, el interrogado responde que al poco tiempo de embarcarse en la nave de autos, hallándose una noche la tripulación de la galera aburrida y borracha, empezaron los moros a hostigar a los galeotes, todos cristianos de diversas naciones, llamándoles puercos e infieles. Y entonces arrancaron de su banco a un remero provenzal, que andaba esos días ya medio muerto después de haber remado durante meses, lo ataron al palo mayor y le amenazaron con asaetearle si no renegaba de su fe y se tornaba moro. El provenzal, viéndose ya cercano a comparecer ante el Creador en cualquier caso, no quiso perder su alma y, con gallardía, contestó a los moros que si había de morir ese día, lo haría como cristiano. Los enemigos de Dios entonces, muy corridos, adobaron las ballestas y empezaron entre ellos una competición de puntería, desde la parte más alejada del puente. Al rato, el provenzal quedó como san Sebastián después de su tormento, y todos los galeotes aterrorizados ante la perspectiva de correr la misma ventura. Rendida ya el alma del infortunado, los sarracenos lo desataron y lo echaron al mar, tornando a los bancos de los galeotes por una nueva presa. Esta vez eligieron al declarante, al que a golpes y empujones arrastraron por el puente, ataron de igual manera al palo mayor e hicieron el mismo requerimiento. Su respuesta, según declara bajo juramento, fue clara y contundente y, pese al terror que sentía, les dijo que antes prefería perder el cuerpo que el alma y que moriría como cristiano si esa era la voluntad de Dios. Se aprestaron entonces los moros a asaetearle con sus ballestas, pero antes de que pudieran empezar a lanzarle virotes, el arráez, que había presenciado todo lo relatado calmosamente tendido en los cojines de su castillete, mandó a los moros parar, recriminándoles que una cosa era divertirse con un cristiano a punto de perecer y otra distinta despilfarrar la vida de un galeote todavía apto para remar durante meses e incluso años. Pero la tripulación, enardecida por el vino y por el fervor, que los moros suelen ser muy devotos de su secta, no quiso contentarse. El arráez entonces, después de parlamentar en voz baja con los cabecillas de la revuelta, y al parecer como solución de compromiso, ordenó que le cortaran el prepucio, arguyendo que una vez circuncidado acabaría tornándose moro si quería conservar la vida, pues o bien moría como cristiano agarrado a un remo o renegaba de su fe y vivía unos años más como musulmán, pues sin prepucio se le cerraban las puertas de la cristiandad. Según el declarante, el arráez, hombre experimentado y perito en mil saberes, afirmó ante los suyos que conocía los casos de muchos renegados que trataron de volver a su primitiva fe y, retornados a su nación, fueron sometidos a proceso por no tener prepucio, al considerarles las autoridades cristianas espías de los moros. Pero el declarante quiere dejar constancia, una vez más, su lealtad a la Fe Católica, que es la única verdadera, de lo que da prueba el hecho de que sufrió mucho escar-

nio, siempre de galeote, del que quedan huellas claras en su propio cuerpo, marcas de las que ya se ha dejado constancia en este documento y que son compatibles con el trato que reciben los esclavos y cautivos que reman en galeras.

Evacuada esta primera diligencia, Pedro de Córdoba quedó custodiado en el alcázar de esta villa por orden de su alcaide, a la espera de nuevas providencias. Que el susodicho alcaide ordenó comprobar los términos de su declaración y dar noticia del hecho a la sede ducal en Sanlúcar. Que ante la falta de testimonios suficientes que corroboren sus hechos o su identidad, ordena el alcaide, en nombre del duque su señor, que el interrogado diera más pormenores sobre su nacimiento, hechos y correrías de cabalgadas, antes de dictar las correspondientes providencias.

SEGUNDO INTERROGATORIO

En el nombre de Dios, el Padre, su Hijo, Cristo, y el Espíritu Santo, que son un solo Dios. Siendo el 18 de agosto de 1449, en la plaza de Vejer de la Frontera, de la que es señor don Juan Alonso Pérez de Guzmán, Duque de Medina Sidonia, fiel vasallo de nuestro rey y señor, caballero devoto y esforzado, campeón de la cristiandad.

Yo, Alvar Díaz Fajardo, escribano de la villa en nombre del alcaide de Vejer, y siguiendo sus instrucciones, recibí juramento en forma de Derecho de quien dice que es Pedro de Córdoba, e hice con él nuevas averiguaciones sobre sus pasados derroteros. Preguntado por detalles sobre su infancia y procedencia, el interrogado contesta que se crio en el convento de la Merced de esa villa, al cuidado de los buenos frailes que curaron de su joven cuerpo y de la formación de su espíritu en la verdades de la fe cristiana, hasta que siendo todavía muy mozo partió de Córdoba, con el consentimiento y la bendición de los frailes, a poblar las tierras de Aznalmara, recién otorgadas en señorío al conde de Arcos.

Que recibió las mercedes que ya se han relatado, con el compromiso de morar en esas tierras durante al menos tres años y un día. Que así lo hizo con lealtad durante más tiempo del pactado, cum-

176

pliendo con sus pechos y con las salidas en la mesnada. Que gracias a sus habilidades como ballestero entró a servir en la hueste del alcaide de Aznalmara, por lo que arrendó sus hazas a un vecino, y se dedicó en exclusividad a cumplir las encomiendas de su señor. Que participó en muchas cabalgadas, de las que no recuerda todos los detalles, pero que fueron numerosísimas. Que no obstante, si su señoría lo requiere, puede tratar de recordar y componer un relato lo más detallado posible de esa guerra guerreada.

Evacuado este segundo interrogatorio, se puso su resultado en conocimiento del duque, que ordenó practicar las correspondientes comprobaciones en Arcos y en Córdoba. En particular, se ordena que el referido Pedro de Córdoba presente detalle de todas o algunas de las cabalgadas en las que participó y que de sus resultas se busquen testigos o documentos que puedan corroborar lo relatado. Y que de todo ello se deje constancia por escrito para su posterior estudio por los jueces de la Casa, para mejor proveer.

MEMORIAL DE CABALGADAS 1438-1446

Excelentísimo Señor:

Cumpliendo la voluntad acordada por vuestra señoría, me dispongo por medio de este memorial a relatar los servicios que he prestado a mi señor el conde de Arcos, desde que me fui a poblar en la villa de Aznalmara, por decir verdad y guardar la salud de mi alma. Para ello recurro a don Alvar Díaz, escribano de esta villa de Vejer también al servicio de vuestra señoría, pues mis pocas letras y mi mucha ignorancia no me permiten reflejar con la claridad necesaria la cumplida relación de hechos, que fueron muchos, porque servía a un amo muy deseoso de guerrear a los moros, don Pedro Ponce de León, que Dios mantenga a su santo servicio, y a un esforzado caballero, don Enrique Yáñez, que Dios le dé su santo paraíso, que no perdía ocasión de cumplir la voluntad de Dios y de nuestro señor, don Pedro. Ayudándome, pues, de la pericia del escribano, que sin duda encontrará la palabra precisa para reflejar sin exageración la verdad allí donde mis pocas luces no lo logren, paso a relataros algunos de mis hechos de guerra guerreada. Podría contar no pocos pormenores sobre mis cabalgadas, pero habré de limitarme a narrar los que sean necesarios para que vuestra Señoría se forme la convicción más acorde con la realidad, con todo el detalle que permita mi torpe memoria, ya que una porción de los sucesos han quedado borrados por el tiempo, y quizás no logre recordar con tino fechas, nombres y lugares.

I

E otrosí protesto que recuerdo como si fuera hoy mi primera cabalgada, en la que participé como peón ballestero. La viví desde el principio de primera mano, pues mi amo don Enrique, alcaide de Aznalmara, me llevó con él al concilio que se celebró en las cercanías de Medina Sidonia, junto al vado del Guadalete, donde diversos adalides y almocadenes planearon la expedición. Como vi después que ocurría con frecuencia, en esta correría participaban no solo hombres del conde, mi señor, sino también tropas de villas de realengo, en este caso las de Jerez de la Frontera. Por eso mi amo don Enrique acudió allí a estudiar con otros afamados guerreros de la región los objetivos, los caminos, las aguadas y todas las circunstancias que contribuyen al buen fin de una cabalgada. Estos tratos solían practicarse siempre en Medina o en sus cercanías, pues Dios colocó a esa villa en un lugar apropiado para tales reuniones, a cinco leguas de Vejer y a ocho de Sanlúcar, y muy próxima también de Jerez. Yo no estuve presente en las reuniones de estrategia, en las que participaban, entre otros cuyo nombre no me viene a la memoria, el mencionado don Enrique y el almocadén de la tierra del concejo de Jerez, Garci Fernández Manrique, frontero investido por el rey con poderes para que los de esa villa, así como los de Arcos, Medina, El Puerto, Vejer, Rota y Sanlúcar, hiciesen todo lo que él les mandase. Pero me encontraba en todo momento en los alrededores de la tienda donde el concilio tuvo lugar a la espera de órdenes, con otros peones, mientras trasegábamos algunas jarras de vino y un guiso de conejo. Por ello supimos de cierto los que allí andábamos que todas las partes estaban de acuerdo en que, a diferencia de otras en las que participaba el rey, el propósito de esta cabalgada no sería causar el mayor daño posible a los moros, talando panes, vides y olivares, sino simplemente llevarse el ganado y, si fuera posible, tomar cautivos.

Inmediatamente después de concluida la reunión, regresamos a Aznalmara, donde empezamos a ejecutar lo allí dispuesto; se organizaron el espionaje y las talegas necesarias para los hombres de la hueste: seis jinetes y quince peones. Yo mismo, que ya por aquel entonces empezaba a gozar del favor y la predilección de mi señor, por mancebo gallardo y bien mandado, y pasaba las horas a su lado transmitiendo sus órdenes, me encargué de preparar las talegas para los tres días previstos de cabalgada: dos docenas de pescadas, cinco arrobas de vino, pan, trescientas sardinas, diez fanegas de cebada, además de ajetes y naranjas, que quedaron bien estibadas y trincadas en las albardas de los mulos, listas para partir cuando don Enrique diera la orden.

El alcaide envió también a varios fieles de rastro a tomar lenguas por la zona prevista para la expedición, que resultó ser el valle alto del Guadiaro, una región casi despoblada donde solo una mísera aldea, de nombre Oceguina, daba cobijo a unos pocos gañanes. A los pocos días regresaron los fieles de rastro que confirmaron la veracidad de los informes previos. Se confirmó que los rondeños mantenían herbajando en esas alturas a no menos de cincuenta yeguas recién paridas, con muchos potrillos. Comían también en esos pastos invernales muchas vacas y veinte toros. Se supo igualmente que a las bestias las guardaban unos pocos pastores, apenas armados con hondas y cayados. Los rondeños, al parecer, andaban confiados, por encontrarse tales pastos muy alejados de la raya y en las cercanías de dos importantes plazas fuertes, Olvera y la propia Ronda; por eso, las guardas por el sur andaban descuidadas.

Se mandaron misivas a Jerez y el almocadén de esta villa vino a Aznalmara a ultimar los detalles de la algarada. Esta vez sí presencié en persona el concilio. El jerezano y don Enrique valoraron los posibles beneficios y los riesgos de la empresa. Recuerdo que calcularon, así por encima, que todo el hato podía valer quinientos mil maravedíes, a lo que habría que sumar lo que se pudiera obtener por los pastores, si lográbamos apresarlos. Estudiaron también de nuevo con cuidado el itinerario y las vías de huida por si algo salía

mal. Como su señoría sabe, en estos negocios todas las precaucio-
nes son pocas, pues nadie quiere que le ocurra lo que al maestre de
Alcántara, que perdió la vida y casi toda su hueste entre Archite,
Ubrique y Benaocaz de la Sierra.

Y es que, como bien sabe vuestra señoría el duque, guerrero cono-
cido en toda la corona de Castilla por su astucia y valor, el regreso
con el botín constituye la fase más peligrosa de toda cabalgada, pues
la partida lleva en ese momento mucha mayor lentitud y desorden,
y resulta especialmente vulnerable. Por ello, deben estudiarse todos
los pormenores antes de acometer empresas de armas, porque de
las cosas ni bien pensadas ni hechas con orden pocas veces se espera
próspero fin, como dice Juan II en su crónica, según nos repetía con
frecuencia mi amo don Enrique, que además de temible guerrero,
mostraba afición a las letras, y siempre tenía en la boca poemas del
cancionero de Baena, coplillas o dichos de sabios antiguos, que de
tanto oírlos, algunos se me quedaron en la memoria, y ahora yo
también los saco a colación cuando la ocasión lo merece.

A esa tarea preparatoria se dedicaron con esmero mi amo don
Enrique y el almocadén de Jerez, hombre ya entrado en años, enjuto
y muy moreno, no muy alto, pero recio. Prepararon con cuidado un
itinerario poco habitual, buscando sorprender a los enemigos de
Cristo y obtener alto beneficio con la menor pérdida posible. Allí supe
que un moro renegado le había enseñado a un vaquero de Jerez un
paso olvidado desde hace décadas, una trocha tortuosa, que desde
el curso alto del río Barbate los llevaría, por la parte más agreste de
la sierra, hasta el puerto de Gáliz por el oeste; desde aquí girarían al
norte para pasar por Ubrique hasta los llanos de Archite, solo sepa-
rados del Guadiaro por unos cerros bajos y no guardados. Caerían
desde la altura, sin ser esperados, empleando como camino de vuelta
el de la Manga de Benaocaz y de allí, tomando una antigua tro-
cha romana formada con grandes piedras, lustrosas de tanto reci-
bir pisadas de acémilas y hombres, cobrar franquía en Aznalmara.
Todo ello, con la mayor rapidez y sigilo para evitar un ataque de la
guarnición mora del Castillo de Fátima.

La cabalgada se produjo según lo previsto y con gran éxito; tor-
namos a tierra cristiana con la victoria y el botín, muy ricos y hon-

rados. Todo me pareció tan sencillo que en mi ignorancia pensé que mi vida en la raya a partir de entonces iba a consistir en un continuo discurrir de acciones semejantemente productivas y sin daños mayores. ¡Qué insensatez! Pronto iba a saber que las correrías no siempre salen tan bien y que por cada maravedí que sacas en la raya has de pagar un precio de sangre, de hambre, de penurias. Pero no ocurrió de ese modo, como digo, la primera vez; ese asalto resultó afortunado, sin heridos ni penalidades, ¡ni siquiera vi a los moros!

Nos encontramos al atardecer del día señalado en las cercanías de Alcalá con la hueste de Jerez y juntos recorrimos durante esa noche el camino previsto, con gran cautela y no poca aprensión en los corazones, pues transitamos sendas desusadas, cañadas angostas flanqueadas por montañas cortadas a pico, donde solo se oía el eco de las pisadas de las bestias y el sonido de las piedras que rodaban a su paso. Cuando alcanzamos el río Barbate ya apuntaba el día y pasamos la jornada descansando en la espesura, para reponer fuerzas al abrigo de las miradas de los moros que sin duda tenían la zona atalayada. Al ponerse el sol iniciamos el acercamiento a tierra mora. Íbamos casi sin formar ruido, pues la cabalgada no era numerosa. Como bien supe después, estas suelen ser las mejores y las más productivas. Iban diez caballeros de Jerez y seis de Aznalmara. Peones íbamos quince de Aznalmara y quince de Jerez, con las mulas y los aparejos de guerra. Cuando llegamos al valle del Guadiaro, los peones nos apostamos en la angostura que se encuentra en las proximidades de la alquería de Benaoján, para guardar la retirada, y los caballeros se dirigieron hacia donde pacían los ganados, justo cuando el horizonte empezaba a clarear. Antes de dos horas, regresaron con dieciocho yeguas y veinte potrillos, además de treinta vacas bien cebadas y un toro. Ninguno trajo herida alguna. No asistí, como cuento, a la refriega, pero según me narraron, los pastores salieron huyendo en cuanto vieron a los caballeros y no hubo manera de atrapar a ninguno de ellos, por lo que los cristianos tomaron las bestias que pudieron e iniciaron el regreso.

Cuando se reunieron con nosotros nadie les seguía. Los moros andaban claramente descuidados y no se esperaban nada parecido. Llegamos a Aznalmara en poco menos de medio día, pues los gana-

dos trotaban a buen paso y nada nos embarazó. De nuevo en tierra segura, nos regocijamos mucho del buen éxito de la cabalgada y del ningún daño recibido. Ese mismo día asamos a una vaca que nos comimos sobre la marcha bien regada con el vino traído de Jerez, y sin mucho pleito se repartió el botín, del que me correspondieron seis maravedíes. Lo recuerdo bien porque nunca antes en mi vida dispuse de suma semejante. Y la obtuve sin tener que levantar un arma, solo participando como simple peón en la cabalgada.

De esta expedición, que hubo de tener lugar al principio de la primavera o finales del invierno de 1438 puede dar cuenta el concejo de Jerez, en cuyos archivos ha de quedar suficiente constancia, pues del botín se apartó el correspondiente quinto real pagadero en Jerez al corregidor, pues aunque los de Aznalmara vivíamos francos por aquel entonces de este pecho, el corregidor no quiso oír hablar del asunto y apartó la porción del rey sin que mediaran protestas.

II

Mi segunda cabalgada ocurrió mucho después de la que acabo de relatar, pues en mis primeros tiempos en Aznalmara operaban paces con los moros de Ronda, y pude dedicarme a entrenar con la ballesta y aprender de ella. Y pese a que sucedió hace menos tiempo, no guardo de ella tantos detalles y pormenores, ya que todo aconteció de manera mucho más confusa, sobre todo para mí, pues fue ese mi primer lance de armas con los moros, y hasta entonces desconocía los peligros de los combates, la sangre, la polvareda, el griterío. Sí puedo asegurar que se trató de una cabalgada concejera, ordenada por el Rey nuestro señor, con alarde y pendones, en la que participó un fuerte contingente de unos doscientos caballeros y muchos más peones.

Las huestes se reunieron en la llanada próxima a Vejer. Fue esa la primera vez que pude contemplar las espléndidas murallas de esta noble villa, cuyo porte y orgullo se me quedó para siempre grabado en la memoria. Allí acudió la hueste concejil de Jerez al mando de su alférez, de unos ciento cincuenta jinetes y trescientos peones, a los que se unieron unos cincuenta caballeros, sabedores de guerra, y cien infantes que aportaba Vejer, con los caballeros y peones de

Arcos y Aznalmara, entre los que me encontraba yo, como ballestero. Cruzamos el río Barbate por el vado que se encuentra hacia levante, a dos leguas de aquí, pues con tanta tropa no cabía el uso de la barca para pasar al otro lado con rapidez, y nos dirigimos con la bendición de Dios hacia nuestro destino: las tierras de Jimena.

Desde el principio pude reparar en que todo discurría de manera diferente a lo que había conocido en mi primera expedición. Pese a que los alféreces y sargentos no cesaron desde el principio en sus admoniciones para que guardásemos el máximo secreto, pues como vuestra señoría bien sabe en la frontera abundan los espías enemigos, la voz corrió, y acudieron para sumarse a la cabalgada muchos hombres de los alrededores que no habían sido llamados, e incluso caballeros de Córdoba, de Écija y de otras partes de los Reinos de Sevilla y Córdoba, a los que hubo que despedir en su mayoría, advirtiéndoles del deber de guardar secreto. Bien se sabe por aquí que no todos sirven como almogávares y que para la guerra guerreada se debe escoger solo a los que sean gentes de pelea con experiencia demostrada en el uso de armas y en la escaramuza fronteriza. Y ocurrió que, lo mismo que se enteraron cristianos que no debían, también los moros lo hicieron, y nos estaban esperando.

Al principio todo transcurrió según lo previsto. Como resulta habitual en este tipo de cabalgadas, los adalides nos situaron a los peones en un puerto elevado, como retaguardia. En este caso se trataba del Castaño, justo en la raya, sobre la cordillera que separa las vertientes de los ríos Barbate y Hozgarganta. Asegurada la retirada, salieron los caballeros a correr los pastos donde sabíamos que aguardaba el botín, que fue muy bueno. Trajeron trescientas vacas y bueyes y hasta quinientas cabras y ovejas, por lo que contentos y satisfechos, iniciamos el camino de vuelta, entre chanzas sobre la cobardía de los sarracenos que tan fácilmente nos entregaban sus ganados. Sin embargo, fue todo un ardid de los rondeños, pues una partida de cuatrocientos moros nos aguardaba en el puerto de Alberite y, dispuestos en alto para la batalla, nos cayeron encima cuando la hueste marchaba poco prevenida y muy desorganizada.

Lo que mejor recuerdo de aquellos momentos es el escándalo y la tolvanera, y la tierra trepidando bajo los cascos de las monturas.

Gritaban los herejes, con ululantes alaridos, mientras descendían la cuesta empinada del puerto. Con el viento a sus espaldas, el polvo que levantaban nos cegaba y confundía, obligándonos a escupir frecuentemente, por lo que nuestras gargantas se secaban todavía más, y al poco tiempo ya no vi nada más que una espesa neblina. El griterío, el tronar de los pies de los caballos, los relinchos de las bestias heridas de muerte, el entrechocar de hierros, el crujido de los huesos, nos impedía oír las voces de los alféreces. Debo por fuerza reconocer que en esos momentos padecí un gran pavor, pues hasta entonces nunca había peleado ni me había visto en tan grave aprieto: vi llegada la muerte en forma de nube atronadora y mi primer impulso fue huir de allí y perderme entre los altos brezales, donde los moros no pudieran encontrarme. Miente quien diga que no ha sentido temor en la batalla, sobre todo en la primera. Pero el mismo miedo que sentía me tuvo inmovilizado, recordando con detalle los terribles peligros de la guerra y las heridas y los escarnecimientos que mis compañeros me habían relatado con todo lujo de detalles, regocijados ante mi mal disimulado espanto, en vísperas de la cabalgada; y también el recuerdo de las penas que, como repetían sin cesar los adalides de nuestra partida, aguardaban a los cobardes que arrojaran las armas y dieran la espalda al enemigo: multas y destierro para los pecheros y el ajusticiamiento para los que, como yo, no pechábamos por falta de patrimonio o por haber quedado francos en los fueros de poblamiento. En medio del desbarajuste, los cuadrilleros consiguieron poner a bastonazos un poco de orden entre la peonada: los lanceros se colocaron en vanguardia con las armas enristradas, apoyando el cuento de sus lanzas en el suelo, apuntando las moharras hacia donde se esperaba que aparecieran los moros. Los ballesteros nos colocamos detrás de ellos con las armas cargadas y los virotes preparados, apuntando hacia la nube donde se suponía que pronto irían dibujándose las siluetas de nuestros atacantes.

Así se entabló batalla en el puerto de Alberite, mi primera batalla, de la que poco puedo contar pues apenas me enteré de lo que pasó, empeñado sobre todo en salir con vida de ella. Entre los remolinos de polvo fueron apareciendo los contornos de los jinetes moros, que se abalanzaban sobre nosotros como un alud. Yo trataba de apuntar para matar mi primer infiel con la ayuda de Dios, pero no pude soltar ningún disparo a larga distancia, que es para lo que valen las ballestas: tan grande era el desorden de la lid y tanto el alcance de mi miedo. Sentía escalofríos, el sudor me corría a chorros debajo del casquete, contribuyendo a cegarme aún más. Habiéndome criado en el Potro de Córdoba conocía las mañas de la picaresca y acumulaba cierta pericia para dar o esquivar puñaladas traperas, en medio de una riña tumultuaria pero no en la batalla campal. Y aunque llevaba ya muchas semanas entrenando a la ballesta, distinto resulta apuntar a un jergón de paja que acertar en un moro vociferante que aparece de repente entre la tolvanera dispuesto a rebanarte el pescuezo. En la confusión de la contienda no resulta fácil apuntar, pues difícilmente puede verse nada claro, solo bultos y sombras, visiones fragmentarias, formas que aparecen y desaparecen vertiginosamente. Varios ballesteros dispararon al bulto, ganándose un coscorrón del sargento por desperdiciar virotes sin afinar el tiro. Al final, como suele ocurrir en estas lides, la contienda se desmembró en multitud de luchas cuerpo a cuerpo, donde cada cual recurría a cualquier medio de acabar con el enemigo: a cuchilladas o mordiscos, con las manos desnudas, con piedras... Tampoco entonces pude disparar: a los moros que vi ya los tenía muy cerca y moviéndose demasiado rápidamente como para afinar la puntería, por lo me vi obligado a usar la ballesta como garrota, hasta que uno de un lanzazo me la arrebató. En ese momento salí corriendo buscando trazas para salvar la vida y me vi a los pies de los caballos, recibiendo muchos porrazos, mordiscos y coces, aunque ninguno malo, porque llevaba la cabeza protegida por una cofia de cuero. No sé cómo logré salir de allí y esconderme en una enramada donde permanecí un tiempo, nunca supe cuánto, pues casi perdí el conocimiento de tan aterrado como estaba. A mí se me hizo eterno. Y allí hubiera pasado el resto de la refriega, empapado de miedo, aún a riesgo de recibir severo castigo de don Enrique, si no me hubiera encontrado un caballero moro que me acometió con su lanza. Viendo llegada mi hora me arrastré aterrorizado por el suelo y pude esquivar la primera acometida, pero ya el sarraceno volvía grupas para ensartarme sin remedio. Me quede paralizado por el miedo, esperando el final, sabedor de que nada puede hacerse frente a la enorme fuerza de un caballo galopando. Afortunadamente, su corcel, obligado a girar bruscamente, resbaló en un charco de sangre embarrada. Yo vi en ello una oportunidad que me daba el Altísimo. Cogí del suelo una piedra enorme y sin dar tiempo al moro a levantarse, pues todavía lidiaba por desembarazarse del lodo y del caballo que piafaba desesperadamente, me acerqué a toda prisa y descargué la piedra en su cabeza con toda la fuerza de mis brazos. Como llevaba almófar de hierro no lo maté de la pedrada, pero quedó medio atontado, caminando a gatas sin poder ver por la mucha sangre que bajaba desde su frente. Con su propia pica lo atravesé de lado a lado y ahora sin duda purga en el infierno sus incontables pecados de hereje e infiel. Con esa misma arma, recobrado ya algo de valor y de confianza en mí mismo, volví a lo más espeso de la refriega y acometí donde pude entre los cuerpos que se apretaban en la liza, tirando lanzadas a los moros hasta que se me quebró el astil, aunque no creo que llegara a matar a ninguno más. Qué imprevisible es la fuerza que mueve a un hombre en medio de la confusión de un ataque, qué insoldable el impulso que nos dirige, qué poderoso el miedo y la urgencia de vencerlo.

Creo que la suerte del choque quedó largo tiempo indecisa; al cabo, no sé cómo ni por qué, la refriega terminó y los sarracenos salieron huyendo. Quizás ellos también calcularon mal nuestras fuerzas o perdieron el campo porque Dios estuvo ese día del lado bueno y se mostró benévolo con sus siervos. Matamos doce moros y capturamos ocho rocines y una yegua, pero buena parte del ganado lo recuperaron los granadinos o se perdió en el monte. Por eso, nos quedó solo una punta de cien vacas, escaso botín para todo el daño que recibimos. Quince caballeros quedaron allí mismo muertos y de dos más nunca se supo; seguramente fueron cautivados. Entre los peones, no menos de treinta rindieron su alma en el puerto del Alberite y muchos más quedaron malheridos; tuvimos que llevarlos de vuelta a tierra cristiana terciados sobre los serones de las pocas mulas que conservábamos y cuatro de ellos murieron en el camino de regreso, pese a que intentamos taponarles las heridas con paños. Yo solo recibí algunos puntazos que sanaron pronto, aunque acabé todo cubierto de sangre y con el alma herida, pues ya nunca volví a ser el mismo, después de haber contemplado tantos horrores. Ni siquiera ahora puedo creer que saliese con vida de aquella batalla.

Entre reniegos y reproches mutuos de los caballeros por lo infortunado de la correría nos dirigimos hacia Alcalá, y después a Medina, donde en la linde entre las tierras del señor de Medina Sidonia y las del concejo de Jerez los adalides procedieron al reparto del botín. Allí, todavía cubiertos de sangre y polvo los cristianos, se enzarzaron enseguida en discusiones, porfías, juramentos y amenazas. Varios caballeros se acometieron, quedando uno malherido por espada. Porque chica cabalgada resultó esa para tanto caballero. Pese a que se nos dijo que se había aplicado estrictamente el fuero y la ley de la frontera, el conocido como Fuero del Emperador, los caballeros quedaron todos descontentos, y los peones sobrevivientes no obtuvimos nada, pues nuestra parte se destinó a pagar indemnizaciones y erechas para los deudos de los que murieron. Pero la palabra del adalid nombrado por el concejo de Jerez, que actuó como juez absoluto de la cabalgada, era ley, su decisión inapelable. No hubo más remedio que volver a Aznalmara con el magro botín a lamernos las heridas. Yo iba medianamente contento, pues al menos había salvado la vida cuando ya la daba por perdida, pero los caballeros de Aznalmara trotaban algo más que corridos.

De esta desventurada cabalgada debe quedar adecuado reflejo en los archivos de Jerez. Y también los registros de los señores de Arcos y de Medina Sidonia, cuyos caballeros participaron en la correría, deben guardar constancia cumplida de la exactitud de lo que aquí he narrado, porque la verdad se encuentra de un solo lado.

III

A partir de esa se sucedieron muchas otras algaradas con desigual fortuna, pero ya nunca volví a experimentar el pavor de entonces; poco a poco iba ganando fuerza y experiencia, pues nada enseña más a luchar por la vida que habitar en la vecindad de los moros en estas abruptas regiones. Con el tiempo, logré conservar en el tumulto la cabeza fría, a ver siempre la manera de subsistir, a llegar vivo a la noche donde, al amparo de la oscuridad, cuando la saña mortífera de los hombres se apacigua, cabe recuperar las energías para enfrentar los peligros que traiga la luz del alba. El secreto de la victoria en la frontera no radica necesariamente en matar al moro, sino en seguir vivo un día más, otro más. Ese es el verdadero triunfo.

Participé en tantas cabalgadas que acabé tomándole a la tarea gran inclinación. Pronto abandoné la idea de labrar la tierra y me decidí por servir para siempre en las huestes de almogávares que el conde acantonaba en la raya, bien en Aznalmara, a las órdenes del alcaide don Enrique, o en otro sitio, si de esa manera el Todopoderoso lo tenía decretado. Acabé haciendo de la lanza y la ballesta el medio de ganarme la vida, porque bien puede decirse que los fronteros han nacido y se han criado en las armas y que la lucha contra el moro es su forma de estar sobre la tierra. Nunca hubiera imaginado en Córdoba lo distinta que se ve la vida cuando empuñas una pica, o una ballesta, el poder que se siente. Una vez que se ha experimentado ese vértigo, resulta difícil volver a las actividades propias del común en tiempo de paz; con una ballesta, o una lanza, fortalecido por su continuo uso, uno se siente superior. Al veneno de este riesgo vivificante no lo detiene la extrema dureza de la vida durante las cabalgadas, con sus carestías y penalidades. Ni el poco o ningún sueño, ni el velar continuo, ni el dormir a la intemperie, bajo la lluvia, con la espalda sobre frío suelo y cara a las estrellas, sin más cobijo que una capa aguadera de cuero engrasado, dando diente con diente, al acecho del enemigo y previniendo sus acechos. No importa que la comida, cuando la hay, sea pan mohoso o bizcocho y viandas mal adobadas. Y el agua de charcos o de odres. Continuamente armado, sucio y comido por los bichos, realizando marchas interminables por parajes desolados, sin veredas, con los pies llagados: a todo se acostumbra uno, incluso a vivir en la perpetua amenaza de muerte o esclavitud, cuando le penetra la idea de que lo mejor está por llegar... Todos en la raya sabíamos que mi señor, don Pedro Ponce de León, acechaba la fortaleza de Cardela, que guarda desde un otero el curso del río Ubrique y, según decían, grandes riquezas, fruto de los saqueos de los feroces gandules serranos. La toma de esta villa supondría para los moros gran quebranto, pues desde ella se guardan y amparan las villas próximas de Ubrique y Benaocaz, y dejaría al conde a las puertas de Ronda. Ronda, la pieza que todos codiciaban. La suerte me sonreía. Y ya veía cercano el momento de poder allegar caudales suficientes para mantener mi propio caballo. ¡Qué sensación podía ser mejor para un hombre de la raya, que atravesar las puertas de su pueblo a lomos de un rocín, y llevando tras de sí una cuerda de cautivos y numerosos ganados y grandes despojos y muchas y ricas joyas! Todo parecía al alcance de mi mano, pero la fortuna me esquivó, pues me aguardaba el más cruel cautiverio.

Trataré de dar cuenta a partir de ahora solo de las cabalgadas que considero principales y cuyos hechos puedan constatarse, dejando sin mentar aquellas muy menores, o de las que no quedan con vida testigos que puedan declarar.

Recuerdo especialmente una de la que guardo viva memoria y que seguramente podrá acreditarse, pues se produjo como consecuencia de un llamamiento de ayuda que el concejo de Utrera había mandado al de Sevilla. Al parecer los espías de Utrera supieron por nueva cierta que los caballeros moros de la casa de Granada se habían congregado en la ciudad de Ronda para entrar hasta esa comarca a causar todo el mal y daño que pudiesen. A resultas de lo cual, el concejo de Sevilla puso en guardia a los alcaides de los castillos fronterizos y mandó noticia a los señores principales de la raya para que cuidaran de las tierras de sus estados, procurando impedir el daño de los moros.

Esa notificación llegó a Aznalmara y de inmediato don Enrique dispuso los oportunos preparativos; en un principio, pensé que iban dirigidos a la defensa de nuestro alfoz, como pedía el oficio del concejo de Sevilla, pero pronto me di cuenta de que don Enrique se preparaba para campear por tierra de los moros. Pensó mi amo que si un fuerte contingente de rondeños iba a atacar Utrera en fecha próxima, muchas de las ricas alquerías de las proximidades de Ronda quedarían poco vigiladas, y encontró en ello una buena oportunidad de obtener beneficio con poco riesgo. Organizó de inmediato una cabalgada al descuido, de oportunidad, sin mucha preparación; discreta, sin conocimiento de los hombres del rey, de las que suelen salir bien y dan mayores beneficios. Por eso, no nos dedicamos al avituallamiento ni al forrajeo previo, pues el alcaide proveyó que sobre el terreno recogeríamos la necesaria munición de boca. Para mayor discreción nos ordenó a sus hombres de mayor confianza que nos concentráramos lejos de la villa, a medianoche, en una amplia rambla del río Guadalete, que remontamos hasta sus fuentes camino de Ronda, amparados en la oscuridad de la noche.

Partimos solo seis caballeros y veinte peones ballesteros y lanceros, unos a lomos de mulas, otros en las ancas y otros corriendo agarrados a las sillas de los caballos, para ir más rápidos. Me acuerdo bien porque por primera vez marché montado y no a pie. Aunque yo llevaba practicando por orden de don Enrique la montura de jamelgos desde que llegué a Aznalmara, todavía no estaba acostumbrado a cabalgar, pues nunca lo hice de zagal. Pasé muy mal rato a lomos de una acémila terca y malhumorada, que estuvo toda la noche tratando de despeñarme, sin conseguirlo gracias a Dios. Nos acompañaron también unos cuantos vaqueros experimentados con sus garrochas, para mejor guiar a la vuelta los ganados que obtuviéramos.

Llegamos de amanecida a las proximidades de Zagrazalema, un bastión de almogávares rondeños situado justo debajo del nacimiento del Guadalete, que encontramos desprotegido, pues el común de los hombres hábiles para la guerra partieron semanas antes, tal y como nos habían informado. Casi sin esfuerzo, saqueamos algunas de las ricas aldeas de esa tierra bien regada, como Gaidovar y Penaloja y logramos buenos cautivos: diez muchachas y seis niños de corta edad. Nos llevamos los trigos y las bestias y prendimos fuego a lo que no pudimos transportar. Ninguno de nosotros recibió daños mayores. Matamos a tres moros, pastores sin mucha pericia en las armas, y ya camino de vuelta por el mismo curso del Guadalete que nos había llevado a Zagrazalema tuvimos un feliz tropiezo: un caballero moro de valía, con una pequeña escolta, que transitaba en ese momento en dirección a Ronda. Al parecer llevaba alguna comisión que cumplir de parte del rey de Granada y portaba una mula cargada con lienzos de seda riquísima, especias del lejano oriente y una bolsa de oro.

De todas las cabalgadas en las que he participado, esta fue la más provechosa, pues de ella obtuvimos gran beneficio y no menor contento. *Los ganados los llevamos a Morón, donde había gran escasez de carne debido a las frecuentes aceifas y saqueos de los enemigos de Dios. Pero cuando llegamos a esta villa nos encontramos con que el cabildo había dictado una ordenanza para moderar los precios de la carne. Así que, don Enrique decidió que marcháramos de allí con las bestias y las llevamos para venderlas a Osuna, donde no operaba ordenanza alguna en ese sentido y se pudo vender el ganado a mejor precio.*

También en Osuna vendimos en almoneda la mayoría de los cautivos. Cuando se repartió lo obtenido, junto con el oro de la bolsa del caballero moro, nos tocó a cada uno una buena cantidad, después de satisfacer el quinto real, ya que al no haber recibido la partida daños ni haberse perdido ninguna de las monturas ni de los pertrechos que llevamos a la cabalgada, no debieron pagarse erechas ni indemnizaciones. Pero, además, por el caballero granadino don Enrique pidió un alto rescate, que fue satisfecho de inmediato por el rey de Granada, quien sentía gran afecto por él. Pasé a convertirme en un hombre casi rico, o al menos así me lo parecía a mí, que para quien nunca poseyó nada, una bolsa llena de maravedíes parece un sueño inalcanzable.

No sé si quedará alguien que pueda dar testimonio de los hechos que acabo de relatar, pero supongo que habiendo montado el rescate del moro tan alta cantidad y por tratarse de un caballero de indudable valía a quien el sultán apreciaba, seguramente en los mentideros de la raya el hecho se comentaría y quedará probablemente quien lo recuerde, bien en Arcos, o en Osuna, o bien en Jerez.

IV

También guardo recuerdo imborrable de otra de las tretas de mi señor don Enrique para ganar dinero engañando a los moros, porque me sentí entonces avergonzado de cabalgar en su hueste y obtener ganancia con tantas argucias. Un día se recibió en Aznalmara una carta del alcaide de Casares con la petición de que le vendiéramos veinte arrobas de aceite, a un precio excelente. Como sabe vuestra merced, la ley de Castilla prohíbe vender aceite y otras mate-

191

rias vedadas a los enemigos de Cristo, pero en estas regiones muchos incumplen esos fueros, ante la gran carestía que de ese y de otros productos padecen en Granada. Don Enrique mandó a un alfaqueque con la respuesta: acordó con los moros que les llevaría el aceite en una barca, por los Arroyos Dulces. En la fecha prevista se armó una gran gabarra que se botó rio abajo, portando enormes tinajas sin aceite, más no vacías porque dentro de ellas íbamos escondidos varios cristianos armados. Llegados al punto acordado, aparecieron los rondeños con la cantidad de seda acordada como pago por el aceite y entonces don Enrique ordenó que saliéramos de las tinajas: en menos de un avemaría apresamos a los seis moros que acudieron a la cita. Después los vendimos en Tarifa al armador de una galera que iba a Ceuta y a Alcazarseguer. Pero mucho trastorno hubo de traernos este ardid, sobre todo a don Enrique. Resultó que uno de los moros era de mucha calidad y pariente del propio alcaide de Casares, que se dirigió al conde en protesta y le contó todos los pormenores del negocio, amenazando por añadidura con detallar a los alguaciles del rey todas las veces que desde las tierras del conde se suministraban bienes prohibidos a los moros. El conde mandó llamar a don Enrique a Marchena y le ordenó rescatar con sus propios bienes a los cautivos que vendimos en Tarifa, o de lo contrario lo entregaría al alcaide de Casares para que hiciera con él lo que estimara oportuno. Por ello don Enrique tuvo que embarcarse para Ceuta, donde afortunadamente pudo rescatar a elevado precio a cinco de los cautivos. No encontró la manera de rescatar al sexto, que había sido vendido a un judío que se dirigía a levante. Siguiendo las instrucciones del conde, don Enrique se trasladó en persona a Casares, se arrodilló ante el alcaide, le pidió perdón y le entregó a los cinco cautivos, más una fuerte suma en concepto de indemnización por el sexto que no pudo ser rescatado. Yo presencié ese acto y puedo decir que fue la única vez que vi humillarse a don Enrique ante una persona distinta del conde, nuestro señor. Tanta rabia le causó este hecho que permaneció borracho durante semanas enteras, mortificándonos ya desde el camino de vuelta, que fue el peor recorrido que tuve que cumplir en su compañía. A uno de Aznalmara, Gonzalo de Bollullos, lo mató a patadas esa misma noche sin que llegáramos los demás de la partida a saber nunca el porqué. Y a mí mismo estuvo a pique de descalabrarme, porque tardé en alcanzarle un pellejo de vino. ¡Mal bicho cuando estaba sobrio, don Enrique semejaba al mismo Lucifer cuando bebía! Entonces había que quitarse rápidamente de sus cercanías, porque las consecuencias de su proximidad resultaban imprevisibles, por su propensión tanto a accesos de euforia como de cólera; si ese día tocaba euforia, abundaban las chanzas y las mercedes, y era grata su compañía, pero si lo que el vino desataba era su furia, empezaba a rugir y a maldecir como un hereje, dando patadas y golpes a diestra y siniestra. De todos estos hechos que doy cuenta se encontrarán registros en Arcos y en Marchena, donde puede vuestra merced recabar confirmación del párroco o los alguaciles de estas villas.

V

Conforme le voy haciendo a su vuestra señoría relato de mis correrías por la raya, van acudiendo a mi memoria otros hechos que tenía ya casi olvidados y que creo que podrán ser constatados con cierta facilidad.

Un día, por el año de las grandes pestes, en 1442 o 1443, recibimos en Aznalmara una carta en la que el conde de Arcos pedía a don Enrique que mandara una partida en persecución de un tal Vallejo, que había violado a una niña, Marina, criada de la priora de un convento de Marchena, ahora no recuerdo cuál. Según se nos dijo, su ama la había mandado salir, ya de atardecida, a comprar unas provisiones, y no regresó al convento pese a que se hizo la noche. Al día siguiente, un criado de las monjas la encontró medio muerta tirada en la calle y la llevó a la presencia de la priora. Después de reponerse un poco, la niña confesó ante notario que había sido raptada por el tal Vallejo, que la llevó a su casa y abusó de ella durante toda la noche. Al amanecer, al estuprador le entró el pánico, echó a la niña fuera y salió a lomos de caballo con rumbo desconocido.

Siendo estos hechos frecuentes en las villas de la raya, el conde quería dar un escarmiento ejemplar, por lo que cursó instrucciones de encontrar a Vallejo vivo, llevarlo a Marchena y darle tormento *público. Don Enrique organizó una partida y la puso al mando de un joven noble llamado don Pedro de Zúñiga, dándole recado de no volver a Aznalmara sin el fugitivo. Pero resultó que el huido acumulaba largas experiencias como montero, por lo que después de varias semanas de búsqueda no logramos encontrarlo, pese a que lo perseguimos hasta más allá de Écija. Ya habíamos abandonado la caza y nos disponíamos a volver a Aznalmara a afrontar el seguro castigo del alcaide, cuando mientras almorzábamos en un mesón de la villa de Estepa, recibimos noticias de que el concejo de Sevilla había acordado recompensar con veinte doblas moriscas de oro por cada cabeza de moro de los que saqueasen la tierra de cristianos. Como sabe vuestra merced, con frecuencia concejos fronterizos, señores e incluso familias particulares agraviadas por los sarracenos, pagan a los cristianos por cada cabeza de moro de guerra que se cobren. Ello debe probarse ante el pagador mediante la entrega de la cabeza. El anuncio hizo que por toda la frontera se desatara la fiebre del cazador de moros, almogávares o no, y también en nosotros prendió la calentura: decidimos que ya que teníamos encomienda de nuestro señor de perseguir a un fugitivo sin límite de tiempo, bien podíamos aprovechar ese empeño para, de camino, cobrarnos algunas cabezas de moros con las que llenar nuestras bolsas.*

Y así fue como en el año de las grandes pestes, pasamos muchas semanas recorriendo todos los rincones del sur de los Reinos de Sevilla, Córdoba y Jaén en persecución de moros enemigos, y por todas partes vimos hambre, llagas y destrucción, gentes tristes y asustadas, y gran cantidad de lugares recientemente despoblados. Corrimos grandes peligros, pues por doquier encontrábamos hombres desesperados que miraban codiciosos nuestros caballos. También nos cruzamos con frecuencia con familias y hasta con villas enteras que emigraban de un lugar a otro sin una idea muy clara de lo que hacían, ignorantes de que la plaga de la peste afectaba por igual a todas las tierras, de señorío o realengo. Esa plaga borró del mapa buena cantidad de lugares, antes prósperos, que ahora son selvas solo buenas para las alimañas. Los moros andaban en esta época muy atrevidos, porque también en Granada azotaba la plaga y no había nada que comer. Por eso hicimos gran cosecha de ellos y ganamos buenos dineros. Pero entre tanta carestía no había nada o casi nada que comprar, y un pollo o una hogaza de pan basto alcanzaban cifras prodigiosas. Hubo hambre para todos en esos tiempos y andábamos tan débiles que tuvimos que cesar la caza de moros de guerra, pues íbamos a acabar enfermando también nosotros de tanta debilidad como padecíamos. De manera que decidimos ir a las tierras que el conde posee en Rota, donde al menos podíamos tratar de comprar algo de pescado, que nuestro mar es generoso y Dios no olvida a quienes le sirven. De esa forma pudimos sustentarnos los de la partida, aunque fueron muchos los que murieron, incluso en Rota y en Chipiona, donde como digo a falta de trigo puede comerse con frecuencia pescado.

Pasamos unas semanas refugiados en Rota, al servicio de su alcaide, y allí recibimos noticia de que Vallejo había muerto de peste en Cabra, por lo que ya nada nos retenía en la costa. Retornamos a Aznalmara apenas tres de los de la partida que unos meses antes había salido en busca del violador. Como Zúñiga había muerto, siendo yo el más corrido de los miembros de la partida sobrevivientes, actué en los últimos tiempos como líder, así que me correspondía a mí rendir cuentas a don Enrique, y ello me causaba gran espanto, tanto, que por el camino de vuelta se me descompuso el vientre y me vi acometido por unas diarreas sanguinolentas que a pique me dejaron de la muerte. Me vi obligado a reposar en Arcos unos días, pues no me quedaban fuerzas para culminar el último tramo del viaje y allí pasé momentos de mucha angustia, con la salud quebrantada por los nervios, insomne, que todo mi tiempo se iba en perfilar qué y cómo iba a decirle a don Enrique. Mas, para mi sorpresa y alivio, no tuve que esperar a llegar a Aznalmara para acabar este tormento, pues tan pronto como mi amo supo de mi estado y mi presencia en Arcos, tomó un caballo y recorrió al galope la distancia que separa ambas villas para interesarse por mi salud. Cuando quedé en su presencia tuve aún la suficiente presencia de ánimo para darle cuenta de mis pasos en los últimos meses; justifiqué mi ausencia en sus órdenes de perseguir a Vallejo sin retornar hasta encontrarlo, tarea en la que se dejaron la vida muchos de mis acompañantes. Don Enrique se mostró conforme con la explicación y me felicitó por mi celo, y *hasta me prometió una recompensa, que nunca llegó, diciéndome lo mucho que se holgaba de tenerme de vuelta entre los suyos. Así era don Enrique, imprevisible y emotivo, generoso y tacaño a la vez.*

VI

Muchos otros hechos podría contarle, haciendo memoria, pero creo que puede bastar lo ya dicho, salvo que nuestro señor el alcaide estime lo contrario, en cuyo caso seguiré narrando hasta la última de mis cabalgadas. Aunque quizás ya disponga vuestra merced de los datos suficientes para formarse una convicción sobre la verdad de mis palabras. Como he declarado, buena parte de estos hechos podrán ser confirmados por testigos, otros por documentos o por los pendones y estandartes que quedaron expuestos en parroquias y alcaldías. Y si alguna duda cabe de que he dedicado mi vida a la lucha contra los moros, dé fe de ello mi propio cuerpo, al que adornan mil cicatrices. Porque aunque por la gracia del Señor nunca recibí herida mortal, ni siquiera alguna demasiado grave, en innumerables ocasiones los enemigos de Dios me atravesaron el cuerpo o lo cortaron con sus lanzas y espadas, dejando en él su rastro indeleble, que vuestra merced puede examinar si así lo estima oportuno.

EL FALLO

En el nombre de Dios, el Padre, su Hijo, Cristo, y el Espíritu Santo, que son un solo Dios. Siendo el 14 de agosto de 1449, en la plaza de Vejer de la Frontera, que es del señorío de don Juan Alonso Pérez de Guzmán, duque de Medina Sidonia, fiel vasallo de nuestro rey y señor.

Yo, Alvar Díaz Fajardo, escribano de la Villa de Vejer, en nombre de su señor el duque y siguiendo órdenes del alcaide de la villa. Por medio de la presente quiero dejar constancia de las gestiones realizadas en el expediente de autos, de cuyas resultas quedó probado que el llamado Pedro de Córdoba moró en dicha ciudad, en el convento de La Merced, desde su primera infancia, y que siendo mozo dejó a los frailes para partir con las gentes reclutadas por el conde de Arcos en el año de 1438 por las villas del valle del Guadalquivir. Resultó asimismo que algunas de las cabalgadas en las que participó han sido confirmadas por testigos, en particular por Juan Verdugo y por Matías Tocino, vecinos de Arcos, quienes afirman haber conocido en esa villa al susodicho Pedro de Córdoba, quien era allí tenido por mancebo leal y simple, buen cristiano, y por haber hecho la guerra derechureramente contra los moros, en la hueste de don Enrique Yáñez, alcaide del lugar de Aznalmara, en las tierras del Señor de Marchena.

Et Otrosí, que consultado el párroco don Alfonso de Montes, de Arcos de la Frontera, confirma que en los archivos del concejo queda constancia de una cabalgada que moros turcos y berberiscos corrieron por esas regiones en el año de nuestro Señor de 1446, en pleno invierno. Que dada la estación, no hubo posibilidad de mandar socorro a la villa de Aznalmara, que por eso quedó asolada y sitiado su castillo, que finalmente se perdió para la cristiandad, permaneciendo desde entonces en manos de los moros enemigos de la Verdadera y Santa Fe, que desde allí no han cesado de hostigar a los cristianos y a sus bienes. Que nunca más se recibió noticia en Arcos de la suerte de sus pobladores, por lo que se les dio por muertos o cautivados.

A la vista de las comprobaciones efectuadas, han quedado acreditados la identidad y los hechos de armas del investigado. No obstante, concurre aún motivo de desconfianza, pues el citado Pedro de Córdoba presenta signos de circuncisión, por lo que existe el riesgo de que sea un renegado de la Fe. El susodicho alega que fue forzado a ello y que nunca dejó de ser cristiano. Como no se dispone de medios para probar este hecho, su señoría el duque de Medina Sidonia, amo de la villa de Vejer, entendiendo ser así cumplidero al servicio de Dios nuestro Señor y del Rey, ordena liberar a Pedro de Córdoba, con la condición de que preste servicio en la hueste de Vejer durante al menos un año y un día, durante los cuales permanecerá sometido a estrecha vigilancia por parte del alcaide de la villa y de sus autoridades eclesiásticas para velar por la pureza de su fe y la rectitud de su comportamiento. Si transcurrido ese periodo el susodicho cumple a satisfacción de sus supervisores con las faenas que le encomenda-

ren, quede entonces libre y se le dé talega de boca para siete días, a fin de que pueda encaminar sus pasos a donde quiera.

Otrosí que, pasado el plazo antes dicho y quedando libre, dada su condición de ballestero experto y hombre corrido en guerras y de buenas habilidades de gran utilidad, como sabedor de varias lenguas, la de los moros y algo del turquesco que se habla en tierras de Berbería, se le ofrezca la posibilidad de incorporarse permanentemente a la hueste de Vejer, con pleno derecho, en pago de lo cual recibirá patio para edificar en esa villa, cuatro yugadas de tierra para su mantenimiento, en la dehesa de la Hinojera, en Huedi Conil, entre Cabo Torche y Trafalgar, y un trozo de tierra para huerto, con el compromiso de morar en esa villa al menos por cinco años y un día a partir de ese momento, sirviendo a nuestro excelente Señor.

Visto, y firmado, siendo escribano Alvar Díaz Fajardo.

2. DE NUEVO LIBRE

Pasado el año de libertad vigilada, durante el cual anduvo encargado de diversos cometidos en las huestes del duque, Pedro mucho dudó sobre dónde dirigir sus pasos. Aunque había sido exonerado con todos los pronunciamientos favorables, sabía que en cualquier momento podía aparecer alguien que testificara contra él por sus cabalgadas marítimas a las órdenes de Mansur. Si quedaran demostradas sus navegaciones como corsario infiel, lo colgarían por traidor, pero antes recibiría tormento y lo excomulgarían. El sentido común le llevaba a alejarse de la costa, donde podría toparse con marineros o comerciantes que supieran de sus malos pasos. Quizás lo más sensato fuera volver a Arcos para ponerse a disposición de su antiguo señor, pero el recuerdo de sus penalidades en Aznalmara le hizo desistir; en ningún caso quería retornar a ese bastión desolado, pues acababa de saberse que el conde se lo había arrebatado otra vez a los granadinos. Si regresaba a tierras de los Ponce de León, seguramente acabaría allí de nuevo, ya que conocía la zona, o bien destinado en un sitio semejantemente salvaje y peligroso. Bien sabida era en la raya la afición guerrera del conde y su mucho empeño en hacerle la guerra a los moros.

En Vejer, sin embargo, le ofrecían unas condiciones excelentes para afincarse, sirviendo al noble más poderoso de las Andalucías y dedicándose, por añadidura, al oficio que mejor conocía. La villa desafiaba al tiempo imponentemente amurallada, sobre un altozano que se asomaba al río Barbate, asentada tierra adentro a poco más de dos leguas de su desembocadura, gobernando las marismas del estuario del río y una buena porción de mar a lo lejos, hacia poniente, mientras que a levante, norte y sur se dejaba ver una fértil y bien regada campiña. En la falda de la colina sobre la que se asentaba la villa, junto al mismo río Barbate, se extendía el arrabal de La Barca, que tomaba el nombre de la embarcación tirada por andariveles que permitía pasar el río en dirección sur, único camino hacia el estrecho si no se quería dar un rodeo de cuatro leguas hasta las cercanías de Alcalá. Desde este arrabal hasta Vejer se subía por una empinadísima cuesta, llamada de La Barca, que alcanzaba la villa por el norte. Por la vertiente sur, la ciudad se inclinaba más suavemente hacia el mar omnipresente. En el último tramo del río se ubicaba el fondeadero de Barbate, el antepuerto de Vejer, angosto y de poco calado, pero que con marea alta permitía a las naves adentrarse en él hasta una legua y media para escapar de la ferocidad del Atlántico. En la desembocadura, los guzmanes habían hecho edificar un sólido y bien artillado fortín, de manera que ningún navío extraño pudiera remontarlo sin licencia y por ello el fondeadero había prosperado. Numerosos carpinteros y calafates construían y reparaban las naves de la casa de Medina Sidonia en los arenales de la ribera, y también las de los muchos mareantes y pescadores que empezaron a asentarse en la villa, conforme los peligros de la frontera se iban alejando hacia el sur y el este.

Durante décadas, Vejer fue la primera línea de la raya, clave en la defensa de los valles del bajo Guadalquivir y del Guadalete, junto con otras villas como Alcalá de los Gazules y Medina Sidonia. Plaza bien amurallada, segura, situada mucho más lejos de los moros que las tierras del conde y que, aunque costera, miraba principalmente al interior. Comparada con Aznalmara, e incluso con Arcos, esta población resultaba un lugar más próspero y seguro. De manera que, tras pensarlo mucho, Pedro decidió quedarse a vivir en Vejer, aprendiendo a conjurar sus miedos, en busca de la fortuna que hasta ahora le había sido esquiva.

Cuando el escribano le expidió la patente acreditativa de su libertad, se dirigió de inmediato al castillo de la villa para pedir su incorporación a la hueste, con todos los derechos a ella aparejados. El castillo, construido por los moros, ocupaba el lugar más alto de la plaza y nunca había sido expugnado. Tres meses pasaron los benimerines del emir Abu Yaqub cercándolo en 1291, mas no le quedó más remedio al temible guerrero que desistir del intento. Se accedía a él por una única puerta, pequeña, situada en el lugar de más fácil defensa, dando a poniente, a un patio de armas donde los soldados encargados de su guarda se ejercitaban a diario en las artes de la guerra, bajo la atenta mirada de los sargentos, cuadrilleros y adalides. Empeñada en esas tareas estaba la guarnición la mañana de septiembre del año de Nuestro Señor de 1450 en que Pedro franqueó sus muros para solicitar ver al nuevo alcaide, que acababa de tomar posesión de su cargo.

Don Alonso de Osorio se encontraba fuera ese día, así que Pedro tuvo que esperarle durante horas en el patio porticado, sin probar bocado ni agua. Casi todos le conocían, pero desconfiaban de él y fingían no verle. Pedro sabía que en Vejer le llamaban con diversos motes, como «galeote», «medio moro» o «descapuchado», haciendo alusión a su carencia de prepucio, pero no le había quedado más remedio, hasta entonces, que aguantar los despechos y las chanzas que se hacían a su costa, en su condición de preso en libertad vigilada. Durante todo el día tuvo que seguir escuchando comentarios despectivos de todos los que pasaban por su lado y las coplillas que le cantaban «puto, que eres y fuiste moro, pues que tu pija capuz, nunca le tuvo ni tiene», y su paciencia se agotó: en su nueva condición de libre de probanzas, consideró que había llegado el momento de poner coto a esos desmanes a la primera oportunidad.

A la caída de la tarde, cuando el hambre y la sed le apretaron y desde las cocinas del castillo le llegó el olor del rancho vespertino,

Pedro se dirigió al cuarto de guardias y pidió a los soldados que allí dormitaban que le dejaran beber un poco de agua. Cuatro pares de ojos le escrutaron entonces pero nadie dijo nada, hasta que quien parecía ser el de mayor rango le dijo con desprecio: «Sal de aquí, *Descapuchado*. El agua de Vejer es para los cristianos viejos». Pedro, sin alterarse, se dirigió lentamente hacia quien le había hablado, que se encontraba sentado detrás de una mesa, cerca de la puerta. Sobre el tablero había un búcaro. Pedro lo cogió, echó un largo trago de agua y lo descargó, casi vacío, sobre la cabeza del soldado, que cayó al suelo en medio de un gran estrépito, y salió a la calle a toda prisa.

Cuando los demás soldados salieron de su asombro, empuñaron lanzas y espadas saliendo tras él. Pedro estaba desarmado, así que no pudo oponer resistencia. A golpes y patadas le empujaron de vuelta al castillo y lo arrojaron a una mazmorra, encadenado.

Allí paso tres días con sus noches, sin comida ni agua, hasta que finalmente lo arrastraron fuera del calabozo y lo llevaron a presencia del alcaide. Don Alonso se encontraba en el patio de armas, viendo cómo construían un patíbulo, cuando arrojaron a Pedro a sus pies. Todavía pasó un rato el alcaide dando instrucciones precisas sobre la altura de los postes y la longitud de las cuerdas. Después, se dirigió al cautivo:

—¿Qué, *Galeote*, te gusta? Es para ti. No sabía si ahorcarte o desollarte. Pero al final me he dado cuenta de que no te mereces que molestemos al verdugo: te irás al infierno envuelto en tu propia piel. Dentro de poco colgarás de esos postes, a menos que me des una buena razón para no ahorcarte.

Pedro se incorporó torpemente y con los labios agrietados por la sed, contestó con dificultad:

—Señor. Vine aquí a serviros a vos y al duque, con patente de libertad y mandato del duque de incorporarme a esta hueste. Os esperé durante todo un día, fui objeto de burlas e insultos y perdí el seso. Os ruego perdón y un castigo justo. No creo merecer la horca. El soldado a quien golpeé seguramente vive, pues el leñazo no fue mortal. Y si ha muerto no era mi intención quitarle la vida, sino simplemente darle un escarmiento, pues me había tocado la honra llamándome *Descapuchado*.

El noble lo miró con desdén y una sonrisa irónica en su boca barbada.

—Mi buen Martín tiene razón, ahora que lo pienso. *Descapuchado* te sienta mucho mejor. A ver, sacadle la pija, que quiero verle... Así es, sin capuz, como los moros y los judíos. ¿Y quieres que te tratemos como a un cristiano viejo? Venga, colgadlo ya.

Pedro se arrodilló ante don Alonso y con la cabeza inclinada suplicó:

—Señor, por Dios, perdonadme y seré vuestro esclavo. Puedo ser de utilidad a la hueste. Soy ballestero, y de los buenos, también sé adobar ballestas, construirlas y repararlas... —en ese momento, el alcaide mandó a sus hombres que pararan.

—¿Dices que sabes de ballestas?, ¿es eso cierto? Mira que si me engañas en lugar de una muerte rápida mandaré que te den tormento —Pedro, con la soga ya abrazando su cuello, pidió al alcaide que le hiciera una prueba.

Una multitud de curiosos se congregó en la explanada próxima al castillo. Don Alonso, de talante dado a las bromas y amigo de los juegos, mandó que prepararan diversas pruebas de puntería para evaluar la pericia del penado. Pese a la prohibición expresa del alcaide, como siempre en estos casos, se cruzaron apuestas. El mismo don Alonso acabó participando en ellas y puso cien maravedíes contra la vida de Pedro. Los perdió, pues el tornadizo salió airoso de todas las pruebas. Quedó acreditado que no había en Vejer nadie que pudiera compararse con él tirando a la ballesta.

—¿Por qué nadie me lo dijo? —bramó don Alonso—. ¡He estado a punto de ahorcar a un buen ballestero, a un hombre de pelea experimentado que lleva un año con la hueste y nadie me lo advirtió! Aquí sí que van a rodar cabezas, pero no la de Pedro —el alcaide mandó a la mazmorra a quienes consideró responsables del asunto y esa misma mañana mandó llamar a Pedro a la escribanía del castillo.

—Ya me he informado de todo lo relativo a ti, *Descapuchado*. A ver esos papeles —Pedro le entregó la patente y la copia de la sentencia. Después de leerla, don Alonso se quedó pensativo.

—Según manda el duque, estás en libertad, pero no libre de sospecha. Muy extraña resulta tu historia. Pero en mi puesto no valen remilgos. Don Juan Alonso Pérez de Guzmán se empeña en que esta villa prospere, pese a las continuas guerras y las epidemias de peste. La última la dejó tan menguada que todavía no se ha recuperado. Ahora cuento con menos de mil vecinos pecheros, unos cuatro mil habitantes. De ellos, aproximadamente unos cincuenta que se dicen caballeros hidalgos, otros doscientos caballeros ciudadanos, y el resto peones y ballesteros. Poco, muy poco para lograr lo que el duque me pide. ¡Yo no puedo hacer imposibles! ¿Quiere que conquiste más tierras para su Casa? ¡Pues que me dote de hombres y recursos! Con lo que cuento milagro será con conservar la villa si los moros nos atacan. Desde Sanlúcar las cosas se ven muy fáciles. Pero aquí... con los moros tan cerca... Vamos a necesitar ayuda divina y todos los brazos disponibles.

De nuevo quedó el alcaide en silencio y pensativo. Sus miedos estaban bien fundados. Estas regiones ya fueron corridas y asoladas en los tiempos en que el rey sabio era infante. Su padre, el rey Fernando, las ganó a los moros por capitulación en 1250, tras la toma de Sevilla, pero respetó las vidas, bienes y viviendas de sus moradores, dejando en la villa una guarnición para su custodia, alojada en el alcázar. Cuando se produjo la gran sublevación mudéjar, en junio de 1264, los moros tomaron la fortaleza y pasaron a cuchillo a toda la guarnición, quedando como únicos dueños de la villa. Lo mismo ocurrió en Jerez, en Medina, en Lebrija y en muchas otras partes de la Banda Morisca, en esos años infaustos en los que tanta sangre corrió. Cuando ya siendo rey, don Alfonso volvió por estas tierras y retomó la villa, fueron otras las condiciones que impuso a los vencidos: los moros que sobrevivieron fueron esclavizados o expulsados, y los que pudieron buscaron refugio en Granada o al otro lado del Estrecho, con lo que villas y campos quedaron vacíos de gente y empezó la lenta y penosa repoblación de estas regiones, que todavía no había terminado.

Gentes de toda la península, pero sobre todo castellanos y leoneses, vinieron atraídos por las donaciones de fincas y viviendas y por las exenciones fiscales otorgadas por la corona. Pero, pese a los beneficios, la población siempre escaseó por el mucho peligro que suponía vivir en esta región, en primera línea de la nueva frontera establecida en el río Barbate, constantemente asolada por piratas y por huestes de salvajes benimerines africanos que en sucesivas oleadas, pero puntuales como las estaciones, desembarcaban en Tarifa o Gibraltar. Muchos de los colonos de la primera hora regresaron a sus tierras y el número de los que se quedaron iba disminuyendo poco a poco; no solo por la guerra, también por el hambre y las pestes, por las lluvias torrenciales o la sequedad de los tiempos. El garrotillo y las malas cosechas se llevaban a más infantes que los moros. Y las mujeres, que siempre fueron pocas, empezaron a ser el bien más preciado a ambos lados de la raya. El alto precio que alcanzaban en almoneda hizo que muchas bandas de almogávares se dedicaran especialmente a su tráfico, logrando enormes ganancias y despoblando de ellas a aldeas y pueblos mal defendidos.

Durante el largo periodo que duró la batalla del Estrecho, más de setenta y cinco años, la situación apenas cambió. En Vejer quedó una escasa y precaria guarnición y unos pocos colonos que difícilmente subsistían, pues no podía salirse al campo para el laboreo sin riesgo de la vida. En muchas ocasiones, aquellos menesterosos campesinos tuvieron que ampararse tras las murallas y asistir, desde la altura, a las devastaciones de los benimerines y a la continua marea de huestes moras camino del norte, del valle del Guadalquivir, en busca de mejores presas, pues bien sabían los moros que en Vejer y su alfoz poco de valor quedaba. Y de esa forma, las aldeas fueron quedando despobladas, los campos baldíos y la escasa población de la comarca de la Janda reducida a los refugiados que malvivían al amparo de los muros de la villa.

Con la finalidad de defenderla mejor, el rey concedió la villa a la Orden de Santiago en 1285, junto con Medina Sidonia y Alcalá de los Gazules, aunque la donación nunca tuvo efecto, pues los caballeros no tomaron posesión de ellas. En esos tiempos, la plaza carecía ya casi completamente de población civil y nadie quería venir a colonizar tan inseguros predios, sobre todo tras el cerco meriní de 1291, pues aunque los moros rodearon la villa sin lograr abrir brecha, la población resistió de milagro, con escasas provisiones, y una vez levantado el asedio, muchos la abandonaron perdiendo sus heredades, pero asegurando la vida.

Vuelta la villa a manos reales, el rey renovó los privilegios para atraer nuevas manos, con escaso éxito, por la evidencia de la incapacidad de la corona para defender estas tierras con sus propios medios. No quedó más remedio al rey que entregársela en señorío, en 1307, al más poderoso guerrero de la raya, don Alfonso Pérez de Guzmán, Guzmán el bueno, heroico defensor de Tarifa y caudillo militar que peleó en ambos continentes, quien ya poseía Sanlúcar, Chiclana, el Puerto de Santa María, así como Rota, Chipiona, Medina Sidonia y las almadrabas de Huedi Conil.

Bajo el puño de hierro de los guzmanes, la villa empezaba ahora a renacer, muy lentamente. Con la conquista de Tarifa disminuyeron los peligros y poco a poco fueron acudiendo nuevas gentes, aunque a una buena cantidad de los que llegaron entonces los reclutaron a la fuerza en las plazas de la frontera y en cuanto podían escapaban al norte. En cuanto a subsistencia, la villa seguía sin poder alimentarse a sí misma y tenía que ser abastecida desde Jerez y Sevilla.

Lejos de las preocupaciones que asolaban al alcaide, Pedro aguardaba en silencio sus órdenes, contento de haber conservado la vida una vez más, cuando tan cerca estuvo de perderla. Después de un largo rato, don Alonso volvió a hablarle:

—Si lo deseas, Pedro, puedes incorporarte a la hueste del duque como peón ballestero para ejercer la almogavaría a pie. Por mi parte, daré por buena tu historia y creeré que eres cristiano viejo. Si me sirves bien, no te arrepentirás y prosperarás en esta villa. Pero si resulta que eres un pagano, o un traidor, más te vale que no te eche la mano encima, porque desearás no haber salido de la galera donde dices que penaste como esclavo.

3. CABALLERO VILLANO

Durante semanas la guarnición de Vejer tuvo que soportar el furor del alcaide, lo que contribuyó a mermar la ya poca estima que en la villa tenían a Pedro. Todos sospechaban de él y evitaban su compañía. Seguían llamándole con motes e insultos, aunque ya rara vez de viva voz y en su presencia, pues don Alonso había ordenado que se le tratara con respeto.

El solar que se le adjudicó intramuros para que se construyera una casa nunca llegó a utilizarlo. El primer día que apareció por allí pudo advertir la hostilidad de los vecinos. No había ni un alma por la calle y todas las puertas estaban cerradas y atrancadas. Pedro se sentó en el espacio vacío donde debía construir su casa y se puso a pensar. Después de un buen rato, cogió el hatillo donde portaba sus escasas pertenencias y salió de la villa por la puerta de la Segur en dirección a la dehesa de La Hinojera, donde le habían entregado algunos lotes de tierra para su mantenimiento. Allí se construyó la choza que durante meses iba a constituir su hogar, en lugar expuesto y solitario, pero que a él le resultaba aun así menos inhóspito de lo que prometía ser su vida junto a los habitantes de Vejer.

Pronto se puso de relieve que la confianza que el alcaide depositó en Pedro estaba bien fundada. Su experiencia en la raya, su conocimiento del árabe, de los senderos de la frontera y su mediano seso contribuían al buen éxito de las cabalgadas. Su valía le hizo ganar el respeto de sus vecinos, aunque no el afecto. Al fin y al cabo, en la cercanía de los moros, más valía tener al lado un brazo fuerte y seguro, aunque perteneciera a linaje dudoso, que a un cristiano viejo pero esmirriado. Los blandos y cobardes, por muy probada que estuviera su sangre, solían acabar muertos o cautivos y constituían un peligro para todos en situaciones de riesgo, cuando la vida dependía de la pericia con las armas, la resistencia, la disciplina y la presencia de ánimo. Poco a poco, mediante lances guerreros y copas compartidas en los mesones, Pedro se ganó un sitio entre el peonaje y los plebeyos de la villa. Seguía siendo persona sospechosa, de pasado oscuro, pero su autoridad en asuntos de guerra, su valor y la facilidad con que abría su bolsa fueron venciendo las reticencias del común, aunque los hidalgos y los villanos con ínfulas siguieran tratándolo con desprecio y eludiendo su compañía.

Las notables cualidades guerreras de Pedro le valieron el cargo de fiel de rastro. Contento con su nueva posición, puso en práctica todo lo que aprendió con don Enrique: su pensar continuo era cómo tramar ardides y engaños contra los moros. Gracias a ello, en poco tiempo prosperó en Vejer y con su agrandado patrimonio pudo plantearse sostener un caballo y mejores armas. Para conseguirlo tuvo que vender varios majuelos de buena viña, pero le merecía la pena y el tiempo se encargó de atestiguar que fue una buena inversión, porque como caballero creció su porcentaje en los frutos de las cabalgadas. Quien más arriesgaba más obtenía, y Pedro ya exponía no solo la vida, sino también montura y aparejos de combate.

Se cumplió así, con él, como con tantos otros antes en la frontera, el dicho del Cantar de Mío Cid «los que fueron de pie cavalleros se fazen». Lo que andaba buscando al salir de Córdoba lo había conseguido con creces. Poseía tierras y había logrado alguna elevación social. De simple peón, pasó a caballero villano, o caballero de cuantía.

Sin embargo, la mejora de su hacienda no vino sola. Trajo aparejada la vanidad. Pedro no era noble de linaje, ni llegaría nunca a serlo, y tampoco lo pretendía, pues sabía que Dios hizo a los hombres desiguales por razón del nacimiento y que pecaba de soberbia quien pretendía escapar del lugar que Él le había dado en la jerarquía del mundo. Como caballero villano consiguió mejorar su posición en la sociedad vejeriega hasta el máximo de lo que podía aspirar un hombre de su origen. De los millares de muchachos que acudían a la raya persiguiendo esos sueños, solo unos pocos lo lograban, mientras los más morían por el camino o eran cautivados por los moros. Y muchos otros no mejoraban su estado, por falta de arrojo, de valía o por simple mala ventura, y debían arrastrar una penosa existencia labrando fincas de otros y cuidando ganados ajenos.

Consciente de sus méritos y del camino esforzado que había recorrido, pagado también de sí mismo, Pedro pensó que iba siendo hora de reclamar el puesto que le correspondía en la jerarquía de la villa, y buscó casa en la mejor zona de Vejer, cerca de la alcazaba, con intención de formar de nuevo familia, desafiando otra vez a la fortuna, que tan tercamente le había desfavorecido en este campo. Con un buen casamiento contribuiría, además, a despejar las dudas sobre su pasado y a echar tierra y olvido sobre sus malos pasos.

La primera vez que casó, lo hizo en Aznalmara, recién llegado a la raya, a los quince años y por la fuerza, con una mujer mucho mayor que él a la que no tuvo tiempo ni madurez para tomarle afecto. A su segunda mujer, Juana, la mora cautiva con la que convivió algo más de tres años, sí le cobró Pedro, pese a todo, cariño sincero, porque a su lado encontró los únicos momentos de verdadera paz que recordaba y una sensación de plenitud y arraigo que ahora echaba de menos y quería recobrar. Su existencia incierta y curtida por soledades alimentó en él el gusto de disponer de un lugar al que retornar, con comida caliente e hijos a los que criar. La vida apenas le dejó disfrutar de las mercedes de la vida familiar, pues también a Juana y a los dos niños los devoró la vorágine de los tiempos, y ni siquiera sabía si estaban vivos o muertos, o si alguno se preguntaría por su padre.

Cuando Pedro rememoraba su vida con Juana sentía el zarpazo del dolor. La herida seguía presente, pese al tiempo transcurrido. Se veía de nuevo boca arriba, tendido en el campo, moribundo, cautivo de los moros y rumbo a las bocas del Guadiaro, atendido sabiamente por Antón. ¿Qué habría sido de todos ellos? Difícilmente podía recordar sus rostros, difusos en su memoria un poco más cada día que pasaba. Al relajarse su forma de vida, acudían a él con más facilidad sensaciones diversas, el calor del cuerpo de Juana apretado contra el suyo, las mantas de lana basta en las noches de invierno, el peso levísimo de sus hijos, su olor a leche materna, sus risas y llantos, su propia sorpresa ante la completa menesterosidad y fragilidad de los críos, o la gratitud con Dios por haberle permitido a él, huérfano de padre y madre, sobrevivir.

Pensaba Pedro que era el momento de encontrar nueva mujer y tener descendencia. No habiendo conocido a sus padres, no sentía apego alguno a ellos y tampoco guardaba amor, ni siquiera buen recuerdo, para ninguno de los monjes que le criaron. Él quería hijos, cuantos más mejor, quería verlos crecer y prosperar en sus tierras, enseñarles sobre ganados y pastos, sobre caza y montería, y las cuatro oraciones prescritas, el padrenuestro, el avemaría, el credo y el salve Regina, y los mandamientos de la Ley de Dios, todo lo que él aprendió en su infancia y que tanto consuelo le había dado en las horas de penuria y desazón, incluso cuando estaba cercano a sentirse moro de corazón, pues no se olvidan las oraciones de la infancia, y él las farfullaba para sí en la galera, cuando postrado hacia el este fingía rezar a Mahoma.

Pero no resultaba tarea fácil encontrar mujer con la que casar en Vejer. Aquí no vivían tantas viudas como en Arcos, aunque también las había. Como en muchas villas al sur del Guadalquivir, en Vejer se daba un notable exceso de hombres, condenados por ello a forzosa soltería. Pocas mozas decentes querían venir a afincarse en la cercanía del moro, por el mucho peligro y la dureza de la vida. Las más venían obligadas o huyendo de algo o de alguien, con culpas que pagar o pecados que olvidar. Además, la vida en la frontera se cebaba implacablemente con las hembras: casi todas engendraban en cuanto se les derramaba la primera sangre y a los treinta años parecían ya ancianas. Y no todas llegaban a esta edad por la dureza de los partos, más mortíferos que las batallas. Siendo tan pocas, las mujeres constituían un tesoro muy valioso y como tal se las custodiaba, pues el furor venéreo de los solteros causaba numerosos problemas: requiebros, asaltos, amancebamientos, adulterios y violaciones que provocaban pavor a niñas, mozas y criadas en las ciudades andaluzas. Perennemente guardadas detrás de amas y celosías, a las doncellas rara vez se las podía ver por las calles, donde resultaba peligroso aventurarse incluso a plena luz del día. Solo salían con escolta y completamente tocadas y embozadas a la usanza mora, sin que pudiera distinguirse nada de su cuerpo más que los ojos, pues en cada esquina, acechando en lavaderos y fuentes, mozos de toda condición esperaban la ocasión de desfogar las exigencias de su carne joven.

Abundando más los solteros que los casados, difícil resultaba emparejarse. Pedro hizo diversos intentos, infructuosamente. En su ignorancia, consideraba que el hecho de haber logrado un mediano patrimonio iba a acarrearle una mejora inmediata en su consideración social y que representaba un buen partido para viudas en sazón e incluso para algunas mozas de familia pobre. Sin embargo, la realidad decía que, pese a su caballo y su fortuna, seguía siendo un desconocido en Vejer, con un pasado más que dudoso, un advenedizo oscuro que habitó entre moros. No se conocía quiénes fueron sus padres y, aunque decía haber nacido en Córdoba, ¡cualquiera sabía! Los que se desplazaban de una villa a otra de la raya las más de las veces cargaban pecados que lavar y delitos que ocultar. Con suerte, los villanos como él podían aspirar en Vejer a alguna moza defectuosa, o a una cautiva redimida, y en esos tiempos ni siquiera de esas se encontraban, pues las últimas pestes habían vaciado otra vez las villas.

Había hombres que incluso recurrían al pecado nefando para saciar su hambre de carne, pese a que tanto la jurisdicción real como la señorial perseguían con dureza a los sodomitas. Aunque este mal, que afectaba por igual a hombres de toda posición, no cabía atribuirlo solo a la falta de hembras. Sobre todo en las grandes ciudades de realengo, sobraban los que por pura afición realizaban prácticas contra natura, hasta el punto de que en Sevilla de vez en cuando ardía en la hoguera algún ricohombre por practicar la sodomía con uno de sus pajes, o con mozos de los establecimientos regentados por Machuco el Negro, un antiguo esclavo que ganó su libertad rompiendo culos de cristianos viejos con su afamada polla, y que después se hizo rico traficando con jovencitos para caballeros y clérigos de la ciudad.

Nada amigo de tales desafueros, Pedro se apañaba en las mancebías, o en los mesones camineros donde además de la gula se cultivaban otros pecados. Mientras esperaba que algún día se presentara al fin la ocasión de emparejar, ponía todo su empeño en incrementar la fortuna, pensando que con los muchos dineros, tarde o temprano vendría también la novia.

Y así ocurrió, porque los caudales obran con frecuencia milagros. Después de varios años de acumular botines, las puertas que no pudo franquear con su honra y su prosapia, empezaron a abrirse ante su acrecentada bolsa. Tras complicados esfuerzos y negociaciones, Pedro obtuvo el consentimiento del padre de Mariana Montañés, un caballero villano de mediana hacienda, de familia largo tiempo afincada en Vejer y uno de los principales de la villa, entre los carentes de linaje. Y casó con ella.

El matrimonio no resultó como Pedro esperaba. Poco tardó en reparar que mediante el oro puede comprarse esposa, mas su afecto tiene mecanismos más sutiles y complejos de adquirir. Como hija pequeña de un principal, Mariana había recibido siempre más atenciones que sus hermanos, y quizás por ello albergaba ínfulas impropias de su estado. Casó a la fuerza, obligada por su padre, pues ella aspiraba claramente a algo más que un simple villano advenedizo. Prefería seguir esperando un mejor partido, para al menos igualarse a sus hermanas mayores, todas ellas casadas con infanzones de mayor o menor estirpe.

Con tan mala disposición de la moza, Pedro nunca recibió el afecto que su corazón anhelaba, aunque no por eso la lastimaba. Él mismo fue enseguida consciente de lo desproporcionado de sus respectivas condiciones y en su fuero interno comprendía el rechazo de Mariana. Lo único que no consentía es que le faltara al respeto en público, cuestión que quedó inmediata y contundentemente zanjada la primera vez que ocurrió. Pero en la intimidad del hogar, Mariana se comportaba de manera pendenciera y despectiva; apenas le dirigía la palabra y solo en contadas ocasiones consentía en el ayuntamiento carnal al que venía obligada como esposa cristiana. Tampoco cuidaba de las faenas del hogar, pues todo su empeño lo ponía en el uso de afeites, tintes de alheña y otros aderezos como solimán labrado, con los que alimentaba su vanidad de doncella manirrota y malcriada, y así andaba todo el día, a vueltas con el blanquete y otras mezclas de polvos para su acicalado.

Quizás sus insolencias y su mucha ambición le acarrearon el castigo que sobrevino, pues sin llegar si quiera a concebir una vez, halló la muerte en la siguiente epidemia de peste que, como solía ocurrir, apareció a comienzos del verano. Durante los primeros días murieron muchísimos vecinos y el pánico se instaló en la población. Volvieron las rogativas, las penitencias individuales y colectivas, y el escarnio a los judíos, hasta que progresivamente fue decreciendo el número de muertes y pasados unos meses, al final del otoño, la epidemia pudo superarse. Mariana murió de las últimas y con ello se liberó Pedro de un casi seguro encornudamiento, pues dada la mala condición de la hembra muchas probabilidades veía Pedro de que aprovechara alguna de sus muchas y largas ausencias para dejarse cabalgar por cualquier hidalgo sin hacienda de esos que pululaban por la villa en busca de fortuna y entretenimiento.

Después de enterrar a Mariana, en una discreta ceremonia a la que no acudieron más que sus padres, Pedro se dirigió al alcázar para hablar con el alcaide. Cuando estuvo en su presencia, le planteó una sencilla y directa demanda.

—Señor, os pido la venia para partir de Vejer. Quiero liquidar mi hacienda y dirigirme a otras tierras.

El alcaide se quedó mirándole con semblante preocupado y se limitó a decir:

—Permiso denegado. Ya puedes volver a lo tuyo.

—Señor, insisto: quiero abandonar esta villa, donde tan mal se me quiere.

Don Alonso se levantó de la cátedra donde repasaba memoriales y cuentas, y dio unos pasos por la estancia, mirando al suelo. Cogió una jarra de vino y llenó dos copas. Le ofreció una a Pedro.

—Ya no eres un muchacho, Pedro. Aquí tienes el pan asegurado y un oficio que cumples como el mejor. ¿Que nadie en Vejer te quiere? ¿Pero qué esperabas? Has sido galeote, nadie sabe quién fue tu padre, has vivido entre moros... Con esas credenciales nunca tendrás el puesto que deseas. Esta es una villa de muchas ínfulas. Aquí todos quieren ser hidalgos y hasta los que dicen serlo mienten. ¡Qué flaca memoria tienes! Deberías estar agradecido a Dios, pues es un milagro que todavía vivas. Deberías besar el pan que te comes y ese vino que haces bailar en la copa sin atreverte a beber, aunque te lo he ofrecido de buena fe y por aprecio. La ambición te ciega, Pedro de Córdoba: en cuanto superas un golpe de la fortuna te olvidas de tu suerte y ya estás deseando nueva cosa. ¿No pararás?... Sé que no pararás porque esa es tu condición. Que Dios te ayude, porque yo en eso no puedo.

Pedro escuchaba con atención al alcaide, sin decir nada, sin beber su vino, pensando. Se daba cuenta del paso del tiempo, los golpes de la fortuna ya no los encajaba como antes. Lo que tanto había deseado, un casamiento, lo logró después de mucho esfuerzo: ¿para qué? Al poco tiempo de casarse supo que estaba mejor soltero. ¿Por qué arriesgarse a seguir viviendo en estas tierras, donde además podría tener un mal encuentro?

—Tu problema, Pedro, es que no acabas de comprender cuál es tu lugar en el mundo. Dios te ha traído a este valle de lágrimas para descabezar moros. No he conocido a nadie en la raya con mejores condiciones que tú para la guerra guerreada: eres inteligente, valiente, fuerte, imaginativo... Si sigues vivo, pronto serás adalid y mandarás tu propia partida de almogávares. ¿Qué más puedes desear? Vuelve a lo tuyo y no me obligues a encerrarte: acabo de recibir órdenes de Sanlúcar y no cuento con gente suficiente para cumplirlas. Seguirás aquí, a mis órdenes, cumpliendo la voluntad de Dios y la del duque, o te colgaré por desertor.

4. RONDA 1451

Los dineros no le trajeron a Pedro la familia que buscaba y tampoco la tranquilidad de espíritu. Desde que habitaba en Vejer, pese a su propósito de afincarse y de echar raíces entre sus gentes, vivía obsesionado por la posibilidad de que alguien lo reconociera y delatara como renegado y corsario. Este miedo no confesado, además de las otras razones expuestas al alcaide, le impulsaban a abandonar Vejer y a poner tierra, mucha tierra, por medio. Desasosegado, sufría noches de insomnio como consecuencia de cualquier mirada inquisitiva, de una pregunta impertinente, de un presentimiento o simplemente por suposiciones que después se demostraban infundadas. Más de una vez se lanzó a los despoblados, solo, en procura de negocios supuestos, solo para quitarse de en medio por una temporada prudencial. Pero el mayor apuro que pasó se produjo durante un viaje a Ronda, en 1451.

Como Adelantado Mayor de la frontera, su señor el duque no solo se encargaba de las operaciones militares de hostigamiento y represalia contra los moros, que tan buenos beneficios solían dejar a todos los participantes y al propio duque, sino también de la gestión de la diplomacia fronteriza y de la preparación de intrigas y cizañas para debilitar a los moros.

Los granadinos andaban por esos tiempos, una vez más, enzarzados en querellas dinásticas. Don Juan II había decidido apoyar la sublevación del castellanófilo Abu al Walid Ismail contra Muhammad IX el Zurdo y encomendó al duque la misión de establecer contactos con los dirigentes de las poblaciones cercanas a la raya para sondearles y, en especial, con los de la villa principal de Ronda.

El duque, que en los peligrosos vaivenes de las intrigas castellanas había acabado —aun sin buscarlo— varias veces en el lado equivocado, encontró una buena oportunidad de complacer al rey cuando en Sanlúcar se recibió por medio de un alfaqueque una carta del alcaide de Ronda, Ibrahim ibn Muhammad al Qabsabi, con la intención de arreglar las querellas, determinar la frontera y acabar con las depredaciones mutuas que habían alcanzado en los últimos meses una intensidad excesiva y ponían a ambos lados de la raya en peligro de quedar despoblados. Se intentaba volver a la situación de relativa paz anterior, cruzando cabalgadas, pero no de exterminio, lo que rendía buenos frutos tanto a moros como a cristianos.

Los loores a solo Dios, alabado sea. Dios mantenga al gran señor, famoso, bienamado, de noble estirpe, renombrado, digno de gratitud, altamente reputado y venerado, al alcaide magnífico, famoso entre sus correligionarios y grande entre su gente, que es el noble Duque de Medina Sidonia, Dios recompense vuestra piedad.

Os saluda vuestro amigo, el que os está agradecido, os recuerda y os quiere, Ibrahim ibn Muhammad al Qabsabi, Dios sea benévolo con él, desde la alcazaba de Ronda, guárdela Dios de la sumisión. Alabado sea Dios.

Muy magnífico señor, cuando a Vuestra Señoría escribimos hace ahora dos años, nos respondisteis que hacíamos las paces por veinticuatro meses y así la asentamos. Y, muy magnífico señor, somos quejosos de Vuestra Señoría pues caballeros de la villa de Medina se llevaron hace cuatro meses a tres muchachos y a una doncella de la ciudad de Montejaque, y por esta causa se volvió a la guerra entre nuestras tierras, a resultas de la cual se han perdido las vidas de muchos moros y cristianos, y ganados por ambas partes, según sabe Vuestra Señoría. Y de ello somos maravillados, conociendo vuestras virtudes de mucha verdad y lealtad, y de señor natural de esta frontera.

Para asentar y allanar la paz otorgada por los señores reyes y para guardarla, bien sería que de esa noble ciudad de Sanlúcar y de las villas de Vejer y Medina Sidonia, fuese un caballero a Ronda para hablar con los moros de ella y deshacer los agravios, para que todos viviesen en paz.

La paz sea sobre vos de parte también de mi hijo Muhammad, quien saluda a todos vuestros hijos, y Dios, ensalzado sea, os honre por vuestra piedad.

En respuesta, desde Sanlúcar salieron cartas para Vejer y Medina, ordenando que desde allí no se hiciera daño a los moros y en prenda se envió a Ronda a una mora de alcurnia, cautiva del alcaide de Medina y se pidió que como confirmación de lo acordado se hiciera venir desde Ronda con la respuesta a un cristiano cautivo de similar calidad.

Cumplidas esas garantías, el duque envió una embajada a Ronda al mando del alcaide de Vejer, don Alonso de Osorio. Pedro, que ya por entonces era hombre de confianza del alcaide, iba en la escolta como ballestero. Como personero oficiaría el Alfaqueque Mayor García Alonso de Haro, al que se encomendó la negociación de una tregua parcial en el sector del poniente nazarí, desde Gibraltar hasta Antequera, y el rescate de varios cautivos, a cambio del cual devolverían los castellanos a otros ricoshombres moros de calidad similar que se encontraban cautivos en tierras ducales. Como ayudante contaría con el judío Vidal Astruch, buen conocedor de la política y el comercio rondeños. Mucho se holgaron los que habían sido elegidos como miembros de la comitiva, pues la misión diplomática les permitiría comerciar con los moros y conseguir buena ganancia.

Ronda era la ciudad más importante a ambos lados de la frontera de poniente. Entre sus muros habitaban más de quince mil almas y otras tantas poblaban los restantes lugares de su altiplanicie y serranía, como Havaral, Gaucín o Benaoján. Su riquísima y bien regada vega producía en profusión toda clase de frutos, muchos de los cuales se secaban y se vendían en regiones lejanas. Del suelo de la meseta rondeña, el granero nazarí, salían al año más de cien mil almudes de trigo, aunque la mayoría de ese pan se trasladaba al este, a tierras de Baza, Granada y Almería, siempre necesitadas de cereal. Eran también famosos sus ganados, que comían las copiosas hierbas de la sierra, donde también se encontraban otras riquezas que los hombres aprovechan, como grana, esparto, palmito, espárragos, corcho y caza. Nudo de comunicaciones, a sus mercados acudían gentes desde apartados lugares, por ello se contaban en más de cien sus tiendas. Porque los moros, a diferencia de los cristianos, no consideraban el comercio un oficio deshonroso. Se decía que hasta su Profeta fue comerciante, de manera que se dedicaban al tráfico de mercancías tanto nobles como libertos, de lo que derivaba no poca prosperidad para las tierras del islam. A esa bonanza ayudaba la judería de extramuros, en la confluencia del Guadalevín y el arroyo de las Culebras. Allí se habían refugiado en los últimos años judíos que escapaban de los pogromos producidos tanto en tierra cristiana como nazarí.

A Ronda la visitaban además los que acudían en procura de consuelo para el cuerpo o el espíritu en sus numerosas casas de baños y mezquitas, o en busca de solución para sus males, pues los famosos físicos de la villa preparaban con las hierbas que recogían en la Sierra de las Nieves remedios y tisanas muy reputados por sus virtudes curativas, como la famosa agua de azufaifa.

Ante todo, Ronda era una importante plaza militar. Su alcazaba, poderosísima e inexpugnable. Su guarnición, la mejor dotada del reino de Granada. Por sus serranías se dispersaban muchas bandas de gandules, medio guerrilleros medio bandidos, que por lo general obedecían al señor de Ronda, aunque no siempre y no en todo, causando terror en las tierras de los cristianos desde el bajo Guadalquivir a las montañas del Estrecho.

Ya bien entrada la noche la expedición cristiana llegó a las afueras de Ronda. Los agotados caminantes descansaron al calor de las hogueras, sin mayores prevenciones; solo cuando una luz violácea anunció por oriente que el sol estaba a punto de salir, se levantó el campamento y se erigieron con todo esplendor los pendones. Los moros habían de saber que les visitaba un noble de alcurnia, comparable solo al rey de Castilla, su pariente y a veces amigo. En las Andalucías, todos sabían que el duque mandaba más que el propio rey y aquella era una ocasión propicia para dejar constancia de que su casa formaba parte de los linajes antiguos, como la de su archienemigo el Ponce de León.

Durante todo el día los cristianos reposaron a la vera del río, a los pies de la montaña donde Ronda se erige. Allí se acicalaron y se prepararon para entrar en la ciudad al caer la tarde, con el boato esperable de una embajada del duque de Medina Sidonia. Iban en la delegación los alcaides de las principales villas fronterizas, acompañados de reputados fronteros que aprovecharían para tomar nota de cuanta información pudiera serles de utilidad en futuras negociaciones o lides.

Al mando de la comitiva y como personero del duque iba don Alonso de Osorio, que portaba una carta de su señor con una proposición de paces:

A nos place y plogo mucho otorgar por nuestra parte el sobreseimiento de la guerra, y a que los cristianos no entren en tierra de moros desde Tarifa hasta Antequera y a no hacerles mal ni daño, por el tiempo de diez e ocho meses, que comenzaron desde veinte días de este presente mes de mayo, mediante Dios, por nos será guardada y mandamos guardar a todas nuestras comarcas y a pregonar a quien debemos y por lo mayor a quien debemos hicimos saber; y juramos a Dios y a nuestra ley de guardar y mandar guardar la dicha tregua según es recontada en vuestro traslado de vuestra misiva que en nuestro poder tenemos.

El jeque de Ronda sabía con quién trataba y la importancia de la reunión. Todo puro teatro, un baile antiguo pero con unas reglas muy estrictas que todas las partes ponían buen cuidado en cumplir. Y dispuesto a escenificar como el mejor su papel, salió el jeque a recibirles a las puertas de la villa con grandes cortesías y elogios exagerados, haciendo referencia a la alteza del origen y la excelencia de la sangre de sus visitantes, sobre los que antes había recabado oportuna información, e hizo ricos presentes a los miembros de la embajada: numerosos hatos de la valiosa lana rondeña, sedas de

Comares, joyas de plata, jaeces de jineta, guarniciones, alfanjes y otras materias de valor como sacos de canela, azafrán y colorantes, muy apreciados por los cristianos.

El alcaide de Vejer, conocedor de las costumbres de los moros, se inclinó ceremoniosamente y besó la ropa del señor de Ronda. Después todos juntos fueron en procesión al alcázar, recibiendo los vítores de la población. Los cascos de los caballos pisaban una alfombra de flores tendida a su paso e iban dejando un aroma dulzón en el aire. Los chiquillos escoltaban alborotados a la comitiva, admirados de las armaduras y comentando el extraño aspecto de los caballeros cristianos. Cuando el bullicio que ocasionaban empezó a ser molesto, unos guardias los dispersaron a coscorrones.

Llegados al castillo, el alcaide ordenó que se atendiera adecuadamente a las gentes del común que habían escoltado a los nobles cristianos, mientras que a estos los llevaron a una amplia y lujosa sala de audiencias, digna de cualquier rey cristiano. Después se intercambiaron las frases ampulosas obligadas en estos tratos, cortesías y alabanzas mutuas: tan pronto se halagaban, de una parte, los logros del duque, como las victorias del emir y del jeque de Ronda, y se comentaban hechos honorables de guerra, reales o inventados. Los preliminares se prolongaron largas horas y a ellos solo puso fin el hambre. Sin haber entrado en el fondo del asunto, ese primer encuentro terminó con una cena fastuosa.

A la mañana siguiente regresó la embajada al alcázar y esta vez fueron pocos los preliminares; se entró de lleno en las cuestiones litigiosas, en presencia del señor de Ronda y de los grandes de la villa, su alguacil, Muhammad ibn Abu-l-Qasim al-Hakim, y sus principales caballeros. Se hallaban también presentes Muhammad el Gomeri, alcaide de Casares, el alcaide del concejo de Gaucín Muhammad ibn Kumasa y el de Marbella, Ismail ibn Comija.

La embajada traía dos moros rondeños, caballeros de cierto valor, que fueron recibidos con alborozo en la ciudad. A cambio esperaba recibir tres cristianos de Medina, cautivos en Ronda desde hacía años. Pero el jeque de Ronda alegó que el trato concertado establecía que fueran tres los moros a devolver, faltaba don Musa ibn Mutassin, hijo mozo de un caballero rondeño, muy honorable y buen amigo del alcaide, que fue tomado cautivo en una cabalgada en las proximidades de Jimena. El alcaide de Vejer debía maniobrar con cuidado en este delicado asunto:

—Sabed, honorable señor, gran caballero y bienamado nuestro, que siempre ha sido la voluntad del duque y la nuestra la de traeros a vuestra presencia a don Musa, que se encuentra bien de salud en la villa de Sanlúcar, donde es huésped del duque. Pero me manda mi señor don Musa comunicaros que se tornó cristiano. Nosotros recibimos de ello mucho pesar y le dijimos que viniese con nosotros, mas él no quiso. Por supuesto, podéis mandar que vengan su madre y sus parientes con nosotros a Sanlúcar para comprobar ser cierto lo que decimos y para que den sus razones al mancebo y así, si él quiere, vuelva libre a esta ciudad, que nosotros lo dejaremos ir.

Mucho enojo causó esta noticia en el dueño de Ronda. La embajada se encontró en un momento al borde del fracaso. Rojo de ira, don Ibrahim abandonó la sala, dejando a los presentes mudos y expectantes. Nadie se movía, no se oía ni un murmullo, aparte de las respiraciones de los concurrentes. Buen rato después, reapareció el señor de Ronda, más calmado aunque aún lívido y contrariado. Pero no resultaba juicioso abandonar ahora los tratos, cuando tanto se había avanzado; se dejó a un lado el caso de don Musa, a quien ninguno de los asistentes volvió a nombrar, y se retomaron los otros asuntos.

Se buscaba un pacto de tregua. Era preciso que las regiones que bordeaban ambos lados de la raya se recuperaran y pudieran seguir produciendo. Ya abundaban los despoblados y apenas quedaban gentes que plantaran panes, por lo que la carestía se extendía por toda la región. Pese a la fertilidad del suelo, el precio del pan en Ronda había llegado en los últimos meses a ser tan elevado como en todo el reino Nazarí. En ocasiones, ni siquiera pagando las más altas sumas se obtenía el suficiente abastecimiento. Era preciso un periodo de paz para que ambas partes recompusieran sus mermados graneros, crecieran los ganados y volvieran a poblarse los lugares desiertos.

También debía tratarse el rescate de otros cautivos de menor rango. La lista era larga y la negociación se hizo caso por caso: debía valorarse la calidad de cada preso y de su linaje, a fin de encontrar el adecuado equilibrio de las contraprestaciones. Casi todo el segundo día de negociaciones se fue en estos tratos, aunque al fin se llegó a un compromiso satisfactorio para todos. Además, el alcaide de Ronda pidió al duque que se le hiciera merced personal del rescate de dos cautivos moros de la villa de Gibraltar, que fueron apresados por cristianos de Castellar y vendidos en Sevilla a Pedro Melgarejo, mostrándose dispuesto a pagar la suma que fuera precisa para ello. El alcaide de Vejer se comprometió personalmente para lograr la satisfacción de don Ibrahim: si lo conseguía sería sin duda importante la comisión que se embolsaría don Alonso y Pedro esperaba que contara con él para ejecutar esta diligencia y llevarse de camino una parte.

Al cumplirse el tercer día ya no cabía duda de que la embajada había dado buenos frutos: los alcaides de Ronda y Setenil aceptaban las treguas propuestas por el duque y el rey don Juan. Los robos que habían quedado demostrados se castigarían y los ganados serían devueltos por ambas partes. Se nombrarían alguaciles para acometer una expedición de castigo a El Burgo, cuyos gandules se habían excedido en su celo. Los moros de Ronda se comprometían por añadidura a informar al duque si el rey de Granada intentaba algo contra sus tierras o las tierras del rey al sur de Antequera.

Para celebrar el acuerdo se organizaron grandes festejos. Los moros querían impresionar a los cristianos y les ofrecieron las mejores viandas, tanto a hidalgos como a plebeyos, sin escatimar ni en luces ni en vino. Se organizó una comida en la que participaron todos a la vez, algo muy raro en Castilla, donde la nobleza y el común solían hacer su vida separados. En una enorme mesa se dispuso gran cantidad de platos, que fueron sin pausa renovados por esclavos lujosamente engalanados con sedas y tafetanes. Se sirvieron los excelentes vinos de la zona de Málaga, que no se encontraban mejores en tierras cristianas, acompañados de unos dulces sabrosísimos; hojuelas de miel, pestiños y rosquillas de cañamón. En animada charla, los caballeros de ambos bandos departían amigablemente, y también los peones, que como podían se hacían entender, aunque eran muchos los que chapurreaban la lengua del contrario.

Durante la comida Pedro vio que un caballero moro ricamente vestido no le quitaba ojo de encima y empezó a ponerse nervioso. Desde que había venido a Ronda le inquietaba la posibilidad de que alguien que se hubiera topado con él durante su etapa de renegado le reconociera. Y algo así se venía temiendo que hubiera ocurrido ante la insistencia del moro en mirarle. Al cabo, el rondeño se levantó de sus cojines y se dirigió hacia donde estaba Pedro, sentándose a su lado. Se dirigió a él en árabe. Pedro fingió desconocer esta lengua y le pidió que hablara romance, si podía y le placía. Como tantos nobles nazaríes, el otro hablaba un romance casi perfecto, con su claro acento morisco.

—Señor, me parece que os conozco. Mi nombre es Muhammad ibn Kumasa y soy alcaide del concejo de Gaucín y caíd del ejército del jeque de Ronda. Frecuento la plaza de Gibraltar, donde tengo amigos y parientes. ¿No os he visto yo alguna vez en esa villa?

Pedro trató de mantener la calma y, con voz que no parecía ni suya, negó haber estado jamás en Gibraltar. El caballero se quedó mirándolo un rato, con un semblante entre divertido y pensativo. Después pareció desentenderse del asunto y se concentró en comer y beber, en silencio, al igual que Pedro. Hasta que reinició la conversación:

—Pues podéis estar seguro, señor, de ser la viva imagen de un corsario de la verdadera fe, de la tripulación del famoso Mansur ibn Tasufin, campeón de la yihad, que Dios lo tenga en el paraíso. Recuerdo bien a ese hombre por haberlo visto en la mezquita de esa villa. Entre los creyentes se comentaba que había abrazado la verdadera fe, con ayuda de Dios y del santo alfaquí de esa mezquita, abandonando su herejía.

Pedro negó de nuevo ser ese hombre y protestó solemnemente que él, un buen cristiano, jamás renunciaría a su fe, que era la verdadera y la santa, para abrazar una herejía. El evidente enfado de Pedro hizo que el caballero moro debiera retractarse.

—No he querido ofenderos, don Pedro. Se ve que sois buen cristiano y hacéis bien en permanecer fiel a los vuestros, pues ello os honra, aunque todos estéis equivocados.

En cuanto pudo, Pedro se alejó del alcaide de Gaucín y buscó perderse entre la muchedumbre que pululaba por la sala. Sus peores temores se habían visto confirmados y ahora se espantaba imaginando las posibles consecuencias. Si el rumor corría entre los cristianos, su suerte peligraba. No sabía qué determinación tomar: pensó en matar al moro, pero no parecía empeño fácil, mucho menos ejecutarlo de manera discreta. El duelo y la riña de taberna quedaban también descartados, ante la diferencia de calidades y linajes de los contendientes, que excluía lides de honor. Además, no dudaba de que su cabeza rodara si la embajada se frustraba por su causa.

En medio de estas cuitas Pedro pasó buena parte de la noche desvelado, caminando por los jardines de la alcazaba en soledad, eludiendo la compañía de los otros, que gozaban despreocupados de los manjares, de la suave música de los caramillos y zampoñas y de las mujeres que les habían ofrecido los anfitriones para su recreo. Desde su retiro, podía escuchar los cantos y romanceros de algunas doncellas, cantos de melancolía «Tú como yo, palmera, eres extranjera en esta tierra», vertidos en un hermoso árabe literario que Pedro podía comprender gracias a las enseñanzas del alfaquí de Gibraltar. Muchas de esas poesías eran conocidas por los castellanos, aunque ellos no lo supieran, pues también circulaban por las Españas en romance, como las del rey poeta Mutamid: «Si las lorigas de los guerreros esparcen tinieblas, los vasos de vino de las doncellas nos llenan de claridad».

Pedro había vivido en los dos mundos que se enfrentaban en la raya. Se preguntaba cuándo el Todopoderoso decidiría el destino de estas tierras, pues solo de Su Voluntad dependería la victoria final. Él sabría escoger a los suyos y les daría el señorío de España, pues sin duda, como no se cansaba de repetir Yahya en Gibraltar, Él es Todopoderoso, sabe más, y sabe por qué: «Mientras tanto, los hombres deberemos simple y modestamente esforzarnos en cumplir su voluntad, en escudriñar sus designios para hacer lo que es grato a Él».

A la mañana siguiente, la embajada se llevó de vuelta una tregua sellada y firmada por el alcaide de Ronda.

Os saluda vuestro amigo, conocedor de vuestro alto rango, linaje y mérito, el alcaide Ibrahim ibn Muhammad al Qabsabi, desde la alcazaba de Ronda, guárdela Dios. Dios os honre, os informo, gran caballero y bien amado nuestro, que hemos decidido y acordado hacer esta tregua, y dónde. Sabemos y reconocemos, los de toda esta región, que sois honorable y grande y a vos corresponde sancionar esta tregua y todo lo que nosotros puntualizamos en esta tregua...

La embajada había cumplido su cometido y en Medina se dispersó; Pedro volvió a Vejer con los demás escoltas y el alcaide siguió camino de Sanlúcar, con los documentos y los regalos.

El duque de Medina Sidonia comunicó al concejo de Jerez y al conde de Arcos la suspensión de hostilidades con el área fronteriza rondeña. La paz se pregonó en la frontera y durante un tiempo las gentes pudieron soltar sus ganados con seguridad. Sin embargo, el conde de Arcos, don Rodrigo Ponce de León, se negó a guardarla. Incluso mandó recrudecer las hostilidades desde Arcos y Marchena. Alegaba el de Arcos que los moros mantenían cautivos a vasallos suyos y que se habían quedado con ganados de su propiedad. Invocaba asimismo para incumplir el pacto que, por inveteradas leyes de guerra, a los moros y cristianos de esta región se les permitía tomar represalias de cualquier violencia cometida por el contrario, siempre que sus adalides no ostentaran insignias bélicas, que no convocaran a la hueste a son de trompeta y que no armaran tiendas, sino que todo se hiciera tumultuaria y repentinamente.

Por su parte, tampoco el jeque de Ronda controlaba a todos los moros de su sector, pues pese a las treguas, el alcaide de Jimena y sus gandules seguían acosando los ganados de la Janda, y también desde Gibraltar siguieron las actividades piráticas. La paz lograda en Ronda valía poco o, más bien, suponía lo de siempre: apenas un respiro, pequeño y parcial, necesario para luego seguir la lucha. A todo lo largo de la raya, las cabalgadas seguían cruzándose en uno y otro sentido, una especie de danza secular que presentaba sus propios ritmos y su propia lógica, y que placía y desagradaba al mismo tiempo a sus protagonistas, aunque ninguno se mostrara dispuesto a dejar de bailarla.

5. ADALID 1453

Rico en miedos y desafectos, Pedro trataba de olvidar los desdenes y los sobresaltos de su mala conciencia centrándose con disciplina en su actividad de almogavaría y aquí la fortuna le sonreía sin descanso. Pasaba la mayor parte del tiempo de algarada y, cuando el invierno impedía los saqueos, se dedicaba a sus fincas y ganados y a visitar de vez en cuando las diversas mancebías de la zona. Con el tiempo, su nombre se fue haciendo conocido en la raya como frontero experto, y con esta fama vinieron nuevas mudanzas. Por estar más cerca de los moros, pasaba la mayor parte del tiempo en la villa de Medina, donde adquirió casa y tierras. Y en esta villa logró numerosos éxitos y el favor del duque. Por su experiencia, sus éxitos guerreros y su carácter arrojado, la profecía del alcaide don Alonso se cumplió. Pedro se convirtió en uno de los más temibles adalides del Guzmán y acabó constituyendo su propia partida con buenos hombres de pelea diestros en los saberes de la raya, que le guardaban lealtad personal y obediencia, en la medida de sus posibilidades.

Su hueste la componían otros caballeros villanos y peones que, como él, nunca se resignaron a la condición de simples gañanes y encontraron un mediano pasar en las cabalgadas de frontera. Todos hombres curtidos, que habían eludido con pericia y fortuna las trampas del Ángel de la Muerte, pues en la Banda Morisca, por lo general, el primer fallo era también el último. Varios de ellos eran moros tornadizos que se volvieron cristianos, una inestimable fuente de información sobre las villas, senderos, usos y costumbres del otro lado. Como Diego Dordux, a quien todo el mundo llamaba Alí Dordux. O como su socio y compadre, Juan Suárez de Écija, otro renegado sin demasiados escrúpulos que lo mismo rebanaba cuellos de unos que de otros. Pero el más peligroso era Benito de Chinchilla, que antes se llamaba Mofarres, apelativo con el que todavía algunos con gran riesgo de su vida se dirigían a él, generalmente con terribles consecuencias. Este Mofarres llegó un día a Medina desde la Torre del Hakín con la intención, según dijo, de reconciliarse con nuestra Santa Fe Católica, facilitando de paso una valiosa información sobre una aceifa que andaban preparando los moros de Ronda, lo que le valió el favor del duque y la incorporación a sus huestes.

Aunque ellos lo negaban, sin duda todos esos renegados fueron una vez gandules nazaríes y saquearon tierra cristiana, pues mucha pericia mostraban en la almogavaría. No eran hombres que aceptaran las chanzas de buen grado. Uno se arriesgaba mucho si ellos veían afrenta incluso donde no la había, pero de cuando en cuando, si el vino corría y se relajaban las alertas, alguien se atrevía a lanzarles algunas pullas sobre su origen moro y su dudosa fe y ellos, si el ambiente resultaba propicio, en lugar de sacar los fierros ponían cara de conmovedora sinceridad diciendo que, antes de dar el paso de la conversión, oyeron la voz de la Virgen pidiéndoles que se tornaran cristianos, y formulaban protestas de fe sincera y juramentos sobre su voluntad de acabar con todos los moros y herejes. Tal vez para despejar dudas, siempre eran los primeros en la penitencia y disputaban con otros el privilegio de sacar a la Virgen en procesión. También se mostraban generosos en sus limosnas y diezmos a la Iglesia. Pedro sin embargo daba por seguro que el motivo de su conversión no era la creencia, sino haber visto en algún momento más lucrativo continuar el negocio de la almogavaría al otro lado de la raya. Cumplían una importante labor como espías; con frecuencia se infiltraban en tierra nazarí y obtenían información sobre el territorio que se podía algarear, los posibles botines y los mejores ganados, sobre dónde había llovido y había habido buenas cosechas y dónde la penuria haría improductiva cualquier expedición. Si la información no la conseguían por las buenas o con engaños, entonces no dudaban en capturar a un moro y darle tormento.

En cuanto a los demás de la partida, los que no nacieron moros, eran rufianes que huyeron de la justicia real para acogerse a la jurisdicción de un noble, en una villa donde no se les hicieran demasiadas preguntas sobre su origen e intenciones.

En un primer momento, componían la cuadrilla diez hombres, equipados con el habitual armamento ligero para ganar en movilidad y rapidez, lo que les permitía entrar profundamente en tierra nazarí, sin ser descubiertos, realizar sus saqueos y volver a toda prisa por veredas ignotas y escarpadas, o bien por la vía más directa si la ocasión se presentaba o el botín lo hacía preciso. Las circunstancias y la oportunidad determinaban lo profundo de la incursión. Generalmente se quedaban en las proximidades de la raya, aunque por estar esas tierras ya muy esquilmadas por las algaradas que se sucedían sin descanso, cada año se veían obligados a alejarse más de tierra cristiana para encontrar botines productivos, corriendo mayores riesgos.

A pesar de unos cuantos tropiezos menores e inevitables, buena parte de las correrías emprendidas por Pedro acababan bien y los componentes de su partida confiaban en él: nada prestigiaba más en la raya que el éxito en la almogavaría, pues el caudillo que regresa a su villa con ganados y una cuerda de cautivos supone una garantía y una expectativa de enriquecimiento para los participantes en futuras cabalgadas. Sus hombres le obedecían y respetaban. Él se encargaba de enseñarles todo sobre la ballesta, para lo que practicaban asiduamente en un prado que desde entonces se conoció en Medina como el Campillo de los Ballesteros. También se encargaba de avituallarlos y municionarlos a su costa, proporcionándoles armas, jubón y cofia de cuero, calzas, ropillas y botas de piel basta.

Su mano derecha y lugarteniente era un hombre mayor que él, muy corrido por la vida, huraño, peligroso cuando juraba y mucho más cuando se hundía en uno de sus hoscos silencios, Francisco Recuenco. Su rostro lo cubría casi totalmente la más espesa barba, que parecía salirle de la órbita de los ojos; solo en las zonas despejadas por las numerosas cicatrices que lo surcaban se dejaba ver algo de piel renegrida por el implacable sol de la frontera y curtida por mil intemperies. Todos le conocían en la raya por «el que degolló a su mujer», pues llegó desterrado por el duque desde Sanlúcar *«veyendo que justamente e con razón avía muerto a la dicha su muger e dado las dichas feridas al dicho Pero Rico»*, al sorprenderlos en adulterio. Si uno quería que su cuerpo dejara de pesar sobre la tierra no tenía más que pronunciar en su presencia esas mismas palabras, Pero Rico, que como un conjuro infalible bastaban como pasaporte al infierno.

Los éxitos de Pedro hicieron que aumentara su fama y el número de hombres de su partida. También cristianos viejos se unieron, entre ellos los salvajes hermanos Garabito, tres bastardos de una misma mujer, enormes, pelirrojos, buenos jinetes. Vinieron hacía poco a la raya desde la montaña burgalesa acogiéndose al privilegio de homicianos, como vasallos del duque. Nadie osaba preguntarles por qué, pero en Medina se supo que fue por ahorcar a un fraile. Al parecer, un día regresaron los tres a su casa en el solar de Garabito y hallaron al fraile yaciendo con una criada doncella. En un arranque de furia, con su propio cordón ahorcaron al fraile de la puerta de la casa y, después de darle gran cantidad de palos a la criada, a la que dejaron también medio muerta, tuvieron que huir al sur, cuando ya había puesto el obispo precio a sus cabezas, acogiéndose al favor del duque, siempre en busca de buenos hombres de pelea. Y estos eran ciertamente de los mejores. Su sola y majestuosa presencia imponía respeto, y sus rojas cabelleras ondeando al viento eran el terror de los moros.

Y es que en la raya el valor de un villano se cifraba por la fuerza de su brazo. Los grandes señores que construían las fortalezas y colonizaban las tierras eran como dioses protectores que repartían bienes y desdichas, alegrías y males. Su voluntad era la ley de la frontera; de ellos dependían la vida y la muerte, la seguridad, la comida. Cuanto más fieros y feroces, cuanto más implacables, más los temían sus enemigos y más seguros se sentían sus vasallos bajo su protección. Un ricohombre débil era mal líder, por eso en la raya se aceptaba de buen grado y como algo natural la voluntad de los nobles linajudos y poderosos. Y su ley, por brutal y caprichosa que pudiera parecer, se acataba como incuestionable e inescrutable designio divino. En este orden, no solo los nobles eran apreciados y temidos; también los almogávares del común, los lanceros, los ballesteros, y sobre todo los adalides, cuadrilleros y almocadenes que formaban y entrenaban a las huestes, que las llevaban de cabalgada, que les buscaban cañadas y pastos, lenguas y atajos, que traían botines y con ello prosperidad para todos.

Pedro era buen adalid. Amparaba a sus hombres y les procuraba riquezas, al tiempo que acrecentaba las suyas. Su caso podía considerarse una rareza, porque los adalides de la frontera no vivían mucho y debían ser repuestos con frecuencia. Bien recordaba él mismo que una de las primeras tareas que le encomendaron a su llegada a Vejer fue la de ir a recoger con una acémila el cadáver de Álvaro Martín, cuadrillero al que alancearon los moros en Benalup y cuyos restos compraron a los matadores sus familiares. Pero pese a que la muerte había rondado a Pedro desde niño, y seguía haciéndolo ahora, él parecía dotado para esquivarla.

La buena ventura de Pedro en los negocios parecía no tener final. Acumulaba riquezas y poco a poco iba atenuándose su miedo a que alguien relacionara al temible Pedro de Córdoba, afamado adalid frontero que recorría las sierras en busca de botines para los castellanos, con un pirata berberisco. Sin embargo, el diablo no descansa, siempre presto a confundir a los hombres. Con la prosperidad vino la mucha soberbia, y tras ella los malos pasos y la perdición.

6. LA JUDÍA DE VEJER

Como solía ocurrirle cuando mejoraba su fortuna, Pedro volvió a sentir el impulso de formar familia y asentarse definitivamente en Medina o en Vejer, dedicado más al comercio y a sus tierras que a la almogavaría. Los años comenzaban a pesarle y las muchas noches a la intemperie, las lluvias, las hambres o las fatigas, ya no las aguantaba como antes. Empezó a padecer los dolores de huesos que habrían de torturarle en lo sucesivo hasta el fin de sus días, pese a los ungüentos y emplastos que le daba un físico judío de Vejer, David Cortudel.

La judería de Vejer ocupaba un reducido espacio de la villa, entre el alcázar y el muro de poniente, al lado de la más pequeña de las puertas de la muralla, la empleada para ir a las almadrabas. El barrio contaba apenas con unas cuarenta familias, hacinadas en unas pocas calles, amparadas tras su propia muralla interior, que lo separaba y protegía de los cristianos, aunque aparentemente eran estos los que se protegían del impuro contacto con los herejes. Dentro de la aljama, los judíos contaban con sus propias instituciones, como la sinagoga, los baños, la panadería y la carnicería. Quedaba de esa forma restringida al mínimo la posibilidad y la necesidad de contacto entre ambas comunidades, según exigía la Iglesia desde el concilio de Letrán de 1215. Como tantas otras en la península, la judería vejeriega parecía una pequeña isla dentro de la villa; allí los hebreos, pocos y despreciados, desarrollaban sus vidas y actividades. Si alguna vez habían de salir de la aljama, debían cuidarse de respetar los cánones del concilio llevando una rodela amarilla cosida sobre su ropa exterior, a la altura del corazón, y otra por la parte trasera, para ser así fácilmente distinguidos por el resto de los vecinos.

Los hebreos se dedicaban principalmente a la artesanía del esparto y del bayón, y también a la zapatería y a la cantarería. Algunos de ellos vinieron de Granada escapando de los elevados impuestos que les colectaban los sultanes, aunque la mayoría llegó a Vejer huyendo de otras ciudades de Castilla, tras los grandes pogromos de 1391. Acabaron en este lugar apartado de la raya sin quererlo, mientras buscaban una vía de acceso a tierras de Berbería o Portugal. Procedían, sobre todo, de Sevilla, que fue la más grande aljama de Castilla, donde los Guzmanes hicieron todo lo posible, sin lograrlo, para sofocar los primeros estallidos de violencia provocados por las prédicas antijudaicas del arcediano de Écija, Ferrán Martínez, y del valenciano Vicente Ferrer, que desde Toledo fustigaba a los hebreos con su verbo inflamado. En Sevilla, don Juan Pérez de Guzmán, conde de Niebla, y el alguacil mayor de la villa, don Alvar Pérez de Guzmán, hicieron azotar a un hombre que había dañado a los judíos, pero lejos de calmar la violencia, esta medida la redobló: buena parte del pueblo sevillano se levantó y tomó preso al alguacil, amenazando con dañarlo también a él y al mismo conde si fuera necesario. Tuvo que intervenir el rey para sosegar los ánimos y salvar la vida de los Guzmanes, pero no así la de muchos judíos, pues más de cuatro mil fueron muertos en pocos días y otros tantos heridos por la furia de una chusma llena de codicia, y siempre dispuesta a robar en los tumultos.

A raíz de las revueltas, numerosos judíos perdieron todos sus bienes y quedaron empobrecidos y hasta menesterosos. Los más pudientes salvaron sus vidas a cambio de comprar por grandes sumas su protección. Otras muchas familias se acogieron al amparo del conde de Niebla, que les ayudó en lo que pudo, tanto por agradecimiento, pues los guzmanes siempre habían recibido apoyo de la aljama sevillana, como sobre todo por negocio, pues de los judíos recibía buenas rentas. De los muchos que escaparon de Sevilla con ayuda de la casa de Niebla, casi todos pasaron a África, pero otros acabaron quedándose en Vejer o en otras villas de su señorío, dedicados a ciertos oficios muy apreciados en los que los judíos mostraban particular pericia, amparados bajo la mano firme de la Casa, que los consideraba parte de su patrimonio personal.

El físico que trataba a Pedro de sus dolores era un maestro de llagas muy afamado en la frontera, experto como pocos en coser cuchilladas, reducir fracturas y curar puntadas de lanza, quemaduras, contusiones y fiebres, aunque nada podía contra la peste. Una mañana, al entrar Pedro en casa del médico buscando remedio para sus dolencias, se topó inesperadamente con una moza de cara descubierta y singular belleza y donaire. Aunque pudo verla solo escasos momentos, pues la doncella escapó de su vista velozmente para perderse en las estrechas calles de la judería, quedó inmediatamente prendado. El decoro debido le impidió preguntar al físico por la identidad de la muchacha, pero por la criada de la casa, animada con algunos maravedíes, supo Pedro que se trataba de Judit Corchero, hija única de Salomón Corchero, rabino y uno de los *hombres buenos* de la aljama local.

En las noches sucesivas, los ojos de Judit volvían a él, durmiera o no. Pedro había estado casado tres veces y había conocido carnalmente a decenas de mujeres, pero nunca antes sintió tal sensación de desasosiego por una hembra. En la raya no abundaban las ocasiones para el galanteo, pues todo el empeño de las gentes se ponía en sobrevivir. Esos sentimientos de los que hablaban poetas y romances le habían parecido siempre más propios de la ficción juglaresca que de la vida real. En esta, los mozos crecían y se ajuntaban cuando y como podían con las mozas que se dejaban, casaban con quien les tocaba según la oportunidad o la ventura y engendraban los hijos que Dios mandaba. Que fuera con una u otra mujer era cuestión de suerte y de dineros, no de afectos. Estos, si había lugar, surgían después, o eso decían, porque en realidad Pedro no había sentido nunca algo parecido, ni había recibido cariño sincero de ninguna hembra, sino, todo lo más, respeto agradecido. La fortuna no había querido hasta ahora que conociera otro sentimiento. No había habido ni ocasión, ni tiempo. A sus compañeras se las llevaron los moros o el Señor tan pronto que ni siquiera podía recordar ya del todo cómo eran sus caras y sus formas.

Pero se enfrentaba a algo diferente. Todo su cuerpo se lo decía y también su alma desvelada. Judit no se le quitaba del pensamiento y deseaba hacerla suya, esposa suya. Cierto que era judía, pero ¿acaso no lo fue también Jesucristo, nuestro Salvador, su Santa Madre la Virgen y los apóstoles? Judía o no, se trataba de una doncella hermosa que podría ser buena madre. En su ya no tan corta vida, Pedro había vivido entre cristianos y entre musulmanes, y había conocido a muchos judíos. Entre todos ellos había encontrado gentes de todo tipo: buenos, malos y peores. En Salé, fueron judíos andalusíes algunos de sus mejores amigos; con ellos compartió vinos y recuerdos, comidas y putas. Casi siempre habían sido judíos quienes curaron sus llagas y heridas, y no pocas veces había llorado escuchando los romances y las baladas cantadas por hebreos. Cierto que el común de los cristianos los odiaban y los trataban de herejes y enemigos de Dios y Jesucristo, pero Pedro, como muchos otros castellanos, nunca se había dejado arrastrar por estas falacias y sabía que en la aljama abundaban los buenos hombres, honrados, laboriosos, discretos. Su cabeza y su corazón se disponían al riesgo. Su deseo y su voluntad se aliaron y, poco a poco, empezó a convencerse a sí mismo de que nada malo encerraba querer para sí a una judía. Y este pensamiento le llevaba a presuponer que sin duda ella accedería a convertirse a la verdadera fe en cuanto recibiera propuesta formal y honrada de matrimonio.

Pedro recorrió arriba y abajo muchas veces cada día las calles de los judíos y no volvió a producirse ningún encuentro. Si los cristianos guardaban a sus mujeres, tanto más lo hacían los judíos, siempre expuestos a los caprichos de los señores y del populacho. No ayudaba el hecho de que, además, no pudieran recurrir a las armas para defender a sus hembras. Harto de intentar un encuentro que no se producía, Pedro decidió recurrir al físico para concertar una entrevista con el padre de Judit.

Gran extrañeza causó al médico que uno de los adalides más afamados de la región y experto hombre de armas quisiera tratos con el rabino, pero más por temor que por respeto accedió a concertar la entrevista. No quiso Pedro adelantarle a Cortudel ningún detalle del asunto, porque sin duda en tal caso se hubiera negado a ayudarle. Se limitó a mostrarle su interés por tener con Salomón unas palabras en privado, para tratar cuestiones de provecho mutuo. Siendo Pedro hombre honrado y buen pagador, el físico hizo la gestión, a regañadientes y después advertir a Pedro de lo extraño de su proceder, y la cita se concertó.

La sinagoga de Vejer era modesta. Tras tantos desmanes y sufrimientos, la judería de Castilla había aprendido el valor de la discreción, por lo que en Vejer los judíos habilitaron sencillamente una amplia estancia de la casa del rabino como lugar de culto y allí guardaban sus libros y pergaminos sagrados, sus candelabros y demás aparejos de la liturgia mosaica. En esa misma aula se llevaban a cabo, además, las reuniones comunitarias y se sustanciaban los pleitos entre judíos, bajo la autoridad del rabino, zalmedina y juez supremo de la comunidad. La Torah prohibía a los judíos mostrar preferencia por la ley de los gentiles y por sus ordenanzas. Y también llevar pleitos a los tribunales cristianos, incluso en asuntos en los que las leyes de Castilla nada diferían de la ley hebraica.

En una pequeña sala anexa a la sinagoga recibió Salomón a Pedro, como buscando el amparo de su ministerio frente a posibles males que pudieran derivar de tan extraña audiencia. El adalid acudió a la cita con sus mejores galas y llevó al rabino una jarra de la más excelente miel de sus colmenas, presente que aumentó aún más la perplejidad de Salomón. Décadas hacía que las relaciones de buena vecindad entre judíos y cristianos dejaron de existir para ser sustituidas por el odio y el recelo o, en el mejor de los casos, la ignorancia mutua. Por ese motivo, tantas atenciones y deferencias por parte de un guerrero cristiano causaban a Salomón más pavor que contento. Cuando se acomodaron y el rabino, correspondiendo a la gentileza de Pedro, le había ofrecido un refrigerio modesto, hablaron de diversas banalidades durante largo rato, hasta que Pedro apreció que el viejo empezaba a inquietarse. Entonces le planteó de forma directa la petición de casar con su hija.

El rabino quedó sin habla. Su perplejidad fue dando paso al furor, aunque por prudencia hizo grandes esfuerzos para ocultarlo. Se levantó sin decir nada y caminó unos pasos por la sinagoga, reflexionando no sobre la petición en sí, sino sobre la mejor manera de rechazarla sin causar estragos. Pedro esperaba nervioso, inconsciente en su simpleza de lo impertinente de su pretensión y de la escala de problemas que un matrimonio tan desusado podría acarrear a ambos cónyuges.

Después de un buen rato, Salomón volvió a sentarse enfrente de Pedro y, con titubeos y evitando su mirada, le dijo que esa unión resultaba imposible a los ojos de Dios y de los hombres, pues no poca insensatez era, para un cristiano de mediano patrimonio, querer casar con una judía. En ambas comunidades el paso se vería con recelo. Bien sabía que Pedro ignoraba las severas maldiciones y castigos que caían sobre los judíos que entregaban sus hijos a las aguas del bautismo. Pero ¿cómo no comprendía ese ignorante cristiano el horror que causaba su idolatría a los miembros del Pueblo Elegido?

Pedro, que ya se esperaba algo semejante de un judío, se mostró dispuesto a renunciar a la dote e incluso se ofreció a comprar a la moza. Aunque el rabino era hombre culto y anciano corrido, la ignorancia del cristiano le sorprendió hondamente: llevaban siglos viviendo juntos en las Españas, al menos desde los tiempos de los romanos, pero parecía insalvable la distancia entre ambas comunidades. Con delicadeza, trató Salomón de explicar a Pedro que no existía bien más preciado para los judíos que los hijos, fieles al mandato divino de crecer y multiplicarse, y aunque sabía que quizás otros correligionarios suyos podrían en ocasiones caer en ese tipo de tentaciones, más por miedo que por afán de lucro, para él su hija era lo más importante y por nada del mundo permitiría que se casara con un cristiano y abandonara el pueblo de sus antepasados, ni siquiera con un cristiano tan honorable y próspero como Pedro. Él menos que nadie, como rabino y uno de los *zenekim* de la comunidad, podía cometer tan grave pecado. ¿Cómo, si no, podría llamarse *hombre bueno*? Su misión era dar ejemplo, permanecer inconmovible en su fe. Lo contrario le convertiría en el más indigno de los hombres.

—Hace unas semanas ordené la lapidación de un judío que montó a caballo en el Sabath; y aún menos tiempo ha pasado desde que sentencié que cortaran las narices de una adúltera. ¿Qué pena debería imponerme a mí mismo, si abandonara la fe de mis padres?

Añadió que se sentía muy halagado por la petición, que nunca hubiera esperado de tan afamado caballero, pero que sus nietos serían judíos, como sus abuelos, y los abuelos de sus abuelos, o no vendrían al mundo si así Dios lo mandaba.

—Debéis comprender, señor, que lo que me pedís representa para mí algo mucho peor que la muerte: es la condenación eterna de mi alma, que quedaría borrada para siempre del Libro de los Justos, de aquellos que resucitarán el día del Juicio Final. Permanecería maldito por toda la eternidad. Uno de mis bisabuelos llegó a Toledo, medio muerto y desnudo como un pordiosero, en tiempos del rey Alfonso el VIII, huyendo de las persecuciones desatadas por el rey Felipe Augusto en Francia. Otro de ellos escapó de Córdoba camino del norte, sin nada de valor encima, para salvar la vida que querían quitarle los salvajes almohades. Pero tampoco en Toledo pudieron descansar mis antepasados, pues en los tiempos de las grandes matanzas de judíos tuvieron que escapar, también ahora sin nada de valor, para venir a acogerse en la raya bajo la protección de los grandes señores, ya que su rey no podía ampararlos de la chusma. Y aún aquí seguimos sin duda de paso, porque sabemos próximo el momento en que tendremos que volver a emigrar para caer en manos de otros enemigos, quizás todavía peores que los ya conocidos. Mis padres, mis antepasados, aquellos cuya sangre y cuyo nombre porto con honor, como descendientes de los judíos de Jerusalén, élite de la diáspora, sufrieron todas estas penalidades sin flaquear, confiados en la Benevolencia Divina. Lo perdieron todo, los bienes, la salud, los hijos y a los padres ancianos a los que no pudieron proteger en sus días de debilidad. Vieron cómo ante sus propios ojos se le arrebataba la virtud a sus hijas doncellas. Solo un bien conservaron: la Fe. La Fe que me transmitieron a mí, simple depositario de un legado inmortal. Por eso no puedo daros lo que me pedís, ya que no me pertenece. Os ruego, honorable señor, que lo comprendáis y que me perdonéis por no poder aceptar el enorme honor que me hacéis sin provocar la ira de Dios.

Despechado por una negativa que en su inconsciencia no esperaba, Pedro salió de la judería y fue al mesón a rumiar su desconcierto, con humillación y pena. Se sentía contrariado y a la vez avergonzado. Hasta entonces se había visto rechazado por familias cristianas honradas que, haciendo uso de su derecho, decidían con quién casar a sus hijas. Pero acabar rechazado por un judío era más de lo que la mucha paciencia de Pedro podía soportar. Su pesar se transformó en ira, y esta, fermentada con el mucho alcohol que ingirió esa noche, le hizo madurar un plan con el que lograr por la fuerza lo que no había podido obtener de buen grado.

Pedro sabía que los viernes por la mañana Salomón, acompañado siempre de su hija, solía salir de la villa en dirección a Medina para celebrar allí sus juicios y sus liturgias, con los pocos miembros de la secta que habitaban en esa villa y carecían de sinagoga y rabino propios. Los escasos hebreos que habitaban en Medina ni siquiera podían congregar los diez hombres necesarios para formar un *minyan* y se reunían en una pequeña casa de oración, propiedad de la familia judía más rica de la villa. Sus contactos en Medina le facilitaron la información precisa; supo así que el siguiente viernes esperaban allí al rabino, al objeto de juzgar a un blasfemo. Los judíos querían que se ordenara la muerte por lapidación del procesado, pero Salomón se inclinaba por un trato más misericordioso, pues malos tiempos corrían para el Pueblo Elegido y debía comprenderse que, en medio de la desesperación, los espíritus débiles se revolvieran contra el Altísimo. ¿Acaso no dudó en sus horas malas el mismo Job? Así que había redactado una sentencia ambigua que dejaba la decisión última en manos de los hombres buenos de la villa, pero sugiriendo clemencia:

Si por mí fuera, me inclinaría a aconsejaros que le arrancaseis la lengua de la boca, cortando la mayor parte de ella que se usa para hablar y silenciando así sus labios. Y de esta manera le daríais un castigo que se ajusta a sus actos. Actuad, por consiguiente, en este asunto como veáis que corresponde, pues sé que vuestras intenciones son santificar al Señor del Cielo.

En el serpenteante y solitario sendero que discurría entre Medina y Vejer, Pedro había encontrado un apostadero adecuado para emboscar a ambos en despoblado. Al llegar el alba ya esperaba en el lugar elegido, oculto entre la maleza con tres de sus leales y cuando aparecieron padre e hija montados en sus mulas y luciendo bien visibles sus rodelas amarillas, los cuatro les salieron al paso, rodeándoles y ordenándoles que les siguieran en silencio. En respuesta a las tímidas protestas del rabino y sus invocaciones a Dios, Pedro le descargó un fuerte porrazo con el puño enguantado que le hizo saltar varios dientes amarillentos. Ante los ruegos de Judit, Pedro abandonó el camino que su furia le dictaba, pero ordenó al viejo que no volviera a pronunciar palabra si no quería acabar ahorcado en una encina. El aterrorizado Salomón obedeció y en lo sucesivo solo emitió suaves quejidos y murmullos que parecían oraciones, medio aturdido todavía por el golpe. Los seis jinetes se metieron en la espesura y cabalgaron una media legua hasta llegar a un calvero donde se erigía una modesta choza de pastores que Pedro había acondicionado con un lecho de trapos y paja.

Tras descabalgar, Pedro ordenó a los suyos que se quedaran fuera de la choza con el viejo, tomó a Judit del brazo y la condujo con brusquedad a la cabaña. La muchacha no se resistía, solo miraba a su padre que, arrodillado unas varas más allá seguía con sus oraciones y salmodias, balanceándose hacia delante y atrás al ritmo de sus preces. De un empujón el adalid introdujo a la judía en la choza y la arrinconó contra una de sus bastas paredes. Al apartar el velo que la ocultaba de miradas indiscretas, descubrió un rostro suave y redondo que modestamente clavaba su mirada en el suelo. Con un suave movimiento, Pedro alzó su barbilla.

Quedaron los dos enfrentados mirándose a los ojos. En los de la mujer no encontró solo miedo, sino también resignación, desprecio y hasta cierta arrogancia; parecía como si sintiera piedad de él. Cuando la destocó y una cascada de pelo negro se despeñó desbocado hasta mucho más abajo de sus hombros, Pedro comprobó que era mucho más hermosa de lo que recordaba. En realidad, hasta ese momento apenas la había visto unos segundos y de refilón, por lo que no podía hablarse en buena ley de recuerdos, sino más bien de imágenes inventadas por su mente, que había modelado imágenes hasta representar una mujer completa pero irreal. Sin embargo, lo que Pedro contemplaba era muy real: un rostro de óvalo perfecto, una boca de labios delgados y ahora pálidos, en contraste con el recuerdo fugaz de otros rojos y sabrosos, unos ojos de color indescriptible y reflejos azulados.

Mezclando las imágenes soñadas y el esplendor de lo que ahora dominaba, Pedro sintió cómo crecía su deseo, pese a que tanto las ropas como los afeites de la mujer eran muy modestos, no porque fuera hija de un rabino, sino porque las leyes del reino prohibían a los judíos vestir tejidos y pieles caras, así como usar determinados colores, como el rojo carmesí.

Comenzando por los engarces de su capa caminera, le fue quitando las discretas prendas una a una, lenta y ceremoniosamente, disfrutando de las sucesivas porciones de carne deseada que iban saliendo a la luz. Ella seguía sin moverse ni pronunciar palabra. Su inmovilidad y quietud irritaban a Pedro, que había esperado lloros, súplicas, ruegos. Con su cuchillo fue cortando los cordeles del corpiño. Después las costuras de su camisa. Al final, de un tirón, separó estas últimas ropas y las dejó caer al suelo, quedando Judit en espléndida desnudez.

Se apartó para contemplarla y sintió más admiración que lujuria. Su cuerpo era blanco y sus redondeces incitadoras. Su larga melena apenas le arropaba los hombros y Pedro la apartó suavemente para verlos mejor y no supo qué le agradaba más, si sus cabellos brillantes o la perfección de su piel. Con cuidado, Pedro le retiró también los brazos, que ella mantenía cruzados sobre el pecho, para complacerse con la armonía de sus proporciones y las firmas carnes, ni muchas ni pocas. Se cruzaron las miradas, espoleadas por la tensión. En la de ella confluían el desprecio y el pudor, el miedo y un secreto orgullo, porque se daba cuenta la judía del efecto que causaba en el primer hombre que descubría la desnudez de su cuerpo. Pedro sintió una emoción arrebatadora y desconocida, un nudo oprimiendo la garganta. Comprendió que no podía culminar lo que tenía previsto: esa criatura lo embelesaba, no había nacido para sufrir daño, sino para ser adorada. Tratando de recuperar el control de sus emociones, le ordenó que se vistiera de nuevo y pidió a gritos a los suyos que introdujeran al padre en la cabaña.

Padre e hija permanecieron de pie al fondo de la choza, abrazados. Pedro les contempló durante un buen rato, en cuclillas, pensando mientras jugueteaba con su cuchillo trazando formas caprichosas en la arena del suelo. Al fin se levantó y los dos judíos sintieron llegada su hora; en buena lógica, Pedro tendría que matarlos para ocultar sus cuerpos en la espesura. Sin duda suponía una afrenta a la autoridad y el honor del duque atacar en despoblado a un rabino, encargado de recaudar las rentas señoriales debidas por los hebreos y de guardar la justicia en su propia comunidad; raro sería que el adalid escapara con una simple caloña. Pero no ocurrió lo previsto. Pedro se arrancó de un tirón la bolsa de monedas que le colgaba del cinturón, se la dio al rabino con delicadeza y le pidió perdón, esperando que pudiera olvidar lo ocurrido. Les dejó que fueran en paz a donde quisieran y les aseguró que nada parecido volvería a suceder. Dicho esto salió de la choza y con sus leales se dirigió a tierras de moros en busca de redención y sosiego para su espíritu, o al menos de una contienda en la que desahogar su frustración y la mezcla de sentimientos que embestía su pecho y confundía su alma.

7. CERCO Y ASALTO A VEJER 1453

Las desdichas propias del amor galante, recién descubierto, no fueron las únicas que Pedro conoció en esos años. Las pestes y las deserciones habían hecho mella en la capacidad militar de los cristianos, mientras que a Granada seguían afluyendo oleadas de africanos en busca de botín o de los diez mil gozos del paraíso.

Sabedor de la debilidad de los cristianos, en 1453 los moros, al mando de Muhammad XI el Chiquito, realizaron una gran algarada por las riberas del Guadalete hasta los términos de Jerez. Durante semanas corrieron los campos, talando los panes y haciendo cautivos, quemando todas las aldeas y almunias a su paso. Las villas más pequeñas y peor amuralladas, como Chiclana y Conil, no pudieron contenerlos y quedaron arrasadas y sus habitantes cautivados. En Chiclana los moros consiguieron un importante cargamento de la valiosa grana y quemaron los montes donde se producía, causando gran perjuicio al duque. Porque casi todo el pueblo salía al campo por los meses de abril y mayo, a coger esa especie de garbanzos pequeños de los que se sacaba el polvo con el que se teñían los paños. Pero ya no habría más grana en mucho tiempo: las plantas y los campesinos que sabían trabajarlas desaparecieron al mismo tiempo, como en un suspiro, y ahora solo la sangre teñiría los paños de los chiclaneros.

Cuando llegaron los moros, Pedro y su hueste andaban ayudando en las faenas del pastoreo del ganado, en los pastos de la ribera del Barbate. Como todos los habitantes de las alquerías de la zona que tuvieron el tiempo o la previsión necesarios, lograron refugiarse al amparo de los muros de Vejer con sus enseres y ganados. No era la primera vez que esto ocurría. Los viejos recordaban que habían sido varias la ocasiones en que los vejeriegos habían tenido que pasar meses recogidos tras las murallas, mientras veían pasar por La Barca, camino del norte, una tras otra las hordas de los agarenos. Normalmente estos no hacían intento de asaltar una villa tan sólidamente amurallada, por lo que sus habitantes se sentían tranquilos, confiados en que esta vez pasaría lo mismo y que los moros regresarían a sus alturas llevándose todo lo que pudieran portar.

Sin embargo, los éxitos recientes habían dado a los moros el arrojo o la soberbia para acometer algo que no intentaban desde el tiempo de sus bisabuelos. Contra el pensar generalizado, pusieron rápidamente cerco a la villa y a continuación la asaltaron con una salvaje acometida en la que cientos de ellos alcanzaron el martirio. Por el aire volaban miles de proyectiles, mientras con un ariete los atacantes golpeaban la puerta de la Segur. Solo el rápido proceder del alcaide pudo poner el orden necesario en las filas de los cristianos, cuando ya empezaban a sonar las primeras voces reclamando la rendición a cambio de salvar la vida. Desde las almenas se arrojaban piedras y líquidos ardientes que ponían pavor en las filas islámicas y obligaban a los moros a retirarse.

El primer asalto había fracasado, pero Vejer se vio en grave aprieto. Los moros rabiaban de impotencia y proliferaron las acciones de castigo contra las villas y aldeas de los alrededores, donde se hicieron con más ganados y cautivos. En previsión de un nuevo ataque, el alcaide ordenó que se tapiaran todas las puertas de la villa, salvo la de la Segur, que quedó como única vía de escape o entrada.

Desde las murallas de Vejer se contemplaba un panorama desolador. Mieses y aldeas quemadas, nubes de aves carroñeras revoloteando alrededor de los cadáveres cristianos, muñones de árboles talados y cientos de moros hormigueando sobre la tierra fecunda, bien ordenados, hondeando sus lanzas y pendones, rodeando la villa, festejando con los bienes robados. Los moros se recreaban a la vista de los cristianos, hacían fuegos y tocaban sin cesar sus atabales y fanfarrias. Para llevar el pavor al corazón de los sitiados, erigieron una montaña de cadáveres. Encaramado en ella, el almuédano llamaba a la oración a los verdugos. Por la noche cientos de hogueras parpadeaban en la oscuridad y cada una de ellas calentaba a varios enemigos. En la quietud, extraña en estas latitudes azotadas los más de los días por un fuerte viento, el humo negro de las casas ardiendo se elevaba recto sobre la campiña, hasta que la brisa lo arrastraba hasta Vejer secando las gargantas y llenando de pánico los pechos con su olor a sangre y chamusquina.

Desde los tiempos del rey Fernando nadie había puesto sitio a Vejer. La villa carecía de medios para soportar un cerco prolongado, con los silos medio vacíos. Los aljibes guardaban algo de agua, pero ¿cuánto duraría? Los hombres lloraban dejando caer sus brazos y las mujeres gritaban, gimiendo por la pérdida de sus ganados y cosechas. Cuanto más se prolongaba la permanencia de los moros a los pies de la villa, más decaía el ánimo de los cristianos, que escarnecidos y temerosos, creían ver llegado el fin del mundo y el cumplimiento de las profecías. El continuo tronar de cientos de tambores y el griterío del «Dios es Grande» de los moros aterrorizaban a los cristianos. Se sucedían las rogativas y una ola de piedad sacudió a la villa; algunos hablaban de asaltar la judería y dar escarmiento a los judíos matadores de Dios. Alegaban que cuando no había judíos en Vejer no se producían ni pestes ni cercos. ¡Flaca es la memoria humana! Pero el alcaide don Alonso puso fin a estas veleidades y prometió pena de horca al que tocara a un judío o a alguna de sus posesiones. Por las calles se pregonó su amenaza: «¡Los judíos son del duque! Están en su guarda y para su servicio. Él decide si viven o si mueren, si se quedan o se van, y quien lastime a un judío es como si maltratase al duque mismo». Pese a las amenazas, empezaron a circular por la villa cercada los más descabellados rumores: se hablaba de que los judíos andaban conspirando con los moros y de que se habían concertado con ellos para abrir las puertas de la villa a cambio de conservar sus vidas y bienes. También se les acusaba de almacenar trigo para venderlo a precios desorbitados. Otros decían que los judíos pensaban secuestrar un zagal cristiano para celebrar con su sangre uno de sus siniestros aquelarres. Bien rápido corrían en las lenguas del vulgo las historias sobre sacrificios rituales a cargo de judíos. Pronto los más exaltados intentaron quemar la modesta vivienda que hacía de sinagoga y el alcaide cumplió sus amenazas: a las pocas horas colgaban los desobedientes del extremo de sogas y cadenas, a la vista de los moros, en los muros de la villa, para lanzarles advertencia a los sitiadores de que dentro de los muros se guardaba la disciplina más estricta. Tras el castigo ejemplar se sosegaron los ánimos. Durante un tiempo los oscilantes cadáveres sirvieron de aviso a los recalcitrantes, aunque cuando se sueltan las espitas del odio, resulta difícil contener la riada y al poco tiempo se repitió el asalto a la aljama.

La gente, aterrorizada por el cerco de los moros, sentía encima la muerte y el respeto a la autoridad se resintió. Al mismo tiempo que este disminuía, la codicia de robar a los judíos crecía, día a día. Muchos soñaban con escapar del cerco y empezar una nueva vida en otra parte y eso requería dinero, el dinero que ellos no tenían y sobraba a los malditos judíos.

Todavía los picotazos de las aves carroñeras no habían descarnado completamente los cuerpos de los ajusticiados cuando rebrotaron los disturbios y por la villa se extendió el sordo rumor del tumulto. Esta vez parecían ser más los descontentos y las tropas del alcaide se mostraron remisas a enfrentarse a la ira del populacho, aunque bien sabían que habrían de sufrir una furia peor, la del duque, si este sufría mella en su patrimonio por la matanza de judíos. Pero en vano trataron los alféreces y sargentos de dar ejemplo; la tropa no solo se negó a detener a los amotinados, sino que se mostraba dispuesta a participar en los desmanes, temerosa de perder tan buena oportunidad de ganancia. También algunos de los principales de la villa argumentaron que la visión de unos cuantos judíos ardiendo contribuiría a apaciguar los ánimos del peonaje e infundiría nuevos bríos en las almas de los defensores, que verían en el tormento de los hebreos una premonición de lo que tarde o temprano, en este mundo o en el otro, les esperaba a quienes por obstinada soberbia cerraban los oídos a la predicación de la Verdad de Cristo. Lo mismo opinaban los monjes de la villa, siempre atentos a combatir las astucias criminales de los herejes; claramente veían en los disturbios la mano de Dios para atraer al rebaño de la verdadera fe algunas ovejas descarriadas y proponían que se impusiera a los judíos la obligación de elegir entre el bautismo o la muerte. Pero los altos prelados eran de otra opinión y se pusieron de parte de don Alonso, no se sabe bien si por apoyo al principio de autoridad o por tener presente que si los judíos morían o se convertían, ellos perderían el impuesto anual de treinta dineros que los hebreos debían pagar al capítulo de la Iglesia, tasa nominal impuesta con la intención de rememorar las treinta piezas de plata pagadas a Judas por su traición a Cristo.

El alcaide hizo poner una guardia frente a la robusta puerta de roble reforzada con fierros que daba acceso al barrio de los judíos. Pero los revoltosos se concentraron frente a los muros de la judería y pidieron a los guardas que se apartaran, pues pensaban echar abajo el enorme portón. Los soldados, pese al espanto que sentían, se resistieron y empuñaron sus lanzas contra la turba. Los cristianos les insultaron, los llamaron amigos de los matadores de Cristo y cómplices de sus perfidias, pero los aterrorizados guardias no cedieron. Sin duda confiaban en que las noticias del altercado se sabrían pronto en el alcázar y en que don Alonso mandaría refuerzos; sin embargo, antes de que estos llegaran la ira del populacho se hizo incontenible y como una marea arrastró a los guardias. Inútilmente trataron los soldados de empuñar sus armas, pues decenas de manos los despedazaron en un instante y armadas con grandes mazos empezaron a golpear las puertas de la judería.

Pedro permanecía en el castillo con los suyos y, a diferencia de la mayoría de los adalides, se mostraba dispuesto a defender a los judíos a toda costa. Sus hombres, en cambio, andaban reticentes y parecían más proclives a sumarse a la masa. Pero la deuda contraída con su líder era considerable y por ello casi todos, salvo los más díscolos que pronto desaparecieron para sumarse a la turbamulta, se sometieron a su voluntad, que esta vez coincidía con la del duque y la del alcaide. En todas las huestes se produjeron deserciones semejantes; de modo que, al final, en la fortaleza quedaron pocos hombres de armas para enfrentarse a la multitud, armada también e iracunda.

Los judíos parecían perdidos sin remedio, pero Pedro no se resignaba y propuso a don Alonso un ardid para salvar al menos las vidas de unos pocos de ellos, ya que sus propiedades podían darse por perdidas. Dispusieron una estrategia desesperada: el alcaide, rodeado de sus mejores tropas, pretendería someterse a la voluntad de los insumisos y citaría a los líderes de la plebe para tratar con ellos la manera de dar tormento a los hebreos y de repartirse sus bienes de acuerdo con los méritos y la condición de cada uno de los cristianos. Mientras tanto, una partida liderada por Pedro buscaría la forma de sacar de la judería al mayor número de judíos posible.

Tentada en su avaricia con el ofrecimiento de un premio exento de castigo, la chusma se calmó para empezar a porfiar sobre la manera de dar muerte a los judíos, las modalidades del reparto del botín y quiénes serían los líderes que trasladarían al alcaide el resultado de su deliberación. Con tantos asuntos para deliberar se demostró difícil alcanzar un acuerdo y al poco rato surgieron las disputas y salieron a relucir puñales. Don Alonso, conocedor de la condición de las gentes que gobernaba, había logrado su propósito y ganado el tiempo necesario para que Pedro y los suyos ejecutaran su parte del plan.

Discretamente, Pedro y seis de sus hombres abandonaron el alcázar descolgándose por los adarves hasta ganar el techo de la iglesia mayor. Desde allí recorrieron la villa por las alturas, saltando de casa en casa, sin ser advertidos. Pronto se encontraron pisando los tejados de las casas de la judería y dispuestos para cumplir lo previsto, aunque Pedro tomó su propio derrotero; desdeñando mansiones más pobladas de judíos, se dirigió directamente al techo de la casa de Corchero y de inmediato empezó a destejarlo para practicar un agujero que permitiera acceder a la vivienda desde lo alto, sin franquear las calles que pronto patrullarían sin descanso cristianos ebrios de resentimiento y codicia. Cuando el tamaño del boquete lo permitió, Pedro se descolgó dentro de la vivienda. La halló vacía. Enloquecido, registró todos los cuartos y el local que hacía de sinagoga, pero todos habían huido.

De nuevo en el tejado, Pedro dio cuenta del hecho a los Garabito y les preguntó dónde creían ellos que habrían ido a parar los judíos, pues si el rabino no se hallaba en su casa, ni en la sinagoga, debió refugiarse en una casa de muros más fuertes. Desde los tejados, fueron sopesando las moradas de los hebreos y discutiendo en voz baja dónde podían haberse escondido. Finalmente se decidieron por probar en un antiguo lagar, ahora reconvertido en chiquero de cerdos y otras bestias, y allí encontraron lo que buscaban. La picardía y la sabiduría antigua de los hebreos les había llevado a refugiarse en el lugar donde, a su parecer, menos habrían de buscarles los cristianos, en compañía de cochinos. En lo más profundo de esta covacha, escondida entre hatos de paja, Pedro pudo vislumbrar a Judit. Ni el barro estercolado que manchaba sus vestidos, ni el pavor que ensombrecía su expresivo rostro, nada hacía palidecer su belleza a los ojos de Pedro. Con paso firme, el adalid se acercó a los fugitivos y les dio breves y tajantes instrucciones que habrían de cumplir a rajatabla si querían salvar la vida. Pero los judíos, paralizados de terror, se resistían a salir del escondrijo. Sin perder más tiempo, Pedro agarró del brazo a Judit y la arrastró por la fuerza hasta el lugar donde sus hombres esperaban; su padre le rogó en voz baja que la dejara con los suyos, pero Pedro lo apartó de un manotazo y le dio una última oportunidad, a él y a cuantos podían oírle: o se quedaban y morían, o escapaban con él adonde pudiera esconderlos. Al cabo, solo el rabino y cuatro mozos más accedieron a salir con ellos de la pocilga. Con facilidad, fueron propulsados al techo por los fuertes brazos de los almogávares y desde allí todos empezaron a recorrer en el mayor silencio los tejados, tratando de llegar al alcázar.

Mientras tanto, a ras del suelo el infierno se había desatado por las calles de la aljama. La chusma salvaje había roto ya las puertas y barricadas que la defendían y se desparramaba en busca de botín y de víctimas con las que ensañarse. No tardaron en encontrarlas, pues no cabían muchas posibilidades de refugio en la pequeña aljama de Vejer. Con extremo cuidado para no ser vistos y la agilidad insospechada que da el miedo, los fugitivos saltaron de una casa a otra. Abajo habían dado comienzo los fuegos y tormentos, los gritos y súplicas. Los judíos que huían guiados por Pedro se quedaron varias veces paralizados por el terror, como hipnotizados por las continuas invocaciones de «Shema Israel» que oían pronunciar a sus amigos, a sus vecinos, que se confundían con las voces de «Muerte a los judíos» que estallaban por doquier. A golpes y empujones, Pedro reinició la marcha, pues allí peligraban tanto si eran descubiertos como si no, porque el humo empezaba a ser insoportable.

Cuando se hallaban ya cerca del alcázar, cuatro borrachos en busca de botín que adivinaron los encantos ocultos en las formas de la judía sorprendieron a los fugitivos. Uno de los hombres empezó a ascender por los muros y Pedro le lanzó un tajo arrancándole una mano. El hombre se precipitó hacia atrás cayendo sobre sus acompañantes, escupiendo chorros de sangre por el muñón. A los bramidos del mutilado acudieron otros revoltosos, pero al ver a Pedro empuñando la espada y cubierto de sangre, dieron media vuelta en busca de piezas más fáciles de cobrar.

Ya por entonces las negociaciones entre el alcaide y los exaltados habían terminado con la detención de sus líderes, llevados de inmediato tras los muros y sometidos a tormento lo suficientemente lejos de la masa como para imposibilitar todo intento de rescate, pero lo bastante cerca como para que los díscolos pudieran oír los alaridos de dolor y las peticiones de clemencia. Sin embargo, el castigo no sirvió para apaciguar la ira de la plebe que ahora, incontenible, arrasaba la judería.

Pronto ardieron las casas y los cuerpos de los judíos. Las mozas y las mujeres en sazón fueron antes violadas y de sus hogares se sacó cada objeto de valor antes de aplicar la tea purificadora. Ni siquiera salvaron la vida los que, arrodillados y suplicantes, pidieron una conversión de última hora. La furia de la plebe se dirigió también contra los pocos marranos que había en la villa, pues para la chusma no existía diferencia entre judío o converso, y sus cenizas se confundían ahora con sus antiguos correligionarios, en una promiscuidad herética.

El tumulto duró todo lo que quedaba de ese día, con su noche. Solo con las primeras luces pareció llegado el momento del reflujo. Saciadas las ansias de causar padecimiento, extraídos ya los últimos lamentos de los cuerpos escarnecidos y ahora sin vida de los hebreos, el temor sucedió a la furia y los revoltosos empezaron a temer por su seguridad. Pero el alcaide ninguna medida nueva ordenó: todos los brazos eran necesarios para defender la villa de los moros que, sabedores de los motines, comenzaron en esa misma alborada un nuevo asalto a los muros de Vejer. De modo que no cabían todavía otras diligencias que las destinadas a la defensa, que ya llegaría la hora del castigo, inapelable, y del pago de las caloñas, pues todo aquel que matara a un judío, en perjuicio del patrimonio del duque, habría de restituir a este su valor con una elevada cantidad de dinero.

Solo los judíos rescatados por Pedro y unos pocos más habían salvado la vida. Ahora permanecían todos a buen recaudo, en la más profunda mazmorra del alcázar, bajo siete llaves. Pedro les dejó allí custodiados por dos de sus hombres y partió con el resto a defender los muros, porque si los moros entraban en Vejer el mismo destino compartirían judíos y cristianos: muerte o cautiverio.

8. EL TORNAFUY

Tras sucesivas oleadas infructuosas, estando ya los cristianos al borde de sus recursos, los moros desistieron de tomar Vejer y levantaron el campo. También ellos se habían quedado sin víveres y, pese a haber saqueado todas las tierras de los alrededores, no podían alimentar ya a una hueste tan numerosa. Ni pagando fuertes sumas por panes y forrajes a los intermediarios que acudían desde los puntos más diversos consiguieron los necesarios suministros. Si persistían en el sitio se arriesgaban a perder mucho de lo ganado. Por ello decidieron renunciar a la toma de la plaza, pese a que esa corona aportaría no poco honor a los guerreros del islam. Antes de partir, los musulmanes alardearon delante de la fortaleza, haciendo desfilar las cuerdas de cautivos cristianos y lo poco que quedaba de los rebaños robados. Desde los muros de Vejer se hicieron las cuentas: iban presas ciento trece personas, hombres, mujeres, niños pequeños. Junto a los desdichados vecinos desfilaron más de doscientas yeguas y potros.

Hacía ya medio día que los moros se habían ido. Aún nadie se atrevía a salir extramuros. Habían dejado a las puertas de la villa una gran montaña de cabezas de cristianos. El sol ya declinaba, alargando las sombras y tiñendo de amarillo los muñones de los árboles talados, cuando aparecieron por el norte las siluetas de las tropas mandadas por el duque desde Sanlúcar, entre remolinos de polvo levantados por el viento de levante. Eran noventa caballeros y doscientos peones al mando del joven primo del duque, don Juan de Medellín, que sin entrar en la plaza ordenó inmediatamente a la hueste de Vejer que se sumara a sus filas. Antes siquiera de que todos acudieran, ordenó partir en persecución de los moros, apresurada y desordenadamente. En vano trataron el alcaide de Vejer y los adalides de la frontera de convencer al noble de lo arriesgado de la maniobra, de los riesgos del *tornafuy*; en vano relataron experiencias pasadas, los casos en que los perseguidos en desbandada contraatacaron con ventaja cuando los cazadores estuvieron dispersos y desordenados. En la cabeza del bisoño hidalgo solo cabían glorias y riquezas, cautivos rescatados, tedeums de agradecimiento en la prioral de Sanlúcar.

Ya caía la noche cuando la hueste conjunta de rescatadores y rescatados salió a dar caza a los asaltantes. Del sol oculto no quedaba más que una mancha dorada hacia poniente, pero la luz que brindaba una luna casi llena permitió que la partida siguiera a caballo, al menos parte de la noche, bordeando una enorme laguna, llena de peligros y sonidos inquietantes, que todo el mundo conocía todavía como la Buhayra. Más de un rocín se había perdido al haber quedado tan completamente hundido en el fango que había sido imposible su rescate. Tras un breve reposo en un calvero medianamente seco, antes del amanecer los perseguidores reiniciaron la marcha y el sol naciente los encontró a la altura de Facinas, a las puertas de la llanada tarifeña, donde cuenta la tradición que se enfrentaron las huestes del desgraciado rey Rodrigo y los moros de Tarik.

Como los vejeriegos habían previsto, los moros habían preparado una emboscada en las cercanías de Tarifa, escondidos entre las profundas grietas de los secos cauces montañosos. Descendiendo desde el puerto de Ojén, las montañas se descolgaban en diversas alineaciones sucesivas hasta confundirse con las dunas del Atlántico; aquí, a una legua de Tarifa, se alzaba una torre cuya guarnición había sido aniquilada tantas veces que ya ni siquiera se la dotaba de nuevo. La llamaban la Torre de la Peña y se alzaba en un risco rodeada de espesos pinares, a mucho menos de un cuarto de legua de la Playa, vigilando la calzada real que en sus proximidades se estrechaba tanto que apenas merecería el nombre de senda montera.

Para cruzar este enriscado lugar, los cristianos debieron desperdigarse por el monte y ese fue el momento de vulnerabilidad que los moros aprovecharon para atacarlos con ballestas y hondas. Les llovieron las piedras, los dardos y las azconas, zumbaron los virotes, entre grandes voces y alaridos de los atacantes. Los adalides de Vejer llamaron a la calma y al reagrupamiento, a bajar de las monturas, ganar la altura en la retaguardia y dejar la contienda a los peones, pues los moros contaban con mucha ventaja. En vano pidieron a gritos que no se les persiguiera a caballo ladera arriba. Pero con el primo del duque habían venido muchos jóvenes caballeros de la Antigua Castilla, de los que acudían a la raya no en busca de ganancias, sino para poder contar cuántos moros habían descabezado. Presos de una euforia pueril, se arrojaron a la espesura para atacar a los musulmanes: su primera batalla frontera fue la última, pues como alertaron los vejeriegos, los moros esperaban a que los cristianos deshicieran la formación para hostigarles por todos los lados con lanzas y virotes y hasta con las manos desnudas. En estas tierras los caballeros no debían perseguir en el boscaje de la montaña a ballesteros y lanceros de a pie, pues las cabalgaduras perdían en la pendiente su ventaja, que más bien se tornaba inconveniente, y corrían grave riesgo de lastimarse y quedar inútiles. Por su juventud y soberbia, pagaron cara su inexperiencia y precipitación. Por mostrar valía y arrojo, como es propio de la edad, se adelantaron en la persecución y pelearon donde no debían, y en lugar del honor buscado encontraron lanzadas y espadazos, entre nubes de polvo y rodar de cascotes. Si hubieran esperado a los peones, podrían haberse reagrupado y ordenado para plantear una escaramuza acorde con las reglas de estas regiones, y seguramente el resultado hubiera sido otro. No tuvieron en cuenta la estrechez de la tierra y la dificultad de transitar por estas veredas, pagando la lección con el precio más alto.

Los moros, rabiosos, se volvieron contra ellos con fiereza diabólica, dispuestos no a capturar prisioneros, sino a cobrarse venganza por su fracaso a las puertas de Vejer. Persiguieron ladera abajo a filo de espada a la vanguardia de los cristianos, segando sus cuellos como si fueran mieses del verano, en una matanza atroz. Los norteños, embarazados con sus herrumbrosas armaduras, difícilmente podían correr y tropezaban a cada paso con las raíces y las peñas del irregular terreno. Acabaron rodando hasta que sus cuerpos se frenaban, mutilados y desmadejados, en una confusión de hierro y carne que los moros pisoteaban para seguir matando a los que todavía conservaban la vida. Al cabo, los granadinos obtuvieron una gran victoria y acabaron con casi todos los caballeros que vinieron al sur con el primo del duque, cuyos cadáveres quedaron sembrados por el camino. Y aún se hubieran cobrado las vidas también de los peones si los adalides de Vejer no hubieran tomado el mando de la situación, disponiendo una ordenada retirada en línea, por el llano, con la caballería protegiendo los flancos.

Los supervivientes regresaron corridos y derrotados a Vejer, con lo que ganaron no poca vergüenza, pues en la raya la huida ante el enemigo o la retirada durante la lucha constituían la mayor deshonra. Como solía ocurrir después de las derrotas, alcanzado el resguardo del peligro surgieron las disputas entre los caballeros. El orgulloso Juan de Medellín, principal responsable del desastre, pedía ahora cuentas a los adalides y almocadenes de Vejer, haciéndoles culpables de lo ocurrido. El alcaide de la villa, con humilde firmeza, le explicó las razones del descalabro y le recordó al noble las órdenes impartidas y quién fue el responsable de que se saliera de inmediato en persecución de los moros. Le describió con detalle las circunstancias de la algarada: sobre cómo los jóvenes caballeros quedaron advertidos de las tácticas de la frontera, de los peligros del *tornafuy* y cómo se dejó la voz ordenando que no se saliera en persecución de los moros. Zanjó el asunto con un dictamen tajante, basado en sus muchas correrías: los jóvenes caballeros desoyeron sus consejos y cayeron víctimas tanto de la maldad de los moros como de su propia soberbia, pues se cegaron con las ganas de protagonizar hechos de armas de los que poder vanagloriarse. Además, no era él el responsable de la cabalgada, sino el de Medellín. Pero la soberbia de don Juan y su juventud le nublaban el juicio y pidió un castigo ejemplar para los adalides. Afortunadamente para Pedro, el alcaide se negó a dar tal escarmiento y se resolvió que fueran todos a Sanlúcar de inmediato a rendir cuentas al duque, para que el señor de todos, con decisión irrevocable y cumplidera, determinara lo procedente. Don Alonso se mostró dispuesto a acudir a Sanlúcar, pero no antes de que se diera a las tropas el necesario descanso y se proveyera a la villa de guarnición suficiente para su defensa, pues habían sido tantas las pérdidas que quedaban pocos hombres de armas disponibles. Preso de una ira incontenible, don Juan salió de Vejer con los suyos, entre amenazas y juramentos, y emplazó al alcaide y a sus adalides para que comparecieran en Sanlúcar a la mayor brevedad, para recibir el justo castigo.

La ejecución de todas las razonables providencias de don Alonso se demoró todavía unas semanas, tiempo necesario para recibir avituallamiento y refuerzos para adobar de nuevo las defensas. No eran pocas las heridas que debían repararse, en cuerpos y muros. Los aljibes y las tinajas se llenaron. De Sanlúcar y Sevilla llegaron los panes, pescadas y perniles de tocino que durante largo tiempo constituirían los únicos alimentos disponibles, pues las huertas habían de resembrarse y los ganados crecer.

Los judíos sobrevivientes seguían encerrados en las mazmorras del castillo, ajenos a todo esto, tanto por su seguridad como por escarmiento. Pedro fue a verlos y los encontró con la salud muy quebrada: la humedad y la mala alimentación empezaban a cobrar su tributo. Salomón Corchero estaba ya medio muerto, apurando sus últimas horas de vida. Judit, a su lado, parecía casi un esqueleto. Los paños de sus vestidos colgaban desmadejados, sin apenas carne que rodear. El recuerdo de su espléndida desnudez fustigó a Pedro y reforzó su convicción de que debía intentar salvarla a toda costa. Sin decir palabra a los judíos, fue a ver al alcaide y le describió la situación:

—Señor, los judíos están al borde de la muerte y todos los esfuerzos que por ellos se hicieron habrán sido en vano si se consuma su desgracia —don Alonso, también al límite de su resistencia, lo miró con ojos cansados e hizo un gesto de impotencia. Pedro siguió hablando—. Tenemos que sacarlos sin demora de la mazmorra y darles alimento. ¿No os dais cuenta de que ellos constituyen nuestra mejor defensa frente a las acusaciones de don Juan de Medellín? Cuando los judíos recuperen las fuerzas, debemos llevarlos con nosotros a Sanlúcar para que el duque pueda apreciar con qué celo la hueste de Vejer ha defendido la vida de sus vasallos y la suerte de esta plaza.

El alcaide se puso de pie y le dio la espalda, para mirar al vacío por el estrecho tragaluz que iluminaba pobremente la estancia. Cuando se volvió dictó sus providencias:

—No te falta razón, Pedro. Nos harán falta todos los argumentos que podamos esgrimir para escapar con bien del apuro en que nos encontramos. Al cabo, el duque habrá de disponer de la suerte de todos, judíos y cristianos. Hazte cargo de los judíos y actúa según tu criterio. Pero no quiero ni que me cueste dinero ni me que cause más problema de los que ya tengo.

Lentamente salieron al patio de armas los encerrados, tras ascender con dificultad por las empinadas escaleras de piedra que llevaban a las mazmorras, lanzando temerosas miradas en rededor, acostumbrados a desdenes e injurias, como buscando descubrir nuevos peligros. Uno de los guardias, cuando creía que nadie le contemplaba, escupió en el pelo de Judit y Pedro le propinó tan gran puñetazo que por poco no le introdujo todo el puño en la boca. El guardia escupió dientes y sangre, y palabras de desprecio hacia los judíos; sin embargo, calló ante la mirada de Pedro, que presagiaba nuevas acometidas.

La cegadora luz del sol de mediodía lastimó los ojos de los cautivos, pero el calor clemente de sus rayos confortaba sus ateridos cuerpos. Con sus últimas energías, todavía debieron los supervivientes arrodillarse al paso de la procesión del viático que llevaba la comunión a un alférez moribundo del alcázar. Algunos ya no se levantaron.

Por orden de Pedro se habilitó una sala bien ventilada, con unos jergones de paja, para que allí esperaran los judíos el momento de partir para Sanlúcar, mientras recibían cuidado y alimentos. Ninguno hablaba. Sus almas, tan quebradas como sus cuerpos, habían perdido hasta la esperanza. Estaban muertos de miedo, sobrecogidos por un pavor antiguo, secular, que llevaban en la sangre y en las conciencias. Habían crecido escuchando historias de masacres y expulsiones, de violencias o maldades que se cometieron contra sus abuelos en Jerusalén, en Babilonia, en Roma, en París, en Augsburgo…, en todos los tiempos y en todas las tierras. Y ahora les había tocado a ellos. ¿Qué podían esperar de los gentiles? ¿Quién les protegería en estas regiones, donde desde la llegada de los almorávides no encontraban sosiego? No se fiaban de los soldados que les guardaban y temían que, en cualquier momento, las puertas de la ciudadela se abrieran para dejar entrar a la muchedumbre que daría fin a sus vidas. ¿Acaso no llevaban varios de esos soldados zapatos con suelas hechas con rollos de pergaminos de la Torá? ¿Y de quién eran esas prendas que vestían los cristianos? ¿Cuántas de esas ropillas, túnicas y zaragüelles calentaban hacía unos pocos días los cuerpos de los judíos que hoy yacían bajo tierra? Vinieron a la raya sin nada y desnudos como mendigos habían de marcharse a otras tierras donde quisieran acogerlos, siquiera temporalmente, hasta que volviera a desatarse la locura homicida. Extraña manera elegía el Todopoderoso para mostrar su predilección por el Pueblo Elegido.

Como era previsible, a los pocos días murió Salomón Corchero. Pedro le procuró un enterramiento digno aunque insuficiente de acuerdo con la ley mosaica; ni siquiera pudo practicarse con los ritos propios de su Ley, pues no quedaban ni hebreos bastantes, ni Libros, ni aparatos propios de su liturgia. A solas Judit y Pedro con el cadáver, en una amplia dehesa, debajo de una encina, dieron sepultura al rabino. Al regreso, Pedro no llevó a la mujer al alcázar, sino a lo que quedaba de su propia casa, a las afueras de Vejer, en la dehesa de la Hinojera.

9. SANLÚCAR

Con ánimo sombrío y los peores presagios se dirigió Pedro a Sanlúcar, junto con el alcaide y los otros adalides que habían participado en la refriega de Facinas. Con ellos iban Judit, los demás los judíos y los vecinos que habrían de testificar en la causa. Nada más bajar la cuesta de la Segur, el cielo empezó a descargar una tras otra sucesivas mantas de agua. Las ráfagas de viento proyectaban las gotas con fuerza contra los rostros y los caminantes difícilmente podían ver más allá de dos varas de distancia. Avanzaban penosamente en dirección al norte, por veredas enfangadas; otra calamidad más que sumar a la de las últimas semanas. Después del sitio, de la persecución, de la batalla, de la huida y de los pleitos, las labores de reconstrucción a marchas forzadas y ahora esto. A muchos no les quedaban fuerzas y solo el temor que sentían por lo que les esperaba en Sanlúcar les impedía quedarse dormidos en sus monturas. Llegaron a las proximidades de Santa María del Puerto mucho después de la anochecida, por lo que debieron esperar al alba para tomar la barca que les cruzara al otro lado del Guadalete. Gracias a esta espera obligada, consiguieron los agotados caminantes algunas horas de descanso en una destartalada lonja a la vera del río; allí, al calor de la lumbre, intentaron secarse y desentumecer los ateridos miembros.

A la mañana siguiente la lluvia cesó, pero el panorama que alumbraban las primeras luces era desolador: el río se había desbordado y la crecida había arrastrado hacia el mar la barca y su amarradero, junto con los cadáveres hinchados de hombres y bestias sorprendidos por la furia de las aguas. Cruzar por aquí era imposible, por lo que tuvieron que recorrer la ribera sur en busca del primer vado franqueable. Bien sabía Pedro que no lo encontrarían antes de Medina. Con paso lento y cuidadoso, emprendió camino la comitiva: era tanta la dificultad de encontrar terreno firme en estas tierras pantanosas, que en todo un día de marcha solo recorrieron legua y media. A ese paso, tardarían al menos cinco días en llegar a Sanlúcar; otro borrón que añadir a su ya ennegrecida hoja de servicios. Cada vez temían más por su vida los vejeriegos, que maldecían su ventura y la hora mala en que cruzó los puertos de las Andalucías el primo del duque.

Después de dos días de penosa marcha a través de las encharcadas llanuras del Guadalete llegaron a Medina. Allí decidieron esperar a que las aguas volvieran a su cauce y las calzadas resultaran caminables. En la alta y anchurosa Medina todo estaba más seco, aunque las lluvias no cesaron del todo. Los caminantes se repartieron por las moradas de parientes, deudos y amigos. Pedro fue a su propia casa, con Judit, siempre con Judit. No se había separado de ella en las últimas dos semanas, aunque tampoco cruzaron palabra. Tampoco se habían tocado y, sin embargo, el aire abandonaba su pecho cuando la judía estaba cerca.

Pedro encendió la lumbre, la alimentó generosamente y mandó a un zagal a comprarle vino, pan y, si lo hubiera, algo de cordero. Pero la penuria todavía campaba por estas comarcas y debieron conformarse con harina sin cocer. Judit preparó unas gachas y ambos las consumieron sin hablar, juntos, puesto que tiempo hacía ya que la judía había dejado de cumplir con las prescripciones de su religión, que le impedían comer y beber con un gentil. Tampoco resultaba posible ya conseguir alimentos *kosher* y la carne, si la hubiera, tampoco podría ser sacrificada de acuerdo con los ritos de la *kashrut*. En estos tiempos aciagos, si Judit hubiera seguido a ultranza las leyes rituales del judaísmo, en pocos días habría muerto de inanición. Cada vez abundaban más los hebreos que se mezclaban con gentiles, comían su pan y se volvían como ellos, difuminándose la diferencia entre ambos, excepto por el nombre de judíos. Pero Judit en su corazón seguía siendo hija de rabino. Y fiel observante de la Ley de Moisés, que solo por salvar su vida incumplía los preceptos.

A la vera de la lumbre, Pedro aparejó dos jergones de paja y unas toscas mantas de lana. Se acostaron en silencio, después de haber puesto a secar sus ropas camineras, pero ninguno de los dos conciliaba el sueño a pesar del cansancio. Pasaban las horas plácidamente, gracias al calor que desprendía la lumbre y a que la paja y las mantas estaban casi completamente secas. De repente, la voz ronca de Judit se dejó oír entre el chisporroteo de las maderas ardientes:

—Pedro. Sé que si estoy viva os lo debo a vos. Sé que hicisteis lo posible por salvar también a mi padre. Nunca lo olvidaré —después volvió el mutismo y nada más se oyó hasta la mañana siguiente.

Tres días debieron de esperar en Medina a que el Guadalete bajara de caudal. Al cuarto, se encaminaron a Sanlúcar con las primeras luces y llegaron al vado al mediodía. Podía cruzarse. Al norte del río la tierra se empinaba y la campiña, aunque embarrada, permitía una marcha rápida. Llegaron a Sanlúcar ya de noche y allí supieron que el duque estaba en Sevilla, por lo que habrían de esperar, no se sabía cuánto tiempo.

En la corte ducal los vientos soplaban a favor de los vejeriegos. Los familiares y empleados de la casa de Medina Sidonia habían hecho ver al joven noble lo inapropiado de su querella y el escaso fundamento de la petición de un castigo ejemplar para la hueste de Vejer, que tantas penurias había pasado y que había cumplido con su cometido de manera irreprochable. También le alertaron de que si el caso se sometía al duque, podía ocurrir que se volviera en su contra y, si ese día el humor de su señor se mostraba torcido, podía acabar desterrado como alcaide en el más oscuro rincón de la raya. Por ello don Juan había ido frenando día a día sus ímpetus y en su ánimo la cólera y el resentimiento habían dado paso al temor. Sin mostrar arrepentimiento ni reconocer error alguno de su parte, comportamiento impropio de un hidalgo de linaje que hubiera causado gran desconcierto en los mismos vejeriegos, los convocó para decirles que gracias a su buen natural había decidido perdonar su ofensa y los dejaba libres para ir a donde quisieran, sin necesidad de esperar la venida del duque. Y que se dieran por contentos por ello, que ni siquiera habían cruzado sus espaldas unos azotes de advertencia, como su cobarde proceder hubiera dictado.

Pese a que el alcaide don Alonso, que sabía bien el tamaño de la injusticia que sufrían, quería quedarse a esperar al duque para darle cuenta del asunto, Pedro y los demás adalides le convencieron para que regresaran a Vejer a poner orden en la villa y a defenderla de un posible contraataque de los moros.

—Señor —argumentó Pedro, de acuerdo con el resto de los adalides de Vejer—, don Juan es pariente del duque y este nunca lo ofenderá en público como consecuencia de esta querella. Por grave que resulte la injusticia cometida, lo mejor es dejarlo correr.

Como hombre acostumbrado al trato con los poderosos, don Alonso sabía que la razón asistía a sus adalides, así que corrido y deshonrado, decidió volverse a Vejer a rumiar su amargura, sabedor de que las culpas nunca quedaban huérfanas y que esta vez le había tocado a él ser padre putativo del desastre de la Torre de la Peña.

A la noche siguiente regresaron a alojarse todos en Medina y nuevamente Pedro y Judit compartieron sus cansancios y soledades con la lumbre. Se repitieron las mismas gachas insípidas, los mismos jergones. Idénticos el silencio y el insomnio. Ahora también fue Judit la que volvió a hablar después de horas de rumiar sus inquietudes.

—Pedro, no sé podréis perdonaros por lo que me hicisteis en el despoblado de Medina, pero yo ya os he perdonado. Todo os debo y no tengo a nadie en el mundo. Vuestra soy, podéis hacer de mí lo que queráis: tomar mi cuerpo, venderme como esclava, convertirme en vuestra sierva, matarme. No discutiré las decisiones que toméis sobre mi destino. Solo hay algo que os ruego que no me pidáis: que renuncie a la fe de mis padres, a la alianza de Israel con el Altísimo. No puedo entregar mi cabeza al agua de vuestra fe. No puedo convertirme en una *mesumad* renegada, porque entonces quedaría maldita para toda la eternidad y me despreciaría tanto a mí misma que el remordimiento me mataría. No puedo abandonar la comunidad en la que nací, no puedo hacerme eso a mí misma, ni a mi Creador, ni a la memoria de mi padre, pues él no podría sufrir dolor más grande que la apostasía de su única hija.

10. EL CURA DE MEDINA

A la mañana siguiente, Pedro partió con las primeras luces a ver al alcaide, para decirle que quería quedarse en Medina y casar con la judía. Lo encontró ablandando con vino caliente un pedazo de pan. Después de escuchar lo que Pedro tenía que decirle, don Alonso pasó un rato mirándolo en silencio y finalmente habló.

—Después de tantos años en estas tierras y todavía no has aprendido nada. Haz lo que quieras, que ya tienes edad, aunque al parecer no seso, porque el paso del tiempo no te ha hecho perspicaz. Pero si casas, habrá de ser después de convertirse ella en cristiana. El duque no tolera herejías en su hueste. Y nada de quedarse en Medina. Quizás más tarde, ahora no puede ser. Te necesito en Vejer, donde aún queda mucha faena. Quién sabe si los moros tienen pensado contraatacar en la próxima estación. Ese es nuestro sitio, el tuyo y el mío, hasta que el duque disponga lo contrario, o hasta que los infieles acaben de una vez con la villa. Te dejaré que te quedes aquí un par de días para que te pienses bien los pasos que vas a dar. Pero antes de la próxima luna nueva te quiero en Vejer con los tuyos. ¡Y ay de ti si desobedeces, pues bien sabes lo que les ocurre a los desertores!

Después siguió comiendo en silencio y mirando a Pedro, que permanecía allí, de pie, como a la espera de algo. Transcurrido un largo periodo de tensa contemplación mutua, se volvió Pedro para marcharse y antes de cruzar el umbral, todavía pudo oír que el alcaide dijo, como a regañadientes.

—Mejor harías en tomarla de barragana, sin casar con ella, necio. Mejor para ti y mejor para ella. La moza te debe nada menos que la vida. No compliques lo que es bien fácil. Pero sin duda que no lo harás, con esas ínfulas que te gastas y que nadie sabe de dónde las sacaste, pues todos conocemos lo bajo de tu casta… ni siquiera quedó probado que seas cristiano viejo… Te guste o no siempre serás el *Descapuchado*, el *Tornadizo*. Confórmate y vive con ello o sigue pagando el precio de tu vanidad.

Con el aguijón de estas palabras Pedro abandonó la casa y se dirigió a la iglesia mayor de Medina a hablar con el cura.

El párroco del templo era un gallego de avanzada edad que nunca dejó de echar de menos las seguras humedades de su tierra natal. A su juicio, en estas regiones tan próximas al África, donde nada era seguro, y menos aún la fe de sus moradores, abundaban los peligros para las almas. La herejía campaba por doquier, alentada por la proximidad de moros, judíos y marranos, y la vida nada valía. Esto no acercaba a las almas al Altísimo, sino todo lo contrario, las ponía a merced de Satanás, que nunca descansaba en su tarea de ennegrecer espíritus y perderlos.

Cuando escuchó lo que Pedro se proponía, a pique se mostró de sacarlo a patadas de su iglesia.

—Justo ahora cuando esta tierra rebosa de viudas dolientes, cuando cientos de buenos cristianos han dejado su vida luchando contra el infiel, muestras la impudicia de venir aquí, a la misma casa de Dios, a decirme que quieres casar con una judía. Maldito seas mil veces, sal de mi iglesia, Satanás, sal antes de que te descalabre y me tenga que someter a larga penitencia. Sal, canalla, malsín, alma de moro… sal y quítate de mi vista. ¿Casarse con una judía? Hasta acostarse con ella es pecado mortal. ¿Cómo tienes osadía de querer bendición para semejante amancebamiento?

Viendo al cura fuera de sí y rojo de ira, Pedro dio por terminada su diligencia y se volvió para marcharse. Antes de que pudiera franquear las puertas del templo, el cura lo llamó y le pidió que regresara.

—Espera, espera, hijo. Dame un tiempo para que me sosiegue y vamos a hablar. Debo pelear por salvar tu alma e impedir que te hundas en la inmundicia, como sin duda harás convirtiendo a esa judía en tu barragana. Perdona mi ira y mis palabras irreflexivas, pero estas historias de sacrilegios me hacen perder el temple necesario para mi ministerio... lo que aún me quedará por ver en estas tierras dejadas de la mano de Dios. Cuánto trabajo por delante para combatir la herejía, cuántas almas en peligro. Ven, vamos a sentarnos en este banco y a hablar más calmosamente —en su propósito, el cura miraba ahora con dureza a Pedro y cierta pesadumbre, aunque ya parecía enfriada la cólera primera.

—Nada nuevo te sucede. Incontable número de cristianos ha puesto en peligro su alma por caer en las redes demoníacas de una judía, que al parecer dominan las artes de Venus, no sé, pues hasta un rey de Castilla, el gran Alfonso, vencedor de las Navas, tuvo su seso cautivado durante años por Raquel, a la que llamaban la Fermosa. ¿Qué criminales caricias os proporcionan esas meretrices? ¿Qué goces os dan que no os puedan proporcionar las cristianas viejas? ¿Quién lo sabe? Yo no, por supuesto. Algo misterioso y sin duda herético parece arrastrar a los varones cristianos en brazos de las mujeres del pueblo maldito.

Pedro hizo el intento de levantarse, pero la mano del cura, gruesa y fuerte, le agarró por el hombro impidiéndoselo.

—Espera, hijo. No te vayas. Déjame terminar lo que debo decirte, que es por tu bien. Siendo tanto el peligro, en los fueros se han previsto estos negocios de una manera muy clara, que al parecer desconoces. Te basta con saber que el rey Sabio, en sus Partidas, prohíbe el casamiento entre cristianos y los de la maldita estirpe, lo mismo que hacen los cánones del Santo Concilio de Letrán, que además prohíben el trato entre ambas comunidades. Y ya antes las leyes de los Concilios de Toledo, en tiempos de los reyes godos, castigaban con la muerte tales atrevimientos. Desde tiempo inmemorial nuestros reyes, obispos y señores han visto claramente los peligros que para las buenas almas cristianas trae el contacto con el hereje y buscan aislar a los judíos y someterlos al rigor de las leyes, no por venganza, sino en procura de la salvación de sus desgraciadas almas, emponzoñadas por el pecado y la lejanía de la verdad de nuestro Señor. Es por esta razón que si un varón judío yogara con mujer cristiana, ambos tendrían que arder vivos en la hoguera, pues atrevimiento y osadía muy grande hacen los judíos que yacen con mujer cristiana. Y si los propios cristianos que hacen adulterio con mujeres casadas merecen la muerte, mucho más lo merecen los judíos que yacen con cristianas, que son espiritualmente esposas de Jesucristo por razón de la Fe y del bautismo que recibieron en nombre de Él. Es dura la mollera de los hebreos, pues pese a las penalidades que el Señor en Su misericordia les ha ido mandando para alumbrarlos a través de los siglos, siguen, contumaces, apegados a sus falsas creencias, ensoberbecidos en su lengua y en sus oficios pecaminosos, adictos a la brujería, a las prácticas usureras y a todas las industrias del Oscuro. La verdad no reside más que en un sitio y ellos avanzan a ciegas. Su sola presencia entre nosotros es una incitación al pecado que los reyes no deben tolerar, aunque nuestros yerros la prolongan año tras año. La Santa Madre Iglesia tiene a su cuidado la preservación de nuestra fe, porque en ella reside nuestro camino de salvación, hijo mío. Solo en ella. Tú que has estado entre moros debes comprenderlo mejor que nadie. Mucho han padecido Cristo y su pueblo para alumbrar este mundo de pecado y oscuridad de ignorancia y superstición. Y mucho habremos de seguir luchando por la unidad de la fe. Purga tu cuerpo de pasiones y medita en tu corazón, que esto que pretendes es cosa muy arriesgada para ti y para esa judía. Quiera Dios que pronto llegue la hora en que todos los herejes abandonen la tierra de San Isidoro. Mientras tanto, no nos queda más que esperar mejores tiempos, pero respetando las leyes que los obligan a apartarse de nosotros. Por ello no pueden tener los judíos esclavos o criados cristianos, porque representaría un gran mal que un cristiano, a quien Jesucristo redimió, se viera al servicio o bajo el poder de un judío. Y por semejantes razones, tampoco deben los cristianos mezclar su simiente sagrada con hebreas o moras, ni aún con prostitutas, pues en este caso pecan doblemente.

En el silencio de la Iglesia desierta, las palabras del cura retumbaban, solemnes. Pedro las escuchaba con concentración. Casi todo lo que le dijo lo sabía, pues tales reglas se comentaban entre los cristianos viejos, se explicaban con las primeras letras, se usaban como escarnio para los marranos. Él mismo de chiquillo, en Córdoba, las empleó, mientras apedreaba a algún marrano, para escapar después. La fuerte voz del cura seguía perorando:

—Bien es cierto que el pecado de varón judío con cristiana constituye imperdonable afrenta que solo la muerte de ambos puede lavar. Pero tampoco es pecado menor el yacer cristiano con judía, que como mínimo merece flagelación pública, pues de lo contrario quedarían abiertas las puertas del desenfreno y el decaimiento en la observancia de los mandamientos.

El cura calló, puso de nuevo la mano en el hombro de Pedro y le miró ahora con dulzura, mientras afirmaba:

—Por tanto, no resulta imposible lo que pretendes, aunque me parezca equivocado y herético, pero no puede llevarse a cabo de cualquier manera. Deben cumplirse ciertos trámites y comprobaciones para evitar la perdición de tu alma y la de tus hijos. Lo primero y principal, sin lo cual nada cabe, es que la judía abjure de su secta y se convierta a la verdadera fe. A ver, hermano, esa judía… ¿está dispuesta a convertirse por propia voluntad, o forzada por tu lujuria? ¿Su conversión es sincera? Porque todos sabemos que muchos judíos y sarracenos se hacen bautizar de forma torticera para escapar de la esclavitud o conseguir alguna ganancia. Si buscara bautismo, tendría que estar bajo mi tutela como pastor durante varias semanas, hasta que yo pueda saber si vive aún en la oscuridad. Por otra parte, ¿qué piensa de ello su familia? ¿La repudiarán? ¿La lastimarán? No olvides lo que le ocurrió a la famosa Marisaltos, según narra el Rey Sabio en sus *Cántigas*: una hermosa judía a la que los miembros de su propia comunidad arrojaron por un precipicio cuando la encontraron en error y a la que la propia Virgen María salvó de la muerte, llevándola a la conversión. ¿Y dónde piensas afincarte, en una villa donde moren judíos o solo poblada por cristianos viejos? Debes pensar esto bien porque mucho desprecian los judíos a los marranos y, sobre todo, a las mujeres que yogan con cristianos. Ateniéndome a mi experiencia, creo que, como mínimo, los suyos querrán advertir a las demás mozas judías escarmentándola y cortándole la nariz para desfigurar su rostro y disuadirte.

Pedro escuchó calladamente todo el discurso, sin mirar al cura, sumido en sus pensamientos. Después, se levantó despacio, en silencio se alejó del banco y franqueó la puerta de la iglesia, fue a buscar su yegua y salió al paso de Medina para recorrer los campos durante horas, contrariado por el sentido práctico que mostraban los consejos del cura y del alcaide, pero buscando una solución que no encontraba.

La aflicción de su corazón no le dejaba ver que la unión que pretendía era tremendamente dispareja. Pero ahora que empezaba a comprenderlo se hundía en la desesperación. Ella pertenecía a una antigua familia de judíos instruidos que los diversos avatares de la fatalidad había arrastrado, a través del reflujo de la Historia, hasta estas apartadas tierras, donde no encontraba su sitio. Él era un montero, un villano apenas instruido cuya máxima aspiración en este mundo consistía en tener el estómago lleno, el cuerpo caliente y alguna prosperidad. ¿Cómo podían encajar sus mundos? ¿Qué sentimientos podía inspirar en Judit, mujer cuidada, cultivada y de seso despierto que hasta leer sabía?

Apunto de cerrarse las puertas de la villa, volvió a su casa de Medina. Allí encontró a Judit. Le esperaba con la lumbre encendida y un cuenco de pobres gachas. Se sentó a comerlas en silencio, mientras la judía permanecía de pie, contemplándole, intentando escudriñar su futuro. Solo se oía el golpeteo de la cuchara de madera y el crepitar del fuego. Terminadas las gachas, Pedro dejó el cuenco en el suelo y empezó a hablarle, sin mirarla.

11. LA MANCEBÍA DE JEREZ

Transcurrieron después años en los que pudo Pedro seguir incrementando su hacienda y buen nombre como adalid en la raya, aunque desde lo de la judía ya no volvió a ser el mismo. Nadie sabía muy bien lo que pasó, pues diversas historias circularon por la raya. Después de comparecer en Sanlúcar con los demás cuadrilleros de Facinas, Pedro no volvió a Vejer hasta varios meses después, cuando lo trajeron preso con otros fugados. Tal como le advirtió don Alonso, fue enjuiciado y condenado a azotes en la picota y al embargo de parte de sus bienes por incomparecencia a la llamada de la hueste. Cuál fuera su paradero durante esos meses y qué ocurrió con la judía no llegó a saberse en Vejer, ni Pedro dijo palabra. Había quien pensaba que la mató y que comido por los remordimientos se echó al monte para vivir como ermitaño. Otros decían que se la llevó a la espesura para vivir con ella lejos de la compañía de otros cristianos, porque la judía no quiso dejar de serlo, y allí moraron hasta que unas fiebres acabaron con su vida. Como casi siempre, la verdad era menos enrevesada que la imaginación de las gentes: Pedro la llevó a Sevilla para dejarla al cuidado de unos familiares con los que podría seguir viviendo como judía, tal como era su voluntad. Con más valor del que exigían sus refriegas y batallas habituales, Pedro la confió a los suyos, viva, sana y doncella, se despidió de ella para siempre y trató de olvidar.

A juicio de los pocos que le conocían bien, el carácter de Pedro se agrió desde entonces y su natural antaño locuaz y dado a la fiesta se volvió hosco y reservado. Empezaba a dar muestras de crueldad y avaricia para sorpresa de sus más leales, que le tenían por noble y generoso, aunque algo desconfiado. Nadie sabía qué pasaba por su cabeza, pero observaban su ceño fruncido que parecía instalado ya para siempre en su mirada, como un pliegue sombrío que hubiera arrebatado su contento por la vida.

De poco tiempo disponía Pedro para reflexionar sobre estos cambios, entregado con obsesiva dedicación a sus negocios: cuando no cabalgaba la raya en busca de botines o salía con la hueste a defender las tierras del duque de las razias de los moros, su atención se la llevaban sus fundos y ganados, de los que nunca parecía tener suficiente. Sus escasos periodos de asueto los empleaba con su camarilla en burdeles y mesones, a los que cada vez se aficionaba más.

La progresiva conversión de la guerra contra el moro en una cruzada y la creciente invasión de nobles norteños, ávidos de nombre y gloria que acudían a la frontera, empezaban a reducir sus ganancias. Aun así, Pedro se veía acabando sus días cómodamente en Vejer, Jerez o alguna otra próspera villa, cuando la fortuna le hizo otro requiebro y su suerte dio un nuevo giro, un día en que le encargaron que acudiera con otros de su cuadrilla a practicar un recuento y registro de caballos por las dehesas del duque, en la banda de Chiclana y Medina.

Tras reunir un grupo de hombres hábiles en la monta, Pedro salió de Vejer por la puerta de la Segur empezando el horizonte a clarear y juntos tomaron la calzada de la Cruz de Conil en dirección a Cádiz. La pista descendía suavemente desde Vejer hasta adentrarse, a la altura de Chiclana, en las marismas del Guadalete, ricas en pescados y salinas, reino de miles de aves zancudas que gozaban allí de un refugio casi inaccesible al hombre. Después de encontrar laboriosamente la senda correcta en el laberinto de tierras pantanosas, el camino torcía hacia el norte, tras dejar a poniente el puente de los Zuazo y, poco a poco, ganaba altura en las colinas donde empiezan a empinarse las sierras habitadas por los moros rondeños. Allí se extendían los pastos que alimentaban a los famosos corceles del duque, que eran entrenados para la guerra desde potros y vendidos a muy buen precio en toda la frontera, donde una buena cabalgadura valía más que muchos hombres, llegando a costar ochenta doblas de oro moriscas. Era una zona despoblada, con grandes extensiones poco arboladas, habitadas solo por pastores que cuidaban primorosamente de las bestias, tan necesarias para la guerra que reyes y señores fomentaban su cría, prohibiendo que se echaran asnos a las yeguas.

Varios días emplearon en la tarea, con ayuda de los guardadores de los caballos, aunque menos de los previstos. Hecho el recuento sin mayores sobresaltos, Pedro y sus gentes decidieron acudir a la cercana mancebía de Jerez, donde además de comer, beber y yogar con las mozas, podrían pasar la noche y regresar antes del alba a Vejer, a dar cuenta del cometido.

La mancebía de Jerez era una de las más afamadas de Castilla, tan solo comparable a los burdeles del Compás de la Laguna de Sevilla. Jerez era villa poderosa, cabeza de un próspero alfoz, el granero de la raya, lugar de paso incesante de forasteros, sobre todo acemileros y arrieros, como escala obligada para el comercio terrestre entre Cádiz y Sevilla. A Jerez acudían de la comarca, e incluso de los pueblos más alejados como Arcos o Morón, nobles y villanos para gastarse sus dineros en la casa pública. Ciudad bajo señorío completo del Rey, en ella moraban los oficiales y cortesanos que gobernaban esta tierra para la corona. Sin embargo, esa presunta soberanía resultaba engañosa, porque aunque villa de realengo, en Jerez mandaban los nobles de estirpe antigua, como en toda la raya, pues ellos ocupaban los cargos y se valían de sus amigos y clientes como brazos obedientes de su sola voluntad. Por esta época, la ciudad contaba con casi diez mil habitantes y era una de las principales de la raya. Todo este tránsito de personas y bienes constituía terreno abonado para obtener ganancia en el negocio de Venus, que se ejercía aquí en régimen de monopolio por el concejo de la ciudad, y este a su vez lo arrendaba a don Juan de Portocarrero por la suma de cincuenta mil maravedíes anuales, fijada en pública puja.

No siempre funcionó así este negocio en Jerez. Como en otras villas de la raya, antaño las putas andaban derramadas por las calles haciendo mancebía, lo que causaba graves escándalos, muertes y otros daños. Para evitarlo, los concejos, tanto de señorío como de realengo, acabaron por prohibir la prostitución callejera y las ramerías incontroladas. En evitación de los continuos escándalos, solo en el ámbito de la putería municipal cabía ahora ejercer el torpe oficio, sometido a una estricta regulación, no siempre respetada. La mancebía debía operar cercada y vigilada, y las daifas solo podían salir de día y en determinadas ocasiones necesarias para la salvación de sus almas: a misa dominical matutina o en la festividad de la Conversión de la Magdalena, espejo de prostitutas arrepentidas, día en el que una comisión eclesiástica acudía al burdel para amonestar a las mancebas por su depravada vida, recordarles sus pecados, los fuegos del infierno, e inducirlas a arrepentirse, abandonar el oficio y acogerse a alguna de las casas de arrepentidas de la ciudad, con la promesa de obtener una dote que les permitiera un honrado matrimonio para salir del pecado. Oferta a la que pocas accedían, no por falta de arrepentimiento, sino por miedo a las represalias del Tuerto.

Don Juan de Portocarrero regía su negocio con astucia, siempre atento a la ganancia, y aplicaba las ordenanzas concejiles de acuerdo con su conveniencia, persiguiendo tenazmente a cualquier jífara que se atreviera a ejercer la prostitución fuera de su local, poniéndola a disposición del alguacil para que le diera su correspondiente premio de cien azotes y multa de trescientos maravedíes que, como rara vez podía pagarse, convertía a la infractora en su esclava de por vida. Sin embargo, no dudaba en incumplir las disposiciones que prohibían el uso de la mancebía a los hombres casados, o abrirla en domingo, ni las que impedían ofrecer a los clientes alojamiento y comida, por añadidura a la carne joven, a fin de no hacer competencia desleal a los mesones. Pero por su condición de hidalgo de solar conocido, no cabía pensar que él mismo se rebajara a gestionar personalmente tan vil tráfico: como *padre* de la mancebía jerezana oficiaba Juan el Tuerto, un peligroso rufián curtido en mil lances, casi todos poco honorables. El tuerto imponía con puño de hierro su ley en el rebaño de putas y en la aún más peligrosa manada de lobos que formaba la clientela. En sus manos, las mujeres de alquiler se encontraban peor que cautivas de infieles, sometidas a severos castigos en caso de desobediencia o bajo rendimiento, y obligadas a trabajar todas las horas del día. A cuenta de los préstamos, a interés altísimo, que concedía a sus hembras para comprar la ropa de cama y los demás enseres propios del oficio y para sufragar su manutención, al cabo de poco tiempo las mozas se encontraban atrapadas en una red de la que nunca podrían escapar, pues la deuda devenía impagable y, aunque quisieran, no podrían dejar su trabajo o trasladarse a otra villa a ejercerlo en mejores condiciones. Buen conocedor de los intríngulis de su negocio, sin embargo no escatimaba en lo relativo a la alimentación y ornamento de las meretrices, que según su buen juicio debían lucir lo más lustrosas y sanas posible, y en esto se sometía estrictamente a la ordenanza municipal, proporcionándoles dos comidas diarias con media libra de carne de vaca, cerdo, carnero o pescado, dos libras de pan y un cuartillo de vino. Cada botica contaba también con una silla, un candil, una jofaina con agua y madera suficiente o brasero para los fríos del invierno.

Había contratado el Tuerto, además, al mejor cirujano de la región, para encargarse del estado sanitario de su tropa.

El burdel jerezano constaba de varias casas, con diversas alturas y calidades; algunas con solería de ladrillo y sólidos cimientos, otras simples chozas de madera con suelos de cal y arena. Dispuestas alrededor de un hermoso patio donde una fuente servía para las abluciones propias del oficio, todas las casas se hallaban aisladas del exterior mediante una alta tapia de dos pies de espesor. Intramuros se habilitaban más de ochenta habitaciones o boticas, donde un similar número de putas ejercían su comercio. En la puerta, varios guardas se ocupaban de que nadie portase armas en el interior, aunque una buena propina ayudaba a que la inspección resultara superficial. Solo el Tuerto y sus hombres de confianza podían andar armados por el recinto, para arredrar rufianes y ladrones, y motivar a los clientes díscolos o malos pagadores, aunque el mayor celo se ponía en evitar pendencias y juegos de azar. La clientela siempre abundaba porque el Tuerto se encargaba de que todo aquel que se atreviera a abrir un pecadero clandestino que le hiciera la competencia amaneciera colgado de las aspilleras de la muralla, o con el cuello rebanado en la pila de un abrevadero. Y la puta clandestina que caía en sus manos podía considerarse afortunada si escapaba solo con pena de destierro y las narices cortadas. Y todo ello sin mayores problemas con la justicia; no en vano pagaba el Tuerto al alguacil mayor de la villa un real de plata al año por mujer.

Como en la mayoría de las villas de la raya, en Jerez el negocio del puterío rendía beneficios cuantiosos ante la falta crónica de mujeres con las que casar, o al menos amancebarse. Pocas cristianas querían venir a poblar en la cercanía del moro. Y a estas poco les duraba el lustre, agotadas por mil trabajos: por eso las boticas de Jerez gozaban de reputación en toda la frontera, porque sus hembras parecían de otra especie, y muy pocos podían pagarse tales lujos. Muchas de ellas venían de la almoneda de esclavos: moras capturadas y esclavizadas desde niñas, al quedar puestas en puterío quedaban teóricamente libres, aunque en realidad seguían siendo esclavas mientras conservaran sus encantos. Si perdidos estos aún les quedaba vida y salud, algo que ocurría rara vez, las vendían o regalaban en algún lugar lejano y allí, a veces, podían comenzar una nueva vida como esposas de algún incauto o desesperado, aunque casi siempre seguían de putas en burdeles de ínfima categoría. Tanto abundaban las putas en Jerez, que el concejo las obligaba a portar como distintivo, cuando salían a la calle, unas tocas azafranadas a modo de identificación, para evitar confusiones con las mujeres honradas.

En la carísima mancebía de Jerez, con su bien ganada fama, los hidalgos contaban con lugares reservados. Pero también los del común, si podían pagarla, disponían de plaza, aunque los villanos habían de acomodarse en aposentos mucho más toscos y mugrientos; algo nada preocupante para la clientela, porque no eran comodidades lo que allí se buscaban. Solo los más adinerados podían aspirar a disfrutar de los placeres que proporcionaba la más afamada de las putas jerezanas, la Pava, verdadera marca godeña del establecimiento, o de las habilidades de algunas de sus émulas: Ganzúa, la Escalanta o la Perala. Con menos de diez maravedíes no cabía ya catar carne alguna en los dominios del Tuerto; aquellos que no disponían de esa suma habían de conformarse con los mesones de los pueblos de los alrededores, o con los favores furtivos de algunas de las cantoneras que de manera clandestina ejercían la prostitución callejera, vendiendo su cuerpo de pie, contra la pared de la barbacana, o en descampados, pasadizos y rincones, con grave riesgo de su vida y patrimonio al exponerse a las represalias del Tuerto y al humor antojadizo de los rufianes que pululaban como moscas alrededor de este comercio.

También en las afueras de Vejer operaba un mesón de mujeres, pero sus pupilas estaban ya muy ajadas; con su fétido aliento y sus dientes podridos espantaban a los clientes más exigentes. Y aunque la penumbra del mesón y las jarras de vino aguado que allí se servían ayudaban a obviar tales pegas, todos los vejeriegos que podían permitírselo evitaban a aquellas maestras de la pestilencia y se iban de putas a Jerez, donde cabía obtener, previo pago, todos los placeres, incluso los más prohibidos, pues se decía que hasta los putos o maricones compraban mancebos moros en algunos antros.

La mancebía de Vejer pertenecía al duque por antigua merced real y la arrendaba y explotaba Ferrán Alarcón, gran avaro que escatimaba en la comida de las ninfas, en su ropa de cama y hasta en sus candiles. En establecimiento tan sórdido y desastrado, las jífaras ejercían en boticas infectas, apenas unos simples soberados mal ventilados. En el lugar donde se ubicaba, muy áspero y apartado, cerca de un arroyo, campaban libremente malhechores y rufianes que aterrorizaban a los caminantes y a las propias prostitutas, por lo que solo yendo armado y en compañía podía tenerse certeza de regresar de él con bien. Más de una vez las quejas por insultos y asaltos que sufrían los vecinos de la zona, entre los que se encontraban clérigos, monjas y gente honrada, habían hecho que el alguacil desmantelara el mesón y espantara a putas y rufianes, aunque al poco tiempo, como el Ave Fénix, el local reaparecía como si nada hubiera pasado, se retomaba el antiguo comercio y volvían las riñas y pendencias.

Solo cuando se montaban las almadrabas mejoraba la oferta de carne mercenaria en Vejer, pues entonces cientos de jífaras ambulantes sentaban sus reales en la órbita del trabajo de la jábega. Al amparo del asilo ducal, que previo pago del correspondiente peaje garantizaba exención de la justicia real, las erradas mujeres instalaban en las playas sus chozas y tiendas para ayudar a pescadores y pescaderos a gastar sus jornales. Año tras año, acudían a las playas de Vejer y Zahara un enjambre de prostitutas originarias de toda la baja Andalucía como temporeras de la cosecha de ardores masculinos, con la que hacían buena ganancia, que redondeaban trabajando también como saladoras en las almadrabas cuando sobraba la faena. Y los duques cuidaban mucho de ellas. Les mandaban a los físicos de la villa para que las examinasen y curasen sus bubas y llagas y para que retiraran del tráfico a las que sufrían del mal de Francia o de alguna otra enfermedad contagiosa. Cuando acababan la temporada, si terminaban preñadas, una tradición local promovía que el duque se hiciera cargo de los frutos del pecado, comprometiéndose a admitirlos en su día como soldados en sus huestes.

12. EL TROPIEZO Y LA QUERELLA

Pedro y su cuadrilla llegaron a la ramería del Tuerto siendo todavía media tarde y pidieron algo de comer. Unas mozas espléndidas que recorrían las mesas contoneando con gracia sus redondeces y lanzado sonrisas y miradas provocativas les sirvieron una cazuela morisca, empanadillas, cordero y albondiguillas con cilantro verde. Y todas las viandas se regaron copiosamente con vino. Saciada su hambre de alimento y después de reposar un rato, eligieron compañera para calmar otros apetitos y fueron desperdigándose por los diversos rincones del burdel, donde pasaron largas horas de regocijo.

Cuando mediaba la noche, las luces y los clamores del burdel fueron apagándose. En medio del silencio, Pedro se despertó con la boca seca y mal cuerpo. Apartó con cuidado a la meretriz que dormía a su lado, en un jergón de paja razonablemente limpio que había podido obtener como trato especial, por ser cliente habitual, buen pagador y poco amigo de querellas, tan frecuentes en esos antros. Se vistió simplemente con su camisola y salió al patio a saciar su sed en la fuente, con la cabeza algo más que cargada de vino, por lo que hasta que recobró un razonable equilibrio su andar fue titubeante, como el de quien camina por un suelo helado. Después de vomitar con grandes arcadas y de vaciar su vejiga y sus intestinos en la misma puerta de su cubículo, dirigió sus pasos al surtidor siguiendo el sonido de su regular chapoteo.

En su aturdimiento y con la poca luz, Pedro no vio la figura de un hombre que dormía al raso completamente vestido y que se atravesaba en su camino, por lo que tropezó con él, dando de bruces en el suelo y despertando de manera abrupta al durmiente. Este se alzó rápidamente y, pensando que era atacado, echó mano a la espada, sin encontrarla, pues como todos la había dejado a la entrada del burdel cumpliendo las directrices del local. Después de unos instantes de confusión y mientras Pedro aún estaba en el suelo tratando de recuperar la verticalidad, el hombre recobró sus coordenadas de tiempo y espacio, ató los cabos correspondientes y, sin mediar palabra, propinó a Pedro una gran patada en el vientre.

La violencia del golpe hizo que Pedro saliera propulsado violentamente hacia atrás y sirvió para sacarlo definitivamente de su estado de somnolencia. Mientras rodaba por el suelo, tratando de alejarse lo más posible de su atacante, la mente de Pedro trabajaba con la rapidez de quien acostumbra a recibir embestidas intempestivas, de manera que cuando se alzó para encarar al agresor todo su cuerpo estaba ya en tensión y a la defensiva, a la espera de la próxima acometida y barajando las posibilidades de contraataque.

Encarados frente a frente, se observaron sin decir palabra. En la tenue luz de la penumbra Pedro reconoció a uno de los escuderos aragoneses con los que esa misma tarde había estado a pique de entablar una pendencia, y supo entonces que uno de los dos no saldría vivo de ese nuevo encuentro.

Sucedió cuando acababan de entrar en Jerez por la puerta Real. Al llegar a la plaza del Arenal, pararon en los abrevaderos para dar de beber a las bestias, mientras ellos daban cuenta de una jarra de vino en el mesón de Santiago el Palentino.

Ocuparon una mesa al lado de la puerta para tener a la vista a los caballos. Al poco tiempo, entraron en el mesón tres hombres de armas que se colocaron en una mesa próxima mientras a gritos pedían vino y comida. Resultaba imposible no prestarles atención, pues claramente eso mismo buscaban los recién llegados. Gritaban insolencias, prorrumpían en juramentos, se requebraban con bromas y golpes sobre la mesa y trataban con desdén y arrogancia al mesonero y a sus criados. Al rato, su mucha indiscreción permitió a todos los que allí se encontraban, quisiéranlo o no, saber su origen, sus circunstancias presentes y su destino inmediato.

Eran escuderos de unos caballeros aragoneses, huéspedes del conde de Arcos, que pasaban unos días de descanso en Jerez, a la espera de incorporarse a las huestes que el conde aparejaba para atacar a los moros de Loja. Los escuderos con frecuencia mostraban tanta arrogancia, o más, que sus señores, a los que emulaban en sus despectivos ademanes hacia el vulgo, los moros, los judíos y cualquiera que no les agradase. Y estos aragoneses manifestaban un particular desprecio hacia todo lo que veían: sin pudor ni disimulo alguno, poco acostumbrados a ser estorbados en sus caprichos, se mofaban del habla y de la vestimenta de los locales, a los que tachaban de medios moros y medio judíos. A grandes voces proclamaban su orgullo de cristianos viejos, sin mezcla alguna de raza mala, pues, decían, nunca judío o moro se juntó con sus abuelos.

Conforme aumentaba el consumo de vino, más se jactaban los aragoneses de proezas pasadas y futuras. Mientras uno de ellos proclamaba «He hecho votos de no volver a Huesca hasta haber muerto en pelea a tres moros por mi mano», otro dudada de que los habitantes de las Andalucías, corrompidos por su secular contacto con los moros, pudieran compararse en la pelea con los caballeros aragoneses. Como muchos caballeros de linaje de la Antigua Castilla y de Aragón o de Navarra, sus escuderos recelaban de los caballeros villanos que aspiraban compartir las hazañas contra el moro. Consideraban la lucha caballera como privilegio y monopolio de los infanzones. Las personas de baja condición debían lidiar como simples peones. De hecho, así ocurría ya por todas partes al norte de Sierra Morena, donde la caballería ciudadana había desaparecido casi completamente de las ciudades. Con voz de trueno, uno de los escuderos pregonaba impertinencias.

—¿Valientes los fronteros, gentes sin padre, hijos de mil leches, que vienen a la raya huyendo de sus fechorías? ¿Para pelear contra quién? Todos saben que los moros son gente menuda y mal armada. ¿Serían capaces estos bribones advenedizos de enfrentarse a una partida de salvajes gascones? Eso sí que son hombres de hierro, sin necesidad de armadura. Uno de ellos vale por mil moros.

La manera en que los aragoneses hacían de menos a los suyos empezó a despertar las alarmas de Pedro, que como caudillo de villanos sabía bien que debía evitarse a toda costa una trifulca con hidalgos o presuntos hidalgos. De modo que tras dejar en la mesa unas monedas en pago, ordenó a sus hombres que salieran de inmediato a tomar las bestias, pues de permanecer allí raro sería que la mucha arrogancia de los norteños no acabara produciendo un mal encuentro con alguno de los suyos, y de ninguna manera quería Pedro que él o sus hombres se vieran implicados en reyertas, decididos como estaban a pasar en Jerez solo un buen rato de tapadillo y sin llamar la atención.

Cuando se encontraban fuera sus hombres, Pedro abandonó el último el local. Saliendo ya, uno de los aragoneses comentó con menosprecio y voz alta la para él extraña vestimenta de Pedro, que a la manera morisca gustaba de llevar ropajes holgados y de poco embarazo, ligeros, buenos para la monta y la lucha. Justo en el umbral Pedro se paró y dudó unos instantes; sabía que de volverse empezaría un altercado que no sabía cómo acabaría. Pero aunque villano tenía su honra y se volvió, encarándose en silencio con los tres aragoneses que, de inmediato, se pusieron en guardia aunque permanecieron sentados. Al final, Pedro les dijo:

—Aquí un hombre vale según su brazo, no según su lengua. Yo no he huido jamás, que nunca un moro me vio la espalda. Ni cristiano. Deberíais tener en cuenta que tocáis la honra de cuantos os escuchan y que de seguir así más pronto que tarde cosecharéis la mies. Mostráis osadía impropia. Mucho ignoráis. Y mal valoráis a nuestro enemigo, lo que aquí equivale a estar medio muerto ya. ¿Que los moros son menudos? Sin duda algunos lo son, que no todos; yo mismo he visto y matado gigantes. No conocéis a los gandules ni a los bereberes: poned cuidado de no perecer en sus manos. ¿Mal armados? Las armas valen lo que la mano que las empuña, y de seguro sé que un moro hábil con la honda puede abrir cabezas bien duras, como las vuestras, y de una pedrada sacaros el tuétano de los cuernos.

Sin esperar respuesta, se giró hacia el mesonero y se despidió de él diciendo en voz alta:

—Me han dicho que los aragoneses son campeones dando lanzadas a moro muerto, pero que se ensucian encima cuando han de enfrentarse a uno vivo.

Ya entonces hubiera sido inevitable el derramamiento de sangre, pero el amo de la taberna anduvo rápido y antes de que empezaran a salir los hierros de sus fundas mandó a un mancebo a por los alguaciles del rey, cuya presencia inmediatamente sofocó la inminente reyerta. El asunto pareció quedar concluido, pero fuera, mientras Pedro recogía su montura, apareció uno de los aragoneses que, en voz baja que solo él pudiera escuchar, le dijo:

—En mucho te tienes, puto, cuando apestas a moro a la legua. Eres un simple labriego con pretensiones. El hecho de que vendiendo el culo hayas podido costearte un caballo no te convierte en caballero. ¿Quieres acaso compararte conmigo, hombre honrado y de una reputación sin mácula, descendiente de cristianos viejos de las cinco villas, de sangre antigua y bien probada? Si sigues aún con vida es porque no quiero un escándalo a plena luz y en el centro de la villa que perturbe la paz de mi señor, pero si vuelvo a verte la cara, ese día será el último de los tuyos.

Bien poco tardaron en cumplirse los pronósticos del aragonés, porque Pedro se encontraba ahora justo delante de él. Cuando el norteño lo reconoció, esbozó una sonrisa y le dijo.

—Doy gracias a Dios que me ha puesto por delante al deslenguado de esta mañana. Bien se ve a la legua que eres bastardo. Yo mismo he engendrado más bastardos que el maestre de Alcántara y todos ellos lucen tu misma cara: cara de puto. ¿Qué eres, el marica de este burdel?

Pedro pensó entonces que el otro hablaba demasiado y que eso sería su perdición.

El aragonés acometió primero, pero Pedro conocía bien las mañas de su oficio y, aunque pesado y todavía con mal cuerpo por el vino, lo esquivó. Con su empuje, el aragonés tropezó y cayó de cara sobre la fuente, lo que aprovechó Pedro para montarse sobre su espalda y, asiéndole por los cabellos, golpearle repetidas veces la cabeza contra el cantil de mármol de la poza. Al poco tiempo el rostro del aragonés quedó irreconocible. Se oyó el crujido de los huesos del cráneo y lo soltó sobre el suelo, escupiéndole.

Con el bullicio y el griterío se despertó buena parte de la casa, aunque todavía nadie sabía lo que había pasado. Sangre aragonesa, cristiana vieja pero igual de roja, empapaba las manos y la camisa de Pedro, que rápidamente se sacó la prenda, se limpió con ellas y la arrojó al suelo, quedando completamente desnudo. Antes de que nadie pudiera atar cabos, se dirigió a buscar sus calzas y sus botas y vistiéndose a toda prisa llamó a los suyos discretamente.

En el patio, los amigos del aragonés ya habían descubierto su cadáver y a grandes voces pedían venganza. Pronto todo el burdel bullía en un caos de gritos, carreras y tropezones. Alguien aporreaba la puerta del patio para que abrieran, queriendo salir. Desde afuera, la justicia también llamaba, queriendo entrar. Pero nadie abría. Al cabo apareció el Tuerto poniendo orden entre alaridos y empujones; ordenó que se franqueara la puerta para que entraran los hombres del alguacil y prohibió que nadie saliera del establecimiento.

Se ventilaron las primeras diligencias. Entre amenazas y lisonjas, el Tuerto y la justicia empezaron a formarse una composición de los hechos y ordenaron la busca y captura de Pedro y sus hombres. Pero estos no aparecían. En medio de la confusión habían logrado escabullirse por un portillo del soberado, descolgándose por la pared encalada que daba a los corrales, y de aquí a la calle en el mayor silencio, al amparo de la oscuridad. Sus caballos seguían en las caballerizas del burdel, de modo que a pie no podían ir muy lejos. Atenazado por las dudas, Pedro se escondió en una callejuela próxima; los suyos alrededor esperando a ver qué resolvía. Finalmente, el adalid les ordenó que se pusieran todos a disposición del alguacil, alegando no tener nada que ver con el asunto. Les pidió que reconocieran que el homicidio lo había cometido él y que, tan pronto como quedaran libres, fueran a Vejer a poner los hechos en conocimiento de don Alonso, el alcaide. Despachados sus hombres con sus cometidos claros y el encargo adicional de que entretuvieran a los justicias tanto como pudieran, Pedro se escabulló de nuevo entre las sombras y, saltando una tapia, entró en el huerto del convento de Santo Domingo y se acogió a sagrado, buscando protección divina y humana.

13. EL DESTIERRO 1457

Pedro dormía cuando fueron a sacarlo de su celda. En medio de tanta humedad y con el frío que soportaba durante las noches interminables, solo cuando el sol calentaba fuertemente las paredes del castillo del duque podía conciliar algunas horas de sueño superficial. Tres meses llevaba en Sanlúcar, esperando cada día la resolución de su caso. Después de tantos años de servicio leal a la casa de Medina Sidonia, esperaba mayor amparo. Sin embargo el tiempo pasaba y nadie parecía saber qué hacer con él, ni tampoco recibía noticias sobre lo que le cabía esperar. Durante todo este tiempo, apenas habló con nadie. Su único contacto humano fueron las manos que introducían, por un estrecho tragaluz de la puerta, la escudilla con el caldo aguado y el pan, su único alimento diario.

La puerta se abrió lentamente entre gruñidos y protestas de la madera podrida y del hierro oxidado. Entraron dos hombres armados, ricamente vestidos, que le ordenaron incorporarse y componerse lo mejor que pudiera, pues iba a ver al duque. Con torpeza, Pedro usó sus anquilosados dedos para ajustarse las calzas oscuras, la jaqueta listada y el jubón, las ropas nuevas que le habían proporcionado y a las que no estaba acostumbrado. Encontró también dificultad para ajustarse las recias botas de cuero negro, las primeras de esa clase que calzaba en su vida. Al cabo, logró arreglarse medianamente y salió con pasos titubeantes de su celda.

Escoltado por los dos soldados vestidos con la divisa de la casa de Medina Sidonia, Pedro atravesó patios y estancias durante un recorrido que —tras el largo encierro y el desuso de las piernas— se le hizo interminable. Iba de una perplejidad tras otra, a la vista de las riquezas que se alineaban a ambos lados de su camino: tapices, alfombras, divanes, altos sitiales, estanterías plagadas de mamotretos y rollos de pergamino. Atravesó varios patios y se quedó también maravillado por la belleza de las plantas, graciosamente labradas con formas caprichosas. Por todas partes su vista encontraba flores y agua que fluía mansamente, y bosquecillos de álamos y otros árboles que ofrecían sombras refrescantes y fragancias resinosas. Nunca había visto tanto lujo y esplendor en una casa cristiana. Los patios, las galerías, los divanes, las fuentes, todo evocaba el modo de vida que él pudo vislumbrar en Salé y que creía exclusivo de los moros, acostumbrado como estaba a los recios edificios de piedra de la frontera, de paredes y suelos desnudos. Finalmente entraron en un pabellón de ladrillo, tras franquear otra vez el escudo de la casa con la orgullosa segur, que abría paso a un ancho salón donde le esperaban.

El duque. En la mayoría de los lugares de sus amplios dominios casi nadie lo había visto, pues pasaba la mayor parte del tiempo en sus palacios de Sevilla, ciudad donde gobernaba como un virrey y que ocupaba la mayor parte de sus pensamientos y preocupaciones. Pero aunque invisible, su presencia resultaba omnipresente al sur del Guadalquivir, pues aquí su voluntad era ley y su absentismo no hacía más que agrandar su figura con leyendas y habladurías. Don Juan Alonso Pérez de Guzmán, tercer conde de Niebla y primer duque de Medina Sidonia desde 1445, ostentaba una lista de títulos interminable, pero era sobre todo el Adelantado Mayor de la frontera en la zona sevillana, en mando conjunto con el conde de Arcos, su enemigo íntimo. Gran amigo del rey don Juan, fue premiado por sus muchos servicios con el título de duque. En las Andalucías era un título que solo él poseía entre los nobles que no ostentaban vínculos con el linaje real, la pieza que faltaba para endiosar a un noble conocido por su soberbia. Porque el duque ejercía el dominio sobre su señorío no como sus antepasados, por delegación real y sujeto a la Ley de Castilla, sino como si él mismo fuera rey en sus tierras. Sin serlo, se consideraba propietario de todas las fincas, e invadía derechos y propiedades comunales. No reconocía a sus vasallos las antiguas franquicias y privilegios, que databan de las primeras repoblaciones y que no siempre se habían recogido por escrito. Recaudaba para sí el almojarifazgo, el noveno sobre la carne, el pescado y el vino, y ejercía el monopolio sobre hornos, molinos, almazaras y mesones. Ninguna ley, humana o divina, puso jamás freno a sus caprichos.

Quizás como justa retribución por sus considerables pecados, las desgracias de don Juan se igualaban a su soberbia. El hecho de no disfrutar de descendencia legítima era lo que más daño le causaba. En su ambición personal, en su patrimonio, en sus intereses nobiliarios y, sobre todo, en su mucha vanidad. Su mujer, María de la Cerda, era yerma como una mula, porque las habilidades del duque para procrear quedaban fuera de toda duda. Había regado la raya con bastardos suyos, no solo entre criadas, lavanderas y mozas de baja condición, a las que retribuía con unos tejidos y algunas doblas moriscas de buena ley que aportaban bonanza a la familia de la exdoncella durante años, sino también con damas nobles, incluso de su propia familia. Para escándalo de la Iglesia, fecundó a dos de ellas: Elvira de Guzmán, con quien había tenido una hermosa bastarda, y Urraca de Guzmán, que le había dado otros dos ilegítimos. Además, con dama de similar linaje, Isabel de Fonseca, concibió otros dos adulterinos. Y con Catalina de Gálvez tres hijos naturales más. Era tanta la fama del duque en eso de preñar mozas, que cuando se anunciaba su llegada a Vejer se producía un curioso tránsito: los padres de las doncellas con más pretensiones en la escala social, las destinadas a casar con algún caballero de cuantía o algún cortesano ducal, las llevaban fuera de la villa, lejos de los ojos de don Juan, para evitar un mal encuentro que dejara a la muchacha estropeada para matrimonios de altura, mientras que, por el contrario, padres de más baja casta, de los que habitaban a varias leguas a la redonda, acicalaban a sus hijas y buscaban todos los medios de lucirlas ante el duque, considerando que si este las preñaba obtendrían con ello un pasaporte para mejorar su hacienda y su estado.

Pero todos los hijos del duque, a los que repartía prebendas y castillos por la raya entera, todos eran bastardos. Si no lograba un heredero legítimo, el mayorazgo se perdería y sus estados pasarían a sobrinos o primos, algo que no podía tolerar y que le causaba gran desasosiego, hasta el punto que pensaba pedir al rey que le hiciera merced de confirmar el título en alguno de sus bastardos, legitimándolo tal como hizo su enemigo, el conde de Arcos, don Juan Ponce de León, otro trueno de la braqueta que engendró treinta bastardos con ocho mujeres distintas.

Pedro vio al duque por primera vez en aquella ocasión, mientras recordaba estas y otras historias que se contaban en la raya sobre él y sus antepasados. Se decía del guzmán que era un feroz guerrero y que no solo sabía montar a la guisa, cargado de hierro, en batalla campal, como era propio de los caballeros de su linaje, sino que, cuando era menester, montaba a la jineta con el aparejo de la escaramuza fronteriza, algo impensable para un hidalgo de fuera de la

Bética. No sabía Pedro si era cierto todo lo que se contaba sobre su pericia guerrera, pero bien podría serlo; estos nobles no eran como los que venían del norte. Su aprendizaje, al que él mismo había asistido muchas veces, no se hacía en justas o torneos, ni en fiestas de sortijas y cañas como ocurría en otras latitudes, sino bregando cara a cara con el moro, en auténticas operaciones guerreras, desde que se allegaban las suficientes fuerzas. No pocos de ellos morían sin llegar a la madurez. Del duque se decía que había dirigido cabalgadas en la raya desde los dieciocho años y era legendaria su cruel tenacidad. ¿Acaso no tuvo preso en la alcazaba de Vejer a su propio tío carnal, Alfonso de Guzmán, hasta su muerte en 1444, después de haberlo desposeído de las villas de Lepe y Ayamonte, que reintegró a su propio mayorazgo? Todo el mundo decía que desde la muerte de su padre don Enrique vivía amargado, que no disfrutaba de paz por el oprobio que le hacían los moros de Gibraltar exhibiendo sus restos en una jaula que colgaba de las murallas de esa villa desde 1436. Vanos habían sido sus intentos de rescatar el cuerpo, pese a las enormes sumas que había ofrecido. Se decía en los mentideros que el duque no podía dormir desde entonces y que cuando lograba conciliar algo de sueño se despertaba entre lamentos, empapado en sudor, atormentado por la visión del cadáver mutilado de su padre, picoteado por aves carroñeras, pidiéndole venganza con su boca descarnada. Así que Pedro sabía que no podía esperar trato favorable del duque, se temía lo peor, aunque al menos confiaba recibir una muerte rápida, sin tormento ni escarnio público, como reconocimiento de sus muchos años de servicios leales.

El duque se sentaba en una alta cátedra. La sala era amplia y bien iluminada, con paredes revestidas de ricos tapices. Sus propias ropas denotaban la alteza de su linaje, pues vestía paños de Holanda ricamente bordados y espada ropera. La expresión de su cara pétrea era indolente y pensativa, como distraído en asuntos de otro cariz, desdeñoso de estos trámites, molesto por tener que solventar cuestiones menores, cuando eran tantas las preocupaciones que le causaba la villa de Sevilla y la perpetuación de su casa. Su enorme nariz parecía despeñarse sobre la boca, partiendo en dos un semblante inexpresivo, lleno de arrugas y cicatrices, muy pálido, como esculpido en mármol. A su derecha se encontraba, de pie, un clérigo que miraba a Pedro con compasión; al otro lado, un escribano con recado de escribir se preparaba para dejar registro lo que lo allí se dijera para los archivos de la casa.

Don Juan leía atentamente unos pliegos, sin duda los planos o los presupuestos de la enorme fortaleza que quería levantar en Sanlúcar, de la que todavía no se había puesto ni una piedra, pero sobre la que ya se contaban fábulas. Se decía que iba a ser el mayor alcázar que tendría noble alguno en Castilla, superior en fortaleza y potencia a los del mismo rey; que se colocaría bajo la protección de San Sebastián, de quien los guzmanes eran muy devotos; que contaría con la mejor artillería del mundo.... El duque se tomó largo tiempo hasta que entregó displicentemente los documentos al escribano, levantó su maciza cabeza y permaneció quieto como una estatua. Durante un rato, su expresión mostró una completa indiferencia: con la mirada perdida en el vacío, parecía que estuviera discurriendo sobre algún asunto muy complejo y lejano, tras esa máscara señorial. Después, con un gesto de desprecio tranquilo y frío, comenzó a hablar con voz herrumbrosa, sin mirarle a la cara, como fingiendo no verle, haciendo preguntas en tono pausado y tranquilo, sin esperar ninguna respuesta.

—Pedro de Córdoba… Mucho he oído hablar de ti; según me dicen eres hombre difícil de matar, que ha arrostrado circunstancias muy difíciles siempre ileso. Y ello a pesar de que la muerte te ha cortejado. ¿Es cierto que has enviudado tres o cuatro veces? ¡Qué ventura la tuya! ¡Yo ni siquiera una, mal rayo parta a la bruja que Dios me deparó, que no vale ni para parir! Pero sí, bien se ve por tu porte y tus cicatrices que eres hombre recio y bragado. De lo contrario, no se puede subsistir mucho tiempo en la frontera. Abundan los que vienen a poblar, pero la mayoría no valen para nada y al poco se convierten más en carga que en ayuda. Solo unos pocos me sirven de algo, y tú eres uno de ellos, maldito seas. Gozas del favor del alcaide de Vejer, don Alonso de Osorio, que en tu descargo ha declarado que, hasta ahora, has demostrado ser un valioso adalid y hombre de campo, leal y además, según parece, cristiano viejo. Un hombre de valor, bien mandado y avezado en los hechos de la guerra, veterano en todo tipo de refriegas. Mereces que te quite la vida, has matado a un cristiano. Sin embargo, no puedo ahora prescindir de ti. Con los moros cada vez más hostiles, necesito buenos adalides a mi lado. Cuando mi antepasado el Bueno recibió del rey estas tierras no se sentó a disfrutarlas, sino que siguió embistiendo a los paganos, enemigos de Dios y de la Cruz, hasta hallar una muerte santa en la sierra de Gaucín, donde lo ensartaron como a un gallo, con muchas saetas. Y su hijo Juan Alfonso estuvo al lado del rey en la batalla del Salado. Mi propio padre, que en gloria esté, murió ahogado, combatiendo a los moros en la bahía de Gibraltar, y desde entonces sus huesos penden de una jaula en los muros de esa villa de piratas. No voy a ser menos que ellos; tengo el deber de seguir batallando contra esa gente maldita y no solo guardar lo que mis padres lograron, sino acrecentar con la ayuda de Dios lo que me legaron. Siempre mi casa mostró lealtad al rey y a Cristo y lo mismo haré yo, aunque para ello deba derramar mi propia sangre. Mientras tenga pujanza, no voy a parar hasta vengar la muerte de mi padre y recuperar sus restos para darles cristiana sepultura y dejarlos descansar en la paz de tierra consagrada, a la espera del día de la resurrección. Pero los territorios no se obtienen más que construyendo castillos y a filo de espada y para eso necesito hombres, buenos hombres, cada vez más escasos. Ya no quedan cristianos como los de antes, hombres curtidos y esforzados. Ninguna faena les parecía imposible. Acudían sin nada y con hambre atrasada, después de recorrer con la ayuda de Dios cientos de leguas a pie desde la lejana Galicia, desde los montes de las Asturias y de Cantabria. Mozos de una pieza, altos y de anchos hombros, buenos tanto para la espada como para el arado. Ahora… ahora solo llegan a la raya gentes menudas y de poco esfuerzo que se mueren con las primeras fiebres; y en la batalla, hay que estar más pendientes de ellos que de los moros, pues a la primera contrariedad salen en desbandada, malditos sean, y vuelven la espalda al enemigo con vileza plebeya. ¡A cuántos he tenido que colgar por volver de la algarada sin un rasguño!

Sofocado, el duque hizo gestos con la mano para que le acercaran una copa; bebió y después siguió hablando, pero ahora mirando fijamente a Pedro:

—Pero tu crimen no puede quedar impune, Pedro de Córdoba. Me juego en ello la honra. Has causado un buen escándalo en villa de realengo, donde los leales al advenedizo de Arcos abundan, y ahora la justicia del rey y el puto Ponce de León reclaman un castigo ejemplar. El aragonés que descalabraste en el burdel del Tuerto parece persona de alguna valía y querida de su señor. Afortunadamente para ti, según me dicen has amasado en estos últimos años a mi servicio una regular hacienda con la almogavaría, a pesar de que siempre has pagado el quinto que me corresponde de las presas. Eso te va a librar, por ahora, de la muerte, pero pagarás el daño que has causado perdiendo todo lo demás.

El duque bebió de nuevo y con voz grave y solemne pronunció la sentencia:

—Te condeno al pago de cincuenta mil maravedíes en concepto de caloña por la muerte que has dado a Francisco Machín, aragonés de nación y vasallo del conde de Sobrabe. Si no los pagaras, mando al alguacil mayor de Vejer que tome de tus bienes tantos cuantos bastaren para pagar dicha suma, que los venda y remate y que su valor se entregue a los deudos del fallecido. Además, ordeno que seas azotado en la picota pública de Vejer para escarnio y advertencia. Ordeno que cuando cures de tus heridas, si sobrevives a los azotes, seas ahorcado en la plaza del cabildo, a menos que te acojas al privilegio de homicianos, en cuyo caso podrás redimir la pena capital yendo a primera línea de la frontera y permaneciendo allí durante cinco años y un día, sirviendo a Dios en la guerra contra los paganos enemigos de la Cruz, en verdadera penitencia y con derecha intención para la defensa de la ley y la tierra cristiana, tras lo cual quedarás quito así de deudas como de malfrentas. Y si allí mueres en este empeño, lo harás como amigo de Dios, según deja acreditado este santo varón que me acompaña, que es mi confesor, y así redimirás las penas impuestas por los pecados confesados y ganarás la vida eterna y la palma del martirio, pues el pecador que muere a mano de los moros mucha más esperanza de salvación encuentra que los otros que no mueren en la guerra de la Fe. Al fin y al cabo, Pedro de Córdoba, morir es tu oficio.

TERCERA PARTE

BENALUP

1. VIAJE A BENALUP 1457

En 1457, año de la segunda toma de Jimena, la frontera del Estrecho sufrió una fuerte convulsión. La principal plaza fuerte de la sierra sur cayó en manos de los Saavedra y los demás nobles fronterizos se agitaban inquietos para tomar posiciones ante la nueva situación. Aunque Jimena se ganó en nombre del rey, nadie se llamaba a engaño; se entregaría en señorío más pronto que tarde, pues por esta época se hacía proverbial entre las gentes la impotencia del monarca, no solo para engendrar heredero legítimo, sino sobre todo para defender su herencia; el monarca no disponía de medios para amparar una villa tan próxima a Ronda, a Gibraltar, a Setenil y a Estepona, todas importantes plazas fuertes muy pobladas de moros enemigos y con ánimos de revancha. Ante la perspectiva de medro, acudieron a la raya muchos caballeros norteños, como el temible Pedro Girón, maestre de Calatrava, que acechaba la Banda Morisca desde hacía tiempo por considerarla un campo propicio para acrecentar sus dominios.

Sabedor de que se jugaba nada menos que el mantenimiento de su predominio, el duque de Medina Sidonia no perdió el tiempo y adelantó posiciones en la raya, tomando una fortaleza sobre la que ostentaba dudosos derechos, el castillo de Benalup. Recientemente ganado a los moros, el castillo se encontraba en el curso alto del río Barbate, en un territorio agreste y salvaje donde empezaban a empinarse las montañas del Estrecho, al sur, y las Sierras de Grazalema y Ronda, al este. Construido por los africanos en tiempo inmemorial, ahora estaba casi deshabitado, como buena parte de las tierras cristianas cercanas a la raya.

Para purgar su culpa por la muerte del aragonés, en ese mismo año el duque encomendó a Pedro la defensa de Benalup, en calidad de alcaide y delegado suyo para la guarda y poblamiento de las tierras adyacentes, durante al menos cinco años. Tal cometido habría de cumplirlo sin recibir otra ayuda del duque más que unos escasos suministros: doscientos maravedíes para el pago de soldadas y cincuenta cahíces de pan, medios claramente insuficientes para afrontar las necesidades de la villa. Las magras aportaciones del duque deberían completarse con los botines arrebatados a los moros, si es que Dios ayudaba en esa empresa, pues de lo contrario, todos los habitantes de la fortaleza morirían de hambre o alanceados por los infieles. Transcurrido el tiempo de su condena, si sobrevivía a semejante desafío, debería esperar aún su relevo por otro alcaide, pues el castillo y la villa no podían quedar desamparados. Entonces y solo entonces quedaría libre de ir a donde quisiera.

Se le asignó una hueste de veinte hombres de armas que fueron a Benalup como guarnición militar, no como vecinos. Recibieron casas y hazas de tierra por aposentamiento, no por vecindad. La propiedad de esos bienes raíces la conservaba el duque. Ellos simplemente los usaban con carácter provisional. Cuando la posesión de la villa se consolidara, se preveía que este régimen cambiara, a fin de que vinieran nuevas gentes a las que sí se les darían viviendas y lotes de tierra a título de vecindad, con la condición de que las ocuparan durante al menos cinco años y se casaran durante ese periodo, transcurrido el cual alcanzarían la propiedad de los bienes otorgados en repartimiento y la facultad de venderlos o transmitirlos en herencia.

Varios de los hombres de la hueste llevaban a sus mujeres e hijos y a la caravana se unieron también varios acemileros con sus mulos, imprescindibles para el transporte por estas fragosas serranías. También les acompañaba el mayordomo del duque, con el encargo de inspeccionar esas tierras y evaluar su posible productividad. Todos salieron de Vejer por la puerta de la Villa y bajaron la cuesta de la Barca. Llegados a la llanada fluvial, la expedición se dirigió a su destino siguiendo en lo posible la ribera del Barbate, cuyas aguas en esta época se deslizaban perezosamente. Mientras la recua atravesaba la fértil campiña regada por las crecidas del río, en las cercanías de la costa lucían espléndidos los campos de trigo amarillo, suavemente ondulados por un viento casi perenne. Pero pronto el paisaje se trocaba abruptamente en una zona marismeña y húmeda; durante leguas debieron soportar los vapores pantanosos, el olor a putrefacción y nubes de mosquitos que bullían por todas partes, contra los que no cabía defensa alguna y que podían envenenar la sangre con su ponzoña. Las aguas estancadas reflejaban el cielo grisáceo y reverberaban fantasmagóricamente. Las mulas avanzaban penosamente con sus flancos desollados, como sombras a la deriva, atascadas por el cieno y los malos senderos y acosadas por miles de moscas que en vano intentaban espantar con la cabeza y la cola. Tan lento avanzaban sobre la inmensa y monótona marisma, que el paisaje parecía como plasmado sobre un tapiz. Tras dos días de marcha, por fin salieron del fango y llegaron al pie de las colinas despobladas y, aunque empezaron a transitar más deprisa, siguieron atravesando baldíos y ruinas, extensiones inhóspitas de cerros y valles donde nada se sembraba.

Terminó al fin este viaje infernal y la expedición llegó a su plaza, Benalup, cuatro días después de la partida de Vejer. Sobre la tierra húmeda se extendía un reguero de niebla baja, por encima de la cual se alzaban los restos calcinados de algunas pocas viviendas y, en medio de ellos, los desolados muros del alcázar. Desde que puso los ojos en la fortaleza que debía defender con su vida y en el entorno que la rodeaba, supo Pedro que la guarnición con que contaba resultaba completamente insuficiente para la tarea. Se trataba de un simple castillo roquero, muy alejado de los caminos transitados, compuesto por dos torres gemelas rodeadas de un muro, arrimado a una montaña por el norte, pobre y destartalado, que seguramente seguía en pie solo porque los moros, después de sus continuas correrías, no se molestaron en derribarlo por completo, tras haberse llevado ya todo lo que quedaba de valor en su interior.

La fortaleza de Benalup ofrecía una vista desoladora. Lo que quedaba del portón principal yacía desgoznado en el suelo, dejando paso franco al patio de armas. En la villa no restaba ni una casa en pie, solo los despojos ennegrecidos de sus vigas calcinadas, que se alzaban como patíbulos. Los elementos y la falta de cuidados habían derruido buena parte de la muralla exterior, así que de inmediato Pedro ordenó a sus hombres que restauraran al menos una apariencia de solidez a los muros y que repararan el portón con nuevos hierros y maderos. Durante los primeros días, su única faena consistió en reponer en lo posible los medios de defensa que permitieran su supervivencia en caso de ataque de enemigos, pues por la brecha de las murallas podía entrar la desgracia. Después, ya pudieron pensar en acomodar unas toscas chozas que hicieran de viviendas provisionales, hasta que consiguieran construirse las primeras casas dignas de tal nombre, difícil labor ante la falta de caleros, carpinteros y canteros.

Despachadas esas primeras diligencias imprescindibles para la subsistencia de la guarnición, Pedro organizó sus cometidos: instauró el servicio común de velas en los caminos, rondas en los adarves, ahumadas diurnas y almenaras nocturnas capaces de dar aviso a tiempo en caso de embestida de los moros. También reguló los enlaces necesarios para llevar a Vejer las noticias buenas y malas, y estableció los escuchas, los espías de frontera, imprescindibles para adelantarse en lo posible a los acontecimientos. Más adelante, si todo marchaba bien, podría pensarse en adobar veredas para el ganado que habían traído y para facilitar la seguridad del territorio que se le había encomendado, tarea nada fácil a la vista de lo enriscado del lugar y lo tupido de los bosques que lo circundaban. Porque a poco menos de media legua de la fortaleza se extendía el bosque más espeso y extenso de la raya, compuesto por encinas retorcidas, alcornoques, pinos, lentiscos, chaparros y madroños que crecían apretados hasta formar una muralla casi impenetrable de ramas ensortijadas, salpicada de peñascos. Por los alrededores abundaban también las alimañas, tantas, que el de los moros no era el único peligro que debía conjurarse, pues lobos, osos y serpientes ponían también aquí en riesgo las vidas. Incluso las abejas salvajes que proliferaban por doquier representaban una grave amenaza, que habría de costar la vida a más de un zagal descuidado. Sobraban, eso sí, los ciervos y los corzos, los jabalíes y las cabras montesas. Con tal cantidad de presas y tan pocos cazadores, raro resultaba entrar en esa espesura y salir de ella sin alguna pieza.

Poco a poco, cuando las tareas defensivas imprescindibles empezaron a quedar cumplimentadas, pudo la guarnición emprender otros trabajos. Mandó entonces Pedro que se colocara en la torre más alta una campana, dentro de cuyo radio sonoro habría de desarrollarse la vida de los habitantes de la plaza. Con ella se darían los avisos y las alertas y se diría también a los moros «estamos aquí, los cristianos hemos vuelto, esto es nuestro».

Pero para mantenerse vivo también se precisaba de comida. De manera que no cabía descuidar el ganado, quehacer que ocupaba buena parte del tiempo de los hombres de Benalup. Se había asignado al mantenimiento de la guarnición una punta de cincuenta cabezas que herbajaban en los escasos calveros que dejaba el bosque. Por añadidura, en verano debían cuidar también del ganado que trasladaban desde Vejer, una vez agotados allí los pastos primaverales. Lentamente y con enorme esfuerzo comenzaron a desmontarse algunas superficies para incrementar los pastos. Durante días, los hombres talaban y quemaban sin descanso y un humo espeso, negro y molesto, se extendía por todas partes. Pero no cabía pensar todavía en sembrar trigos en estas regiones, de modo que la creación de nuevos pastos suponía la única posibilidad de que disponían los recién llegados para acrecentar fortuna.

2. ALCAIDE EN LA RAYA

Contra lo que pudiera parecer, el cargo de alcaide de la villa no suponía una mejora de la suerte de Pedro. Normalmente los nobles entregaban los castillos a sus gentes de confianza como premio a su lealtad y a sus servicios. Pero la encomienda de Pedro no suponía una merced, sino un castigo: seis veces había sido repoblado el fortín y su alfoz, y otras tantas había sido saqueado. Tan mala fama había cogido el lugar en la comarca que nadie quería ir a morar allí, pese a las muchas dádivas y exenciones ofrecidas por el duque. Porque ni franquicias ni privilegios impedían que la frontera siguiera despoblándose, sobre todo en estos tiempos inquietos en que las turbulencias se extendían no solo a la raya, sino al mismo corazón de Castilla, una corona en trance de quedar destripada por los grandes señores, incesantes en sus acometidas al rey. Como las mercedes del duque no suponían suficiente atractivo, solo unos pocos incautos habían caído en la trampa. Por eso había sido Pedro enviado aquí, al cargo de una cuadrilla compuesta mayormente por facinerosos.

Los nuevos vecinos, en su mayoría mala gente, constituían una auténtica tropa de descomulgados sin alma y vagamundos, penados que llevaban la maldad grabada en los rostros: bígamos, traidores, ladrones, homicidas y algunas mujeres que abandonaron a sus hijos. Otros tantos no cargaban condenas, pero perseguidos por la justicia realenga, habían escapado a tierras de señorío donde, como todo el mundo sabía en la raya, no se formulaban demasiadas preguntas a quien quisiera ir a habitar los despoblados contiguos al reino nazarí. Casi todas personas baldías que, como él, pagaban culpas acogiéndose al privilegio de homicianos. Con tanta necesidad de gente en la Banda Morisca, ni reyes ni señores podían mostrar excesivos escrúpulos a la hora de reclutar nuevos vecinos. Antes preferían ver las villas pobladas de asesinos y blasfemos sin temor de Dios, que despobladas o en manos de moros.

Bien conocía el duque la calaña de la tropa asignada para guarnicionar Benalup. Así que, para garantizar en lo posible la paz en la nueva villa fronteriza y combatir la incuria de sus moradores, le había otorgado ordenanzas muy estrictas, cuyo cumplimiento quedaba encomendado al alcaide. Para que el castillo continuara en manos cristianas en los próximos años, se precisaba la más estricta disciplina; el alcaide había de mantener a los moradores en un puño de hierro. De lo contrario la lenidad de las penas iría poco a poco destemplando el ánimo de las gentes y la autoridad de su señor y, en definitiva, acabaría ocasionando la pérdida del lugar.

Recordando la arenga de don Enrique a su llegada a Aznalmara, Pedro reunió el primer día a toda su gente en el patio de armas de la fortaleza y les hizo muy severas advertencias sobre reyertas, robos e insubordinaciones, mandándoles a continuación que levantaran un cepo y un cadalso en la plaza, con la madera que ellos mismos habían cortado.

Bien pronto se demostró que tales amenazas no bastaban. Las tensiones entre los miembros de la guarnición a su cargo proliferaban y varias veces aplicó la estricta ordenanza, aun a riesgo de quedarse sin tropa, pues se cometían muchas bellaquerías y las pendencias y porfías surgían a diario entre la chusma soez y blasfema. Impuso tormentos y otros castigos ejemplares para que no cundiera el pecado de insubordinación en hueste tan sediciosa. A un siervo que trató de escapar a Granada con dos esclavos moros para allí venderlos, lo condenó a que lo arrojaran a las bestias bravas para que lo matasen. Mandó desorejar a un mozo por quebrantar por segunda vez un domicilio, advirtiéndole de que a la siguiente la pena sería la horca. Y a otro ordenó que le arrancaran los ojos y lo echaran a los caminos por haberse ausentado sin causa justificada de la atalaya desde donde debía vigilar los posibles ataques de los moros, pues bien se sabe que «debajo de la pestaña del atalaya está la guarda del pueblo, gente y hueste». Harto de pendencias, prohibió los dados y juegos de naipes en la fortaleza. Y aplicó muchos escarmientos de azotes por delitos menores, como el de sacar las armas sin herir o causar heridas en riñas o pendencias, sobre todo por apuestas. Tanto abundaban los delitos, que a Pedro no le quedó otro remedio que sustituir los azotes por penas de multa, aunque pronto tampoco estas pudieron aplicarse ante la falta de dinero de los penados. Más de uno de los acogidos al privilegio de homicianos se ofreció a comprarle la fe firmada de haber cumplido ya su estancia en la frontera y en algún caso Pedro accedió, más para librarse de un sujeto indeseable que por la cantidad ofrecida.

Vanos resultaron los intentos del alcaide por enseñar a sus soldados a usar decentemente la ballesta, o al menos la lanza; mucho menos a repararlas o construirlas. Solo uno de los pobladores, Luis Salvatierra, que había trabajado como ballestero de monte en Medina, aprendió a tirar virotes con alguna pericia, pero era tan cobarde que la primera vez que se topó con los moros se echó rodillas en tierra y quedó petrificado por el miedo, pidiendo por su vida. Y a punto estuvo de perderla, descalabrado por Pedro, que vio llegado el fin de la suya a manos de unos gandules que les atacaron en un despoblado: una vez que los puso en fuga, cargó contra Luis y le dio gran número de palos.

¿Cómo defender el largo perímetro de la fortaleza con hueste tan rebelde e insumisa? Para cumplir adecuadamente su cometido de alcaide, como fijaban las Partidas, debería disponer de una guarnición suficiente de hombres capaces y fieles elegidos por él mismo. En la raya, más ayudaba el valor de unos cuantos que un número elevado de cobardes, más una hueste formada por pocos y buenos guerreros que por numerosos y malos, pues nada podían aportar en la guerra los que ignoraban todo sobre armas; antes al contrario, constituían un problema a veces peor que el moro, pues de las gentes que iban a pelear con ellos, los flacos embargaban a los fuertes y los cobardes hacían huir a los audaces. Y Pedro carecía tanto de número como de valía. Sabía bien el alcaide que, a la larga, la vida en la Banda Morisca acababa convirtiendo a casi cualquiera en guerrero, pero eso ocurría solo con los que sobrevivían, y malas perspectivas albergaban los nuevos habitantes de la fortaleza de Benalup de prolongar suficientemente su tiempo sobre la tierra como para aprender las pericias de la guerra.

Sumido en el desaliento, Pedro reparó en los curiosos giros de la fatalidad: como si la Providencia trenzase misteriosos equilibrios, el lugar al que había llegado no difería apenas de Aznalmara, su primer destino en la raya. Ambas enriscadas fortalezas, alzadas sobre grandes peñascales, rodeadas de selva, en tierra de nadie y muy lejos de calzadas, mercados y de tierras de labor. Posesiones buenas para nada, salvo por la caza y algunas escuetas huertas a la ribera del río, en el ruedo, el cinturón de media legua que rodea la villa. Porque el transruedo nadie podía pisarlo sin riesgo de muerte: para los habitantes de Benalup el universo se reducía al escaso territorio que quedaba a la vista del alcázar. Pero si en Aznalmara Pedro añoraba la Córdoba de su infancia, ahora su melancolía se dirigía a Vejer, ciudad a la que mucho se había aficionado. En estas soledades, al ocaso, cuando el silencio empezaba a volverse opresivo, la mente de Pedro escapaba a los suaves atardeceres de Vejer, grabados en su interior y tan perfilados por la nostalgia que podía ver las llamas del crepúsculo inflamando el cielo con su profusión de colores y las casas blancas resplandeciendo con la luz dorada del poniente.

De nuevo en primera línea de la frontera, en estado de alerta permanente, siempre al borde de la muerte, bajo el peso de tantos cuidados e irritaciones. Y sin ninguna fortuna, como si Dios quisiera enseñarle que por mucho que uno corriera Él siempre le alcanzaba para recordarle su fragilidad, su pequeñez y la esterilidad de su orgullo de hombre. Pedro debía recomenzar, pero ya le pesaban los años y veía llegado el fin de sus días, convencido de que iba a morir aquí, donde solo por la fuerza venía uno a morar.

Porque la vida de Pedro en Benalup consistió en un continuo bregar por la supervivencia. Sus hombres le temían y acabaron por respetarle, cuando comprendieron que más les valía obedecerle si querían salir con vida de ese encierro, pues solo él conocía las pericias necesarias para defenderse de los moros y sobrevivir en medio de naturaleza tan hostil.

La villa debía defenderse con su desmedrada guarnición de las razias continuas de los gandules, que se llevaban los ganados y a los cristianos a la primera oportunidad. Pero aparte de los moros otros enemigos amenazaban. Venía todavía a complicar más la situación el hecho de que, como pronto se supo en la villa, la titularidad de las tierras donde se asentaba el castillo y su alfoz se discutía. El duque las consideraba suyas, con o sin derecho o concesión real, pero también el concejo de Jerez las tenía por propias. Por ello se habían presentado pleitos ante el rey, aunque el asunto pendía aún de una resolución que tardaría en llegar, pues ni siquiera se sabía qué rey habría de fallarlo, en medio de la discordia suscitada por el trono castellano, de la que llegaban a Benalup ecos, aunque sin detalles. Amparados mientras tanto en sus pretendidos derechos, con frecuencia los ganados los robaban cabalgadores jerezanos, que también se llevaban de cuando en cuando alguna moza o a un chicuelo, de los que nunca más se supo, pero que sin duda acabarían acarreando zaques de agua en Ronda.

Con tanta penuria aumentaron las deserciones y el lugar corría peligro de despoblarse y perderse. En realidad Pedro sabía que no podía reprocharlo, pues nunca pudo pagar las prometidas soldadas. Tampoco se pudieron reparar adecuadamente los adarves, que amenazaban ruina, pues no disponían en Benalup de caleros, albañiles, carpinteros o herreros, y pese a las promesas del alcaide de Vejer nunca llegaron los peritos necesarios. Bien se sabía en la raya que una fortaleza se perdía en poco tiempo si no se le proveía regularmente de suministros. Y aquí todo faltaba: víveres, material militar, cal y vigas de madera, y, sobre todo, los maestros albañiles y alarifes requeridos para adobar y reparar una fortaleza que andaba sin pretil ni almenas, salvo una cinta de muro hecha de piedra y barro. Para enmendar este desastre se requería una inversión que el duque no parecía dispuesto a sufragar, indicio elocuente de su escaso interés por la suerte del lugar y de sus habitantes.

Ni siquiera los clérigos quisieron quedarse. La antigua mezquita se consagró y el duque puso en ella a dos curas con los ornamentos necesarios para el culto divino, que viajaron con la primera recua desde Vejer. Un día desaparecieron y nunca más se supo de ellos, quedando desatendidos los asuntos del alma, pues ya no habían vuelto a Benalup hombres de Dios. No es que el asunto preocupara mucho a los de la villa, ni siquiera a Pedro por lo que a las almas concierne, que Dios sabría reconocer a los suyos a las puertas del paraíso. Pero como conductor de hombres, el alcaide no ignoraba que un poco de temor de Dios ayudaba a mantener el orden, a guardar la calma y a sufrir con más paciencia las penalidades. Bien le vendría la colaboración de un fraile con carácter, como los que él mismo conoció en su infancia cordobesa, que pintase con vehemencia ante su tropa de blasfemos las penas del infierno, de las que pocos de ellos iban a librarse. Cursó, por ello, varias peticiones al obispado de Cádiz, pero ninguna de ellas recibió respuesta.

Pedro hizo un relato detallado de todas estas penurias, quejas y deficiencias al veedor de su señor, sin importarle si le costaba la vida, y sin dejar por ello de mandar sucesivas cartas al mismo duque, en demanda de víveres y bastimentos. El escribano de la villa ya no sabía qué adjetivos utilizar para pintar la desolada suerte de los habitantes de la fortaleza, pues el duque parecía imposible de conmover, o no llegaba a recibir las misivas. Quién sabía lo que acontecía en Vejer y dónde pararía el duque en estos tiempos convulsos, con Castilla puesta patas arriba. En la última se hizo constar lo siguiente:

El Alcaide, Pedro de Córdoba, por la gracia de Dios y la voluntad de su señor, por medio de la presente quiere llevar relación y certidumbre a vos, nuestro señor, a quien soy muy obligado y mucho deseo servir, de que las casas de esta villa están caídas y derribadas y mal reparado el alcázar; y otrosí, que los muros y torres y el cerco de esta villa y de las cosas que hay en ellos están caídos y mal reparados y aportillados, y por ello me pide a mí, el escribano de la villa, que describa la situación de dicho castillo, y que luego fuese con él a ver los dichos muros y torres y cerca de esta villa, y diese de todo ello fe y testimonio de las dependencias que en ellos estuviesen mal reparadas para lo mostrar al dicho señor. Y luego, el dicho alcaide, en presencia de·mí, el dicho escribano, y de otros hombres buenos que con él vinieron cumpliendo la voluntad de su señor y al servicio de Dios, para guardar esta tierra de los pérfidos moros, fue a ver y vio el estado de dicho alcázar; y otrosí, los dichos muros y cerca de la villa por vista de ojo, y las cosas que se vieron que están caídas y mal reparadas en el dicho castillo y alcázar. Y el dicho alcaide quiere, por descargar y hacer lo que debe, vos lo notifica de nuevo. Por ende, en la mejor manera que puede y debe, vos requiere que luego lo mandéis adobar y poner cobro en él, en aquella manera que entendiereis que a esta villa cumple, mandando traer maestros albañiles y caleros para que se repare y adobe todo, mandando construir su pared de buena obra, haciendo en ella su pretil y almenas. Y han de hacerse saeteras y troneras de piedra. Y ha de echarse un suelo a la torre que está sobre la puerta de la fortaleza. Otrosí, que el dicho alcaide quiere dejar constancia de que la mayor parte de la guarnición aquí enviada son hombres de baja suerte o mozos barbiponientes de los que no se debe hacer mucha cuenta, que no se debieran haber visto en esta afrenta. Otrosí, que no se le da para la dicha guarnición paga alguna, y que el dicho alcaide debe proveer a su costa con el mantenimiento con su propia hacienda con grave daño a su patrimonio, pues bien sabe su señoría que es menester una gran cantidad de pan para abastecimiento de esta villa frontera. Y que como el señor no quiere dar las pagas que les corresponden, él comería con ellos lo que tuvieren y los sostendría cuanto pudiese, pero que existe riesgo cierto de que la villa quede despoblada, pues son muchos los que desertan y está la villa mal poblada, y no es posible practicar las velas necesarias para su guarda, y los vecinos y moradores vivimos en gran peligro. Protestando que si no lo hicieseis, y el dicho castillo por esta causa se cayere o se perdiese, pues no pueden ampararnos sus allanados muros, que él sea sin cargo de todo ello por el gran deservicio para el rey, su señor y la verdadera fe.

Ante la ausencia de noticias y de socorros del duque, a los habitantes de Benalup no les quedó más remedio que tomar los panes de los moros para subsistir, incumpliendo las treguas vigentes en la frontera por voluntad del rey Enrique. Mas poco beneficio hallaron en ello, pues las tierras de moros próximas a la raya se encontraban ya tan esquilmadas, y sus habitantes recelaban tanto, que solo con mil fatigas podía conseguirse algo de valor. Abundaban los baldíos, abandonados por sus habitantes ante la presión cristiana. En medio de tanta rapiña, no se tuvo el cuidado de dejar en tierra de moros a hombres y mujeres que pudieran tener hijos y producir nueva riqueza. Las más de las veces, después de una arriesgada cabalgada, debieron conformarse con sacar varias talegas de simple panizo. Además, con tan escasa guarnición, quedaba fuera de razón pretender expediciones más arriesgadas a lugares alejados de la raya; bastante tarea suponía defenderse, a duras penas, si los moros atacaban. Por eso, Pedro alternaba las cabalgadas con las propuestas de tregua. Tanta necesidad se padecía a ambos lados de la frontera, sobre todo en invierno, que en ocasiones debieron concertarse paces con los moros para evitar que todos perecieran. Entrado el segundo otoño, se entrevistó con el alcaide del *ribat* cercano y entre ambos acordaron no atacarse hasta la primavera, y que mientras tanto los cerdos de Benalup pudieran trasladarse a tierra mora para comer de la bellota, y que las vacas y bueyes de los moros vinieran al transruedo de Benalup pero solamente a pacer las hierbas que faltaban en las embreñadas tierras del otro lado.

Y como no amainaba la escasez, se vio Pedro obligado a robar a los mercaderes cristianos que transitaban por las inmediaciones de la fortaleza. Su corazón, cada vez más endurecido por las penurias y desengaños de la vida, no sufría como antes cuando había de cometer desafueros, y su voluntad pasó a ser la ley en la zona de su jurisdicción.

Encarando su tercer invierno en Benalup, Pedro llegó a la segura conclusión de que los socorros del duque nunca iban a llegar y de que si salía alguna vez de allí sería por sus propios medios, o con ayuda divina, pero no por socorro de hombre alguno. Se determinó así a redoblar los esfuerzos para adobar la fortaleza y poco a poco se hizo con un escaso grupo de hombres, más o menos leales, con los que ya pudo arriesgarse a emprender algunas cabalgadas más arriesgadas, legales e ilegales.

3. LA HOMICIDA EN LA PICOTA

Un día que Pedro se encontraba en el transrueldo, examinando una punta de ganado que unos gandules de Casares querían venderle a un precio elocuentemente bajo, varios de sus hombres le trajeron a una mujer a trompicones, muy maltratada. Supo antes de reconocerla que se trataba de Lucía.

Lucía, ya no moza pero todavía buena hembra, era alta y grande, aunque ahora su piel holgada evidenciaba que le faltaban carnes antaño generosas. Vivía sola en una choza del arrabal de extramuros desde que llegó a Benalup, hacía pocos meses, para cumplir condena por abandono de familia. Su turbia melancolía y su mal carácter provocaron de inmediato el rechazo de los vecinos afincados en la villa. No podía decirse que fuera hermosa de facciones, pero sí graciosa: mostraba el encanto de la mujer a la que la vida ha afligido sin poder destruirla, por lo que, pese a todo, despertaba el deseo en los hombres y ya había suscitado varias peleas entre el peonaje. Casi todos la atosigaban, incluso los casados, aunque ella a todos rechazaba, provocando por igual el odio de hombres despechados y mujeres celosas. Pedro ya se barruntaba que tanto resentimiento acabaría por traer una desgracia. Pese a la corpulencia y la evidente ferocidad de la mujer, al parecer los temores del adalid se habían confirmado. Los peones la arrojaron a sus pies y relataron lo sucedido: uno de los gañanes más díscolos, Martín Montes, bígamo confeso y desterrado del reino de Jaén, cansado de sus negativas, había pretendido tomar por la fuerza lo que no obtenía mediante precio ni lisonjas, y ella, sin dudarlo y con sorprendente habilidad, lo había abierto en canal con una azagaya afiladísima que escondía entre sus sayas.

—¿Qué tienes que decir en tu descargo? —preguntó Pedro. Lucía guardó silencio y lo miró con expresión insolente, en la que se leía más cansancio que miedo, una especie de conformidad con su estrella, como sabedora de lo que se avecinaba. Mostraba grabado en el rostro un dolor y una resignación antiguos y ardía en sus ojos un fuego extraño, que le hacía parecer provocadora. Uno de sus captores le dio un fuerte coscorrón y la tiró al suelo, casi sin conocimiento, y aún se disponía a seguir pateándola cuando Pedro lo mandó parar.

Con la punta del pie, Pedro le levantó la cabeza con cuidado de no dañarla. Le sangraban el labio y las encías. Había perdido varios dientes, pero se la veía hermosa, a pesar de que vestía con simples lienzos de arpillera. Algo en esta mujer la hacía distinguirse pese a todo y Pedro, que parecía ahora verla por primera vez, reencontró en algún lugar recóndito de su interior emociones olvidadas, una inquietud que antes solo conoció en presencia de Judit, de la que nunca se había podido librar del todo.

—Llevadla al castillo y encerradla en la mazmorra. Ya pensaré qué hacemos con ella. ¡Que nadie le cause más daño o habrá de responder ante mí!

Esa misma noche fue a visitarla el alcaide, a solas, con una jarra de vino poco aguado, un cazo de potaje denso y nutritivo y un poco de aceite para el candil. Lucía se arrojó sobre la bebida con ansiedad. Parecía muy famélica, pero sobre todo sedienta. Apuró la jarra de vino sin probar bocado. Después, con más lentitud y dificultad, empezó a comer los garbanzos y la reblandecida carne del potaje; masticar le producía un tremendo dolor, pero el vino le hacía bien en las heridas de la boca. Saciada su hambre, se recostó agotada contra la húmeda pared de la celda y miró a Pedro con descaro.

Sorprendido por la mucha gallardía que conservaba esa mujer en tan peligrosa tesitura, Pedro comenzó a interrogarla.

—Mujer, dame una razón por la que no deba ahorcarte ahora mismo. Pero piénsate bien antes lo que dices, pues aun la horca podría ser una bendición a la que no tengas derecho. Muchos en la villa quieren darte tormento antes de que cuelgues del patíbulo.

Lucía lo miró de reojo con desganado cansancio y siguió sin decir nada. Pedro volvió a preguntarle:

—¿Por qué mataste a Montes? —Lucía lo miró ahora fijamente a los ojos y, sin temblor ni titubeo, con una mirada iracunda, sin arrogancia pero con convicción, se limitó a decir con voz áspera y robusta:

—Vine aquí desterrada por abandonar a un hombre que me pegaba grandes tandas de palos y patadas cada día, que a pique estuvo de matarme más de una vez. Todo lo he perdido: familia, amigos, bienes... todo. Solo la certeza de que ningún cristiano volverá a ponerme la mano encima si yo no quiero me mantiene viva en este valle de lágrimas. Maté a ese puerco malparido, a ese hijo de puta de Montes por eso mismo: porque pretendió tomarme por la fuerza y no era la primera vez. Y lo volvería a hacer. Y lo volveré a hacer sin dudarlo si otro vuelve a intentarlo.

Mucha hembra era esta, pensó Pedro, para mantenerse tan fría en estas circunstancias. El adalid había visto toda clase de comportamientos en las mazmorras entre hombres y mujeres por igual: llantos, gritos, súplicas, rezos, maldiciones, insultos..., pero no recordaba un atrevimiento tan sereno y cuerdo como el de Lucía. Después de la escueta declaración de la acusada se hizo un repentino silencio. Pedro la contemplaba con dureza externa, pero convencido ya en sus adentros de que la mujer no merecía morir. Se encontraba en una difícil posición. Quería salvarla, pero debía buscar un buen argumento. De lo contrario, los ariscos habitantes de la fortaleza acabarían soliviantándose y quién sabe si en abierta rebeldía no asaltarían la mazmorra para despedazarla.

Después de pensarlo con detenimiento, Pedro llamó a los guardias y ordenó que Lucía permaneciera en la mazmorra y que no se le atormentara. En el patio de armas, los vecinos esperaban ansiosos la resolución del alcaide, sedientos de carne humana, seguros de que tendrían espectáculo inminente. Subido a un poyete, Pedro dictó desde la altura su providencia.

—Si Lucía fuera la esposa de su víctima, no cabría otra pena que la última: nada justifica matar a un marido. Pero casada con otro, aunque lo haya abandonado, y habiéndose visto en la necesidad de defender su honra, la cuestión se presenta dudosa. Es preciso que persona perita en fueros aclare lo que la ley del Reino y la de la Iglesia mandan en estos casos, pues quizás su acción quede exonerada por la necesaria defensa de su virtud. Nadie en Benalup puede decir que haya yacido con ella. Todos sabemos que ha rechazado cada requerimiento, se haya hecho bajo oferta o amenaza. El caso debe consultarse al párroco de Vejer.

Los vecinos se agitaron inquietos y esbozaron algunas protestas, pero Pedro mandó que se dispersaran bajo amenaza de azotes en la picota.

Dicho esto, el alcaide ordenó que el escribano de la villa dejara constancia de su resolución y redactara en los adecuados términos la consulta, que una vez compuesta se envió de inmediato a Vejer con el mejor caballo de la villa.

Diez días tardó en llegar respuesta. Entonces Pedro convocó a toda la población en el patio de armas de la fortaleza y ordenó al escribano que diera lectura pública a su contenido. El cura párroco de Vejer consideraba reprobable el comportamiento de la mujer, pues no podía considerarse cristiano ni conforme a la ley natural que una hembra levantara la mano contra un varón. Pero, por otra parte, toda hembra, y aún más la mujer casada, debía defender su honra incluso por encima de la propia vida. Y dado que Lucía no contaba con la protección de su marido, hizo bien ella misma en defenderla, aunque ello ocasionara consecuencias indeseables. Por ello, el cura recomendaba una pena proporcionada a la falta, con pública amonestación, pero con preservación de la vida y el patrimonio de la encausada.

Un hosco silencio, roto por leves protestas, siguió a la lectura de la carta. En la frontera resultaba tan frecuente que los hombres gozaran por la fuerza y contra su voluntad de las hembras de baja condición que, para el vulgo, lo sufrido por Lucía constituía una falta leve, a diferencia del delito que ella había cometido de quitar la vida a un varón cristiano. Las murmuraciones empezaron pronto a subir de tono y ya gritaban algunos «muerte a esa puta mal parida», cuando Pedro reaccionó con rapidez. Mandó traer a Lucía al patio y atarla a la picota. Él mismo desnudó su espalda y con una vara larga de alguacil, empezó a darle gran número de palos. Al principio, su orgullo le impidió gritar y Lucía se mantuvo erguida entre un silencio solo roto por el chasquido de la vara y el rechinar de sus dientes, por lo que empezó el descontento y las protestas de los asistentes al castigo. Pero Pedro acometió con más saña y por fin Lucía se rindió, gritó, lloró y acabó por pedir clemencia sin parar hasta que se desmayó. En un principio todos creyeron que la mujer había muerto, pero pronto se vio que respiraba, que las venas palpitaban en su cuello y que, con un hilillo apenas imperceptible de voz quejumbrosa, iniciaba lo que parecía una oración, aunque era más bien un ruido extraño, un estertor.

Pedro ordenó que la llevaran a su casa y dio orden al maestro de las llagas para que le aplicara los correspondientes ungüentos, conminándole a emplear su mejor pericia para salvarle la vida. Antes de que la asamblea quedara disuelta, Pedro gritó en alta voz:

—¡El castigo está cumplido. Que nadie ose causar a la mujer más daño! Su caso ha sido visto y sentenciado, la pena aplicada. Ahora solo cabe, como buenos cristianos, perdonar y aceptarla de nuevo en la villa como una más. Advierto y prometo tormento para aquel que incumpla esta orden.

4. LUCÍA

No menos de diez días tardó Lucía en volver a andar y otros tantos en poder valerse completamente por sí misma. Su espalda se encontraba muy dañada y aunque buena parte de la piel la perdió para siempre, no se quebró ningún hueso ni mostraba desperfectos mayores en los músculos, al menos aparentes. Al mes del castigo ya pudo incorporarse a sus faenas y volvía a mostrar esa arrogancia y desparpajo que tanto atraían a Pedro y que encendían su deseo. Había decidido hacerla suya, pero quería esperar aún un poco más, para no causar murmuración entre el peonaje.

Transcurridos dos meses, Pedro apareció una noche de improviso en la casa donde Lucía seguía viviendo sola, doblemente aislada del resto de la villa por un muro de mampostería y otro de desprecio. Se trataba de una tosca choza sin ventanas, construida por la propia Lucía, que se apoyaba contra el exterior de la muralla. Pedro no había reparado hasta entonces en la recia factura de la cabaña, en la correcta alineación de los palos, en lo espeso de la paja. Por lo común, la población habitaba dentro de la fortaleza, pero unos pocos, por diversos motivos, se habían construido chozas fuera. Lucía, que desde el principio sufrió el desdén de los vecinos, fue la primera en ubicarse extramuros; construyó allí su morada y allí se ocupaba de su huerta y sus cerdos. Pedro entró sin llamar, aunque sin violencia, sosegadamente. Lucía, sentada en el suelo, sobre la paja que cubría el albero, frente a un bien nutrido fuego de leña que desde el centro de la choza esparcía una luz cálida y titubeante, cosía un sayo mientras esperaba que se cocinara un guiso. Un agujero en el techo dejaba escapar el humo. La choza carecía casi completamente de mobiliario; un almadraque de paja que hacía de cama, una tosca mesa de tres patas apoyada contra la pared y un taburete hecho con el tronco de un árbol grueso, más una tinaja y un arca, componían todo el ajuar. Poco más podía esperar encontrarse en una casa de la raya, donde los cristianos, pobres y con frecuencia obligados a desplazarse con rapidez de un lugar a otro, por lo general solo poseían lo que llevaban puesto encima del cuerpo o, en el mejor de los casos, los escasos enseres que pudiera portar un mísero hatillo.

Cuando Pedro entró en la choza unos cerdos salieron gruñendo y Lucía se sobresaltó. No se levantó del suelo, solo volvió hacia él su rostro gris y huraño, mirándole con mezcla de curiosidad y desdén. Pedro cerró la puerta tras de sí y se quedó inmóvil, silencioso, escuchando el crujir de la hoguera. Permanecieron ambos un rato mirándose mutuamente, diciéndose sin palabras más de lo que hubieran podido expresar de viva voz. Como mujer ya madura, Lucía pudo reconocer en Pedro el brillo especial que se enciende en los ojos del hombre cuando arde en deseos. Conocía bien ese fulgor por haberlo despertado en muchos varones tan pronto abandonó la niñez. Cuando Pedro se acercó y le tendió la mano no debió esperar mucho para que la mujer la tomara y se dejara acompañar al jergón, donde con pocos trámites dieron cumplida cuenta al deseo que ambos habían acumulado calladamente. El fuego agonizante de la lumbre llenaba la cabaña de un pálido resplandor y de rumorosas cadencias. Pedro degustó la entrega de Lucía, simple y sin retórica, pues no entraba en la naturaleza de las cristianas de baja cuna el despliegue de sutilezas que en las artes del placer empleaban moras y judías y, quizás también, las nobles cristianas ociosas, aunque esto Pedro solo podía intuirlo.

Desde esa primera, fueron muchas, casi todas, las noches que Pedro pasó en la choza de las afueras. Mientras fuera los ladridos de los perros parecían competir con el aullido de los lobos, bajo la techumbre de paja se sustanciaba otra contienda, también milenaria, la de los cuerpos de un hombre y una mujer, incitados por la exigencia de la especie y del anhelo humano, tratando de hacer de ello un arte y una fuente de olvido, e incluso de esperanza.

También las tardes de verano empezaron a consagrarlas con gusto a sus retozos aún medio clandestinos, mientras la luz declinaba lentamente en medio del calor sofocante y de un silencio solo roto por el coro de las chicharras y los gruñidos de los cerdos somnolientos que se revolcaban en el lodazal. Hablaban poco; la mayor parte del tiempo se limitaban a disfrutar, satisfechos, de su mutua compañía silenciosa, y a mirar al fuego con asombro, con el mismo estupor con que lo habían hecho todos sus antepasados.

5. LA MANCEBA

Pese a la discreción inicial, pronto se supo en la villa que Pedro se había amancebado con Lucía. Los chismorreos dieron paso a la ira de los despechados, que murmuraron algo más fuerte de lo debido. Mal paso ese que el alcaide atajó con la soga de la horca a la primera oportunidad. Tras el escarmiento, para reforzar su autoridad, Pedro se jactaba de agasajar públicamente a su hembra. Le hizo objeto de redoblados favores, reservándole las mejores carnes, las mejores frutas. Le regaló una cabra y más cochinos. Si llegaba alguna harina al pueblo, a Lucía no le faltaba; y tampoco el vino o la miel.

Con Lucía en su vida la suerte de Pedro mejoró no poco, pero sin que por ello cesaran las penurias y los peligros de su existencia en Benalup. A menudo pronunciaba para sí mismo el nombre de la mujer, Lucía, Lucía. Recordaba las palabras de Al-Mawardi que le relató el alfaquí de Gibraltar: un buen nombre produce un efecto sobre su alma cuando lo oye. Y el suyo no podía ser más apropiado, pues la mujer esparcía una luz que calentaba su alma. Con ella encontró una dicha sosegada y desconocida: la de la amiga, consejera y depositaria de sus secretos. Pudo por primera vez compartir miedos y dudas. Ella tanto le daba a probar sus guisos de perdiz, como le proporcionaba sabios consejos de hembra corrida y experta, de manera que Pedro vivía ahora para saborear agradecido esos momentos de alegre paz y compenetración. Pese al frecuente uso que hacían de sus cuerpos, Pedro no se cansaba de gozarla, con un estremecimiento sostenido que sentía desde que empezaba a desnudarla. Después de uno de esos frecuentes momentos de pasión carnal, cuando Pedro reposaba exhausto al lado de su hembra, contemplándola admirado, comprendió por primera vez lo que quería decir el alfaquí de Gibraltar cuando trataba de enseñarle, sin éxito, que el placer sexual es un verdadero don de Dios, un deleite para todo hombre que quiera hacer de ello un arte y no una competición, una merced que no cabe adquirir mediante precio alguno, pues no puede comprarse, ni robarse, solo obtenerse por voluntad libérrima de quien lo ofrece. Al lado de las de Lucía, las torpes caricias de las afamadas putas jerezanas le parecían repetitivas y monótonas, pues con ella descubría cada vez posibilidades nuevas en las contiendas de Venus.

Y ello a pesar de que la mujer era de naturaleza huraña, con modales caprichosos y genio muy vivo, prendas poco apreciadas por los cristianos, que preferían compañeras sumisas y complacientes, sin más emociones que una muda resignación. A Lucía el Todopoderoso le había dado un corazón sin miedo, como a don Enrique, lo que siempre causaba gran admiración en Pedro y no poco embarazo, siendo él de natural mucho menos valeroso. Íntimamente, a Pedro parecía gustarle el carácter fuerte de su hembra. Pese a sus quejas, sabiendo que no cabría jamás imponerle un completo sometimiento, no tomaba ofensa de los desplantes reales o fingidos que a veces le hacía Lucía. Ambos sabían, sin necesidad de hablarlo con palabras, que esos excesos solo serían tolerados en privado, pues eran incompatibles con el decoro que exigía su posición de alcaide de Benalup.

La mujer se mostraba siempre extremadamente lacónica y reservada. No usaba de las lisonjas ni de las palabras halagadoras, ni empleaba la coquetería y afectación, comunes en tantas mozas y matronas. Apenas contaba nada de su pasado, como si quisiera conjurarlo como un mal hechizo, o como si temiera que al citar hechos pretéritos estuviera convocando de nuevo la mala ventura. Tampoco es que entre ellos hicieran falta muchos parlamentos: se entendían muy bien mediante silencios, sobreentendidos y con las frases cortas y sentenciosas que Lucía prodigaba con ocasión de los acontecimientos cotidianos de la vida en común: después de una buena comida o un buen yogar, cuando una cerda paría bien, cuando las gallinas no ponían, cuando las lluvias arrasaban la huerta… Poco a poco, a retazos, Pedro pudo reconstruir algunas de sus andanzas previas a su llegada a Benalup. Porque de vez en cuando, sentados a la entrada de la choza, contemplando el largo crepúsculo de un día de verano, la mujer se desprendía de sus prevenciones y ensartaba, una tras otra, anécdotas y recuerdos, penurias y unas pocas alegrías.

Supo que había dado a luz a seis hijos, de los que ninguno había sobrevivido. De este asunto, la mujer se negaba a dar más detalles, pues era la pena que más le consumía y cuando en rara ocasión la compartía con Pedro, solo eran momentos de silencio y lágrimas calladas.

Huérfana de padres desde muy niña, la plaga la dejó sin más familiares que una presunta tía abuela con la que fue a vivir desde Osuna, donde nació, a Sanlúcar, villa en la que pasó toda su vida hasta que se vino a la raya. Su parienta no la quería ni bien ni mal, sino que la reclamó como negocio, de modo que antes de cumplir quince años vendió tres veces su doncellez a gente principal de Sanlúcar, hasta que quedó preñada y, por merced de la duquesa, recibió dote para mejor encaminarla al matrimonio y sacarla del pecado. En mala hora, porque le tocó en suerte un marido borracho, putañero y jugador, bueno para nada, que mucho la ultrajó. Lo poco que obtenía de ganapán o de pescador se lo gastaba en vino y en naipes. Por ello Lucía se vio obligada a buscarse el sustento en mil faenas. Y pasó grandes hambres y penurias. Murió su primer hijo y todos los que después vinieron, faltos del necesario sostén para la vida. Solo recibía de su marido insultos, afrentas, malos golpes y empujones hacia la sepultura. Un día tuvieron que llevarla al convento de la Merced medio muerta, con la cabeza abierta. Durante las semanas de convalecencia, al amparo de las monjas, dispuso por primera vez en su vida de tiempo ocioso para pensar, para verse por dentro, para admirar la existencia laboriosa y modesta de esas mujeres alejadas de la sordidez de los vicios mundanos, seguras por su renuncia, maduras por su disciplina y sus reglas, y llegó a convencerse de que más le valía morir que aguantar tanta desdicha. Ya estaba dispuesta a quitarse la vida arrojándose al río, cuando una novicia le habló de la raya, de las nuevas villas que se creaban, de la necesidad de pobladores y de cómo el propio duque buscaba gentes para irse a morar en la vecindad de los moros. Y así, sin pensarlo más, cuando se vio con robustez metió sus cuatro trapos en un hatillo y con un poco de pan tomó rumbo al sur una noche, sin decir a nadie dónde iba. Caminaba solo en la oscuridad de la noche, alimentándose de hierbas y hortalizas silvestres.

Pasó por Rota, por Santamaría del Puerto, cruzó el Guadalete agarrada al tronco de un árbol, porque no tenía con qué pagar la barca. Después tuvo que enfrentarse a la marisma y atravesarla perdiéndose cien veces en ese interminable laberinto de bosques, pantanos y salinas que se extiende entre el Puerto y Chiclana. Viendo llegado el final de sus días, rezaba a María Santísima en busca de amparo y se consolaba pensando en que si moría allí en medio de aquella ciénaga, aunque su cuerpo no recibiría sepultura al menos su alma descansaría y se reencontraría con sus hijos. Finalmente encontró un sendero seco y firme y alcanzó Chiclana medio desfallecida. Allí tuvo que vender su cuerpo como buscona de callejón y esquina para recobrar fuerzas, sola, sin protección, sin decir a nadie su nombre, hasta que las putas locales le dieron una tanda de palos y la echaron del pueblo, casi desnuda y descalza. Siguió rumbo al sur, recurriendo para sobrevivir a las mismas mañas de puta por rastrojo: esperaba en el camino a algún pastor, viajante o salinero, trataba de llegar a un rápido acuerdo y, a cambio de un trozo de pan o un pedazo de lienzo crudo con el que cubrirse las carnes, protegerse del viento y mejorar su aspecto, se holgaban en descampado. Poco a poco, sus descarriados pasos la fueron llevando hasta Conil y pasó luego por Vejer. Seguía dispuesta a continuar su viaje hacia el sur cuando la detuvo el alguacil de Vejer, acusada de ejercer la prostitución con ostentación y sin licencia fuera de los lugares autorizados. Cuando estaba ya el verdugo a punto de cortarle la nariz, antes de azotarla en la picota, confesó la verdad y el alguacil la conminó a elegir entre irse a Benalup desterrada, o volver a Sanlúcar con su marido.

A Pedro le resultaba extraño escuchar a esa mujer asendereada pero de hierro relatar los muchos padecimientos de su vida con voz pausada, mientras ordeñaba calmosamente a su cabra o amasaba el pan. Sus peripecias despertaban en él sus propios y terribles recuerdos. Porque últimamente Pedro pensaba cada vez con más frecuencia en don Enrique. Tanto, que un día, al atardecer, sin venir a cuento, se lanzó a una larga perorata y contó a Lucía pormenores de su vida, mientras en la lumbre se asaban lentamente dos liebres.

—Todo lo que sé de moros y de guerra guerreada lo aprendí de don Enrique, mi amo, que Dios perdone, de quien llegué a ser hombre de confianza, pues era honrador de los buenos y yo por entonces, aunque todavía muy mozo, que apenas me apuntaba la barba, era alto y fuerte para mi edad, bastante inocente, y bien mandado. No he visto caballero de más viril corazón ni más perito en las cabalgadas de frontera. Sabía perfectamente en qué momento había que entrar en tierra de moros para hallar hierba verde o seca y el necesario mantenimiento de su gente. A su mando, íbamos sin parar directos al objetivo fijado, que previamente había estudiado con todo detalle, y allí destruíamos y talábamos toda la tierra, trayéndonos los ganados, panes, dineros y cautivos que encontrábamos. Cuando nos veía desfallecer de hambre o de fatiga, sabía cómo animarnos para redoblar las fuerzas con el ejemplo de su intrépido esfuerzo y sus palabras, pues nos gritaba dichos de osadía y nos contaba historias de los antiguos que había aprendido de mozo, porque no carecía de instrucción. Nos contaba de jornadas heroicas como la de Las Navas, o la de Clavijo, donde nuestros abuelos pusieron el pie en el cuello de los enemigos de Cristo y los empujaron al sur a hasta arrinconarlos en las alturas de Granada y Ronda, donde aún permanecen por nuestros pecados. «¿Vais a ser menos que ellos, putos?», nos gritaba entonces, «¿Vais a deshonrar a vuestros padres?, ¿Queréis que a vuestros hijos digan los de los vecinos: la flaqueza de tu padre hizo viuda a mi madre?». Siempre el primero en tomar la lanza y arrojarse contra los enemigos, no le estorbaba ni la caída de la lluvia ni la continuidad del frío o el sofoco del calor; se dirigía siempre a lo más recio de la lid y allí, sin temor a la muerte, se abría camino entre las hordas de moros con su espada como un arado abre las entrañas de la tierra. Nada le estorbaba cuando se trataba de segar cabezas de moros, de despojarlos de sus bienes, de sus hijos y de sus mujeres. Y no paraba de matar hasta que la victoria estaba asegurada, pues bien nos tenía aleccionados de que la pena por abandonar la lucha antes de tiempo para dedicarse al saqueo era la muerte por tormento. Bien sabía don Enrique que en estas regiones muchas huestes se pierden y muchas pequeñas victorias quedan en nada por haberse lanzado al saqueo los almogávares antes de que el enemigo quedara completamente derrotado.

Mientras Pedro hablaba Lucía cosía parsimoniosamente una túnica de lienzo crudo, sin mirarle ni una vez. Pero el hombre sabía que le escuchaba sin perder detalle, pues de lo contrario, le hubiera mandado callar, como hacía con frecuencia cuando trataba algún asunto que le incomodaba o no le interesaba. El silencio de la hembra y su aparente desinterés era una invitación a que siguiera narrando sus hechos de mozo, y así lo hizo:

—Siempre andaba don Enrique atento a los movimientos de los granadinos, buscando trazas para caer por donde ellos no lo esperaban, en el lugar de los mejores ganados y donde había pocos hombres de pelea para defenderlos. No perdía la menor oportunidad de causar daño a los enemigos de la Fe y de despojarlos de sus bienes. Nunca le faltaban trucos y astucias: una vez hizo vestirse de lineros a dos moros renegados que cabalgaban con nosotros, para que entraran por las buenas en la Torre del Hakim, en las cercanías de Olvera, con la oferta de vender lino a la alcaidesa, que sabíamos era muy querida y consentida por su marido. Y eso hicieron; una vez dentro de la fortaleza, fingiendo ser negociadores poco expertos, dieron a la señora varios lienzos a muy buen precio, de lo que los sarracenos se holgaron mucho y se crecieron, pues nada les contenta más que engañar en los negocios a moros, judíos o cristianos, por lo que les ofrecieron a los lineros pasar la noche en el castillo y tomar allí alimentos. Poco antes de la madrugada, cuando las guardas andaban más despistadas, se escurrieron de sus aposentos y abrieron las puertas con sigilo para que entráramos nosotros a causar grande daño en la morería de la Torre. Según nos dijo esa misma noche don Enrique, cuando festejábamos junto al fuego el buen éxito de la cabalgada con el vino y los sabrosos corderos de los nazaríes, argucia parecida habían empleado unos griegos de levante en tiempos anteriores a Cristo, y de ello le vino la idea, de lo que concluía la utilidad del estudio de las letras para un guerrero y no solo el ejercicio de su brazo.

Pedro se levantó para menear los espetos de liebre y acercarlos un poco más al fuego. Antes de sentarse de nuevo agarró la bota, echó un largo trago del infame vinazo de que disponían en Benalup, y siguió hablando.

—¡Era astuto, don Enrique! Muchas veces esperaba a que los moros estuvieran en su cuaresma, que cuando toca en tiempo de calores los deja durante el día muy debilitados... Pero también un demonio, colérico, licencioso e inclinado a la maldad, que decía de sí mismo que había venido al mundo para pisotear herejes. Usaba con indomable arrogancia de cualquier medio para conseguir sus propósitos, sin reparar en leyes ni fueros. ¡Dios lo haya perdonado! De enorme alzada y muy corpulento, tenía una mirada torva y una faz temible: su sola presencia imponía temor a amigos y enemigos. Conseguía sin esfuerzo que los moros entregaran sus bienes; su autoridad era tan ostentosa, que no necesitaba realce ni esfuerzo, pues todos comprendían de inmediato que sus órdenes no soportaban réplica. Pero si su simple aspecto intimidante no bastaba para conseguir imponer su voluntad, entonces se desplegaba su cólera y su rostro cubierto de cicatrices adquiría una expresión salvaje y violenta que hacía sentirse a quienes se encontraban cerca como corderos frente al lobo. Sabía como nadie dar tormento, de manera que en poco tiempo, nos enterábamos de dónde habían quedado escondidos los dineros, los ganados o las mujeres. En esa misma cabalgada que antes he mencionado, la de la Torre del Hakím, como los moros se negaran a decir dónde guardaban los dineros, mi señor fue despeñando uno a uno desde los muros de la alcazaba a los niños de la villa que aún no habían sido destetados, mientras gritaba «¿Queréis más a vuestro oro que a vuestros hijos, moros hideputas?, ¡pues otro más que mando al infierno!». Cuando se quedó sin niños de teta, no queriendo despeñar a los más crecidos que podrían ser bien vendidos en almoneda, empezó a hacer lo mismo con los ancianos y con las mujeres más viejas y feas, o las que parecían tener mala salud. Pero los moros seguían sin decir nada, sabedores sin duda de que en cualquier caso íbamos a matar a los que no pudiéramos llevarnos, pues lo mismo hacen ellos en tierra cristiana. Entonces mandó traer al hakim y dispuso que lo ataran de pies y manos a unas argollas que estaban clavadas en un muro. Él mismo calentó una vieja partesana de hierro y cuando estuvo al rojo, la aplicó con maña en los puntos más dolorosos: las tetillas, los testículos, el culo, los dedos de los pies. El viejo se retorcía como un poseso. Sus dientes chirriaban y las costillas se marcaban en el escuálido pecho. Pero después de más de media hora de tormento, seguía sin decir palabra, lo que mucho nos maravilló a los presentes, que admirábamos la fortaleza y la gallardía del viejo. A todos menos a don Enrique, que estaba como loco, fuera de sí, renegando y jurando, hasta que se calló de repente. Había reparado que allí mismo había un horno de leña y mandó que lo alimentáramos. Cuando el fogón estuvo bien caliente, ordenó que metiéramos dentro más de medio cuerpo del viejo, pero con cuidado de que el humo no lo matara antes de tiempo, empezando por los pies y dejando fuera la cabeza para que pudiera respirar. Fue el propio hakim el que nos dijo, mientras se retorcía escarnecido por las quemaduras y pedía clemencia, dónde escondían una saca con gran cantidad de doblas de oro moriscas. Después lo colgamos de una almena y lo dejamos allí para escarmiento de los gandules de esa plaza, que siempre causaban grande daño a las villas cristianas de la frontera.

Como para conjurar las imágenes que acababa de revivir en su mente, Pedro dio otro largo tiento a la bota y se la pasó a Lucía, que hizo lo mismo, con pareja habilidad campesina. Cuando se la devolvió, como sin querer, rozó levemente la mano de Pedro. Porque ella sabía que esos recuerdos quemaban por dentro a su hombre y ahora le miró fijamente a los ojos y le pidió que siguiera hablando.

—Colérico y despiadado, un hijo de la grandísima puta, don Enrique. Su comportamiento era tan inestable, tan libre de remordimientos y emociones humanas, que muchas veces me pregunté si no estaba tan loco como su pariente, el maestre de Alcántara, o preso de las garras de un mal espíritu. De las crueldades de don Enrique, como te digo, nadie escapaba, fuera musulmán, judío o cristiano. Pero quizás la mayor maldad que le presencié cometer, una noche en que se había excedido sobremanera con el vino, fue con un viejo mercader de sedas que cautivamos en una cabalgada cerca de Casares. Por su aspecto, sus ricos ropajes y el tráfico al que se dedicaba, pensó don Enrique que obtendríamos por él un rico rescate. El moro lo negó y dijo que se encontraba en la ruina, que su familia había muerto de la plaga, y que todas sus posesiones iban en los asnos que le habíamos quitado. Pero don Enrique no lo creyó y mandó un alfaqueque a Casares, en petición de rescate, y fue en vano, porque nadie lo reclamó ni en esa villa ni en las próximas. Como mi amo seguía sin creer en la pobreza de un mercader de sedas nazarí, mandó a gritos que echaran al moro atado a una pocilga con el cochino más grande de Aznalmara, y que a ninguno de los dos se le diera en adelante ni agua ni comida. Los alaridos del aterrorizado viejo llenaron toda la fortaleza, lo que causaba gran regocijo en don Enrique, que tomó asiento a la vera de la pocilga, pidió más vino y dijo al anciano: «Mira, perro, tienes hasta el amanecer para hacerme rico; de lo contrario, no saldrás de esa pocilga, y veremos quién se come a quién». El viejo juraba con su boca casi despoblada de dientes que no tenía otros bienes ni familia, y que lo sacaran de allí, por el amor del Todopoderoso, que era muy deshonroso para un musulmán morir comido por un puerco. Lejos de apiadarse, don Enrique reía ante los esfuerzos del viejo maniatado para apartar con las piernas al cerdo, que empezaba a tener hambre. Y decía: «Qué tonto eres, viejo, si es seguro que vas a ir al infierno, ¿qué más dará que te coma un cerdo o que yo mismo te rebane el pescuezo?». Y el viejo seguía pidiendo a voz en grito que lo mataran, que lo torturaran, que si queríamos lo quemáramos, pero que por Dios lo sacáramos de allí, y don Enrique se reía fingiendo un enfado que no sentía y gritando: «Deja de gritar, hereje, o haré que te tragues esa lengua que tanto ha insultado al Salvador». Después de algunas horas, don Enrique empezó a aburrirse y se fue a su alcoba a dormir la borrachera, dejándome a mí a cargo de que nadie sacara al viejo de allí...

Pedro permaneció un rato en silencio, mirando al fuego como tratando de encontrar en las llamas las palabras que le faltaban. Y es que mientras hablaba empezó a reparar en algo que le causaba un hondo dolor y remordimiento: cada vez se parecía más a don Enrique. Cuando era un mozo y cometía desmanes contra moros o cristianos, aliviaba su alma diciéndose que cumplía órdenes, que no podía desobedecer. Pero ahora, en Benalup, era él el que daba las órdenes y, sin embargo, no eran muy distintas las tropelías que mandaba o que ejecutaba él mismo. Era tanta su turbación que Lucía al advertirlo se le acercó. Acarició levemente su mejilla. Pedro la miró y con una sonrisa forzada siguió hablando.

—Quiero ahorrarte los detalles espantosos de lo que en esa cochinera ocurrió, pues yo todavía hoy me horrorizo al recordarlo; al final el cerdo se comió al moro, empezando por las partes blandas del vientre. Tentado estuve de matar al viejo para ahorrarle sufrimientos, porque estuvo aún mucho tiempo con vida mientras el cerdo se lo comía, pero si don Enrique llegaba a enterarse seguro que hacía conmigo lo mismo que con él, de manera que lo dejé morir a su tiempo, cuando ya toda la sangre había abandonado su cuerpo y teñía de rojo el embarrado estiércol del estrecho chiquero.

Cada vez le costaba más seguir hablando, del peso que sentía en el corazón. Pero no cabía pararse ahora: abierta las espitas de la oscuridad, era preciso que trajera a la memoria todo el rencor, todo el remordimiento.

—El peor defecto de don Enrique era la avaricia: todos los bienes que pudiera acaparar le parecían pocos, porque como gran gastador el dinero en sus manos se esfumaba cuando bebía mucho, lo que ocurría casi a diario. A la hora de repartir los botines tenía el ojo ladrón y siempre se quedaba con mayor parte de lo que le correspondía, sin que ninguno de los de la hueste tuviera el valor de formular alguna objeción. Recuerdo una vez que salimos de tierra de moros con mucha honra y muy gran despojo de vacas, ovejas, yeguas y otros ganados; yo pensaba que iba a obtener buena ganancia, pero sin embargo fue mi parte muy menguada, porque esta época andaba don Enrique cargado de deudas y decidió que el reparto se haría sin atender a fuero o costumbre y sin pagar el quinto real. En principio la idea nos pareció buena y todos los de la partida estuvimos conformes, pero a la hora de la partición los lotes no quedaron como esperábamos y don Enrique y los otros dos caballeros que participaron en la algarada se apropiaron de todo lo de valor. Ello provocó una fuerte porfía en la hueste, que don Enrique zanjó descalabrando a un peón de un mal golpe. A los otros nos mandó callar y conformarnos si no queríamos correr la misma suerte. Porque cuando se trataba de conseguir ganancia, no se paraba ante las leyes de Dios ni las de los hombres. En contra de lo que mandaba la Iglesia, prohibió la conversión de los moros que cautivábamos, pues al hacerlo quedaban libres de la esclavitud. Y aunque teóricamente el rey garantizaba una compensación a los dueños de los esclavos bautizados, esas erechas llegaban tarde o nunca, y siempre montaban una cantidad muy inferior a lo que se sacaba por los cautivos en almoneda, por lo que don Enrique coaccionaba a los esclavos para que limpiaran su alma de herejía con sus futuros amos y no con él, bajo pena de tormento. Lo que le gustaba simplemente lo tomaba, ya fuera la puerta de una casa para construirse un lagar, unas libras de seda, o una hembra. De todos era conocido que don Enrique cabalgaba con las mujeres y las hijas de muchos de los habitantes de Aznalmara, a los que no les quedaba más remedio que consentir el encornudamiento si querían conservar la vida. Así que en poco tiempo apenas quedaban hembras en la villa, o estaban escondidas y encerradas en lo más profundo de las moradas, y si habían de andar por la calle, lo hacían siempre embozadas, ocultando los encantos que podrían despertar la lujuria del alcaide. Uno de los vecinos, a quien don Enrique forzó una hija muy moza, fue a caballo hasta Marchena para presentar quejas delante del conde, pero este no lo recibió y lo mandó de vuelta. Poco duró con vida, pues en la siguiente cabalgada un cuadrillo le entró por la espalda y nunca se supo si era mora o cristiana la ballesta que lo lanzó.

De repente, Pedro volvió a callarse, se giró hacia Lucia y la miró fijamente a los ojos, diciéndole:

—No quiero ofender a la verdad declarándome inocente de los pecados que cometí a las órdenes de don Enrique, pero Dios sabe que me limitaba a obedecer sus órdenes, como cumplía a mi condición de vasallo del conde de Arcos. Si me beneficié a veces de su prodigalidad y de los frutos de su rapiña, fueron otras muchas las ocasiones en que yo mismo me convertí en objeto de su humor caprichoso o de su mal vino, que me propinó muchas patadas, golpes y hasta lanzazos, de los que mi cuerpo guarda cumplido recuerdo en muchas de las cicatrices que lo adornan. Pero en esa época nunca por mi propia voluntad cometía tales tropelías, porque no me parecía propio de buen cristiano dar tormento innecesario a los moros, que ya bastante pecado llevan y es segura su condenación al fuego eterno; ni tampoco tomar por la fuerza la honra de las hijas de los castellanos y más si son los propios vecinos. Sin embargo, ahora... ¿Tengo excusa? ¿En qué me distingo de don Enrique?

Lucía lo miraba en silencio. Retomó su labor. La paz volvió a instalarse en la choza y los fantasmas del pasado empezaron a desvanecerse. La sola presencia de la mujer y su escucha bastaban para amortiguar el sufrimiento moral que Pedro cargaba, cada vez con más conciencia. Un contraste vivo y dolorosamente real en aquellas tardes tranquilas e interminables que habían aprendido a compartir con placidez, en las que su principal ocupación consistía en contemplar a las abejas afanándose en el tomillo, sabiendo que a continuación les esperaba una comida caliente y el solaz de los cuerpos.

Lucía no albergaba rencor, aunque tampoco esperanza, como si supiera que estos momentos de paz de los que ahora disfrutaba no suponían más que una tregua, un regalo de la Providencia que debía agradecerse, pero sin perder de vista que el destino del hombre en el mundo es el sufrimiento. Después de tantas desventuras, recelaba de su nueva situación como un perrillo al que habían golpeado una y otra vez y temía que le arrebataran de repente la comida y no le dejaran disfrutarla.

Porque el carácter de la mujer no había cambiado, siempre pendenciera, desabrida y arrogante. Pero ni siquiera con esfuerzo conseguía ocultar que, muchas veces, su cara irradiaba un ánimo relajado y feliz, mezclado con la fatiga del vivir diario, del continuo afán por la supervivencia en un medio tan hostil. Rejuvenecida, se preocupaba ahora por su aspecto tanto como de moza. Pedro había sido el único hombre que la había protegido en su vida y en su pecho crecía cada día hacia él un enorme agradecimiento y un deseo natural de complacerle, un sentimiento próximo a eso que algunas mentes ociosas llaman amor. Entre los villanos de la raya no cabían sutilezas de nobles o trovadores: lo que ella sentía, bien enraizada, era la certeza de mujer de que este era su hombre y de que quería tenerlo a su lado siempre. Las palabras de los romances y cantares, los versos de pasión de los poetas, siempre le habían parecido a Lucía exageradas y hasta vacías. Pues el amor de los que disponen de comida segura y de un jergón seco esperándoles cada noche solía antojárseles invención a quienes cada día debían luchar por la comida, sin saber si amanecerían vivos a la mañana siguiente, algo frío e irreal, un disparate frívolo de gentes aburridas que no sabían en qué emplear su tiempo. Quizás los hidalgos de sangre pudieran verse privados de entendimiento por la pasión amorosa y cometer locuras, torpezas y tropelías para conseguir la satisfacción de esos ímpetus, llegando, dicen, hasta a morir, si eran ciertas las historias de los cuentos. Pero el vulgo ya padecía muchas oportunidades para morir cotidianamente de hambre, frío, cautiverio o peste. Perder la vida voluntariamente, por amor, era quimera incomprensible.

6. MANIOBRAS DE SUPERVIVENCIA

Las estaciones fueron sucediéndose y cada otoño parecía que iba a resultar imposible sobrevivir a otro invierno en Benalup. Muchas veces se encontró Pedro a pique de dejarse arrastrar por la tentación de abandonar la plaza y volverse a Vejer, considerando insostenible su situación. Pero la sentencia por la muerte del aragonés seguía pendiendo sobre su cabeza y mucho temía a la cólera del duque: se arriesgaba a verse descabezado, acusado de deserción. Solo le cabía esperar que el curso de los acontecimientos acabara por despoblar la villa. Pero pese a las muchas deserciones, de vez en cuando seguían llegando a la villa algunos desesperados y otros despistados, mandados desde Vejer con encomiendas para enriquecer los campos y multiplicar los ganados del duque. Incautos que quedaban de inmediato espantados del lugar a donde habían ido a parar. A través de ellos supo Pedro que el duque seguía reclutando gente para residir en estos dominios suyos, con franquicias y engaños plasmados en pasquines que hacía leer en las villas de las Andalucías y hasta de más al norte: *A todos los que esto escucharen les otorgo, que cualquiera que quisiera venir a poblar a Benalup, en las tierras de la casa de Medina Sidonia, de cualquier condición que sea, o tanto si es cristiano, moro o judío, tanto si es franco como siervo, que vengan seguros y no respondan por enemistad, ni por deuda, ni por fiadura, ni por erecha, ni por mayordomía, ni por merindazgo, ni por otra razón cualquiera que fuese.* Generalmente los recién llegados no duraban ni un mes, pues bien se morían de las penalidades o bien escapaban a zonas menos salvajes. Pero siempre había quien perseveraba y, pese a todo, la villa, aunque precariamente, se seguía poblando, con lo que quedaban frustradas las esperanzas del alcaide.

Pedro sabía que a largo plazo el sostenimiento de Benalup resultaba imposible. Confiaba en que, tarde o temprano, acabaría por ser llamado a Vejer. Su corazón rumiaba el anhelo de establecerse allí definitivamente con Lucía, como pretendió haber hecho en su día con Judit. Le parecía que la vida le estaba dando una nueva oportunidad, no para tener hijos, que ya Lucía había dado muestras de no conservar aptitudes para ello, pero sí para formar algo parecido a una familia. Y con esta inquietud, puso de nuevo todo su empeño en acumular riqueza, por lo general de acuerdo con lo que mandaba la Ley de Dios y de los hombres, pero también con frecuencia en desacuerdo con ellas.

Solo pensaba en cómo sacar provecho de su situación en Benalup. No desperdiciaba ni una sola oportunidad de acrecentar su bolsa, siguiendo la escuela de tropelías que vio hacer a don Enrique, pese a sus crecientes remordimientos, que no le impidieron, sin embargo, desplegar toda su experiencia y su pericia de frontero para conseguir botines. Se sentía una fiera acorralada y, como tal, resultaba cada vez más peligroso.

Con su gente, un día apresaron a tres moros camino de Benaocaz, y aunque uno de ellos logró escapar, pudieron colocar a los otros dos en almoneda en Arcos. Alcanzaron un valor de cinco mil maravedís. Otra vez apresaron a un moro que dijo ser alfaqueque; preguntado por su encomienda, el moro no dio explicaciones satisfactorias, por lo que se le colgó por espía, de acuerdo con las nuevas directrices que empezaban a operar en la raya, y Pedro se apropió sin más de sus posesiones. Con estas y otras múltiples empresas, lograban a veces ingresos y con ellos renovaba las esperanzas.

Pero fueron vanas, porque también incurrió en grandes pérdidas. Un criado suyo, encargado de traer la leña al castillo, apostató y se llevó a Granada dos caballos y armas, dos rocines que Pedro consideraba ya como propios, pues los que el duque envió habían muerto hacía ya mucho tiempo. Ya en ocasiones anteriores varios de los guardas de los campos desaparecieron, y también otro mozo que sacaba corcho en el monte, aunque existían dudas sobre si habían desertado o caído como cautivos de los moros.

Pedro quiso compensar la pérdida de las cabalgaduras que se llevó el apóstata campeando sin descanso las tierras de moros de las proximidades. Pero por mucho que se empeñaba no lograba ganancias con el cargo de adalid de Benalup. Esta raya tan agreste y selvática hacía que rara vez resultara posible la alerta temprana, de modo que, a la postre, los moros le robaban a él casi tanto como él a ellos. En una rápida aceifa, el alcaide de El Burgo, Muhammad al-Adal, le dejó con la mitad de los hombres y se llevó a varias mujeres y niños, y muchos ganados, mientras Pedro, desde el amparo de la fortaleza, nada pudo hacer por impedirlo y aún temió que el avezado cabecilla moro se diera cuenta de lo precario de su situación y decidiera acometer un cerco que, sin duda, hubiera acabado con todos ellos muertos o cautivos. Afortunadamente, al-Adal se contentó con lo obtenido y, sin asumir mayores riesgos, regresó a sus tierras con el botín.

En la banda morisca los límites entre la fortuna y la ruina estaban siempre próximos. Tras años de razzias y guerra guerreada, de tala de árboles y quemas de cosechas, poco podía esa tierra desgraciada producir ya; mucha leche se había sacado de tan escuálida vaca. Debían buscarse fuentes de ingresos alternativas: Pedro se concentró en la captura de cautivos, pero también con flacos resultados, pues fueron muchas las tentativas y pocos los éxitos.

Porque los moros, progresivamente más prevenidos, empezaban también a despoblar los lugares más próximos a las fortalezas cristianas y cada vez había que ir más lejos a buscar cautivos, y con mayor peligro.

Una vez recibieron un buen encargo del concejo de Lebrija para capturar moros con vistas a su trueque por cautivos cristianos de esa villa que llevaban años penando en Granada. Bien lejos hubo de ir Pedro con su hueste, hasta las cercanías de Fuengirola, donde saquearon varias aldeas y capturaron tras una dura lid diez moros adultos, dos moras y tres niños. Perseguidos por una poderosa tropa de nazaríes, hubieron de volver por lo más abrupto de las sierras, entre lluvias y nieves. Los niños murieron por el camino, uno tras otro: dos de ellos se despeñaron y a otro le picó una víbora. También perdieron a una de las moras y a tres de los varones adultos. Pero los perseguidores no cejaban. Viéndose ya perdido, Pedro intentó una maniobra desesperada: en lugar de seguir escapando directamente hacia el este con la idea de ganar tierra cristiana cuanto antes, a la altura del río Genal torcieron al sur siguiendo el curso fluvial, en dirección a la desembocadura del Guadiaro. Maniobra muy arriesgada, pues en la costa corrían el riesgo de toparse con la hueste de Ibn Comija, el temible alcaide de Gibraltar. Pero precisamente esa fue la apuesta de Pedro: que sus perseguidores descartaran esa posibilidad como locura impracticable y los buscaran en otros paraderos. Y también los moros parecían evitar estas regiones dejadas de la mano de Dios, pues a nadie encontraron los fugitivos durante el viaje. La argucia de Pedro tuvo éxito y lograron llegar a Tarifa sanos y salvos, aunque con solo cuatro cautivos, medio muertos, por los que apenas sacaron nada.

En su desesperación por allegar riquezas que permitieran la mejora de su suerte, Pedro con frecuencia traspasó, con mucho, la tenue línea que separaba la cabalgada fronteriza del puro bandolerismo, salteando los caminos y atrayéndose a las gentes malvadas de toda la comarca. Un día, a comienzos del otoño, recibió orden del alcaide de Vejer de salir a alancear unas vacas de jerezanos que estaban comiendo sin permiso de tierras del duque, en las cercanías de la Torre de Gigonza.

El lugar no quedaba lejos, por lo que habrían de pernoctar en descampado solo un par de días. Pese a lo avanzado de la estación, el tiempo se presentaba seco y apacible, así que la partida de Pedro partió contenta, sabedora además de que el trabajo conllevaba poca penalidad y que les permitiría llenar el estómago de carne, con su poco de vino.

Seis hombres de armas a caballo y los cuatro vaqueros que había mandado el alcaide de Vejer para encargarse del ganado partieron al amanecer hacia el noroeste. Se internaron por sendas boscosas y durante todo el día recorrieron las inmensas soledades de las sierras más sureñas de la península, pobladas de fieras feroces, paraíso de cazadores desde tiempos inmemoriales. Pero no se demoraron en osos o linces. Querían llegar cuanto antes a la llanada del Guadalete para saciarse de carne de vaca, pues no disponían de muchas ocasiones para ello en Benalup, donde con frecuencia se ayunaba a la fuerza. Y no por la especial duración de la Cuaresma en esas tierras, ni por el especial celo de sus habitantes en el cultivo del espíritu, sino por la desidia del duque y la aspereza de la tierra.

Ya se teñía la tarde de gris cuando encontraron las vacas en el lugar previsto y aprovecharon lo que quedaba de claridad para alancear varias. Los vaqueros del duque reunieron al resto del ganado y partieron de inmediato rumbo a Medina, a la luz de la luna. Tampoco Pedro y sus hombres se dieron descanso, pues sabían que debían salir pronto de allí, y en cualquier caso antes de que se hiciera de día. Con varios terneros abiertos en canal, que llevaban terciados sobre las ancas de sus monturas, se internaron en las comarcas del concejo de Jerez más próximas a la raya, despoblados por donde no cabía esperar un mal encuentro.

Cuando amanecía habían llegado ya a las lindes entre las tierras del rey y las del duque, a unas diez leguas de Benalup y entonces pudieron darse un reposo. Ganaron una meseta en la altura, un calvero rodeado de alcornoques centenarios y peñascos milenarios, y allí mismo, después de unas breves horas de sueño, empezaron a preparar su festín de vaca.

Ya estaban las carnes pestadas y bailando sobre la hoguera, cuando el vigía que habían puesto en los alcores cercanos se acercó corriendo y avisó de que una recua de mulas pobremente escoltada se encontraba no lejos, a la altura del puerto de la Malamujer. Pedro y dos de sus hombres montaron y se dirigieron a estudiar más detenidamente a los viajeros, por si se presentaba oportunidad de acrecentar las ganancias en un día tan provechoso.

Ganando altura, estudió Pedro la caravana desde el bosque. Eran diez mulas de fuerte paso, cargadas con albardas a rebosar de lo que parecían ser sedas y otros ricos productos nazaríes. Por toda escolta llevaban cuatro moros armados con lanzas, más cuatro hombres con ricos ropajes cristianos, que parecían ser los mercaderes. Otros moros iban de arrieros y aparentemente no portaban armas. Cometían gran imprudencia esos viajeros transitando los despoblados con tal exhibición de riqueza. Pedro pensó en los riesgos y en los beneficios que cabía esperar, en la posibilidad de una celada, de que otros guardias andaran escondidos en alguna parte, o simplemente rezagados.

La recua ya había ganado el puerto y empezaba el descenso por la cara norte. Se dirigían al valle del Guadalete y, probablemente más allá, camino del Guadalquivir. En poco tiempo alcanzarían la llanada y allí no cabía emboscarles. Pedro debía pensar deprisa. En otros tiempos no hubiera dudado: se trataba de una presa demasiado grande y su captura proporcionalmente arriesgada. Y ellos eran pocos y cansados. Pero sus últimas experiencias le habían dado más sed de riquezas y ello nublaba su razón. Dio la orden de que se reunieran todos y se armaran. Por senderos enriscados adelantaron a la caravana y la esperaron en un apostadero favorable, todavía en las cercanías del mismo puerto.

Para cruzar el collado la caravana había tenido que estirarse: dos de los escoltas se colocaron delante y los otros, detrás. Ya empezaban a reagruparse cuando les acometieron; apenas pudieron darse cuenta de lo que ocurría cuando ya varios virotes perforaban el pecho de los moros de vanguardia. Los otros dos escoltas, viéndose perdidos, se rindieron sin lucha.

Después de amordazar a los cautivos, regresaron con las mulas a la meseta donde habían asado la carne y allí comenzaron a examinar el contenido de las albardas. Difícilmente pudieron contener la emoción cuando encontraron la seda, el azafrán, las doblas de oro granadino. El botín montaba mucho más de lo esperado, pero ello, lejos de alegrarle, aumentó la preocupación de Pedro, que de inmediato emprendió el interrogatorio de los cautivos, porque algo no encajaba.

—¿Quiénes sois, de dónde venís, a dónde os dirigís? Contestad rápido y sin mentiras.

Uno de los viajeros, de imponente aspecto, vestido con riquísimos ropajes, habló por todos.

—Yo soy Pietro Grasso y ese de ahí es Battista Spinola, genoveses de nación. Somos los dueños de la carga y viajamos con albalá del rey de Castilla. Y también con seguro del jeque de Málaga, Alí al-Attar, bajo cuya protección traficamos en sedas desde hace más de diez años. Y bien haréis en dejarnos libres sin daño alguno, si no queréis incurrir en la ira de tan poderosos señores.

Con mucha jactancia, el genovés presentó a Pedro sus documentos y, aunque este apenas les dio un vistazo, bastó para convencerle de su autenticidad. Le mostró también el albalá acreditativo del pago del diezmo de lo morisco, firmado por el agente del puerto seco de Zahara, único lugar de la región por donde podían pasar los bienes en tráfico legítimo allende la raya.

Con ellos iba un zagal de unos diez años, y quiso Pedro saber los motivos por los que se hallaba en la recua. Pietro Grasso le contestó, en la misma actitud de superioridad:

—El muchacho responde como Rodrigo Benavides y viene con nosotros de Granada, camino de Sevilla. Lo cautivaron los moros a los seis años, en las afueras de Osuna, y desde entonces ha permanecido en la Alhambra, bien tratado, a la espera de rescate. Su padre es un acomodado caballero sevillano, don Rodrigo Benavides, y siguiendo sus instrucciones hemos pagado el rescate al emir y ahora lo llevamos de vuelta a Sevilla con la correspondiente carta de libertad y el recibo de la entrega de la cantidad pactada.

Todo legal, todo en orden. La presa no era buena y debían soltarla, so pena de exponerse a las iras del rey y a las del emir y, lo que es peor, a las del propio duque, pues don Rodrigo pertenecía al círculo de sus más allegados. Pedro sabía que esos documentos implicaban que el mismo soberano de Castilla garantizaba la seguridad de los comerciantes para transitar por caminos reales y en día hábil.

Pero en la frontera se recelaba de los genoveses, amigos de los moros. Se sabía que desde antiguo comerciaban con mercancías prohibidas, facilitando a los granadinos el hierro, los caballos y los cereales que precisaban para su subsistencia. Por ello Pedro dudaba; la hueste no quería perder la oportunidad de negocio y aunque sabía el adalid que no podía confiar en la palabra de sus hombres, en caso de violar el seguro del rey más les valía a todos guardar silencio. Sus hombres se mostraban dispuestos a quedarse con la carga sin dejar testigos, pero Pedro seguía dudando, sobre todo por lo que se refería al zagal rescatado. Poco le costaba al alcaide dar muerte a los herejes genoveses o a los moros: pero quitar la vida a un muchacho inocente era asunto de otra naturaleza y mayor gravedad, porque concernía a la contabilidad del alma. La deliberación se alargaba y los hombres refunfuñaban.

Finalmente Pedro decidió arriesgarse, ante la mucha ganancia en perspectiva. Además, se encontraban en el lugar más despoblado de la raya, sin testigos; si no dejaban a nadie con vida de la comitiva, nadie podría testimoniar contra ellos. Resolvió que los genoveses iban descaminados y haciendo saca de mercancías prohibidas. Según el fuero, los bienes en estos casos pertenecían a quien los descubriera y, como se trataba de un caso de flagrante transgresión, decretó la inmediata pena de vida para los moros y extranjeros.

La hueste despeñó a los genoveses del pico más próximo y se hizo con las bestias y su carga. A los moros los ahorcaron, dejando sus cuerpos expuestos a la vista de un posible caminante descarriado. A Rodrigo le cortaron el cuello y lo enterraron sin dejar rastro en lo profundo del bosque. Esto último Pedro no quiso ni verlo, por lo que mandó ejecutarlo a los más salvajes de la cuadrilla, gente poco escrupulosa y que ardería de todas formas en el infierno por sus muchas tropelías. Mientras lo arrastraban a la espesura, el mozo rogaba por su vida. Sus lamentos y sollozos fueron apagándose hasta que a la postre se acabaron bruscamente.

Ahora se les planteaba el problema de qué hacer con la carga. Evidentemente, en esta ocasión no se dio cuenta al señor ni al rey del resultado de la cabalgada. Así se evitaba además pagar el diezmo de lo morisco, quedando todo el beneficio para los almogávares. El oro podía escamotearse fácilmente, pero debía gastarse de a poco y sin ostentación, para no despertar sospechas. Pedro repartió las monedas según el rango, con severas admoniciones al respecto, insistiendo en que esperaran todos a gastarlo al menos unos meses, y en lo posible lejos de Benalup. Pero el blanqueo de la seda se presentaba más complejo: no podía llevarse de vuelta a Benalup, donde demasiados ojos y lenguas imposibles de controlar acechaban, y tampoco resultaba fácil esconderla, pues la conservación de mercancía tan delicada requería sumo cuidado. Después de mucho pensarlo, acordaron entre todos que dos de los almogávares, los de mente menos obtusa, Marcos de Osuna y Juan Pérez, se llevaran las mulas con la seda a Córdoba para tratar allí de venderla de tapadillo, aunque fuera a bajo precio.

7. LOS JUSTICIAS DEL REY

Pero el asunto dio que hablar en la frontera. Los genoveses no eran gente cualquiera, sino importantes conseguidores de los que poblaban las cortes de los príncipes, regando oro por todas las manos prestas a tomarlo, a cambio de favores. Y estos italianos, sobre todo Grasso, habían hecho ricos a no pocos arribistas tanto en Granada como en Castilla. De manera que en estas cortes saltaron las alarmas, ante la posible pérdida de tan buena fuente de beneficios.

El mismo rey intervino y cursó misiva a Granada en petición de explicaciones; pero en la Alhambra eran los moros los que exigían de Castilla noticias del paradero y circunstancias de los italianos. Por último, delegados de ambas cortes se reunieron en Alcalá la Real, con orden expresa de encontrar a los genoveses, vivos o muertos.

Por su parte, Rodrigo de Benavides también había iniciado diligencias para dar con los italianos y con su hijo. Pero lo que el sevillano sospechaba era que los genoveses se habían hecho con el dinero del rescate y habían huido a su patria, por lo que contrató a algunos de los más peligrosos matones del Compás de la Laguna, con la misión de dar con Grasso y Spinola en cualquier lugar entre Lisboa y las tierras del Turco.

También en Génova se tocó a rebato. Los Spinola, familia poderosísima, propietarios entre otros muchos negocios de la *Ratio Fructe*, el monopolio de la exportación de frutos secos nazaríes, movieron sus hilos y calentaron los ánimos. Desde la república marinera salieron encomiendas para dar con el paradero de los suyos.

Ajenos al barullo que se había formado, Pedro y su partida regresaron a Benalup y siguieron con sus afanes diarios, esperando noticias de la venta de la seda. Sin embargo, Pedro no encontraba sosiego: intuía que algo iba mal y sentía creciente y vivo remordimiento por el final que habían dado a la vida del zagal Benavides. No era la primera vez, ni seguramente sería la última, que el adalid había tenido que quitar una vida joven; pero una cosa era mandar a un niño al purgatorio en defensa propia o al calor de la lid, y otra muy distinta cortarle el cuello con frialdad y premeditación, por pura codicia. Por las noches empezó a despertarse empapado en sudor en medio de pesadillas; la mirada implorante de Rodrigo arrodillado se le aparecía una y otra vez, y sus ruegos: «Por favor, por el Dios que me hizo,... no me mates... madre, madre...».

Pasaban las semanas y no se recibían noticias de la seda. Pedro lo prefería así: se había arrepentido cien veces de su mal paso y rogaba a Dios por su perdón. No quería saber nada de la seda y hasta el oro le quemaba en las manos.

Un día, seis meses después del asalto a la recua de los genoveses, llegaron a Benalup los justicias del rey y pidieron hablar con el alcaide. Llevaban varias semanas por la raya haciendo pesquisas y habían encontrado los que parecían ser restos de los genoveses y de los moros de su escolta. A cargo de la investigación para hallar a los responsables de la muerte de los italianos y del robo de sus mercancías se encontraba don Fernando de Ulloa, conde de Benavente y cercano al rey.

Pedro los recibió a solas con toda la solemnidad al alcance de los pobres medios disponibles en la desolada ciudadela y allí mismo empezó el interrogatorio.

—Según me consta, sois don Pedro de Córdoba, alcaide de esta, digamos, fortaleza, aunque poco se asemeja a una. Pero dejemos eso que llevo prisa y el rey me está demandando desde hace meses resultados que todavía no he logrado darle. Sabed, don Pedro, que el rey ofrece recompensa de diez mil maravedíes a quien ayude a determinar la identidad de los matadores de los genoveses y a dar con su paradero. Los Benavides ofrecen cinco mil maravedíes de añadidura para quien encuentre al joven Rodrigo o a sus restos y otros veinte mil a quien le lleve las cabezas de los responsables de su pérdida.

Mucho se inquietó Pedro ante estas noticias; con esa fortuna, raro sería que alguno de los participantes no se viera tentado a cantar toda la historia. Mientras don Fernando iba relatando los pormenores de la investigación, Pedro recapitulaba en su fuero interno: «Marcos y Juan se fueron con la seda, y a esos probablemente que no se les vuelva a ver. Los otros… Pedro Calero es un animal, no sé cómo reaccionará, aunque teniendo en cuenta que fue uno de los que acabó con el muchacho Benavides, más le vale callar. Manuel Montano no cuenta con mi confianza, pero como muestra algo de seso, de él cabría esperar un prudente silencio. Los otros dos son almas perdidas, posiblemente moros renegados: Rafael Santamaría y Manuel Roncero, venderían a su madre por menos de la mitad de la cantidad que ofrecen por su testimonio». La seguridad de Pedro exigía que siguiera pecando. En realidad desconfiaba de todos ellos.

Después de escuchar a don Fernando, era el turno de Pedro para dar explicaciones.

—Gracias, señor, por vuestro prolijo relato de los hechos que tanto nos ha conmovido. Nada sabíamos en Benalup de asunto tan grave. Me pongo a vuestra disposición, junto con toda la guarnición de esta plaza, para cuanta ayuda podamos prestar tendente a la averiguación de los hechos y al castigo de los culpables, que Dios confunda. Por mi parte, os puedo jurar que apenas he salido del ruedo de la fortaleza en las últimas semanas. Respecto a los hombres de mi hueste, cierto es que algunos han partido con cometidos diversos, cumpliendo mis órdenes. Os recomiendo que nadie en Benalup sepa la finalidad de vuestras averiguaciones, pues de encontrarse los culpables entre mis hombres, se corre riesgo de que desaparezcan a la primera oportunidad.

Don Fernando se mostró conforme y decidido a seguir las pesquisas con tacto a la mañana siguiente, citando uno a uno y por separado a todos los varones adultos de Benalup, y dejando encerrados en el alcázar a los que ya hubieran sido interrogados, para evitar filtraciones indeseadas.

Pedro mandó que los hombres del rey fueran acomodados de la mejor manera posible y gastó todas sus reservas de vino y carnes para agasajarlos. También a sus bestias, con las que agotó los pocos sacos de avena que le quedaban. Era preciso que esa noche durmieran todos profundamente.

Poco antes de la medianoche, en medio del silencio y la oscuridad, Pedro salió discretamente de la alcazaba. A nadie encontró por las desoladas calles de la villa; las guardas reforzadas habían sido esta noche destinadas a puntos alejados con el pretexto de que la alcurnia de los visitantes requería especiales provisiones para su seguridad. Sin un ruido, entró en la casa de Manuel Montano y le despertó con cuidado. Con gestos, le indicó que saliera y le siguiera. Juntos fueron a la choza donde habitaba Calero sin más compañía que sus cerdos y allí se repitió la escena. Sin cruzar palabra, los tres se dirigieron a casa de Pedro, para concretar el plan que el adalid llevaba gestando desde que llegaron los justicias.

A la mañana siguiente, los alojados en el alcázar se despertaron sobresaltados ante las voces de alarma; a medio vestir y armados, salieron todos al patio de armas, donde ya cundía un considerable revuelo. Habían desaparecido varias bestias de los establos y dos hombres de la guarnición habían amanecido degollados: Manuel Montano y Pedro Calero. Pronto apareció Pedro en la ciudadela, completamente armado, y ordenó que los suyos comparecieran para practicar averiguaciones. La guarnición acudió al completo, a falta de los dos muertos y de otros dos que nadie encontraba: Rafael Santamaría y Manuel Roncero. Los hechos parecían evidentes, así que don Fernando y Pedro coincidieron en la necesidad de salir de inmediato en busca de los fugados, cuyo comportamiento equivalía a confesión por los asesinatos recientes y, quizás, por los muertos más antiguos que originaron las pesquisas.

Con escasos preparativos, todos los hombres del rey y buena parte de la guarnición de Benalup emprendieron la búsqueda del rastro de las bestias. Al principio resultó fácil; en el terreno embarrado la pista les llevó al este, camino de Granada, donde sin duda los fugados esperaban acogerse. Pero pronto el rastro les llevó a un pedregal muy empinado donde no cabía encontrar pisadas. Durante toda la mañana, la cuadrilla se dispersó en busca de rastros de estiércol fresco que pudieran dar algún indicio del paradero de Santamaría y Roncero, mas nada se logró. Los fugados eran monteros peritos, probablemente moros renegados y ya debían haberse refugiado en Ronda.

Muy corridos, los perseguidores regresaron a Benalup. Allí de nuevo se encerraron Pedro y don Fernando a conferenciar sobre lo ocurrido. El alcaide defendió la tesis de que los dos muertos y los dos fugados eran cómplices de algo, probablemente del robo de los genoveses, y ante la llegada de los hombres del rey habían visto peligrar sus vidas. Por algún motivo, posiblemente por desconfianza o por mera avaricia, los renegados acabaron con la vida de sus cómplices y se fugaron a Ronda con el botín. Como esta explicación parecía razonable, don Fernando ordenó que sus hombres se prepararan para partir a la mañana siguiente: se dirigirían a Ronda, pues llevaban albalás tanto del rey como del emir, y allí proseguirían las pesquisas. No cejarían hasta dar con los culpables.

Antes del alba partieron hacia el este los hombres del rey. Pedro quedó encomendado de seguir por su cuenta las averiguaciones y advertido de la obligación que pesaba sobre él de trasladar al corregidor de Jerez cada noticia o indicio que encontrara por pequeño que fuera. Tal era la voluntad del rey y la del duque. Pedro se comprometió a hacerlo y aún a seguir investigando por su cuenta, con las luces que Dios le había dado, que lamentablemente no eran muchas, según su propia opinión, corroborada por don Fernando, que durante las pocas horas que había pasado en Benalup se maravillaba de que la complicada defensa de la plaza se hubiera encomendado a un villano tan simple y de pocas entendederas como Pedro. Mal debían andar las cosas en la casa de Medina Sidonia si se premiaba con la gobernación de castillos a villanos como este.

Con la partida de los hombres del rey, Pedro encontró algo de sosiego. Los presuntos fugados aguardaban bajo tierra y en un lugar bien apartado la resurrección de los muertos. Los restos de las bestias que habían perseguido durante todo el día se hallaban en el fondo de una profunda gruta y de ellas a estas alturas ya no debían quedar ni los huesos. Pedro se encontraba exhausto: después de toda la noche ocupado en esas diligencias, aún tuvo que regresar a Benalup, a punto ya de amanecer, para cortar sigilosamente los cuellos de Montano y Calero, que se desangraron sin un suspiro en sus propios catres.

Solo dos testigos posibles quedaban ya del asunto de los genoveses: los que se fueron a vender las sedas. Pero de ellos nunca más se supo. Probablemente se la llevaron mucho más lejos de Córdoba, para venderla mejor y quedarse con toda la ganancia. Aunque también cabía que a ellos mismos les hubieran asaltado en los caminos, algo muy común en esta Banda Morisca, llena de descomulgados. Solo Dios lo sabía. En cualquier caso, lo que pudo haber sido la cabalgada definitiva, que aseguraba la fortuna de Pedro de por vida, quedó en un buen susto.

Los hombres del rey no regresaron a Benalup y la historia se fue olvidando. No por todos. Nunca iba a poder Pedro librarse de sus pesadillas y de la mirada implorante de Rodrigo de Benavides, que en adelante repetía para él la escena de aquella indignidad. Cada noche del resto de su vida.

8. EL ABANDONO DE BENALUP

Pese a todos sus esfuerzos y a los graves peligros que corría, la bolsa de Pedro no aumentaba. Consiguió algunos golpes buenos, pero también incurrió en notables pérdidas. El mantenimiento de la guarnición se comía todo su dinero. Como el duque quería y había previsto, Benalup semejaba a una cárcel abierta, un purgatorio en espera de una más que improbable redención. Mal lugar para que reposaran los restos de un cristiano.

Los años fijados para el destierro ya habían pasado. Sin embargo, Pedro no podía abandonar la plaza sin permiso del duque. Una tras otra, mandó a Sanlúcar cartas pidiendo a don Juan que, cumplida su condena, lo dejara volver a Vejer como simple ballestero, que allí lo serviría con el celo de siempre en los cometidos que quisiera encomendarle. Le dijo en varias cartas que ya las fuerzas empezaban a fallarle y que la gobernación de un alcázar en la misma raya precisaba un temple que a él entonces le faltaba.

Pero la respuesta no llegaba y empezó a pensar en la huida. El asunto de los genoveses y del mozo Benavides parecía aplacado, aunque no olvidado. Vivía con el temor continuo de que los que se encargaron de vender la seda aparecieran y hablaran, de buen grado o bajo tortura. También cabía que surgiera alguna prueba de su fechoría o un testigo inesperado. El miedo y el remordimiento no le daban tregua. Lucía, como mujer corrida, barruntaba que algo grave había pasado, pero ninguna pregunta formuló, pues prefería no saber y callar. Simplemente intentaba confortar a Pedro cuando sufría pesadillas y le ofrecía su cuerpo como solaz en cuanto se presentaba la ocasión.

Entre la pena y la culpa, pasó Pedro los meses siguientes. La huida no se le quitaba del pensamiento; quizás pudiera escapar, cuando por fin se produjera un buen golpe de fortuna, tomar sus monedas, partir con Lucía a un lugar lejano donde nadie les conociera y pasar el resto de sus vidas libres de dudas e inquietudes. No aspiraba a mucho: tan solo quería encontrar un sitio donde descansar tranquilo y pasar inadvertido, esperando a una muerte pacífica y sin dolor, dejando pasar el fluir inexorable de los días sin más ocupación que las propias del cuidado del ganado y la huerta. Quizás irían al norte, a una gran ciudad de realengo más allá de los grandes puertos, a Toledo o Ciudad Real, donde pudiera confiar en el anonimato y donde los únicos moros que viera fueran moros de paz. Pensaba incluso en la posibilidad de cruzar la raya y pasarse a Granada, renegando de nuevo. Pero sabía que de ser allí reconocido, algo que no podía descartarse, se ganaría una muerte lenta por apóstata y Lucía quizás algo peor.

Pero ella no compartía deseos de huida: pese a todas las penurias y a los peligros, aquí había construido un hogar, su primer hogar. De hecho, no recordaba un periodo mejor: no podía decirse que tuviera casa abastada, pero muchas veces disponía del suficiente trigo, las bestias le daban algo de carne y un hombre a su lado la respetaba y le daba calor y seguridad. No quería seguir huyendo sin rumbo sobre la tierra, pues desde hacía tiempo sabía que la esperanza era dañosa. Aquí le habían traído sus pasos, los buenos y los malos, y de aquí se iría en buena ley cuando llegara la hora, pero sin esconderse, sin sentir el acoso de perseguidores reales o imaginarios. Había pasado por eso y sabía lo que se jugaba: mientras tuviera un techo y algo para llenar el estómago, aquí seguiría. No era Lucía mujer de estudios ni de letras, pero sabía de la vida. Reflexionando sobre todo lo que Pedro le había contado sobre su propia vida, podía emitir un juicio claro: Pedro hubiese hecho mejor quedándose en Córdoba. ¿Qué había sacado después de tantas cabalgadas, penalidades y riesgos para la vida? Ni siquiera lo suficiente para comprar una punta de ganado con la que sentar plaza como ganadero, o para arrendar pastos, y mucho menos de lo necesario para comprar buenas tierras de panes en una región segura y bien regada.

—Tus dudas, Pedro, obedecen a tus malos pasos y a un pecado de soberbia y de ignorancia: el de pensar que los cambios que hacemos los cristianos sobre la tierra traen mejoras, cuando sin duda siempre son para peor. Ahora vives aquí, vivimos juntos aquí, y si Dios manda que en Benalup muramos, así sea en buena hora y esperemos que dentro de mucho. No dejes lo cierto por lo dudoso y trata de disfrutar de una posición que otros desean y a la que has llegado al cabo de un gran esfuerzo. Con lo que ya llevas vivido. ¿Qué te hace pensar que tu suerte, nuestra suerte, mejorará en otro sitio? Donde quiera que vayamos mandará otro duque, otros señores, quizás peores que los que ahora padecemos. Y si no amenazan moros de guerra, sin duda se presentarán otros enemigos. Yo he vivido mucho tiempo en Sanlúcar y allí rara vez se atreven los granadinos a llegar. ¿Y qué? ¿Resulta acaso más pacífica, en la misma orilla del Guadalquivir, la vida de los cristianos? Todo lo contrario, pues cuando el moro no amenaza como aquí, los nobles no dependen tanto de los brazos de los humildes y se vuelven más arrogantes y exigentes con los villanos. En el valle del gran río, pocos son los que, como tú, pueden ganarse la vida con las armas, y quien quiere comer debe pasar sus días con la espalda doblada, haciendo fructificar los campos de otros a cambio de un jornal que apenas da para conservar la vida.

Pedro la escuchaba en silencio y sabía que le asistía la razón, pero su interior no se movía: solo quería salir de allí. La misma angustia, el mismo fuego interior que le hizo dejar Córdoba cuando zagal, le impulsaba ahora a abandonar estas sierras. Su mente le decía que Lucía portaba una ciencia antigua, innata y oculta, y que como mujer corrida no hablaba por capricho, pues esos saberes los había adquirido a base de golpes e infortunios. Pero la fuente del desasosiego del adalid no era la razón, sino otra que Lucía no sabía concretar. Noches y más noches continuaron estas pláticas, a la luz de la lumbre, Pedro intentando convencer a la mujer para que se fueran a otro lado y ella negándose.

—Mucho te debo, Pedro, más que a ninguna otra persona en este mundo. Si te vas, lo sentiré, bien sabes cuánto, pues estos últimos meses no podré olvidarlos. Donde quiera que yo more, allí tendrás tu casa. Podrás volver cuando quieras. Pero yo no me voy contigo. De esa forma, no. Escapando no. Tú crees que en alguna parte del mundo te espera un lugar mejor que este, pero eso es sueño: ese sitio no existe. En todas partes nos espera la muerte, la penuria, nuevos enemigos, enfermedades. No huyas más: no hay adonde ir. Si todavía, a tus años, no te has dado cuenta de eso, no existe cura para ti.

Somos muy distintos: tú crees que aquí estamos mal y quieres escapar. Yo solo me pregunto cuánto durará mi suerte.

Los meses pasaban y no llegaban noticias: un nuevo invierno atacó con sus pestes y sus heladas. Durante tres meses seguidos no paró de llover y todo se corrompió, hasta las simientes. La paja de los tejados, ennegrecida, rezumaba agua, y los que podían se acogieron bajo las piedras del alcázar, donde mediante una hoguera perenne trataban de secar sus cuerpos y sus ropas. Pero carecían de alimentos, así que necesariamente debían salir al raso, a buscar bajo la lluvia algo que todavía no estuviera podrido, o a tratar de cazar alguna bestia que portara sobre sus huesos carne comestible. Pero también los animales se resguardaban de los tremendos aguaceros en lugares inaccesibles.

De repente, en primavera dejó de llover. Pasaron las semanas y al principio los corazones se alegraron después de tanta agua, pero pronto cundió una nueva preocupación, porque las esperadas lluvias de abril no llegaron y tampoco las de mayo. Las cosechas en tierras de panes se perdieron y pronto la carestía se recrudeció en todas las Andalucías; con ella llegaron la debilidad y las calenturas que acabaron con muchos de los vecinos de Benalup, entre ellos Lucía.

A lo largo de su vida Pedro había visto pasar muchas epidemias de peste y sabía que contra ellas nada se podía hacer. Cuando llegaba la plaga, la vida dependía de Dios y Él decidía quién viviría y quién moriría. De nada servían los remedios de los físicos y los sahumerios. Solo las rogativas y las plegarias. Pero pese a saberlo, esta vez no se resignó y actuó contra lo que mandaba la razón. Lucía era lo único bueno que le había pasado en la vida y se resistía a perderla; empeñó toda su pequeña y esforzada fortuna en traer de Morón a un conocido barbero y sahumerio, Fernán López, del que se decía en la raya que podía espantar a la pestilencia con sus artes. Todo se le dio y aún más se le prometió si lograba salvar la vida a su mujer, pero en vano. Escasamente pudo con sus remedios sumar unos pocos días, algunas horas más a su existencia. En su lucha contra una muerte que parecía inapelable, Lucía languideció rápidamente y en pocos días se fue apagando. Sus brazos fuertes fueron perdiendo la carne. Al cabo, su cara quedó tan blanca que parecía transparente, estaba tan débil que ni siquiera podía arrodillarse para rezar.

Acabó prostrada en el lecho. Lo único que conseguía tragar era un poco de leche de cabra. Ya no contaba con el vigor necesario para levantarse y los días los pasaba en un duermevela. Pedro no se separaba de su lado y descuidó sus cometidos de alcaide, por lo que pronto el desorden y el caos cundieron en Benalup. Los robadores hicieron cosecha y se produjeron frecuentes asaltos, tumultos y deserciones. Pero el adalid estaba ausente de todo lo que no fuera permanecer a la vera de Lucía. Sabiendo que ella consumía sus últimas horas sobre la tierra, no quería perderse ni un segundo. Mientras la mujer permanecía consciente, hablaban. O más bien ella hablaba y él callaba y aprendía, porque la proximidad de la muerte había vuelto locuaz a la lacónica hembra y en su postración repasaba hechos y anécdotas de su vida en común, de su infancia en Sanlúcar, de su huida al sur; mas ahora bajo una mirada nueva, desprovista de dolor y de resentimiento, como si todo el mal y los golpes sufridos a lo largo de su vida no fueran más que hechos de la naturaleza, como las lluvias o los vendavales frente a los cuales, por mucho que uno proteste, nada se puede. Incluso cuando dormitaba no dejaba de hablar. En sus sueños, a veces prorrumpía en largas parrafadas incomprensibles, otras veces se agitaba inquieta y llamaba a su madre... Pero las más de las veces se limitaba a decir una palabra: Pedro, Pedro... con frecuencia acompañada de una sonrisa. Una vez incluso pudo apreciar cómo hizo el gesto de alisarse el pelo mientras murmuraba su nombre. Y entonces un puñal de hielo se hundió en las entrañas del adalid, que maldijo a Dios y a los hombres, para inmediatamente después, arrepentido, hacer cientos de promesas a la Virgen, a Cristo y a todos los santos, a cambio de su vida.

Fueron tantas las horas que pasó Pedro al lado del lecho de la moribunda, que al final sus duermevelas y delirios se acompasaron. Cuando ella dormía, él dormía; cuando ella desvariaba, él enloquecía también y se hundía en largas meditaciones y profundos soliloquios siempre haciéndose las mismas preguntas: ¿por qué? ¿Cuál era el sentido de todo esto, de todo este dolor, de este afanarse sobre la tierra en procura de quimeras y ensoñaciones? Como nunca antes, se daba cuenta de que no sabía nada, de que andaba como un ciego sobre la tierra y que su única luz había sido Lucía. Y entonces reparó en que quizás no resultaran tan descabellados los romances amorosos, de los que tanto Lucía se mofaba, y que el amor que describían los poemas de moros y cristianos, el amor cortés de nobles y doncellas, quizás, al cabo, no resultara tan diferente de lo que él sentía por la hembra que se extinguía a su lado.

Se abandonó a la desesperación. Se sentía esclavo de la fatalidad, prisionero de leyes inapelables, de una naturaleza construida con imbatible crueldad, un muñeco al pairo de todas las mareas. ¿Cuándo cesaría Dios de hostigarle? ¿Es que no había penado suficiente? Ni las amenazas, ni la promesa de fuertes recompensas consiguieron que los físicos lograsen lo imposible. Apenas pudieron aliviar el dolor de la mujer en sus últimas horas, sajar y curar sus bubas, aplicar ungüentos en su piel irritada. Pedro ayudaba a lavar su cuerpo, a limpiar la mucha suciedad que procedía tanto de los tumores sanguinolentos como de las deposiciones que sin control escapaban de todos los orificios de su cuerpo.

En sus últimas horas, Lucía no podía ni hablar. Contemplaba a Pedro con la mirada lánguida y agradecida de un perrillo hambriento. Pedro pasaba el tiempo a su lado, velando su fiebre y sus delirios, cogiendo su mano, pasándole paños húmedos por la frente, pero incluso el roce más suave causaba daño en la piel de la mujer que, cuando estaba consciente, callaba y miraba, callaba y miraba, con una sonrisa perenne, salpicada de vez en cuando por una mueca de dolor. En estos días de eterna agonía, la jodida mujer había sonreído más que en todos los años de vida en común. Le maravillaba a Pedro su conformidad con su suerte, su resignación, tan lejos de los reproches y reniegos que él se hacía de continuo, y se preguntaba si, al final, no sería Lucía la persona más sabia que hubiera conocido. ¿Acaso ella comprendía que la muerte es un bien y la vida un castigo, que las cosas en esta vida necesariamente decrecen después de llegadas al esplendor?

Al atardecer, cuando al sol le quedaba menos de una hora sobre el horizonte y el firmamento ofrecía su indescriptible profusión de colores, Pedro la enterró, y con ella sus últimas esperanzas, después de derramar las lágrimas que mantuvo enconadas durante semanas. El calor, el dolor y una terrible sensación de vacío acabaron por derretirle el ánimo y pensó en escapar en cualquier caso de Benalup, mandara lo que mandase el duque. A tierra de moros si era preciso. Ya la conocía y allí también se podía vivir: todo mejor que esta muerte en vida, que este continuo sinvivir en el escenario de su desdicha y su fracaso.

Pero no fue necesario. La hora de la esperada liberación llegó, tarde ya, en forma de una carta del señor. En lugar de atender a los requerimientos de reparación de las cercas, torres y muros, el duque mandaba la demolición y el desportille de la villa. En Sanlúcar habían concluido que Benalup, en las actuales condiciones, resultaba indefendible, por lo que se ordenaba el retorno de la guarnición a Vejer en cuanto se cumplieran esas diligencias.

La carta llegó con una recua que, por fin, suministró a la fortaleza parte del avituallamiento prometido, una tarde en que Pedro sesteaba en su camastro, en lo más fuerte del calor. Tres caballeros iban de escolta y llevaron a Pedro las últimas noticias, que le permitieron comprender que su situación no resultaba excepcional: muchas de las villas de la frontera estaban quedando despobladas en estos días, ante la falta de víveres. Las Cortes de 1459 habían mostrado su preocupación por este hecho, pero no encontraron el remedio. Faltaban dineros, y así se habían perdido ya varios enclaves fronterizos que pronto podrían echarse en falta, si estallaba una guerra total contra el moro, cosa que no habría de tardar, según todo indicaba.

Para intentar dar alguna utilidad a estas regiones semidesérticas, el duque mandó que se plantaran pinares que servirían para construir barcos y encomendó su cuidado a cuadrillas itinerantes de hombres que morarían al reparo de Vejer y Medina. A la antigua Sidonia se encaminaron primero los pocos vecinos que habían quedado en Benalup, bajo el mando del taciturno alcaide Pedro de Córdoba, siempre rondado por la muerte, pero sobreviviente a todas las penurias mientras los demás sucumbían en derredor. Después de dejarlos allí, Pedro tomó la senda de Vejer, para rendir cuentas y pedir su patente de libertad.

CUARTA PARTE

CÁDIZ

1. DE NUEVO EN VEJER 1462

Camino de Vejer, Pedro recapituló sobre lo que había sido su vida y lo tornadizo de su ventura, preguntándose adónde se habían ido los años. Dios le había dado y le había quitado; como si edificara sobre arena, cuando pensaba haber llegado a la cima de sus aspiraciones, varias veces lo había perdido todo para tener que recomenzar, sin nada y con su alma en peligro mortal por los desafueros cometidos, experimentando en carne propia que todo lo que llegaba a su apogeo comenzaba a declinar. Nada poseía después de tantos años de fatigas en la linde de la raya: ni siquiera el caballo que montaba, que debía devolver a su señor. Sin casa, ni mujer, ni hijos, con las cicatrices de la vida como únicas pertenencias. Había capitaneado algunas buenas cabalgadas, sobre todo las últimas, pero todo el beneficio se le fue en pagar soldadas, erechas y peajes, y en el salario del curandero que no pudo salvar a Lucía.

Su insolvencia le impedía pensar en adquirir una hacienda; por lo demás, de tierras no sabía mucho, por lo que necesitaría esclavos o colonos para cultivarlas y no disponía de capital para tal inversión. Encima, en los últimos años las fincas habían subido mucho de precio. Cuando Pedro llegó a la frontera había fundos gratis para todo el que quisiera cultivarlos: por el mucho riesgo, pocos hombres querían venir a morar en la Banda Morisca. Las guerras y las plagas dejaban gran cantidad de campos baldíos que había que repoblar, por lo que el rey y los señores ofrecían muy buenas condiciones a los valientes o desesperados que se arriesgaban. Pero esos tiempos pasaron: ya el moro iba de retirada y, aunque todavía podía golpear esporádicamente, no cundía la sensación de inseguridad como antaño. Las grandes plagas periódicamente rebrotaban pero, como bien sabía Pedro, cada vez atacaban con menos virulencia. En consecuencia, ahora muchos más hombres pugnaban por la tierra disponible. El precio de las fincas aumentaba porque los grandes nobles, en lugar de regalar las suyas, compraban las de otros para acrecentar sus heredades. Y como nadie más que ellos disponía de caudal suficiente para invertir en haciendas, se iban apoderando poco a poco de todas las pequeñas propiedades, aumentando aún más sus enormes dominios. Pedro encontró en Vejer a muchas familias que no hacía mucho poseían sus propias hazas de tierra y que hoy, desarraigadas por no haber podido afrontar sus deudas, cultivaban como jornaleros las tierras del duque, principal propietario de Andalucía y dueño de Chiclana, Conil y Vejer, de Medina y de Sanlúcar, de toda Niebla y el Condado, de buena parte del Aljarafe y de muchos otros dominios dispersos por las Españas.

Sin familia, Pedro ni siquiera amigos o allegados conservaba. Casi todos sus conocidos habían muerto y no le quedaba ningún lazo humano en el mundo. Bien conocía la muerte: había visto sucumbir uno tras u otro a sus amigos, mujeres, hijos, vecinos y amos. Creía haber vivido unos cuarenta inviernos, edad en la que los años empiezan a pesar para andar recorriendo las sierras a caballo y a la que pocos llegaban en la raya. Siente el otoño en sus huesos: demasiadas noches al relente, sin dormir, mal comido por estas veredas serranas, despertando con los miembros entumecidos y helados. Con frecuencia le aquejaban dolores en los miembros, o el mal de quijada que ningún físico había logrado conjurar; tanto padecimiento le causaba, que había tenido que recurrir a barberos que le habían ido quitando casi todos los dientes y muelas, que ya pocos le quedaban y desparejados, apenas los bastantes para masticar carnes o granos duros. Había tentado a la suerte lo suficiente; la parca bien le había acechado toda su vida, pero Dios, por algún motivo que no alcanzaba a comprender, al final le libraba de todos los peligros y le hacía salir con bien de las peores situaciones. Había llegado la hora de buscar un sitio y una ocupación tranquila para pasar sus últimos días, en espera de una buena muerte.

No se había hecho rico, como deseaba, pero al menos conservaba la vida. Sin saber aún en qué emplearse ahora, no dudaba de que debía dejar las cabalgadas fronterizas. No le acompañaban ni la robustez ni la edad. Sin embargo, ese era su oficio, no sabía más que de construir ballestas y tirar con ellas. Si no encontraba acomodo de ballestero, acabaría en la chanca o, peor, en las salinas del duque, ejerciendo el más bajo y duro oficio del mundo, al que solo se dedicaban los inútiles o aquellos desesperados que no valían o no disponían de fuerzas o habilidades para nada mejor. Pues en las salinas, bajo un sol enfurecido tanto en verano como en invierno, los salineros perdían la vista por la deslumbrante blancura de la sal y la piel se les cuarteaba y se les caía a pedazos de las muchas quemaduras que sufrían. Resultaba tan penosa la faena que pocos de ellos llegaban a ver blanqueadas sus barbas: los más morían de inanición al gastar todo su jornal en vino, porque solo una embriaguez casi permanente les permitía seguir desempeñando tan ingrata labor.

En estas reflexiones andaba cuando tras un recodo del camino se avistó Vejer, de repente, como un obstáculo insalvable, doblemente defendido por el río Barbate y por el risco donde se encaramaba la villa. Pedro se preguntó si no había llegado la hora de dejar la raya y volver a Córdoba. ¿Y si ni siquiera subiera a la alcazaba? Ya cumplió su castigo y podría hacerlo, aunque todavía debía obtener la patente que lo acreditara. Bastaba con girar al norte y sus pasos lo llevarían al Guadalete y después al Guadalquivir. Siguiendo este río, en unos pocos días llegaría a Córdoba. Pero allí nadie le esperaba. ¿Qué más daba un lugar que otro? Recordaba ahora las palabras de Lucía, que parecían respuesta a su pregunta: «Todos los cambios son para peor, es mejor esperar a ver dónde nos manda la vida, en lugar de provocar nosotros mudanzas que nada bueno acarrearán».

Subió Pedro la gran pendiente que conducía a Vejer, enmarcada por un mar rojo y amarillo de amapolas y artemisa, dispuesto a encarar lo que le tocara, sin provocar ni resistirse a los envites de la Providencia, abandonando ese estado de perpetua rebelión contra ella que a nada bueno le había conducido. Si Ella lo había puesto ahora en Vejer, sería por alguna razón. Al cabo, las enseñanzas de Lucía habían servido para algo. Y también las de su otro gran maestro, Yahya, cuyas palabras evocaba cuando cruzó la puerta amurallada: «El principio que rige nuestra existencia terrena es que nada hay duradero en el mundo. Todo llega en su momento y nada rebasa su hora».

Llegado a la villa, se dirigió la ciudadela: debía ver al alcaide para pedirle que expidiera la fe firmada de haber estado sirviendo en la villa fronteriza a su costa durante más de cinco años. Sin este documento podrían detenerle los justicias del duque o del rey, y devolverle a Sanlúcar.

Vejer había cambiado durante los años que Pedro pasó en Benalup; seguían las obras del alcázar y las murallas se habían reforzado. Se veían muchos nuevos habitantes y el ambiente, en general, parecía más relajado. Otras costumbres regían. Se notaba que la frontera se iba desplazando hacia el este. Rara vez aparecían ya los moros por estas regiones; por eso la gente se confiaba y abundaban los que hacían toda su vida extramuros, en las alquerías. Ahora podían contemplarse mujeres sentadas en los escalones de sus casas, riendo y platicando, rodeadas de niños revoltosos, algo antes impensable. Según le contaron, cada vez más vecinos sembraban panes y vides, en lugar de dedicar sus tierras a pastos. Nadie parecía recordar que hacía menos de diez años, donde ahora se levantaba un molino de viento, se erigía una montaña de cabezas cristianas, tan flaca es la memoria de los hombres, siempre presta a olvidar los malos momentos y lenta para aprender de ellos.

Cuando llegó a la casa del cabildo solicitó hablar con el alcaide; poco debió esperar, pues resultó que el cargo lo ocupaba ahora un viejo conocido, Sancho Amaya, hidalgo pero compañero de cabalgadas que saludó a Pedro con afecto y lo llevó al mesón de la plaza a tomar una jarra de vino mientras recordaban los días en que campeaban juntos por tierra de moros.

—Mucho os han maltratado los años, Pedro. ¡Parecéis anciano! Ya veo que la vida en Benalup no ha sido fácil. ¡Qué verdad es que la guerra envejece el alma de los hombres! Contadme cómo ha ido todo últimamente.

Y Pedro, confortado por el vino fresco y la compañía amiga, comenzó a relatarle sus amarguras y decepciones, sus dudas y temores, y le pidió que le consiguiera un puesto en la guarnición como maestro ballestero. Sancho le escuchó sin interrumpirle y cuando Pedro acabó, habló él.

—Ya teníamos noticia por hablillas de que las soledades de Benalup semejaban al infierno, pero según me contáis la realidad es todavía peor. Lo siento, amigo, pero ahora no puedo ofreceros puesto de ballestero en la hueste. Todas las plazas están cubiertas y, además, el duque anda ahora obsesionado con las ballestas de trueno. Piensa que los virotes y las cuadrillas pertenecen al pasado y que, en adelante, las nuevas armas de fuego marcarán el curso de la guerra. Yo creo que se equivoca: de esos ingenios maléficos no te puedes fiar. Con frecuencia causan más daño a quien las empuña que al enemigo. Por su mucho peso, precisan de dos hombres para portarlas. Y mucho se tarda en cargarlas, por lo que de ordinario el moro dispone de tiempo de atravesarte antes de que puedas reaccionar. Para mí no hay nada como una buena lanza y un buen caballo: así no existe moro que se me resista. Y un buen ballestero puede tirar diez virotes en el periodo en que se tarda en cargar y disparar uno de esos artilugios pestilentes. El caso es que no podréis sentar plaza de ballestero en la hueste de Vejer. Pero se me ocurre algo que puede serviros; a nuestro señor le preocupa mucho todo lo relativo a la mar y a la guerra marítima. Los moros han mandado en el océano demasiado tiempo y ya ha llegado la hora de que los cristianos los expulsemos también de las aguas. Por siglos nos hemos limitado a defendernos de sus embestidas construyendo torres de vigía en las costas, sin apenas presentar resistencia en el mismo mar con naves de guerra. Ahora el duque quiere que pasemos a atacarles. Ha mandado armar galeras en sus puertos y que persigamos a los piratas doquiera que se escondan, que saqueemos sus ciudades, que capturemos nosotros las naves mercantes enemigas que crucen nuestras costas y nos apoderemos de sus mercancías, como durante tanto tiempo han hecho ellos. El duque me presiona y espera resultados que tardan en llegar. Y aún se demorarán, porque no encuentro ni tripulaciones para los barcos ni gentes de patrimonio que quieran invertir en armar naves de corso. No me extraña, porque como sabéis el común de los que habitan estas tierras son campesinos, hijos y nietos de campesinos; sus padres vinieron desde el norte a cultivar la tierra y a apacentar ganados, no a cabalgar las olas de mares traicioneros. Los castellanos sentimos por el mar cierto desdén, amigo. Somos de tierra y solo en la tierra nos encontramos a gusto. Aquí nadie quiere embarcarse por las buenas, solo podemos equipar las naves con penados y escoria, la hez de estas tierras, buenos para nada, que no conocen el honor, Pedro, gente blanda y soez que a la primera oportunidad deserta o se amotina y que muere más por penas de azotes o ahorcamiento que por las armas enemigas. Un ballestero experimentado podría sentar plaza de provecho en una de nuestras naves; sobre todo vos, que, como todo el mundo sabe, penasteis unos años como galeote con los moros y conocéis bien la vida de la mar. Eso es cuanto puedo ofreceros, por ahora.

Poca afición conservaba Pedro por el mar. Pese al tiempo que había ya transcurrido desde que ofició como corsario moro, sabía que debía alejarse de las costas cuanto pudiera, para evitar malos encuentros. Pero no disponía de muchas alternativas; volver a Córdoba, donde nadie le esperaba, no parecía sensato. Daría igual Córdoba que Jerez o Sevilla. En ninguna de esas ciudades le conocía nadie ni encontraría ayuda para establecerse. Y en las grandes villas de realengo la vida resultaba más cara y difícil; pululaban los pícaros y los mendigos, las putas y los malandrines. ¿Qué podía hacer allí un ballestero viejo y cascado?

Sopesados los riesgos de las pocas opciones a su alcance, al final dispuso su ánimo hacia el consejo del alcaide y decidió volver al mar, confiando en que ya habría ocasión de desembarcarse si su fortuna mejoraba. Fue a ver al mayordomo de la villa, el administrador de las rentas señoriales, para que le buscara un barco donde pudiera sentar plaza de ballestero. El mayordomo se quejó de lo mismo que el alcaide:

—No dispongo de patrones, ni de tripulantes ni de capitales para armar naves. ¿Cómo quiere el duque conseguir así una armada? El mar no es para los blandos y aquí nadie le tiene afición. Buena falta me harían varias decenas de cántabros o de vizcaínos. ¡Esos sí que son buenos hombres de mar! Aquí… La mayoría de los mozos que enrolo no duran más de una marea y ni bajo las peores penas quieren repetir la experiencia: desertan o se mutilan para no volver a los barcos. Esta misma mañana he tenido que ahorcar a uno. Lo veréis colgando de las jarcias en la galera capitana que fondea a la altura del arenal —entre protestas y reniegos, el mayordomo dio la bienvenida a Pedro y le preguntó por su experiencia marinera. Mucho se holgó de saber que el tornadizo había navegado durante años, aunque Pedro no le dio más detalles, pese a la insistencia del otro en preguntar—. Muy parco en palabras sois, señor. Necesito saber en qué tipo de naves habéis navegado y en calidad de qué. ¿Habéis sido patrón, cómitre... galeote? —al pronunciar estas últimas palabras miró con complicidad a Pedro, como animándole a hacerle partícipe de sus secretos.

—Os lo diré, ya que tanto interés mostráis. O, mejor, preguntad por mí a los más viejos en Vejer. Me conocen por el tornadizo. También por el descapuchado. Fui galeote casi tres años en una galera mora. ¿Es eso lo que queríais oír? —el mayordomo torció el gesto y le presentó un pliego para que firmara.

—Pedro de Córdoba. Desde hoy quedáis enrolado en la nave del capitán Parodi, un genovés al servicio de los guzmanes que anda buscando tripulación. Que Dios os ayude... y os perdone.

2. CORSARIO CRISTIANO

En el tiempo en que Pedro retomó el oficio de corsario marítimo casi nadie quería dedicarse a tales menesteres. Pero poco después de su retorno, como por encantamiento, los éxitos de la marina del duque empezaron a difundirse por la región y cada vez mayor número de mareantes se afincaban en Vejer, al olor de prebendas y beneficios. Las naves y los hombres de la mar de las villas del duque, que durante años habían sufrido pasivamente el acoso de los berberiscos, iban ganado fuerza y pasaban ahora con frecuencia de la defensa al ataque; y de la mano de esos mismos triunfos cundió el entusiasmo y aumentaron los vejeriegos y forasteros que se decidían a armar naves para piratear y batallar contra el moro. El duque obtenía de ellos importantes rendimientos por el porcentaje que le correspondía en los botines. Pero, sobre todo, con su concurso la casa de Medina Sidonia defendía las almadrabas, la actividad más importante de los vecinos del lugar y fuente de enorme riqueza para los guzmanes.

De la almadraba, el maná de estas costas, vivían muchos de los habitantes de Vejer, de Conil, de Zahara y de Tarifa, y también una numerosa población flotante que acudía de los alrededores, porque en la época de máxima faena se precisaban muchas manos para la pesca, el ronqueo, la salazón y el transporte de los atunes. Desde la desembocadura del río y hasta pocas millas mar adentro, barcas de pescadores traían sin cesar los preciados atunes durante las dos temporadas del año, ofreciendo un vistoso espectáculo que causaba gran asombro en quien lo contemplaba por vez primera.

Pero la faena de las almadrabas, tan lustrosa a la vista, resultaba muy dura y casi todos los beneficios se quedaban en la casa ducal, aunque algo de la riqueza alcanzaba a todos, por lo que abundaban los voluntarios para trabajar en ellas: en su mayoría penados o delincuentes fugitivos, e incluso paganos o medio moros, pues no se pedían patentes de cristiano viejo para armar almadrabas.

Y para defender a esa chusma de los piratas, se empleaba a otra chusma marinera aún peor, gente de infame calaña, hijos de cien padres. Algunos, antiguos cautivos y galeotes. Para contrarrestar y poner orden en tamaña bellaquería y sacar algo de utilidad de sus escasas capacidades, disponía el duque de unas pocas decenas de hombres de mar de Vejer, gente honrada y esforzada, devota de Nuestra Señora, cuya protección invocaban los que arriesgaban su vida en el océano. Pedro pronto se convirtió por méritos propios en uno de ellos. Con el patrón, era el más viejo de su nave y el más corrido, y pronto se ganó su respeto y el de los marineros más jóvenes y avisados, que comprendieron cómo de él podían aprender tretas importantes para la supervivencia: a restañar heridas, taponar cortes, sajar las purulencias que envenenan la sangre y traen la muerte; también cómo aplicar emplastos y ungüentos en las heridas de las espaldas, a protegerse de balas y virotes y a saber cuál es el momento apropiado para lanzarse al abordaje con esperanza de recibir poco daño.

Por el mucho tiempo que navegó en la fusta de Mansur, Pedro sabía cómo obligarles a remar de la manera adecuada y en poco tiempo pasó a ser el cómitre de la galera del capitán Parodi y el terror de tripulantes y galeotes. Deambulaba por el puente casi desnudo, desembarazado de cualquier molestia que hiciera más difíciles sus movimientos, como resultaba común entre los mareantes de baja condición. Apenas vestía una camisola y unas calzas, y de un tahalí le colgaban un puñal y una porra, remedios que completaba con el látigo o el hacha de abordaje, dependiendo de la ocupación que tuviera por delante. Su rostro renegrido y arrugado causaba tanto pavor a los galeotes como las armas que esgrimía con pericia demoníaca.

Para lograr la necesaria propulsión, aplicaba las mismas tácticas que aprendió con los moros, haciendo uso con profusión del látigo, que dejaba las espaldas doloridas y sangrantes, con heridas abiertas que quemaban las carnes. También cortó algunas narices y orejas a los remolones, e incluso una vez tuvo que segar de un solo tajo la cabeza a un moro que empezó un conato de motín a bordo. Después la colgó en la batayola del brazal y le puso un turbante para infundir espanto en los galeotes y en los navíos moros que abordaban.

La renovada crueldad de Pedro no era fruto de su natural condición, sino de la frustración y hasta del odio que se acumulaba en su alma desde la muerte de Lucía. Y también maniobra de supervivencia. Dando muestras constantes de un acusado despotismo, el cómitre pretendía ocultar su decadencia física: las piernas ya no le sostenían con la firmeza de antaño y las rodillas le daban tormento a diario. Sus brazos, antes presas mortales, flaqueaban y hasta su vista empezaba a fallar. Si a bordo quedaba patente su debilidad, poco tiempo seguiría empuñando el látigo, antes bien, más pronto que tarde lo sentiría en su propia espalda, o acabaría, simplemente, desembarcado a la primera oportunidad, que en nave corsaria no caben flaquezas y solo los fuertes sobreviven.

Después de tres años encargándose de la escolta de los atunes, Pedro se había acomodado a su nuevo oficio. Su patrimonio se vio incrementado muy significativamente. Consiguió buenos botines: azúcar de Almuñécar, seda mercadante de Málaga, azafrán de Baza y, sobre todo, cautivos, la principal mercancía de estas aguas y fuente de riqueza para el común de las villas costeras, a ambos lados del Estrecho.

De nuevo la fortuna parecía sonreír a Pedro, aunque ahora sus pretensiones eran diferentes a las de antaño. Hombre más que maduro, ya no buscaba afincarse y fundar familia. Tantas heridas y pesares había sufrido que no perseguía la compañía de los hombres. Sus ganancias no las invertía: simplemente guardaba a buen recaudo aquello que no gastaba en comilonas o putas.

Ni siquiera había querido seguir morando en Vejer. Compró casa y unas pocas hazas de huerta a las afueras de Barbate, no muy lejos del puerto, donde dejaba sus escasas pertenencias al cuidado de dos esclavos. Uno de ellos, un varón de origen desconocido, se encargaba de cultivar la huerta y pastorear unas cuantas cabras, gallinas y cerdos. No tuvo que caparlo, pues ya venía capado y hasta con la lengua cortada, seguramente en pago de alguna fechoría, por lo que era dócil y bien mandado, aunque ya no joven ni tampoco inteligente. La otra era una moza, mora de nación pero no granadina, sino de Berbería, muy salvaje y levantisca. La compró barata precisamente por eso: no pudo permitirse nada mejor. Su antiguo amo la dejó por imposible, pues no conseguía sacar provecho de ella, pese a los muchos palos que le daba. Antes de acabar matándola, se la vendió a Pedro por casi nada, y así pudo este disfrutar otra vez de un cuerpo joven, pues aunque nunca consiguió que la mora le cocinase una comida decente, o que ayudase al otro esclavo en los quehaceres de la huerta, para las contiendas de Venus le daba el apaño y hasta alguna satisfacción, porque el natural fogoso de la mora, aunque al principio se resistía, cedía pronto a las acometidas de Pedro. Constató una vez más, como ya le ocurriera en Salé, la extraña paradoja que encerraban las moras debajo de sus múltiples velos, pues todo su pudor exterior no impedía que en la intimidad se comportaran como las más desinhibidas compañeras, atentas a dar placer a su hombre de cualquier manera que a este se le pudiera ocurrir, sin desdeñar tampoco su propio contento, de manera que el yogar con ellas producía cien veces más placer que hacerlo con cristianas viejas.

Muy corrido ya por tantos desafectos, durante largo tiempo ni siquiera se ocupó de dar un nombre a sus esclavos. Los llamaba simplemente esclavo y esclava. Los trataba con rudeza, aunque proporcionada, la suficiente como para infundirles el temor necesario para granjearse su respeto, algo siempre conveniente en el trato con los cautivos, y mucho más en casos como este, en los que por el oficio del amo se pasaban los esclavos largas temporadas sin vigilancia y con toda la hacienda en sus solas manos.

Por ventura, por miedo o por pereza, lo cierto es que los esclavos nunca llegaban a causar a su amo trastornos de importancia y con el pasar del tiempo y el roce, vio Pedro llegado el momento de ponerles algún nombre. Al hombre lo llamó Enrique, en honor de su antiguo amo. Su nuevo apelativo pareció complacerle, de lo que Pedro pudo colegir que quizá nació cristiano. A la mujer quiso llamarla Juana, pero a diferencia del otro, la esclava se negó a aceptarlo; «Aixa, Aixa», gritaba cuando Pedro se dirigía a ella con el nombre cristiano, por lo que, pese a que intentó sin éxito imponerlo por la fuerza, la mora acabó quedándose con el nombre por ella querido, seguramente el que le pusieron al nacer.

Pedro pasaba la mayor parte de su tiempo en el mar, donde la faena resultaba dura, aunque no tanto como en las cabalgadas, y algo más apropiada para sus años. El océano mucho menoscaba a los hombres y, sin embargo, no resulta raro ver a viejos pescadores o mercaderes, algo casi imposible de encontrar entre los corsarios terrestres, que no suelen llegar a cumplir los cuarenta. Quizás esa misma hubiera sido la suerte de Pedro de seguir de adalid fronterizo, así que pudo comprobar, una vez más, la sabiduría encerrada en las palabras de Lucía, y quedó convencido de que las mudanzas en la vida del hombre no hay que buscarlas, sino padecerlas con resignación cuando se presentan, aprovechando lo que de bueno pudieran traer. Y esta última, pensaba ahora Pedro, había sido para bien a todas luces, porque cuando cumplía sus mareas, regresaba a su choza y allí encontraba jergón, techo, comida y el cuerpo de una mujer lozana, sin que la conservación de estos bienes le causara grandes preocupaciones. ¡Qué distinto era el cuidado de fincas y ganados con enemigos y plagas siempre al acecho! Pues el mal para los hombres de tierra adentro puede venir tanto de los hombres como de los elementos.

Vino de esta forma Pedro a confirmar lo que ya en su anterior experiencia como corsario había intuido: que más libertad podía un hombre conquistar a lomos de las olas que en la grupa de un caballo o inclinado sobre un arado, fueran propias o de otros las tierras o los ganados que se cuidaran. El hombre de tierra siempre andaba temeroso de perder lo logrado con tanto sacrificio. El hombre de mar, por lo general, nada posee, por lo que no padece el miedo de perder sus bienes. Cuarenta años había tardado Pedro en comprender esta verdad y ahora que la sabe quiere acabar sus días como mareante, bien de corsario, pescador o mercader, a pesar de los peligros, que los moros son arduos enemigos siempre, en tierra o en mar, y las amenazas no vienen solo de ellos, sino también del propio mar y de sus caprichos. Los temporales azotan con frecuencia, sobre todo en el Atlántico, aunque si uno se limitaba a navegar en temporada podía esperar tiempo bonancible. El viento a veces soplaba huracanado y podía mandar a pique a cualquier nave, hasta la de mayor porte, si su marinería no se aprestaba a cobrar todo el trapo y ponerse al pairo, porque contra el viento del Estrecho no existe artilugio construido por el hombre que pueda luchar.

Mas la nave del genovés en general hizo buenas presas por aquellos años, aunque como ocurría en el corso terrestre, no quedaba mucha ganancia para los del común, pues buena parte del botín se iba en pagar el quinto del duque, las reparaciones y erechas, y la parte del patrón que, además, como buen genovés, cuadraba las cuentas de manera harto extraña, solo comprensible para él y por supuesto siempre a su favor.

De vez en cuando cobraban alguna presa de valía. Una vez capturaron una nave genovesa cargada de almendras con destino a Flandes, que rindió buena ganancia; no cabía protesta alguna de los armadores, pues era consabido que los granadinos vendían íntegramente sus cosechas al genovés Spínola, que disfrutaba en monopolio ese comercio prohibido. Eso sí, el alto beneficio conllevó gran riesgo, porque en esta ocasión Pedro por poco pierde la vida. La nave de Parodi se colocó borda contra borda con la de los italianos y así empezaron a dispararse mutuamente toda clase de proyectiles, aunque por la enorme superioridad de los corsarios, sus virotes y balas acabaron con casi todos los tripulantes del buque genovés. Después de la lucha, los atacantes abordaron la presa con mucha prudencia, en prevención de cualquier treta de los italianos. Agruparon a los hombres de la tripulación en el castillo de popa y arriaron las velas. Después empezaron a transportar el cargamento a su galeota. Cuando ya concluía el trasvase de las mercancías, un marinero italiano surgió de algún escondrijo y le lanzó a Pedro una azcona que casi le atraviesa el pecho, pero una repentina sacudida del barco le hizo errar la lanzada, dando tiempo a que Pedro agarrara una hachuela de abordaje con la que tajó el brazo del genovés y pudo, una vez más, salvar el pellejo.

3. GIBRALTAR 1462

Como corsario al servicio de la casa de Medina Sidonia, el genovés Parodi debía acudir con la hueste señorial cuando se le convocaba, algo que solo ocurrió una vez durante el periodo que Pedro cumplió a su servicio. No se trataba de una simple escaramuza más, sino de una ocasión señalada: el duque acometía el empeño que llevaba años fraguando. La conquista de Gibraltar. Para ello reunió todas sus tropas y aún contrató miles de mercenarios. Todo le parecía poco para poner fin a su pesadilla. Porque el poderoso duque de Medina Sidonia vivía obsesionado por la muerte de su padre don Enrique ante los muros de Gibraltar y ardía en deseos de conquistar la villa y recuperar sus restos, para darles honrosa y cristiana sepultura. Llevaba años planeando la campaña, allegando recursos, buscando el momento propicio. Las agitaciones en Castilla, las pestes y las guerras civiles retrasaron una y otra vez el momento, pero el duque no cejaba. Mandaba avisos continuos a los alcaides de Medina, Vejer, Chiclana y Conil, para que toda información relevante relativa a Gibraltar se le transmitiera de inmediato adonde quiera que en ese momento se hallara.

Por fin, en agosto del año 1462 pareció llegado el momento. El alcaide de Tarifa supo, gracias a un lengua renegado, que gran parte de la guarnición de la villa había salido con su alcaide rumbo a Málaga y que Gibraltar se hallaba desprotegida. Inmediatamente se mandó aviso a Sanlúcar de la buena nueva y desde la sede ducal se alertó a las villas y ciudades de la frontera. El duque ordenó aparejar de inmediato cuantas tropas pudieran reunirse en sus estados, mandando llamar a sus parientes y criados para que se dirigieran a Medina, donde se les sumaron otras gentes llegadas de Sevilla y de Jerez en nombre del rey y de otras villas de la Banda Morisca. Acudieron también tropas de Arcos y Alcalá, mandadas por sus respectivos señores que, aunque enemigos de la casa de Medina Sidonia, no querían perder tan propicia oportunidad de alcanzar fama, gloria y nuevos estados.

Cuando en la galera se recibió la orden de acudir al alarde de todas las huestes terrestres y marítimas del duque, a Pedro se le removieron en la conciencia antiguos fantasmas. No parecía razonable desembarcar o poner un pie en una villa que le traía malos recuerdos y que podría depararle algún encuentro aún peor. Habían pasado los años y de su vida de moro apenas le quedaban vagos retazos de vivencias. Pero en sus pesadillas la angustia por el miedo a ser reconocido y juzgado como renegado nunca cedió. Después de tantos años, probablemente ya nadie le podría identificar en Gibraltar con Idir el esclavo de Mansur, pero el riesgo existía. Además, no quería regresar al teatro de sus peores padecimientos. Por primera vez desde que servía en las naves de la casa de Medina Sidonia, decidió dar una excusa para no acudir al llamamiento y alegando terribles fiebres y garrotillo, mandó aviso al capitán de que le sustituyera por otro.

No tardó Parodi en presentarse en casa de Pedro. El italiano quedó maravillado de la sencillez y el orden que reinaban en el hogar del cómitre, a quien consideraba hombre tosco y de pocas luces, incompatible con la disciplina y pulcritud del lugar. Siguiendo instrucciones de Pedro, Aixa acompañó al visitante hasta la alcoba donde yacía el presunto moribundo. El italiano, después de rechazar el ofrecimiento de un vaso de vino, permaneció en la puerta de la alcoba, de pie, mirando a Pedro fijamente durante un largo rato, que al yacente se le hizo eterno. Después, sin mediar saludo ni comentario cortés alguno, el capitán le dijo:

—Pedro de Córdoba, no sé qué te traes entre manos. Y no quiero pensar en las razones que te mueven, no vaya a ser que las entienda. Pero esta tarde antes de la marea te quiero en la nave poniendo orden en la chusma. Partimos a la puesta de sol.

Perro viejo, buen conductor de hombres, Parodi no cayó en el engaño. Le había bastado mirar a Pedro a los ojos para saber lo suficiente de su dolencia. Antes del ocaso, Pedro ya recorría la nave con el látigo en ristre, haciendo los preparativos oportunos. A la hora prevista, la galera enfiló la desembocadura del Barbate y cuando pasó la barra, viró al sudeste, rumbo al Estrecho.

La nave de Parodi, junto con el resto de la flota, arribó a la Bahía de Algeciras antes de que lo hicieran las tropas terrestres, con la orden de afianzar un cerco naval impenetrable alrededor de la Roca. El duque ordenaba no cejar en el empeño de rendir la plaza, costara lo que costara. Había prometido una enorme recompensa para aquel que recuperara los restos de su padre y al llamado de este premio muchos en la galera del genovés hacían cábalas sobre la manera de apropiarse del preciado cadáver. Incluso alguno ya se había jugado a los naipes las futuras ganancias, dando pie a trifulcas y riñas que Pedro zanjó de manera expeditiva, mostrando bien a las claras a la tripulación que el humor del cómitre se presentaba especialmente viciado esa marea. Y convenía andarse con cuidado si se quería conservar la nariz o las orejas en su sitio.

El capitán sufría la misma fiebre de oro que aquejaba a su tripulación y, con la mirada fija en el horizonte, no dejaba de pensar en la manera de conseguir su objetivo antes que nadie. Tarea complicada, pues las órdenes del duque fueron claras: las naves debían patrullar la Bahía y el estrecho sin tregua, para que nada ni nadie entrara o saliera del puerto de Gibraltar. Solo podía lograrse el trofeo actuando de tapadillo y con prontitud.

El capitán se encerró en el castillete de popa y mandó a llamar al cómitre. Después de servir sendas copas de vino, le ordenó sentarse y empezó a sonsacarle.

—Me han dicho en Vejer, Pedro, que remaste como galeote en la galera del temible Mansur ibn Tasufin, que antes de arder en el infierno regó de cadáveres estas costas y las almadrabas del duque.

Temeroso de las intenciones del genovés, Pedro le hizo un relato sucinto de sus tiempos con los moros, detallando, como solía hacer en estos casos, los tormentos del remo y el horror vivido en las mazmorras de los moros, pero el capitán le interrumpió.

—No quiero que me describas la suerte de los galeotes. Desde los once años he vivido en una galera, así que no me cuentes lo que ya sé. Pero me resulta de interés saber si, en el curso de tu tormento, paraste alguna vez por Gibraltar, si conoces medianamente la plaza. Me he informado de que Mansur ibn Tasufin frecuentaba ese puerto, por lo que igualmente pudiste hacerlo tú; ese conocimiento hoy puede valernos de mucho.

Pedro se quedó sin habla. Intentó responder. La penetrante mirada del italiano parecía verle por dentro. Farfulló, se lamentó, intentaba recordar, decía, pero hacía tantos años… daba rodeos y se quedaba sin argumentos. El genovés volvió a mandarle callar. Ambos quedaron mirándose fijamente, hasta que Pedro bajó la mirada.

—Mira, Pedro, no me cuentes quimeras. Te conozco lo suficiente para valorar tu hombría y tu seso en medio de este atajo de haraganes. A mí me da igual lo que hayas hecho en el pasado, mientras me sirvas bien. De manera que vuelvo a preguntarte y no ofendas mi inteligencia: ¿conoces la plaza? ¿Podrías guiarme en ella? ¿Sabes dónde se guardan los restos del Medina Sidonia? Solo busco la ganancia. De tus culpas, si las cargas, darás cuenta ante el Juez de todos. No soy yo tu juez. Eres un buen cómitre, aunque algo viejo, y la galera navega contigo a suficiente velocidad. Mientras esto siga así, nada has de temer de mí. Pero ay de ti si me traicionas o me engañas. En ese caso sabes que yo mismo te buscaré y te arrancaré la piel, de manera que todavía permanezcas vivo cuando la veas ondear de mis jarcias. Te lo voy a preguntar por última vez… —pero pese a su insistencia, nada claro sacó el arráez de su oscuro cómitre. La aguda mente del italiano intuía que algo escondía, pero no pudo aclarar el motivo de la reserva de Pedro, ni obtener las informaciones que precisaba. A regañadientes le dejó partir, no sin antes advertirle que le tenía puesto el ojo encima.

Mientras la flota de los guzmanes patrullaba las aguas del Estrecho, un ejército heterogéneo, disperso y mal avenido se encaminaba al sur lentamente, por caminos troteros. Pese a la orden de guardar reserva, pronto se supo en toda la frontera occidental lo que pretendía el duque. Moros y cristianos desaparecían de la vista, sabedores de que cuando un ejército se pone en marcha solo cabe esperar daños en el patrimonio y en la honra de las doncellas.

Al llegar a Gibraltar, buena parte de los efectivos habían desertado. Muchos tomaron la soldada pagada por anticipado y decidieron ir a gastarla sin poner en riesgo la vida. Otros consideraron que el papel que se le había dado en la comitiva no casaba con su rango o el de su familia y desistieron de acudir a una batalla para abonar la honra de los Medina Sidonia. Aun así, la poderosa hueste conservaba suficientes efectivos para someter a la plaza a un cerco que se pretendía definitivo. Y entonces, como siempre ocurría en estas situaciones, los días se alargaron en labores tediosas de vigilancia, solo interrumpidas por algunas escaramuzas llevadas a cabo sin mucho entusiasmo ni convencimiento, pues pronto se confirmó que los gibraltareños no disponían de hombres ni de recursos suficientes para aguantar un largo asedio y que no podían esperar refuerzos. Tanto los moros de Granada como los del África andaban guerreando entre ellos y aunque la pérdida de Gibraltar conllevaría un grave quebranto para el islam, todos consideraban más urgente acabar con sus enemigos internos.

Desde la galera del genovés, Pedro vio cómo iban llegando las distintas huestes, que conformaban alrededor de la muralla de Gibraltar un campamento heterogéneo. El capitán Parodi no cesaba de buscar una manera de desembarcar en la plaza antes que nadie para apoderarse de los restos del guzmán. Pero por mucho que indagaba, no hallaba la manera de lograr su propósito, ocupado todo el día en maniobras náuticas con la nave, patrullando una y otra vez la Bahía y el Estrecho para impedir que pudieran llegar socorros a los sitiados. Sabía que el tiempo jugaba en su contra, pues cuando la plaza se rindiera, las tropas terrestres la ocuparían. Su única oportunidad radicaba en conseguir el cadáver antes de que la villa cayera, ya fuera robándolo, lo que resultaba muy arriesgado, o mediante soborno. No perdía ocasión de aleccionar a Pedro para que buscara la manera de hacerse con el cuerpo del guzmán, pese a que este le reconvenía para que no se obcecara con esos ensueños y buscara la ganancia como siempre, al abordaje o comerciando.

Pedro no quería desembarcar en Gibraltar. Intentó convencer a Parodi de lo arriesgado de la apuesta, de la que podían salir sin vida y sin honra, si en la hueste se sabía que andaban en tratos secretos con los moros. Además, cuando habían de varar en alguna playa, siempre se las componía para lograr que fuera en alguna de las más alejadas.

Una de esas noches de varada, la tripulación de la galera se encontraba asando unas sardinas en la lumbre y se acercó un viejo desdentado, de los que acompañaban a las huestes portando los pertrechos y las provisiones. Cortésmente les pidió una sardina con un trago de vino y que le dejaran calentarse un poco en la lumbre. Parodi ordenó que le entregaran dos pescados sobre un gran pedazo de pan de centeno y un cuartillo de vino y le invitó a sentarse al fuego con ellos. Identificándose como Diego Espartero, de Chiclana, el viejo empezó a contar anécdotas y chanzas divertidas que entretuvieron mucho a los presentes. Pero la atención del genovés se aguzó cuando le oyó contar que él formó parte de la hueste de don Enrique de Guzmán, cuando atacó Gibraltar en el infausto año de 1436.

Quiso Parodi saber más de ese asunto y con añadidura de vino y comida sonsacó al viejo, que se mostró encantado de hablar.

—Yo era entonces muy mozo, de no más de catorce años, pues mi barba aún ni apuntaba, y servía como peón en la hueste del alcaide de Chiclana, don Beltrán Enríquez. A sus órdenes permanecí en Gibraltar durante toda aquella nefasta campaña y presencié de primera mano los hechos que ocurrieron y la muerte de don

Enrique. Me encontraba en la playa justo en ese momento, ayudando a los caballeros a entrar y salir de las fustas y las barcazas, maniobra harto complicada al ir cargados con tanto hierro, que fue gran temeridad acometer esa guerra marina tan trabados de aparejos. Don Enrique llegó a la bahía por mar, con su flota compuesta de muchas fustas, galeas y galeotas, que portaban más de dos mil hombres, muchos de ellos caballeros. En tierra esperaba su hijo, el actual duque don Juan, quien con otros dos mil caballeros y tres mil peones cercaba la villa. Tal como llegó don Enrique, descendió de su galea, con buena parte de los caballeros principales que le acompañaban, en la playa que se encuentra justo al lado de la puerta de la Mudarra. Grave error de cálculo, pues esa playa desaparece con marea alta. Don Enrique, por falta de previsión, bajó a tierra con sus caballeros, todos aparejados para la batalla, cargados de hierro, en el lugar equivocado. Tal como descendieron, empezaron a escaramuzar con los moros, que desde las murallas les arrojaban gran cantidad de lanzas y saetas, pero sin mucha convicción ni saña. Sabedores de que la marea subiría pronto, entretenían con argucias a los cristianos y con la pleamar empezaron el contraataque verdadero, lanzándoles todo lo que tenían a mano: saetas, piedras, azagayas... Trabados en la pelea, los cristianos no se percataron de que la crecida de las aguas estorbaba sus movimientos, y cuando quisieron volver a sus naves ya no lo lograron. Muchos cayeron allí mismo, ante el regocijo de los moros que andaban haciendo apuestas a ver quién ensartaba más cristianos. Don Enrique, ayudado por sus escuderos, pudo ganar una nave y alejarse de la muerte con unos pocos caballeros, pero al ver que otros habían quedado en la playa, a merced de los gibraltareños, hizo volver la galea y saltó de nuevo a tierra para contraatacar. La marea siguió subiendo y don Enrique tuvo que volver a su galea entre grandes juramentos. Ya habían puesto proa al otro lado de la bahía, buscando resguardo, cuando reparó don Enrique en que una buena cantidad de caballeros andaban pidiendo socorro a grandes voces, a pique de ahogarse, por lo que ordenó al patrón de la nave que se dirigiera a rescatar a los que en tan penoso trance se encontraban. Allí llegados, los de la galea desplegaron grandes esfuerzos por subir a bordo a los que se encontraban en el mar y subieron tantos que, al final, el buque no pudo aguantar el peso y se hundió en la bahía, muriendo el conde y todos los que con él se hallaban.

El viejo traía hambre atrasada pues mientras hablaba no paraba de comer con voracidad, tanta que, en un descuido, se atragantó con una espina de pescado, así que debió ayudarse con más vino para seguir con el relato que tan absortos mantenía a sus escuchantes.

—Gran torpeza cometió el conde. Primero, acometer a los moros nada más llegar, sin pararse a analizar la situación y ver las posibilidades. Y, sobre todo, pelear en el mar y en la playa ignorando las cosas del océano, especialmente algo tan básico como sus crecientes y sus menguantes. Solo con esperar seis horas, hubiera dispuesto de otras seis para pelear hasta saciarse. Ahora comprendo la obsesión del duque por contratar a su servicio a expertos mareantes y gentes sabedoras de las ciencias del océano. Pues otro hubiera sido el resultado de aquella jornada de haber contado con los consejos de gente de mar. Lo que os cuento lo presencié yo mismo, con estos ojos, que aunque hoy ya fallan, entonces servían como los mejores. No os digo lo que me contaron, porque las noticias, tal como se divulgan, suelen exceder de lo que realmente ha sabido uno de ciencia cierta o visto con sus propios ojos. Y así ocurrió. No puedo decir lo mismo de lo que se refiere al cuerpo de don Enrique…

Se hizo un denso silencio. Todo lo relativo al más famoso cadáver de la raya constituía asunto de negocio, no simples comidillas de campamento para matar la curiosidad: muchos dineros andaban en liza, por lo que Parodi ordenó que dejaran de proporcionarle vino al viejo. Debían saber más del asunto, recabar detalles sobre el paradero del cuerpo del guzmán.

El viejo, lanzando miradas de reojo a la bota de vino que ahora había dejado de manar, se mostraba reticente. Temía haber pecado de imprudencia y prefería dejar pasar la cuestión. Pero la hosquedad repentina de sus acompañantes le mostró que no podría salir de allí sin dar una explicación a sus últimas palabras, de modo que, a cambio de otro cuartillo, dio rienda suelta a su memoria:

—Pues ocurre que don Enrique se hundió a la vista de todos y que nadie vio que rescataran su cuerpo. Por ello no puede saberse con seguridad si los restos que hoy penden de una jaula en los muros de Gibraltar son los de don Enrique. Los moros así lo afirman y los cristianos lo dan por cierto. Pero yo... no sé, el cuerpo se hundió en aguas no muy profundas, aunque sí de al menos seis o siete codos de profundidad y en esta zona del estrecho las corrientes arrastran con fuerza los bultos más pesados. ¿Quién sabe si los moros lograron recuperar el cuerpo? Yo mismo pude ver que don Juan, el duque, tal como vio zozobrar la galea donde navegaba su padre montó en un bergantín y acudió a socorrerlo, pero cuando llegó nada pudo hacer pues ya se había hundido. En ese momento intentaron recuperar el cuerpo, pero no lo lograron. Los moros, además, seguían hostigándonos y recibiendo ayuda de África y de Granada, por lo que no hubo más remedio que levantar el cerco.

De nuevo se hizo el silencio alrededor de la hoguera: la información parecía buena, pero poco conveniente. No servía a nadie sembrar dudas sobre la identidad del cuerpo que pendía de las murallas de Gibraltar, con cuyo rescate todos los presentes pretendían alcanzar la prosperidad de por vida. Por ello no se habló más del asunto. El viejo siguió con su relato.

—El duque, desolado, regresó a la costa, jurando no poner nunca más pie en un navío. Tomó a sus caballeros y a su hueste y, por tierra, nos dirigimos al norte con presteza. Sin parar, en una jornada y media, llegamos a Vejer, donde nos acogimos para reparar fuerzas y restaurarnos de nuestras heridas y fatigas, más del ánimo que del cuerpo, pues mucha pena y desconsuelo llevaba la hueste. Porque don Enrique era muy querido y excelente señor, bondadoso, cortés y muy gracioso con todos. Siempre gran gastador, con su casa poblada de caballeros principales que se regalaban a su costa. Pero también los del común nos beneficiábamos de su largueza, pues no pasaba día sin que don Enrique repartiera a manos llenas dineros y otras riquezas. Las gentes le amaban porque en su tiempo estaban seguros los caminos, eran raros los desórdenes y desapareció la injusticia en sus dominios. Así que no debe extrañar que esos días que pasamos en Vejer fueran de gran duelo. De toda España llegaron misivas y condolencias, hasta del propio rey don Enrique, gran amigo del conde. Y muchos nobles se acercaron a Vejer para reconfortar a don Juan. Pero nada podía consolarle y mucho menos cuando se supo en Vejer que los moros decían haber recuperado el cuerpo de don Enrique y que lo habían metido en un ataúd de hierro que después colgaron de las almenas de la alcazaba, encima de la puerta de la Barcina. De nada sirvieron los ruegos de don Juan: los moros no se lo quisieron dar a ningún precio, sabedores del gran daño que a la honra de la casa de Medina Sidonia le hacía tan gallardo trofeo. De ahí viene la determinación de don Juan de tomar la plaza, pues allí mismo juró en presencia de testigos, no de mí, sino de señalados caballeros, tomar venganza de los moros traidores y recobrar Gibraltar para Cristo, o morir donde su padre murió. Y desde entonces, se dice que don Juan se ha vetado a sí mismo el bienestar y la alegría y por sus graves sufrimientos se le ha agriado el carácter, antes bueno y apacible, y no pierde oportunidad de atacar a los moros, sin temor a las heridas, pues la más grande la lleva en el corazón.

Desde la charla con el viejo, los ánimos del genovés se enfriaron. Comprendía ahora lo arriesgado y absurdo de su apuesta, así que se aplicó a su tarea, buscando al menos asegurarse una parte del botín. Pedro por fin respiró tranquilo, pues ya se veía escapando de este aprieto sin poner un pie en Gibraltar.

Sus esperanzas se confirmaron cuando una mañana contempló cómo ondeaban al amanecer, en lo alto de la ciudadela, los pendones de la casa ducal. La villa había caído y otro sin duda aprehendió los restos de don Enrique ganando la recompensa, mas no se supo en la galera quién había podido ser. Sí llegaría a saberse, días después, que cuando don Juan ganó Gibraltar a los moros puso los huesos de su padre en una rica caja de madera cubierta con un paño de tela de oro y que los colocó en una capilla en la Carrahola, la torre del homenaje y la principal del castillo de Gibraltar. No quiso mudar los huesos del conde para llevarlos a enterrar a Sevilla, donde yacían sus antepasados, sino que prefirió dejarlos allí en memoria de su honorable muerte. Y allí han estado desde entonces y son venerados, pues con ellos se tomaba homenaje a los alcaides de Gibraltar, a los que se les demandaba que jurasen sobre esos restos que no los entregarían ni consentirían que de allí se sacasen.

Por fin retornó la galera a Barbate, pues aunque parte de la flota ducal quedó acantonada en Gibraltar, la temporada de la chanca se acercaba y debía Parodi contribuir a la defensa de las almadrabas. Cumpliendo las órdenes llegadas desde Sanlúcar, la nave emprendió rumbo al norte, a sus cometidos habituales, con gran alivio de Pedro y grave enojo del italiano, dado que había sido mucho el trabajo y al final no se repartió botín, debiendo contentarse todos con la magra soldada. Durante el viaje de regreso, Pedro observó cómo de vez en cuando el genovés lo miraba de reojo con semblante enfurecido. Desde esos días, la suerte de Pedro en la galera empeoró y mucho tardó en recuperar la confianza del capitán.

4. EL FINAL DEL CORSARIO 1466

Pese a todo, a los sucesos de Gibraltar le siguieron algunos buenos años. Pedro se encontraba otra vez desempeñando un oficio arriesgado, pero lucrativo, y entre botines y soldadas, su patrimonio se incrementaba. Por misterioso designio divino, escapaba ileso de los grandes peligros a los que el destino le enfrentaba. Se preguntaba si acaso el Todopoderoso tenía algún plan por venir aún para él. ¿Por qué lo mantenía aún sobre la tierra, cuando sus huesos deberían llevar ya años blanqueando las sierras de Ronda, o alimentado a los peces? Nada sabía, nadie sabía. Solo podía acometer la lucha de cada día, agradeciendo como una victoria cada vez que llegaba vivo a la noche.

Pedro ya cargaba años como para saber que más valía no confiar en la estabilidad de la suerte que hoy te levanta henchido de vida, sueños y confianza, para hundirte mañana en la desesperación, la indefensión y las peores soledades. Morimos de un día para otro. Si la vida es un soplo, la suerte es apenas una brizna delgadísima que ese soplo nos deja a veces sentir, una promesa de felicidad brevísima, imposible de retener por mucho que nos afanemos. Por eso ahora, entregado, ya solo aspiraba al instante. Quería gozar de cada comida, de cada noche con Aixa, del calor del sol, del sopor del vino, de su esforzada libertad y hasta del aguijón de la memoria de sus días pasados, porque cualquiera de esos pequeños placeres podía ser el último. Todos los hombres que hasta ahora habían venido compartiendo su ventura habían muerto ya; hasta el alcaide Amaya, alanceado hacía unos meses por unos moros, cerca de Casares.

Pese a sus intentos, le resultaba ya imposible ocultar a los otros el desgaste de sus fuerzas y de sus capacidades y lentamente sentía cómo el respeto y el temor que inspiraba iban mermando. Comenzó ahora para Pedro una batalla nueva, perdida de antemano, contra su decadencia física. En una galera corsaria solo sobreviven los fuertes, porque los menguados constituyen ante todo un estorbo; en un espacio tan restringido se puede transportar una cantidad de comida y agua muy pequeña, la precisa para unos pocos elegidos por sus cualidades guerreras y su aguante físico. Aunque sabía que sus días a bordo estaban contados, buscaba la manera de mostrarse útil con cometidos de menos esfuerzo y más seso, a fin de prologar su cosecha de botines. Al menos, hasta que pudiera lograr el patrimonio suficiente como para afincarse en tierra, en alguna labor de provecho que le permitiera acabar sus días lejos de la menesterosidad que, bien lo sabía, solía esperar a los marinos viejos. Pedro los había visto muchas veces en los muelles de Barbate, desdentados, acechando con la mirada perdida mientras se armaban o calafateaban los buques, a la espera de que les cayera un cacho de pan cenceño o un cuartillo de vino. Muchos morían derrengados sobre un manojo de cabos viejos y sus restos que nadie reclamaba servían de pasto para las gaviotas durante varios días, hasta que los zagales aburridos arrojaban al río los huesos blanqueados por el sol.

Ni siquiera temía ya que lo reconocieran en la costa. Habían pasado tantos años y había cambiado tanto su aspecto, que esa posibilidad resultaba cada vez más remota, sobre todo ahora que a Gibraltar la vaciaron de moros. Los posibles testigos de su traición que quedaran vivos andarían desperdigados por la vastedad del mundo, así que fue perdiendo cuidado sobre este particular, aunque se celaba mucho todavía de no alcanzar fama o renombre, como el que tuvo antaño en Vejer como adalid. Ahora era, y seguía queriendo ser, simplemente el cómitre de la nave del genovés. Un marino experto, callado, eficiente, limitado a cumplir órdenes y a acomodarse a los cambios que la vida impone, o a esquivarlos lo mejor posible, como intenta hacer ahora con las malditas ballestas de trueno.

También en las naves del duque empezaban a implantarse estas armas, pues bien sabían en Sanlúcar que pronto solo los corsarios que las portaran podrían perdurar. Esta pericia escapaba a la ciencia de Pedro, siempre fiel a sus ballestas de madera, hierro, cuerda y hueso. No se fiaba de las armas de fuego; había visto a muchos perder el rostro entre estallidos y humos. El genovés, hombre de mundo y corrido, caló este miedo de Pedro y vio llegada la ocasión de deshacerse de él. En la primera ocasión relegó a Pedro como cómitre y nombró en su lugar como segundo de a bordo a un florentino de nación, perito en cañones, culebrinas y espingardas. Como simple marinero, decreció su porcentaje en los botines. Aunque siguió siendo para él un buen negocio correr las aguas, este nuevo giro reforzó su convicción sobre el pronto final de sus días como corsario marítimo. Sabía también que los años le volvían cada día más lento y más torpe y pese a que su malicia de perro viejo le capacitaba para anticiparse con frecuencia a los golpes del otro, veía claramente peligrar su vida en cada abordaje, en lances de los que antaño salía airoso con oficio y poco esfuerzo. Tenía muy presente la necesidad de hallar una salida apropiada, mas nunca encontraba el momento oportuno para desembarcarse, porque la vida en tierra también rebosaba de incertidumbres y peligros, mientras que a marinería ya se había habituado. Quizás fuera este el legado de Lucía: el miedo a las mudanzas.

En vista de su indecisión, la vida resolvió por él, una vez más. Ocurrió cuando tomaron al asalto la nave de Simone Cattaneo, pirata genovés como su patrón, que militaba en el bando de los nazaríes. Siendo ambos patrones buenos conocedores de las tretas al uso, cuando sus naves se encontraron frente a frente, decidieron acometerse sin muchas maniobras o requiebros; borda contra borda, las tripulaciones descargaron toda su munición y se lanza- .

ron los garfios de abordaje, para dar paso a un sangriento zafarrancho cuerpo a cuerpo.

Pedro ya había disparado todos sus virotes. En la guerra marítima, la ballesta solo ofrece utilidad cuando las naves se acercan una a otra, para tratar de abatir en la distancia a los enemigos. Pero cuando se produce el abordaje y se traba combate en el estrecho puente, no cabe usar la ballesta, pues en la confusión se corre el riesgo de matar a los del propio bando. En tales lances, con la ballesta en bandolera, Pedro echaba mano de su cuchillo o empuñaba un martillo de guerra, ya que nunca supo darle un uso adecuado a las espadas, sobre todo en el restringido espacio del puente, donde no hay modo de maniobrar. La espada era arma propia de caballeros, que la usaban desde zagales, y él, Pedro, el villano, el montaraz, adalid de la frontera y corsario de fortuna, resultaba más peligroso con el cuchillo o la maza, y bien probado quedó esto aquel día, cuando un enorme marinero genovés se le acercó corriendo con un sable, buscando abrirle la cabeza; con un brinco, evitó la hoja que silbó en el vacío mientras él descargaba el pico del martillo en el cráneo del italiano, con tanta fuerza, que el atacante murió antes de tocar con su cuerpo la cubierta de la nave.

Pero el pico quedó tan hondamente anclado en la cabeza del italiano que ni haciendo palanca con las piernas pudo recuperarlo. Hubo de dejarlo por imposible, porque otro genovés se le acercaba cuidadosamente por la espalda. Pedro pudo verle casi de reojo, se volvió y de un tajo intentó abrirle la garganta con una cuchillada, pero marró el tiro. Su vista le fallaba o quizás erró el cálculo de las distancias. Esa maniobra la había ejecutado con éxito cientos de veces, en la tierra y en la mar, salvando su vida y llevándose la del otro. Ahora sin embargo era la suya la que corría peligro mortal, porque el italiano le agarró fuertemente la mano del cuchillo y se echó sobre él, dando ambos sobre la cubierta. Quedó Pedro con su espalda contra el maderamen y el italiano acuclillado sobre él: apenas tuvo tiempo de ver cómo levantaba un sable. Cerró los ojos esperando el definitivo golpe.

5. COMERCIO Y FORTUNA

Cuando recuperó el conocimiento, Pedro se encontraba solo, tirado en el jergón de su choza y tapado con unas toscas mantas de arpillera. El simple parpadeo le causaba daño; se palpó con cuidado todo el cuerpo con las manos y vio que no le faltaba ningún pedazo. Tampoco encontró rastros de heridas recientes, salvo en la cabeza, toscamente vendada y muy dolorida.

Sentía una sed terrible, pero cuando trató de levantarse un fuerte mareo le hizo desistir. Tumbado de nuevo de espaldas en el jergón, llamó a gritos a Aixa, que no acudía.

Después volvió a quedarse dormido y cuando recuperó la conciencia ya había caído la noche. Seguía de espaldas en el jergón y al volver la cara vio la espalda de una hembra que agachada frente a la lumbre parecía andar al cuidado de algún guiso. Cuando la mujer se dio la vuelta, distinguió al contraluz la silueta conocida de Aixa. Pidió agua y la esclava le acercó una jarra, le ayudó a incorporarse y, siguiendo las instrucciones del maestro de llagas, le dio de beber poco a poco, con mucho cuidado, en pequeños sorbos. Confortada su sed, volvió a quedarse dormido.

A la mañana siguiente, consiguió levantarse con los miembros molidos y logró dar unos pasos hasta la puerta de la choza. Se sentó al sol, sobre el tocón de un árbol y llamó a Aixa para preguntarle sobre lo que había pasado y cuántos días había estado inconsciente. La esclava se limitó a encogerse de hombros y negar con la cabeza, farfullando algo en su lengua morisca. Hablaba un dialecto, seguramente bereber, que Pedro desconocía, y parcamente podía expresarse en un árabe muy tosco. Pedro le repitió la pregunta en esta lengua, pero tampoco obtuvo respuesta. Preguntarle a Enrique era inútil, por lo que, hasta que no pudiera ir a Barbate, quedaría sin respuestas.

Salió de dudas esa misma mañana. Acudió a su choza Ramón Montaner, un catalán que actuaba como mayordomo del genovés, para darle su parte del botín de Cattaneo.

—La presa fue buena, pues la nave del italiano amigo de los moros, que salió de Almería con destino a Valencia, iba ricamente cargada. Obtuvimos... —el catalán sacó de su faltriquera unos pliegos y se puso a leerlos— un botín que ha montado diez mil sueldos de moneda real de Valencia, de los que os tocan veinte sueldos como parte de la presa y otros tantos como erecha. Una buena suma. Suficiente como para pasar una temporada en tierra sin cuidados ni trabajos.

Pedro pidió al mayordomo los detalles de su herida.

—Al parecer, os dieron un sablazo en la cabeza, pero la debéis tener muy dura, pues no se rompió el hueso, ni se salieron por la herida los sesos ni otras vísceras. Pero sufristeis un corte feo y profundo, que sangró con profusión. El atacante os dejó por muerto y así lo creyeron también vuestros propios compañeros, aunque el patrón mandó que no os echaran por la borda, como hubiera sido lo corriente, sino que esperaran a llegar a Barbate para que os viera el maestro de llagas. Ya en puerto, el físico os sajó, os sacó los malos humores y os vendó la herida. El patrón dispuso que os trajeran a vuestra casa y, que si sobrevivíais, se os diera vuestra parte del botín. Aquí la tenéis.

Montaner le entregó un saquillo con los cuarenta sueldos. Pedro los sopesó, pensativo. Pese a todo, el genovés le había salvado la vida. También entre los ligures se encontraban buenos cristianos.

—Sois hombre afortunado, Pedro. De milagro estáis vivo. Debéis dar gracias a Dios. El genovés me manda que os diga que agradece mucho los servicios que le habéis prestado estos años. Si lo deseáis, seguiréis teniendo un puesto como marinero en su nave. Pero su consejo es que dejéis el corso y busquéis tareas más propias de la edad. Ya no sois hombre joven. Esta vez habéis escapado, de milagro. La próxima vez puede que no os acompañe la suerte...

Quiso Pedro ver en el sable que le había partido la cabeza un instrumento del destino y en su herida uno de esos cambios que mandaba la Providencia como señal. Y sin pensar más contestó al catalán.

—Tenéis razón, Montaner. Tenéis mucha razón. Os agradezco vuestra gestión y os ruego que le digáis al capitán Parodi que siempre estaré a su servicio. Le debo la vida. Una deuda que nunca podré pagarle. Pero acepto su consejo: me quedaré en tierra.

—¿Sabéis ya a lo que vais a dedicaros a partir de ahora? Si queréis, puedo daros consejo para invertir vuestros dineros en actividades de corso. En la propia nave del genovés…

—No, amigo, no. El corso ha acabado para mí. En realidad llevaba meses pensando retirarme, pero nunca veía la ocasión. Sé que la muerte me ronda y que me espera en cada marea. Con este último botín creo que mi patrimonio, aunque modesto, monta lo suficiente para permitirme alguna inversión de provecho en algún negocio marítimo, pero debo reflexionar cuidadosamente No quiero equivocarme y perder mis dineros en la primera marea.

Por esta época Vejer era ya un puerto comercial importante, estratégicamente situado cerca del Estrecho. Su aduana rentaba buenos dineros al duque, pues por el muelle entraba gran cantidad de paños, sedas, lienzos y tafetanes camino de las alcaicerías castellanas, y salían los productos que exportaban los lugareños: ganado, cuero y miel. El puerto comercial se encontraba situado río arriba, donde se estrechaba el cauce, próximo al arrabal de la Barca, famoso por su mesón, donde se podían degustar delicias moriscas y de ultramar desconocidas tierra adentro. Contaba además esa aldea con dos molinos de agua que trituraban buena parte del trigo de la zona y rentaban no poco a las arcas ducales. Allí decidió mudarse Pedro, lejos del bullicio del puerto pesquero y militar, y compró en la Barca una casa de buena factura, con terrenos de huerta.

El resto de su capital lo invirtió en armar una nave pequeña, que a veces usaba él mismo para comerciar desde Ayamonte hasta Tarifa y otras arrendaba a cambio de un flete, para que la usaran y aparejaran otros a su propio riesgo. Los senderos del sur del Reino de Sevilla ofrecían tantos peligros, con sus abundantes zonas boscosas y de marisma, que resultaba mucho más seguro y rápido transportar las mercancías por mar que por tierra. Las cinco leguas lineales y llanas que mediaban entre Chiclana y Santa María del Puerto se convertían en realidad en veinticinco o más, de tantas vueltas y revueltas como la recua debía dar para evitar los pantanos. Y, además, un mal paso podía conllevar la pérdida de la mula y su carga, cuando se hundía hasta las corvas en el finísimo fango mortal de la marisma. Por eso casi todas las mercancías viajaban por mar, de manera menos arriesgada y menos costosa también, evitando además los peajes y portazgos.

El transporte de vino, trigo, aceite y sal, bienes siempre necesarios en las chancas del duque, producía buenos beneficios. Una vez Pedro se arriesgó incluso a llegar hasta Almería, con grave peligro y mucha ganancia, para llevar a Sanlúcar un gran cargamento de valiosa pimienta y otras especias que afluían a tierra de moros en caravanas desde las tierras del lejano Oriente. Pero con frecuencia sus travesías se limitaban a remontar el Guadalete o el Guadalquivir, para traer vino de Sevilla, Córdoba, Sanlúcar o Jerez a las costas del sur. Por regla general, navegaciones de cinco o seis días: uno o dos para llegar desde Vejer hasta Sanlúcar, los otros dos que tomaba el viaje de Sanlúcar a Sevilla, y otros dos más que se necesitaban para llegar desde esta a Córdoba. De Barbate a Jerez raramente se tardaba más de dos días.

No por ello desdeñaba por completo la práctica del corso. Como en todos los mares, y aún más en el Estrecho y Alborán, la tenue línea que separaba el corso del comercio se traspasaba en uno u otro sentido con naturalidad, según se presentaran las circunstancias. Pero con el pasar de los años, la actividad comercial de Pedro se incrementó, en detrimento de la corsaria. Ya solo se decidía a acometer empresas de resultado garantizado, aunque rindieran poco; la mayor parte del tiempo se dedicaba a transportar pacíficamente mercancías y a defenderse de quienes trataban de quitárselas.

Cuando la temporada no permitía la navegación, Pedro traficaba con bizcocho, harinas, cebada y vino, con pertrechos de guerra y con todas las labores de avituallamiento que precisaban las naves antes de hacerse a la mar. También adobaba de vez en cuando una ballesta, aunque de esto no hacía negocio, pues requería de mucho tiempo y materiales muy caros: la época de las ballestas parecía haber concluido ya.

Con estos negocios Pedro logró una más que mediana prosperidad. Como numerosos habitantes de Vejer, invirtió los excedentes de su fortuna en ganado, que comía en los pastos comunales y dejaba al cuidado de un nuevo esclavo adquirido en Tarifa, Yusuf.

También compró unas aranzadas de tierras de panes, en las cercanías de Medina, que cedió en arriendo y le rentaban bien, gracias a la terrible alza del precio del pan, debido a las trabas que se ponían para el cerramiento de las fincas, ante la prioridad absoluta que para todos suponía el ganado. En esta tierra, siempre falta de pan, la mayor parte del trigo debía comprarse fuera, a gran coste.

Parte de sus ganancias las confiaba a un agente judío, Abraham Sobrino, al que había designado como personero en todos sus negocios. Él invertía en su nombre en diversas actividades y, tras detraer su comisión, le devolvía los rendimientos y el capital. Desde sus tratos con Judit y su familia, a Pedro lo conocían en Vejer como «el amigo de los judíos», más como insulto que como elogio, pero esa amistad, lejos de incomodarle, rentaba a Pedro buenos dividendos. Tampoco tenía problemas en tratarse con judíos conversos, sobre todo en la taberna de José de la Cruz, marrano él mismo, donde acostumbraba a degustar los platos a los que tanto se aficionó en Salé. Algo le atraía a este sitio, aunque Pedro no sabía bien qué. De ordinario se sentaba a comer o a beber sin hablar con nadie. Gustaba de escuchar las conversaciones de los parroquianos, sobre todo de los más viejos. Sus vidas acumulaban una sabiduría milenaria que rompía a veces en forma de romances, poesías o jarchas. Un día en que se encontraba casi adormecido, se sobresaltó de pronto al escuchar unas frases conocidas:

Hombre bienaventurado
nunca nació jamás
sino aquel que no tiene
aspiración de valer más

Bruscamente preguntó al ciego que recitaba en ese momento.

—Dime, ciego, ¿sabes quién es el autor de esas rimas?

El ciego agitó su escudilla y cuando sintió caer la moneda le contestó.

—Esto que canto son los *Proverbios morales*, del muy sabio Sem Tob de Carrión, amigo y consejero del rey don Pedro, mal llamado el Cruel, que fue gran amigo de los judíos.

Algo semejante le decía continuamente su añorada Lucía. Él le decía, sin llegar a hacerse entender, que no es querer ser más de lo que se es, pero tampoco menos de lo que se podría. Y el caso es que acercándose al umbral del medio siglo, el antiguo adalid, el niño expósito que un día salió de Córdoba sin nada, se encontraba ahora dueño de una buena hacienda, mareante modesto pero próspero. Durante unos años pudo disfrutar con tranquilidad de los goces simples de la vida, sin mayores ambiciones, dándose cada vez más al descanso. No disfrutaba de alcurnia, ni de reconocimiento social, ni ya lo pretendía, algo por lo demás fuera de su alcance considerando su origen oscuro y bajo, su vida en tierra de moros, su amistad con los judíos y su dedicación a las infamantes tareas comerciales, impropias de caballeros y hasta de cristianos, como todo el mundo sabía en las Españas. Todo ello le colocaba en una escala social muy baja. Pero los tiempos en los que ambicionó casar y afincarse como villano acomodado, como caballero de cuantía, en Vejer, habían pasado.

Pero aunque se relacionaba poco con sus semejantes y sus únicas charlas eran las de taberna, Pedro se esforzaba por sentirse miembro de la comunidad cristiana, la única forma de trato social a la que no había renunciado. Como resultaba común entre los corsarios y pescadores de Vejer, Pedro hacía ofrendas periódicamente en la iglesia Mayor, la parroquia de San Salvador, la principal de la villa, que antes fue mezquita aljama. Participaba en todos los cultos de prescripción y hacía también frecuentes novenas y penitencias. Tanta piedad despertaba el recelo de los vecinos, dispuestos siempre a averiguar las culpas que querían pagar los penitentes asiduos.

Sin embargo, la piedad de Pedro, por primera vez en su vida, era sincera. Qué había originado esa tardía conversión, ni él mismo lo sabía. Ni siquiera se lo preguntaba. Se limitaba a seguir el impulso que le nacía de dentro y a aceptar como gracia el calor reconfortante que alguna vez obtenía en su recogimiento. Con cierta compasión, reflexionaba sobre las paradojas de su vida: siempre había estado huyendo, con miedo, dedicado a la guerra guerreada en mar o en tierra, causando mal a cristianos y paganos, arrebatándoles sus vidas y sus bienes, pensando que no disponía de otra opción, que la cabalgada era su única manera de estar sobre la tierra, por no saber ni poder ganarse la vida en otro oficio. De esta forma acumuló y perdió riquezas una y otra vez, sin hallar la manera de asentarse definitivamente. Y ahora, en su nueva vida de comerciante, sin apenas obligación de empuñar las armas, le había llegado por fin la bonanza y el buen asiento. Aunque con ello también se agravaron los remordimientos que creía superados y sin embargo reaparecían nuevamente y le reconcomían el alma; por las noches se le aparecían los rostros de muchas de sus víctimas, anónimas o conocidas, sobre todo, el del mancebo Benavides, que seguía implorándole clemencia y llamando a su madre. Pensaba que sin duda esos dolores de conciencia se debían a la proximidad inexorable de la hora suprema, del momento sagrado de comparecer ante el Creador.

Pedro se planteó confesar sus culpas. Sobre todo su traición, pues en realidad desconocía qué consecuencias últimas le acarrearía ese asunto en la contabilidad del alma. ¿Se habrían borrado las aguas del bautismo? ¿Podía considerarse de verdad cristiano, habiendo adorado a Mahoma? Nunca había fiado del secreto de confesión, por eso jamás se atrevió a ponerse a bien mediando la Santa Madre Iglesia, pues consideraba seguro que la salvación de su alma vendría de la mano del daño para su cuerpo mortal. Ahora, a sus años, con el cuerpo dolorido por las heridas y las humedades y el alma afligida por mil llagas aún más dolorosas, comprendía la urgencia de arreglar cuentas con el Altísimo e implorar sinceramente Su perdón.

Paso tan grave no podía darse a la ligera, ni con cualquiera. Fue recorriendo las iglesias de la zona y estudiando a los curas y párrocos, en busca de un alma limpia que supiera valorar desprejuiciadamente sus malos caminos. Pasado un tiempo, encontró en un cura de Chiclana, párroco de su iglesia mayor, don Amable Morán, a la persona apropiada para sacarle la ponzoña del alma. Don Amable Morán había llegado a la Banda Morisca no hacía mucho, desde su Huesca natal y, de inmediato, se había ganado fama de santidad en la comarca con su buen talante, su generosidad y su piedad. A diferencia de otros curas que venían de las Tierras Viejas, no trataba con desprecio a los fronteros. Mientras otros de su misma procedencia lucían altanería y orgullo de casta, él desplegaba una inacabable compasión. Y lejos de querer perpetuar en las Andalucías los usos y costumbres del Pirineo, don Amable abrazaba gustoso las maneras del sur, y mucho se aficionó incluso a ellas, cuidando siempre de la salud de su rebaño, con el que se mimetizaba todo lo que podía, que era mucho, pues ya parecía más andaluz que muchos de los que aquí habían nacido.

Un sábado de buena mañana, Pedro montó en su mula y se dirigió a Chiclana. Antes del almuerzo entró por las puertas de la villa y se dirigió a la iglesia mayor, que en su momento fue una enorme mezquita y hoy acogía entre sus ruinas una modesta parroquia. Encontró al párroco afanado en obras de albañilería, pues don Amable se había empeñado en reparar los desastrados muros y techumbres de su templo, y se ofreció a echarle una mano. Buena parte de la jornada la pasó Pedro ayudando al cura con cales y cantos, sin darse otro reposo que un modesto almuerzo a la sombra de una higuera. Por encargo de Pedro, un zagal les había traído una bota de vino, un enorme pan blanco y redondo y dos libras de chicharrones. Poco debió insistir para que el cura compartiera el almuerzo, bajo promesa solemne de retomar juntos la labor después de una breve cabezadita.

—Qué bien que Dios haya querido mandarte hoy aquí, Pedro. Sin tu ayuda no podría haber avanzado tanto. Dentro de poco, si Dios quiere, solo me mojaré con la lluvia cuando me encuentre fuera de la iglesia, y no también dentro, como ahora ocurre, por mis pecados. Porque por mi mucha pereza me dejo llevar; con tantas alegrías como ofrece esta tierra y este clima nunca encuentro el momento de terminar la obra. Y aunque yo estoy habituado a orar bajo la lluvia, que también la manda el Señor, no quiero que las intemperies sirvan de excusa para que los blandos dejen de asistir a los Santos Oficios. Que la gente de por aquí, aunque de buen natural, se muestra poco perseverante en su fe y se deja arrastrar por dudas y temores a la primera ocasión, con grave daño de su alma.

Dando buena cuenta del pan, del vino y los chicharrones, con inagotable facundia y contagioso buen humor, el cura fue desgranando anécdotas y sucesos de la vida en Chiclana y de su infancia en el Pirineo. Decía no añorar las nieves, a las que nunca se acostumbró, pero sí la leche de vaca y los quesos, y los cangrejos de río, que por aquí no abundan. Cuando supo que Pedro poseía una barca, le hizo prometer un paseo por los caños de la Bahía y alguna donación de pescado, del que nunca se hartaba. Después, su semblante se tornó más serio y dijo:

—Y ahora que ya hemos hablado de muchas simplezas, Pedro, ¿querrás decirme para qué has venido?

6. TESTAMENTO Y PENITENCIA 1470

Nunca traicionó don Amable la confianza que Pedro le brindó. La confesión duró largas horas. Primero hubieron de terminar la faena, como habían acordado. Después de refrescarse en una tina, en el patio de la parroquia, pasaron al interior del templo, donde cuando caía la tarde, abrió Pedro su alma. Ya amanecía cuando, agotado, el párroco le dio por fin la absolución, para contento y sorpresa del confidente, que esperaba más reticencias del ministro del Señor.

La penitencia resultó muy dura. Don Amable le dijo que no quedaría completamente limpia su alma hasta que se deshiciera, en obras pías, de todas las ganancias obtenidas con daño de cristianos. Pedro podría conservar en buena ley solo los bienes obtenidos en Santa Cruzada o en actividades comerciales, siempre que hubiera mediado un lucro moderado y honorable, pues la Iglesia no gustaba de prácticas hebraizantes y consideraba a la usura una conducta gravemente herética.

Por lo demás, el párroco se mostró comprensivo con sus malos pasos. Pedro atesoraría para siempre algunas de las reflexiones que le hizo don Amable esa inacabable noche de confesión y las evocaría a cada momento, con gran contento y alivio.

—Creo que Dios comprende y perdona los motivos que te llevaron a renegar de la fe. Hasta el santo Pedro negó tres veces al

Salvador y el mismo Cristo tuvo sus momentos de duda en la Santa Cruz. Las vicisitudes de la fortuna te llevaron a hacerlo, así que no voy a ponerte penitencia por tan grave pecado: bastante castigo has sufrido ya, que mucho te ha mortificado la vida, Pedro. Dios, en su sabiduría, te ha privado de todo lo que hace más grata la existencia terrena del hombre, mujer, hijos, un oficio honrado con el que ganarse la vida modestamente, lejos de la vorágine del mundo. Pero nosotros, pobres infelices, mero barro mortal, no podemos tratar siquiera de comprender sus intenciones. Lo dicen las Sagradas Escrituras en el Libro de la Sabiduría: ¿Qué hombre conoce el designio de Dios? ¿Quién comprende lo que Dios quiere? Los pensamientos de los mortales son mezquinos y nuestros razonamientos falibles; porque el cuerpo mortal es lastre del alma, y la tienda terrestre abruma la mente que medita. Apenas conocemos las cosas terrenas y con trabajo encontramos lo que está a mano: pues, ¿quién rastreará las cosas del cielo? Por ello, cuando el Todopoderoso nos manda penalidades, pensamos que nos hace un mal, cuando quizás sea lo contrario. Y, al revés, la vida nos sonríe y creemos puerilmente que Dios está contento con nosotros, cuando, antes bien, una vida regalada quizás sea la mayor muestra de su conocimiento de nuestra escasa valía. ¿Quién lo sabe? Solo Él. Además, quienes no conocen el infortunio son grandes ignorantes, incapaces de apreciar la felicidad y el misterio que teje esta vida.

Nunca pensó Pedro que sus desgracias pudieran ser fruto del amor divino, aunque vagamente recordaba que algo así le decía el fraile de Gibraltar. Pero entonces era un zagal y nada sabía de la vida. Estas reflexiones sobre la Providencia habrían de reconfortarle mucho en lo sucesivo. En cuanto a las vidas que hubo de quitar, también fueron consoladoras las palabras de don Amable.

—En la sociedad cristiana se precisan todas las manos, tanto las que empuñan las lanzas como las que empujan el arado. Dios te asignó, para tu vida terrena, el papel de adalid de frontera y corsario cristiano, Él sabrá por qué. El hombre es lo que su ejercicio ha hecho de él y tú eres un soldado de Cristo. La sangre que derramaste en defensa de la religión no ha por ello de pesarte. Y tampoco cuando causaste algún daño a cristianos en legítima aplicación de la ley de Dios o de la de los hombres, pues la Sagrada Escritura nos enseña que es grato al Todopoderoso que cunda el orden en la tierra y para ello es preciso que todos los hombres se sometan a fuero. Del incumplimiento de la ley solo deriva la anarquía y la discordia y por ello reyes y señores, que ejercen su poder por delegación divina y para beneficio común, deben aplicar justicia sin titubeos. Pero habrás de expiar la sangre de inocentes que derramaste incurriendo en grave pecado mortal. Para que quede limpia tu alma y puedas comparecer ante el Altísimo como corresponde a un buen cristiano, habrás de aplicarte en lo que te queda de vida a practicar el bien, a promover obras pías, al rescate de cautivos y a velar por huérfanos y viudas. Si así lo cumples, tu alma morará en el cielo y el día del Juicio el Señor te asentará entre los Justos.

Por primera vez se sentía tranquilo y su conciencia descansaba. Mucho empeño puso, a partir de entonces, en seguir las enseñanzas de don Amable y en cumplir las penitencias que le impuso. No del todo, pues no es propia tal virtud en quien fuera gran pecador, ni compatible con las flaquezas de la naturaleza humana. Pero en lo posible Pedro se esforzó por cumplir como buen cristiano, generoso con lo que poseía, amparando a los pobres y a los humildes, procurando la salvación de aquellos que el destino le ponía a mano.

Siguiendo las recomendaciones de don Amable, otorgó testamento. Ordenó el futuro de sus bienes y veló por la salvación de su alma, ensuciada por sus graves pecados. No teniendo familiar a quien legar, quiso donar parte de sus bienes para ayudar en la construcción de una nueva iglesia en la villa y en un hospital, de San Juan de Letrán:

...por mi ánima, y las de mis mujeres e hijos que murieron o desaparecieron, a honor y reverencia de Nuestro Señor Dios y de la Virgen Bienaventurada y sin mancilla Santa María su Madre, lego por la presente diez mil maravedíes para la continuación de la obras del hospital, y que una vez esté acabado, que se celebre el culto divino y una capellanía perpetua en que se alberguen los pobres que a él quisieren venir y asistir, así de día como de noche. Para lo cual yo tengo dotadas ciertas heredades y hecha cierta ropa de lana y de lino en que se acuesten dichos pobres, las cuales heredades que yo

así tengo dotadas para el dicho Hospital están exentas y certificadas en el compromiso que yo tengo hecho y otorgado con Antón López Cordero que la dicha capellanía había de celebrar, y porque ahora yo no sé lo que el Todopoderoso querrá hacer y disponer de él, he rogado y mandado al escribano de esta villa que tome al efecto las disposiciones oportunas. Otrosy, mando erigir una ermita en el pago de Huedi Conil, en honor de San Jorge, patrón de los ballesteros, pues fue con este arma como me he ganado la vida. Otrosy, mando que se otorgue la libertad a mis esclavos Enrique, Yusuf y Aixa, pero en el caso de esta solo si se torna cristiana y no de otra manera...

Como otros antiguos esclavos, dotó generosamente también a la Orden de la Santísima Trinidad y de los Cautivos, con la manda de redimir cuantos presos fuera posible de las manos infieles, para que pudieran volver en paz a tierras cristianas, vestidos del hábito blanco, al cuello el escapulario trinitario. Todo le parecía poco cuando se trataba de lavar sus pecados, pues sabía que en la hora última habría de dar cuenta de sus maldades, sobre todo la de haber segado la vida a Rodrigo de Benavides, el pecado que más le quemaba. Estas mandas, con sus muchas novenas y liturgias, fueron poco a poco aliviando su pesar, y aunque seguía viendo casi todas las noches la mirada implorante del mozo, sus sueños eran más tranquilos y su reposo reconfortante.

En cambio, no le pesaban sus muchos años de guerra contra el moro; mucho menos desde su confesión con don Amable. Todo el daño que causó a los enemigos de la Fe lo consideraba ya perdonado, pues bien sabía que los castellanos, desde la cuna, nacen con esta obligación, legada por sus abuelos. Como dijo el gran rey Fernando a su hijo, don Alfonso, en su lecho de muerte, según sabía Pedro de tantas veces como se las oyó contar a don Enrique: «Señor, te dejo de toda la tierra de la mar acá, que los moros del Rey Rodrigo de España ganado ovieron; y en tu señorío finca toda: la una conquistada, la otra tributada. Si en este estado en que yo te la dejo la supieres guardar, eres tan buen rey como yo; y si la ganares por ti más, eres mejor que yo; y si de esto menguas, no eres tan bueno como yo». Así que en este capítulo Pedro se sentía en paz con Dios, pues la tierra de Castilla era ahora más extensa que cuando él nació, y el

Todopoderoso sabía que al menos algunos palmos de ese terreno debían atribuirse a la fuerza de su brazo y a la finura de su puntería.

7. CÁDIZ 1474

En el río revuelto de la pugna por la titularidad de la corona de Castilla, el viejo conde de Arcos se apoderó de la villa de realengo de Cádiz en 1466, para incorporarla a sus dominios señoriales. Al débil rey Enrique no le quedó otro remedio que ceder ante los hechos consumados por sus nobles, como había hecho en Jimena y Gibraltar con los guzmanes, y no solo no intentó recuperarla con unas fuerzas que le faltaban, sino que se la entregó formalmente en 1471 al hijo del ocupante, el nuevo conde Rodrigo Ponce de León, con el título de marqués.

Como en la misma raya terrestre, la fortuna en los mares próximos al Estrecho escapaba a cualquier previsión de los hombres. Ya se veía Pedro cumpliendo sus últimas singladuras y dejando por fin descansar sus viejos huesos al calor de la lumbre en la Barca de Vejer, dedicado a sus tráficos lícitos e ilícitos y disfrutando de su bien ganada riqueza, cuando nuevamente la fatalidad le jugó una mala pasada.

Su nave, que había descargado en Sanlúcar un cargamento de sal para ser llevada en gabarras Guadalquivir arriba, por caminos de sirga, hasta la populosa Sevilla, retornaba a Vejer en lastre. El viento de poniente la llevaba de través a buena velocidad rumbo al sur y cuando ya estaban dejando la villa de Cádiz a babor, una galeota artillada le salió al paso y la apresó. No se produjo lucha, porque Pedro sabía que no contaba con posibilidad alguna de defensa, así que los asaltantes no le causaron daño ni a él ni a su tripulación. El arráez de los asaltantes ordenó que se agruparan alrededor del mástil y allí los ataron fuertemente con sogas y maromas, todos juntos en un apretado haz, y los arrojaron a la bodega de la barca, ahora vacía, entre restos de sal y excrementos de ratas.

Una barca de remos remolcó la captura al puerto de Cádiz. El alguacil de la villa y el mayordomo del conde se presentaron en el muelle y pidieron cuentas al arráez de su presa y de las mercancías obtenidas. Con gran disgusto el patrón les dijo que la nave iba en lastre. Vieja y de escaso porte, la barca de Pedro poco valía. Como único botín rentable cabía contar su tripulación, si es que podían considerarse en buena ley como esclavos, siendo al parecer cristianos.

En la puerta del mar de la villa pasaron algunas horas a la intemperie los cautivos, mientras se decidía su suerte. Todo les causaba extrañeza en esta isla que no parecía castellana: sus muros de piedra ostionera, los olores a alga y pescado podrido, la humedad omnipresente, la diversidad de gentes y lenguas. Mientras asistían aburridos al tráfago de los muelles, Pedro distinguió multitud de tipos de ropajes, semblantes y hablas, casi todas ellas desconocidas para él. En algún momento creyó distinguir la extraña jerga de los vizcaínos, que había tenido oportunidad de escuchar cuando había concurrido a la hueste con las tropas del rey. Pero la lengua que más se usaba era la de los italianos, hasta el punto de que la ciudad parecía estar poblada más por genoveses que por súbditos del rey de Castilla.

Llevaron a los prisioneros a las mazmorras del castillo de la villa, que se alzaba lúgubre y amenazante sobre un roquedo alineado de norte a sur, a la espera de ser interrogados. Allí un fraile muy delgado los confortó con agua, buenas palabras y un pedazo de pan. Escuchó a algunos en confesión y, por la tarde, dijo una misa en la que todos comulgaron como buenos cristianos. Pedro no temía por su sino. Sabía que perdería su barca, por tener por puerto base en Vejer, que era villa del duque y por ello enemiga del marqués, señor de Cádiz, pero no creía que su vida corriera peligro. Lo acusarían de contrabando, le darían una tanda de palos y quizás pasara unas semanas en los calabozos. Pero al cabo podría volver a Vejer, a sus negocios, más o menos magullado. Son las vicisitudes propias de su oficio, tan propio para los vaivenes de la fortuna: en esta ocasión le había tocado perder. Quizás era este un aviso ya improrrogable para dejar el negocio y sentarse a disfrutar de los años que le quedaran ocupado simplemente de sus huertas y ganados, y colaborando en la gestión de la primera cofradía de mareantes de Barbate, que él mismo había ayudado recientemente a crear. Su caudal y la segura proximidad de la muerte se lo permitían. No podía seguir engañándose: la vida se había quedado atrás, su tiempo pasó, y había llegado el momento de disponerse al compás del final, más lento, más sentido.

Al día siguiente, separaron a Pedro de sus tripulantes y lo llevaron a una mazmorra más profunda y subterránea, con una única entrada y ventilación por un orificio practicado en el techo. Desde allí lo descolgaron con pocos miramientos y dio con sus huesos en el suelo, donde quedó contusionado y medio inconsciente. La humedad era terrible en su nuevo encierro: el agua rezumaba del techo y de las paredes, enfangando el suelo de arena. Apenas se podía respirar o ver, en medio de la casi completa oscuridad. Aterido, hambriento, dos días pasó Pedro en la mazmorra, sin tomar agua ni alimentos, y aunque al principio mantuvo la calma, pronto empezó a sentir una tremenda inquietud: ¿por qué lo habían separado del resto, por qué lo trajeron a este agujero? En su desesperación, llegó a cuestionarse incluso si lo habían olvidado, pues mucho castigo sufría por falta tan leve.

Al tercer día lo sacaron de su agujero y, de nuevo con desproporcionada brusquedad, lo llevaron a presencia del alguacil de la villa, un hombre de altura y anchura imponentes, que lucía rostro barbudo en un cráneo ancho, directamente unido al tronco sin presencia de cuello alguno, pues su lugar lo ocupaban varias capas de grasa que caían en gruesos pliegues sobre la camisa. En una pequeña sala del castillo, mal iluminada como todo en este antro infame, pero calentada al menos por un brasero de picón, el alguacil le esperaba sentado en una cátedra, con actitud de desprecio indolente, escoltado por el fraile que les atendió el primer día y por un escribano que, con los aparejos de escritura propios del oficio, esperaba dispuesto para tomar nota. Parecía que al fin iban a interrogarle y dejarle libre. El alguacil le miró con los ojillos hundidos en la inmensidad de su cara, de piel muy blanca y tan tersa que parecía la de un tambor. En ella destacaba, sobre todo, una boca húmeda, enorme y siempre ligeramente entreabierta, como si el aire que tomara por la nariz no fuera suficiente para oxigenar tan inmenso cuerpo, que tal vez un día perteneció a un poderoso guerrero, pero que hoy era una masa de carne fofa e informe, tremendamente obesa.

Pasaron unos minutos y nadie hablaba. Pedro permanecía de pie, delante del alguacil y aunque difícilmente podía mantenerse derecho, el brasero comenzaba a calentar sus maltrechos huesos. Se juró entonces que había cumplido la última de sus navegaciones y que, de vuelta a La Barca, dedicaría el resto de sus días a la huerta y a sus bestias.

Por fin el alguacil rompió su mutismo. Pero cuando habló no lo acusó de contrabando, ni de enemigo del conde, ni siquiera de espía. Dirigiéndole una mirada de crueldad helada, habló de herejía y traición, y empezó a relatar ceremoniosamente tremendos pecados, mientras el fraile a su lado asentía sin palabras, con aire fúnebre. Pedro miró al fraile y empezó a buscar en su memoria: había visto esa cara en algún sitio. Por fin recordó y lo invadió el espanto: Fernando, el franciscano de Gibraltar, quien sin duda lo había reconocido. La edad y los estragos de los años habían cambiado su fisonomía, pero no tanto como para escapar a la aguda mente del fraile y al celo escrutador de esos ojos que ahora le traían a la memoria momentos que quisiera haber olvidado. Los escasos cabellos que escoltaban su cráneo toscamente tonsurado lucían ahora completamente blancos, pero por lo demás, poco había cambiado desde los tiempos del común cautiverio en este escuálido monje de energía inagotable.

Después de que se leyeron los cargos contra él, el alguacil pidió al fraile que allí mismo se hallaba presente que confirmara su testimonio.

—Sí, me ratifico en lo dicho. Conozco a este hombre, aunque no sé su nombre. Es un renegado que trató de convencerme para que renegara yo mismo de la verdadera fe, hace muchos años, tantos que no puedo precisar cuántos, en las cavernas de Gibraltar.

El alguacil entonces pidió que quedara en los autos testimonio de quien le acusaba y daba fe de los hechos, con la confianza reforzada de quien era hombre de Dios, y se dirigió a Pedro, amenazándole con recibir tormento si mentía.

—¡Confiesa, hereje! Confiesa de inmediato tu verdadera identidad y tus intenciones y no me hagas perder más el tiempo, que tengo mucha faena, o te garantizo que no verás más la luz del día y que te pudrirás en la mazmorra de la que te han traído, no sin antes recibir una buena tunda de palos en la picota.

Pedro se vio perdido, pero negó los cargos.

—Señor, el fraile se confunde. Soy Pedro de Córdoba, vecino de Vejer, un simple mercader, vasallo del duque de Medina Sidonia, eso sí, pero no hombre de pelea, pues me dedico al tráfico marítimo. Con él me gano la vida desde que tengo uso de razón, siempre sirviendo al duque en sus almadrabas y marineando en alguna de sus naves. Hace poco tiempo, con el fruto de mi trabajo, pude comprarme por fin una embarcación propia, la que habéis apresado, con la que suelo comerciar legítimamente, principalmente en sal y nunca con mercancías vedadas, entre Ayamonte y Tarifa, a veces un poco más allá. Pero nunca en tierra de moros, con quienes no mantengo trato alguno. Lo juro por mi vida y por mi alma eterna, por Dios, la Virgen, los Evangelios, la hostia consagrada, la Casa Santa de Jerusalén y la señal de la Cruz. Soy fiel cristiano y siempre lo he sido, devoto de nuestra Señora que es el amparo de todos los marineros, pues gracias a Ella nunca hasta ahora he tenido un mal tropiezo. Soy fiel cofrade de Nuestra Señora de la Oliva. En la villa de Vejer podrán dar fe de mi mucha devoción y piedad, pues nunca falto a los preceptos. ¡Por Dios! ¡Por la pasión que Cristo pasó, dad por buena mi palabra, pues vais a cometer una injusticia! —dicho esto, calló y, entre sollozos, bajó la cabeza.

El alguacil y el fraile cambiaron algunas palabras en voz baja. De nuevo se alzó la voz del alguacil.

—Fray Fernando ratifica la acusación, pero no queriendo cometer injusticia, tan ingrata a los ojos de Dios, que ama bien a todas sus criaturas, incluso a las más pecadoras, solicita que se evacuen nuevos testimonios entre la gente de Cádiz —el alguacil miró al fraile y con un gesto le alentó para que hablara.

—Esa es la verdad, señor. Pocas dudas albergo de que la persona sollozante que ahora contemplo trató sin éxito, hace más de veinte años, en mi misma presencia y en la prisión de Gibraltar, de convencer a los cristianos cautivos de que apostataran, afirmando haberlo hecho él mismo. Poco después se supo en la caverna donde penábamos que ese mismo renegado había pasado a formar parte de la tripulación de un afamado pirata, Mansur ibn Tasufin, que causó espanto durante años por estas costas. Por ello, no resultará difícil encontrar entre los marineros, pescadores y habitantes de Cádiz y de las villas vecinas, a alguien que haya sufrido estragos de la mano de Mansur.

—Vuestra prudencia os honra, padre. Yo no tendría tantos miramientos con este perro, que lleva escrita la culpabilidad en el rostro. Pero como buen cristiano seguiré vuestro consejo —mirando entonces al escribano, afirmó con voz alta y solemne—: que quede constancia de este interrogatorio y que se cumpla la siguiente providencia: cuélguense pasquines en las parroquias y que los pregoneros voceen lo aquí acordado, para que durante el plazo de un mes se reclamen testimonios que puedan corroborar la verdadera identidad del acusado.

Dicho esto, el alguacil ordenó que se le encadenara en la picota de la villa sita en la plaza de La Corredera, lugar de mercado y tránsito obligado de todos los que pasaban por Cádiz y su puerto. Y se pidió que todos aquellos que hubieran sufrido ataques de piratas en los tiempos del corsario Mansur se acercaran a examinarlo, por si podían reconocerlo como uno de los miembros de la tripulación de ese satanás, que sin duda ahora ardía en el infierno entre los terribles padecimientos a los que sus pecados mortales le habían hecho acreedor, por hereje y robador y matador de cristianos.

Cumpliendo las disposiciones del alguacil, le ataron a la picota y allí lo dejaron, encadenado, a la intemperie, apenas cubierto por unos simples harapos, sometido al escarnio público. Todos los que pasaban por la concurrida plaza, fueran mercaderes, pescadores, prostitutas, ladrones de bolsas o trileros, lo miraban con curiosidad y muchos lo hostigaban con insultos, pullas y hasta con golpes. Había corrido la noticia de que el penado respondía de traición, herejía y corso ilegítimo. Le arrojaban basura, le meaban encima, le ponían mierda por la cabeza. Los chiquillos hacían con él puntería y le llamaban pirata, moro y hereje. En las tabernas que flanqueaban la plaza se cruzaban apuestas, como era común en estos casos, sobre cuánto duraría o sobre si le darían o no tormento, y de qué clase. Los más apostaban por el desollamiento, otros creían probable la hoguera. Nadie apostaba por su inocencia, que privaría al pueblo de uno de sus espectáculos predilectos: la quema de herejes y el ajusticiamiento de criminales. En esos días la villa se engalanaba, repicaban las campanas y el pueblo se desbordaba alegre de que existiera justicia; se emborrachaba, cantaba y maldecía a los herejes y a los moros, que pronto dejarían de apestar con su inmunda presencia las tierras de las Españas.

A los pocos días empezaron a desfilar algunas de sus víctimas. No muchas, porque hacía tiempo ya de sus correrías como pirata moro y casi todos los que sufrieron los desmanes de Mansur estaban ya muertos en buena hora. Pero algunos lo reconocieron y le dieron muchas patadas y palos; tantos que más de una vez quedó medio muerto allí mismo. Pero los guardianes tenían orden de que conservara la vida y ponían fin a los excesos vindicativos con pocas contemplaciones. Se le podía dar maltrato y escarnio, pero no muerte, facultad reservada a la justicia del marqués. Otros decían no reconocerlo como pirata moro, pero sí como hombre de armas del duque, cómitre de una de sus galeras, con las que había hecho la guerra al conde de Arcos, padre del señor de la villa. Y de una de las más mortíferas, la del genovés Parodi, que en más de una ocasión se apostó a las afueras del puerto de Rota para robar los bienes de la Casa de Arcos. Pocos en Cádiz ignoraban que ese capitán empleaba como estratagema habitual la de fondear con su nave a la altura del bajío que llaman de las Puercas, para desde allí avizorar el tráfico de entrada y salida a Rota, seleccionar cuidadosamente las posibles presas y, cuando se daban las circunstancias precisas, acometer como un rayo las naves del conde, que vio perdidos de esa manera no solo oro y otros bienes patrimoniales, sino la vida de tantos buenos vasallos, con familiares hoy afincados en Cádiz.

Y así, entre insultos, palos y mortificaciones, a la intemperie, bajo la lluvia y el sol inclemente, transcurrió un mes. El frío hierro de los grilletes iba cortando su carne, hasta que medio muerto compareció de nuevo ante la justicia de la villa. El tribunal lo componían ahora varios alguaciles y curas. Asistían a la vista además dos escribanos y numeroso público que no quería perderse la condena segura del penado, al que ya comenzaban a conocer en la villa como Pedro el Pagano. El momento parecía solemne, pues los alguaciles lucían ricos tabardos blasonados y los prelados bonetes y gualdrapas.

El alguacil enunció en voz alta los cargos, con mucha prosapia y palabrería, excitando los ánimos de los presentes: traición a la fe, herejía, estupro, asesinato y robo de cristianos, espionaje en tiempo de guerra.

—Concurre prueba fehaciente de que el acusado responde al nombre de Pedro de Córdoba, en la actualidad vecino de Vejer y vasallo del duque de Medina Sidonia, pero antaño vecino de Aznalmara y vasallo del señor de Marchena, de donde escapó traicioneramente después de haber rendido la plaza a los moros que la cercaban, que en pago de su traición lo convirtieron a su fe y lo hicieron socio de sus tareas piráticas, causando desde entonces muchos daños a la vida y a los bienes de los cristianos. Que por motivos que no se han podido determinar bien en la causa, el rastro de Pedro como pirata renegado se pierde desde los tiempos del rey don Juan. Pero reaparece años después como vasallo del duque, cómitre de una de sus naves, desde la que ha hecho la guerra ilegítima a los vasallos y a las tierras del marqués de Cádiz y conde de Arcos, su antiguo y legítimo amo, a quien debía obediencia según la Ley de Dios y la de los hombres. Que esa relación de hechos y pecados terribles bastaría para condenar su alma, que Dios sin duda se lo demandará cuando llegue su hora, dentro de poco; pero que ahora la justicia de los hombres también reclama su puesto. Por ello se le insta a confesar, antes de ser entregado al verdugo, para así acortar sus sufrimientos y concurrir con algún atenuante en su inminente juicio divino.

Pedro, aniquilado y ya sin fuerzas, solo esperaba una muerte rápida que pusiera fin a sus padecimientos. De modo que confiesa y abre su alma ante el tribunal y los cristianos que le escuchan ahora en silencio.

—Reconozco haber sido vasallo del conde de Arcos, hombre honorable y grande, y que como habitante de la villa de Aznalmara y a su servicio participé en muchas cabalgadas, causando daño a los moros enemigos de la fe. Mediante la guerra guerreada gané y perdí muchos bienes, y cosas más importantes, que varios hijos me mataron y cautivaron los blasfemos. Participé en la guerra contra los enemigos de la verdadera fe cuando a ello fui llamado. No lo hice por la honra ni por el beneficio, sino porque tal era mi obligación como vasallo, que la guerra para los del común no significa lo mismo que para los nobles; ellos luchan por la preeminencia, por su linaje, por perpetuar su fama y conseguir honores, por eso no les importan las penalidades y pueden permanecer durante meses cercando villas y talando los panes de otros. Pero pocas ventajas sacamos los villanos de las guerras: nosotros peleamos por el pan, no en busca de halagos. Si bien es cierto que muchas veces logramos algo del botín a repartir, también lo es que estos se pierden con facilidad, y al cabo nos quedamos, como yo ahora, sin nada —Pedro tuvo que descansar un rato, pues su escaso vigor apenas le permitía respirar y hablar al mismo tiempo. Después prosiguió su soliloquio, que vertía con voz calmada, como resignado a lo peor, sin ira—. Y también es cierto que deserté, que me hice renegado y apóstata, a riesgo de perder mi alma…—al escuchar estas palabras, los asistentes prorrumpieron en gritos e insultos que ocultaron la voz de Pedro. El alguacil que presidía el juicio, mandó silencio y el tornadizo pudo seguir hablando, ahora en voz más alta, lo más próximo a un grito que le permitían sus energías—, ¡pero no lo hice por voluntad propia, por Dios, tenéis que creerme!... Me volví moro por salvarme de una muerte segura a causa de los sufrimientos del remo en una galera de infieles, en la convicción de que el primer deber de un hombre es conservar la vida que Dios le dio. Era un muchacho humilde, incapaz de pagar rescate alguno por mi libertad… preferí la vida en vez de la muerte. Seguramente por algún designio misterioso de la Divina Providencia, se quiso poner a prueba la constancia de mi fe, pero jamás dejé en mi corazón de considerarme cristiano. Por ello nunca cejé en mi intención de escapar para regresar a Castilla a vivir como seguidor de Cristo, pues no quería soportar la vergüenza de haber traicionado a mi fe y la amenaza segura de consumirme eternamente en los fuegos del infierno. El remordimiento no me dejaba vivir en paz y me reconcomía por dentro. Mientras viví como propiedad del arráez no dispuse de ocasión para escapar, aunque lo deseaba con todas mis fuerzas.

Ahora no se oía ningún ruido en la sala. Estaban todos pendientes de la confesión del inculpado.

—Confieso también que cumpliendo las órdenes de mi amo moro participé en muchas correrías y pillajes, cometiendo villanías y crímenes, causando grandes violencias a los cristianos y llevando a muchos a la muerte, pero que ya quedé perdonado de los grandes y horribles pecados que cargaba, pues recibí la absolución de los ministros de la Santa Iglesia a mi vuelta a tierra cristiana, cuando sin fuerza ni coacción confesé mis faltas ante Dios, no así ante los hombres, que me hubieran quitado la vida, pues no alcanzó a tanto mi valor y ahora me arrepiento de ello. Y si es esta la hora de mi muerte, encomiendo mi alma a Dios y moriré en la santísima religión católica y romana, la única verdadera, firme en mi fe, en la confianza de que salvaré mi alma gracias a mi oportuna confesión, que borró mis pecados por los méritos de la preciosísima sangre de Cristo.

8. LA SENTENCIA

Texto de la sentencia dictada por el alcalde mayor de la ciudad de Cádiz, en relación con el asunto de Pedro de Córdoba:

En el Nombre del Padre y del Hijo y del Espíritu Santo, que son tres personas y un solo Dios verdadero, hacedor del cielo y de la tierra y de todas las cosas que en ellos son, así las visibles como las invisibles, al cual sea honra y gloria y alabanza y bendiciones por todos los siglos de los siglos, amén.

Por ende nos Rodrigo Sánchez, alcaide de Cádiz, movido a cumplir el mandamiento del esclarecido marqués y señor de Cádiz, propuse se llevaran a cabo las averiguaciones tendentes a esclarecer los hechos pasados y el comportamiento de quien dice ser Pedro, nacido hace unos cincuenta años en lugar que no puede precisar, aunque manifiesta no estar seguro tampoco de la fecha, y vecino de la villa de Vejer, en el Reino de Sevilla.

El susodicho fue capturado por la armada del marqués cuando hacía contrabando en las proximidades de la villa de Cádiz y fue trasladado a esta villa para instruir el proceso e imponer las penas pertinentes. Que en el curso de ese proceso, fue identificado por diversos testigos como renegado de nuestra Santa Fe Católica y pirata moro, pues a bordo de la nave del corsario de nombre Mansur asoló durante años las costas de la Baja Andalucía, llevándose la vida y los bienes de muchos cristianos.

Que interrogado sobre esos hechos, el susodicho no lo niega y manifiesta con pecaminosa arrogancia que quiere dar voluntariamente razón de todo cuanto se acuerda, pues es ya hombre viejo y le falla la memoria; que siendo mozo y estando en la fortaleza de Aznalmara, al servicio de su señor, el conde de Arcos, la escalaron los moros renegados de la fe, y lo cautivaron, pese al esfuerzo hecho para evitarlo; que murieron casi todos los de la fortaleza y que él, con otros presos que murieron al poco tiempo, acabó siendo esclavo de un arráez moro en vida del rey don Juan, y que para escapar del cautiverio con poco temor de Dios y de su justicia renegó de su Fe y se tornó moro, pese a haber recibido las aguas del bautismo, por codicia y deseo de ser libre y horro; que antes de dar ese paso, fue mucho lo que padeció, pues estuvo largos meses preso en las cuevas de la villa de Gibraltar, donde mucho lo atormentaron; también estuvo largo tiempo moliendo cibera en un molino, donde casi se vio muerto del mal trato que le daban. Que habiéndose tornado moro, manchó su espada y su alma de sangre cristiana durante unos años, aunque no puede precisar cuántos; que estando a bordo de la galera de su amo, fue apresado por una nave del duque de Medina Sidonia, siendo llevado a la villa de Vejer de la Frontera, donde ocultó su traición e hizo como si siempre hubiese sido cristiano que hubiera estado cautivo de los moros, remando como galeote.

Que otrosí confiesa su culpa, por decir verdad y guardar la salud de su alma, y que quiere morir como buen cristiano, reconciliado con nuestra Santa Fe y libre de tan grave pecado mortal por el que sería perdida su ánima, pues sabe y confiesa que la Fe de Jesucristo es santa y buena y que la fe de Mahoma es falsa y mentirosa. Que siempre fue cristiano de corazón, devoto de la Virgen y de San Jorge, su patrón, y que solo por cobardía y por salvar la vida aceptó convertirse en musulmán, pues no pierde ocasión el demonio donde pueda hacer suerte en las almas.

Que en cualquier caso, purgó su culpa de traición, aunque no fue confesada ante los hombres, pero sí ante Dios, al permanecer más de cuatro años como alcaide del castillo de Benalup, en las tierras del Duque de Medina Sidonia que linda con los moros de Jimena, defendiendo la frontera de los enemigos de nuestra Santa Fe Católica, donde por ser sabedor de la guerra contra los herejes fue adalid, trabajando al servicio de su amo, de su rey y de nuestra Fe, en muchas guerras, pasando penalidades sin cuento y con grave riesgo de su vida, por lo que espera que por la misericordia de Dios Nuestro Señor y por los méritos de su sagrada madre la Virgen María, quedará redimida su alma para que no se pierda y vaya al infierno, tomándole la muerte en pecado mortal.

A la vista de la confesión del encausado, y de los testimonios que se han evacuado en esta causa, FALLO que no cabe el acogimiento del llamado Pedro de Córdoba al privilegio de homicianos, porque muchas de sus maldades, crímenes y maleficios constituyen casos de corte, entre ellas la muerte a traición de numerosos cristianos siendo corsario; debe, además, responder de quebranto del seguro real que portaban muchas de las naves asaltadas, según se ha aportado a esta causa; y del quebranto asimismo del albalá real de tres caballeros genoveses que según se ha sabido fueron matados por el susodicho en los descampados de la raya para arrebatarles sus bienes; y de otras enormes osadías confesadas por él mismo, cometidas en gran menosprecio de la justicia de Dios, de la del Rey y de la de su señor legítimo, al que abandonó en mala ley, el entonces conde de Arcos, don Pedro Ponce de León, que Dios lo tenga en su gloria. Y otrosí; que resulta probado su comportamiento como tornadizo, que ha cambiado de religión según le conviniese, que fue cristiano primero, moro después, y que tornó a ser cristiano. Nada hay que indi-

que que, llegadas las circunstancias, no hubiera vuelto a renegar de nuestra Santa Fe Católica, para tornarse nuevamente seguidor del falso dios de los moros y de su profeta diabólico. Y en estos felices tiempos en los que triunfa la Fe Católica, se destroza el error herético y las espadas cristianas devastan ciudades y fortalezas musulmanas, es preciso ser implacable con los cristianos traidores a su fe, ahora que el Todopoderoso se nos muestra por fin benevolente después de tantos siglos de lucha contra los herejes enemigos.

Que por todo ello se le condena a morir flagelado en la picota, después de sufrir tormento de la manera que se hará saber en su momento, pasados treinta días a partir de este, durante los cuales será expuesto en la plaza de la Corredera de esta villa para público escarnio. Que se invita a los cristianos que por allí pasen a que le insulten y dañen, como justo castigo de sus muchos pecados. Y que Dios lo juzgue por sus pecados llegada la hora.

La sentencia se pregonó por todos los barrios de la ciudad. Del alcázar salió la comitiva que devolvió a Pedro a la picota, ahora su hogar. Pensaba en que quizás podría apelar, si quisiera, al consejo de justicia señorial, solicitar el perdón del marqués de Cádiz, pero sabía que sería en vano. Además, estaba cansado. Debía tener más de cincuenta y cinco años. Quería irse. Su cuerpo era cada vez más piedra y menos carne y huesos. Las fuerzas le habían abandonado. Sentía que su muerte se aproximaba. Sabedor de que morir es suceso natural y de que el cuerpo debe volver a la tierra de donde vino, no cabía resistencia y solo pedía «Dios mío, haz que esto acabe pronto». Con tantos años a las espaldas, ya derrotado por la vida, sabía que este mundo no es sino un lugar de paso. No era más que un náufrago, a la espera de la última ola que se lo tragara para siempre. ¿Para qué seguir viviendo? Cuando volvía sus ojos al pasado solo podía encontrar tiempos malos o peores: guerras, epidemias, carestías, sequedades e inundaciones, los hijos muertos o cautivados, lo mismo que sus mujeres. Había vivido épocas tan aciagas que muchas veces creyó estar asistiendo al pavoroso final de los tiempos. Sin embargo los tiempos nunca acababan, sino que traían nuevas penurias. Si lo dejaran libre no sabría en qué emplear su libertad. Bien sabía que no existe límite para lo que uno es capaz de aguantar y solo podía esperar del Señor en este mundo que le mandara nuevos castigos y pruebas por sus muchos pecados, más sufrimiento y privaciones.

Sus ojos ya no veían. Incluso habían perdido el deseo de ver. Con varios huesos quebrados y muchas llagas y purulencias por todo el cuerpo, se sentía ya más poblador del otro mundo que de este, más cercano a los muertos con los que pronto se reuniría que a los vivos. Fuera de las leyes del tiempo. Pensaba en sus hijos, a los que no pudo conocer convertidos en hombres. Contemplaba por fin a su madre, a la que nunca conoció. Se veía a sí mismo de niño, en Córdoba, inquieto, bullicioso, ignorante de los terribles pecados que habría de cometer en días venideros. Veía a Lucía en su espléndida y serena madurez, y la belleza indescriptible de Judit. Se sentía tranquilo. La muerte le liberaría por fin de los afanes y las penurias de este mundo y se le aparecía ahora como el mayor de los bienes. Dios, en su infinita sabiduría, antes de matarle, le había quitado las ganas de vivir y le había hecho, por su mucho padecimiento, humilde y al fin manso, conocedor de su propia debilidad y arrepentido de corazón, más cercano que nunca a la misericordia divina.

Pero temía al infierno. ¿Habría salvación para él? ¿Era realmente culpable? Toda su vida había sido un juguete del destino que lo encadenaba todo. ¿Verdaderamente había tomado decisiones libres, había elegido él sus caminos? Siempre se había sentido como navío a la deriva, sin rumbo preciso, sin saber qué vientos iban a soplar y a dónde iban a arrastrarle, como animal acosado en busca de refugio para seguir respirando, para sobrevivir un día más. Su principal, si no la única, preocupación cotidiana había sido qué comer esa noche, o al día siguiente, y así cada jornada iba seguida de otra igual o peor. Quien nunca ha pasado hambre no puede comprender el ansia por comer que acompaña durante toda su vida a quienes la han sufrido de continuo: el revoltijo y los dolores de las tripas, las visiones, con la boca continuamente ensalivada en vano. Algunas cuestiones no pueden decirse ni explicarse, solo sentirse.

Los ensueños de su mente enfebrecida le retrotraen a su última noche en Aznalmara y vuelve a formularse las mismas preguntas.

¿Por qué persiguió, de manera tan antinatural, la mudanza de su suerte? ¿Por qué no aceptó el sitio donde Dios le puso? La inmensa mayoría de las personas que habitaban en la Córdoba de su infancia nunca se alejaron de los muros de la villa más que la distancia que se puede recorrer, a pie, del alba al crepúsculo. Ese era su mundo y todos se contentaban con ello. ¿Por qué tuvo él que diferenciarse de los demás mozos? ¿Por qué cayó una y otra vez en las trampas de la esperanza de una vida mejor? A estas alturas sabía la respuesta. Ambición. No quería ser simple mancebo de convento. Y aunque ahora, después de su larga experiencia, estas pretensiones le parecían pueriles y fatuas, no pudo dejar de sentir cierto orgullo que le venía al pecho. «Pero me atreví». Y se sorprendía de lo poco que había cambiado, en el fondo, a pesar de los años, pues ya medio muerto todavía seguía prisionero de su vanidad.

En la picota, en la plaza de La Corredera, pasó varios días con sus noches ovillado en el suelo, temblando de frío y de cansancio, a merced de los curiosos y de las aves carroñeras, presa de tanta fatiga y debilidad que apenas podía distinguir la vigilia del sueño. La mayoría del tiempo se encontraba en un mundo de alucinaciones, a caballo entre el pasado y el presente, allí donde se mezclaban los recuerdos, reales o inventados, con las pesadillas del ahora. En la duermevela se encontraba casi a gusto, pues también el dolor quedaba como aturdido; pero de pronto, le volvía entre punzadas el padecimiento de sus mil heridas y su cuerpo se hacía presente en su maltrecho estado, como si nunca hubiese sido joven y fuerte. Y entonces tornaba a añorar la muerte, única ventura a la que podía ya aspirar, que llega con extrema lentitud cuando se está cansado de vivir, y se maravillaba de cuánto le costaba al alma abandonar el cuerpo. Solo temprano, por las mañanas, cuando el nuevo sol empezaba a calentarle perezosamente, conseguía conciliar algunos momentos de sueño profundo y reparador, y disfrutar del único placer auténtico del que disfrutan los hombres sobre la tierra, del que le arrancaba bruscamente alguna pedrada o el puntapié de un chicuelo, de los que solían hostigarle por moro y renegado, o el picotazo de alguna gaviota atrevida, presta a darse un festín de carne a la primera oportunidad. Entonces, un poco reconfortado por el sueño, el hambre y la sed se convertía en su mayor tormento, y recordaba las sabias palabras del alfaquí de Gibraltar: «No hay mejor olor que el olor del pan, ni mejor sabor que el del agua fresca».

En sus sueños, le parecía estar oliendo una hogaza recién cocida. Temía despertar a nuevos padecimientos, cuando una mano le agarró suavemente por el hombro, mucho antes de la aurora, y le agitó para despertarle. Cuando abrió los ojos vio a un judío muy viejo, que le tendía un pan blanco y una jarra de vino. Ante lo que creía una aparición demoníaca se sobresaltó e intentó retroceder, pero el viejo siseó palabras de amistad.

—No temáis, Pedro, me llamo Musa Portela. Soy judío; nada tengo contra vos y ningún daño quiero causaros, sino todo lo contrario. Me manda una amiga que bien os quiere y que no os ha olvidado. Quisiera venir ella misma, pero está casada y habita en Sevilla, y no sería decoroso que una matrona respetable y con hijos se significara en defensa de un cristiano a pique del cadalso. Pero ella nos ha informado de vuestras acciones en defensa de la judería de Vejer y de que fue por vuestra mano que salvó la vida, en las jornadas aciagas que acabaron con esa aljama. Los judíos de Cádiz no somos numerosos, pues los genoveses, que cuentan con el favor del marqués, conspiran contra nosotros y nos difaman para quedarse con nuestros negocios. No queda lejos el día en que debamos salir de esta villa para no regresar. Y no solo de aquí, quizás de todas las Españas, ¡de la gloriosa Sefarad, que fue una vez una segunda Babilonia! Solo los que se conviertan en marranos podrán quedarse. Pero mientras permanezcamos aquí habéis de saber que contáis con amigos y que velaremos para aliviar vuestras penurias. Lamentamos no poder hacer más por vos, pues creemos que nada puede salvaros ya la vida. Quisiéramos prestaros ayuda a plena luz del día, pero mucho nos tememos que eso solo empeoraría vuestra suerte. Por eso habremos de socorreros a estas horas intempestivas, cuando nadie pueda vernos. Si en algo más podemos ayudaros, decídnoslo.

Pedro no pudo pronunciar palabra; embargado por la emoción, rompió en sollozos. Judit, el rostro de Judit redondo y dulce se le aparecía ahora con todos sus detalles. Ella no lo había olvidado. Le tenía presente en su corazón. ¡Qué misteriosos son los caminos de la Providencia! Después de estar rumiando durante años y años el despecho de la judía y de otras tantas mujeres, ese dolor que en buena medida le había impedido formar una familia… ahora, a las puertas de la muerte, recibía la más tierna prueba de amor de su vida.

El judío lo miró en silencio y se alejó para respetar su dolor. Desde una prudente distancia, observó cómo Pedro se llevaba lentamente la jarra a sus labios y más que beber, pareciera que besara el vino. Por unos instantes su semblante relumbró como un espejo y reflejó un sosiego impropio de un penado. Con esa imagen de felicidad en mente, se dirigió Portela al convento donde recibía comida a cambio de enseñar hebreo a los monjes.

9. LA PICOTA

Lleva Pedro ya una eterna semana atado a la picota, cuando una noche aparece por allí fray Fernando, el fraile que le acusó, luciendo su característica calma gélida y absoluta seguridad en sí mismo. Porta una antorcha encendida, cuyas llamas brillantes proyectan sombras caprichosas sobre los agudos relieves de su rostro.

—Dios sea contigo, Pedro. Vengo a comunicarte que has sido excomulgado por la Iglesia y que habrás de beber hasta el fin el amargo cáliz de la muerte en pecado. Tus restos no descansarán en sagrado: serán descuartizados y esparcidos a los cuatro vientos, para que peces y alimañas se alimenten con ellos. Pero primero te arrancarán los ojos y te flagelarán en la picota, diariamente, hasta que mueras. Tus pecados son tantos que no cabe el perdón: no eres digno ni del infierno.

Pedro, con los ojos cerrados, no puede ver la cara de desprecio de fray Fernando, la mucha hostilidad con que sus gestos refuerzan las terribles palabras que acaba de pronunciar. Como en un tremendo esfuerzo, el fraile se recompone y sigue hablando.

—¿Te parecen terribles esos castigos? Simples caricias te parecerán cuando te enfrentes a lo que te espera en el más allá... No obstante, yo te perdono y, si lo deseas, puedo oírte secretamente en confesión antes de que esa alma sucia deje tu cuerpo y te reúnas con tu Hacedor en el Reino de la Verdad: quizás Él quiera perdonarte. Aunque ha sido refutado por la Iglesia, por su error, ¿quién sabe si tiene razón el Santo Padre Orígenes, que defiende que cumplidos los tiempos prescritos las almas de los pecadores experimentarán el fuego purificador enviado por Dios y serán transformadas y elevadas hacia la resurrección gloriosa, hasta el paraíso? ¿Quién sabe si todo Dios lo permite con vistas al bien y hasta las penas del infierno no tienen más finalidad que servir de enseñanza? Según Orígenes, incluso los demonios, a pesar de su rebeldía contra la Divinidad, participarían de la purificación general que se producirá cuando Dios sea todo en todas las cosas. Y si hasta el diablo se ha de salvar, ¿cómo no va a poder salvarse un pobre ignorante como tú? Quiero ayudarte a limpiar tu alma de los muchos pecados que la ensucian, pues no conviene comparecer de esa guisa ante el Altísimo. Aunque he aprendido a desconfiar de los arrepentimientos de última hora, sé que pecaste por ignorancia e incuria, como la mayoría de los hombres, presa de tu poca fe y de un terror infundado al dolor. Por eso no puedo odiarte; lo que siento por ti es piedad. ¿No has comprendido todavía que el dolor viene de Dios, como el placer, que la tristeza es parte de la alegría, que los padecimientos que Dios nos manda acaban multiplicando por mil nuestra dicha futura, que muchas veces Dios nos ofrece males que son bendiciones, aunque en el momento de padecerlos no lo comprendamos, que al final del tormento se encuentra el amor del Creador, que no existe mayor virtud que la conformidad con la voluntad del Señor? Él no nos pide comprensión, ni ciencia, sino aceptación sencilla y gozosa tanto de lo bueno como de lo malo que afrontamos sobre la tierra. ¿Qué ha sido tu vida? Seguramente no has parado de sufrir ni un solo día todo tipo de padecimientos y desdichas. Pero eso encuentra sentido, en la mente divina, porque no hemos sido creados en vano y todos volveremos al Creador y con Él no cabe la aflicción ni el escarnecimiento, los hijos no mueren, las cosechas no se malogran, la carne no pesa. De modo que busca bien en el fondo de tu corazón cuál es la verdad y, si verdaderamente deseas arrepentirte, que no sea por temor, pues ello de nada te valdrá, sino porque verdaderamente hayas comprendido las verdades de la vida, que Dios ha puesto al alcance de todas las almas, sobre todo de las más simples, pues no requieren esfuerzo del intelecto, sino un corazón limpio y simple. Porque yo tengo por seguro, Dios me perdone por mi soberbia, que hasta las faltas más graves pueden ser perdonadas si van seguidas de sincero arrepentimiento. Y, además, no me cabe duda de que tus malos pasos fueron frutos del miedo y quien es presa del miedo no razona bien ni ve claro en su vida.

Bajo la fría luna menguante, Pedro se queda mirándole, medio consciente nada más, como sin comprender quién es el que le habla y qué quiere. Cuando por fin reconoce a fray Fernando esboza una sonrisa y deja caer la cabeza, descansándola sobre su pecho. Cuando la levanta, unos momentos más tarde, vuelve a mirar al fraile, directamente a los ojos, sin evitar su mirada iracunda, y niega levemente con la cabeza. Entonces aquel vuelve a hablarle.

—¿Pensabas que te escaparías de esta vida sin castigo? Grave imprudencia la tuya. Tu conversión fue muy comentada en Gibraltar, pues el alfaquí de la mezquita era hombre locuaz, que gustaba de restregarme en la cara lo que él consideraba éxitos de su fe. Además te tomó cariño y con frecuencia, cuando enviaba a algún renegado al penal por más conversiones, te ponía como ejemplo de renegado exitoso, que había alcanzado ventura y prosperidad en el seno de su herejía. Los cautivos, por añadidura, no disfrutábamos de otro entretenimiento que la charla y la oración, así que todos los cristianos de ese penal maldijeron tu estampa, pese a que yo les decía que a quien había de culpar de tu paso no era a tu pobre alma, sino a la maldad de Satán y a sus muchas trampas. Pero aunque hubieras escapado a la justicia de los hombres, nada te iba a librar del juicio del Todopoderoso, de modo que, no seas soberbio y ábreme tu alma en confesión, no te revuelques todavía más en el pecado. Yo te he perdonado, como hombre, y nada me debes, pero ahora has de recibir el perdón de Dios, pues nada agrada más a nuestro Creador que un corazón contrito. Renuncia al pecado, renuncia al cuerpo y a la carne, y reconoce la victoria del espíritu, salvando con ello tu alma inmortal.

Presa de un gran cansancio, Pedro le contesta al fraile, con sus escasas fuerzas, que no es soberbia lo suyo, ni rencor, pues nada reprocha a fray Fernando, que había cumplido con su deber denunciándolo; todo lo contrario, le agradecía su interés y sus paternales amonestaciones. Pero que si no quiere confesión por esos pecados es porque ya han sido confesados y por ello quedaron en su momento purificados y absueltos, como había relatado en el juicio. Y que de buena gana confesaría los incontables pecados, pues es y ha sido un gran pecador, que había cometido con posterioridad a su última confesión, en Chiclana, hacía más de un año, pero nada más, pues no quiere ser desleal con su consejero espiritual, ni hacer de menos a la devoción que siente por la Virgen de la Oliva, patrona de Vejer. Pedro se ha pasado la vida mostrando sumisión a sus superiores, sean laicos o religiosos, evitando siempre mirarles directamente a los ojos. Pero hoy no. Su mirada es limpia y clara, sus palabras suenan convincentes, apurando sus últimos momentos de lucidez. Muestra seguridad en sí mismo, aunque no arrogancia, pues se siente muy cerca de comparecer ante el Juez Último y Supremo y, paradójicamente, por primera vez en su vida no tiene miedo. El propio fray Fernando, con su presencia intempestiva, ha contribuido a despejar sus últimas dudas y lo que hasta hace unas horas era pavor a los fuegos del infierno, ahora se torna en misericordiosa confianza de que no hay nada que temer. Casi puede tocar a Cristo a su lado. Llagado como él, sangrando como él, escarnecido como él, injuriado como él, condenado como él. Su presencia le hace llorar, conmovido.

Tras las palabras de Pedro, el fraile lo contempla fijamente, asiente en silencio y se muestra conforme con oírle en confesión solo por sus últimos pecados, dando los anteriores por ya confesados. Calmosamente Pedro abre su alma y vierte sus muchos yerros, primero los más recientes, pero poco a poco se va remontando en su pasado y llega a confesar incluso aquellos que ya han sido perdonados, y vuelve a contar el robo a los genoveses, y el mal fin que tuvieron sus cómplices. Entre lágrimas, le habla de Rodrigo de

Benavides y de cómo su mirada le ha perseguido, noche tras noche, desde el mal día en que acabó con su vida por avaricia. El fraile escucha en silencio y apenas asiente de vez en cuando, habituado como está a escuchar las tropelías que los hombres cometen en su locura. Después lo abraza, le da la absolución y se aleja lentamente, dejándole solo en la picota, en esta noche fría, tras desearle la bien-aventuranza de la eternidad. Sobre su cabeza giran lentamente las constelaciones, el dibujo del cielo nocturno le lleva a recordar su última noche en Aznalmara, sus muchas noches pasadas al raso, acunado bajo esas mismas estrellas que lleva toda la vida contem-plando y cuyo nombre ignora.

Desde la picota ve amanecer, en medio de un amargo silencio, solo roto por el incesante soliloquio interior de Pedro. A esta hora en que el sol inicia el rumbo trazado por el Altísimo al comienzo de los tiempos, hasta las incansables y pacientes gaviotas parecen haberse dado un respiro y han dejado de hostigarle. Se siente con-fortado por la visita de fray Fernando: si Dios lo ha perdonado, espera que no lo castigue alargando su vida. Ha llegado a la acepta-ción más difícil. Él mismo no siente remordimiento por haber sido moro una vez: toda su vida ha seguido los impulsos de su propia voz interior, que le mandaba seguir vivo, mejorar su suerte, cam-biar, huir del tormento; ¿de quién es esa voz? ¿Quién le ha hablado toda la vida desde adentro? ¿No será, acaso, la voz de Dios? ¿No ha hecho bien en obedecer esa inspiración divina? ¿Quién conoce los caminos de Dios? ¿Acaso no era Él quien le hablaba cuando algo imperioso en su interior le hacía buscar cualquier forma de salvar la vida? En ese caso, el Todopoderoso, que no ha dejado de hablarle ni un solo día, de llevarle por el mundo con Su mano invisible, le perdonará. Así que en su última hora Pedro no se siente agobiado, en el fondo de su corazón sabe que volvería a comportarse de la misma forma si se viera enfrentado a circunstancias semejantes; a la postre, parece que no le ha tornado más sensato la experien-cia. Como Padre nuestro, Dios sin duda comprende la debilidad de sus criaturas. ¿Quién nos conoce como Él, que penetra en lo más hondo de nuestros corazones? Solo espera ver, allí donde vaya, a Rodrigo de Benavides, para pedirle humildemente perdón por haberle quitado la vida y decirle que, de buena gana, hubiera dado la suya mil veces para poderle devolver los días que le robó.

Un viento frío del norte despeja la niebla que se alza desde el mar y parece pegada a los mástiles de los barcos fondeados en la bahía de Cádiz, dejando una mañana clara. Hacia el noreste, con la luz transparente, poco a poco, como si fuera un espejismo, empieza a dibujarse la silueta de las sierras de Grazalema y de Ronda, coronadas por una nube solitaria que pasea despacio hacia el Estrecho. En su ensoñación, Pedro repara en que esas montañas tan próximas están pobladas de moros. Casi pueden tocarse con la mano, aunque forman parte de otro universo, de otra realidad. ¿Hasta cuándo? ¿Recordará el futuro que una vez fueron estas tierras frontera entre dos mundos, enfrentados, enemigos?

Pedro se da cuenta de cómo se acerca la frialdad de la muerte. La percibe nítidamente primero y enseguida empieza a balancearse en una serenidad adormecedora; ya está traspasando el límite a partir del cual no caben ni el dolor ni el arrepentimiento, llegando a la paz donde mente y corazón son purgados, y lo último que recuerda antes de expirar, aturdido por el frío y el hambre, agonizante, es una poesía que le enseñó el alfaquí de Gibraltar:

> *Cadena mía, ¿no sabes que me he entregado a ti?*
> *¿Por qué, entonces, no te enterneces ni te apiadas?*
> *Mi sangre fue tu bebida y ya te comiste mi carne.*
> *No aprietes los huesos.*